喜悦之地

2024
中国年度中篇小说 ⬆

中国作协《小说选刊》▪选编

XI

YUE

ZHI

DI

漓江出版社
·桂林·

图书在版编目（CIP）数据

喜悦之地：2024 中国年度中篇小说：上下 / 中国
作协《小说选刊》选编 . -- 桂林：漓江出版社，2025.

1. -- ISBN 978-7-5801-0133-4

Ⅰ . I247.5

中国国家版本馆 CIP 数据核字第 2024XZ3944 号

XIYUE ZHI DI：2024 ZHONGGUO NIANDU ZHONGPIAN XIAOSHUO ［SHANG XIA］

喜悦之地：2024 中国年度中篇小说［上下］

中国作协《小说选刊》 选编

出版人：梁志
责任编辑：胡子博
书籍设计：石绍康
责任监印：张璐

出版发行：漓江出版社有限公司

社址：广西桂林市南环路 22 号　邮编：541002

发行电话：010-85891290　0773-2582200

邮购热线：0773-2582200

网址：www.lijiangbooks.com

微信公众号：lijiangpress

印制：北京中科印刷有限公司

［北京市通州区宋庄工业区 1 号楼 101 号　邮编：101118］

开本：690mm×1000mm　1/16

印张：44.25　字数：598 千字

版次：2025 年 1 月第 1 版

印次：2025 年 1 月第 1 次印刷

书号：ISBN 978-7-5801-0133-4

定价：98.00 元（全二册）

目 录

contents

［上］

［下］

蔷薇蔷薇处处开

王 蒙[*]

引 子
2023.5.7

柳绿花红，草长莺飞，是市民们拿着手机相机，拍照盛开蔷薇花的时节。或说，今年的北京奥森公园、奥森北园围墙外侧，蔷薇花开的规模似乎赶不上去年同期。可能是由于没有施肥，可能是由于没有剪枝，可能是由于此前的新冠三载，可能是由于有人躺平怠惰。

但也有人说，这样的感想是由于性急，过两天，肯定照样是"蔷薇蔷薇处处开，青春青春处处在，挡不住的春风吹进胸怀，蔷薇蔷薇处处开"。

果然二十天后，花景证明了后置的乐观说，更正确。也证明了网上耳边口头，隔长不短地会出现一些性急、无根据的唱衰词句，不足为奇，不足为意，不必。

想当年1982，新年，在广西南宁宾馆，WM第一次听到改革开放后松了绑、WM童年就很熟悉的一首老流行歌曲：敌伪时期著名流行歌曲作曲家陈歌辛创

---

* 王蒙，男，1934年生，河北省南皮县人。曾任中国作家协会副主席、文化部部长、全国政协文史和学习委员会主任、《人民文学》主编、中国艺术研究院院长等职。著有长篇小说《青春万岁》等十部，小说集二十余部，2023年出版《人民艺术家·王蒙创作70年全稿》61卷。作品被译为二十余种文字，曾获茅盾文学奖等多种奖项。2019年9月荣获"人民艺术家"国家荣誉称号。

作、上海明星龚秋霞原唱的曲子，歌名是《蔷薇蔷薇处处开》。是的，北京奥森公园与奥森北园，外墙爬满了蔷薇，一大片一大片，迤逦环绕了几公里，够得上真正的"处处开"了。WM 从 8 岁唱这首歌，到 2008，74 岁进行北京奥运会了，才看到这样的春光处处在的鲜活。

1916 年出生、2004 年辞世的上海崇明岛人龚秋霞，还唱红过《秋水伊人》："望穿秋水，不见伊人的倩影……往日的温情，只换得眼前的凄清。"流行歌容易上口入耳，流行歌有时也极速地成为陈词滥调，倒胃口。热的时候越热，衰的时候越是一病不起，无力回天。

改革开放后 20 世纪 80 年代，盒带时期在大陆爆红的台湾歌后邓丽君，越唱越红了"蔷薇"一曲。如今，2023，到了"二手玫瑰"与"摇滚教母"突然大红大紫的现代后现代时光，到了刀郎的《罗刹海市》翻江倒海之时，"蔷薇"云云，逐渐或已然被淡出遗忘了。

人生火火复寥寥，火尽寥清春未凋，唱罢伊人秋水恋，蔷薇忆忆更妖娆。

1981，广西电影厂里有一对编创工作人员夫妇，热情地接待了 WM 和同行的作家雄雄君。三个月后，听说那对接待了 WM 的贤伉俪（因男方的缘故）离异。

唉，与电影、与艺术、与流行歌曲太亲近了，近赤近黑，则赤则黑地好悬啊。

文学呢？文学刮起了春风，处处花花草草树树鸟鸟、乒乒乓乓、嘎嘎咕咕，文学会不会也带来业内人士行旅踉跄与掉在坑儿里的幸运与尴尬呢？

2023 年 5 月初，从公园回到家。WM 围着桃形湖泊走完 4500 步，回到 N号楼，进入 P 单元，登上电梯，后面赶过来一位送快递的先生，少见的是，他不是快递小哥，而是一位几近炉火纯青的中年大哥或老哥哥。WM 按亮了 33层电梯号灯，快递大哥没有理会 WM 意欲帮他按楼层号的提问，自己按亮了

10层，对 WM 亲和地略略一笑。他的笑容使 WM 想起了在巴黎与德黑兰逗留的经验，那里的人很注意自己的表情：孔夫子的话，表情应该称作"容色"，可不叫颜值。快递先生的容色，引起了 WM 的注意，快递先生应该是教授博导 VIP 高尚级人物。到 10 层了，层号灯熄灭，出电梯前，先生忽然对 WM 说："您老是个老干部吧……一看，就像老干部。"

WM 不知道说什么好，虽然自以为别人也以为 WM 机敏于应对、社牛。WM 干笑一声。快递哥走了。WM 似乎有些不好意思。"老"是无疑的，"干部"是确实的，同时……

蔷薇蔷薇处处开，

青春青春热心怀，

美丽的期待仍然飘红，

——的经历难忘满怀！

一　童年的朋友
1950·1985，6 月

"我是你童年时期的朋友，WM 先生，你记得我吗？"

"我，我……这个……"

那是 2023 的 30 多年以前，1985：标志年号的阿拉伯数字，变化的速度如风如电。1985，我们出访到的那里，是西欧一个繁华城市，一个灯光之城，一个忙着享受、消费、商务和冷战较劲的一线前沿。所以那里毒品的需求量与各式消费活动，花样翻新、出奇制胜，令人亢奋的空间应该很大，花式很多，同时黑夜似乎比白昼更有耀眼的璀璨。路灯、高层建筑灯火、房灯，尤其是花花绿绿的店铺广告灯，亮得叫人丢魂儿忘时，有学问的人称之为城市灯光污染，本属于月和星的夜晚被灯光残酷地强暴凌迟。还有那么多灯光体现着性感线条与色泽，广告窗里的鲜明活体促销品，夜晚变得饕餮、淋漓、贪婪、尽性，也不无一种健康强壮。当年我们也有过口号：文明其精神，野蛮其体魄。

吞噬了黑夜，加速了心跳，夜生活缔造着欢乐消费，引动了疑惑与慌乱，再一步就是清流与沉思的反感，也不会没有满足、愉悦、兴奋、麻木、迟钝与疲劳。

眼花缭乱，鼻子的嗅觉更加难得要领。这是汽车拥塞的城市，这是香水、美酒与汽车尾气混沌融合升华、堕落泛滥、饶有趣味的城市；这还是个人人匆忙赶路的城市，少量行人与多量汽车上的人都在竞走。如果不是赶足球比赛，就应该是赶一场演唱。是的，德国统一前，西德歌星尼娜，曾在这里唱《99个气球》：

我们花完所有的钱，买了一袋气球，

在破晓时分，放飞了它们。

中国听众的习惯，听到歌词，首先想搞清放飞的含义。但尼娜歌唱的录音盒带里，只听得见欢呼的激奋声浪。人们需要呐喊欢呼眩晕，胜于歌唱，尤其胜于歌词逻辑。

新鲜与异动，难以入眠，习惯上，这种地方应该有英国军情五处、六处，意大利西西里黑手党教父，吉姆·琼斯的人民圣殿教，也有 CIA 与 KGB、以色列摩萨德……的交易与恶斗。不能不警惕，也不能不勇于面对与善于转身回避。

在这个城市，理论上老相识即自小相识的何哥哥女士她，被雇用作为翻译与全陪向导，接待与协助中国作家访问团。她向 WM 提出了惊人的一问。

她的家里气氛其实闲暇从容，有不同的味道与生活气息，WM 知道自己的父辈与何哥哥的上一辈人的交往，他来到何哥哥家，有新鲜感，更有变异系数感。

WM 和这个外籍且有一半中国血统的女士之间确实有一点缘分。

她的眼睛大，嘴也大，她的嘴角两端向脸后弯曲，令人想起飞禽，有那么点希腊罗马欧罗巴的意思。她的言语与行止有一种力度。她的微笑有点天真，有点像中国农民而不是欧洲淑女。她的声音略显嘶哑。她的头发完全是东方的黑色。她的大眼睛时时正面看着 WM，又随时自行一笑。嗯呢，那时候，与艰苦卓绝而又自成一格的新一代中国作家有某种个人或者家族缘分的洋人，已经相当罕见了。

……她邀请 WM 到她的家与她金发碧眼的儿子一起小坐，吃她所认定的所谓中餐，她找了一位华人女性帮她炒菜。反正你走到地球的哪个犄角都有华人。说着话，她拿起吉他，拨响了几声，用 D 语哼哼了一句歌曲。WM 一下听出来了，它的旋律 WM 小学时候吹口琴吹过的：曲子应该是德国巴赫作，WM 用不到一秒钟就辨别出来它的来历。歌词？应该是中国人配的，弘一法师？林琴南？反正不是人们更熟悉的译配了大量俄苏歌曲歌词的薛范老师。

老渔翁，驾扁舟，

过小桥，到平洲。

一蓑笠，一轻钩。

……秋水碧，白云浮。

斜月淡，柳丝柔。

快乐悠悠！

是欧洲的何哥哥通过中国的 WM 召回了 1940 年代的中国时光，时间可忆，时间可以回首，近乎不朽。

WM 不自觉地跟随着哼出了声音，何哥哥睁大了眼睛紧紧看着 WM，WM 有点不好意思。她说："中文的词儿，比原文更美好，我们小时候是不是一起唱过呢？"

WM 再次一怔。

WM 说:"听父亲说过,你们是 1950 年离开中国的,那时候我 15 岁。你应该很小。你会唱歌了吗?你……对我们家,对我这个人能够产生印象和记忆了吗?"

两秒钟后! WM 想起了她的名字,WM 叫了一声:"何哥哥!何哥哥!"

她仍然兴致勃勃,不回答 WM 认定她年纪小、不会记住 W 某人的疑惑,她说:"一个是你的声音从小就非常好听,一个是你的头发长得浓密……不知道这是我的记忆还是听我父母说的。有什么办法呢?"

WM 的感觉是她有一点兴奋。WM 也不懂她说的"有什么办法",它可能是需要加问号的疑问句,疑问所在与含意,也可能是她不愿意与老相识如此陌生与遥远。她要说的到底是什么呢?

WM 有点不安,WM 怕她会过来摸一摸自己的头发。WM 想起了 1954 中国青年艺术剧院,为纪念契诃夫逝世五十周年,上演话剧《万尼亚舅舅》,导演是苏联专家列斯里,男主角"舅舅"由金山饰演,第二男主角医生由吴雪扮演。路曦扮演的第二女主角索尼娅有一段台词:"我不美,我不美……如果一个女孩子长得丑,人们就会安慰她说,她的眼睛或者耳朵长得美……"1954 时的 W 某人已经被契诃夫的剧本阅读搞得神魂颠倒,欲死欲仙。包括路曦,包括导演孙维世,包括列斯里,包括斯坦尼斯拉夫斯基与涅米罗维奇·丹钦科……他都五体投地。

尤其是契诃夫与妻子奥尔迦·契诃娃,令 WM 很想为屠格涅夫长篇小说与契诃夫戏剧大哭一场。

WM 那时魔魔怔怔地下了决心要写作,要写话剧,拼掉小命也要写一出话剧,要请孙维世导演。

后来,50 年代的事儿,一切都过去了,过去得比 40 年代日占区龚秋霞唱的"蔷薇"与"伊人"还快。而 20 世纪 80 年代,有些过去了的烟云又见惊鸿一瞥,恍然再现。

然后无意中，不小心中，一切随风逝去。

那么 WM 不能不说，"哥哥"以不十分地道但又无懈可击的中文说话，也有一种"好听"的感觉。WM 还想到了法国马塞尔·普鲁斯特《追忆逝水年华》与德国托马斯·曼的《布登·勃洛克一家》，那里边的主要人物，似乎是从出生就有绝佳的观察与记忆能力，而比能力更重要的是记忆与不忘的愿望。直到数十年后，有一位朴实无华令人唏嘘的再无新作问世的同行，指责 WM 不应该写他 3 岁时的最初记忆，可怜的过气作家认为五六岁前的儿童，只应该是万事掉色（shǎi），全面遗忘。

可能的，19 世纪，作家的记忆力比现在好。18 世纪的人类记忆应该更好。至于后来，电脑的发展使人脑日益丧失了记忆自信，就是说，不兴过早记忆，人要能忘能记，最佳人生与养生之道。如果好了伤疤一点不忘掉疼痛，你此生能不活活痛死吗？

而 WM 在《闷与狂》里写了一点最早的 3 岁前后的童年记忆，受到一位别开生面、热了电视剧与国内外图书市场的作家倾情夸奖，而另一位长期寂寥的小哥则愤然不允许 WM 记性太早。

也可能，晚年了，快结束一切了，他或者她，老人们可能有机会突然涌出了一切的一切，记忆、印象、旧梦、闻说、讹传，倒也令人感动。

何哥哥笑了，说："太小？我从前是太小的吗？是两岁吗？两岁的事儿我不可以记住的吗？那就是。我应该什么都忘记了？两岁以前的一切，都等于零吗？会不会是见到两岁以前已经相识的朋友，把忘记了的一切零，又都想起来了呢？"

她又说："倒是后来，我在这个废墟国家上学、离婚、失业，中国、欧洲、童年，我什么都忘了。"

她又说："我是自由的，也是孤独的。我知道我不想做什么、不喜欢做什么，我可以不去做我不想做的任何一切；我的困难是不知道我究竟想做什么，我需要做什么。我已经 33 岁了，大学毕业以后我主要是靠失业救济金活着。我知道我还什么都没有做，不知道我可能有什么真正的做的可能。

"我每天都会拥有一些等于零的记忆、麻烦，与课题，"何哥哥接着说，"想起零，毕竟不是没有想，不是 0 在想 0，而是我的 N 在想，N+0 或者 0+N，哪怕 N×0 或者 0×N，都不绝对等于 0×0 吧？我的童年时代的朋友！"

概括、综合、哲学。她在欧洲，受了笛卡尔还是赫拉克利特的影响？自由与孤独是孪生的一对，思想从 0 到 0、从 0 到 N、从 N 到 0……说得挺好。

……WM 按：何哥哥的母亲出身于天津望族，何母上过英国教会办的外语学校，票过京戏与昆曲演出，她参选过校花。而何的父亲是欧洲人，是连续五代著名汉学家的第六代后裔。

在这个陌生的城市，WM 与何哥哥一起吃了一次晚饭，逛过一次集市，坐过农业集市上的旋转秋千。那次 WM 没有吃完自己盘子里的石斑烤鱼，何哥哥竟然把剩下的鱼帮 WM 吃完了。她坐完秋千面无人色，WM 至少可以断定她不会滑冰，也不会跳水，她的耳朵近处的前庭器官的功能缺乏训练，她属于晕眩症候人。至于吃 WM 吃剩下的食品？是由于对于爱护节约食品操守的严守呢，还是由于对于童年有过交集的 WM 的亲昵呢？

谢谢，对不起，请归零。包括缘分。WM 面对的世界是严峻的。WM 不会轻浮、轻率、轻飘。

二　开始提到端端与翩翩
1981·1985

第三天，同行剧作家端端小心翼翼地告诉 WM："我觉得何哥哥爱上你了……"

WM 说："不可能，我不是翩翩。"翩翩也是与 WM 同行的写作人，他吃过许多苦，他写了些夸张其词但也像是真实的苦水小说，还联系到马克思《资本论》与列宁的《国家与革命》，一面诉苦一面痛批与资本布尔乔亚常常沆瀣一气的知识分子的劣根性。据说翩翩的小说受到大众欢迎，尤其是，他得到了数百封女性读者的感情丰富的来信。他高个子，长脸，尖下巴颏，目光流动，说话幽默又大胆，潇洒风流，得机会就卖弄"性"心愿，从性饥渴到性爆满。他多血花哨，流露出饕餮的赤裸欲望，同时傻气十足，满心相信周围的男男女女都会心疼自己。他无咎无伤，坦然自怜给力，质朴诚恳如实磊落。都说他有女人缘。他吹嘘，自己的下巴酷似法国男星阿兰·德隆，而自己穿的外衣内裤都是该年国际流行色。他自称新时期以来，压抑了性欲 1 / 4 个世纪的他，已经有了 30 多位女友。"我爱女人"，参加一个文学讨论，或者一个所谓笔会，参加一个统战部或者文联召开的春节团拜会，最多坚持 20 分钟，他一定要公开声明他对女性的爱欲。比他年长的朋友劝翩翩要文雅一点，不要涉嫌邪念与儿童不宜。翩翩改口说自己渴求的是"红粉知己"，多多益善。

他属于补偿狂，除了女友，他喜欢出差时积攒"打的"等的发票，为报销，嘿。

有一次他来京，WM 请他到"孔乙己"餐厅吃了顿饭，菜里有大闸蟹。他吃完，诚恳地说："WM，这里的饭是不能吃的，没有基围虾，没有清蒸石斑鱼，没有烧乳猪，没有龙虾……下次我要请你吃饭，我要让你知道我们这些改革开放的既得利益者应该吃什么……"

WM 笑了，笑得有点无奈。翩翩土鳖，一改开，便认定港式餐馆才是世界最先进的。他当然不知道法式、意大利式、墨西哥式、俄式哪怕是日式韩式餐饮。

翩翩向 WM 透露过自己的核心秘诀："实话告诉你，我的作品至少一半是受了好莱坞故事片的启发……"

没有发生任何事情，当然。WM 不是翩翩。WM 把他的作品 D 语译本签名送给了"哥哥"。她给了 WM 一本原文《小王子》，这究竟是不是写那个爱上一朵玫瑰花的来自另外星球的"小王子"？到后来也没有弄清楚。另外一位外国朋友，则送给 WM 一个盒带，录的是尼娜的《99 个气球》。

将气球放飞的意愿歌词，倒也别致，挺痛快。许多年过去了。

WM 想起了他写过的两句诗，后来的任职阶段，WM 只能更多地把创作的意愿转移到写诗上。

你的声音使我低下头来，

"就这样等待着须发变白……"

其实如今已经 90 岁了，中式年龄算法是更人生化人性化更儒者爱人地逻辑化的，出生下来不算 1 岁却算 0 岁，不对头。90 了，WM 头发好像仍然太不够白，白白地不白，永不全白。

蔷薇蔷薇处处开，

听歌的人儿头发白。

WM 的头发没有全白，

头发的故事白白——白。

三　诗与歌汹涌澎澎湃
1985，6—12 月

一直到如今，WM 的心里、脑里、耳里、口里、有意里、无意里、白天与黑夜里，都响动着众多与长久的歌与它们的词曲。

WM 的体悟：一个活得有滋有味的人，你自己就是一个合唱队、一个交响乐团、一眼诗歌与梦的涌泉，你是一群鸟雀、一涧青蛙与鱼、一组高仿真立体声音响录音，索性你就是一张具有自动录制、补充、更新与播放功能的巨大唱盘、磁盘、音响。生活就是歌，就是交响乐，就是欧普拉洋歌剧，是白天黑夜永不停息的锣鼓、过门、生旦净末丑大戏，生活永远在你耳边演唱与演奏。

我们在打雷，我们在下雨，我们在演出，我们在播种，我们在加油，我们哭了，我们笑了，我们叫了，我们不叫了，歌曲在心里燃烧流淌横扫；我们怒了，我们被怒了，被笑了，被记住与忘记了；伟大的洗礼，大好的河山，边疆、人民、农村、田野、草原、艳阳下麦收、旗帜飘扬，欢呼嘹亮，前景辉煌却又新奇震荡。

我们摸着石头过河，我们边施工边设计，不设计照样打胜仗哟，打更胜更大的仗。我们永远吹响前进的冲锋号，即使在敌人的刑场上我们仍然坚毅如钢。我们变换着各种姿势、战法、器具、号子、深呼吸，向幸福的彼岸游去，游得天蓝蓝、云白白，浪阔阔、水深深，岸远远、风习习，惠此中国，以绥四方，民亦劳止，迄可永远、小康、健康、富康、安康、福康。福寿康宁，花开八面。

我们唱，或者是你们唱，他们唱，她们唱《小河淌水》:《牧羊调》，即《月亮出来亮汪汪》，类别属于"渡山歌"：

"……月亮出来照半坡，照半坡，望见月亮想起我的哥。一阵清风吹上坡吹上坡，哥啊哥啊哥啊，你可听见阿妹叫阿哥？"（WM 哭了。）

"一队队绵羊，并排排走，谁和我相好，手拉手！"（WM 融化了。）

《陕北牧歌》，也一样开阔。

八面来风，四季欢喜，芬芳在在，思虑端端，天高航域阔，浪起白鱼多。豁然有新意，同心更快活。

后来是：

……美丽蓝色多瑙河旁，香甜的鲜花吐芳，抚慰我心中的阴影与创伤。

不毛的灌木丛中，花儿依然开放，夜莺歌喉婉转，多瑙河旁，美丽蓝色多瑙河旁。

怎么回事？经过你的邀请，约翰·斯特劳斯也来了，全世界都在邀请中国作家，首先是德国，其次是苏联、日本、法国、英国、西班牙与美利坚合众国。这次他们出来离华尔兹圆舞曲圣地奥地利很近，维也纳，正是大家出访的下一个目的地。约翰·斯特劳斯创作的、本来名为《美丽蓝色多瑙河舞曲》的曲调，比原来的合唱曲词，诗人哥涅尔特的诗作，更加阳光灿烂、和风爽爽、水声潺潺、碧波荡荡、白云悠悠，如仙如醉如梦，多瑙多姿多感。我们会生活在这样的圆舞曲里。我们天天跳舞，生活之舞，事业之舞，交流之舞，快乐之舞，中国与奥地利、艺术与交响乐队之舞，社会主义与中国特色，改革开放与稳定和平的中华之舞。娱乐升平、步步高、旱天雷、彩云追月、小拜年、花好月圆。每年新年下午，央视热烈地转播维也纳金色大厅演出的新年音乐会，应该不是偶然的。

是的，在西欧一个重要的大城市访问之后，中国作家团到了多瑙河加特劳恩河畔的维也纳与林茨。

纯洁多情、感觉良好，因为一首爱情长诗而响天动地、名扬五洲的中年女作家鸣鸣应该地该城市主人邀请，用被塞到手里的指挥棒指挥了林茨餐馆乐队，演奏《美丽蓝色多瑙河》。中国的作家诗人与大、中学生，永远为多瑙河而向往。其中有欧洲跨国名河的魅力，也有仓颉造汉字时的赋能："多"，特别是"瑙"字，似乎包含了恼人的恼与高尚的玛瑙，它注定了美丽无双。

在《小河淌水》《一队队绵羊并排排走》《蓝色多瑙河》《老渔翁》……歌曲中，WM 想起的是中国新疆，6 年前即 1979 的冬天，与妻买到了煤油，那时那里的煤油灯唤起幽情；WM 与妻存贮了一窖白菜萝卜，WM 与妻卸下了一大马车煤块，WM 与妻弹好了棉花，他们在新疆伊犁地区迎来了又一个寒冷中温暖实在的冬天。他在边疆生活了 16 年。生活，你本来有多么踏实的美好，你又追求了多少美丽的梦幻。

在新疆时候，那时那里是天山枞树轮舞曲、高山湖泊圆舞曲、马车铃铛迪斯科、严寒即来苏幕遮冰舞曲、自有办法童舞曲……

此时在电脑键盘上敲击着的是 1985 年的出访，离开边疆刚刚 6 年、离开唱"蔷薇"的"处处开"时光 39 年。那么小说稿写到这一些记忆的 2023 年呢，是那次即此次欧洲行以后的第 38 年。

人生，是多么有趣啊。你是个小孩子，你是个大男人，你古稀耄耋鲐背；大人与小孩都是你，悖兴与中彩都是你。一样、两样、多样，你有很自己的样儿，什么样儿都是同一个你。小时候你是个病歪歪，于是你锻炼出胸大肌、肱三头肌、背阔肌、三角肌、肱二头肌、腹直肌，还有腹外斜肌、腹内斜肌、腹横肌……你可以低声下气，你也曾势如破竹；你曾经凭高望远，你不妨鼠目低眉、委曲求全、调整、巩固、充实、提高、信心、耐心、心静自然凉。你略有趾高气扬，你终于柔可绕指。你经历一切，你热爱生活，包括幸福与艰难悲怆。没有经历过艰难与悲怆的幸福，是肤浅的与贫乏的。你能够消化与克服负面的挑战，你永远展望未来，相信未来，期盼未来又随便未来，汉语"随缘"，绝了！

蔷薇蔷薇处处开，

明亮的舞蹈跳起来！

不怎么会跳又要什么紧，

伸腿一蹬，咱就蓬猜猜！

四　风华如露润蔷薇
1943·1970·1985·2023

似乎仍然不过是昨日。十好几位、有头有脸的写作人，组成作家团出访，就不说什么"代表"团了吧，谁又能真正代表谁呢？WM是团长。WM想起苏维埃社会主义共和国联盟时期、莫斯科市作家协会主席——诗人米哈依洛夫的笑谈：带一批作家出游，并不比带一个动物园野生动物上路轻松。

米哈依洛夫是苏维埃社会主义共和国联盟国歌的作者，最初，苏联国歌是《国际歌》，1943，斯大林决定另作鼓舞人心的新"国歌"，它唱道：

> 俄罗斯联合各自由盟员共和国，
>
> 结成永远不可摧毁的联盟……
>
> 呵，我们自由的祖国，
>
> 啊，它的光荣永远无边无疆，
>
> 各民族的团结友爱坚强！啊！

丈夫有泪不轻弹，只因未到伤心处！语出河北梆子《林冲夜奔》，天才演员裴艳玲主角。

20世纪80年代米哈依洛夫还给WM讲了富有俄罗斯风味的笑话。一只猫抓到一只老鼠，老鼠居然从堂堂的猫爪下逃脱，遁入鼠洞。经验丰富的老猫蒙受到奇耻大辱，栽了。它喵喵地叫，越叫得欢，老鼠越是小心翼翼，瑟瑟于黑洞中，不越雷池一步。

两分钟以后，猫儿突然，获得灵感，形势说明：越喵喵老鼠越是深居不出，以避风险。想捉老鼠，必须是兵不厌诈，另谋音响效果。猫儿立即变喵喵为汪汪，变猫闹为狗吠（WM按，看来俄苏也有中华与华夏"狗拿耗子，多管闲事"一类的共识）。果然，老鼠判定猫离狗至，风险已过，大摇大摆地出洞，被猫儿一爪子按住，再无脱逃可能。

"老鼠抗议猫儿手段的卑劣与对动物公约的违反……这时猫儿向老鼠宣告：'看来你不知道，老大哥我是外语学院毕业的喽。'"

1985，中苏关系也在解冻。一切的一切都出现了转机，勇敢的转机，快乐的转机，山重水复疑无路，柳暗花明又一程。

这个作家访问团中除了悲哀与豁出去了的、渴望突破一切世俗禁忌、要获得爱情无限风光的女诗人鸣鸣以外，还有温柔敦厚的剧作家端端。端端的脸上有永远的微笑，永远的含而不露，永远的沉默与距离，永远是你问你的，他说与不说则是他的"无可奉告"，直到你完全忘记：你究竟想问他什么，或者问了什么为止。

他是永远的莎士比亚、易卜生、奥斯特洛夫斯基、关汉卿和曹禺的后来人。

不知道为什么，地下党时期，左翼学生除了唱俄罗斯工人流行歌曲"兄弟们向太阳向自由，向着那光明的路"与"在我们英勇的斗争中，你为自由而抛弃头颅"以外，还喜欢唱：

顿河的哥萨克饮马在河流上，

有个少年痴痴地站立在门旁，

因为他想着怎样去杀死他的妻子，

所以他站在门边，暗自思量！

这是奥斯特洛夫斯基《大雷雨》里的歌词。

俄罗斯，俄罗斯，俄罗斯！

端端是如诗如梦如歌如诉的自成一体的自己。端端写的剧本不少，上演了的暂时只有两部，两部都很晦涩。奇特的是他的剧本，阅读起来远远比看从舞台上"立起来"的演出，更吸引人。名如其人，他的名字叫温良键，笔名端端，但是他说他不喜欢"正正"。他告诉 WM 说，更早自己名叫温良俭，他想突破一下，把俭朴的俭改成了小女孩爱踢的键儿。

"那你就叫温良键儿吧。不喜正正，何必端端？"

端端笑容一闪，表情不无忧戚。

还有，就是屡屡传来法国、丹麦、西班牙和希腊即将上演端端话剧的消息，甚至还有他的话剧剧本《三件套》，或谓已经把改编权卖给美国百老汇，将由百老汇将之改成音乐剧，麦当娜主演。或一人并说，喜欢边唱边脱衣的麦当娜到华盛顿DC（特区）访问中华人民共和国驻美大使馆，请求到北京天安门广场演出，时间可以选择交通量少的凌晨1：30至3：55，并保证穿衣脱衣不违背中国的风习规矩习惯。

端端绝不合群，绝不向他人述说任何自己生活与写作上的事，也绝对不回答他的戏与百老汇的机缘。他有一种谦逊退让的保密局风格，还有一种时时在做高等数学题的沉思神色。我问他一些事的时候，他回应的是波斯神职人员与大不列颠爵士式的无瑕疵的微笑的静谧；文质彬彬，君子雅士。

共同出访17年以后，2002年，一位年轻的朋友在使馆区一个高尚的餐厅里请暂时在京逗留的端端吃饭，WM被邀作陪，WM带了一瓶数十年窖龄的茅台到饭桌上，端端一再请教带酒来赴宴的用意和礼俗背景，好像难于理解。他好清奇，他好雅洁，他好陌生！

五　背诵原文列宁语录的雄奇狮虎

无独有偶，另一位伟大的好汉型作家叫雄雄，前面已经提到，WM曾与他一起去边远广西的南宁电影制片厂，一对恩爱夫妻接待完了他们不久离婚；这只是巧合吧，幸勿多思。完全与端端不同，他锋芒毕露，雄狮般男中音歌唱家嗓音与救世豪杰气概。一米九个头，扬头斜颈收颌，深思皱眉，挥手滔滔不绝的演说家与忧国忧民的政治家、思想家与歌唱家姿态完美结合。说到尖锐或者深邃的字眼，他的嘴唇会做出类似品尝美食的缩吮舐吸与咀嚼动作，他可能觉得自己的话语有佛跳墙的滋味与滋养。他对自己的嘴的珍爱满足与口腔的严厉决绝运作，令中学小女生听课群，痴迷尖叫晕眩。

他还是大眼睛、厚嘴唇、高鼻梁。雄雄最喜欢用的词儿是"愚蠢"与"可悲"。讲愚蠢与可悲二词的时候重音极其突出地放到"蠢"字与"悲"字上，于是愚蠢更蠢，可悲尤悲。在他的心目中，生活滋生着层层叠叠的愚蠢、形形色色的可悲、蓬蓬勃勃的怒火、悲悲切切的痛心疾首。他懂俄语，他说自己可能有1/32俄罗斯血统。

在我国的报刊还没有报道介绍进口引入以前，1955年，他已经大谈起苏联"特写"作家新星奥维奇金，讲到了他的"干预生活、揭露阴暗面"名著:《区里的日常生活》《在前方》《在同一区里》。雄雄决心效法奥维奇金，写下痛斥愚蠢与可悲的官吏的中国特写。但是在中国不兴叫"特写"，而叫什么"报告文学"。另一位报告文学青年名家帅哥曾经说，有的报告文学根据你搜集的材料，可以把你的传主写成白痴，同样的传主，也完全可以写成圣贤，可爱或者可疑，可泣或者可厌。

那么，1985年与雄雄等共同出访的38年以后，亦即距雄雄宣扬奥维奇金达69年之久，亦即2023年的时候，WM仍然难忘，结束二战后，苏联第二次作家代表大会上，顶尖大师肖洛霍夫发言大骂苏联作协特别是多次获得各种奖项的作协领导人之一康斯坦丁·米哈依洛维奇·西蒙诺夫，说西蒙诺夫动辄满胸佩戴着勋章招摇过市，与其说是作家，不如说他看起来更像一位屡获金腰带的拳击明星。配合肖氏激烈论调的作家"代表"，只有奥维奇金。奥维奇金从而也受到了苏联作协老作家革拉特考夫直到作协主席法捷耶夫的责难与嘲笑。老作家警告奥维奇金，不要活跃得使自己的形象颠倒过去。

雄狮斥愚，最初倒也不妨，但是，让WM不能习惯的是他讲话的朗诵风格。WM甚至觉得他不太会说口语。一个人，为什么会拿腔作调，甚至还摆出上海早年演出"文明戏"的身段调门来给中学生做讲演呢？为什么朗诵诗一定要学某位朗诵家先生的大呼小叫呢？当然，WM的看法无所谓，雄雄的演讲在中学女生中被欢迎得一塌糊涂。虽然没有谁在意他讲了什么，女中学生在意的是他的风姿仪表气度与嘴角。更令人想不到的是……本文暂且不说也罢。

六　翩翩复翩翩

然后需要说的是前面已经提到了的翩翩。从压抑到猖狂，再到自嘲，再到享受奚落与笑骂，叫作笑骂由他笑骂，消受我自享之。21世纪后，他转向于经营创业，自称他的文学创作成果将从平面化的铅字，转向立体公司企业房地产楼盘。他的创业维艰也是大家笑谈的一个好话题：有人说他印了一个名片，上面是翩翩担任着三家公司的董事长，等名片印好，其中两家公司已经宣布倒闭或被倒闭。另一位同行说，翩翩在北京开会的时候，舍不得自费打长途电话，跑到朋友家打了需要缴纳上千元话费的长途。这些说法很可能有添油加醋处，翩翩闻而不惊、不怒、不承认、不否认、笑意盎然，原来翩翩，继续翩翩，永远翩翩。他被判过刑，他被教养劳动改造，他宠辱无惊，金刚不坏，到哪儿说哪儿，万事一笑了之。

大家嘲笑翩翩的还有他的一个事迹：他去法国访问了一个月，回国后大讲在法国商业电视上看到的几名应召女郎接受采访的谈话节目，不知道给翩翩翻译法语成中文的人是谁，反正翩翩不懂一句法语包括Bonvoyage，也说不整一句英语。翩翩说，那位女郎喜欢德国主顾，说干就干，说走就走，讲究效率，节约时间。她们讨厌英国人，英国人买春的时候会大量废话，装腔作势，东拉西扯。说起中国人来，女郎们叹息：中国人看客太多，顾客太少。

更愣头青、可笑和丢人的是翩翩回国时经停香港两天，他居然接待记者集体采访，在被访过程中不谈国事，只谈应召，被香港媒体称为流氓作家，糟践了个不亦乐乎。

同时翩翩在此后的写作中，声称自己母亲具有贵族血统与风度。同样声称母亲乃是贵族的还有呜呜。WM有些困惑，WM感动于他们在上世纪后20余年社会思潮的布朗运动中，守护着对于老娘的尊敬与抬爱，怀念着贵族一词或具有的文雅尊严与高蹈，转眼忘记了在马恩毛阶级斗争理论中贵族的可憎可恶罪该万死。同时 WM 也怀疑，他们心目中的贵族，究竟是巴尔扎克笔下的、腐化的资产阶级拉斯蒂尼，俄国托尔斯泰笔下的、背负沉重的十字架的聂赫留道夫，还是中国人描写的百无一用的西太后族裔那爷老五？那五属于出门前用猪肉皮擦擦嘴，以表示未曾断粮的中国贵族，刚刚吃过过油肉的那种与众不同的贵族。

着实可贵的事迹是，在一次用饭中，翩翩竟大胆与呜呜调笑——"吃豆腐"：说什么"咱们俩也不妨风流缱绻，太虚荒唐，别有风味一番"。呜呜立即不假思索，在一微秒内举起一杯冰镇可口可乐，精准倒入翩翩上衣后脖领子中。一时满桌风云变色，黔驴技穷，谁都不知道该怎么反应才好。想不到的是桌上传出的是翩翩的笑声。什么样的气度！什么样的西欧式女士优先！什么样的骄傲与自信！这才是真正的翩翩啊，这次他的表现不土也不俗。他完全没有因之报警，兹后他再有什么"罪恶"，你一时也不好说什么了。

他学不会一句外语，他从不接纳一个小节的交响乐，他的文化接受程度只到达好莱坞（中文译配）一级，但是在对女人的"潘小闲"上（语出《水浒传》中"王婆贪贿说风情"一节），他确实够着欧罗巴的法兰西了。想想好莱坞的影片，杀女人的有的是，可哪有挨了女人的嘴巴还手、挨了女人的饮料报警的呢？

七　月、星、老革命、全才全能

我们的作家出访团里有一位身兼作家与表演艺术家的不凡女性，名叫月如星。一上飞机，她就被国航乘务人员、更美好的说法是"空中小姐"，更规范的说法是乘务员，特请到头等舱去了。她的写作与她的人一样，堪称漂亮，好漂亮，真的漂漂亮亮。漂亮而且大气。那个年代，身兼漂亮与大气的月如星相当少见，常见的是小家碧玉的美丽与大气的自傲加生硬粗粝和势利眼。而 1985

的岁月，那是一个快乐的年代，那是一个布朗的年代，那是一个一时找不太准自我感觉与自我规范的年代，那是一个不但摸着石头过河，而且摸着巨鼋蹈海、摸着星星飞天、摸上月亮下口咬啮也不太硌牙的年代。青年作家们的说法是："江山代有才人出，各领风骚三五天。"

月如星或者星如月的她，特点首先在于喜欢也擅长支使人。头一回，在那时中国作协常常选择做临时开会地点的新侨饭店与WM见面11分钟以后，她说："请你给我倒一杯茶拿过来，谢谢。"WM乖乖地拿过水来，在回味时并不特别情愿。WM检讨自己的窝囊与表里不一，实不想接受支使，却立即接受支使，这是为了什么呢？月如星她的笑容比波斯式与不列颠式的不笑无表情更迷人醉人。那是挡不住春风的蔷薇，动情式的一粲。

顺便回溯一下，那时，中国作协同中国文联，在1976年唐山地震后在《红旗》杂志社，后来又挤进了文化部的大楼前，临时修起的地震棚里办公，开会要租酒店。原来的文联大楼，发给了商务印书馆，文联与各协会动乱后期"斗批散"了，文化部也"斗批散"了，后来回来的。其他单位是"斗批改"。"斗批改"在新疆伊犁地区农村的兄弟民族农民中，被称为"多普卡"。WM曾经以为："多普卡"是中国俄罗斯族引进的一个俄语发音。人的一生，会阅历大大小小的多少奇异，积累多少罕见的传奇性、趣味型经验啊。

团里两位老革命作家，彼时都已经多年担任地方上宣传与文化方面的领导职务。30多年前，其中一位作家写过抗日反蒋的小说和电影剧本，他始终坚持用毛笔写稿子，每写完一部作品都拿到荣宝斋装订，加上讲究的封面封底，令人起敬。他笔名叫郝好。另一位长者写了不少抗日救亡儿童歌曲歌词，他执笔的作品有的改编成了畅销的连环画。他的笔名叫劳军。他们二位沉着、谦虚、自律、注意举止细节，注意不用茶匙喝咖啡与要用汤匙喝西餐汤的操作，用力控制在国外喝汤吃菜时咀嚼吞咽不发出太响的噪声。他们对于文坛的"伤痕文学"啦，中青年作家啦，白桦的《苦恋》与批评《苦恋》的黄钢主编的《时代的报告》杂志啦，不着一词。当作家们谈论旅馆房间里放映的成人电视毛片的时候，他们也不发一声。这类话题上开放的是女界，爱情诗人鸣鸣说："看那个？还不如洗完澡照镜子！"表演艺术家月如星说："不值一提。日本有公开卖票的性表演。看的人恭恭敬敬，哈依，哈依！"这时翩翩也听得瞠目结舌，垂涎欲滴。

他们二位沉着、谦虚、自律时谈起西方社会的性商品与性展示立马亢奋的同行是尊尊，带口音的全能作家，他写过快板、歌词、故事、小说、散文、报告文学、对口词、报幕词和一些评论批评文稿。动乱初始也写过抽象而绝对不具体的"大批判"文章。听说1966—1976那动荡的十年中，他仍然注意绝对不踩及伤人、伤己、触怒、碰撞的红线。据说尊尊的一绝是既能写也善写检讨书，他私下对WM说过，病危后他准备把自己写过的检讨文稿付梓。他向人介绍过他的"适当检讨"主义，说这并不是应付，而是人生观带来的方法论。遇到比较意外与复杂的情况，非要你表态不可，你不好说话又不能不说话，你就先检讨自己必有的、绝对不可能没有的缺失：头脑不够清晰，认识不够分明，言行不符合要求，需要学习，需要提高，需要从头做起，需要很多需要。开始，你还不知道从哪儿检讨起，只要检讨下去，自然而然，知其始也，不知其止，而到了关键节点，不知其止也必须戛然而止。一是你的检讨必须继续深入下去，二是而且必须检讨得适可而止。检讨不止，等于政治自杀。

WM不知为什么想建议尊尊将笔名改为"命命"，相信这个名称有更多的吸引力与易知性易忆性，归根到底，改笔名，使尊尊名下作品的成活率、可读性、可悦性、安全性与或畅销性，至少是不滞销性，都有添益改善的可能。

八　众神黄昏（一）
2023年3月·三说翩翩

翩翩是一个长不大的孩子，自以为是一个高智商小境界的俚语中的纯爷们儿，是个绝对不掩饰自己、不装样子、不端架子，却又热衷于摆谱儿与出小小滥俗风头的天真诚实的哥们儿。他不拒绝大境界，但更不拒绝小境界的声色级别实惠。境外有华人朋友劝告他不要与某些涉嫌低俗的男女特别是女子来往过于亲密，他一面点头称是，一面诚恳地告诉人家："我就是一个大俗人嘛！"他的诚实使尊敬他劝告他的许多的人五人六（somebody）尴尬无计、缴械投降。

他是 1957 年不满 21 岁时落马打入另册的，他自己说是读完《资本论》以后，发表了一些经济学观点，当了吸引嗖嗖嘎咕鸣叫着的子弹的靶子。读经典，读进了另类？是否真是如此，还是趁机美化自己，待核。反正，几十年的交往，没有谁听到过他引用过一句半句《资本论》。

这话又说错了，日常生活中尤其是同行们的闲扯机锋之中，他几乎是唯弗洛伊德主义，但在许多年写作的文学作品中，他确实露过两手，能引经据典谈马恩列，来几句硬邦邦的条条。

1966 年夏他越闹越大。劳教期间，碰到 60 年代乱局，给受到劳动教养待遇的人士放假回家，结果走在路上看到异地那会儿时兴的大字报，翩翩君为"大民主"所激动，在某火车终点站发表演说，并当场成立了造反团，翩翩当选团长。然后在"只准左派造反，不准右派翻天"的口号宣示中，翩翩升级被劳改。劳改的经验，他只说过"千万别入住大号子（即大间众犯人监狱）"一条。再有他在小说里足写了男犯人的压抑憋闷，几近疯狂爆炸。

1978 年 12 月 18 日至 22 日，中共十一届三中全会召开，中国人民经历了第二次解放。翩翩从此是"好运当头皆事顺，新春及地遍花香"，他再次写了经济学论文，无人理睬。乃随便写了篇小说，又是好评，又是得奖（奖金 300 元），又是改电影。"水晶帘动微风起，满架蔷薇一院香。"他的"香"乘风直上，扩张发扬，眼见翩翩日益火热，自封自乐地把"既得利益"四字挂在嘴上。

又恰恰时兴起"信息"一词，马上传出了翩翩扬言主办提供信息的报纸。他要办报？他办的报上有信息？这里，全国上千种报纸，上万种刊物，都不提供信息，需要翩翩老小子提供信息？ WM 立即觉得他的智力可疑。

后来，他的办报宣示，无疾而终。再无人说起此事，其兴也勃，其亡也忽。

翩翩名言：一个人必须有成功有失败，有幸运有悖运，受苦的男人，才能获得尊严、骄傲、美丽、性感、最最出色的异性的喜爱，另加崇拜，直到怜悯和陶醉。

小说不断，绯闻灿烂，政协委员有他的大名，省文联主席有他的名签，他自称已经是"部局级"领导干部。旅游点、电影城、酒馆餐馆有他的字号。1983年初寒冬中，WM到翩翩处做客，翩翩调来一部老式大红旗迎接，上了车，红旗发动不了，呜呜呜响了一回号角胡笳，"夜或晨，在塞上忽听笳声入耳痛心酸"（语出《苏武牧羊》），只好再调整来一辆京上广已经基本淘汰掉了的苏式伏尔加车子，拉走了WM。然后翩翩吹乎，伏尔加开动后15秒，大红旗威风开动。有什么办法呢？WM没有坐红旗轿车的命。

他还时常举行舞会欢迎北京来客，WM敬谢不敏。翩翩诉苦，为了欢迎比他小二十岁的另一位清流冷面小生作家ZZZ，他拼命配置安排了晚饭和舞会，硬是被ZZZ冷面、连连场场拒绝，好饭不上桌，舞蹈不下池，老弟翩翩就是这样地受辱受气。说此事时，他满面通红转铁青，眼睛发红并沁出泪水，他说他的受辱感超过了被劳教劳改年代。

十年后，既得利益人的利益全面开花，翩翩自称：他吃的鸡蛋带着母鸡屁股的温暖，他吃的蔬菜带着泥土湿润与芳香，所在地飞机场悬挂着"翩翩欢迎你的到访"横幅，火车站里也有他的巨幅照片。他还介绍说，在开会住饭店期间，女粉丝告别走近房门的时候，他的经验是适时提出："让我们留下一个纯洁的吻吧。"他拥抱接吻的成功率95％。

至于进一步的成功率，"我不说"。

……2003年，传来翩翩患病的消息。WM给他电话，他强调："WM，你要注意：我的肺癌与吸烟没有任何关系。"WM叹息，听着不太妙。只能解释为，翩翩必须转移他人与自己对自己病情的注意力，他实际是巧妙地将对病情与预后的关心，转化成对病因的查无实据的抽象论争，想不到他还有这么一手。

WM为之泪下。可惜的是翩翩所在地区，在翩翩满六十岁了才上报将翩翩提拔为自治区政协副主席的报告，好事多磨，没有办成。

人一辈子都要学习，要学习好好地活下去，还要到了时候学好踏踏实实地走人。据说他在一个场合诉说了这样的心得。这个场合带有翩翩与朋友告别的性质。翩翩告别友人的时候没有邀请WM，在WM身边，也许翩翩有压力，也许翩翩有不忿儿，一笑。

WM要求自己换位思考，如果是自己病了呢，如果他与友人告别，他的心情会如何？他能找翩翩吗？这带有某种盖棺论定的性质。他有些不安。许多年了，历史教训让WM不敢骄傲也不想骄傲，但他又确实不能降格以求。

与吸烟无关，好的。与什么有关呢？与翩翩长逝永别以后，梦中有一回，WM听到翩翩的自语："WM，我也值了。"

WM想起一位对翩翩相当爱护的不太小的土领导同志，患病住院，翩翩去看望，领导说本来早就要提拔他给他加某某头衔，因为他的某些绯闻，此事拖下来了，最后没有做成，领导替他遗憾。他忽然小心翼翼地关上病房的门，面授机宜地向领导大讲保持活力、结交红粉知己的重要性。他自称领导听了他的谬论只剩下了哏儿哏儿格儿格儿地笑，看来他的偏于庸俗低下的性情观与生命观获得了认同，取得了优势。

2013年，WM得到报告，说是翩翩已过世，WM赶快发了唁电过去，立即被打回来了，说是并无丧情。WM再看助手的手机，手机显示，该助手的朋友发完翩翩过世消息之后，一连发了五次信息过来，声称翩翩离世的报道有误。

深深抱歉后数日得到了翩翩离世的官方通报，WM发去了唁电。翩翩在当地的丧事比预计的规模大十倍，大量各界读者粉条粉丝自发前来送别，有的送了挽联，有的是鲜花，有的是花圈。送葬人数超过预计。说下大天来，翩翩是被一些读者喜爱的，更正确地说，他是被读者欢喜、被一部分女性感兴趣、被另一部分女性怨恨嗤骂，最终又被人们在嘲笑与宽宠当中原谅的一位出色的小说人。

翩翩去世后才得知，翩翩在"立体"创作、经营有成以后，贡献了许多社会福利善举，包括：假日免费提供给急病病人的救护车，还有对孤儿、残疾人的援助等等。他在被议论被嘲笑被批判被怨怨的同时，被更多的人民喜爱怜惜，这是难以否定的事实。

安息吧，唉，我的翩翩老弟！

九　还有一位不以写作著称的著名作家
1969·2023

过了1天又1天，1周又1周，1月又1月，1年……又43年。

唱了"蔷薇"，唱了"团结就是力量"，唱了"明朗的天"，唱了"走在大路上"，唱了"大海航行"，唱了"凡是敌人反对的我们就要拥护"，唱了"乡恋"，唱了"春天的故事"，唱了"回首往事"与"此心永恒"，唱了"红歌"，唱了莎拉·布莱曼，也唱了2023年的《矜持》与《泡沫》。

有意思的是活跃一时的另一位写作人，他名叫呼呼呼，他本来不在此次WM当团长的共同外访的团队，但这里需要写写呼呼呼，干脆，就允许作者虚构一下，请君入瓮，请呼呼呼入列上席，此地，作者将呼呼呼也吸收进1985的访欧作家团当中好了，特向读者报备。亲爱的读者，您看出来了，作者有一点点小小不言的年纪了，急于将小说写他个淋漓尽致，天地笑、神鬼哭、风涌水跳、36般武艺、59种兵器、72种变化，从鬼谷子到诸葛亮，从航空母舰到巡航导弹到小儿飞镖，从但丁的《神曲》到乔伊斯的《尤利西斯》……哈哈，都用他个6够！作者，其实也就是WM，做不到尊荣安享、古井无波，WM老家伙反倒是文心鼎沸、老坛开锅，他想改一改抱朴守拙、清淡平缓、静坐养气的老人旧习，对不住啦，您！

呼呼呼的来历是产业工人，1969年的没有上过初中课程的北京"初中毕业生"，大部分留城市做了工人。呼呼呼须发褐黄，头发卷曲，口若悬河，身上带着《法语入门》。学习了许多年，始终踯躅在法语门口偏外。呼呼呼君，他是著名作家，但是他的作品远不如发言多。他的发言幽默通俗，横冲直撞，有套话，有学人学问涉洋名词，有歇后语、俚语、中外与自编成语，有横空出世的大炮，有忽东忽西的麻雀战术。呼呼呼既有老北京的胡同串子腔，又有新出炉的海归博士后现代陌生新词语的滥觞滥用，还有各种主体语体文体带货。他从未认真读过几本书，居然古今中外、学富五车、左抡右扫、信口开河。远在自身具有越洋出国游学经验以前，呼呼呼他旁征博引，从希腊罗马说到海德格尔到杜威到杜鲁门·卡波特，即使说得关公战秦琼、文不对题，也深受同人欢迎。遇到有时某种类型会议开得人众疲劳犯困打盹，只要大呼呼呼一发言，就能出彩激活听众如放小鞭炮，语声与笑声从而迸发，眼球与鼻翼从而发光。他的发言如三五香烟、哥伦比亚咖啡和美国渔人牌强力薄荷糖，提气提神；甚至有如北京王致和臭豆腐，令你一惧、一惊、一喜、一赞、一个机灵，恨不得望风逃窜避之唯恐不及……接着逗出了好奇心……终于咽得下去了，从而越吃越馋，终于爱上了北京臭豆腐。

呼呼呼发言常提第二国际考茨基的改良主义与伯恩斯坦的"终极目标其实是微不足道的，运动才是一切"的错误靶向论点，而且他绝对不把考茨基的"考"读成第三声如"烤"，而是鲜明地读成第一声如当屁股讲的"尻"。那么伯恩斯坦的名字呢，他要拉长声重读"恩"字，即读成伯恩——斯坦。当然，讲了第二国际的错误，接着要讲第三国际的英明，第三国际的代表是列宁，列宁的列，他也不读第四声的"烈"，而读第一声的"咧"。此种情势下，听者互相挤眉弄眼，有的干脆回忆起老舍《茶馆》里英若诚饰演的小刘麻子的著名台词："人家不说好，说'蒿'——洋味儿多足！"

他的另一个著名风流故事，说是在与一位自由女友甲做爱的时候，呼呼呼地声言他下一步还要与另一位女友乙上床。也有人说这是胡说八道，恶意中伤诽谤。但是能得到类似诽谤的人才，恐怕也是凤毛麟角。

有几位有关系统领导讨厌他，多次说过要让呼呼呼回原来的工厂车间干活，但这个回归呼呼呼的工人阶级部署始终没有落实，看来呼呼呼的幽默与热心助人撩风吹火也可能是一个特殊时代的文化生态需要，还可能对他本人有所保护。详情不知，略。

　　后来呼呼呼他出国逗留很长时间，他的京片子才华深受各地华人器重，同时他注意有所不为，有所不言，有所回避，一直给自己留了后路；政法领导也以他为例，说明他这样的，只参与学术与文艺，并无政治问题记录。后来他干脆宣称他皈依了法兰克福西方马克思主义学派，师从霍克海默、阿多诺、马尔库塞、哈贝马斯。2003 年一段时期回来中国，也还热热闹闹，并被尊称为呼或虎爷。又过了十几年，2014 年，他觉得无事可干，回国几年，又走了，配偶过世且另娶了美籍华人博士教授。60 年的文学生涯，他总算写了一部长篇小说，声明他写小说不是为了写悲欢离合与善恶忠奸故事，而是为了向国人介绍外国人的小说新写法，他做的是文学格式普及与推广启蒙工作。他还玩过新左翼，惊人地批判现代性与全球化。

　　呼呼呼敢吹，敢蒙，敢哄闹，敢咋呼，敢现趸现卖，在一个会上听到一个新名词，半小时后就会到另一个场合大讲特讲，他的讲新词如在西餐馆点牛排，越是敢点半生不熟，如只熟四成的牛排，越会显出自己的洋派新派后现代派，长时间以来，他能坚持做一个维持时时出新、处处拉扯的小字辈，让人快活。你一年没见到他了，一见面，他第一句话是"现代化？你们知道不？真正现代化的地方，大知识分子，都在那儿批判现代化"！第二句话，"现在的欧洲北美洲，大知识分子宣扬的是中国的'两参一改三结合'"！然后他大讲中国鞍钢宪法与苏联一长制马钢宪法在西欧北美的研究。很少有人包括精通三四种外语的海归人物能接上他的话茬，很多活跃分子听到了呼呼呼的高论才感觉到了自己很可能是小知识分子，不但是阶级小的小资产阶级分子，而且是气魄小、见识小的小知识分子。当然更多的人认为是呼呼呼在那儿信口胡言，信口胡言中有某种进步性与绝不是零的可能性。在美国，除了"绝无可能"发生，是不可能的之外，还有什么是不可能的呢？

鲁迅时代是旧中国，那时候令人快活的是偷书被砸断了腿的可怜的、到处吹嘘茴字的四种写法的可鄙的孔乙己。呼呼呼则是新中国文坛一时小红人，逗人一笑，一寸丹心报祖国文坛学界，涉足企业管理，也就过得去了。他并不追求真正的名望高峰啥的，他从不伤害他人，只吹乎自个儿，不抨击他人，在相轻相咬、舌头底下压死人的文坛学界与网络超俗即极俗民粹界，出这样一位善良宏大的段子手，倒也不恶。你可以说他并无多少干货，他也从不以文坛或学界的大腕真腕儿自居，得机会就抬爱一两位新手，顺便抬抬自己。呜呜说他是文坛上最不骄傲也最不嫉妒他人的好人儿，他是受到欢迎的一位。他不装猫儿，不吓人，不拍马，不迷官儿。略吹小牛，略滥新词儿，一半是文坛学界，一半是准曲艺单口相声脱口秀界大师或中师小师级演员，更是帅呆酷毙爷们儿，自成一格，一笑了之了之，而已而已。

此人无大恶，庶几无小恶，有亲切感与随和性，宠辱无惊，随缘起伏俯仰，到处上席、讲话、入药、加塞儿、添趣儿。祝他平安幸福。

维吾尔谚语说："鹰有鹰的道，蛇有蛇的道。"呼呼呼非鹰非蛇，他是一只声音嘹亮的田鸡。

无论如何，虎爷算是成功者，各人有各人的成功，不可统一标准。

> 疫情无情来，呼呼呼失联。辉光本有限，声响自寂然。
>
> 虎虎震舆论，堂堂似高言，闹闹两三下，乒乒四五篇。
>
> 然后持个卡，嬉游洋那边，忽悠出喜乐，归零更陶然。
>
> 作家不是花，凑合吃喝撒，诡言成一笑，众人夸哈哈。
>
> 敢吹敢称雄，胆气万人惊！偶尔露破绽，何必倒栽葱？
>
> 呼呼呼闹闹，嘻嘻嘻吵吵，六十载过也，有这么一根草！
>
> 有这么一根草，有这么一剂药，有这么一朵葩，有这么多少年的笑！（也不错嘛。）

十　女诗人鸣鸣

1971·2023

而悲哀与怨怼在于诗人鸣鸣，她的才华、风姿、个性、形象、作品、人脉，光芒四射；命运遭遇却无情无义、痛可钻心、恨已蚀骨、难以解释。

"解释春风无限恨，沉香亭北倚栏杆。""昨夜星辰昨夜风，画堂西畔桂堂东。""纵使相逢应不识。""从此萧郎是路人。"

1971 年在五七干校梦幻生情后，27 年过去了，她恋得痛苦执着，她爱得专一坚守，她情深得如 11034 米马里亚纳海沟斐查兹海渊，她热烈得如炼钢火焰、期待如"待月西厢下"的莺莺与寒窑苦守 18 年的王氏宝钏。WM 想到过，王宝钏苦守 18 年，她则是苦待 27 年，她的人生与文学，以命搏情，几近就义，令 WM 不断想起山西民歌《兰花花》："我见到，我的情哥哥，说不完的话啊，咱们俩人死活哟噢，长在一搭！"

还有陕北的《信天游》："你妈妈打你，和你哥哥我说呵，为什么，要把洋烟喝呵……"洋烟说的是鸦片，女儿爱上了哥哥，妈妈不让，打了闺女，闺女吞鸦片自杀，情哥哥唱了起来，能不昏天黑地，肝肠寸断?！

而在翩翩那里，情哥哥称"狗狗"，情妹妹称"肉肉"，栩栩如生得气死人。

鸣鸣的男神是 SS 领导，名牌大学受过高等教育的一二·九地下党员干部。鸣鸣的文曲星是安东尼·巴甫洛维奇·契诃夫。差不多仅仅凭借契诃夫的一卷小说集（？），她构建了自己的诗的天国、情的圣母、诗的庄园、文学的世界，她何其优秀哟！

许多年以后，就是说改革开放了，鸣鸣的文学梦实现，她的诗作霞光万道，她的人生浪漫奇葩，她的爱恋铁定无望，她的期待凄美梦幻，她终于似乎是得到了 255% 的实现……这是诗人、国人、时代与文学的恩典与机遇啊，这是亿万斯年文星、诗月、散文男、小说女压根儿没有过的福享机缘。她修炼了多少万载，她苦熬了多少千年，逢此佳日良辰、芳菲厚爱！

于是，然后，一切的一切，立即或者发生了意外变化，不是爆炸，也是气门芯顿然拔出，变速如电，变速可以申请登记吉尼斯世界纪录。苦恋梦想，在实现的瞬间，变味儿了、变色了、变质了、变修了，苦恋的诗星，竟然变成了高文化、诗文化、梦文化的怨妇。也许怨妇更加容易得到垂青爱怜，当然。那么，是不是，莫非爱情与文学的浪漫，其实是不能实现、不宜成真、不可世俗化与生活化日子化了的呢？诗一样美妙的高雅的悲苦的与可望而不可即的乌托邦天堂之爱之恋之诗之文，一旦成为事实，便嗞呲嘶喷儿地一家伙走了形、没了样儿、撒了气，立即干瘪破烂毁灭发酵解构令人作呕？！

天啊，为什么对于大诗人、真情犀利的鸣鸣：过日子，就是生活的破碎；枕席婚姻，就是爱情的杀手；美梦圆满，就是现实的霉锈！

梦幻成真何必真，一旦成真即失贞。度日居家浑噩噩，深情隽语岂津津？

俗人俗物俗煞人，诗韵温馨尽不存。面对珠黄人老旧，钢牙咬碎活剜心！

一纸晶莹一世昏，解铃难求系铃人。铃儿解掉全无系（寄），忿忿雒雒苦自身。

艺术文学恁害人，爱情搅屎误青春。伤悲苦幻心全碎，老大成双腐旧身。

新篇吟罢怨啼春，落地泥泞难委身。梦里诗中情有尽，他她你我尽俗身！

十一　痛惜与伤悲

梦想就是梦想，文学就是文学！鸣鸣的说法是：她的纯洁美丽的爱，已经被舆论被他人被对爱与诗的一窍不通的蠢货们，乃至被文化环境、被平庸的人间、被混账的男权社会忽视了、蔑视了、冷淡了、搅和了、破灭了、厌恶了、悲剧化了、喜剧化了、闹剧化了。然后病了、乱了、哭了、恨了、反目了、无聊了、绝对地失望了、什么都没剩下了……

她聪明绝顶、真诚透明、赤子天使、笔如秋风、心如明月、情如春花、笑如清泉、举止潇洒、神态灵异、风姿迷人，举手投足，俱有神助、魅力天生、天真本色、轻信幼稚、我行我素、随心任性、朝云晚霞、阅读点滴、感想云雾、知事无多、灵机无限、憾恨无边、破釜沉舟、献身诗神爱神，"灵台无计逃神矢，苦恋平生最自怜，丑鸭比翼天鹅后，悲愤难消心痛残"。

从前，爱上 SS 以后，她挑选纱巾、纽扣、发型、衣帽，不敢多吃，再不答应一切轻薄与挑逗，恰到好处，此生只为、只想、只顾唯一一个几乎完全不可能得到的那位奇男子 SS，她自觉已经为 SS 献出了自己 27 年的岁月，包括下辈子、上辈子、上一代与下一代……SS 就是她的他，他就是爱情，他就是天使，他就是契诃夫，他就是天堂，他就是永远——不能实现的永远地醉她苦她痛她的最美最动人的梦、信、诗、灵魂与生命。

改革开放世俗化以后，一度她相信扎耳针能够挽留住美好的青春，返老还童，她参加什么活动都戴着满天星式的两耳朵与两面侧颅部的小橡皮膏。这，也是为了他、他、他！同时她想起的是原来献给读者与她心目中男神 SS 的心语是何等鲜活纯净。而当一切的不可能由于扭转乾坤，改变了中国农民、知识分子、诗与诗人的命运的中共十一届三中全会，而变为可能，她成功了，比翼青云，翱翔内外，文学与爱情往前走了一大步，上升了一大截儿……但是，天！她要问的是，她心碎的是，她又最终得到了什么了呢？一对老家伙、几许涉黄谈吐、卧室里的痕迹与气味，男神的耐心与欣赏之中，不无轻佻与对她对女性的藐视，而人们关于仕途沉浮的八卦传闻，SS 特别是与 SS 来往密切的级别身份相近的官员们，他们与她是怎样地不一样啊！那些对于文学与诗学的一无所知、自负与不无颟顸的谈吐，那种爱情的慢慢耗散反应、乏味失联，蒸发掉色，噢，不，是极速乏味转变走味失踪了的遗失感觉，那种陌生感、异化感、格格不入感、不理解感、不尊重感……他们那里剩下的渐渐是衰老而近干枯的情欲，是苟合低级的级别职务之类的堪称令人作呕的功利切磋，是鸡毛蒜皮且千篇一律的计算与雕虫小技。

文学，文学，你究竟是什么玩意儿？你推动了几代青年革命，你令上世纪的台湾当局闻之失色，你在刑场的枪击声中铿锵震动，光环夺目，你提升了生活，你使日子变成了使命，受活变成了信念，你提升了饮食男女，改造了太多的蝇营狗苟，孕育了理想国理想男理想女，理想的诗的世界，你摒弃了庸俗、自私、金钱、懦弱，你放飞了自然与人性的一切追求愿望感动与火热，你的口号是不文学、毋宁死，不诗情、毋宁宫，不超拔、毋宁灭……

鸣鸣的那首歌颂不可能的"蒹葭苍苍，白露为霜"的长诗，数十年来让多少人感动得死去活来，它的比喻，它的抒发，它的节奏，它的决绝，让你感觉到只要读了这首诗，就可以算是朦朦胧胧获得了一生，获得了爱情，体验了海枯石烂，享受了三生三世，感受了此岸彼岸，胜过了贾宝玉林黛玉，连通了罗密欧朱丽叶。啊，中国出现了爱情与文学结合的女神袛……

转眼间美好变成丑恶，挚爱变成怨怼，拥抱沉醉变成了无趣脱逃隐身，疲乏，疲乏，全身心的衰与褪。她秘密出走大洋另岸，找原先的孩子，电话、地址、联系方式全部向 SS 保密封锁。

她诗里歌颂过的，天上的白云、地上的清风、枝头的鲜花……瞬间变作泥泞粪堆里蠕动的蛆虫，谁能接受？谁能继续？谁能相信？谁能不顿足捶胸，啧啧称奇，痛心疾首？

而且她一再写到作品里，出气、散德性、抖露臊、犯傻、报仇，报诗仇文仇契诃夫仇 SS 仇"四人帮"、国民党、日本占领军司令冈村宁次的仇！！！

她写下了腥臭、不平、不甘、低俗、精神贫乏、审美疲倦、黄毒、虚饰、叫苦连天、无聊昼夜、嗔怪积怨，但见气冲冲，不知心恨谁？呵，她是天才，她是神灵，她是赤子，她是玉体，她是清辉，她是夜明珠，她是白雪公主，她是苦大仇深，她是至死一个也不原谅。她出污泥而不染，入污泥而不甘，爱自己以生命爱过的 SS 而越来越觉得不太值得，太不值得，不爱自己大张旗鼓地示了爱的 SS 却又是不能舍得。她爱上了一个臭男人，她误以为那是她的神，她的罪过是爱、真爱、深爱、痴爱同时真的不知道该不该爱对方，就是对方到底值不值她爱。她他一度互相配合得无懈可击，她被激活了那么多烟士披里纯；而臭男人周围聚焦着一批批臭女人和更臭的男人，还有淡而无味、虚而不实、伪而不真的令人活活窒息、比恶臭还令人恐怖的新式无色无味氮元素型的男女……我冤、枉、了、一、辈、子、啊！

我为什么相信了爱情？我为什么会艰难地相信了文学？我为什么相信了契诃夫？我为什么相信了我遇到了中国的契诃夫？是谁在欺骗我？

用不着说"假如生活欺骗了你"，事实是假如生活并没有欺骗你，生活压根谁也没有欺骗，她最后终于明白了除了你自己，谁也没有欺骗过你，于是，然后，也就，她垮了，她的敌人恰恰就是生活，直到普希金与契诃夫，尤其是爱情，尤其是白白白地爱了一整辈子的 SS。

十二　矫情或者嘴强
2023

WM 在 40 多年后的 2023，付费从网上重读鸣鸣的另一首诗，他不免吃惊，诗里写到一个外形如希腊雕塑的美男子，回答"为什么"追求一位 30 岁的女孩的时候，答不上女孩对于该热烈追求她的男孩子"你为什么爱我"的提问，美男子面红耳赤地说："因为你好。"希腊雕塑的回答，使沉醉在爱情梦里的慧根独具的女子——情诗与抒情女主人公，"浑身冰凉"。

因为你好，因为你好，WM 为这个回答沁出了眼泪。而鸣鸣为之"浑身冰凉"。鸣鸣的爱情试卷，到底应该怎样地回答呢？要白居易的《长恨歌》还是元稹的《遣悲怀》？是泰戈尔的《世界上最远的距离》，还是叶芝的《当你老了》？

其实很简单，也许，只要希腊雕塑型男子用鸣鸣懂不了几句的洋文说上几句，鸣鸣的诗歌抒情主人公，也就满足了。不说"因为你好"，而说"since you are so nice"，齐活，底下该就是"芙蓉帐暖度春宵……从此君王不早朝……"

天啊，设想一下，也许鸣鸣需要的是希腊雕像、离开引经据典的文学、抢好假大空，回答说："第一，你健康美丽，你是我的梦。第二，你的风情触动了我的灵魂，想到你我就通体来电，火花四溅，遍体酥麻，飞升太空，追星逐月。第三，你的诗 AABB，XXYY，使我昏迷，使我晕死三次，苏醒三次……第四，你就是观音，你就是圣母，你就是太阳，噢梭罗密欧，三塔圣露西亚！我要定了，I love you，I need you，I adore you ！"（英语：我爱你，我要你，我恋你。）

WM 也只能是浑身冰凉。

……她心目中的男神竟然没有上过鸣鸣心目中的爱情培训班！

从父母之命、媒妁之言到美丽的爱情，竟也是这样地活活要你命。

十三　爱情原教旨

鸣鸣只能是觉得冤枉、吃亏、被欺骗、被背叛，被 SS 等冤家有关人员轻蔑耍弄奚落，SS 不是神，是两条腿、一个鼻子、两只眼、牙齿不全并且同样两瓣屁股的男人，这是第一，SS 迷惑了她。男神一直仪表堂堂、道貌岸然，其实并未摆脱低级趣味，SS 欺骗了她，这是第二。SS 算不上是当真诗情盎然地文化地高雅地迷人地爱着她，甚至也不真是为了她，与原来的妻子离了婚。她早就知道两个人打延安时期就打离婚，结果她冤屈地承担了 SS 家庭破裂的责任……男人爱情的绝顶美梦，品尝后你才知道，不过是逢场作戏……这是第三。SS 的长相也越来越不是她心目中的样子啦，为了不对他产生嫌弃与反感，只能离开他，再离开他。离开他是为了爱他，是为了他进一步牺牲了鸣鸣自己。我的老天爷啊！

她不喜欢沉沦功利，她不喜欢过气的官场应酬，她活着只是为了真爱与好诗。天意怜芳草，人间要好诗。SS的可爱是她的死爱活爱的诗兴产物，爱情是呜呜为SS做出了终生牺牲的果实，她以自己的纯美的、诗韵的、纯洁与无限光明的奉献创造了SS，然后为了满足SS，她终于跳入火坑，发觉上当，乃东逃西藏，狠捉迷藏，烧毁了自己。她才是即将凋谢的芳草，他却是貌似庞然大物的大树，大而无当，渐渐空洞淡漠。她爱许多诗里梦里的男女，她期待着许多男女的爱，她相信她能够得到最真诚和高尚的爱，她的爱情诗你看了会撅蹦儿撒花儿哭得喘不过气儿，她的诗序你看了会泪流满面、满地寻找、爬来滚去，嗷嗷地叫，瀣瀣地哭。这样的女人当然是谁也爱不够儿。

　　尤其令人发指的是SS给她讲解，影片《尼罗河上的惨案》里的神探波洛老爹说过："女人的最大错误是常常以为自己被（所有的人）爱。"

　　她的回答是："如果见到说这个话的人，SS，你知道吗？我会杀了他！"

　　"而台湾学者南××根本不相信世界上竟有爱情一说。"SS又加码说。

　　她问过自己，是不是太迷恋与守护文学了呢？该死的诗与文学啊！WM则对她说过，文学是："言过其实，终无大用！"文学接触多了你就会知道这八个字有多么准确与精练。京剧《失空斩》上挥泪斩马谡的诸葛亮说，刘备先帝，白帝城托孤时曾经这样说过马谡：说马乃是"言过其实，终无大用"。WM早就对呜呜说过这出戏。WM说，WM小时曾经将此八个字听成"年过七十，终无大用"。直到WM不惜代价地献身于文学从而迷恋文学并从而吃瘪的时候，他才明白了不是"年过七十"，而是"言过其实"的文学，活活要你的命。

　　WM的话让呜呜更加感到了透心的凉意，她追求了一生爱情与文学，渐渐发觉了爱情的靠不那么住。那么文学呢？年轻时候她想过可以为爱情而死。而当呜呜明白了为爱情而死是不值得的以后，她以为她从而更加理所当然地贡献呜呜自身给文学的祭坛。

　　　文学祭坛兮，迷而晕晕，蒹葭恋情兮，梦之沉沉。终有一日兮，交杯喜酒，情令智昏；终得报应兮，且看卿之忿忿恨恨！你怨爱情，你怨诗吟，你怨诗语，你怨男男女女，人人人人。

诗人鸣鸣，WM 追念你，他想念你，他对不起你，他太死磕了，他为你心痛，他一心一意地想劝解你，他的心弦曾经为你的才华与真诚而庄严地颤动，他一心认为：你没有对你自己的数十年的爱情抹黑与逃避的权利与权力。WM 祈祷你的安息，WM 也坚持对你过于天真与自我的遗憾与慰问、摇头与发声叹息。真正朋友的责备批评其实是急于劝慰。与一些人想的相反，WM 不是左右逢源、八面玲珑、举重若轻、闪转腾挪的魔术师，WM 是你的诤友，真友，二愣子一样的直友。WM 对你这样的文友从来不会曲折拐弯，WM 生生得罪了你又伤害了你。WM 又直又傻又硬又横。嗯哏嗯哏，希望你在另一个世界也听到 WM 的沉重与坚决的声息。

或者，也许，鸣鸣是不是受了普契尼歌剧《托斯卡》的影响了呢？虽然她从来没有说过她看过一出意大利歌剧。感情上忠诚的也是妒火炎炎的托斯卡，出卖（？）了画家与革命者，又手刃了他们的仇敌，她的爱情杀死了四个人包括托斯卡自己。唱出了与中国女诗人背景十万八千里，哭诉却全无二致的咏叹调：

　　为什么，为什么，
　　啊，上帝为什么，
　　对我这样残酷无情！
　　我把珠宝缀满了，
　　圣母的衣装前襟，
　　把我的歌声献给，上帝
　　和天上的灿烂群星。
　　在绝望的时刻，

为什么为什么，上帝啊，

啊，为什么对我，

这样残酷无情！

　　前面已经提到了的推理小说大家、英国女勋爵、仅次于福尔摩斯的作者位列全球第二侦探小说家阿加莎·克里斯蒂，总结自己感情生活与婚姻的时候，强调自然而然的尊重与承认。她引用一句名言，"承认丈夫就像承认脖子上长着一颗脑袋"一样，这话可不算浪漫，太不浪漫，只有面对老公与家庭的务实态度，却远远缺少远方与诗。阿加莎还说："一味地赞赏一个男人，你终于会感到乏味。"这就是说，道发自然，爱发自然，情发自然，诗发自然，耗散反应与淡出反应也是自然而然。别再装猫儿了，谁能不呼吸吐纳，饮食排泄，就近与食品用品一道度日，谁不是活在当下，而是赶往诗与远方？

　　在人为、人设、人文方面，中国文化讲的是"一夜夫妻百日恩"，感恩守护与滋养爱情，人人有责，时时努力。这样的呆傻的道德化说教，也许呜呜会觉得是对于自己的爱情诗与诗情爱的亵渎摧残。但是 WM 想道，它们其实是呜呜的救命仙汤。

　　毁灭爱情的一个妙法就是爱情乌托邦主义，爱情原教旨，爱情排他主义。正如搞垮社会主义的人不仅是反社会主义者，也包括用空想社会主义取代科学社会主义的人。

　　土大发了，会变得洋土洋土，土洋土洋。洋大发了会露怯露怯怯；太高端与高热地爱了，会恨爱恨爱，爱恨爱恨，怎么都不对付，怎么都不合脚。对不起，爱与不爱，都需要学习与用心，甚至需要谦逊与克己。有几个满口爱情的人感情测试能及格呢？有几个人能把爱情婚姻的天赐好席，不做成全无可取的拆烂污呢？

　　是的，常常你自以为是爱情，但其实不是伟大的高大上的爱情，而是自恋自苦妄想型心理灾难。一切都实现了，你开始厌恶卧室与卧具，反感性事性语，发现了社会位置与沟通交流的不对等等奇耻大辱，开始了对男人或妇人的恶劣品性的敏感、多疑、洞察、探索、发现与反刍。你恨得咬牙切齿。恨是一种毒素，恨又是一种营养，是教养风度与容色的美容或异容添加剂。你发现以命相持的爱情里仍然有对方的轻飘、低俗、起哄、凑热闹、兽欲、游戏、利害、支应、特技与气味氛围的污染。你痛恨你喜欢的人的老练与周密。你怀疑他保留着对其他异性的兴趣，你把这些写到诗或小说杂文里，撕开撕裂剥离了你写过的所有美与温柔、爱与体贴、向往与幸福、诗性与献身。你献出了独一份儿的金腰带，你给出了你的一生、一身、一切家务什零件儿，而对方 SS，只有老奸巨猾、收割春天，一直到秋天与冬夏，并不在意你的一切奉献与失落。你以为。

呵，呜呜，你思念的结局是怨怼，相思的随后是呕吐，期待的结果是绝望，梦圆的结果是毁灭。你苦了第一方苦第二方，苦了第三方苦了自己，苦了读者、苦作者、苦论者、苦爱者、苦不爱者、苦为之流泪者、苦为你打抱不平者，苦为你说话、为你同情、为你炖老母鸡、为你颁奖、争奖、此生不尽如人意、爱得未能完全尽情尽性的老男儿留级生们，一直苦到第 N 方面集团军。

爱情，有时是可怕的。诗，有时有割肉的锐利。

如果你成为爱情的文学的基本教义派，如果爱情成了你的唯一神祇，如果将一两个伟大作家的小说与诗读成圣经，如果把爱情与文学宗教化，是不是也有可能出现极端、分裂和崩溃三种魔怪的身影呢？

十四　托尔斯泰与陀思妥耶夫斯基的痛苦

WM 说，2023 年 7 月 2 日，网上发表了一篇论述俄罗斯文学的伟大的病态与病态的伟大的文章。文章启发 WM 去忖度：陀思妥耶夫斯基的罪恶深渊与托尔斯泰的道德高峰，成就了文学的伟大，也表现了俄罗斯文化在极端否定庸俗的名义下，提倡反智主义与对芸芸众生日常生活的偏执否定。以押沙龙署名的文章说，庸俗的对立物，不一定就是伟大，也许恰是病态！

或者可以指出，这里说的病态，主要是一种偏执，降一下调门，我们会看到在俄罗斯文学的伟大中、千古绝唱中，难免不无矫情。矫情是北京俗话，原发音是"嚼强"，嚼读第二声，强读轻声，现在通常写成矫情，会把重音读到情上，WM 宁愿写作嚼强。越是嚼强的人越容易蛮不讲理或讲一种理而把别的理全部流放。在人生中嚼强或不可取，在文学中，矫情、矫强、嚼强乃至嚼情都有它们的一席地位。众人皆醉我独醒，众人皆浊我独清，才接近陀翁托公，其实还应该加上契诃夫的戏剧。可惜你鸣鸣只有契的小说集。伟大的偏执与偏执的伟大，坚持的嚼强与嚼强的悲怆，恰如一些年前我们这里的一些无法与托翁与陀神相比拟的小知识人喜欢自我涂抹的说法——片面的深刻性。有几个人做得到绝对深刻同时绝对不片面呢？有几个伟大的人同时很务实、很接地气、很照顾得周全，从而得到上下左右内外高低、吃喝拉撒睡、衣食住行、柴米油盐酱醋茶的适宜安顿呢？

高尔基很讨厌陀思妥耶夫斯基，说如果狼写小说，会写出陀氏风格的作品来。作为纯逻辑与语义学的探讨，WM 坚持不能将狼写小说与狼做牧羊人混淆起来。畜牧行业对狼排斥、视众狼为敌，不等于某些情况下读读狼小说狼诗的可参考可包容可考虑可尝试与不妨受启发性。

1991 年底，苏联解体以后，莫斯科十月革命后更名高尔基大街的原彼得堡大街恢复原味称为彼得堡大街，并且在这条街上修起了根据列宾的著名油画，雕塑成功的感人至深的陀思妥耶夫斯基的坐像。

"押沙龙"的署名来自《圣经》，他是大卫的第三个儿子，他有点叛逆性还有点冒失。在中国网络的押沙龙文章里，指出俄罗斯文学因偏执痛苦而伟大，但同时，生活因为狄更斯式的平庸期待调子，如"十万英镑加贤惠妻子加一窝孩子"的小康梦，即是被装腔作势的半瓶子醋们嘲笑了的世俗眷注，反而更可能推动普通人的安居、乐业、太平与幸福。

呵，鸣鸣曾经是契诃夫的一名粉丝。文学作品写到在男男女女双方做爱以后，一方或两方产生了对男女垫上体操运动的庸俗的不满足乃至厌恶，中外小说里写过的不计其数。鸣鸣的教化灵性气概，不足以挖掘苦海地狱，不足以填充险峻高峰，但是诗人虽然难以算多么伟大，却确实不无拔份儿的偏执与嚼强，动人有余、吟诗有力、气恼超额、悲哀过量、狂乱几近、脏水泼洒、痛苦千般、怒火无名，陀、托、契式的伟大的感人的偏执与嚼强，足以毁掉鸣鸣此生此人此世。

而鸣鸣的男神 SS 说过：鸣鸣读过的书就那么一点点，连《红楼梦》都没读过，连《士敏土》与《铁流》是两本书也不知道，她写了一辈子，"写来写去，就写我那点事"，SS 说。

如果 SS 言之沾边，鸣鸣也算得上是诗之天才、情之灵异、写作之大仙、女性主义之彩虹了。你不妨爱得有点蠢，蠢得神奇出彩，见怜见爱，光芒处处；不论什么小心小眼、鸡毛蒜皮，都写出了原汁原味、卤汗卤味、痴汗痴味，像是给自己给男神都扒了个精光光，准备了、动上了外科手术，这委实迷人动人感人，充满了性感罪感与反性感，符合某一种心理学派的全部论断。而鸣鸣自身只觉得是无助无依，双手空空，积怨满满，甚至下决心声明与世界、与人间、与遍布的渣男丑女决绝分手。

WM 感觉，对不起，SS 说的你没看过多少书，好像是真的。终极、无穷的负面判断，可能来自亿万，可能来自千百，也可能来自 0.0001%。

不拘一格的自命清高伟大美妙必然更加偏执，珍惜得不要不要的一切，尤其会活活把自己鞭挞至死、高烧至死、夸父追日至死。呵，聪明的、天才的、美丽的、诚挚的、天真无邪的、透明透亮的鸣鸣吾友呀，你的朋友们应该怎样帮助与安慰你？

WM 还想问，那些纯洁高尚地爱上了鸣鸣的前辈作家老师们啊，你们怎么可能硬是不去拽住往自苦苦人的火坑多灾海里疯跳的美丽的鸣鸣的袖口衣襟呢？你们的支持与赞叹，是不是涉嫌毁了一个当代的李清照、朱淑真，一个西方的乔治·桑呢？

如果在新疆，"押沙龙"也许会音译成"阿卜萨劳姆"。这样译比写成"押沙龙"降一点调子，从而兹后多一点狄更斯的舒适、温馨、太平的小康之家；少一点深渊、苦海、悬崖、险峰、绝顶、自虐狂与救世主。

伟大与痛苦的我们的俄罗斯！

伟大的爱人、救人、动人、养人、迷人、疯人、狂人的文学！

十五　蔷薇也有苦难挨

爱爱苦卿命？诗诗伤人心。未得曰美意，既得遂恶心。

负心心乃碎，失意若刮鳞。诅咒诗悲苦，酸歌语深沉。惜心心异异，刺血血淋淋。

美梦只成梦，美言误美身，一生煎魂魄，一世伤肝心。思前不上算，想后失万金。

M心怜惜，M思尽心，M思劝慰，心语唤三春。M没法子，除伪必求真。一语得罪你，一语失友人。友情最重要？友情骗害人？

人生非幻梦，行止非幽魂，诗文能振作，吟咏能惊人。吾爱吾诗友，吾爱真理真！

鲁迅有名言，戏完须抽身。浓妆与艳抹，下台浴水淋，还您本来相，还您自在心。

何必黄连泡，何苦又何嗔？

文学或自负，文学或自矜，文学多明媚，文风拂人心。文学千态美，诗人仍凡人。诗文美上美，清醒莫昏昏。

文事如雷电，文人或滞昏。文章如彩霞，文人或胡抡。爱情或误读，文、实有区分。文词多激动，且慢静静心。

风度或老化，谁是金刚身？牵手且偕老，老而更亲亲。人生应快乐，得失在己心。君子求诸己，怨毒何频频？

M 在最困难的时候帮了鸣鸣。上世纪 80 年代，鸣鸣爱情诗中表达的惊天动地的婚外恋引起了面临家庭解体危险的有妇之夫的男神 SS 之妇的反响，这位失去家庭平安的老干部告状信遍发全国。本单位的一两位对其时文坛行情走势早已有所不满的作家已经表态，认为一年前预备党员鸣鸣同志在预备期满后不能转正。支部同志与本单位党组织负责人问计 WM。WM 协助解决了这个难题。

嗯哎，长叹一声吧，对于 WM 来说非常美丽的、天才的，非常可爱、可怜而又诡异荒谬绝伦的文友，噢，不必含蓄了，干脆叫一声，我的好友！恰恰在你所说的打了一手烂牌的 20 世纪 80 年代，你的时间到来了，你坦直而又梦幻般地出现在文坛上，那时你脸上有一种光泽，应该是仍然保有的青春的光泽，热爱诗歌的光泽，爱情伤感与期盼火焰的光泽，生命梦想与舍命一搏的光泽。后来，光泽变成了，变成了牢骚满腹，怨怼如山！

也许应该从另一个角度去体贴、去同情、去怀念，去安慰、去化解你的别扭，也许是 WM 冤枉错会了你？总会有点人儿多愁善感，总要有点人儿哭天抹泪，有一点"在世不称意，散发弄扁舟"的大诗人李白的浩然自叹，有点自诩"弃扇"的酸楚文词儿，"人生若只如初见，何事秋风悲画扇？"还可以有点惊天动地的《一千零一夜》里长期超期囚禁在小瓶子里的魔鬼的时限，前 500 年解救了它的人将得到一座金山，100 年后的打开瓶子的人，将被魔鬼一口吞掉。时间，比空间的辽阔更令人战栗毂觫，时间与死神同在。不，不，不！

好诗词也许会有一些嚼强，嚼强矫情，正如某种烟酒嗜好，人的嗜好当中包含了自伤与自怜。诗人的精神营养素里包含了痛苦、伤哀与失落。诗人有了点风情与才华，就更渴求自嗟与自叹，可怜的诗与诗人。自伤自怜忒大发了，唉！你风情与才华得活活要人的命和你的命啊。

蔷薇蔷薇处处开，

青春青春不再来，

蔷薇的恨啊蔷薇的苦：

花儿落地化尘埃！

蔷薇蔷薇何美哉？

蔷薇蔷薇人人爱。

爱情的花朵伤心苦，

爱情的烈火也成灾……

还可以设想，一个多愁善感的诗人，一个风韵迷人的才女，一个长时间深爱、热爱、苦恋、单恋的诗人，一个错过了青春而在盛年转老的时机赶上了时代冲浪的弄潮儿，一个干脆自称是已经变成白天鹅的当年丑小鸭的女子，难道能不反复咀嚼回味自己的往事，自己的丑小鸭事迹，寻找自己的遗憾，探求命运的瑕疵，念叨自己爱过的男人如何没有真正对得起自己。这样的女诗人，怎么可能不营造自己的冤枉、失算、抑郁、重重深深的诗意与哲思呢？

周扬喜欢引用歌德的名言——愤怒出诗人，那么眼泪与伤痛当然也是出诗人的了。"红颜薄命"，这与其说是一个命运学预言学命题，不如说是一个诗学美学、自恋自赏、反复反刍的自恋词语。春风有意千般梦，苦恋成雠万柄刀！

诗人啊，其实你也一样需要精神的信心与力量。

十六　仅仅常识是不够的
2023 年 7 月

《蔷薇蔷薇处处开》，初题《众神黄昏》，大体完成于 2023 年 7 月，为了不挤兑八月号《人民文学》刊物上发出的 WM 的新作中篇小说《季老六之梦》，"蔷薇"稿一直扣在手底下。7 月间，WM 在中国作协北戴河创作之家继续处理此稿：

"是离愁，别是一般滋味在心头"，WM忽然一惊。

从常识上说，鸣鸣的疯疯傻傻彻骨悲凉的长诗，作品存在的某种失当与粗粝是明显的，刚刚发表，两位出版社的达人伉俪就向WM表示这样的名家病态作品令他们大感不解，难以苟同。后来一位获国内大奖的文友说到鸣鸣的惟精惟微的爱情"苛求""苛评"，说是感到恐怖。另一位女作家则说得上火儿，认为那人儿是在恶化丑化世界世纪人生人类人子男男女女。

同时想到几位老前辈的激烈赞扬、激愤高温、激情拥戴、破格奖掖、激动相争，我们的文学评论家无人置语，必有它的道理。

是文学的评价有异吗？当然，有过作家艺术家心理病理的异态，焚毁了自己，割掉了自己的耳朵鼻子生殖器，完成了千年不遇的奇葩杰作的艺术故事。失望，失望，失望，鸣鸣的诗写失望写到了极致，绝态千秋，异品万代，哪怕是错讹百出，仍然是字字带血。可读可感可怜爱。

嗯，是的，她的SS爱情婚姻憧憬体验世间少有，她的失望感则极易得到共鸣通识呼应。当文学获得了失望的硬核，文学之树出现了南国大榕树型的疯长奇观，像在梁启超家乡广东江门新会区熊子乡茶坑村一样，一棵榕树，长满了一个小海岛。她写失望写撒了欢儿。WM判断这样的苛求苦刺暴隐涉嫌病态，儿童不宜、读者不宜、作者不宜，自以为有责任有能力去劝慰她，想给她讲希望之与失望同在，正如失望之与希望一并滋生。鲁迅原话是"绝望之为虚妄，正与希望相同"，还有人考证，此名言出于匈牙利诗人裴多菲在1847年7月17日致友人弗里杰什·凯雷尼的信，鲁迅在《野草·希望》和《自选集·自序》中引用。WM愿意表达对SS的一点理解与同情，毕竟都是"老干部"嘛。劝劝鸣鸣不要让失望苦树长得太疯太辣，对于WM来说，绝望影响心理健康，这与WM相信吸烟会引起呼吸系统癌变，提倡请勿吸烟（no smoking）的小儿科性质是一样的，有什么听不得的呢？

真的？你WM只是鼠目寸光，只知其一，不知其二，你只是报屁股生活常识科普水准。为了WM的小报屁股级的讨嫌的自以为是的常识主义性格，翩翩临终对 WM 放不下心，翩翩宁可生癌也厌恶向他普及常识与君子修养。而鸣鸣更是非把憋了一肚子一辈子的苦大仇深狂吼出来不可，她被 WM 的闷头棍伤害与得罪得伤痕累累，无以复加。所有的人的失误多半是看重了自己，包括翩翩、鸣鸣、WM。WM 错估了自己的影响力、说服力，错估了好心与公正公共公开三公的友谊文学批评的力量。

而 WM 是不折不扣的报屁股常识主义。动乱前后，WM 吸过 11 年的香烟，三中全会前后，WM 毅然戒烟，靠的是书桌玻璃板下压着的小报屁股上的文章，《吸烟有害健康》，尤其是文章中对于化学物质"三四苯并芘"的介绍。烟瘾上来，守持难继之时，读一眼"三四"，立即弃恶从善，全身是劲。

如今鸣鸣远逝他乡，WM 含泪思前想后，也咬住了牙关：WM 只可能坚持小报屁股上常常出现的通用通俗媚俗常识，他反正不能讨好病人病心追加临床病征（不是症）。WM 对有些病只能手术与化疗，虽然手术与化疗至今不能证明是最好的帮助。WM 读史的心得之一是，许多伟人巨人才人天人神人人杰……他们的错误过失遗憾，从来不是发生在三位数以下的人士才理解才关注的对于高深学理、崭新与深奥课题、尖端巅峰塔尖性问题的认知与选择上。

十七　月如星什么也不缺少
1928·2012

另一位妇女强人、表演艺术家兼作家的强悍，在于他们对他或她的人生角色的胜任感，长期与多方面的胜任感。她留过学，她唱过《三堂会审》与《拾玉镯》，她扮演过《日出》里的陈白露与《骆驼祥子》里的虎妞，她给不同营垒的大人物献过花，也用中英文唱过《祝你生日快乐》，后来在复杂的形势下，她去了一次她本来最好不去的一个声名鹊起、旋即失势的小小村落。

她毕竟名扬四海，岌岌可危了一些时机与次数，最后被理解、接受、包容、喜爱、鼓励。她结过三次婚，后来她的先生过世，又嫁给了一位真才实学的教授。教授也走了，她住进养老院。

她生于1928年，2012年时，她84岁了，住在高级养老院里。境外的华文网站上出现了一篇署名"星似月"的长文，题目是《八方四面尽人生》。

文章写道：

……我出生在官僚资产阶级兼买办资产阶级家庭，我的原罪与机遇都在这里。1930年，我两岁时候，凭我的一张一吋半身照片，母亲得到了富商女界敲锣打鼓颁发的育儿大奖，然后父亲带我们到了BB国履职。5岁，1933，我是BB国B城最好的幼稚园歌手，我在教堂唱过平安夜赞美诗，满嘴"阿里路亚"。9岁，1937，我迷上画画，在教会学校举办画展，出版了我的画册……1946，18岁，中学毕业后我回到抗日胜利的祖国。我考上名牌大学……我还是校军乐队队员，小号手。中外大中小，我的学习成绩永远名列前茅。我是习惯性优秀学生。

初中三年级，我已经身高1米72，有志于体育新星，我一上来学跳水，学着学着觉得自己发育太快，穿着泳装抛头露面露身，让一帮子恶犬饿狼男子死盯活瞪，太不上算。我打起了篮球。我是大学篮球队队员，我经常打中锋，阳春召我以投篮，大块假我以艺文。

回到祖国，我的爱好还同时扑到了母亲当年票戏时候特请师傅教授的京剧里。我被拉去广播电台清唱。国民党的一个党棍子给我发奖，那时我19岁，1947，大学二年级。为这件事，在新中国，我写了检讨，写了材料，接受了调查，最后结论叫作"一般历史问题"。

我永远光明，永远自信，永远自得其乐、享受进取、不骄不馁、不娇不惰、不放弃任何机遇、不羞于怯于任何显摆的场合，又不耽于任何癖好、不害怕任何跌跤、不顾虑任何胡说八道——什么欢迎羡慕嫉妒恨，那样的人多么无聊。我敢于实验，我敢于表演，我就是要显摆，我常常一鸣惊人。我喜欢响铃、上台、逢场、闹场、歇场、救场、搅局、成全、担当、包圆、戏比天大；不论什么八段锦、怒目攥拳、五劳七伤、梅花桩、五禽戏、形意拳、太极剑、毯子功、芭蕾势、就地十八滚、华尔兹、狐步舞、拉丁舞、倒踢紫金冠、空翻、侧翻、连贯翻、桌子舞、凳子舞、梯子舞、坛子功、罐子功、胡笳十八拍、十二木卡姆、发昏第十三章……我全要，我全会，我一个也不拒绝，一个也不认生。

领完国民党党棍的"平剧"奖以后，我马上转换方向，充当主角与第一配角，主演两部影片。一直到1948年，北平上海有些个半拉子名流，竞选国民政府的参议员，有不止一个人包我演的电影，免费招待公教人员——官署与学校教职员工，还有大中学生，靠我的演出拉票，虽然我与他们的参议会没有一毛钱的关系。

国民党的党棍子与参议员给我抹了黑，我不服，我不信。大学时代我的思想日益"左"倾。我看了批判性的《一江春水向东流》还有《乌鸦与麻雀》，我看了苏联对外文化协会放映的《夏伯阳》与《列宁在十月》，我读了革拉特考夫的《士敏土》，我作为铜管乐手吹法国号参加了全市大学生演出的《黄河大合唱》，在学生自治会上我演唱过陕北风味的《刘志丹》和湖南风味的《左权歌》，我受到了校内中统特务组织的威胁。

哈哈，我就是童年画家、稚嫩运动员、粗浅乐手、京剧票友、一炮打响的电影当红明星、天真的左翼青年学生、专唱《跌倒算什么》与《团结就是力量》的国民党克星。我是地下党领导下的纯真的左翼学生运动活跃分子。

然后是中华人民共和国屹立东方。我从1949年申请入党。入不成？受家庭出身影响，好的。反正我年年都申请，前后写了十几份申请书，贵在坚持。也许我应该出一本书，干脆题名就叫"我申请入党"。1953年我在北京中南海参加全国妇女代表大会，1955年担任市青联委员同时是妇联委员。

入不了党，没有关系，我乐意接受考验。二十世纪六十年代，艰难中我拿起笔，我的描写荒漠地区坚持绿化造林的诗歌与报告文学，堪称轰动文坛。

……然后是动乱，动乱中我的心并不乱，我明白，不要乱动，更不能动乱。我仍然追求，我仍然在努力，我仍然相信一切，在一些朋友高唱"不相信"的时候，我高举着的是相信的大旗。我到动乱分子们树立的文化典型大银庄去，我写了表态信，我想跟上形势、跟上"旗手"、跟上开拓。我受到"四人帮"那边的人的怀疑抵制驱逐。然后动乱结束了，我受到人民的嘲笑，受到唾骂，似乎是人皆不齿。然而恼、恼、no，恰恰是1979年1月5日，我成为中国工人阶级先锋队的战士。我是跌跌撞撞的战士，我是伤痕遍体、决心依然、热情如火、意志如钢的准钢铁战士。

……所以，我不是一事无成，我是全面人生、大面人生、多面人生，我不是二流全活，我是遍尝百味的体验艺术与行为艺术人。我不是后现代平面人生，我是什么艰难我试什么的扫雷艇与鱼雷艇。包括我的爱情，我的婚姻，我的风起云涌的男友男相识与不分男女的知音知心甜心揪心刺心，还有心上的刺青。

我爱所有爱我的男女，我亲吻所有愿意亲也愿意被亲吻的生命，包括大男人、小男人、青年和少年和老年和衰年、闺蜜和大姐大妹子小闺女。我永远拥抱他们她们，异性和同性，全爱！！！

我不是特技工匠，我不想牵着骆驼穿过针鼻针眼，君子不器，淑女不奇，更不嫉。与其弹玻璃球不如打网球和篮球，与其踢毽不如练跆拳道踢准敌人的腹部，与其绣花不如举重挺举78公斤，超过自己体重。

我真正开始老了！哪个不会老？哪个不曾小？老了算什么？我的一生将是囫囵囵囵的完整一生。观众，听众，读者，我是爱你们的！我是满足的！我是幸福的！我活得滋滋味味，我死得必定会自自然然，平平安安，我写得高高兴兴，我演得热热闹闹。我赶上了伟大时代，风云际会，国家与国际之舞台。还缺什么呢？

我什么也不缺少！我没有任何遗憾！

十八　你的看法呢

这篇网文引起了热烈议论，点击量超过365万。网民问：首先，她是星似月还是月如星？星似月是不是就是月如星？或是一个啥人，想蹭多料儿明星——月如星的流量，厚脸皮地给自己取笔名"星似月"？

一派认为，是的，这网文内容只能往月如星上扯与靠，此外我国尚未出现这样的人物。

另一派说不是的，"星似月"？绝对不是"月如星"，这里说的是文风，文风像今天的网V、×孩子，不像老大姐，没有含蓄，没有帕儿头（上海话派头发音），不像大家或自以为是大家，更不像名门闺秀，三辈儿前VIP的嫡亲曾孙女也不会这样胡乱廉价地吹嘘，尤其是自说自话什么去大银庄的事，我都替她不好意思。

反对此说的人则说，这正是星与月与人民结合大众化的可喜面貌。君子坦荡荡，小人长戚戚；君子之过如日月之蚀（自愈），小人之过必文（饰）。

网民网虫们进一步讨论了追月追星、似月非星的人生观、追求与选择即价值观与缺少不缺少什么的世界观。夸奖赞扬的说是此星月爱国爱家爱民爱生活爱艺术，不但政治正确，而且正道坚强乐观健康，表现了新中国新时代现代化、改天换地、改革开放、全面小康。

质疑的人说，世界上哪儿来的全才？哪儿来的多面手？我们不能不为你害羞，嫌你干脆是臭不要脸。你以为你是达·芬奇？你以为你超过了爱因斯坦？你这料儿什么都不过是二流三等货色，这样的博学多能，怎么可能与钱锺书相比？怎么和白杨秦怡相比？表演就是表演，绘画就是绘画，唱歌就是唱歌，文学，尤其是文学，《诗经》才是文学，曹雪芹才是文学，巴尔扎克才是文学？你那玩意儿几句漂亮话，一连串抒情独白，那能算文学篇章吗？

有人立即指出：骂星似月最起劲的乃是现在一时兴盛起来的叫作明星"黑粉"人物，黑粉们由于自身的赢弱、丑陋、卑小、拙笨、失败、绝望与对于强壮、高大、聪敏、成功与大有希望者——明星们的羡慕、嫉妒、恨的折磨，他们必须寻找艺文界明星，死死摽住你。他们以骂明星刷存在感，以找碴找由头、以到处挑事儿显摆自身。尤其赶上生活中确实有明星的不检点与丑事，黑粉们更成为一种社会生态的需要，穷极无聊的需要，一事无成的需要，一无所知、一无所得、一无所长的废物点心们喷子们的需要。但对于没有亏心事、不怕鬼叫门的星月们，这些黑粉的存在，不足为虑，恰恰相反，黑粉与红粉的存在一样，能够维持星月的热度、亮度、魅力。已经有人爆料，有的黑粉，其实是已经粉了三五年的老红粉客串，中国是个大国，中国网是个大网，好歹你混上闹上个脸熟知名，求之不得，前途无量。

又有人说真正的人才人材，能或该专就专，该博就博，该窄自然窄，该宽？宽了还要再宽。没有那个才能，宽博了捉襟见肘，收窄了小家子气。嘲笑责备星与月的混混喷子们，你们哪一号，能赶上月如星的1%或者1%乘上1%？

还有人说，人类千万年，有几个李白杜甫？有几个但丁、托尔斯泰、毕加索？爹妈没有给你足够的才智基因，你难道明目张胆地招认你的一生就算失败者了？花似月究竟是不是月如花，管这个干吗？反正月如花也好，花似月也凑合，都比没话找说辞的网虫们强，网上一大堆评语作者，谁演过电影，谁唱过《三堂会审》，谁得过文学奖，是骡子是马，是老虎是老鼠？出来遛遛！

立即有人骂，署名是"星似月"，涉嫌是"月如星"。怎么 TMD 成了花追月？

得，你也写错了！

还有对于星月的立于不败之地的政治正确抑或机会主义之评与酷评，质问星似月：你追求什么了？你不但投革命之机，还投动乱之机！

另外的人说：别高调了，月如星也是在摸索嘛。动乱后辱骂嘲笑动乱中行为不得体的废话连篇者，你们当中有谁做过邓公式的努力？有几个遇罗克与张志新？

还有人讨论侈谈思考的一代与献身精神的关系，还有人论说精英与民众、青年与老年、符号与直观、后现代与现代、前现代与大众情人、经典与惊雷闪电的关系……尤其是潇洒超脱与游戏人生、一以贯之与随时调整如此这般……各种说法，各种评价，令人眼花缭乱。

网文《什么都不缺少》后面有一些简短评语：

资产阶级，显摆得够二的。

你本来应该有很好的成就，现在只有一通臭显。

如果我有月如星大姐的真本事，我愿意学大姐的生活路子，我做不到最好，我努力做到尽力。

WM再回顾共同游欧的日子，欢乐不再，新鲜不再，友谊仍存，追忆永在，意味无穷。

然后WM认定，用摸着石头过河的精神，好好生活，是可行的路子。

你好，月，星，女作家，艺术家，为了人民、生活、爱情、永远。还有红粉与黑粉。

为什么"什么都不缺少"？因为你不追求你缺少的东西。你有了正道又有了情性，就有了快乐。你还缺少什么呢？不然，你没有了快乐，你还能有什么呢？

你自在，所以自由，你不太安分，所以都试试，反而安稳。你聪明，所以知道你并不是大天才，你有多少水，和多少面。你只能做一名幸福人能干人明白人乐呵人。你预设了渺小，成功了，也就是达到了从无太悬乎的大野心大出息的地步了。你并不要求自己成为武则天或者秋瑾或者邓肯与乌兰诺娃，当然你也不是李清照或者乔治·桑或者伍尔芙。你失去的是压根就不可能得到的一切……所以你什么都没有失去，也就是什么都没有缺少。

十九 思前想后·庭院梦连连

2023年4月28日周五，本年度五一劳动节调休假日的前一天。

这一天晚上，WM入睡时想起了70年前五一群众大游行的欢乐场面，耳边响起了70年前五一节之夜在天安门方块联欢时各学校方块大联欢大中学生跳集体舞时奏响的舞曲：青年舞曲、秧歌舞曲、工人舞曲、陕北舞曲。俄罗斯舞曲的调子是瑞瑞骚发咪咪骚，瑞瑞骚发咪多多，匈牙利舞曲唱的是瓶舞伴奏曲"快快和我结婚"，波兰舞曲唱的是"有位姑娘，去到林中，寻找红莓果"，保加利亚舞曲唱的是"啊哈，我的原野、绿色的原野"，乌克兰舞曲与俄罗斯舞曲一样熟悉……

团结，阵营，主义！

思前想后，WM 在 2023 年 4 月 28 日睡前回想与诸多作家海外访问的一切，忽然 WM 明白，这批作家可能已经开始凋谢，乐莫乐兮新相知，哀莫哀兮生（或者是不再生）别离。

什么？这是什么声音呢？风？雨？有线或者无线广播？鸡？猫？狗？狼？蛙？鸭？鹅？蟋蟀？蝈蝈？叫卖？敲门？哭？笑？铃声？

都不是，更像是人的，女性的——呼吸。

不是，也不是女性呼吸，多么拙笨，多么不中用了啊，WM！这只是手机，WM 睡得太熟了。WM 忘记关手机了，也没有将手机改成飞行模式。明天不就要放假了吗？

"看看吧，看看吧，什么什么，都有了，都不缺少。"

"天啊，是你？你是上海？你是沪上？你是阿拉？侬？星？星？星？要不是月亮……我为什么看不见你？"

然而看到了月光，看到了乐队，听到了演奏，有《蔷薇蔷薇处处开》的演奏，有《老渔翁，驾扁舟》的演奏，有李焕之的《春节序曲》也有布拉姆斯的《D 大调小提琴协奏曲》。有唢呐与洋琴的演奏，还有闪烁着星光的大鱼缸，这么大的鱼缸只有北京的故宫大院子里才会有。也许故宫里的大缸只是备消防用的缸。

乱了套了。难道是做梦吗？WM 已经有许多年不做梦了。过年了，不对，现在过什么年啊，怎么过这么多年啊，越过越多，怎么得了！我这是来到了什么地方？

年年复年年，天天又天天，时间也发酵，时间自变酸。

时间不负人，人不负时间，洋洋洒洒后，回想百十年。

时间如美酒，美酒飞天边，同游同喜乐，心心相怜怜。

相怜复相连，腾腾一世间，往事诚可忆，旧友益不全。

人生莫谓短，做事莫说难，感受大不一，好梦拼命圆。

珍惜一日日，珍爱一年年，好好做与活，歌、舞、写，连连！

不再连连时，回想仍甜甜，嘛嘛都齐活（了），此生有内涵！

呵，这是一个院子，我为什么要进院子？我更喜欢的是园子，儿时乡村的家里是梨园，后来是樱桃园。

多么不靠谱，WM 是 1989 在官方访问新西兰时候，于最大城市奥克兰看了英语演出的契诃夫忧伤剧作《樱桃园》。（五笔字型中，"忧伤"与"剧作"同码。）

怎么又成了电影明星作家拉着我的手？飞来小鸟，飞起蝙蝠，飞过蜻蜓，身边出现了萤火虫。WM 的童年时代，大城市大都会里都有萤火虫，有草、有花、有雨后蜻蜓，称之为老留离。雨前的小燕子低飞，有傍晚飞入眼帘的、不知从哪里飞出来的蝙蝠，有吊在众多的槐树上的青虫子。如今，什么都没有了？人类排除了异类。清风徐来，水波略兴，摇摇晃晃，如睡如醒，如花似玉……不是的，不是，不对，不要什么如花似玉。再见，我爱过的想过的写过的所有如花似玉……

WM 突然醒来，他抖了一下机灵，他打开枕边的手机，他看到了逝世两个不清不楚的字，他听到了似有似无的声音，"走了，zulu"，还像是"佐罗——阿兰·德隆"。

"86 岁的阿兰·德隆，已经选择了安乐死。"一闪电，他看清了 38 年前与他一起出访的月如星的美丽的容颜，他听到了月如星的磁而慈的声音，他同时想起了《刺杀托洛茨基》影片中俊俏的阿兰·德隆扮演的狠毒杀手。

是的，2023 年初 WM 得知，月如星女士已经在一年前溘然长逝。他早已知道此事，也暗自默哀过了，兹晚 2023 年 4 月 28 日，噩耗以这样一种形式再次进入他的梦境，WM 感到女士作家艺术家仍然活在他们当中，无疑。

嗯嗯，2023、4、28，网络、电脑、手机、微信开始进入他的梦境，他的梦登上了一个台阶，他对天地人生命运与宇宙感恩。小子何能？小梦再再扩容与深化！

WM 在心中，为月如星，为月如星的哥哥、嫂嫂与弟弟而思念致敬，他们都是新中国的著名的文化人，WM 在紧紧相靠的醒与梦、梦与梦之间，为一代月星手足，还有一些其他别离了的同行，做了灵魂的祭典。

这又与佐罗、阿兰·德隆有什么关系呢？醒后 WM 想起，1987 年阿兰·德隆访华，到处飞吻和用中文喊着"wo ai ni"引起了争议，那些年谁来，谁不来，谁被请来，谁不能请，都有可能，都有不一样的说法。

蔷薇蔷薇处处开，

争议，反对，处处来，

反对了半天照样开，

欢迎了许久您没来。

这时 WM 走进的头一个庭院，月如星庭院，如果他连续进入的确实是这么一批、一串相连结的庭院的话。

二十　第二道庭院

每个庭院都没有院墙边线，也就是说，其实这里没有庭院，只有似是而非的庭院之梦境感，梦境的院落，梦境的连续。但是每个梦境里都有两个门：一个是进的门，一个是出的门；一个是上场的门，一个是下场的门；一个是生的门，一个是走的门。每个出口的门、下场的门，又都连结着下一个庭院或并无庭院界面的空间的进口门、上场门。船上管弦江面绿，满城飞絮辊轻尘。忙杀看花人！闲梦远，南国正清秋。这样的庭院又像是过去的戏台和后主的词？

被上海的老友丧讯惊动的月如星庭院的门庭庭门是什么样的，WM 没有了印象，也许是西式的铝合金栅栏式别墅型透明大门？下面接着的是童年时期住熟了的大杂院如意门，其实是宽大而破旧的老四合院的八卦门与破烂门。童年艰难，童年寒蹇，童年住着大杂院里最低等的非正南也非正北的厢房，夏季夜晚不敢进热气腾腾的屋里睡觉，人在院里坐小板凳，困得睁不开眼睛，醉迷在月光星光萤火虫光与南风阵阵里。

WM 又回到院子里来了。你好，1980；你好，阿兰·德隆；你好，李谷一，楼乾贵，是谁在跳绳儿呢？

是何哥哥。是另一个院子，是外国，一边是进马车的大门，一边是直通室内走廊的实木大雕花漆门。那里有放了奶酪作馅儿的饺子（dumpling），有威士忌、白兰地与车厘子酒，WM 总是忍不住见车厘子酒而思绍兴加饭尤其是花雕。音乐背景也变了，出来了美国影片《爱情故事》的主题曲，转眼变奏成了法国作曲家莫里斯·拉威尔的绝妙的一个旋律坚持到底的《波莱罗舞曲》，一位同时代的名作曲家听着这个舞曲起急，他喊出了："怎么还不发展？"世界接受了也倾倒于拉威尔的前无古人，后无来者的艺术定力。

一代一歌又一声，《波莱罗》《乡恋》美心灵，

此生应赏千番曲，唱罢新篇温旧情。

又道是：

莎也喀秋莫斯科，"乡村""摇滚"任婆娑，

《我心依旧》"泰"轮逝，红奏东方牛奶坡。

（《我心依旧》是影片《泰坦尼克号》主题曲，又，下右一句指《东方红》的歌声在高空银河长时间响起，银河的英语直译是"牛奶路"。）

> 南北东西欢震天，好歌要唱三千年！
> 翻腾歌曲涌大浪，振荡一生唱不完。

又道是：

> 白马洋枪震四方，东方灿烂迎朝阳，
> 信天游传千万里，蜕变中华大辉煌！

（《东方红》原是民歌，最初由陕北农民李有源改的词："骑白马，挎洋枪，三哥吃的是八路的粮……"）

通过宏伟的中式将军门，又一个院落正盖楼房，WM 想劝阻又觉得不合时宜。又一个院落，是从圆形的垂花门进入的。WM 他听到了呜呜愤愤地诉说："我的爱情毁灭了，我的生命腐烂了，我的我没有了。"

WM 更想在梦中看到崇文门与宣武门的字样，堂堂北京，能无崇文与宣武乎？

WM 没有说什么，不想说什么，越说，就会越得罪得彻骨，伤害得扎心。但是 WM 听到了有人在说话："不，并不是这样。不，你为什么闹腾到如此这般地步，你到底要什么？你到底恨什么？你到底是什么到底？"

"并没有什么，我很好。"呜呜？不，绝对不是呜呜了，呜呜不一定总是呜呜，不是呜呜不一定总不是呜呜。

呜呜请你坐下。她点起了蜡烛，她，和终于成了她的他的 SS，双双吃晚饭的时候要点蜡烛。他们的餐桌上不但有筷子和调羹，还有餐巾、刀、叉、汤匙、茶匙，每人面前还有一排规格和用途各有不同的干葡萄酒大玻璃酒杯。她喜欢学欧洲，虽然她没有怎么去过欧洲。

而且有一个欧洲跳蚤市场上买到的青铜蜡烛台，可以点三支蜡烛，鸣鸣的点蜡也很有范儿，先用一根火柴点烛台两端的蜡烛，后用一双火柴，点烛台中间置放得高一些的蜡烛，不知道是罗马帝国、拿破仑法兰西、当代欧盟的，还是在维也纳指挥过小乐队的鸣鸣和她的SS特别立的规矩。

哦，她和他得到了幸福。怎么，怎么，有那么一回，她还抱着一个洋娃娃式的可爱的孩子！

晚餐前，她说了一句法语，"Bon appétit——祝你好胃口！"由于鸣鸣发音不太准确，SS重复了一遍发音好一点的法兰西客气话。

可以想象，SS与他的已经共同生活了50年的夫人吃饭时从未点过法兰西蜡烛。鸣鸣的爱情梦的一些细节也都落实了，一旦落实，她感到的是死亡一样的失望。

鸣鸣甚至曾经以为自己50多岁的时候怀了孕，告诉她的朋友，声称SS把自己的肚子搞大了。

"我的一切梦，都圆满了，都实落了。"远远地飘移过来一些吱吱叽叽喊喊的声音，不能断定是不是鸣鸣在发声，更不能断定她是在发什么声，这个说话的声音在摇荡，在蜕变，在喘息。一起走访过欧洲与纯洁地喜欢过法国的她是在大笑吗？怎么又成了呼天抢地？是在啾啾啾飒飒摆动了冷兵器？同时开火了捷克造机关枪。她说的是冤枉、冤枉、枉冤、枉冤，她说得对，妇人的痛苦，在伊甸园里留下了种子。

"我最反对的是生孩子，你有什么权力增加一个生命，制造一生的痛苦？"怎么会出现这样的冲动？不会是要……吧？

请休整一下，请稍息。WM闪电一醒，出现了闪电一样的清楚的思索。请深呼吸三次。请闭闭眼睛。请回忆法西斯德国的莉莉·玛莲与军国主义日本的、满洲国（伪）的、终于证明了不是中国人也不是汉奸的、确实有对中国的爱心的李香兰。那时的被希特勒与东条英机战争罪犯控制的德国与日本，人民疯狂地要求多情的莉莉与玛莲，温柔幻想的中式的《夜来香》——李香兰。

苏联卫国战争时期唱的《灯光》。题材与莉莉·玛莲的情歌竟然相当靠近，苏联是情人姑娘家的灯光，战士告别以后，姑娘的灯光永远被红军战士温习想念。法西斯德国流行的似乎是军营的灯光，法西斯士兵的情侣女孩曾在军营前的灯光下与士兵约会相见，然后永远难忘。

WM 的思绪无端，他的梦境是不是与乌克兰战事有关系呢？

他难以进入下一个梦境了。他想起保尔·柯察金、青年近卫军、卓娅、舒拉以及费定的三部曲里的基利尔、李莎，都是苏维埃乌克兰儿女。WM 痛不欲生。

WM 相信他与鸣鸣的上好的友谊，本来鸣鸣碰到的一些难题，她都会听取WM 的意见建议。那年鸣鸣大冒傻气，写了一篇谈到她自己青年时代的私生活的散文，把她的闺蜜编辑吓坏了。编辑找了 WM 去劝阻，WM 两句话一说，化险为夷。

而后来她发展到厌 SS、厌世、厌地球、厌情、厌世纪……美名、美誉、美梦、美风度……摧毁了她的心理平衡，她体温 38 度，她崩溃了，她疯了。她几乎唱出周璇唱红了的《疯狂世界》。

　　什么叫痛快？什么叫奇怪？什么叫情？什么叫爱？

　　鸟儿从此不许唱，花儿从此不许开，我不要这疯狂的世界！

日军占领下的敌伪时代，李七牛，即黎锦光作曲。"渔家女"的痛苦，出于薄幸男子的抛弃。而诗人的痛苦，出于爱情的现实版没有不折不扣地实现文学原版。天啊！

二十一　入梦托洛茨基？

倏地一切都模糊了，WM 或者是另一个 MW 与端端携手穿过中式广亮大门进入了又一个庭院。第七个？第八个？第 N 个梦境？庭院？空间？

又一个庭院里是一片掌声，噢，是所有的人、虫、鸟、兽、雷、电、雨、风、浪……万物都在鼓掌，声音不大不小，恰到好处。

许多的人在说话，这是西式派对，个个脸上带着微笑，人人的姿势是那样讲究地优雅，优雅地完美，优雅和完美地迷人。

人们发现了蜡烛，人们还发现呜呜与她的丈夫用的晚餐蜡烛，乃是法国产品。

人们讲着中文、法文、英文、日文、西班牙文、俄罗斯文……谁对谁的话都能听得懂。

鼓掌。我们大伙脑子里都安装了翻译芯片、学问芯片，四肢上也都安放了类肌肉芯片。差不多人人打破了奥运会世界纪录。说是差不多所有上过中学又植入了芯片的人，语言能力都赶上了辜鸿铭、钱锺书、林语堂，下围棋能力都超过了棋圣聂卫平与韩国李昌镐九段。

那么竞争、竞赛就会在更加神秘与高妙的芯片高度进行，例如争的不是下棋而是发明新的棋艺棋规、不是预告你帮助你听懂陌生的语言而是制造破译崭新的外星语言软件，这究竟是新的高峰还是新的魔障？

……再下一个庭院地点是会议厅，进入会议厅的门是日式推拉门。正在开会，所有的与会者身高都在一米八以上，讲话是结结实实、清浊音分明，卷舌音性感迷人的地地道道的 XYZ 语。

演讲人正在说："什么最好的理论刊物，这是不可能的，我坚信这是不可能的。我们的实践已经超越了一切已有的理论，我们的实践——星期六义务劳动，已经突破了历史，突破了政治经济学……"

奇迹。那么，正在演说的这位大人物又是谁呢？

"ЯЛев Давидович Троцкий."（我是列夫·达维多维奇·托洛茨基。）

好家伙！原来是你！ WM 又出现了锋利的瞬间的清醒。是的，中国的出版社已经出版了苏联的第一部马列主义文学理论著作，托写的。那里有很多卓越的说法，然后你知道那才叫真正的"左、左、左"。是的是的，还有尼古拉·伊万诺维奇·布哈林与亚历山大·季诺维也夫。还有王明，原名陈绍禹，署名马马维奇、波波维奇……一个个相貌堂堂、言语锵锵、人气煌煌、举止扬扬……紧紧挨着他们，毫不低差于他们的风度与语气的果然是雄雄、熊熊，雄起，了得，了不得！

数国合拍了影片《刺杀托洛茨基》，最后的杀手是阿兰·德隆扮演的靓仔，电影里的杀手的刺杀任务，影响了靓仔的性生活。WM 明白了，为什么他的关于雄雄的梦境常常牵扯到风马牛不相及的阿兰·德隆先生，牵扯到托洛茨基的人、文、言语与故事的骇人听闻。

二十二　众神的黄昏（续）·唉，雄雄！

这时梦中的深邃与模糊的乐声奏起，满口俄语的中式雄狮大熊熊、小雄雄，健步跃上了 80 厘米高演讲台，他的俄语，WM 突然听不明白了，转瞬间大家的俄语程度从博士后降到幼儿园前。WM 跳上讲台，根据托尔斯泰时代俄罗斯贵族讲法语不讲俄语的传统，WM 用高贵的法兰西语喝道："Parlez Chinois, s'il vous plaît！"（请讲中文！）

雄雄丝毫没有被 WM 镇住，他做了一个剔牙的口腔动作，往外吐了一口口水，轻蔑地说："我们的同行不会使用创作自由，有了自由，不写人民的疾苦，只写海滩上的爱情。"

一片哄笑。然后是一个尖厉的呼唤："因为有人爱不了情……"

笑声和掌声响作一团，几位女生落了泪。她们说："人生长恨水长东！"她们说："天从来不作美……多么伤心。"

然后一个又一个躺下了，融化了，飘移而去了，后来屋顶与屋顶上高高的浮云也消失了。

然后，雄雄也安静了。WM比起从来不做梦的前三十年，似乎是更清醒了。

WM清醒地想到，一通走火入魔之后，雄雄在异国他乡获得了首先是"大神"，其后是"笨人熊老大"的称号。雄雄被洋媒体提问："为什么你的预言总是错误的？"

雄雄笑了，他从口袋里掏出热心的读者来信，来信称雄雄为"青天""包公""大侠""呐喊强音""搏击冠军""重炮手"。还有一封信称雄雄是"无预设追踪超音速导弹"，含义不详。雄雄给记者朗诵了这些来信，分明稳住了阵脚。

这个，在越洋的一次聚会上，雄雄听到国内的情况，说到超市办得越来越多，日用商品越来越丰赡，他瞪起眼睛问："这怎么可能？"

异国他乡，雄雄没有得到机会取缔海滩恋情写作，却责备了关注欧洲足球锦标赛的年轻"流亡者"。

WM多次听到国外的不止一个中国留学生说，1989年7月底一个晚间，刚刚得到了一个大媒体的聘书以后，雄雄在电视直播集会节目中以预言家的身份改了四次口，预言中国异议者的胜利节日到来，从两年以后必胜，提前到一年，然后是三个月，然后是两周之内，他激动地宣扬，最长两周14天336小时内，异议逃亡者们将大获全胜。

……雄雄（五笔型同码是"非驴非马"四字）为此丢了洋媒体的干（挂名）年薪两万（或更多）美元的顾问聘请。他经常收到粉丝们的致敬信，据说这样的信他前后已经收到了近千封。靠这样的信，他活了一天又是一天，一年又是一年。

大神雄雄，1925年出生，1944年入党，1987年被开除党籍。1988年受邀到了国外，最后 2005 年再回来的，是他的骨灰罐儿。

为什么，为什么，他走了这样一条路？

他大体已经淡出，淡化。

二十三　大神的戏码

梦后分外清醒的 WM，继续思考：大神的本事，大神的学问渊源有两方面，一个是他的俄语卡片，上面写满列宁的名言语录原文。一个是苏共二十大"解冻"后的苏联文学，特别是昙花一现的特写作家瓦连琴·乌拉基米尔洛维奇·奥维奇金关于"干预生活"与"揭露阴暗面"的爆破性文学与社会主张。奥维奇金老兄的出身是苏共政治工作干部，富有鲜明性战斗性与决断性，尤其是令人产生满足感高大感的力能扛鼎的上高纲戴大帽子本领。

雄雄在中国，他有志青出于蓝，胜于蓝。

大神翻译过 11 篇作品，10 件来自苏联，还有一篇从俄语转译的匈牙利社会主义时期的作品。大神 55 岁以前，大体从没有见过接触过资产阶级与西方价值观人生观社会观，大神的被称为"自由化"的这个本能与理论的来路、背景、资源……别开生面，唤起的是特别感、意外感与荒谬感。

80 年代初期，WM 听到过一位长年梳着少女发型的报告文学作者小申问雄雄："熊熊，喂，雄雄大兄，你介入了海运学院的人事纠纷，著文点明了每个人的是是非非，为此闹得天怒人怨，至今不可开交。你去了南方特区，你'叮当午巳'揭露了特区领导班子内部改革与保守派的斗争，为此你捅了马蜂窝，你所认定的那里的保守派与改革派都视你为仇敌，说你是傻子和疯子，说你是到地儿两分钟就选边站队的愣头儿青……你再也不能到那边去了。然后你写了东北的问题，你从此再不能到东北，你写了华东，你也不再好走江浙……这样下去，你哪儿都去不成了，怎么办呢？"

这回 WM 看出了大神的朴实率真无邪无敌无畏，大神想了想，返璞归真地说："还有华北山西河北太行山嘛，还有西北陕甘宁青新，还有西南和中南，我们的国土很大，再说华东还有福建，还有江西，还有山东，还是可以有地间儿去的呀。"

这是唯一的一次，WM 甚至于觉得笨人熊老大耐用耐磨耐修理，他应该算土产耐用耐耗的易耗品。

嗯，小申说的倒也是真的。有几年了，雄雄成了熊青天。据说一位女科学家，来找他，说到她的一个非常冷门的科研项目，没有得到立项支持，她的课题启动不起来。他们谈了四个半小时，老大从口袋里拿出所有的人民币，给了女科学家，当天晚上他的文稿就写出来了，他痛斥有关领导的愚蠢、无知、低能、保守、官僚主义，他歌颂妇女科学家的光辉、天才、创新、苦干，雄雄认为终生未婚、课题立不上项的中国女科学家，如果机会到来可能成为法兰西玛丽·居里夫人、大不列颠洛夫莱斯伯爵夫人与中国黄帝夫人嫘祖。他还引经据典说，如果成吉思汗配备了电话电报与静电棍，究竟会带来历史的进步还是相反？如果我们的各级科学院哪怕只有 11% 被成吉思汗式的骑兵所把握，那么，那么会发生什么情况呢？

他的所有的友人都瞠目结舌。外国的科学家都出了声，奇怪雄雄怎么能信口对专门的科学学科课题置喙？

  雄雄壮而雄，连夜捅窝蜂，一捅三个洞，一捅八面嗡。蜂疯轰嗡风，蛰出血与脓。

  手挥一管笔，机关枪嘣嘣。万事明白透，豆腐拌小葱。生杀并予夺，一目了然清。

  三分钟断案，十分钟包公，三下五除二，吹号打冲锋！杀得天昏暗，骂个乱轰轰。

  倒也能解闷儿，直如大炮轰。大炮砰砰砰，雄雄嘣嘣嘣。再放燃烧弹，雄雄八面风。

　　你说他聪明？活活愣头青。你说他犯傻，走哪（儿）哪（儿）刮风。究竟他算啥？谁也说不明。

　　三折两折腾，也算过一生，动静不算小，情理实不通，虚火抽薪罢，且送君一程。

　　WM常想，雄雄面对过的纠纷歧义、各界各案件各官司各班子各人物，换了真管事的有司，派一个调查组，组织五六个到七八个老到之人加一两位文秘人员，调查上半年一年半，有时也未必弄得清楚各种不同见解、不同角度产生的歧义。不妨说，您组织上一个论坛，请上250位中外专家研讨上几天，整理出上100页论文汇编，通报党政群团各个方面，也仍然未必能做出结论定案。怎么到了雄雄那儿，喊哧咔嚓，噼里啪啦，该处决的处决，该授勋的授勋，硬是能够招尽活儿齐呢？

　　1980年，WM越洋访问，遇到西方一家大媒体的台湾背景编辑，该资产阶级编辑根据资本主义新闻理论与新闻规范问WM说，雄雄这样的"强人"，怎么能在大陆的媒体做事呢？

　　WM笑而不答，心想，孔子早说了，"君子中庸，小人反中庸"，还有："过犹不及。"庄子则明白"大言炎炎"。大话说出来，可能凶猛如火焰，乘风燃烧着扑上来。

　　1989后在异国他乡逗留并反对关注欧洲足球比赛的十多年，雄雄有一次想介入也就是干预异国他乡的大学集体。他为一位台湾背景女教授女作家打抱不平，他要揭露西方大学生活的黑黑黑还是黑。他愿为之代言的台湾来的女教授警告他："你少耍你的那一套，在这里，早就会由于诽谤罪而蹲监狱了。"

　　总算到了他心目中的自由之乡，他的隔海多言放炮获得了不少掌声喝彩，他自己也得到了一些美丽头衔，同时他总算在自由之异乡为自己的大嘴巴自愿贴上了封条。然后继续隔海发功，继续努力在故国维持他的渐行渐弱的强势。

他是记者，他一辈子没有当过哪怕是村干部、小组长，没有干过一件柴米油盐酱醋茶的小事：

> 不接地气闹天气，语不惊人死不休。哪怕鼻青与脸肿，行侠仗义雄赳赳。
> 愚"忠"愚勇小傻瓜，自有粉丝下跪夸，任性随心夺魂蛊，信口开河牡丹花。
> 雄雄其人很热情，雄雄论事甚不明，一阵风来一阵雨，稀里糊涂气冲冲。
> 雄雄其人狠劲足，大帽（子）满天声气粗，有意救人除妖孽，砍的砍来诛的诛！

可悲的是他长大后没见过国民党，他少年时只见过满伪、日伪。他做俄语列宁语录卡片的结果是跑到海峡东面一隅，表示他要前来向宝岛当局学习。他想见那里的一位抵抗型写作人，人家拒绝他的腔调，更拒绝见他。

毕竟也有不少人崇拜他，WM 听到一小帮子并不好侍候的老少爷儿们，华侨或者港台对中国大陆的一切看着不顺眼的人士，在上个世纪尚没有机会亲密接触大雄雄以前，以"二十世纪的中国良心""知识分子的典范"之类字眼称颂雄雄这位兄台。雄雄深感受用。

歇菜吧，安息！世上好多事，硬是拧巴了一个六够。我们的富有喜剧色彩的经常搞错的悲愤大神子。毕竟 WM 夫妻当年给你做了那么好吃的炸酱面，光装码子豆芽黄瓜菠菜芹菜青萝卜白萝卜变萝卜胡萝卜的小盘儿就十几个。你也一直感念不已。

WM 其实最早就见过雄雄了。1951 年，WM 在一个区做新民主主义青年团（简称青年团而不可以叫新青团，1952 年的团代会上决定更名为共产主义青年团，简称共青团）的工作，雄雄应邀去本区的一个教会女中做报告，讲雄雄参加一个新闻工作者代表团访苏归来的感想。WM 记得雄雄讲了作为苏联民族团结图腾的第聂伯河水电站，它建于乌克兰，气魄宏伟惊世，又讲了二战后刚刚动工的古比雪夫水电站的大规模施工景象。雄雄还讲到在斯大林英明领导下苏联青年的口号："赶紧生活！"太伟大了，一个词叫生活，一个词叫幸福，一个词叫青春、少共（CY），还有一个词叫作太阳、光明，而更伟大的词是赶紧，紧赶，中国的一位领导人最爱说的两个字是"鼓劲"；打死当年的国民党，他们连一个打动青年的好词儿都没有，他们是一群什么样的酒囊饭袋活尸垃圾呀。

教会女中的团总支部汇报说，团员聆听了雄雄的报告，没有人在意他的苏联见闻与观感，女中学生为雄雄的风度形象爆雷、击电、倾倒。

雄雄啊，此后你有意无意地发展膨胀起来的单纯单一秉性，还有你的自以为是、口比天大，你的想当然，你的荒谬绝伦，你的傻劲冲顶，你的惑昧混乱，你的孜孜以求，你的屡败屡战，你的大帽子、大命题、全称肯定判断、全称否定判断，白浪滔天、电闪雷鸣、打打杀杀、淋漓尽致；你的自以为对文学、对政治、对本土、对外国、对海峡、对断案宣判事宜的热衷、激情、天赋，其实是天大的误会，是可笑的罪过；你以你的三龄童、四龄童，最高是五龄童的童心、思维模式与充当救世主的自诩——外籍人士争说的是你的"使命感"，这到底是怎么造成的呢？20 世纪 80 年代，你给你心目中的坏人定的性是"妖精"，这算童话还是神话呢？你几句涉嫌性别歧视的空话就要了人家的命。你投合了利用了特殊年代带来的压抑与戾气。你一方面说你的性格懦弱，自称这从你写的毛笔字里就可以清楚地看出来，你同时一张口能做到泰山压顶，呼风唤雨！莫非你的大言惊世首要是为了给自己壮胆？你一辈子仗剑除妖，你是除妖队的行刑者，你是灭妖大王。你是什么时代什么倒霉地界儿的奇葩呀？

安息吧，我的天！

二十三⁺　加进去的一个噱头
1981·1982　2023 年 10 月

在《十月》杂志的季编辑看此作稿件的时候，她到了南宁，与她通微信时 WM 说:"《蔷薇》第一节就是写的南宁啊,与广西套套磁(似不应是瓷)吧。"WM 想起了往事,1981 年底到 1982,他与雄雄应中宣部主要领导之约先飞到了桂林;再到南宁与领导汇合,领导特别向二位写作人推荐了一位南宁的青年女劳模,希望能写写她。一接触,得知了另一位大姐劳模与青年劳模的矛盾,大意是,先后二位同工种劳模,媒体宣传青年先锋时把此前姐姐劳模的先进事迹硬是安到妹妹身上了。WM 在城区做团的工作多年,对这一种类似"争功"的人民内部矛盾、先进人物内部矛盾,十分熟悉,立即接触双方,尽力疏导协调劝慰和稀泥。雄雄则毫不犹豫地喜妹憎姐,天天与青年女工一起研究该中年女工的或有或无的缺陷。雄雄的选边站队很有贾宝玉气质,近青远老,判断是非听荷尔蒙内分泌的,日后更加流行的说法叫作"跟着感觉走"。中年劳模多方申请与雄雄见面,要当面"汇报"。雄雄倒是没有说过不见或少年好老了坏的判语,但是他对 WM 说:第一,时间太短,数天后要乘火车转桂林飞京,他实在没有时间接待年长的劳模了;第二,他这几天一直与小劳模与她的密友们接触,他与她们对年长劳模的狭隘自私缺陷取得了共识,做出了结论,这时又与美好小劳模的对立面来往交谈,似乎不太局气仗义。"我的妈呀!"听了呼风唤雨、撒豆成兵的大师雄雄的逻辑,WM 几乎晕过去,再劝,不听,再再劝,再再不听,WM 绝望了。在南宁与中宣部领导与广西领导一起过了新年。二人上火车去桂林的时候,火车站站台上出现了一群女工,要求向雄雄当面"汇报"。幸亏有维持秩序人员帮忙,雄雄总算没有误火车。那次,WM 对雄雄算是彻底服了,服得不仅是五体投地,而且是分裂破灭,四脚朝天。WM 问编辑领导:"要不要把这段噱头加进去?"只用了 1/10 秒时间,编辑回答三个字:"加进去!"

二十四　另外庭院——北方的冬天

然后在 WM 梦中的又一个庭院,应该是第十一个庭院梦境里,WM 回到了

1935 年，他出生的第二年。法国警察押走了两年前获准入境的斯大林政敌托洛茨基，宣布为避免左右两翼政治斗争的尖锐化，托洛茨基必须到距离巴黎 300 千米以上的地方居住，后来，托洛茨基到挪威去了。

又后来，托洛茨基到了墨西哥城。他的生于斯、死于斯的故居里，插着永远降半旗的镰刀斧头党旗，挂着他与列宁的合影。国际政治是复杂的，也是怪异的，是易于出错与出昏招，以致招来万劫不复的败绩，外加摆不脱的杀身之祸的。墨西哥城托洛茨基故居的少数管理人员，男生一律穿西装不打领带，不系衬衫最上的纽扣。托的卧室，窗外护板与室内相对的墙壁上，筛子般弹痕累累。

回首往事，WM 禁不住想起南斯拉夫的铁托与他的亲密战友与后来铁托的政治对手德热拉斯。德热拉斯被铁托关进了监狱。代表德热拉斯的政见的是他著的书《新阶级》，数十年后，中共中央政法委员会理论局出版了这本书，并将德热拉斯的姓名改译作吉拉斯。

而梦境庭院里还有隐隐约约的布哈林讲授《共产主义 ABC》。2023WM 此梦入梦以前 60 多年，即世界的 20 世纪 60 年代，WM 也对布哈林的事感到过关注。后来布哈林在大清洗中，在维辛斯基·罗斯托夫总检察长"没有证据也可以定罪"的"新法学"理论指导的审判下，招认自己是英国间谍。布哈林被处决，同时遗言：他的血是为了主义而流淌。再后面是季诺维也夫与雄雄。WM 耳边响起了极富音乐感的俄罗斯语浪花。WM 梦中高呼乌拉！乌拉！乌拉！WM 梦中妄想，维辛斯基如果也写作尤其是也写报告文学的话，会是什么样的作家，获得什么样的中国文学奖项呢？

底下一个另外浑不似院落梦境是社会民主主义的——北方？大家都穿着深色英、法、意式套装，打着紫色、黑色蝴蝶领结、黄底黑道道与偏紫色领结。乌拉大喜讯，威哇（意大利语欢呼）极乐人！端端兄恰恰正期待着出席国王与王后陛下必将出席的颁奖大会。

亲爱的端端今晚打上了深红色蝴蝶领结。喜气洋洋，他当然已经开始了自己的预演。

今年的大奖归你，你以为。他她……尤其美国笔会秘书与德国自由主义媒体人都如是说。人人都以为幸运儿是老弟你。有投票权的新任汉学家院士也放出了风，谁知道？给不给中国人发奖，给哪个中国人发奖，突然多多少少地变得引人入胜。

打从20世纪80年代，小二十年，西欧北美，文艺界新闻界外交与政治家特别是高校教授们都热衷于透露给WM："你们的忧伤剧作家端端将要获得国王与王后颁发的'惊天'大奖。"

WM频频点头，他也不能不佩服，他也鼓掌，那是北方的奖，这么多人在说。要不就让人家快快颁发，让该得奖的人才，得了这个奖吧。发的争着发，得的盼望得，如此这般，好哇，世上的事尽可能你好我好他好她好、往大家都好的路数上调整吧。岂不更好？

也怪了，命运的特点在于，越是说你如何如何，或者你说如何如何，最后一秒钟，命运的现实化就越是跟你较劲掰腕子，让你不得如何如何，让你就是不得已，不得以，做不到，够不着，只差一厘米。中国国家外文局聘用的英国专家曾经幽默地对中国同仁们说，大洋那边有几位老爷子，他们面对着全球的文学与作家，他们老几位每年找一个人领大奖。英国专家问："中国作者们怎么会这样重视这几位老爷子发的奖呢？你们是想着获得'儿童文学奖·文学儿童奖'吗？"

英国专家口里，突然出来了"儿童"与"文学"一或二词。英国专家他是觉得国人作家有点小天真吗？WM体会，英国专家的含义是：反正给了这位就不给那位，反正得不得奖你还是写你的书、出你的名、受你的议论、拉你的饥荒、得你的稿酬。在源远流长、博大精深的古老中华，你们犯得上那么天真期待吗？

反正都愿意得奖，反正得不得奖并不能决定作品文学史上的意义，反正除了体育上的奖，别的奖的名次都不好说。中国的文无第一，武无第二说，绝妙无双！李白与杜甫，哪个是第一呢？而武战中的第二，请问，若是第二名没有倒在第一名的武状元手下，其余来你这儿练的，又都已经倒在你的手下，你能被公认为是杀人的亚军吗？

好在端端的剧作已经获得了相当的成就，就让我们开辟一个院落，举行一个动人动心动情同时可能临时生变的颁奖心领仪式吧。

二十五　美国笔会秘书她早知道

梦中的院落太多了，也累得慌。要不咱们醒一会儿？

WM佩服端端自己写出了、发表了关于20世纪末N年的那个夜晚的纪实散文：电视台记者全副武装，在端端的住处做好了准备，然后科学院老几位宣布了：得主，偏偏就硬不是、愣不是、必须不是——端端。

偶然睡着了，WM也不会忘记，199N年初夏，纽约，夏天，美国笔会秘书已经耀武扬威地向WM宣布，今年端端获北国大奖。WM回应说，据他所知，北方的科学院老几位的评奖是封闭进行的呀，WM这样说客观上是对北方S科学院的敬意。秘书妇女强人侵略（扩张）性地信心满满地声称："我知道！"不知道是不是她另有北方国王陛下那里连线的信息渠道，女秘书她的牛劲与东方中国的雄雄能有一拼。WM笑了，说那也好，小把戏嘛。

想想看，第一人称即WM说不知道，第三人称发奖者说不可能说给任何第一人称WM或非WM听，其他第N人称中没有谁发布消息；那么第二人称唯一即秘书怒（她的尊称式）早早知道，那就先听第二人称怒您的呗。

她问WM对得奖的态度，她意欲听到愤怒、抗议、政治化加个人羡慕嫉妒馋加恨。WM当然回答"我祝贺"，说得轻松愉快。又问为何祝贺？真是威风啊，她以为一问中国人至少问哑8个，问下去说不定能以此问死2～3名了。WM说那么多奖金多好啊，如果是第二人称的怒秘书得了，WM不是也要同样地祝贺的吗？糠客锐求累神（英语"祝贺"发音）——您钢笔俱乐部（笔会）这位秘书夫人，您也写东西吧？

怒（她）继续穷追猛打审讯：中国作家对端端可能获奖会有什么反应？WM 说，"那就各不相同了，有人会不高兴"。第二人称秘书淑女立即两眼放光，电光石火，瞬间成长为小号探照灯。再问：为什么会"有人不高兴"？说到不高兴该是何等大逆不道哇！秘书怒两目，略露杀机。

这时 WM 的蹩脚英语突然说得十分漂亮，WM 潇洒地说："难道你不知道？作家，有几个不认定是他自己或者她自己才是最好的那一位，才该 cover 包圆所有的百万硬通货奖项呢！"

到了 199N 年冬季，中外都有人有根有据地预约了预备了得主端端，北方科学院老几位偏偏牛了一大招，谁说了也不算，人家第三人称的复数北方"抠里抠"（college，科学院）说的才算：端端，今年绅士先生你，没戏了。

于是，你走到冷寂的街头，你看到一只孤单的狗。

妙。获奖好比家门口放响一只二踢脚加满天星，那是洲际多弹头导弹的最早雏形。无奖好比命运女神轻轻弹了一下你宽阔的上额，在微信里拍了拍你的头像，然后女神低头吻了一下你的手。大张旗鼓、勤劳好事的记者与英勇无敌、睥睨天下的不止一位秘书，领教了北方老爷子们的软实力。你再自以为是，你再说"我知道"，嘿嘿，您不算数，您嘛也不知道。

端端本人淡定地保持了幽默与从容自嘲。从此可爱的端端心平气和、云淡风轻、宠辱无惊、我行我素、行如浮云、止如落英、笑如涟漪，得不得奖其实差不多差不离。

> 蔷薇蔷薇片片开，
>
> 这片不开那片开，
>
> 开与不开 let it be（随他的便），
>
> 聊供一笑哎哟喂！

是的，另外一位留了小胡子的青春文士，多年被博彩押宝、被人五人六报信，说是即将得奖。于是可怜人头发由黑变白，作品由多变少，阿尔茨海默病由无变到沾点边边儿，多年前做好了准备也走漏了消息了，与端端一样的命运；WM很喜欢他们一家人，包括他的太太和作家女儿，但愿老弟台早日康复活力。

还有最初没有掀起浪花，后来那一年当真得到了嘛奖的幸运儿。网海中一些天知道什么人的黑粉们激动起来了，他们对幸运儿的关注远远超过了疼爱大奖得主的红粉。黑粉们时时准备贬低声讨清除获奖者以立功邀功。另一些人板起脸来责问幸运得到奖者是否能做到认同、实行、推广、投身、献身、皈依北方凛然的神圣绝对价值。也是在审问："你能听人家的吗？你有那么乖乖的吗？你懂拉丁语吗？"

还有内媒追问："准备移民了？"得主拍着腹肚回答说："不，出去吃不下西餐。"雅雅问来俗俗应，大风大浪眯起眼睛。有点火候了。

还有新入戏的，三锤子两棒子，伦敦博彩游戏的风水转到愆怒这儿来了，赶紧与帮助过愆怒的师友拉开距离。

　　文学本少戏，文学甚少星，文学冷板凳，写作苦伶仃。

　　影星与歌星、球星与笑星、舞台与荧屏，新星白发星，都比作文红。

　　幸有气粗奖，通货不扑空，得得亦一笑，快哉一股风。

　　幸有封闭墙，绝顶保密功。想他不是他，说卿必非卿。妙在多变数，搔痒（儿）搔得疼。搔痒（儿）不稀松。

　　咪咪再崩崩，文学也折腾！没事儿（它）找事儿，围上就嗡嗡。嘲弄完俗鄙，自己瞎哼哼。文学走华盖，文坛乱哄哄。文学押上宝儿，就怕不飘红！

　　蔷薇蔷薇处处开，蔷薇不开又何碍？老等老等没等到，苍鹭等着叼鱼儿来。

按：苍鹭又叫灰鹭，脖子长10厘米以上，它静静地在浅水里等着鱼，可以一等几个小时，这个物种应该获得银河系耐心奖。河北白洋淀雄安市这边，乡下人亲切地称之为"长脖老等"。"长脖老等"一词，八九十年前，在北京，普及于小学男生群体，用于嘲笑一切伸长了脖子期待而等不来的可怜人们的人和事。

而例如另类写家翩翩、呼呼之类，他们相对平实或通俗级趣味，从来与长脖老等国际大奖无关，他们从来也没有认真地等待过什么。诗人鸣鸣则是性情之星，也没有等待过这玩意儿，鸣鸣道法自然，也还得到一些国际学人的荣衔。

有歪诗咏可怜的翩翩：

> 此生多即兴，全凭肾上腺，陡然出风头，蓦地很扯淡。
> 但迷欢喜佛，更喜舞翩跹。舞伴能贴面，还有啥可怨？
> 食色皆性也，翩翩还划算，前半场亏损，后半场灿烂。
> 有人吃大葱，有人爱大蒜，加上油盐醋，美美N碗面。
> 有人与之狎，有人与之干，往者尽已矣，来者都不善！

稍息。他的事回忆不尽。

二十六　绯闻与念联副副

翩翩20世纪五六十年代被错划劳教得热热闹闹。1966，动乱中他居然蓦地呼风唤雨，神神道道，如同憋闷中偷吸（偷袭）了一口大烟。然后明确获知他不属于造反有理的人民群众。即使如此，他也闹腾了两下，游戏痛快了一周。老子李耳说："飘风不终朝，骤雨不终日。孰为此者？天地。天地尚不能久，而况于人乎？"1957—1978年，翩翩的"问题"屡屡获得加码添刑增彩的理由。

即使如此，他关于自己某个特殊年代患病，被误当作死尸抬入太平间，冻了一夜，第二天诈尸复活的最戏剧化最感人的故事，被他的同城好友揭发说，实系捏造，为了赢取女性读者的怜悯的眼泪。对此，翩翩他的逻辑是，他从 21 岁历经 21 年，每年受 1 种苦，共受了 a ~ u 折合 21 个字母的苦，现在加上并没有受过的 v ~ z 即最后 5 种苦，完整凑足英语 26 个字母的苦处，应该说是相当靠近真实，可以不算造假。

然后是十一届三中全会，第二次解放。翩翩老弟，从经济学论文到《李老汉和一条狗》，飘红火热，明星速成，超音速发展壮大，紧接着到处被鼓掌欢迎，打趣笑骂，35 年一觉文坛梦、级别梦、野鸳鸯梦、发大财梦，赢得翩翩然薄幸名。骂得越厉害他越过瘾。他知道，在饱受笑骂的每顿酒饭上，他才是真正的主角，是众人尤其是异性的注意中心。没有人会记得付账的那位，没有人会注意级别高的那位，甚至也没有人注重得不得北方奖的那位；人们记得的是珍禽异兽凤毛麟角翩翩男，注重他作为开胃小菜与饕餮大餐促食剂与"双歧杆菌三联活菌肠溶胶囊"调理治肠胃菌群失调症的重要作用。

在一个大学的国际讨论会上，翩翩听到一位具有一官半职的中国作协领导之一的同行发言中说，WM 是一位明星，而且是一位没有绯闻的明星。会后他向一批女作家略放厥词："……没有绯闻还想写好小说吗？我要批判这种道学教条主义。"

一些女同行向 WM 报信。WM 一笑，知道翩翩无非是骚以求怜。等到翩翩大会发言的时候，一个是大讲他来此地时乘坐的飞机是何等颠簸，他声称，为了对 WM 的义气，他是乘拖拉机颠到此地来的。第二，他说 WM 还有一些作家中的正人君子，是不需要绯闻的，他们得到了大地上最好的女性的宠爱。而另外一些人（指他自己），"他们被冷淡、被忽略、被压抑、被抛弃、被背叛……难道还不允许他们有一点点绯闻吗？"他说得悲从心来，声泪俱下！

2000 年翩翩发现一本杂志发表了批判他的文章，写文人是他所在地域的一位中学教员，而对另一位他并不服气的比他只大一岁作家同行的批判文章，文章一发两篇，笔名一个是吴不胜另一个是郑鹊极，两篇批判文字的标题与作者赫然出现在杂志封面上，他说是忽然明白了李清照的《声声慢》："凄凄惨惨戚戚","独自怎生得黑"。他不知是表演还是真犯浑地发挥道:"李清照生得黑,你们听明白了吧? 女人长得黑怕什么,有男人疼就齐啦! "

他的特殊贡献之一是提供了靶子,使一些力谋新进的猛人有机会摇旗呐喊,打打杀杀。

翩翩病后 WM 再去电话问候,翩翩再两次千叮万嘱:"我的肺癌与吸烟毫无关系。"看来,令他最后仍然感到不安的是 WM 可能借翩翩的疾患宣扬吸烟的害处,提倡煞风景的健康规范。

一个文人相信宣传报屁股上的生活常识与卫生规则,就会如此讨人嫌吗? WM 不免也有点不安于"长得黑"了。

翩翩兄作古于 2014,到 2023 已经第十年。WM2023 年写起《蔷薇蔷薇处处开》,兴起了对翩翩弟台的怀念,嗟叹痛惜不住,同时一旦想起,仍然忍俊不禁,就是说一想此公,忍不住与他调笑,与他斗嘴,乃至小有挖苦,多有宽容,一肚子文词段子笑点开涮。辞世 9 年过去了,为小翩子,WM 补撰几首挽联吧,称之为"思念联",淡化他 99.9% 的沉痛,保存上夸张上翩翩大作家兼小无赖的寻开心、巧开心、穷开心、死开心。稼轩《清平乐》有句:"最喜小儿无赖,溪头卧剥莲蓬。"无赖可能包含怨嗔,无赖在这里与极赖无差别,也常常是宠溺甚至有打情骂俏、我的冤家啊的情谊,去世 9 年,藕断丝连,也是交情一份。

WM 给翩翩的首副异体(思)念联是:

蔫了廿多载,藏头缩尾,毕竟坚持不懈;
火嘹三十年,灯绿花红,应说浪漫超群。

然后诸联有:

经蹬经踹,经盖经铺,翩翩浊世界佳公子也;
经拽经拉,经洗经晒,落落榴裙边赖暖男乎?

受苦得其乐，蒙哀获其欢，君岂夙包孬种？

逢凶化之吉，遇难呈之顺，尔自吐气扬眉。

大千世界、天地玄黄，狼男虎女，西门东施，诗词歌赋，兄莫非搅屎棍——火烧火燎？

什佰人杰，海山青碧，伟牡柔雌，南国北域，起伏招摇，弟岂是安心人——云淡云轻！

更可喜的是收到了《看剑楼主拟联悼翩翩君》(12副)，作者西安诗词名士，文友王锋先生。

垂垂老矣，虽余勇可嘉，捏揣惟余空包唊；

翩翩去也，曾来日堪待，奔腾只是实干功。

WM跟上：

当当响也，谓大志无边，纵横捭阖先下手；

吁吁娇哉，曰闲情有术，温柔甜蜜要抬枪。

楼主又道：

白发犹自磨杵，一世之操劳何憾；

乌云无曾蔽日，平生其块垒如烟。

固有佳节也，表里如一，昂昂乎久为直中直；

终无俗态焉，真实不二，翩翩然挺出天外天。

虽非纵横家，深谙进退理，舌兵出入列国城阙真如平地；
咸云文章伯，岂是油腻哥，椽笔摇撼一天星斗洒落人间。

翩翩者谁，爱过恨过挺过把过猛过凤过，过后般般归眼底；
戚戚然偶，慕之敬之怅之憾之叹之惜之，之前种种到心头。

所以悼公者，浊世佳声岂可仅浪垂于夹缝天地；
必然传后也，精心美作多能令风传其牛比人生。

磊落不拔，曳尾于众香国里何其畅也；
风流之至，收官在翠柏丛中依旧翩然。

检点平生，君真健者，似未放春秋佳日一朝一夕过；
取次花丛，游必蓬户，再难有风雨故人寸丝寸缕来。

壮岁如牛拉风，时昂昂乎牛头勤耕雨脚遍；
平生跑马枕戈，终翩翩然马蹄倦踏月明归。

草深何极，哲人其萎；
鸡鸣不已，翩然随风。

厕身于众粉队中，必遭人嫉，岂惟因郎君玉面；
昂首乎高唐云里，饱经天磨，终未教群丽灰心。

红尘似皆言，识君已属三生幸；

黄泉若自顾，处世必有一日长。

WM 赞曰：

我瞅着，已经热热乎乎，为故事添姿增色；

您说呢，不过随随便便，乃方家任意奇葩。

WM 还吟：

后来活得翩翩，写得翩翩，爱与乐得闹得翩翩，大化胡里胡涂，何须认吸烟伤肺？

初起傻地枉枉、牛地枉枉、吹和叫地飘地枉枉，殡仪有模有样，毕竟是著文开心。

呜呼翩翩，你这一辈子说长道短，一言难尽。别后，已第十年，栩栩如生，音容笑貌仍在眼前耳边身际，翩翩何在？翩翩何往？翩翩何方何言，一去了之，何其速也！时至今日。你小子仍是写作之题，谈笑之题，回想之对象，叹气之主角，挨骂之宝贝。

文友们没有忘记你，社会没有排斥你，也没有苛责你，大家对你还是厚道的。小儿翩翩你没有白活呀，你这家伙，嘻嘻哇？！

二十七　蜂蜜缘

共同出访的郝好与劳军，后来也见着过。郝好 1987 年退休回到湖南故乡，在本村盖好了农家院，修起很大的鱼塘，休养生息，与世无争，日出而作，日入而息，安分守己，平淡顺遂。他养了些鸡鸭鹅，给从城市来的亲朋好友老领导动辄提供家禽禽蛋。

劳军退休后致力于养黑色蜜蜂。1999，WM 到劳军所在城市，获得了劳军赠予的一罐子蜂蜜。回京时 WM 早早起床到机场，手提蜂蜜罐。

那时美国还没有发生"9·11"，全球航空安检远没有后来那么严密，机场人员只要求 WM 用茶匙当面舀一勺蜜吞咽下去证明蜂蜜当真就是蜂蜜。不巧的是赶上台风北上，连续两天在机场从早 6 点干等到下午 5 点，宣布航班取消，赶回宾馆再等。直等到了第 3 天接近中午了，才宣布登机，准备起飞。这样，WM 连续 3 天，清晨 6 点，必吃一勺蜂蜜。也算人间奇趣，友谊佳话。WM 越益体会人生的喜乐般般，友情的天上地下，不拘一格，咋活咋顺。

还有一位，不说他或她吧，奇异的是在 WM 离开了领导岗位以后，他或她希望 WM 帮助愨怒担任一个有基金会的单位的第一把手。他或她的思路离奇，认为 WM 有能力起用人员；然后终身抱怨 WM 不帮忙。作家的文学逻辑，真有绝的，真有神的，真有邪乎的，真有与俗鲜谐的，真有迹近错乱的。

一撇一捺就是人，那人偏不是这人，人比人能气死人，莫名忌恨算啥人？

二十八　庭院忆连连（续）·考证
晏几道的《临江仙》

思前想后得累了呢，迷迷糊糊再进梦里的小院子。

老来多梦意绵绵，喜笑悲辛亦可怜。明日黄花明须尽，今朝尴尬迄未还。错将胡弄夸骁勇，也曾大话欺良贤。一番聒噪寻常事，犹有佳言在心间。

又一个庭院打乒乓，陈梦、孙颖莎、马龙……容国团与孙梅英，还有谁记得姜永宁、邱钟惠、林慧卿？瑞典的瓦尔德内尔，德国波尔，日本福原爱都来了，WM上前打了两拍，笑着狼狈逃窜。再下一个庭院在写诗、诵读、赛诗，出偏题，答怪题，诗坛奇葩、知识怪杰，四处涌动，除了真正创造性的诗心诗意创意之外，这里什么都有。再再下一个庭院灯火通明，欧阳修、辛弃疾、曹雪芹描写过的上元灯火风火迷人醉人，"红楼"里的头一号正面人物甄士隐女儿英莲，就是在如此这般的上元灯火中走失的。

再再再下一个庭院里是晏几道的《临江仙·梦后楼台高锁》场面。半醒过来，WM想起了2023春节期间写下的对此词的评点与感想。他在梦中见到网霸，网霸诗词霸告诉WM：这首词写的是晏几道与四个他喜爱的女子的关系，写了晏几道感天泣地的私密情史。

WM在做梦，人在做梦中读诗加点评，这还不算完，WM梦中上网查百度与谷歌，查微信与360导航，这真罕见。而且，梦中，WM还在感想，三苏也好，二晏也好，他们没有电脑手机，他们碰不到比尔·盖茨与华为、三星，也从来不参加央视的诗词大会……这次梦中上网的事迹，埋伏着什么奥秘与奇葩神招儿没有呢？

晏与四位女友？情人？这样说，WM是错了吗？他只知道晏几道与头一年相见过的小苹的故事。

梦后楼台高锁，酒醒帘幕低垂。去年春恨却来时。落花人独立，微雨燕双飞。

记得小苹初见，两重心字罗衣，琵琶弦上说相思。当时明月在，曾照彩云归。

做完了梦，想到梦中见到的是你去年住过或去过的楼台，现在是一把大锁，冷冷清清。醒过酒来，眼前只有低低垂下的帘幕（我什么也看不到，我再也看不到你）。恨的是去年学生我为什么来得那么晚，已是春深花落，斯人孤独，倒是蒙蒙小雨里的燕子，双飞叠翼，活得甜蜜得很。

回想首次见到小苹姑娘你的时候，你穿着轻软的丝衣，透露着心形心香饰品，演奏琵琶，诉说了你的寂寞与思念。当年的明月还和当年一样地照耀在天上，你在哪里？你什么时候能像美丽的彩云一样，能伴着彩云，乘着彩云，重新回到我身边来呢？

解读（不愿意称之为翻译）到此，WM 泪眼婆娑。

意蕴深厚的汉字诗词，像这首《临江仙》，也许可以做出上十种疏解，它的解读路数不会少于"哈姆雷特"。但更要命的是考证，是知人论世，尤其是"本事"。"本事"是什么？搞得不好是诗词的赘疣，搞得一般是根据仨瓜俩枣的妄言妄议；"考证"出来的也许成为一段真伪莫辨的历史文献。搞得好却能够成为与诗词比翼齐飞的微型小说，微型非虚构非小说，历史的素材也是文学素材，越历史就越文学。至于《红楼梦》的本事？够你拼一辈子命去投入，去发挥，去胡说八道，或从而成名成家成派系。

即使 WM 对于文学解读考证保持清醒，他毕竟是中华文化培育出来的一个"秀才"，不，叫童生也行。谦虚使人进步，90 岁了不用再进步了，仍然要坚持谦虚。WM 童生秀才，混沌梦里，能上手机电脑百度谷歌网络考查晏几道的隐私情史，梦里坚持学术科研与文事探秘，恐怕也不多见。几天后仍然忘不了梦中启示，小说人自是梦中多情，梦多心意，喜爱做梦如喜欢登堂入室的乳燕，如喜欢湖上船边一跃而出的金鲤鱼。几天后还对梦中的奇葩恋恋不舍，依依不饶。WM 甚至想向自己梦中咬牙维持的文艺学诗学热情与做科研性梦幻的能力致敬，兼向英国国际认证机构申请吉尼斯世界纪录。

呵，这应该是、必须是、多半是、一定是，又一场美丽的梦。

老来春梦亦多情，往事茫茫可再逢？悲喜端端寂寂去，沧桑再再翩翩中。画屏春色风兼雨，雁后归心晦与明，连环如玉耽佳句，谢罢新恩又一程。

（《临江仙》词牌，叫法甚多，此词牌又名《鸳鸯梦》《谢新恩》《画屏春》《庭院深深》《采莲回》《想娉婷》《雁后归》《玉连环》《瑞鹤仙令》等。）

情或真情或附庸，琵琶奏起意畸零，蹉跎一世岂无恨？眷恋三生竟是空！楼阁高高锁往事，仙词历历忆阿革。

老来怀旧或伤心，梦里寻思颔首频，举步艰难千万里，成篇浩荡六十帧。悠扬畅快岂无误？潇洒风流更微醺，毕竟诚心相告诉，断肠人泣为此君。

（2023，将出版 WM 创作 70 年文稿 61 卷，此处以六十帧代 61 卷言之。）

二十九　诗非诗，梦非梦

WM 的头脑应该说还是够清晰的，虽然他是多梦者。近年他梦见过自己开跑车，法拉利，醒了之后觉得梦得牛。他梦见过歌剧《托斯卡》，是自己演了乔治乌，唱起了《为艺术，为爱情》。对不起，他一直想与同岁的帕瓦罗蒂套磁结亲。醒了之后他检讨自己不宜忘乎所以，并且警告自己，不要想入非非，不要自我陶醉，不要痴迷膨胀。谦虚使人喜欢，膨胀使人厌恶。他不止一次梦到自己进入了一个院落加一个院落，最后也不知道是为什么与到底要进哪个庭院了。没有等到他完全醒来，他已经在"容色"上显出惭愧，嘲弄自己的连连做梦了。

其实小有得意，老帮菜了，还能做萌萌小梦，踏踏实实谢恩吧，您就！

但这次关于晏几道的词，他印象超级深刻，死活称这绝对不是虚幻的梦，这确实是科研，科研中的幻梦，幻梦中的科研，是他对诗词研究与晏氏父子的钟情。他在写一本诗话词话，没有任何模糊摇动闪烁，他梦得单纯明快，梦中明明白白地上网，是查资料、是坐冷板凳、下死功夫，他要多做实事。他得到了晏几道有四个女友情人的提示，它没有梦幻的迟疑模糊动摇，只有科研的正道与呆木。

梦后他当真了，第一次是当晚，他蓦地坐起，如梦所启示的，他看看手机，是半夜三点过八分，他起来开灯，开动电脑，查晏几道的《临江仙》，然后又找出了几本诗话、词话类的书籍，一直到五点天发亮了，没有查出晏几道与四个女友的浪漫故事。

凌晨三点上网查晏几道的情史，这是科研还是梦游呢？作为一个小说人，能够将梦游与科研结合为一体，他感动得老泪纵横。

次夜他连做不止一次的晏几道与四女郎之梦、查找之梦、分析之梦、文学史之梦、知人论世之梦、严肃认真之梦。

此后他与几个大学的古典文学老师通了电话，一周以后又到国家图书馆，借了一些诗话、词话、文学史类的典籍，嗯嗯，他已经证明梦里的科研确实找不到真凭实据，《临江仙》写作者与四个女郎的风流爱情说似乎是毫无根据，只有 WM 这样、毕竟没有受过正规的文学高等教育的人，才会傻到梦里科研，信以为真的地步，用雄雄的话，"愚蠢""可悲"了。

梦中寻知知非知，梦里拾遗遗更遗。梦里相思犹可恕，梦后喋喋叹脑痴。

WM 还想说的是：

梦里汹涌澎湃，心中柳暗花明，真真不妨假假，人设也有真诚。蔷薇处处春深矣，声急听密雨，天高沐长风。

倏忽河山笔墨，峥嵘日月纬经，七十载也唱鲲鹏！北冥有鱼……怒而飞，其翼若垂天之云。三江墨将尽，难了毕生情。

无论如何，晏氏父子的词作极美。

绝美词章话少年，蹁跹风月解人难。沉吟爱恋原多事，今古同心也惘然。

三十 何哥哥等友

五年以后。何哥哥来过北京，WM 与妻子一道陪她逛了圆明园。看到被英法联军破坏成了废墟的圆明园遗址，说起雨果对英法联军的谴责与对中国人民的同情，他们百感交集。他们在颐和园东门南侧一个西餐馆一起吃了饭，对这个西餐馆的餐品，实在难以恭维。但是餐馆里挂着一张外国政要在本餐馆内拍摄的大照片。这位大国元首级政要游完颐和园，出东门后，自行加上一项进餐馆一瞥的项目，可能是想突击看看不在日程之内、未经导演准备的店铺的原生面貌。餐馆老板自然不会不利用这个机会为馆子拔份儿。

何哥哥说她正在申请一笔拨款，她准备接受所在国教育部门委派，到中国考察教育事业。

然后到了 2004 年，何哥哥又来中国，讲了一个对于 WM 来说有点费解的故事。19 年前即 1985 年的 WM 与一批同行的访问中，WM 结识了一位喜欢交际与社会活动胜于学问切磋的汉学家谢跳跳，谢跳跳的夫人是一位台湾美女李摇摇，两个人都擅长交际辞令。提起他们，彼国的与中国的学者会做出一个心照不宣的苦笑。

2004 的来访中，何哥哥说，李摇摇成了邪教 ×× 功在欧洲的长老。其次，多血质的快乐的谢跳跳博士，在何哥哥此次访华出行前 48 小时，跳楼自杀。他们所居的国家，是以冷静乃至冷酷冷血而著称世界的。为什么，为什么跳跳要自杀呢？跳跳的自杀与摇摇的 ×× 功活动、与台海局势与大洋彼岸的驴与象的两党政治，有什么关系没有呢？何哥哥无法做出解答。

更重大的是，何哥哥的父亲，WM 父亲的好友何老师已经去世。童年的 WM 曾经叫他何叔叔，他曾经让小 WM herlou（骑）在他肩上，进北海公园后门。一进去就是吵闹如潮的卵叶响杨声音。现在的北海公园后门，已经没有这样的响杨了。

响杨无存空寂寂，琼岛犹初客翩翩。七八十年一瞬过，浅忆当年落端端。

许多的人和事，例如可以称之为 A，A 来了，又去了，去得无影无踪。仍然有人记得 A 他们，记得 A 他们的人，也许可以称之为 B。此后，记得 A 的 B、B 们也离去了，再没有记得 A 的人存在了，那么，是不是对于 A 的记忆也就不存在了呢？是不是 A 就从此消失归零了呢？

应该不完全是这样，因为还有 C 们记得 B 们，C 记得 B，但 C 未必记得 B 曾经千真万确地记得过 A，A 并非化为完全的乌有，一切的有都不是零，ABCD 都归于 N，零 N 或者 N 零，我们静默，我们默祷，儿女后人们怀想，隔零思 N、借 D 怀 C、缘 D 寻 N，借零获 N^+，所有的 ABCDN0 ∞ 数据，都永远保存在云里，都在云里数里永生。

后来，何哥哥来过几次中国，都赶上 WM 不在京。后来，后来，不知去向了。

曾经一聚又分离，曾说兹后会有期，相会相别终相忘，何问南北与东西？

WM 心目中的全能作家尊尊或者命命，回国后担任领导职务，不再弄文写作。

而 SS 终于又赶赶络络地与鸣鸣离了婚。SS 对 WM 说，他已经患病，只求咽气时旁边有个亲人。鸣鸣在境外听说 SS 要求离婚，自己发抖。还说离婚后 SS 仍有拉扯乃至求欢。最后说 SS 离世了，SS 的尸体放在太平间里无人认领，狼狈难述。WM 没怎么听明白。

三十一　四维或 N 维蔷薇

是的，1959 年 6 月，毛泽东回韶山诗曰："别梦依稀咒逝川，故园三十二年前……"那时的 WM 只有 24 岁。24 岁的小人儿听到伟人"咒"时间如河水一样"流逝"了 32 年，诗中有面对人生不再、时间压力的嗟叹，WM 不免心惊，24 岁的人怎样体会离家 32 年的革命领袖心情呢？24 岁的人生压根还难算是人生噢！人生本就是永不止息的流逝，噢！

而现时的 2023，已经是毛泽东吟此诗后 64 年，是毛泽东离家 32 年时间长度的 2 倍，是毛泽东冥寿 130 岁，WM 自身也已经近 89 周岁，癸卯年春节一过，WM 已经是中国年龄算法的 90 岁，进入不折不扣的鲐背之年，后背上长出鲐鱼纹儿来了。

爱因斯坦说，四维就是空间长宽高再加时间的维度。这个好办，视觉、触觉、B 超、CT 都可以揭示你的从二维到三维、四维的感知，写到病历上就庶几算是四维空间了，回忆、回想、设想、梦想、检讨或歌功颂德的礼仪文书万民伞，都是另多"外"加一个维度。

此外有高深得多的数学与物理学的四维与多维 N 维理论。还有刘慈欣的"降维"打击类似星球大战故事，比美国大片的星球大战深邃多了。

四维、多维、N 维的说法一经出现，这已经是实在性的三维之外的另一维另多维另 N 维了。你弄不清数学的物理的多出来高出来的"维"也罢，但在我们心里，在文学、艺术、宗教、心理与病理现象里至少至微，已经出现了语词维度、概念维度、设想维度、想象维度、宗教维度、信仰维度、鬼神维度、《封神榜》维度、《山海经》维度、科幻维度、梦与圆梦维度、感觉维度、欲望维度、非逻辑维度、痛苦维度等等，等等。

更重要的，更有涵盖性的，或许是灵魂维度。许多概念都与灵魂维度相通：

生与死，爱与恨，痛苦与幸福，存在与虚无，心与物，神与鬼，灶王爷与兔儿奶奶，无神与以"无"为神，无穷大、永恒与极微，残酷与怜悯，折磨与悦愉。

> 人生春夏秋，只求活儿出够，有活儿心头喜，无活儿沉忧忧。出活儿靠双手，双手靠运筹，运筹靠学习，学好靠苦求，苦求苦干苦苦斗，苦学苦思苦苦出手，劝君早日养思想，思想好了逍遥游，一念巡查八万里，一声唱遍亚欧洲，一笑有声震全球，一得惊住天下士，一语求福再无愁！

WM 有福了，他的生命生活初期，他选择了好孩子、好学生、好人，少年时代他选择了革命，要做职业革命家，选择了正道，选择了宁让人负我、我决不愿负人，选择了相信、期待、光明、欢喜。选择了文学，选择了文学一线的劳动、出活儿、干活儿、一切靠活儿。

老点了老点了，WM 的梦境越来越多。所有的亲历亲见亲闻都演变着发展着延伸着进入梦境心境情境小说境，构思了梦境，创造了梦境，梦话与文学劳作联结混淆，一体化、共同体。似乎出现了梦与文的非婚生胚胎，有它的正常性合法性，又毕竟不完全在圈内。所有的未见未历未登记，也都创、闯、怆、撞，装入了依稀梦境。人生推动梦的累积，推动经验与梦境的互生互动，推动三维与 N 维、六合与六合之外的发展。许多的 3^+，通过阅读和网络、观赏与幻觉、冥思与苦想、回忆与忘却、仰望与内视内省……乃至什么也没通过、自无到有、什么也没有地进入了梦境与文学。

"蔷薇蔷薇处处开"，本小说最初的创作动机来自 WM 进入一个一个相连相隔的庭院的真梦，庭院深深深几许，语出欧阳修的《蝶恋花》并深受李清照的喜爱，如果是翩翩或端端，都会认为李清照其实已经在 3^+ 维度倾心于比她大 70 多岁的欧阳老师。

……庭院连连连几重？特别是 WM 梦中不知道从哪个维度获得的对于晏几道的《临江仙·梦后楼台高锁》的奇葩注解，使 WM 感动。然后出现了时间的强大维度，出生、故乡、梨树林、（日寇带来的）"逃难"、胜利、地下党、小干部、写作、恩师、另册、劳动、劳动、劳动、边疆、农村与农民、维吾尔……选集 4 卷、文集 10 卷、文存 23 卷、文集 45 卷、文集 50 卷、文稿 61 卷……还有无数的冒失、疏漏、错讹、瑕疵，有针对你的整材料的班子。老天！你参与了那么多，你做了那么多，你碰壁了多么多，你的快乐多么多，你的爱多么深，你对爱的忠实与信守多么深，一代又一代、前半场、后半场、鱼头、中段、鱼尾……山东大学一位极好地讲过《聊斋》的著名女教授对 WM 说："WM，你怎么什么什么都没耽误呢？"

0 是伟大的数学与哲学符号，0 就是无、空、虚、静、极，就是众妙之门。

∞——无穷大是伟大的哲学与数学符号。是空间与时间的本质，与 0 互为起源与归宿。

0 从来不怕 ∞，∞ 也从来不怕 0，∞ 永远不会全部绝对归 0，0 更不会全部绝对成 ∞，没有绝对的 0，可能有的倒可能是时间、空间、终极的 ∞，而与 0 与 ∞ 同在的是，伴随着起因于 0 与 ∞ 同时出现的是 N，是许多蔷薇和蔷薇开开谢谢供写 N 部 N 篇小说故事诗歌的 N。

以太空中见到的地球的渺小论述一切都是虚无，其实无聊。因为如果你列出 N ：∞ 的复数通向与近似 0 的公式，他人也就可以告诉你 N：0 的得数是近似于通向 ∞ 的。WM 不知道能不能列出一个 $\infty : N \approx N : 0$ 的式子。请数学老师赐教。妙就妙在这里，我们都是 N，与无穷大相比，我们近似零，岂止我们近似零，一切 N，包括地球、太阳系、银河系都是零；而与零相比，我们通向的是无穷大。说太空多么大大大，很好，说地球与人多么小小小，很对，也都是废话，说所以我们的一切都是空的 0，胡说。

荣立国家功勋的一位资深航空航天英雄，2023 的国庆宴会上告诉 WM："太空中小小的因为有水而蓝得喜人的地球，是与太空宇航设备最亲近的星球，是我们的家。"

三十二 结尾：燕居情歌
1965—2023

2023，7月，WM到中国作协北戴河创作之家第9次修改处理"蔷薇"稿。来到三天，他在睡眠中，或者更准确地说，他在2023年7月5日凌晨静卧在床上的时候，在睡与半睡半醒之间，半梦与无梦的安宁之中，在听力下降、助听器失灵之时，他听到了细语、情话、室内乐、弹拨乐、二重奏。

WM立即明白，老相识来了，老朋友来了，老客人贵客人，美妙的客（读切）来了。WM真灵！老朋友来自1965年。2023—1965＝58，就是说喁喁情话来自半个世纪以前，来自与WM共享同一间小土房的两只燕子。噢，不，应该是来自那两只当年曾在王氏室内度蜜月的燕子贤伉俪的灵魂、遗迹、遗爱、情谊、遗愿，通过高维穿梭，美妙的声音，来到了已经耳聋了一大半的WM耳鼓。

1965年4月，WM以颠扑不破的劳动"锻炼"名义，行行复行行，从乌鲁木齐下乡到伊犁哈萨克自治州伊宁县巴彦岱镇红旗人民公社二大队，担任副大队长，如今应该算是副村长，副股级。他住进维吾尔老农阿卜都热合满·努尔的一间4.5平方米面积的工具房间。房间里挂着一张未经鞣制的干硬生牛皮，发散着浓郁的牲畜血腥气味。房间的木门左上角是故意留出来的三角形大空隙，是维吾尔农家给卡拉安琪，即维吾尔语家燕，有意留下的飞行进出口通道。

WM从伊宁市巴扎买到了羊毛毡垫底，铺到工具间低矮的小土炕上，再铺上自带的行李，立马安居乐业。三天之后，凌晨，当时当地称作乌鲁木齐时间4：20，即北京时间6：20，WM听到了喁喁的细语，听到了翅膀的扇动，听到了快乐的从容飞翔，听到了空气就是风的流动与欢悦；同时想着的是WM的新生活、新学期，干脆借用高尔基的说法，叫作"我的大学"。是WM的人生研究院，别开生面地、奇葩般地、前无古人后无来者地开始了。从一个河北南皮人，北京学生、地下党员、团干部、青年作家，变成了王大队，变成了维吾尔农民占比例很大的伊犁河畔、伊乌公路沿线农村、来自北京的新的人民公社社员，转化转化，升华升华，蜕变蜕变，哈哈，谁有过这样的大转化、大升华、大变化、大幅度、大奇遇、大机缘！！！只有伟大祖国，我们的人生充满了新奇，人生充满了苦恼，人生充满了诡异，人生充满了希望，古今中外，谁有过这样的班级，这样的学历，这样的研究生宿舍，这样的会飞翔的客人移居入驻同室与你成为室友——roommate 呢？

又两天以后，卡拉安琪（维吾尔语：燕子，音译故意靠拢英语天使，卡拉则是维吾尔语黑色或深色之意）香巢完成，新婚呢喃的一双幸福燕子开始了它们的蜜月欢度。WM 的全新的经验与生活开启了，上路了，开始在清晨看望它们伉俪。WM 看到 4 粒晶莹闪动的黑眼睛，看到了它们蓝黑的身体，偏褐色的后背与颔下，白色的胸脯，张大了的剪刀一样的尾巴，倒三角的坚硬的嘴喙，尤其是小小家燕的长长的、与它们的身体相比，是巨大、飒爽、高傲的翅膀。它们随时展翅飞翔，有时是展翅停飞。它们不卑不亢地向 WM 点点头，问了早晨亚克西，然后自顾自地继续它们的情话细语，家务切磋与设计。它们无求于WM，它们自认无碍于人，它们信任人燕即信任卡拉安琪与荫桑尼耶提（人类）的友谊。世界如此之大，一室通连天地，它们在窝里，WM 在小小的土炕上铺了羊毛毡子与棉布褥子，它们从未怀疑人的善良和好意，它们与 WM 共享新疆的美丽，美丽的西北，新疆的西北区域，著名的伊犁，共享着生命与天地的四维。共同开始了 1965 年的春暖花开，流水潺潺，葡萄开墩，芳草遍地，哈萨克牧民骑马越过巴扎市区，维吾尔车夫星夜唱着爱情歌曲，"你羊羔一样的黑眼睛。我已经对你入迷"。新婚的卡拉安琪快乐地住宿在 WM 副大队长屋里，王大队（长）欢迎小安琪。王大队开始学习抢坎土镘疾如风，抬"抬把子"最轻松，像《安娜·卡列尼娜》里的第二主人公列文一样的用铲镰割草，在深夜扒开渠口大水漫灌浇地，一阵夏日南风阴雨，使王大队迷失在四望无际的上千亩苜蓿地里。雨后的苜蓿地散发着类似红薯的甘甜气息。

应该说这一双燕子陪伴了 WM 的新经验、新生活、新发现与新享受，减少了他初到一个语言也不完全通畅的地方的陌生感，它们增加了他对伊犁、对边疆生活、对各族同胞、对新一年的春光的热爱与认同，它们让 WM 更加感到了生命的内容和内涵，以及总有办法、总有收获的开阔感。

同时它们也给 WM 增加了一点小小的甜蜜与困扰。按当地的实际时间，每天凌晨 4：00 前，小两口儿就絮絮叨叨地聊起来了，它们的情话无边，深情永远，它们的情话如清泉扬洒，清溪流溅，小风吹哨，小牛撒欢。WM 听了几天，WM 断定，它们有一种语言，有一种发音学、词汇学，有一种音频声调类似人类的平上去入乃至多米索拉，它们的燕语大多是前元音，E、I、U、V，它们的辅音大多是舌音，D、T、N、L、R，嘀嘀唧唧，喟喟，嘻嘻吱吱，喊喊嘘嘘，咕咕呢呢，喃喃吁吁，呜哩呜哩，高高低低，我的爱你，你的爱米（这里靠近英语，第一人称代词被动语态）你爱你我，我爱我你，那边大队，这边安琪，自言自语，互言互语，言来言去，亲亲密密。

　　后来岁月，更加亲密，接来贤妻，两家共居。你说你的，他说他的。燕子有趣，燕居有意。嘀嘀地唱，引吭一曲。有时燕子，起得太急，话语太密，铺天盖地，半睡不醒，如胶似漆，如室内乐，如难分离。情有涨潮，话有私密，团结紧张，活泼细腻，燕语喜人，听来雅细，人语于燕，也不稀奇。你欢你喜，我欢我喜，喜喜与共，各喜其异。燕欢燕喜，燕欢人语，天喜地喜，风喜喜雨，欢喜此世，欢喜他日，万物充盈，皆大欢喜！

58 年零 3 个月后，2023 年 5 月，老同室的一对燕子的灵魂，穿越而至，循高维至，它们重新奏起了爱情二重唱，婚姻二声曲。嘀呖嘀呖，嘀呖嘀呖，嘀呖嘀呖。一切经历了个把甲子，一切回到了 1965，一切走到了 2023，一切还在深情继续，多情继续，努力继续，WM 仍是，文学一线，完整劳动力。

它们吵了 WM，它们吵了 WM，它们陪了王大队，它们安慰了他们矣。有了卡拉安琪，WM 好像睡不太实，然而睡得更幸福，更甜蜜，更美善，更精细。WM 边听边睡，边听边喜。边听边悲，边听边泣。听得很美，无比滋润，欣赏无比，心神融化，如醉如戏，乐人乐己。细语潺潺，细雨滴滴。心细声细，含情历历。永远感谢，永远记忆，胜过情书，胜过乐器。

结　语
2023.10.15

许多神与你同行，许多人已是仙公，

许多人留下遗憾，许多人留下深情，

许多事留下败绩，许多人难以目瞑，

摸索、欢愉、死磕、闹腾……

我们爱了，恨了，喜了，悲了，通了吗？

重生再造，坚持故旧，新天新星星，

跳起来，叫起来，折腾起来，火一样红，

……露出马脚，永远挚诚，略略发怔。

渐趋完美，渐懂惭愧，幼稚无能，

诗是记忆温习，事是无边无际。

遗忘是文学酸酷，回想是作业起意，

坚持是自苦自续，忘却是祭典牢记，

各有各的过程，各有各的心气……

各有各的缺陷，各有各的努力。

想念你们，招呼你们，难忘你们，

并且照旧，怀着骄傲快乐痛心与苦涩，

注视你们，吟咏你们，为你们顿足垂泪，

仍然想说说你们，提醒提醒，

仍然免不了冒失、死磕、劈里扑楞，

这方面，可不像你们想的那么猴精！

所有的快快活活、风风火火，

本应该，或者是，很可能：

做得更好、更有效、更美精……

让我们再加力吧，更加用功！

好汉楼

徐贵祥[*]

我不是作家，但我是一个有文学情怀的人，我一直在做文学梦，从少年到如今。我深信，文学让人安静，文学让人年轻，文学让人清澈。我用我的笔在纸上歌唱，表达我对世界和生活的看法，表达我的感情和理想……好了，读者同志，不浪费您的时间了，我先把这个故事讲给您听。

1

二十多年前，我在某部通信营二连炊事班工作，有一天副连长马莉找我谈话，说师政治部宣传科要一名打字员，物色到我头上来了。我一听，第一个反应是不敢相信，从炊事班到宣传科，这也太不靠谱了。

我问马副连长是不是跟我开玩笑，她眼睛一瞪说，我跟你开过玩笑吗？你要是没有特殊的事情需要处理，马上给我卷铺盖，吃了午饭就去报到。

这简直就是喜从天降，不过我还是有点儿纳闷。

我参军并不是自己的选择，而是我父亲的意思，他当过兵，只当了三年，

---

[*] 徐贵祥，男，1959 年 12 月出生，皖西人，中国作家协会副主席，中国作家协会军事文学委员会主任，中华文学基金会理事长。著有小说《弹道无痕》《历史的天空》《高地》《马上天下》等。曾获茅盾文学奖、中宣部"五个一工程"奖、全军文艺奖等。

最大的遗憾是没有当上军官。高考填志愿的时候，他要我报考军校，我倒是填了，可是那所军校没有录取我。我父亲没有气馁，在我大专毕业之前，他把我的成绩单送到县武装部，硬说我是当兵的料儿。

父亲跟我讲，大学生士兵可以直接提干，这当然是真话，他想让我圆他的军官梦。可我知道他还有一层考虑。

我读大专的时候参加了文学社团，课余就戴着耳机听小说。那年暑假回家，父亲见我成天戴着耳机，非常不满，跟我讲，天天戴着个助听器，难道你的耳朵有问题？

我跟父亲讲，我这是在听专业讲座呢。父亲将信将疑，最终还是把我送到部队了。

没想到新兵集训之后，我被分配到炊事班，而且还不是大厨，主要职责是打杂。

到炊事班的第一天晚上，我给父亲打电话，告诉他我在炊事班揉馒头。他也愣住了，安慰我说，这是好事啊，天将降大任于斯人，必先苦其心志劳其筋骨……

值得欣慰的是——啊，读者同志您笑什么，笑我说话文绉绉的？是的，我有这个毛病，讲话的时候爱用书面语，显得自己有文化。其实，这个毛病也有好处，我就是因为口语书面化，引起了副连长马莉的关注，她让我业余时间参加修订连史。很快我就对连史产生了兴趣。

我的文字功底不错，经常能够从资料里发现瑕疵，比如连史原稿里有"俘房敌团长张立明一名"，我就向副连长提出来，这是病句，张立明就是一个人，没有必要再加"一名"。再比如，"刘崇同志像猛虎下山一样扑向被炮弹炸断的电话线"，我说那不可能，因为电话线是被冰雪覆盖的，刘崇同志只能一截一截地找出来，不可能"猛虎下山"，再说那时候他已经负伤了。诸如此类的发现还有很多，得到了马副连长的认可。也许正是这个原因，她推荐我到宣传科当打字员吧。

师机关大楼在营区中间位置，通信二连在营区东边，中间隔着两个小山包，两公里多一点儿。那天午饭我吃得心不在焉，草草了事，马副连长派我的同事、炊事班洗菜员陈秋，推着买菜的三轮车，送我到宣传科报到。

陈秋是我的好伙伴，我能够参加连队修订连史，让他羡慕得不得了。陈秋想当文书，他说他当了文书，复员后找女朋友就有身价了。

路上陈秋问我，你家里很有钱吧？

我说，我家就是一个开超市的，能有多少钱呢？现在生意不好做。

陈秋说，那你怎么能调到机关当打字员呢？听说还能直接提干。

我有点儿不高兴，想了一下才说，你以为我跟你一样啊，我是正经八百的大学生士兵，我怎么就不能到机关工作？再说，你认为关系是万能的吗？好好工作，争取早点儿当上文书。

我没有告诉陈秋，我其实就是个大专生，还是林木专业。

陈秋的脸灰了一阵，再也不言语了。山道弯弯，很快就到了，直到我扛上背囊，拎着网兜上了办公楼的台阶，他才慢悠悠地说，毕得富，星期天我来找你玩吧，我还没有进过办公大楼呢。

我转过身，居高临下地看着陈秋，腰杆顿时挺直了许多。我说，好的，等我工作落实了，就给你打电话。

我三步并作两步上了办公楼台阶，回头一看，陈秋还站在那里。我心里说，拜拜陈秋，拜拜通信二连，拜拜炊事班，我要到机关工作了，我再也不跟你们一起和面洗菜了。

我把东西放在办公楼一层的卫生间里，兴冲冲地上楼了。问清楚姚副科长的办公室，我轻手轻脚地走过去，心里一阵狂跳，突然紧张起来，情不自禁地摸摸风纪扣，检查了鞋带。

这时候从一间办公室走出来一个上尉，见我杵在那里，朝我笑笑说，是毕得富吧，姚副科长在开会，让我等你。我来给你简单地介绍一下情况，然后你到好汉楼住下。

这是我到宣传科见到的第一个人，名字叫东南风，文化干事。我对他印象很好，他对我印象也不差，以后我走上写作的道路，同他也有关系。

运气来了，挡都挡不住，我不仅调到机关当上了打字员，而且住进了好汉楼，这比先前住在通信二连炊事班要强多了，虽然是同组织科的打字员毕然合住。

到了好汉楼，拿出东南风交给我的钥匙，打开门，看见屋里有两张空床，墙壁和地面都很干净。卫生间一点儿异味也没有，不像我们通信二连炊事班，每天几遍冲洗，照样有刺鼻的尿臊味。我很庆幸有这么一个室友，同时也想到，我得注意点儿，往后多干活。

下午下班前，我回到办公室，姚副科长见到我很高兴。这才知道，宣传科原来的打字员刘牧参加集训了，结束后很有可能提干，他的工作由我顶替。

我一听这话明白了，原来我还不是正式的打字员。我马上就想到一个问题，如果刘牧提干不成，那我不是还得回通信二连炊事班吗？我琢磨要不要把这个疑问说出来，姚副科长像是看透了我的心思，哈哈一笑说，你安心工作，只要你表现好，就能留下来。

尽管姚副科长这么说了，我的心里还是不踏实，我估计，除了刘牧的亲人，最希望他顺利提干的就是我。

姚副科长带我到几个办公室，认识了宣传科全体军官，教育干事段金海、新闻干事方田园、文化干事东南风、内勤干事富金山。因为科长面临转业，姚副科长主持工作。姚副科长对我说，这是编制表上的职务，在工作中并不是严格按照编制履职，分工不分家，咱们基层宣传科，所有重要工作都要一起上，包括你们几个战士。

宣传科还有两个女兵，军人俱乐部的袁月和韩小涵。袁月是俱乐部主任，二期士官。到机关食堂吃饭的时候就见到她们了，不过没有怎么说话，只打了个招呼。

当天晚上，回到好汉楼三层，走到门口一看，里面有个瘦高个子士兵，正在愁眉苦脸地看着我的床铺。我犹豫了一下，敲了敲门，里面的人似乎吃了一惊，转过脸来，盯着我足足看了两秒半钟，拉着脸问我，你是怎么弄到钥匙的？

他的脸本来就长，往下一拉就更长了，让我很快就联想到木瓜。

我说，是东南风干事给我的。怎么，您不知道？

高个子士兵说，我才安静了两个晚上……他们也太不尊重人了，说都没有跟我说一声。你贵姓？

我立正回答，毕得富，完毕的毕，得到的得，富裕的富。

他的眉头皱了皱，但是很快脸上就松弛下来了，啊，这么巧，我也姓毕，毕业的毕，然后的然。

我趁机套近乎说，那我们就是兄弟了，我知道你比我早两年入伍，我叫你毕哥吧。

他冲我一挥手说，进来吧，千年修得同船渡，进了一个门，就是一家人……不过，你不能喊我毕哥，我们部队，相互之间称呼职务。

我进去了，刚要坐下去，他咋呼一声，不要坐床，条令规定，非休息时间，只能坐这个。他一本正经地说完，伸出一条腿，从我的床下踢出一个小马扎，一直踢到我的面前说，非休息时间坐这个。

屋里只有一个简易的写字台和一把椅子。我当然明白，他的这个举动其实就是下马威，他不想让我坐那把椅子，而且不仅是今天晚上，只要我今天没有坐上，那么就意味着，在此后的岁月里，我就不能享用那张写字台和那把椅子，还有他床边的那个白色书柜。

我盯着他，同时用眼角的余光打量我们的集体宿舍，二十多平方米，因为家具少，显得空空荡荡。看来我得自己想办法弄到一张写字台和一把椅子，还有书柜。可是我到哪里去弄呢？

我没有坐那个马扎，因为毕然已经坐在椅子上了，仰着他的木瓜脸，就像从高空俯瞰我。

我坚持站着，不让他俯瞰。

他似乎捕捉到了我的对立情绪，没话找话地说，你睡觉打呼噜吗？

我说，我打不打呼噜，我自己怎么知道？我要是打呼噜把你吵醒了，你就把臭袜子捂在我嘴上。

他嘿嘿一笑说，哪能呢，我是怕我打呼噜影响你休息。

我说，我不怕，我要是困了，外面打雷都听不见。

三言两语，我和毕然就算熟络起来，他告诉我，他也是大学生士兵。毕然说，只差二百二十三分，我就能读清华北大了。

我的心里一阵冷笑，但是嘴上说，那你怎么还来当兵啊？

他说，尽义务啊，适龄青年应征入伍，是每个公民应尽的义务。我跟你讲，现在，大学生入伍是流行风，我们"长虹师"今年有三百名大学生士兵，调到机关工作的有十二个，已经有五个参加集训了，运气好的话，至少能提起来三个。你小子命不错，才当半年兵就到师政治部了。

我突然听到他发出一声轻微的叹息，好像叹息他的运气不好似的。

我终于坐到小马扎上，我得缓和我们的关系，居高临下就居高临下吧，谁让人家是老兵呢。

虽然姚副科长说，只要表现好，就可以留下来，但我总是不放心。我对提干兴趣不大，但也不是没有，如果让我选择，是提干还是回到通信二连炊事班工作，我还是选择前者。

我把我的担心告诉毕然，请他指点迷津。他哈哈一笑说，你放心，刘牧啊，他回不来了。

说完这话，他的手臂抬起来，手心向下，在胸前往下一按，好像按在谁的脑袋上。

我觉得他话里有话，问道，他为什么回不来了？

毕然看着我说，他是因为思想意识有问题，被赶出宣传科的。最后这句话，他几乎是用一字一顿的口吻说出来的。

我说，什么叫思想意识有问题？是不是小偷小摸？

毕然说，这个你都不懂？思想意识有问题嘛，就是，就是脑子有问题，他偷看女人洗澡。

我吓了一跳，说，那怎么还让他参加集训呢？这样的人，能提干吗？

他笑了，集训，谁跟你讲的？那是你们姚副科长编造的，给他留个面子，住进集训队，实际上就是等待复员。

虽然毕然这么说了，我还是不太相信，我甚至看到毕然讲起刘牧的时候，眼神有点儿不对，目光空洞。好像他不是在跟我讲话，而是在同操场那边的山头讲话。就凭这，我判断出来，毕然同刘牧的关系肯定一般，他不喜欢刘牧，可能刘牧也不喜欢他。

那个晚上我没有睡好。

宿舍在好汉楼三层，毕然的床铺在里面，写字台对着窗户，西面是一个山坡，通向远望阁。熄灯号响了之后，从窗户往外看去，黑咕隆咚的。我很想到远望阁坐一会儿，但是我不能轻举妄动。

毕然好像也没有很快入睡，翻来覆去的，偶尔还克制地咳嗽两声。躺在铺上，我想象原先睡在这个铺上的刘牧，到底是个什么样的人。从刘牧的身上，我又想象，住在四楼的袁月和韩小涵、套间里的姚副科长、二楼的东南风干事和方田园干事……这六十多个房间里的人，这会儿都在干什么呢？在这个黑漆漆的夜晚，我感觉自己就像一只蝙蝠，飞翔在一个陌生的世界里。

到了半夜，我被自己的一声呼噜惊醒了，接着我就听见毕然发出了一声叹息。我的天哪，他还没有睡着，他在想什么呢？难道他还在想刘牧的事情？

2

几天之后，我就能正常睡眠了。白天到宣传科忙这忙那，不仅要打字，还要打扫卫生，给姚副科长和干事们跑腿送信，取报纸取信件，一天下来，腰酸背痛，我已经顾不上当蝙蝠了。

有个星期天，陈秋来了，还给我带来了一挎包蒸馒头。我们连队的馒头好吃，在全师都有名。我问陈秋有没有当上文书，陈秋说，还没有，但是快了，上面要连队上报"四朵金花"的事迹材料，马副连长让他帮文书整理。

我吃了一惊，那你不是副文书了吗？你会写吗？

陈秋红着脸说，我怎么不会写，我也是高中毕业啊，你这么看不起我？

我马上意识到自己的问题，有点儿自高自大，联想到毕然对我的态度，觉得自己也不是个东西。我对陈秋说，我带你去看办公楼。

陈秋赌气地说，不看了，没准儿哪天我也会到办公楼工作呢。

我说，是我不好，其实就是开玩笑，我知道你很用功，有空儿就到连队荣誉室抄东西，你不仅可以当副文书，还可以当文书。以后，没准儿还可以领导我呢。

陈秋单纯，经不住我甜言蜜语，很快就跟我到办公楼参观去了。

这件事情对于别人来说算不了什么，但是对我而言，还是有意义的。从陈秋对我的态度上，我认识到，尊重是互相的。无论从哪个角度讲，我都得跟毕然搞好关系，何况他嘴里有那么多故事，真真假假的，都很有趣。

在毕然给我讲的故事当中，我最感兴趣的是关于好汉楼的，毕然几乎熟悉这幢楼里六十多个房间所有的主人，甚至知道他们的秘密。那时候我听毕然讲这些故事，并没有意识到它们将成为我的财富，我觉得毕然有点儿卖弄。

毕然确实爱卖弄，有一次他一不小心讲漏嘴了，说军人俱乐部女士官袁月对他有意思。我没有看出袁月对毕然有意思，但是毕然经常念叨袁月，给我的感觉，其实是他对袁月有意思。可是有意思也白搭，条令规定，士兵服役期间不允许在内部找对象。

毕然跟我说过，相互之间要称呼职务，可是他有什么职务呢？挖空心思，我想到了一个职务，班长，这是机关新兵对老兵的流行称呼。

我第一次喊毕然班长，他没有一点儿心理障碍，不假思索就答应了，当然也从此确定了我们两个之间的领导与被领导关系。在我没有找到写字台、书柜和椅子之前，他跟我讲，这些东西是咱俩的，你需要，也可以用。

我还算识趣，和毕然同时在屋的时候，我尽量避免使用那几样家具。

我当上打字员之后，接手的第一项工作，是打印《新战法训练政治教育纲要》，连续几个夜晚，宣传科都在加班推材料。什么叫推材料呢，就是集体讨论，政治部王副主任讲任务，姚副科长讲思路，方田园和东南风凑素材，大家一起提炼观点和设计结构，形成初案。我的任务不光是记录，还要整理打印，第二天再讨论。

那时候我们还把电脑叫微机，其实到了我手里，就是打字机，因为不让上网，也没有网可上。

推了几次材料，我就发现，写材料方田园是一把好手，他每次发言，都会得到姚副科长的肯定。比如他讲，什么是新战法，就是区别于常规战争的战法，战争模式不一样了，战争手段不一样了，思想教育当然也就不能按老套路来，要与时俱进。

姚副科长说，很好，就把这个作为第一条，新战法训练中的思想教育要与时俱进。

然后方田园又讲，不管是什么战法，不管是冷兵器时代还是火器时代，哪怕是信息时代，说到底，人的因素是第一位的，只要有人，什么人间奇迹都能创造，所以思想教育首先要解决人的认识问题，克服经验主义。

姚副科长接着就说，好，思想教育要注重发挥人的主观能动性。

我还发现，东南风不怎么发言，发言也是忧心忡忡的。我记得他讲，不管是什么战法，都要切合部队实际，不鼓励放卫星。根据我掌握的情况，新战法训练以来，有些部队过于激进，自己发明创造。比如，有个连队为了延伸兵器射程，搞什么子弹加热器，让子弹飞；再比如，有个步兵连队尝试用机枪拦截巡航导弹，这简直就是异想天开；还有个连队训练攀登，研制伞翼飞行器，号称空中垂直打击。这些搞法很危险，要及时喊停。

姚副科长沉思道，打仗嘛，本身就是冒险，现在新战法训练方兴未艾，士气可鼓不可泄。

方田园说，新战法，总要有些新举措，机枪打巡航导弹也是可能的，战争年代，我们"长虹师"就有机枪打飞机的先例。

姚副科长说，打飞机和拦截巡航导弹是两回事……不过，东干事讲得有道理，我们搞教育，就是要把问题想得更细一点儿。加一条，新战法训练要讲科学。

他们每次讨论，我都像兔子一样支着耳朵，耳听脑想手记。我不仅能够胜任本职工作，还学到很多新名词、新思路。我不算太聪明，也不傻，我知道，我当打字员，不仅脱离了炊事班，而且来到了一所学校。有时候暗想，倘若真能提干，我就留在宣传科当干事。上天给我一条路，我得把它走好，在宣传科待久了，没准儿真能成为一个作家呢。

读者同志，您是不是觉得我痴人说梦？是的，那时候我确实感觉曙光在前，雄心蠢蠢欲动。谁没有年轻的时候呢，谁没有梦想呢？

袁月和韩小涵的办公地点在大礼堂，人住在好汉楼四楼楼道偏西的一间宿舍，早晨出操的时候能够看见她们的身影。袁月的个子高高的，脸盘也大。出操跑步，她和韩小涵在勤务班后尾。袁月通常能跟上队伍，胖乎乎的韩小涵则有点儿吃力。我喜欢看出操中的女兵，脸蛋红扑扑的，脑门上汗涔涔的，用文学的语言表达，朝气蓬勃。这不算思想意识不好吧。

经过一番侦察，得到情报，政治部仓库里有一些废弃的办公桌椅。我跟姚副科长汇报，姚副科长说，怪我忽视了，我给你写个条子，你去找陶管理员，按需申领。

我喜出望外，捏着姚副科长写的条子，跑到机关食堂旁边的平房办公室，把条子交给陶管理员。他只在眼前晃了一下，压根儿就没细看，在条子右下角写了几个字，往我手里一塞说，到大礼堂找韩小涵，把条子交给她。

我转到大礼堂，在军人俱乐部办公室找到韩小涵。

那当口袁月正忙着，对我笑笑说，适应了吧？

我说，当个打字员，有什么不适应的？

袁月说，毕然对你还好吧？

我说，很好啊，他一肚子故事。

袁月抬头看看我，笑笑，不说话了，埋头画她的画。

韩小涵接过条子看看，噗嗤一笑说，就几件破家具，值得这么兴师动众吗？你等一下啊，我把手上的事情处理一下。

这时候我才注意到，大厅里挂着一组素描画，这想必就是袁月的作品了，看样子是幻灯片草稿，科里布置的任务，用于对部队进行保密教育。

我说，袁班长太厉害了，早就听说你有才，没想到这么有才。

袁月向我一笑说，这算什么，基础活儿。

韩小涵忙完了，朝我一摆脑袋说，下楼，在地下室呢。

跟袁月打了招呼，走到后台，我问韩小涵，袁月有这么一门手艺，为什么要当兵呢？

韩小涵说，袁月是美术学院的学生啊，当兵是为了锻炼。调到机关的战士，都有特长。

我问，你的特长是什么？

韩小涵一愣说，我……我没有什么特长。说完朝我看了一眼，怎么，你不知道我有什么特长？

我吃了一惊，看着韩小涵，啊，哦，我想起来了，你会写字，书法家。

韩小涵得意地笑了，书法家那谈不上，不过，我练字可是有童子功的。

韩小涵说得那么自信、那么自得，我不禁对她多看一眼，又看一眼。我发现这个胖乎乎、爱说爱笑的女孩子，比我第一次见到她的时候，好看多了。

韩小涵问我，你调机关之前是做什么的？

我老老实实回答，在通信二连炊事班，负责使用馒头机，我本来还想研发切馒头机，可是还没有等我研发出来，上面配发了，我连切馒头都不用了。

韩小涵笑起来，笑了两声又不笑了，说，别笑话我啊，我笑点低。

我说，哪能呢，我想笑都笑不好，再说，你笑起来很好看，牙齿很白，脸上有光。

韩小涵啊了一声，不知道她是很受用，还是不好意思，冲我说，注意脚下。

这段路还很长，从大礼堂后台绕到进门右侧，再下阶梯，下了一段阶梯，又下了两段。动动脑子我就明白了，从前面看，地下室是半层，从后面看，是一层半，因为后墙靠山，还有半扇窗户。

半明半暗中，总算到地方了，眼前出现一个既拥挤又空旷的大房间。阳光从枝叶的缝隙里斜斜地落下来，铺了一地铜钱似的图案。似乎在一种奇特的光晕里，我看见墙上靠着几面旗帜，旗帜旁边还有几幅书法作品，正楷、行书、隶书都有。

我问韩小涵，这是你写的？

韩小涵故作矜持地说，练字用的。

我说，练字都比我写的好看。

韩小涵指着一堆横七竖八的旧家具说，挑吧，挑什么都行。这根本就是破烂儿。

我一看，不禁倒吸一口冷气，这哪叫家具啊，不是缺胳膊就是少腿，稍微好一点儿的还油漆脱落。我费了很大劲，才找够我要的东西，而且，我没要那个看起来更洋气的书柜，只是选了一个小三层的书架，可以放在写字台上的那种——我本能地意识到，我不能跟毕然有一样的书柜，我的东西最好比他的矮一头。意外的惊喜是，我看见墙脚有两桶白漆，问韩小涵，我可不可以拿走？

韩小涵说，拿吧，这里的东西，你想拿什么就拿什么。

那天下班，在食堂吃过晚饭，我找了一辆三轮车，上面装着我挑选的几件办公家具，到通信二连找到陈秋，请他帮忙找人修理。陈秋一口答应说，通信二连能工巧匠多的是，这个周末，我就把它送去。

回到宿舍，我故意跟毕然说，原来袁月会画画，难怪机关首长都喜欢她。

毕然问我，你喜欢她吗？

我说，我当然喜欢，不过，不是那种喜欢，我觉得她挺阳光的。

毕然说，这次选拔大学生士兵集训，分给师政治部一个名额，政治部党委本来要推荐袁月，但是袁月不想参加，她想年底复员，家里已经给她找好工作了，在一所美术培训机构当教师，据说收入很高。

我说，你是怎么知道的？

毕然说，我？我什么不知道，这个好汉楼里的事情，没有我不知道的。我跟你讲，袁月推荐的是我，可是，那些官僚主义推荐了刘牧，刘牧……哈哈，这下好，刘牧打了他们的脸，等着瞧！

我说，袁月只是一个士官，她有什么资格推荐你？她推荐也不管用啊。

毕然盯着我，看了一阵，看得我发毛，好像他对我的话非常不满。毕然说，那她也推荐我，她的心里有我。

那一瞬间，我似乎明白了一些事情。我看着毕然，发现他在走神，他的目光似乎落在我的头顶上，念念有词，好像在发表宣言——天涯何处无芳草，青山处处埋忠骨……前不见古人，后不见来者，念天地之悠悠……

这次真是把我吓住了，我说，班长，班长，你怎么啦？

毕然好像也被我吓住了，他回过神来看着我，半天才说，怎么，没有怎么啊，我在……我在背诗呢。

3

星期六上午，毕然出门办事，我倒休，聚精会神地睡了一觉，起床洗漱完毕，想找一本书看。我走到毕然的书柜前面浏览，居然发现里面有不少文学书籍，其中还有一本《红色骑兵军》，作者是巴别尔。

我吃了一惊，难道毕然和我一样，也是个文学青年？

我打开那本书，翻了几页，看得不是太明白。进一步浏览发现，三层书柜的最底层有一本军队文艺杂志，我把它抽出来，很快就被一个标题吸引住了，《每天都是春天》——

> 目光从眼前的山坳掠过，我看见千沟万壑，那里面藏着年轻的躯体，一旦响起起床号，山谷里就生长出绿色的森林，同正在前来的春天会合。夏天和秋天的傍晚，站在制高点上眺望，往西是太行山、大巴山、秦岭，再往西是昆仑山，会看到大漠孤烟长河落日，穹庐之下，群山之中，簇拥着无数个城市和村庄……看着流金溢彩的晚霞，心中顿时生出金戈铁马的雄壮和辽阔……

我到机关半个多月了，也去过远望阁，两次都是下午下班后，吃了晚饭去散步。有次看见东干事坐在远望阁的长条椅子上发呆，还有一次看见司令部胡参谋在那里转圈。

读者同志，现在我向您大致介绍一下我们部队的地理情况。师部所在的九道梁，在太行山东侧，多种地貌千变万化。我们所在的好汉楼海拔并不高，远望阁也只有八百多米高程，但是向西看去，还是居高临下，因为西边的山峦相对平缓，十几里外的山脊线都处在视野之下。那片苍茫的山谷里，确实藏着金戈铁马，除了师直几个营，我们"长虹师"的三个步兵团和装甲团、地炮团、防空团，一万多兵员的主力部队都静悄悄地蛰伏在那里——虽然山谷里经常龙腾虎跃，但是在师部的远望阁看来，那里永远是不动声色的。

我快速地把那篇文章读完了，这才回过头来找作者。署名是"西北望"，估计是笔名。我从这篇文章里嗅出了亲切的气息，嗅出了好汉楼和远望阁的味道。可他是谁呢？难道是毕然？我很快就否定了这个想法，以我对毕然的了解，他那样的胸襟，写不出这个境界。那么到底是谁呢？这幢楼里，不仅政治部的干事们是笔杆子，司令部、后勤部和装备部的单身汉们，都是从基层部队优中选优的。会不会是东南风呢，或者是侦察科那个谁都不理的胡彪？

我决定跟自己玩一个游戏，暂时不去打听这篇文章的作者是谁，等我把好汉楼里的人头都混熟了，我一定能认出他。

正这么想着，电话分机响了，姚副科长让我马上到办公楼去一趟。

我看着手里的杂志，有点儿走神，这篇文章我至少还要看一遍。怎么办呢？我把它放在一排书的最里面，然后拿出紧急集合的速度出门，十分钟后上了办公楼。

走到姚副科长办公室门外，我看见一个女兵端坐在办公桌的一侧，手里拿着一个袖珍笔记本，比巴掌大不了多少。我喊报告之前，她没有记录，好像正在聆听。

姚副科长向我招招手，女兵连忙站了起来，很标准地向右一转，然后保持立正姿势，正要给我敬礼，突然又把右臂停在胸前——因为在那一瞬间，她看见了我肩膀上的上等兵军衔标志，而她是中尉。

我也不知所措，并且下意识地把右臂抬起来了，准备还礼。可是她没有继续，我怎么办呢？再放下去显然不合适，我只好顺水推舟地先给她敬了一个礼，她也将计就计地给我还了一个礼。我发现她的军礼还算标准，显然训练有素。

谢谢您读者同志，您说这个细节很重要，可能是故事的起点，我同意。但是说实话，我当时并没有意识到，我当时有点儿小心眼儿，这个女孩由主动敬礼变成被动还礼的举动，让我不太舒服。好的好的，我接着讲那天接下来发生的事情。

那天那时，姚副科长没有在意这一刹那间的状况，收起面前的材料，站起身说，小毕，来，介绍一下，卓敏同志，咱们科新来的干事。你带卓干事到好汉楼安顿下来，下午看看东干事有没有时间，带她到营区走走，熟悉一下情况。

我立正回答，是。

姚副科长又说，如果东干事没有时间，你就陪卓干事转转，今天师史馆开不开门？

我说，今天是星期六，师史馆可能没有开门，一会儿我带卓干事看看营区。

姚副科长说，好，那就交给你了。卓敏啊，先休息，明天上班我就安排，东干事先带你一段时间。

从办公楼到好汉楼，有一段将近二百米的山路，穿过一个拱形圆门，路面倒是平缓，还铺着石阶。我背着卓敏的背囊在前，她自己拎着网兜在后，网兜里装着脸盆洗衣粉什么的。我始终没有认真地看她，印象里长得不算漂亮，也不算丑，一般人吧。上山之前，她突然在后面喊了一声，立定。

我吃了一惊，脚后跟不由自主地并在一起。

卓敏看着远处说，啊，我们的"长虹师"，就在这里，啊，那边是什么？

我当时没有明白卓敏为什么突然给我下达立定的口令，很快就明白了，她一边说话，一边把她手里的网兜往我面前一扬说，拿着……我的心里一百个不情愿，一百个不满意，可是我的手二话不说就把网兜接过来了。

我说，那边是军官训练中心。

卓敏感叹道，好巍峨啊。在城里，像这样的建筑根本不起眼，可是在半山坡上，就像城堡似的。

巍峨？我心里好笑，这个学生娃，会不会用形容词？

再往上走，我就不想说话了，肩上背着背囊，手里拎着网兜，心里揣着屈辱。我想到了一个问题，这个卓敏，一定是大官人家的孩子，否则不会一毕业就分配在本师政治部宣传科，也不可能一来就住进了好汉楼。看她那副青涩的样子，可能年龄还没有我大，离开姚副科长办公室，她就给我摆谱。

拐了一个弯，就看到拱形圆门了，圆门上方嵌着一个长方形木牌，赫然写着"好汉楼"三个字。卓敏停住脚步，认真打量，突然笑了起来，好汉楼，我住进好汉楼了，那我也是好汉了。

我没有接茬，我还在琢磨姚副科长的话，要让东干事带她一段时间，这是什么意思，难道还要给她配一个保姆？很快我又想到了另外一个问题，毕然说东南风最近失恋了，眼圈越来越黑了。我也发现东干事瘦了，加班推材料时总是萎靡不振，有一次给王副主任送材料，居然把他女朋友写给他的绝交信送去了，害得王副主任很紧张，以为他是闹情绪要转业呢。

姚副科长为什么让东干事带卓敏，还安排她同东干事一个办公室，难道……难道是姚副科长体恤东干事单身，又不想让他转业，特意给他发了一份福利？

说话间就到了好汉楼门前。好汉楼依山而建，坐西朝东。此时已近正午，阳光落在楼前的山坳里，在零星的营区顶上溅出扑朔迷离的光晕。

就要进楼的时候，方田园从楼梯上走下来收衣服，看见来了一个女中尉，探询的目光越过卓敏投向我。我怕他误会，赶紧上前一步报告，方干事，这是咱们科新来的，卓敏卓干事。这是方田园干事。

卓敏啪地一个立正，向方田园敬了一个礼，恭恭敬敬地说，方干事好，卓敏前来报到。

方田园这才眨巴眨巴眼睛，说，是新同事啊，不必客气，不必客气。小毕，你把卓干事往哪里带？

我说，好汉楼啊，卓干事住在好汉楼，袁月旁边那间。

方田园愣了一下，马上满脸堆笑说，哦，是这样啊，那好，以后……以后……咱们就是邻居了。有什么需要帮忙的，你说一声。

卓敏说，好啊，教我写新闻啊，我是来拜师学艺的。

方田园说，不客气不客气，我们互相帮助……互通有无吧。

我们还没有上楼，东南风从好汉楼的另一端出现了。我照例介绍他们认识，我发现卓敏的脸上闪烁着惊喜，对东南风说，前辈，早就知道您的大名了，我看过您写的文章，姚副科长让我好好地向您学习，我真幸运啊，来了就遇到您这样的前辈……

我看到东南风的脸上闪过一丝不易觉察的别扭，同时看见方田园的脸上也闪过一丝不易觉察的别扭。心想，卓敏为什么称呼东南风"前辈"呢，难道东南风比方田园长相更老吗？

我把卓敏带到四楼，在袁月和韩小涵的隔壁安顿下来，出门后路过她们宿舍的窗前，用眼角的余光往里瞟了一眼，什么也没有看见。

回到三楼自己的宿舍时，毕然已经回来了，见到我就说，你们科来了个女干部？

我说，是的，好像刚从政治学院毕业。

毕然说，她漂亮吗？

我说，漂亮？我没在意，身材挺苗条的，就是学生腔太浓。

毕然笑笑说，你小子还很有城府。

我说，她是军官，我没敢正眼看她。

毕然看了我一眼，突然提高嗓门说，太不公平了，她是大学生，我们也是大学生，为什么她一毕业就是军官，就能住上单间？可是，我们两个人住在一起，我不仅要听你打呼噜，还要……他不说了。

我说，她是军校大学生，我们是地方生，不一样啊。

那天毕然似乎很激动，说话东一榔头西一棒槌。我对他的激动不以为然，在他慷慨激昂的当口，我的目光不时滑向他的书柜，我还惦记着那本军队文艺杂志，我琢磨着要不要问问他，那篇《每天都是春天》的文章作者是谁，但是最终没问，我决定把那个游戏玩到底。

下午，趁毕然外出，我悄悄地走到书柜前，顺手抽出了那本杂志，可是翻开之后，那篇文章不见了。我又从头至尾翻了几遍，还是没有。难道有人把它撕了，难道是我看错了，难道压根儿就没有那么一篇文章，难道我的精神出了问题？不管答案是哪一个，都很吓人。

我把杂志重新放回书柜，坐在椅子上，心里怦怦乱跳。怎么连我都出现了幻觉……

我掐掐自己的大腿，一遍一遍地回忆那篇文章的文字，得出结论，我没有失常，我清醒得很，否则，我的脑子里不会蹦出那么美妙的文字。

突然，一个念头闯进我的心里，怎么不会？我的脑子为什么就不能产生奇思妙想？中学时代我就读过《悲惨世界》和《复活》，我写的文章还刊发在林木学院的《江花》杂志上。世界上有那么多大作家，有的就是在精神失常的状态下写作的，他们自己都不知道他们有那么大的潜力。难道，我也遇上了，我的天目也开了？如果让我选择，我宁愿选择当一个在精神错乱的状态下潜力被发掘、天目被打开的疯子。

正这么想着，毕然回来了，扛着脑袋，举着眼睛，几乎连看都没看我一眼，梦游似的走到他的椅子前面。他坐下来才看见我，但是马上就把目光移到一边，落在他的书柜上，再转回来看着我。

我感到这时候他的目光聚焦了，就像一把手术刀，在我的脸上划来划去。我知道我不能躲避，躲避了，就等于承认我偷看他的书柜了。我迎着他的目光问，班长，你是不是有点儿不舒服？

他迟疑了一下说，是的，我是不舒服。

还没等我进一步关切，他突然提高嗓门说，刘牧，他凭什么，不就因为他爹是教授吗？都什么年代了，还搞以权谋私……他从哪里来的优越感！

我无语，我既不知道刘牧的父亲是不是教授，也不知道他们是怎么以权谋私的，更不知道刘牧是怎么表现优越感的。

很快我就知道了，刘牧并没有像毕然说的那样等待复员，他不仅在集训队当区队长，听说很快就要下到连队担任模拟连长了。

有一次我到军人俱乐部送材料，跟韩小涵聊了一会儿天。我故意把话题引到刘牧的身上，我说我睡的是刘牧的床，老是想刘牧的事情。

韩小涵起先有点儿警觉，不打算多讲，但是我多次表示，住刘牧的床让我感到紧张……

就这样诱敌深入，韩小涵最后还是跟我讲了刘牧的事情。

真相是这样的，我到宣传科报到的三天前，一个晚上，刘牧从集训队回来，没有马上回宿舍，而是先到四楼给袁月送辅导题，恰好韩小涵被隔壁的后勤部助理员曹丽叫去帮忙摆弄电脑。刘牧敲门之后，没有应答，他就站在门外等了一会儿，就在这时候袁月洗完澡了，穿着一件浴袍，开门一看，外面站着刘牧，袁月啊了一声。曹丽和韩小涵出门，看见发呆的刘牧，问他怎么回事，刘牧结结巴巴地说，我也不知道怎么回事，我不是故意的。

这件事情本来不大，袁月也说她那声惊呼并不是呼救，她洗澡的时候走神了，听见敲门声，想都没想就去开门，冷不丁见到门外有个黑影，吓了一跳。

其实没啥，袁月一直这么说，韩小涵也这么说。但是到了第二天，就有传说，好汉楼出了个窥视者。姚副科长先找曹丽、袁月和韩小涵谈话，深入了解。曹丽对姚副科长说，你们男人真无聊，没事找事，什么事情都没有发生，袁月洗澡的时候想事，精力过于集中，走神了，开门见到刘牧，有点儿意外而已，而已。

姚副科长说，曹助理这么说，我就放心了，要还刘牧一个清白。

曹丽是卫生科助理员，大学专业是心理学，一个三十多岁的老姑娘，致力于研究新战法中的心理卫生，颇受师长重视。见过曹丽，姚副科长心里有底了，又找刘牧谈话，刘牧老老实实地把来龙去脉说清楚了，姚副科长跟他讲，不要放在心上，不要影响集训。为了消除影响，让刘牧安心学习，姚副科长还做了一个安排，让刘牧彻底放下工作，住到集训队里。刘牧离开好汉楼的时候，姚副科长故意让袁月和韩小涵一起送他，几个人谈笑风生。

那天在军人俱乐部，分手的时候韩小涵说，你是不是听到谣传了？我跟你讲，刘牧是我们机关战士里最有才华的，人品也好，有些人嫉妒他。

我知道，韩小涵说的"有些人"指的是谁。

4

每周一次的科务会提前到周一上午召开，因为要介绍卓敏，也因为要讨论《秋季训练安全教育提纲》。这样一来，卓敏就算同宣传科全体认识了。姚副科长说，卓敏同志刚刚从政治学院毕业，还没有下正式命令，算是帮助工作，大家都是老同志，要关心爱护年轻人。

卓敏的小脸蛋红红的，眼睛亮亮的，可能是因为兴奋，也可能是因为激动，有点儿紧张。她正襟危坐，手上依然拿着巴掌大的笔记本，笑容有些僵硬。

姚副科长讲完了，让卓敏说两句，卓敏打开笔记本，翻了两页，念了起来——各位首长，各位老师，很荣幸来到九道梁，成为"长虹师"的一员。我是带着一颗学习的心，来接受考验的……我将发扬"长虹师"的光荣传统，保持求知若渴的学习态度……

卓敏念稿的时候，会议室出奇安静，大家的目光都落在她的脸上。不经意间，我看见方田园在向东南风挤眉弄眼，东南风没有表情。

卓敏的声调忽高忽低，手也微微抖动。卓敏说，贴近部队，贴近基层，贴近生活，从火热的军事斗争准备中获取营养，在风雨中成长，在磨砺中进步……她念着念着，调门越来越高，语速越来越快，在场的人都有手心捏一把汗的感觉。连我都感觉到了，卓敏一本正经的学生腔，放在这间会议室里，多少有点儿不协调，大家还不太习惯。

似乎察觉到会议室里的异样气氛，卓敏开始磕巴了。

科长说，小卓，不用紧张，以后我们就一起工作了，熟悉了就自然了。

卓敏看着科长，又看看大家，突然放下笔记本，站起来说，昨天……昨天，我一脚踏上九道梁的土地，一头扑进"长虹师"的怀抱，感觉是那么亲切、那么振奋。我的青春、我的梦想、我的未来，将融入"长虹师"这个有着光荣历史的部队。今天我就要写信告诉我的同学们，我是"长虹师"的一员了，我将无愧于这支伟大的部队……卓敏说不下去了，眼睛居然湿润了。

在一片寂静当中，响起了掌声，姚副科长的掌声唤醒了大家的掌声。姚副科长说，很好，不愧是政治学院的高才生，年轻有为。讲得好！

散会之后，干事们鱼贯离开会议室，我听到方田园跟在东南风的后面嘀咕，现在的孩子，真会说话，一套一套的。不过，有点儿过了。

东南风头也不回地说，很不错了，这样的场合，又是第一次。

虽然我对卓敏有看法，但我还是觉得，东干事比方干事更厚道些。

我到东南风和卓敏的办公室送椅子，在门外听到卓敏问东南风，前辈，我今天的发言，是不是……露怯了？

东南风说，很好啊，就是有点儿用力……用力过猛了。可以理解，第一次参加科务会嘛。小卓，你怎么这么激动？

卓敏愣怔了一下说，我说的是心里话，我就是喜欢"长虹师"。

我站住了，在门外听他们对话。

东南风又问，你跟"长虹师"有没有什么特殊的关系，比如说父辈、祖辈？

卓敏收敛了笑容，一本正经地说，过去没有，现在有了。

以后回忆东南风和卓敏的那次对话，我也觉得有点儿怪怪的。卓敏的身世可能同"长虹师"有某种联系，不然的话，那天她为什么那么激动？也许就像毕然说的，这就是一个高干子女，是到"长虹师"镀金来的。

一个月后，我发现我想错了，卓敏其实是一个很有思想的女孩，她好学，而且有一股钻研劲头。有一次推材料，她发言说，新战法教育不能离开传统，"长虹师"最著名的传统就是实事求是，动员令要简洁，不能拖泥带水。

据我所知，宣传科以往推的材料，总是以长为荣，一二三四，慢条斯理。卓敏这么一说，好像是在否定宣传科的作风。

姚副科长笑眯眯地问卓敏，那你说说，怎么个简洁法？举个例子。

卓敏不慌不忙地摊开笔记本说，抗日战争时期，一次战斗前夕，旅长为突击营做动员，只讲了几句话：我前进，你们跟着；我站住，你们看着；我后退，你们枪毙我。还有一次，在抗美援朝的长虹坡战斗中，师长在动员大会上讲，打剩一个团，我当团长；剩下一个营，我当营长；剩下一个连，我当连长。除非我阵亡了，敌人休想越过长虹坡。

我不知道姚副科长怎么想的，反正那次的材料又多推了两次，并且由六千字压缩到了两千三百字。

其实我知道，卓敏进步飞快，很大程度上归功于东南风，姚副科长让东南风带一带卓敏，是有考虑的。卓敏几次发言，都是受到东南风的影响，比如，"以问题为导向"。

读者同志，您是不是觉得我的故事讲得有点儿啰嗦，过于平铺直叙是吧？是的，我还不太擅长结构，叙事语言也不讲究。虽然我在二十多年前就听卓敏强调"简洁"，可是我总是做不到。我知道，如此这般冗长地铺垫，不能引人入胜。还是得请您原谅，我毕竟不是专业作家，讲这么长的故事还是第一次。下面我就重点讲讲好汉楼。

好汉楼的情况，最初也是毕然跟我讲的。

毕然说，时光退回两年前，"长虹师"没有专门的单身干部宿舍，机关里未婚的参谋干事助理员，统一集中在东北无名高地下面的两排平房里，破烂不堪不说，距离办公楼还较远，不好管理。前两年条件好了，在西北方的松林山坡盖了四层小楼，除了单身干部住的单间以外，还有十个套间，每个房间都有卫生设施和暖气设备，供家属未随军的营以上干部使用。据王副主任透露，自从好汉楼建成之后，营以下单身干部和家属未随军的营团干部，要求转业的申请书少了百分之十三点六。

好汉楼刚开始投入使用的时候，有人把这个楼叫"光棍楼"，也有人把它叫作"单身楼"，还有人把它叫作"雄狮梦楼"。后来师长陆大陆来了，楼前楼后转了一圈，把营房科的人叫来，交代建一个圆门，不久又亲笔写下了"好汉楼"三个字。师长说，什么这楼那楼的，还红楼梦呢，以后不许乱叫，就叫好汉楼。

毕然说，好汉楼大体按司令部、政治部、后勤部和装备部划分四个单元，政治部和后勤部在西边两个单元，司令部和装备部在东边。最初只住男性单身，后来曹丽找师长反映，说单身干部条件都改善了，她一个女同志，还住在窑洞似的平房里，同临时来队家属用一个卫生间和厨房，不成体统，她也是上尉军官，凭什么受到歧视。

曹丽脾气大啊，爱抬杠，她那个科的人都怕她——毕然说，但是师长器重她，很重视她的工作。师长把营房科长叫去，规定在四楼开辟六个房间，供女性单身汉使用。师长说，我们"长虹师"，男女都是好汉，就那么几个女同志，首先就要把她们安顿好。曹丽不仅住进了好汉楼，而且按照副营级待遇，她还住套间。这个头一开，后来又陆续住进来几位女性好汉，不过多数都是临时的。

显然，毕然崇拜师长，这是我对他的一个新发现。

毕然说，师长是老资格的师长，当年到边境执行特别任务的时候，他就是侦察大队的大队长，而我们现在的师政委当时是他手下一个连队的指导员，所以政委在很多场合都喊师长一号。师长务实，精明强干，在本师威信很高。

毕然跟我讲，前几年有个笑话，说警卫连有个新兵，有一个周末，在家属院外面站岗，看见一个精瘦的老头在浇花。新兵说，大叔，能不能帮我买包烟？那个精瘦的老头二话没说，接过钱就到服务社买了一包烟。第二天连队集合，连长在队列前说，谁昨天让师长去买烟？

我当然要笑，但笑过之后我说，这不可能吧，新兵连师长都不认识？再说，新兵不让抽烟。

毕然嘿嘿一笑说，我也觉得不可能，可是，为什么会把这个笑话安在师长的身上呢？说明师长平易近人。

我觉得毕然说得有道理。晚上熄灯前后的一段时间，是我的故事天堂。毕然的嘴里有数不清的逸闻趣事。有一次聊到师长，毕然问我，你知道师长是什么样的人吗？

我说我当然知道……

毕然打断我说，师长是最有人情味的人。师长过去在军事学校当教员，跟学员们打成一片，还下馆子，每次都是师长买单。师长说，老师和学生一起吃饭，永远是老师买单，为什么呢？学生进步了，老师脸上有光，所以要买单；学生落后了，老师有责任，所以还是老师来买单。

我说，我也知道师长的一个故事，师长在当团参谋长的时候，他手下的股长资格都比他老，在民主生活会上老是批评他。师长后来说，批评好啊，批评错了我高兴，因为我比你高明；批评对了我更高兴，因为我可以改正。

毕然哼了一声说，你是怎么知道这个故事的？你才到"长虹师"几天？

我一怔，突然明白我不该讲这个故事。在这间斗室里，只允许毕然讲故事。

我说，我是听东南风干事讲的，他鼓励我要像师长那样，虚心学习，接受班长你的帮助。

这本来是我临时编的一句话，没想到毕然在意了，提高嗓门问，东干事真是这么说的？

我嘴上说，是的。

我心里说，当然不是的。

种种迹象表明，在我到来之前，毕然同刘牧处不好关系，不是刘牧的问题，而是毕然的问题。在毕然情绪反常地念叨"天涯何处"和"念天地之悠悠"之后不久我就知道了，刘牧参加集训不仅没有受到任何影响，而且有传说，因为新战法训练需要，刘牧集训结束后，任职命令很有可能直接下到机关，当然也就有可能回到好汉楼。不过，再也不会住双人间了，机关干部，排级都住单间。到那时候，毕然恐怕会更尴尬。

虽然从未谋面，但是在感觉上，我对刘牧更加亲近一些，有那么几天，夜晚躺在铺上，我想象西边十里开外的松林峪，充满了神往。那就是刘牧所在的集训队。

我突然想，那篇署名"西北望"的文章，是不是刘牧写的呢？听东干事说，刘牧当打字员的时候，还常常在记录稿上做批注，有机会就给干事们提建议。刘牧的逻辑思维和形象思维都很发达，文字也很好。如果当参谋干事，搞材料那是一把好手——东干事跟我这么说。

我越来越觉得那篇文章是刘牧写的。我似乎已经认识刘牧了，高挑个儿，白净的脸庞，脸上挂着和气的笑容，对我说，不急，耳听脑记手写……读书要用心，读不懂的书先不读，读懂一本书，就多读几遍，读出自己的理解，读出自己的思路……

这当然不是刘牧当面跟我说的，而是我从打字室材料柜的一个文件夹里看到的。可惜，《每天都是春天》不是手写的，不然我就能认出来，它是不是刘牧的笔迹了。

我已不再怀疑看到那篇文章是我的幻觉，也不再相信那是我的天目开了自己写的，我坚信那确实是好汉楼里的某个人写的。我前前后后排除了毕然、袁月、韩小涵、姚副科长、方田园等人，最后，只剩下刘牧和东南风了，而且刘牧的可能性最大。

当然，问题还有很多，最大的问题是那本刊物里面没有那篇文章了，难道是毕然变魔术了？后来我又有机会翻阅毕然的书柜，一次次的，没有，一直都没有。

5

进入八月，宣传科又忙起来了。有天卓敏把我叫到她办公室，问我了解不了解二连的历史，我说我当然了解。

她马上拿出小本子，请我坐下来慢慢说。

我说，二连是我的老连队，当新兵的时候就听过连史传统教育——在抗美援朝长虹坡战斗中，我们连队在坑道多次被炸、线路稀烂的情况下，还能保持指挥畅通，先后涌现出刘崇、肖江等模范人物。和平时期又出现了技术能手马莉等"四朵金花"……

我讲得很投入，但是很快我就发现，卓敏并没有记多少，我了解的情况她全知道，我不了解的情况她也知道。

我们正说着话，姚副科长来了，对我说，小毕，卓干事要去通信二连采访，你陪着去，搞好服务啊。

从师机关办公楼到通信营，两公里左右，我提议找两辆自行车，卓敏说，骑什么车啊，两公里越野。卓敏说这话的时候，语气是不容置疑的，俨然是上级对下级说话。我只好说，一切行动听指挥。

走在路上卓敏才告诉我，姚副科长布置她写一个电视专题片脚本。我心想，这个任务怎么不交给我呢？卓敏她一个大学刚刚毕业的学生，没有在连队工作过，她对我们光荣的二连没有感情啊。当然，想归想，那么重要的任务，怎么会交给一个士兵呢，我还是好好地打我的字吧。

陪同也好，服务也好，反正我认为这是一个美差，没准儿能学到一些东西。只是觉得哪里不对劲，她一个年轻的女干部，身边有一个男性士兵，是不是不方便啊，难道姚副科长就这么放心？后来我明白了，姚副科长很放心，因为在他的眼里，我这个士兵是没有性别的，也许，就连卓敏也忽略了我的性别。这样一想，心里又不是很舒服。

其实是我想多了。

这是我离开之后第一次回连队，马副连长已经等在营区东边的路口了，老远见到我们就迎上来，还没有等我介绍，她和卓敏就咋咋呼呼地拥抱在一起，夸张地叫着对方的名字。原来她们早就认识了。我给马副连长敬了一个礼，马副连长说，小毕啊，衣锦还乡了，回老连队指导工作了。

我说，我一个打字员，指导啥工作，多亏副连长栽培啊……我正讲着，看见马副连长压根儿没听我说什么，拉着卓敏，一路谈笑风生，进了连队会议室。

会议室里已经有几个干部和老兵了，"四朵金花"有三朵在场，然后就开始介绍情况。我想跟我认识的战友打招呼，又不敢，坐在长形桌的角落里，听他们热热闹闹地座谈，我感觉有点儿尴尬。

偶尔，卓敏也会照顾到我的情绪，说，小毕你谈谈吧，我感觉你很有思想。我马上就会说，我一个新兵，有啥思想，我就是来学习的。

我当然有思想，我还能发现问题，但是我不打算在这里说，我得找一个更合适发言的机会发言。

那段时间，卓敏经常跑通信二连，不厌其烦地采访，特别是几朵金花，为什么会成为技术能手，怎么克服个人困难，包括婚恋、生理、家庭等方面。她不再用那个巴掌笔记本，而是用机关统一配发的保密本，十六开的，记了三本还多。

我并不是每次都陪同，有时候是韩小涵陪同，还有一次是她独自前往。除了跑通信二连，她还跑师史馆，去看墙上的老照片。有时候一看就是半天。

有一次我听她和东南风讨论，东南风说，专题片不同于故事片，也不同于纪录片。专题片的结构，既不能以人物为主线，也不能以故事为主线，专题片的结构是无形的结构，无形而有魂，这个魂就是精神。给通信二连做专题片，要抓住一个东西，通，通信的通，通畅的通，而通，是要付出代价的。战争年代，代价是流血牺牲，和平时期是奉献和探索。要实现两个时期的精神交融，营造今天的通信战士和历史人物对话的意境。

我看见卓敏的眼睛里不断地闪烁着惊喜，和东南风在一起，她经常这样。虽然我对东南风非常敬重，但是看到卓敏对他这样膜拜，我的心里还是有一丝……怎么说呢，也不算嫉妒，就算酸吧。

那天的座谈会开了两个多小时，卓敏说，打搅连队正常工作了，我们的采访告一段落，等我们写出初稿，还要请连队过目，请大家提意见建议。

散会后，马副连长出门看看天说，闷热，会不会下雨啊？这个季节，九道梁进入暴雨期了。

卓敏也看看天说，阳光明媚的，下什么雨啊，我们走。

马副连长说，要不，我请示一下，派检修车送你们。

卓敏说，就这几步路，派什么车啊，两公里越野。

卓敏说着，向我一摆脑袋，前进！

走出通信营大院，卓敏跟我讲，她已经有了初步框架，以历史上通信二连前仆后继保障通信畅通，到新时期的英雄主义精神传承为灵魂，以"四朵金花"的成长为主线，展示通信二连保持本色、发扬传统的风貌。通过一个连队的历史，小中见大，管中窥豹，展示"长虹师"的战斗作风。

不得不承认，我们宣传科的干部，都有两把刷子，就连我不以为然的卓敏卓干事，虽然年轻，但是做事认真——认真到固执的地步，这个优点，还真值得我学习。

　　返程走了一半，果真让马副连长说对了，突然刮起一阵热风，刚才还晴空万里，转眼就是黑云压城，飞沙走石。我说，坏了，真要下雨了，怎么办？

　　卓敏有点儿紧张，这天怎么说变就变？

　　我说，这是九道梁的暴雨季节，要下就是大暴雨。前边有个水泵房，我们到那里躲一躲，防止雷电啊。

　　几滴颗粒很大的雨点落下来，卓敏说，那就去躲躲。

　　我们刚跑了不到三十米，大雨就倾盆而下。等我们钻进水泵房，外面已是苍茫一片，不仅大雨如注，还下起了冰雹，混混沌沌的，什么也看不清楚。

　　水泵房是连队用于浇灌营区林木的，空间十分狭窄，估计只有五六平方米，我们两个被雨淋湿的人挤在里面，就像落汤鸡。外面突然划过一道闪电，接着，就是一阵撕开天空的雷声。这时候的卓敏，已经不再是那个自信的女军官了，她弓着腰，抱着双臂，瑟瑟发抖，在那声雷电冲进水泵房的时候，情不自禁地把脑袋抵上我的胸膛。

　　是的，读者同志，我跟您讲，这不是虚构，这也许就是老天爷故意安排的。您问我那时候我是怎么想的，哦，我那时候没有多想，我也很恐惧，感觉那雷电就在离我们很近的地方炸裂，好像就是冲着我们来的。倒是在以后，我经常会想到一个问题，假如，假如那天不是遇到雷电，而是在战争时期有一颗炸弹在我们的身边爆炸，我会怎么办？我会不会扑到卓敏的身上，把她保护下来？我想过很多次，很多次我都坚信不疑，会的，我会那样做，因为我是一个男人，那个时候，不再有什么军官和士兵的区别，只有一个男人和一个女人。

　　后来，也就是十分钟左右，一辆通信检修车爬上山坡，马副连长抱着两件雨衣，冲到水泵房。上车之后，卓敏的脸上还有惊恐的表情，我搞不清楚她的脸上是雨水还是泪水。

6

陈秋和通信二连战友把那几样办公家具修补一新，一个星期天，送到好汉楼。搬进宿舍的时候，毕然吃惊地看着我。我当然知道他在想什么，我假装卑微地说，班长，我怕影响你工作，我自己找了这些东西，以后就不挤你了。

毕然看着那几样家什说，我不是跟你说了吗？我的就是你的，以前我和刘牧都是合用的，这么小的地方……

我赶紧说，我量好了，就门口这一块，书架放在桌子上，不占地方的。

毕然倒也没说什么，只是嘀咕了一声，毕得富你这家伙，还挺有门道的。

那天晚上，躺在床上我还在想，毕然说，"以前我和刘牧都是合用的"，这说明他和刘牧的关系也不是太差，当然肯定不会太好。我又想到了那篇文章《每天都是春天》，刘牧会在这张床上做文学梦吗？肯定会的。那么，这张床的上方、天花板下，就飘荡过刘牧的文学梦，它们会不会还在这间斗室里面呢，还储存在我身下的床上呢？

越想越兴奋，黑暗中我悄悄坐起来，看看靠墙一边，毕然打着轻微的呼噜，窗外墨黑墨黑的，很远的地方有点儿星光。我掀开枕头和褥子，摸到床板，压抑地做了几个深呼吸。我想把刘牧留下的气息吸进我的胸腔，也许这样就能帮我尽快写出像《每天都是春天》这样的文章。

不知道什么时候，一阵敲门声传来。

我被惊醒了，看看靠墙那一边，毕然也醒了，但是他没有起床的意思，只是用眼神给我下了一个无声的命令。

我定定神，穿着裤头背心，开灯，把门打开，看见一个彪形大汉堵在门口，冲我吼了一句，小毕，去问问，哪个神经病半夜三更放起床号！

这才看清楚，是东干事。只见他扎着腰带，足蹬作战靴，全副武装，军容严整，脸上余怒未消。

我困惑了。起床号？没听见起床号啊。

我转头看看毕然，他也是一脸茫然。我说，东干事，您听见起床号了？

东干事说，我昨天晚上写材料搞得很晚，刚睡下不久，就听见起床号，穿上衣服出门一看，黑咕隆咚的，办公楼门前的路灯还在亮着……为什么，难道是我产生了幻觉……

东干事说着说着，声音低了下来，似乎他自己发现了什么，又问，你们确实没有听见起床号？你，毕得富，你，毕然。

毕然坐起来，皮笑肉不笑地说，我听见起床号了，可那是昨天早晨。

我说，东干事，我确实没有听见起床号，你看，整个师大院，整个山谷，整个九道梁，这里的黎明静悄悄。

就像屁股被谁踢了一脚，东干事的表情急剧变化，苍白的脸在灯光下更加苍白。他几乎是僵硬了几秒钟，才向我们挤出一个勉强的苦笑，像是自言自语地说，对不起，是我的问题，我……我可能太……我走神了。

说完，他转身就走，走了两步又转身回来，对我和毕然说，这件事情，不要对外说啊。

东干事离开之后，我把灯关上，打算睡回笼觉。毕然说，你不觉得东南风很奇怪吗？

我说，是很奇怪。可能最近工作压力大，心情不好吧。

我说这话是有根据的，这要从周四讲起。

那天下午，科里讨论《新战法宣传教育提纲》，东南风一直很少讲话。讨论得差不多了，他从公文包里掏出一摞材料说，我觉得不能再走老路了，我把近几年的宣传教育提纲，包括各团和直属分队的文本都找出来了，几乎所有的开场都是"金秋十月，丹桂飘香"，六份教育提纲，五份里面有这句话，难道我们的语言贫乏到了只会用"金秋十月，丹桂飘香"吗？这个大而无当的开头之后，就是国际国内形势分析，一是重复率太高，如果把这些文本送到计算机里淘洗一下，新观点、新思想、新词汇不会超过百分之四十，而多数都是陈旧的。二是废话太多，大话套话太多，这样的大道理讲多了，部队会麻木的。

姚副科长说，那你说说，我们怎么个创新法？

东干事说，很简单，两条原则，一是实事求是，根据实战，抓住最迫切的问题、核心的问题，进行精神动员。二是充分考虑个性，不同的部队有不同的特点，不同的部队有不同的传统，宣传教育提纲要有个性，不能大家都长一样的脸。

东干事这么一说，大家都不讲话，只有卓敏手里的笔记得飞快。

东干事说，我这里有一份我自己草拟的《步兵团宣传教育提纲》，请大家指教。

姚副科长接过去看了几眼就说，东干事，你这是宣传教育提纲吗？这就是一个注意事项，全是问题，全是强调客观规律，没有体现发挥人的主观能动性啊。

东南风的脸色当时就很难看。

我把这件事情跟毕然讲了，毕然说，东南风经常语出惊人，他有一句口头禅，以问题为导向，发现了多少问题，解决了多少问题，战斗力的增长点就会提高多少百分点。

我说，这个我不懂，但是我觉得他说得有点儿道理，师长不是也说嘛，思想政治工作好比医生，医生从病人身上发现问题，对症下药解决了问题，这个人才能健康起来。

毕然说，你认为我们"长虹师"是病人？

我吓了一跳，想了想说，是人都有病，有病就要医。

毕然说，你还有这样的见识，你简直就是师长啊，至少也是东南风，还有点儿像曹丽。

我心里一动，我要是真像他们就好了，不管像谁。毕然说，我跟你讲，你可以这样认为，可是你不是师长。在咱们"长虹师"，并不是所有的人都喜欢谈问题。

我说，我知道，事物总是在矛盾中前进。

那天晚上，实在无法入睡，毕然话匣子一经打开，就很难合上了。从他的嘴里，我又得到很多信息。

比如他讲，曹丽说，如果加班十年，部队战斗力还没有多少长进，或者长进不大，那就是浪费。所以，要研究机关加班，哪些是重复劳动，哪些是无效劳动或者低效劳动，不能把加班当成一件光荣的事情。

实话说，我也觉得机关加班有很多重复和无效劳动，作为一个打字员，我甚至想设计一种软件，把各种宣传教育提纲、典型事迹材料、经验总结材料、事故分析材料……分门别类整理好，遇到类似的需求，只要把名字、环境、条件、目的等要素输入进去，就能出现一个材料框架，那该有多方便啊。

7

第二天上班，姚副科长通知我到卫生科曹助理办公室。去了之后才发现，毕然已经在那里了，不明白他为什么满头大汗，一看见我，眼神茫然，如释重负。

曹丽示意我坐下，然后问我东干事夜里听到起床号的事情，我如实地做了回答，我还说了一句，东干事这段时间写材料很累，精神紧张……刚说到这里，曹丽用手中的笔敲敲桌子说，没有让你分析原因，就说你的第一反应是什么。

我吓了一跳，掂量一下说，东干事说有人半夜放起床号，我的第一反应是没有听见，然后我就看着班长，班长也……

曹丽又敲敲桌子，瞪着我说，班长，怎么又多出个班长？

我傻眼了，看看毕然，毕然讪讪地说，他说的是我，习惯称呼。我，我也没有听见起床号……

曹丽严厉地说，没有问你，毕得富，你说，班长当时怎么反应的？

我的头上出汗了。我说，我在门口，看不清班长是什么反应，但是他没有跳起来穿军装，说明他压根儿没有听见起床号。

曹丽不说话了，盯着我看，又盯着毕然看了几秒才说，东干事当时是什么反应？

我说，东干事好像被自己吓住了，他说……我字斟句酌，一时找不到合适的词语。

曹丽紧追不舍，他说什么了？

我看看毕然，毕然把脸扭到一边。

我硬着头皮说，东干事说，他昨天晚上写材料搞得很晚，刚睡下不久，就听见起床号，穿上衣服出门一看，黑咕隆咚的，办公楼门前的路灯还在亮着……

曹丽问，这是原话？

我说，是的，基本上是原话。

曹丽又问，他还说了什么？

我说，他说，他可能产生了幻觉。

曹丽说，他离开的时候，你目送他的背影了吗？

我说，我看着他走到楼梯口的，走得很正常。

曹丽在纸上写了几笔，问我，你撒过谎吗？

我的头皮一下麻了起来，结结巴巴地说，撒过。

她点点头说，撒谎次数多吗？

我差点儿就夺门而出了，但是我镇定下来，老老实实地说，小时候应该经常撒谎，不过，现在，能不撒谎的时候，我尽量不撒谎。

她看着我，突然笑了，说了一句，很好，你还算诚实。记住，不要在聪明人面前耍小聪明。

我心里想，你问什么我答什么，我怎么耍小聪明了？当然，我不敢反驳。

曹丽看着毕然说，这句话同样适用于你，以后再也不要说你从来不撒谎了，没有从来。你为什么不会笑？因为你的心里有阴暗面，你多少有一点儿妄想症，妄想别人欺负你，妄想自己一直都在被挤压当中，我说得没错吧？

毕然低眉顺眼，木瓜脸上没有一丝表情，我估计他正在心里骂曹丽。

曹丽说，不过，不严重。我教你一个办法，遇到任何事情，就念叨一句话，多大个事儿啊，除了死亡，没有什么了不起的。死亡也没有什么了不起的。

这才知道，在我到来之前，曹丽已经"审问"毕然很长时间了，不知道毕然都说了什么，才让她说出那么一堆没头没脑的话。

问得差不多了，曹丽说，你们可以走了，记住啊，以后有什么发现，自己有什么心理问题，来找我，我是一个很好的心理医生。

我如获大赦，站起来就要出门，曹丽又对毕然说，心胸宽阔一点儿，君子坦荡荡，小人长戚戚，纠结鸡毛蒜皮，会得病的。

我没有回头，看不见毕然的表情，我估计会很难看。走出曹丽的办公室，走在过道上，我们一直不敢讲话，直到下楼，我才问毕然，曹助理问了你什么？

毕然迟疑了一下，恨恨地说，她以为她是诸葛亮，能掐会算啊。她了解东干事走神，干吗把我捎带上，简直是欺负人，不就是一个上尉嘛，还嫁不出去。

我赶紧回头看看，又两边看看，还是心有余悸。我低声说，咱们回办公室吧，我还有一堆事呢。

回到办公楼，从东干事办公室路过的时候，我放慢步子，拿不定主意要不要去跟他说一声，曹助理找我了解情况了。我觉得我应该跟他讲，转过念头，又觉得不能跟他讲。我犹豫着，听里面的动静，东干事正在跟卓敏讨论通信二连的事迹。

我看见东干事的脸膛红扑扑的，正在讲专题片的事情。东干事说，不必过于强调"四朵金花"怎么克服个人困难，军人牺牲个人利益是必须的，当兵就意味着牺牲。可以侧重表现训练，利用现有装备，发挥最大效能，发挥到极限。

战争年代能用身体传输电流，就是极限。马莉那句话有道理，当你熟练掌握装备性能之后，装备能跟你融为一体，它知道你需要什么，它甚至能弥补你、提醒你，这不是神话，这叫心有灵犀。让自己手中的装备最大限度发挥性能，这是根本，也可以看成是这个专题片的灵魂……

东干事说得慷慨激昂，完全不见了昨夜灰白沮丧的表情，难道有什么好事？

原来，周四下午东南风抛出了一份《步兵团宣传教育提纲》，当时就被姚副科长否了，后来姚副科长当笑话讲给王副主任听，没想到王副主任很重视。王副主任说，陆师长一直倡导实事求是，以问题为导向，而且听说最近在酝酿机关工作转型试点，你把东南风的材料拿给我看看，没准儿会有新思路。

姚副科长不敢怠慢，出了王副主任办公室就跟东南风讲了，东南风马上把他的稿子送去了。王副主任看了之后说，这个思路超出了我们写材料的经验，我再斟酌一下，看看要不要送给陆师长看，我觉得多一些思路不是坏事。

8

晚上在机关食堂门口，看到橱窗里贴出一个通知，周三晚上在军官训练中心举行讲座，内容是《在新格局里有所作为》。哇，讲课人是陆大陆。

我跟毕然讲，周三陆师长有讲座。毕然也很兴奋，说，我们要是能去听听就好了。

我说，我们为什么不能去听？过去侦察科长讲《国际反恐斗争和我们的使命》，我们不照样去听？

毕然说，那不一样，我们师长讲座，那叫高端讲座，估计不会让我们大头兵听。

我不懂什么叫高端讲座，但是我估计，至少是机关干部才能参加。

我很想问问毕然，上午曹助理都问了他些什么，但话到嘴边又咽了回去。倒是毕然，自己把话头挑出来了，问我，毕得富你说说，我是不是很小心眼儿？

我拿捏着回答，没有看出来啊，我觉得你挺阳光的。

毕然说，阳光？你认为我阳光？

我说，你确实很阳光的，记得我刚到好汉楼的时候，你就跟我讲一日生活秩序，还跟我讲，你的写字台、椅子和书柜，可以让我用。

毕然似乎记不起来了，我真这样说过吗？

我嘴上说，当然，虽然你只比我大一岁，可我觉得你像大哥哥一样，很体贴人。

毕然好像很意外地哼了一声说，我给你这样的印象啊，我还真的以为我是小心眼儿呢。

我心里想，你就是一个小心眼儿，要不，你怎么会把那本杂志藏起来不让我看呢？要不，你怎么那么嫉妒刘牧？

就是从这天开始，我发现毕然有了一些变化。有一次他看见我书架里多了几本文学书，问我，是不是打算学习写作，我说是的，我在林木学院上学的时候就是学校文学社团的成员。

毕然说，你要是想当作家的话，我建议你取个笔名，毕得富太……俗气了，去掉一个字，叫毕得也行，彼得大帝啊，或者叫毕得堡，不是财宝的宝，而是堡垒的堡，圣彼得堡。

我心里一动，觉得他说得有道理，毕得富这个名字确实太土了，一听就是个俗人。我说好啊，我要是发表作品，就用彼得这个名字。

毕然说，彼得，那以后咱俩在一起，我就喊你彼得了。然后又说，你有没有觉得我好为人师？

我说，没有啊，我觉得你讲得太好了，你是必然，我是必得，咱俩这间宿舍，就是"必然得"了，以后我们回忆起我们的"必然得"，该多么有意思啊。

我说这话，本来是逢场作戏，没想到毕然当真了，呼啦一下子从床上坐起来说，是啊，必然得，既有诗情画意，又有实际内涵，这太好了。

我也觉得这个创意很好。那个周末，我就在写字台上铺下几张稿纸，郑重其事地写下了"好汉楼"三个字。毕然问我，打算写小说还是写诗，我说跟着感觉走，肚子里有诗句了我就写诗，没有诗句我就写小说。

毕然说，写小说吧，我们好汉楼，太有故事了，我有一肚子故事可以讲给你听。

自从东干事"走神"事件发生后，毕然嘴里抱怨曹助理，可是他经常往她办公室跑，美其名曰心理咨询。他是不是暗恋曹助理？有一天我突然冒出这个念头，但是很快又觉得自己疑神疑鬼，曹助理比他大八岁，况且他还是一个士官。

有一次，我发现我的桌子上多了一本书《官兵心理健康指南》，打开一看，勒口上有曹丽的照片，她穿着迷彩服，英姿飒爽的，同我心目中的曹助理差距很大。等毕然回来，我问他是不是曹助理送给他的，他说，我买的，两本，送你一本。

我连忙致谢说，班长你对我太好了，我确实也觉得我的心理有问题，我老是怀疑别人看不起我，有自卑感，还疑神疑鬼的。

毕然说，你是说你自己还是说我？

我说，我说的是我。

毕然说，我怎么觉得你说的是我呢？我就是你讲的那样，总是怀疑别人看不起我，有自卑感，不自信。

我说，曹助理是不是给你开了什么药方？

毕然说，没有，她就是跟我讲，君子坦荡荡，小人长戚戚。她问我有没有特别崇拜的人，我说有，我崇拜文德斯顿。

我很惊讶，文德斯顿是谁？我从来就没有听说过这个人。

毕然说，嘿嘿，文德斯顿嘛，我编造的。我有一次做梦，快从悬崖上掉下来了，有一个人双手把我托住了，他说他的名字叫文德斯顿。

我说，那不可能啊，曹助理明察秋毫，难道她没有问你文德斯顿是谁吗？

毕然没有回答，他看着黑漆漆的门口说，她跟我讲，每个人心中都有一个神，记住你的文德斯顿，你记住什么人，你就会成为什么人。

9

读者同志，您也看出来了，不知不觉中，我和毕然的关系发生了微妙的变化，不知道是因为曹丽的心理诊疗起了作用，还是因为别的什么，反正这以后，我就尽量把他往好里想，想他的优点。比如，虽然他是老兵，但是他从来没有多吃多占的意思，他从来没有支使我干这干那，虽然刚开始有点儿居高临下，其实不是他想挤压我，而是担心我挤压他。用曹丽的话说，他不自信，他在收缩他的心理空间，给自己建造一个无形的盔甲。

这么一想，我就发现毕然比过去可爱多了。重要的是，似乎我越是发现他的优点，他的优点就越是多了起来。比如他聪明，电脑升级，输入法更新，他一学就会。要说文学天赋的话，他比我更有潜力，他说话总是文绉绉的，引经据典，出口成章，他懂得那么多。其实后来我也知道了，他在组织科干得很好，他说当初政治部推荐他参加集训，并不是他个人的妄想，而是确有其事。那时候他们科长确实为他据理力争，但是因为名额有限，刘牧在政治部首长心目中地位更高一些，所以最终让刘牧参加集训了。

有那么几次，我想问问毕然，当初我在他书柜里看到的那本军队文艺杂志，到底是不是他藏起来了。但是我又觉得，如果真是他藏起来了，必然有深层次的原因，那有可能是隐私了。毕然很敏感，我不能触碰他的隐私。

周三下午，科里讨论卓敏撰写的《从长虹坡到"四朵金花"》，我很想听听，但是姚副科长让我到军人俱乐部帮助袁月做课件。科里给袁月配发了电脑，不用在胶片上制作幻灯片了，而是做课件。

我问袁月，晚上师长讲座，我们能不能去听？她说当然可以，军官训练中心的讲座是开放的。

事实并不是这样，那天的讲座涉及本师即将遂行的任务，有一定的保密性，机关营以上人员参加。

想象师长的讲座，忽然有一种强烈的冲动，我要提干，我要成为一名参谋干事助理员，我要取得听师长讲座的资格。

那天晚上，毕然的主要话题自然又是师长，不过，从师长的身上，又引出我们好汉楼的另一个人——胡参谋。

胡参谋大名胡彪，毕业于军事理工学院计算机专业，侦察科参谋。据司令部的好汉们说，胡彪除了打乒乓球，基本上不同别人交往。作训科的好汉陈奇仁说，有一次他睡觉睡到半夜，听见夜空里传来嘀嘀嗒嗒的电波声，很是警觉，穿上衣服到处侦察，后来发现电波来自胡彪的门缝。第二天，陈奇仁向侦察科长暗示，胡彪半夜发电报。侦察科长哈哈一笑说，他在鼓捣无线电呢。

后来才知道，胡彪认为部队装备太落后，就九道梁这样并不复杂的地形，电台和对讲机都经常受阻，他要研发山区信息传输能源，聚束地面建筑的金属磁场，形成信息传输网络，保证在任何复杂条件下都能传输畅通。

这当然是笑话。

笑话传到师长的耳朵里，师长亲自到胡彪的实验室——宿舍参观，得出结论是，扯淡。

师长拍着胡彪的肩膀说，术业有专攻，专门之人做专门之事。研发装备是你干的事吗？那是通信装备研究所干的事情。

然后，师长又对在场的其他首长说，不过，胡彪的精神可嘉。他搞这个研究，给我一个启发，我们基层部队，掌握第一手材料，应该给装备部门提供需求，特别是实战迫切需求。

果然，半年之后传来消息，某信息大学研究机构专门立项，论证战场地面磁场集束利用的可能性。据消息灵通人士说，胡彪的这个创意，还引发了另外一项研究课题，野战条件下信息传播功能延伸。师长后来在大会上讲，我们野战部队，要实事求是，我们不是搞装备研究的，但是我们可以为装备开发提供需求。异想天开没有什么不好，有些事情，暂时做不到，但是要想到，想到了，今天做不到，明天可以做到，你做不到，别人可以做到。而如果想不到，那就永远也做不到。

今天我给您讲的故事，很多都是在毕然讲述的基础上稍加整理形成的，有点儿像小说，但是并不影响它的真实性。下面，我就用这种方式讲师长同胡彪打乒乓球的故事。

有天晚上胡彪在远望阁附近散步，师长过来了，问他，听说你乒乓球打得好，有这个事吗？

胡彪老老实实地说，算不上太好，看跟谁打。

师长说，我们两个打一场怎么样？

胡彪愣怔了一下说，师长，别为难我了。

师长说，我怎么为难你了？

胡彪说，我是赢您呢，还是输给您呢？这是个政治问题。

师长生气地说，胡说，这算什么政治问题，打球是打球，不要上纲上线。

胡彪不吭气，看着师长。

师长说，现在我命令你，向右转，目标，军官训练中心地下乒乓球室，齐步走！

胡彪吃了一惊，唰地一个立正，竭力地把他经常哈着的腰挺直了，当真向右一转，从远望阁北侧擦过，下山而去。走了三四十步，胡彪不走了，唰地一个向后转，迎着师长说，报告师长，下山路上，不宜齐步，请指示，仰头下山，低头上山。

师长也愣住了，情不自禁地笑了，好小子，想更改我的决心……那好吧，便步走。

"长虹师"的军官训练中心在营区的南侧，挨着大礼堂，二人很快就到了，热身之后就开打。

不出所料，前三局师长以一比二败北。

毕竟，师长已经五十多岁了，坐下来直喘粗气。胡彪却像没事似的，拿了一瓶矿泉水，打开后递给师长说，师长，您别生气，能赢一局已经很不错了，输给我不丢人。

师长沉着脸，他看出来了，胡彪根本就没有把他当对手，发球是不温不火的开水球，接球是不紧不慢的家常球。不管球到哪里，胡彪都能接住，然后高抛过来。

围观的人越来越多，打完第四局，胡彪说，不打了，师长，我打不过您，您太厉害了。

师长说，别给我耍花招，要不这样，再打四局，左手两局，右手两局。

胡彪傻眼了，因为师长是左撇子，这个提议明显是耍赖。

胡彪说，好吧，师长您是志在必得啊，那我只好奉陪。

结果可想而知，不仅左手打球胡彪两局皆输，用右手打，两局也输了。

师长得意地说，不要目中无人，我再练半年，至少能跟你打个平手。

胡彪说，不用半年，半个月您就能赢我。

师长说，你小子，是不是拍马屁啊？

胡彪说，师长，您不了解我。我这个人，可以吹牛，但是不拍马屁。

师长说，那你说真话，我练半年能赢你吗？

胡彪说，您刚才没说让我说真话，说真话嘛，师长，恕我不恭，您就是再练一年，也打不过我。在"长虹师"，指挥训练打仗，师长您是一号，我是一百零一号；打球，我是一号，您是二号，至少在一年内是这样。

这件事情在"长虹师"广为流传。毕然说，他过去曾经到军官训练中心见识过胡彪打球，确实很有风格。

我说，东南风干事也会打乒乓球，跟胡彪打过没有？

毕然说，东南风？门儿都没有。有一次我亲眼看见，胡彪在操场溜达，你们东干事凑上去，问胡彪想不想打球，胡彪说，想打，可是没有人。东南风说，我不是人吗？我陪你打。你猜胡彪怎么说，胡彪说，你是人，但你不是跟我打球的人，难道你不知道我是谁吗？我是胡彪啊。

我说，胡彪就是那个最早鼓捣伞翼飞行器的参谋吧？

毕然说，就是他。这个人成天低着脑袋，像个蔫瘸子，但是特别能鼓捣事，听说最近又搞了一个建议，叫作"构建合成指挥轻便指挥所"。什么意思呢？这老兄认为，未来高科技战争不同于冷兵器和火器时代战争，不再是攻城略地，要发挥陆军效能，必须提高效率，步炮协同、步坦协同、步工协同，不能像过去那样按部就班各忙各的，而应该是集所有兵种指挥能力于一体。所谓的"合成指挥轻便指挥所"，其实就是一个人的指挥所。胡彪认为，现在军队院校的课程太落后了，有些兵种知识，大学四年课程，前面学完，那个兵种已经消失了。军队院校课程设置，要针对我们潜在的对手，而不是我们落后的装备……

说实话，毕然讲的这些东西，在我的心里掀起很大的波澜。我突然产生一个看法，毕然的讲述，并不是机械地复制胡彪的思想，而是注入了他自己的见解和态度，也就是说，毕然对于军事变革，具体地讲，对于"长虹师"的建设，是有自己独特思考的。对于一个一级士官而言，这是多么难能可贵啊。毕然过去说过，我是谁啊，我是毕然啊，没有让我参加集训，不是我的问题，是领导的问题，是我的损失，更是"长虹师"的损失。给我半年时间，我能当一个不比胡彪差的参谋，也能当一个不比东南风差的干事。只要不让我当曹丽那样的助理员就行。

我第一次听毕然这么说，心里是冷笑的。而这天晚上，我笑不起来了，我对这个人真是刮目相看。我甚至坚定地认为，那篇《每天都是春天》就是毕然写的，我一度产生冲动，差点儿就直接问他了。

我说，班长，你这一肚子学问，让你当打字员真是可惜了。

毕然说，学问，你说我有学问？不过，我当打字员，也不是光会打字啊，我得动脑筋啊，我问你，你的梦想是什么？

我说，梦想？我的梦想是当一个作家，眼前的梦想就是写小说《好汉楼》。

说这话的时候我有点儿心虚。"好汉楼"这个标题，我已经写下一个多星期了，可是目前，那张纸上除了这个标题，只有一个署名"彼得"。我不知道毕然会怎么看我。其实，我的心里已经开始构建人物关系了，姚副科长、东南风、胡彪、曹丽、卓敏……当然还有我和毕然，还有袁月和韩小涵……只是，我还拿不准怎么才能把这些人编织在一起。朦朦胧胧地，我考虑在我的作品里，让东南风和卓敏谈一次恋爱，让曹丽同胡彪吵一次架……还有刘牧，还有那篇神出鬼没的《每天都是春天》，也许，我的小说就从这篇文章开始？

10

星期日上午，我又摊开稿纸，回忆起一件事。那是我刚到机关当打字员的第三天晚上，姚副科长让我去找东干事回办公室加班，我没有找到东干事，却看见胡彪在后山转圈，他围着远望阁，左一圈右一圈，低着脑袋，步子很慢。我觉得好奇，悄悄地站在一边，后来我看见他坐在远望阁的长凳上，似乎在看远处的风景。

远处，山坳里暮色苍茫，隐约有一些灯火，那是我们"长虹师"几个主力团的驻地。那一瞬间，我想到了《每天都是春天》里的一段话："目光从眼前的山坳掠过，我看见千沟万壑，那里面藏着年轻的躯体，一旦响起起床号，山谷里就生长出绿色的森林，同正在前来的春天会合……"

我忽然觉得，胡参谋此刻的样子，就像那个正在眺望远方的西北望。因为急着找东干事，我不能久留，正要离开，胡参谋发现了我，他没有说话，只是转身看着我。我上前敬礼说，胡参谋，我来找东干事，打扰您了。

胡参谋说，东干事，哪个东干事？

我说，我们科的东干事……文化干事东南风。

胡参谋好像还是没有想起来东干事是谁，问我，你是宣传科的？

我说，我是宣传科打字员毕得富。

胡参谋说，打字员？宣传科的打字员不是刘牧吗？演讲口才很好的小伙子。

我说，那是以前的事情了，他去集训了。

就是那个晚上，胡参谋在我的脑海里留下了深刻的印象，回忆他当时的样子，我很容易联想到，他就是那个在远望阁眺望远方的西北望……这个稍纵即逝的念头被我抓住了，是啊，在远望阁上眺望远方，我的小说就从这里写起。

我激动了，马上找出笔，可是还没等我的笔尖落在纸上，有人敲门。我气不打一处来，难道又是叫我加班？我起身开门，一看，不由得怔住了，原来是卓敏。

卓敏这天没穿军装，而是穿了一件红底白花连衣裙，脚上居然是拖鞋，这让我感到很不自在，虽然她穿连衣裙比穿军装要好看得多。她右手里还托着一个哈密瓜。

我说，卓干事，您这是……

卓敏一笑说，怎么，不欢迎？同学送来两个瓜，有福同享。

我深感意外，连忙说，卓干事太客气了，我怎么消受得起？

卓敏说，怎么，就让我站在门外说话？

我赶忙闪身，让她进屋，手忙脚乱地接过瓜，给她搬椅子。实话说，我们这个"必然得"，从来没有女性光顾，这一袭红裙进来，感觉整个房间都亮堂了许多。

卓敏没有马上坐下，看见我桌上铺着稿纸，凑近了看，念念有词，好汉楼，小说，彼得……哦，小毕，你还会写小说啊。

我顿感窘迫，苦笑着说，我是想写小说，可是写了一个多月，稿子上就这几个字。

她问，为什么？

我说，找不到感觉，我想过很多开头，可是都觉得平淡。

她说，你理想的开头是什么？

我说，我理想的开头，上来就能把人抓住。

她若有所思地点点头说，这就是东干事说的，引人入胜，开头就把人带入你描述的场景里。

我一怔，她还真是内行。我问，你写过小说吗？

她笑了，嫣然一笑，我哪里写过小说，不过，文学和新闻有相通之处，我读过东干事写的《新闻里的文学》，文学和新闻都需要一个好开头。

我说，我也读过，就是这个原因，我才找不到好的开头。

她又是一笑说，慢慢来，先写下去，写几个开头，然后比较一下，再写下去。光想不写不行，脑子里没有形象，想象就很难深入。

那一刻，我差点儿就喊她一声师傅了。我说，卓干事您讲得太对了，我得先写一件事情，把几个人物带进去，然后，然后我再慢慢地发展情节。

卓敏说，你说得对啊，有了人物，人物在故事里行动，表现性格，然后个性又支配人物行动，这不就是故事吗？跟你一讨论，连我都想写小说了。

我说，您要是写小说，一定会很精彩。

她问，为什么要叫彼得？是笔名吗？

我说，是的，是毕然建议的，怎么，不好吗？

卓敏说，好是好，就是怪怪的，要我说，还是用毕得富好，感觉有点儿俗气，可是用了"彼得"，难道就洋气了？小说靠作品说话，不靠笔名。

那天卓敏在我们"必然得"待了将近二十分钟，临走之前她察看了我的书架，又察看了毕然的书柜，跟我讲，看一个人读什么书，就知道他想当什么人。小毕，贵在坚持，你很有潜力。

卓敏走后，我坐在写字台前好半天没有回过神来，感觉就像做梦。她给我分享哈密瓜，这不难解释，我毕竟多次陪她去通信二连，鞍前马后。我的惊奇在于她讲的那些话，关于小说，关于读书。当然，还有后面一句，她一直喊我小毕，这让我心情很复杂，在她的眼里，我就不是她的同龄人，而是小毕，因为我是士兵。我愤怒地想，那次途中遭遇暴雨雷电，你为什么要往我的怀里钻？你瑟瑟发抖的时候，你惊恐地倚靠在我身上的时候，你把我看成小伙子了吗？

是啊，在那个风雨交加天昏地暗的时刻，好像全世界都远去了，只有我和她相依为命，我成了她的保护神，成了她在这个世界上唯一的依靠……

我的天哪，我终于找到小说的开头了，就从那个水泵房写起，那么惊险、那么温情……可是，很快，这个方案又被我否定了。这样写会出现问题的，往下怎么发展呢？往爱情方向发展，人物的身份不允许，可是不往爱情方向发展吧，写那一段干什么呢，只是写一段奇遇？那也太……太没劲了。

一个小时后，毕然回来了，除了看到他桌上放着的半个哈密瓜，还看到我稿纸上多了几个字——远望阁上看远方。我还是决定从我到宣传科当打字员写起。至于那个水泵房，忘记它吧，别自寻烦恼。

11

读者同志，您明察秋毫。我当然不会忘记水泵房，事实上我也从来没有忘记。不过，我还是给您讲讲我们的师长吧。

我当然见过师长，而且不止一次。星期五的早晨，机关要会操。司、政、后、装的机关干部组成四个排，各部门首长，如司令部参谋长、政治部主任、后勤部部长、装备部部长为排长，而在这支队伍前面的连长、指导员，是师长和政委。那半个小时，九道梁喧哗而又热烈，直属分队在远处山呼海啸，主力团在更远处龙腾虎跃。我们机关的队伍不怎么喊，主要走齐步，唱行进歌曲"向前向前向前……"

每次参加这样的活动，我都热血沸腾。我写信给我父亲说，知道吗？我是和师长、政委走在一个队伍里，我们迈着同样的步伐，唱着同样的歌……写这封信的时候，我老是幻想，我走在队列的前头。

读者同志，我知道您为什么要笑，您可能在心里想，我是痴人说梦。是啊，谁没有梦想呢？

有一次会操结束，我到机关食堂帮助打扫卫生。正忙着，听见王副主任说话，伸头一看，天哪，王副主任陪着师长来了。我吓得赶紧扔掉水桶，站得笔直，两只手臂贴在裤线上，随时准备敬礼。

快了，他们进门了，师长看见我了，师长微笑着向我走来。我在心里默默地计算距离，就在师长离我还有十步远的地方，我唰地抬起右臂，手掌像飞碟一样贴到——不是贴到，而是戳到脑门上，我的大檐士兵军帽在地上转了一个圈，落在师长的脚下。

我差点儿晕过去了，眼泪忽然就涌上眼眶。正不知道如何是好，师长弯下腰，捡起我的军帽，拍拍，然后走过来，双手向上，戴在我僵硬的脑袋上。

我的嘴巴张了张，大声说，谢谢师长！可是，连我自己都知道，我什么都没有说出来，我的嘴巴已经不听我的指挥了。

就在这时候，我听见师长说，小伙子，你是不是怕我？

我说……我使劲地撬开我的嘴巴说，报告首长，我太……太紧张了。

师长点点头，笑着说，紧张啊，紧张有紧张的道理。一个士兵，见到师长不紧张，那说明什么，第一说明师长不像师长，第二说明士兵不像士兵，像老油条。

我说……我什么也没有说，就那么傻傻地看着师长。

师长后退一步说，干活吧小伙子。

师长说完，对我招招手说，下次见到我，就不能这么紧张了，要是还紧张，说明我这个师长没有当好。

说完，师长就带头向伙房走去。

王副主任向我笑笑说，放松。

师长他们离开之后，我恨不得把水桶扣在自己的头上，我太没用了，我的心理素质太差了，我没有想到会这么差。我知道师长他们一会儿还要从伙房出来，还要去察看其他部门的伙房。我一边干活，一边练习敬礼，有那么几秒钟，我的右手一直贴在裤线上，上上下下地比画。我一定要找个机会把我的形象补回来。

可是，直到我把食堂地板擦了两遍，师长还是没有出现。我悄悄地走到伙房门口，探头一看，师长他们从伙房后门走了。我不顾炊事班长诧异的目光，不顾管理员的呵斥，像狐狸一样绕过他们，追到伙房后门。

我看见三十米开外的菜地埂上，师长正对王副主任说着什么。远远地，我举起右臂，向师长的背影敬了一个礼，并且迟迟没有放下手臂。我执拗地认为，师长能够感觉到我这个礼，一定会记住我这个礼，可是……就在我快要放下手臂的时候，我看见……天哪，师长真的转过身来，真的看见我了，他向我挥手致意，朝阳下面的空气里似乎传来他亲切的声音——我没有听见他说什么，但是我相信，师长一定说过什么。

那天晚上，我跟毕然讲，我见到师长了，讲得很细，我说我太没用了，就那么一次机会，我还出了洋相。我问毕然，你说师长跟我招手的时候，会说什么？

毕然静静地听完，想了想说，你确定师长转身了，看见你敬礼了？会不会是你的幻觉？

我说，当然不是幻觉，我亲眼看见师长转身了，向我招手，并且说了一句什么。

毕然说，哦，我知道了，师长说，放下吧小伙子，放下你的不自信。

我说，真的吗，你怎么知道的，难道你听到了？

毕然说，我当然知道，我是谁啊，我是毕然啊……等等，我刚才说了什么？

我说，你说你是毕然啊。

毕然说，不是这一句，是前一句。

我说，那就是，放下吧小伙子，放下你的不自信。

毕然没有马上接茬，好大一会儿才嘟嘟哝哝地说，放下吧小伙子，放下你的不自信——彼得，这话是对你说的，也是对我说的。彼得，接着写下去吧，把你的《好汉楼》接着写下去，写你的真实感受，写你的经历。

我说，我本来打算从我到宣传科工作写起，可是，我的生活经历告诉我，我最初的认知好多都是错误的，包括对你的看法。

毕然说，我知道那时候你对我有看法。曹助理说得对，我的心里有阴暗面，你不要怕，写出你的真实感受，我也从你的文字里认识我自己。

那天夜晚，东西南北想了很久，正准备熄灯睡觉，电话分机响了，姚副科长在那头说，小毕，到我宿舍来一趟。

我们科的干部都在，我看见了卓敏，原来她也参加了，她冲我一笑说，《从长虹坡到"四朵金花"》能够引起重视，小毕也有功劳，坐一会儿吧，没准儿还能提供修改思路。

她说着，东干事已经往方干事那边挤出一个地方，卓敏顺手扯了一个小马扎，小毕，坐这里。

什么叫正中下怀，这就是。我言不由衷地说，我还是算了，我明天还要出操呢。

姚副科长说，出什么操啊，明天是星期六。

我坐下来，听明白了，原来是卓敏写的电视专题片被某电视频道看中了，提了一些意见，让宣传科修改。姚副科长说，我刚才讲到哪里了？哦，讲到通信二连的传统，在抗美援朝长虹坡战斗中，我们的英雄肖江同志在战斗最残酷的时刻，扑在电话中转机站上，从而保障了首长的战斗命令顺利下达，战斗取得了胜利。卓干事，那一句"首长，请下命令吧"至关重要，这是英雄事迹的核心，闪光点，正是因为有了这句话，才彰显通信二连的"顺风耳"作用。

姚副科长讲完，又问，刚才谁说了，哪里有点儿不对劲，是卓敏同志说的吧，哪里不对劲？

卓敏说，是我说的，我跑了通信二连很多次，每次都有新的感受，可是，就在刚才，我突然觉得老英雄肖江的那句话有问题。不，不是事实有出入，事实没有任何问题，也不是政治问题，那么，到底是什么问题呢？

我愣住了，一口水差点儿呛到。我为什么有这样的反应呢？因为我也觉得有问题。当初陪卓敏到二连采访，参加座谈，跑军史馆，我就一直在揣摩这句话，但是我从来没有表达，一是觉得可能是吹毛求疵，二是隐约觉得没有准备充分。

姚副科长看见我走神，问我，小毕，你是不是有话要讲？

我怔怔地看着几位军官，迟疑了半天才说，报告副科长，我是有话要讲，我最早看到老英雄的画像，看到那个场景，激动得热泪盈眶。我经常念叨那句话，首长，请下命令吧……

卓敏说，小毕，别太啰嗦了，讲重要的发现。

我说，我发现……我发现老英雄的那句话不完整……

说着，我停住了，几个军官的目光齐刷刷地投向我，让我感觉就像赤身裸体暴露在光天化日之下。我不敢讲下去了。

突然，桌子被谁拍了一下，是卓敏。卓敏激动地站了起来，刚想说话，又停住了，抓过面前的茶杯，猛喝一口，也呛了一下，咳嗽几声说，我明白了，问题就在这里。在战斗最激烈的时候，首长往前面打电话，我们的一个副排长，为什么要命令首长，为什么要说出那句"首长，请下命令吧"，这一定是有原因的。所以我认为，要彰显老英雄的价值，一定要把他说出那句话的背景找出来，那一定比我们现在知道的这句话更有分量。

不知道哪里来的勇气，我也猛地站了起来。我说，我知道那个背景，老英雄的那句完整的话是，首长，不要啰嗦了，请下命令吧！

姚副科长的套间一片寂静，好长时间没有人说话。我正想坐下，卓敏问我，你是怎么知道这句话的？

我说，我在连队帮助抄写连史，发现"首长"后面是逗号，删节号，然后才是"请下命令吧"，感叹号。我认为应该是这样的。

12

我和卓敏离开二楼上楼，在三楼楼梯口分开的时候，我的胳膊被拽住了，她用火辣辣的眼神看着我，好像鼓励我做某一件事。我差点儿就冲上去了，差点儿就扑过去了。可是，我的腿原地不动，好像它正在竭力地阻挡我做一件不得体的事情。

我牢牢地站稳了，用清醒的眼睛看着卓敏，她也用清醒的眼睛看着我。我刚要迈步，她把手伸到我面前，手背向上。我明白了，低下头去，吻她的手背。然后，我回到宿舍，一觉睡到天明。

此后的几天，我们宣传科一直在忙乎，翻箱倒柜地找资料，跑通信二连，跑师史馆，还派人到军区档案馆。姚副科长在科务会上讲，师长也知道这件事情了，师长说，这是一件很严肃的事情，来不得半点儿马虎。有那句话和没有那句话，大不一样，既关系到首长的形象，也关系到英雄的价值。

找到那句话，是干部们的事情，我那几天，只要脑子闲下来，就会想到那天夜晚在好汉楼的楼梯口，卓敏让我吻她的手背。

读者同志，您知道，我不仅对语言文字敏感，我对肢体语言也很敏感。那晚，在卓敏伸出手的前一秒钟，她的身体是向我倾斜的，她的眼睛里发出的是"拥抱我"的信号，如果我不犹豫，果断地冲上去搂住她，她一定不会拒绝。在那个夜晚，在那个灯光昏暗的楼梯口，在那个时刻，我和她，就是最亲密的战友，我们心有灵犀，我们配合默契。

在后来的几天，一切归于正常。我到打字室工作，她上她的班，我和她见面，没有发现她有丝毫的不自然，好像什么事情都没有发生。这个小军官，比我想象的要老练得多。

又是一个会操的早晨，我走在队列末尾，远远地看着师长挺直的腰板，迈着标准的步幅。我心想，要是师长知道我那天晚上乱放炮，也不知道他会怎么看。嘻，我这是怎么啦，师长日理万机，他怎么会关注这点儿小事？

在雄壮的军歌声中，会操结束了。解散之后，我正准备飞奔到机关食堂打扫卫生，王副主任叫住了我。我的心突突跳了起来，我的预感被证实了，师长正微笑着向我走来。

我连忙立正，竭力平静下来。师长走到我面前，慈祥地看着我，突然喊了一声，毕得富听口令，向后转，齐步走，立定，向后转！

我转过身，看见师长身板挺直，两眼平视着我。我忽然明白了，定定神，庄重地抬起右臂，敬了一个标准的军礼，手指在帽檐下面做长时间停留。然后我看见师长上体微微一动，手臂就像一道闪电，飞到额头边上——师长郑重其事地给我还了一个军礼。

我的心口一阵滚烫，师长这是在帮我补课啊，补上了一个士兵必须熟练的一课。

那天上午，姚副科长让我到军人俱乐部帮助清理仓库，我是唱着歌去的，"向前向前向前——我们的队伍向太阳，脚踏着祖国的大地，背负着人民的希望，我们是一支不可战胜的力量……"

韩小涵问我，怎么这么高兴？

我没有跟她多说，只是说，每天都是春天。

清理材料柜的时候，我突然看见有一堆书籍刊物，眼睛顿时一亮，我看见了多次寻找而不得的东西，那本军队文艺杂志。我弯腰把它捡起来，哈哈，踏破铁鞋无觅处，得来全不费工夫。我把杂志打开，赫然看见目录上散文栏内的一行：每天都是春天——西北望。

韩小涵愣愣地看着我问，你怎么啦？你的手为什么抖得这么厉害？

我说，韩小涵，知道西北望是谁吗？

韩小涵说，西北望？我也不知道西北望是谁。难道你发现了新大陆？

我长话短说，把最早看到这篇文章和此后的遭遇简要地说了一遍。韩小涵说，哦，你想当作家，要拜师是不是？

我哭笑不得，这个韩小涵，真像她自己讲的，就是一根筋。

作为韩小涵的废品，那本杂志被我据为己有了。回到打字室，我把那篇文章又认真地看了一遍，可是奇怪的事情发生了，再读一遍，已经没有第一次阅读时的惊喜了，也许……最让我惊奇的还是，为什么这本杂志里面有时候会有那篇文章，而有时候没有，这不是变魔术吗？

谜底直到两个小时以后才揭开。那天中午下班，我一路小跑，抢先回到好汉楼，打开毕然的书柜，找到里面的那本杂志。两本杂志放在一起，我顿时恍然大悟，原来，这份军队文艺杂志，封面都是一个风格，都是一样的图案和一样的字体，孪生兄弟似的，区别仅仅在于色彩和期号。我这个马大哈啊，根本没有注意到期号和封面的颜色，为了这个"走神"，走了多少弯路啊。

旧的矛盾解决了，新的矛盾又出现了。问题还有两个：一是，西北望到底是谁？二是，我最早看到的那本杂志到底到哪里去了，是不是毕然藏起来了？

这段时间，我不再坚持认为西北望就是刘牧了，我甚至觉得有点儿像毕然。自从被曹丽"点穴"之后，毕然就像变了一个人，说话办事小心翼翼的，还经常问我，我没有自高自大吧？我没有嫉妒你吧？

听说，毕然在工作上也很有起色。秋天准备年终总结，组织科要报政治实力，那是一项高度绝密的工作，除了装备，全师党员、团员、群众以及党委、支部的情况，全都要统计，可以说，那就是"长虹师"的花名册。当然，作为一名士兵，毕然不可能全程参与，他只是参与三分之一。有那么几天，毕然经常加班加点，我问他干什么，他只字不提。我感觉毕然成熟了许多。

有一次晚上加班，比较顺利，回好汉楼的路上，东南风让我跟他到远望阁去。卓敏跟在后面说，我也去，我还没有晚上去过远望阁呢。方田园也说，好啊，今晚我们都去，姚副科长要是来了……还真让他说着了，姚副科长真的追上来了，大家一起散步。

卓敏故意跟我走在一起，而且还放慢了步子，跟大伙拉开一段距离。她问我，小毕，小说写得怎么样了？

我说，写了七个字，远望阁上看远方。

卓敏说，为什么不接着写下去？

我说，不为什么，因为我拿不准是先写远望阁还是先写水泵房。

卓敏愣了一下说，水泵房是什么？

我心里很不舒服，她居然连水泵房都忘了，可见她对我一点儿意思都没有。当然，这也正常，从她第一次喊我"小毕"开始，我们的关系就建立在官兵关系上。

我避开话题，跟她讲了我到宣传科后认识的那些人，重点讲了毕然，讲了我最早在毕然的书柜里看到的那篇文章，我甚至还给她背了一段。我说我怀疑那篇《每天都是春天》的文章是毕然写的，可是又觉得不像。

卓敏问我，那你认为那篇文章应该是什么人写的？

我说，那应该是一个有境界、有见识、有胸怀的人写的。毕然虽然有才，但是他的境界达不到。

卓敏听到我的话，哈哈大笑，她说，你要是认为，一个作家的心灵同他的作品一样，那真是幼稚了。作家在写作的时候，可能心里涌动着高尚和纯洁的情感，可是在现实生活中，作家也是人，是人都有局限性，你怎么能要求作家就比我们芸芸众生超凡脱俗呢？

我愣住了，我感觉卓敏好像不是我的同龄人，而是一个老谋深算的智者。我说，卓干事，您是学什么的？

卓敏说，这个你还不知道，我是学新闻的。怎么会问这个问题？

我说，您刚刚大学毕业，恕我不恭，还是个小姑娘，您怎么会有这么高深的见解？

卓敏说，高深，你认为我高深？那怎么谈得上。不过，我哥哥是学文学的，我发现他的作品比他的人品好多了，他都结婚了，还去追女孩子。

我说，哦，原来如此。

卓敏说，当然，总体来说，作家还是有纯洁理想的，至少在他创作的时候。作家要是玩心眼儿，一般人是玩不过他的。我希望你当一个纯洁的作家。

那天晚上，在远望阁，我的小心脏又蠢蠢欲动了，看着山坳里时隐时现的灯火，似乎看见了远方——往西是太行山、大巴山、秦岭，再往西是昆仑山……我似乎看到大漠孤烟长河落日，穹庐之下，群山之中，簇拥着无数个城市和村庄……看着流金溢彩的晚霞，心中顿时生出金戈铁马的雄壮和辽阔……

请原谅，那天我产生了一个更加迫切的愿望，我要争取提干，留在"长虹师"。是的，我的动机有点儿复杂，其中一层是，我希望得到卓敏的重视，同爱情有关，但是并不完全因为爱情，因为她老是叫我"小毕"，因为她一直没有把我当作成年男性看待，她凭什么？

关于提干问题，终于摆到桌面上了。

有天深夜，突然听到一阵饮泣，我没有打开灯，只是悄悄地聆听，甚至还假装打了几声呼噜。第二天，我看见毕然正常起床，正常穿衣，正常参加会操。

晚上下班回来，毕然坐在他的椅子上，往天花板看了很久，然后椅子一转，面向我说，兄弟，今晚没事吧，我想跟你聊聊。

这是第一次，毕然这么郑重其事地对我说，跟我聊聊，而且他喊了我一声兄弟。这几天毕然有些魂不守舍，去了曹丽办公室，也到曹丽的宿舍去过。难道，他和曹丽真的发生了什么？如果他跟我讲他的隐私，我该怎么办？

让我意外的是，那天的"聊聊"，同曹丽没关系，而是从那个我从未谋面的刘牧开始。

毕然说，我们第一次谈起刘牧，你一定有感觉，我嫉妒刘牧，因为……因为袁月喜欢刘牧，而我喜欢袁月。现在我知道了，刘牧确实比我强，至少他心胸比我宽阔。

我惊呆了，我没有想到毕然会这么说。

毕然说，上周我和刘牧通了一次电话，他跟我讲，他集训快结束了，要到基层任职了。他还跟我讲，我还有机会，你更有机会。

就是那天晚上，毕然告诉我，士兵提干有几种途径，一是大学生士兵参加每年一次的集训，结业后到部队任职。二是非大学生表现好的，可以保送入学，毕业提干。三是特别好的，破格提干。

毕然说，我太喜欢"长虹师"了，我相信你也喜欢"长虹师"。我争取，你更要争取。争取未必如愿，但求无愧我心。

这应该是毕然第一次这么大规模地跟我聊聊，并且是高强度的深入聊聊。我们两个，终于"必然得"了，终于可以掏心掏肺了。

是的，我喜欢"长虹师"，我喜欢九道梁，我喜欢好汉楼。还有，卓敏。还有，我的小说。为了这一切，我得争取提干。

我们聊到半夜，好在第二天不上班，一觉睡到日升中天。

午饭后，我的小说上路了，正文的第一句话是"远望阁上看远方"，但也仅仅是这一句话而已。除此之外，我还把作者名字改了过来，"彼得"改成了"毕得富"。

毕然看见了，问我，为什么又把笔名改回来了？

我说，上个星期会操，我见到师长了，师长喊了我的名字，毕得富。等于是师长亲自给我命名了，我不能再用"彼得"当笔名了。

我没有跟毕然说，卓敏不喜欢"彼得"这个笔名。尽管我知道我对卓敏的感情不会有结果，但是，要把卓敏从我的世界里清零，那是不可能的，还有那个风雨交加的水泵房。

我的小说左摇右摆，一会儿是远望阁，一会儿是水泵房，这大约就是二十多年来，这部小说一直没有写好的原因。

一个月后得知，《从长虹坡到"四朵金花"》即将被某电视台作为重点节目推出。经过修改的专题片，加上了那句话，不过不是我想象的，区别在于，我想象的那句话是"不要啰嗦了"，真实的那句话是"别啰嗦了"——这要归功于师长、政委、政治部首长、姚副科长……特别是卓敏干事。

为了找到那句话，卓敏出差到军区档案馆、解放军档案馆、军事博物馆，查看了很多历史资料和图片，但是都没有那句话。卓敏不甘心，又跑到当年下命令的那位首长家——首长后来担任了军区司令，于本世纪初去世了，没有留下回忆录。

终于，在某出版社二十世纪九十年代出版的一本回忆合集里，卓敏找到了那个传奇的名字——"长虹师"第六任师长。首长在他的文章《鏖战长虹坡》里，有这一段话："敌人突然发动进攻，路线和方向出其不意，一线部队仓促应战。战斗打响三个小时后，我们看出了端倪，决心就在长虹坡展开反击，前提是坑道部队至少坚持两天……电话接通后，我说，同志们，师首长师党委信任你们，请转告所有指战员，坚持就是胜利，考验我们的……就在这时候，我听见几声爆炸的巨响，一个声音从话筒里传来，首长，别啰嗦了，请下命令吧。我浑身一震，当即下达命令，预备队出击，二团三营穿插七号高地！以后回想这件事情，我当时确实啰嗦了，战斗那样激烈，每一秒钟都很关键，每一秒钟电话线都可能会被炸成几段……我们的战士多么的伟大……"

卓敏刚到"长虹师"的时候，好汉楼里有传说，说卓敏的爷爷，就是长虹坡战役中的"长虹师"的师长。卓敏是带着爷爷的使命到"长虹师"来的，就是为了找到那句话。

还有一种传说，卓敏的爷爷是那位给首长下命令的通信兵副排长，她的父亲、那位副排长的儿子后来被师长收养了。

毕然跟我讲，都是谣传，卓敏的爷爷是农民，不过，她的父亲是医生，她的母亲是军校教员，如此而已。

我看过专题片，画面上有那位首长手持望远镜观察战场的照片，还配有首长的画外音。首长说，从那以后，我们改变了下达命令的形式和内容，争分夺秒，只说有用的、重要的、紧急的话。战争，是时间和空间的艺术，一切都要求精确、精准、精练……

把过去的场景复原，袁月立了一功，她通过计算机技术，将文字记录的战斗元素输入到画面之中，并使其成为动态，非常逼真。从专题片里，我看到了那位英雄，一个遍体鳞伤的军人，生命奄奄一息，扑在电话接转机站上，用血肉之躯保护着机器。据说，在他牺牲之后，线路仍然畅通，长达十二分钟。

专题片的后半部分，是我们连队的今天，马副连长和她的姐妹，继承优良传统，苦练通信技术，成为全军区先进典型，马副连长被评为全国三八红旗手。

我高兴啊，我觉得我应该留在部队，回到我的老连队，哪怕还在炊事班揉馒头，那馒头也是为三八红旗手揉的，光荣啊。

读者同志，我给您讲了这么多，您是不是听累了？可是我的故事刚刚开始。关于那篇文章的作者和那份杂志的来龙去脉，已经无关紧要了；关于刘牧和毕然的前途，还有我最终能不能成为作家，也无关紧要了。重要的部分，其实是我们宣传科那几个干部和曹丽、胡彪等人的故事，三天三夜也讲不完。更重要的事情是，我和卓敏的关系，但是我现在不能跟您说，这是军事秘密。怎么办呢，如果您有兴趣的话，找个机会，我给您接着讲好汉楼故事的续集，暂名《兵城》。

熊出没

老　藤*

1

蜂箱里的黑蜂一炸，说不准就要出事。

不祥的预感对于老万来说就像喇嘛山上的乌林鸮，越不想听它笑，它笑得越欢实。乌林鸮在当地被称为夜猫子，人们对它避之唯恐不及。

上次炸蜂是在去年夏天，有两只蜂箱的黑蜂采蜜归来不肯回巢，在箱门口聚成一个黑乎乎的蜂团，局面几乎无法控制。黑蜂是令人难以捉摸的小精灵，抽冷子就会闹出点幺蛾子来。炸蜂并不常见，除了盗蜂所致的侵略与保卫之战外，很多时候是内部问题，即成群的工蜂在箱门口起义，成为蜂王的背叛者。一般来说出现这种状况要么是蜜蜂遭遇外侵，要么是蜂群内部出了帮派。总之炸蜂不是好事，很多养蜂人认为炸蜂是不祥之兆。

去年那次炸蜂虽然老万通过分箱另起炉灶平息了事端，但不祥之事还是出现了。老万给蜜蜂分箱次日喇嘛山下了一场透雨，雨是蘑菇的催情剂，大雨过后，山里的各色蘑菇会登台亮相，将山野林地变成自己的主场。雨水催生的蘑

---

*老藤，本名滕贞甫，男，1963 年生于山东即墨。中国作协主席团委员，辽宁省作家协会主席。出版有长篇小说《战国红》《刀兵过》《北地》《北障》《铜行里》《草木志》等十一部，小说集《黑画眉》《熬鹰》《没有乌鸦的城市》等八部，文化随笔集《儒学笔记》等三部，《老藤作品典藏》十五种。长篇小说《战国红》《铜行里》分获第十五届、第十六届中宣部"五个一工程"奖，长篇小说《北地》获 2021 年度中国好书。

菇不能持续很久，过不了几天就会遁形难寻。老万穿上雨靴，提起土篮，大步流星到林子里采蘑菇。林子里的树很杂，有柞树、山杨、落叶松和红桦树。树下的草长不高，且有些稀疏，但蘑菇却成簇成片，有司空见惯的草蘑，有小玉伞一样的白蘑，有细嫩润泽的黄油蘑，还有肥厚可人的牛肝菌。无须仔细辨认，这些蘑菇老万再熟悉不过，蘑菇各有其味，他闭上眼睛闻一下就知道采到的是哪个品种。老万动作麻利地采了半土篮各色鲜蘑便哼着小曲儿回到帐篷。老万遇到开心的事喜欢哼个小曲儿，特别是在老电影里学来的那个小调儿：提起那宋老三，两口子……儿子听了有看法，说哼啥不好非要哼这个，一听就不是正经人唱的。老万说我是哼给自己听的，爱哼啥哼啥，别人管不着。

儿子喜欢独处，是个电脑迷，在游戏圈儿里小有名气。有时老万下山办事，让儿子来看蜂场，儿子也从不反对，因为看蜂场没有什么劳作，躺在帐篷里正好可以打游戏。山里蘑菇虽多，但每次老万都不多采，他不喜欢干蘑，所晒干蘑仅限于榛蘑。老万觉得蘑菇只有鲜炒才能吃出山野的清香，一旦晒成干蘑就变了本质，只能借它味而成菜。筐里有五六种鲜蘑，老万回到帐篷先用山泉水将蘑菇洗净，然后点燃煤油炉，热油爆锅，放入切好的葱姜蒜，一通翻炒后撒点盐和小米辣，一道"仙人炒"就出锅了。老万把这种清炒杂色菌叫作"仙人炒"，是雨后必吃的美味。他倒上一杯小烧，边喝边想起炸蜂的事，想起同行大老孙因为炸蜂处理不当受过的伤，心里不免有些忐忑，他想起儿子经常挂在嘴边的一句话：要珍惜当下，因为不知道不幸和明天哪一个先来。"仙人炒"吃净，一杯小烧下肚，他感觉忽然间像是开了天眼，一个万花筒般的世界出现在眼前，无数道彩虹从空中垂下，照亮了山野、树林、草地和自己那三排摆放整齐的蜂箱。蜂箱不再是土褐色，而是熠熠生辉变成了一只只金灿灿的宝箱，一只宝箱揭开了盖子，露出色彩斑斓的奇珍异宝，箱子周围不知名的野花也被放大，成了蜂箱的绝佳陪衬。他感觉自己整个身子如同青蛙浮在空气里，四肢伸展，下颌高仰。他低头俯瞰，地面上各种大小野兽正悠闲地走过，有白色的野兔，有带有斑点的梅花鹿，还有动作迟缓的刺猬以及时刻保持警觉的松鼠。它们像是要迁徙到某个地方，都在朝同一个方向行走。他看到了自己的蜂箱，想盖上打开盖子的那个蜂箱，他听老一辈人说过，宝箱里的珍宝是长着腿的，会隐身法，它只对有缘人才敞开。他觉得自己是天底下最阔的人，因为下面任何一箱珠宝都能把整座喇嘛山买下来。阳光在竹节草叶上跳跃，绿蜻蜓在穿梭飞翔，盛开的芍药花由白色变成了粉红，一切是那么悠闲恬静。当目光越过宝箱，他发现不远处更加奇妙的景观：树林边的红蓼丛中出现了一大两小三只黑熊，大熊左右各有一只小熊，就像一个大人领着两个孩子，三只黑熊直立着一起朝这边张望。黑熊可是稀客，这么多年在喇嘛山还是头一次见到黑熊！老万兴奋地招手致意，同时大声喊着："黑子，黑子。"他从不把黑熊叫黑瞎子，而是省略掉中间那个"瞎"字，就叫黑子。三只黑熊听到叫声没有回应，不动声色地转身离开了。他好想追上去看个仔细，无奈两腿松软无力，便昏沉沉地进入了梦乡。

次日中午，儿子上山来找他，发现他依然有幻觉，看看尚未洗刷的炒锅，知道是蘑菇中毒，将他送到医院打了三天吊针，好歹恢复过来。他对儿子说，自己采的蘑菇都是无毒蘑，怎么就中毒了呢？儿子说医生怀疑是误食了大笑菌所致。老万说与大笑菌无关，养蜂人都明白，蜂箱炸蜂，收成半空，不损失点啥这事过不去。老万觉得和同样养蜂的大老孙比起来，自己还算幸运的。大老孙是方圆百里最有名的养蜂人，养蜂从不戴防蜂帽，春天遭遇炸蜂，被自家黑蜂把脑袋蜇成了柳罐斗，一时成为养蜂人的笑谈。

这次炸蜂毫无预兆，前一日蜜蜂还安定团结，勤奋采蜜，忽然就有箱不回，起哄闹事。老万思来想去，问自己：这次炸蜂会不会是因为包子呢？

包子是一只可爱的小黑熊，这次炸蜂之前，包子来蜂场探过班。

此前的一天中午，老万正在帐篷里午睡，忽然听到外面有拍打蜂箱的声音。咚咚咚，接着便是受到惊扰的蜜蜂发出的嗡嗡声。他出来一看，原来是只小黑熊在扒蜂箱的门。成群的黑蜂在盘旋，但无奈小熊有厚厚的皮毛。小黑熊看到他，竖起两只圆耳朵先是愣了一下，接着撒丫子就往山里跑。蜂场草地上垫着许多木头，小黑熊被绊了一下，像个肉包子一样滚了几个跟头才起身跑掉了。

老万笑了，真像个黑包子！这样一想，小黑熊便在他心里有了名字。他没有大声吆喝，只是笑呵呵地望着小黑熊，小黑熊在跑进树林时还回头看了他一眼。

有小熊自然会有大熊，老万想，这事需要弄个究竟。

老万大着胆子上山暗摸，果然，在喇嘛山最高峰撒罗子峰发现了一大两小三只黑熊。他很吃惊，这不是去年蘑菇中毒时梦到的三只黑熊吗？又一想，不对，去年的小熊到了今天也该长大了，去年是幻觉，眼前却是实实在在的黑熊。熊是独居动物，母熊负责带幼崽，人们见到的大都是母子组合。这只母熊体格健硕，老万索性还叫它黑子，两只小熊除了包子外，还有一只喜欢原地蹦高，像个皮球一样，老万干脆称它皮球。皮球比包子大，和包子打闹时总是占上风。包子则好奇心强，经常脱离队伍独自活动，有一次它从紫苏沟扒出半个流着蜜的蜂巢叼在嘴上，蹿着高往撒罗子峰跑去。黑子带孩子特别超脱，也许因为喇嘛山上没有黑熊天敌的缘故，黑子对两个孩子爱搭不理，包子跑远了它也没有警觉。黑子觅食时步履沉稳，像大象一样不慌不忙，不时会抬起头往树上看。熊是杂食动物，和人类一样也喜欢吃浆果，浆果吃多了会在树下睡觉。老万没有发现熊窝，猜想黑子一家的老窝肯定在某个树洞或石洞里。他不敢冒险寻找，尽管黑熊领地意识不强，能够和其他动物和平相处，但靠近熊的老窝还是很危险的，这一点熊和人很相似，老窝再破也不愿意让人碰。熊的特点是人不犯我我不犯人，真要是惹了它，必定是一场厮杀。

几次观察下来，老万觉得黑子其实已经发现了他，只是没有把他当成威胁，所以彼此才相安无事。老万一直与黑子保持着距离，只有当包子脱队的时候，他才会靠近一些，小声喊几声包子。说来奇怪，包子听到叫声，不像偷蜂蜜时那样恐惧，它会两腿直立站起来看他。有几次包子甚至还嗷嗷了几声，他理解这是在回答。老万是土法养蜂，需要割蜜，他去看包子的时候会带一块蜜脾去尝试喂包子。当然，他不敢去喂黑子和皮球，等到包子单独行动时他才将蜜脾放到显眼的地方，示意包子来吃。老万很喜欢包子，他每次看到包子憨憨的神态和那双湿漉漉的小眼睛，心里就会涌上一种被融化的感觉。

与包子近距离接触是一次意外。那天，他带着一块蜜脾到林中来看包子。包子活泼好动，贪玩嘴馋，经常脱队活动，但包子每次脱队都有规律，那就是跟着蜜蜂寻找到蜂巢。蜜蜂是包子的向导，往往把包子引向野蜂成群的紫苏沟。这次，老万在紫苏沟一带没有看到包子，便靠在一棵柞树下等候，他相信自己的预感，觉得今天一定能见到包子。正在发呆间树上忽然跳下一个黑乎乎的东西，差点砸中他的肩膀。原来是包子！包子跳下来翻滚了几个跟头，站起来两只前掌张开来，像是求抱抱一样。老万还没有反应过来，包子便撒丫子跑了。嗨，包子！他小声叫了叫，包子回头望了望，没有停歇，而是快步跑远了。怕招来黑子，他没敢大声叫，只好把蜜脾放在树下悄悄离开了。他相信包子嗅到蜂蜜的味道会回来叼走美食。

三只黑熊并不讨人嫌，除了那次包子来过蜂场外，黑子和皮球从没有打扰过他，尽管在撮罗子峰上可以清晰地看到排列整齐的蜂箱和颜色已经发白的帆布帐篷。老万唯一看到黑子不友好的一次，是他在偷偷观察熊时忽然手机响起来，是弟弟小万打电话找他。三只熊显然被手机铃声惊到了，齐刷刷站立起来朝这边张望。他发现黑子胸前那道白色的弯月似乎被拉直了一般，他知道这是黑熊在展示肌肉。他没有跑，而是按死手机转身不慌不忙地离开了。他知道，此时最要不得的就是与黑子对视。对视，对动物来说是一种威胁。

三只黑熊主要活动区域在撮罗子峰。作为喇嘛山群峰中地势最高的山头，撮罗子峰山势陡峭，巉岩险峻，当地百姓很少攀登此峰。老万的蜂场离撮罗子峰大概三里路，是山中一片空地，这是他年年必来的地方。撮罗子峰上多椴树，老万在这里能采到优质的椴树蜜。椴树蜜在网上热销，这归功于儿子对网络的喜爱，很多购买者都是网上结交的老主顾。养蜂差事相对清闲，除了活框摇取蜂蜜，其他时间可谓优哉游哉。老万闲下来的时候喜欢上山采浆果，撮罗子峰上有山里红、一把抓、都柿、高粱果等许多山果，老万采回来拌上蜜，就成了一道美味的水果沙拉。山上发现黑熊后，老万上山会很小心，避免和黑子一家碰头。其实，别看黑熊是大型野兽，它们也惧怕人，觅食时会远远地躲开人类。

一般情况下它们和人类是井水不犯河水，我不惹你，你也别来搞我。除非它们认为人类有了伤害它们的敌意，才会咆哮着发起反击。山里人有个说法，当你遇见熊的时候，千万不要跑，不要与它对视，不动声色地缓步后退会安全一些。

这次炸蜂老万之所以想到包子，是因为炸蜂的正是包子拍打过的那箱。

难道是包子要再来偷蜜？

老万相信人与动物间存在心灵感应，他觉得自己和包子已经成了朋友，因为他每次呼叫包子都有回应。包子的答应像羊叫，只是比羊叫低沉了许多，多是呜呜和哎哎声。老万去山上寻找包子，他知道包子自由活动的区域，而这些区域黑子和皮球很少来。黑子和皮球似乎对蜂蜜不感冒，它们喜欢吃树上的浆果，还喜欢用利爪挖开地面吃美味的蚯蚓。它们一家只有去紫苏沟紫苏泉饮水时才结队前往。

为了保护黑子一家，老万在通往紫苏泉的茅草道旁竖了一块牌子，上书"熊出没"三个大字，这是他从电视纪录片里学来的办法。牌子是儿子找木匠铺老木匠做的，白漆底，黑漆字，看上去特别醒目。儿子还用漫画笔法在牌子上画了只黑熊，只是画技一般，把黑熊画成了棕熊。其实，黑熊远比棕熊可爱，棕熊给人的感觉过于恐怖，而黑熊给人的感觉要憨萌一些。尽管憨萌，但黑熊力大无比，前掌的指甲长达六公分，如果被它一抓一拍那可不是小事。老万立警示牌主要是担心采蘑菇和浆果的村妇、孩子无意间招惹到黑熊。

世上总有些说不清的关联，老万心里想着包子，鬼使神差地就来到撮罗子峰下转悠。在他给包子放置蜜蜂巢脾的地方，他忽然听到一阵呜呜呜的叫声。这种叫声太熟悉了，很显然是包子在叫。可是四周空荡荡的，不见包子踪影。他轻轻唤了几声，听到呜呜呜的叫声有些加重，声音似乎是从脚下传来的。他低头四处寻找，草地上的狗尾巴草很凌乱，有踩踏的痕迹，他快步走了十几步一看，原来这里隐藏着一个陷阱。陷阱很深，包子正在里面团团转圈。他叫了声包子，包子仰脸看到了他，求生的欲望让它竟然直立起来开始作揖。老万一时无法施救，若是自己跳下去，也会和包子一样被困住。他向包子做了个不要动的手势,意思是说马上会回来救它。接着他跑回帐篷,一只只搬运空蜂箱,然后又将搬回的六只蜂箱用绳子放进陷阱摞起来,构成了一个蜂箱台阶。他下到陷阱里,努力将包子托举到蜂箱上。包子虽不大,但很重,抱在怀里毛茸茸的。奇怪的是包子没有挣扎,十分配合,任他将自己抱上蜂箱,爬出陷阱,然后头也不回地跑了。老万无奈地笑了笑,心想,就这么跑了,连句感谢的话都没有。他从陷阱里露出汗淋淋的头,看到远处三只熊正朝这边张望,包子已经归队,黑子很平静,没有要冲过来的样子。

　　救出包子,老万站在陷阱旁想,挖这么深的陷阱显然是冲着熊来的,熊是保护动物,捕熊犯法,谁有这么大的胆子?他想到了刁德奎,除了这个长着一双金鱼眼的老板,当地再找不出其他人。因为其他人不敢打熊的主意,抑或捕到熊也没法子处理,而刁德奎能变通,他的碾山养殖场里就有黑熊。碾山养殖场表面上打着养殖驯化野生动物的旗号,背地里却干着贩卖野生动物的勾当。最让老万气愤的是,碾山养殖场在做活取黑熊胆汁的生意。晚上睡在帐篷里,他常常被山下黑熊的哀号声惊醒,那一定是人工在抽取黑熊胆汁。刁德奎是畜牧兽医学校毕业的,二十多年前从畜牧站下海办了这个养殖场,养殖场原来取名"熊园",搞黑熊人工饲养。别人不知道,在喇嘛山养蜂三十年的老万很清楚刁德奎靠什么发财,他曾对儿子说过,刁德奎的"熊园"就是大兴安岭黑熊的坟场。后来林业部门管理趋严,刁德奎的"熊园"改名碾山养殖场,但他来钱的道儿还是黑熊,靠高价熊胆粉大把大把赚钱。刁德奎乍一看像个小学老师,总是穿戴齐整,为了掩饰那双金鱼眼,他配了副玳瑁框的茶色眼镜戴着,这让他多了一份神秘感。刁德奎智商十分了得,当年全民大养草狸獭,所有饲养者都赔了个底朝天,只有他靠繁殖种獭赚了钱,而其他养殖户则收获了一群群能吃能拉的大耗子。因为没人收购,养殖户干脆把笼子里的草狸獭放生,导致当地漫山遍野一度草狸獭成灾。

　　救出包子后,老万下山让儿子再去木匠铺找老木匠赶制了一块牌子,写上"禁止狩猎,盗猎非法"八个字。儿子说写块牌子就有用吗?他说不知道,管君子不管小人吧。第二天上山，他把这块牌子立在了离熊出没牌子往里走几十步远的地方。牌子上八个黑体字像八个黑衣警察，老万端详了一番，觉得还算满意。他想，牌子落款要是写上林业派出所就好了，那样会更权威一些。林业派出所所长他也认识，白白胖胖的，整天在办公室端坐着，几乎没见他进过山里，但老万想自己不能那样写，那样写就成了打冒支。他转身回走时忽然看到脚下有些牛肝菌，便蹲下来想采一些，想起去年吃菌子中毒的事，他采了一个仔细辨认，结果发现这些貌似牛肝菌的蘑菇竟然真的是大笑菌！他心里一紧，在喇嘛山养蜂这么多年几乎没见过有大笑菌，没想到这么干净的山地也会长出有毒的东西来。大笑菌是吃不得的，人吃了会变得五迷三道。

当天夜里，他为没有误采大笑菌而有点小庆幸，晚饭喝了一杯火辣辣的小烧，早早上床休息。躺在床上，听到外面有乌林鸮在叫，叫声怪异，像车陷在泥地里空转的声音。夜晚的山林是乌林鸮的天下，但乌林鸮如此大声鸣叫却很少见。伴随着乌林鸮的叫声他进入一种半睡半醒状态。他梦到了包子，包子黑毛上沾满草屑，胸前那个 V 形图案也变得脏兮兮的，看上去像是从下水道里爬出来的一样。包子孤零零站在帐篷前，不停地向他作揖，喉咙里发出呜呜呜呜的叫声。他问包子怎么了，又掉进陷阱了？包子只是呜呜叫，两只黑曜石一样的眼睛湿湿的。熊有泪水，但永远不会外溢，它眼睛湿润实际上是在哭泣。包子作揖的姿势像极了人类，抬起前肢摇三下，然后匍匐在地，接着又直起身子摇动前肢，再匍匐。包子一直在重复这种动作，样子像个虔诚的信众。

早上醒来，帐篷外有野鸡在咕咕叫，野鸡司晨比家鸡准时，每天天不亮蜂场周围就有野鸡飞来觅食。发出叫声的都是雄鸡，雄鸡叫是告诉母鸡它找到了美食，其实很多时候雄鸡都是小题大做，有时干脆就是赤裸裸的欺骗，当母鸡兴奋地跑过来，结果根本没有什么可吃的，反倒白白被踩了一回。昨晚睡前乌林鸮在叫，梦中包子在叫，早晨醒来野鸡又叫，自己怎么有了一种不祥的预感呢？他依稀记得昨夜包子的可怜相，这种不安像蛛网般缠绕在心头，无法扯得开。应该去看看，他对自己说，记得有个算命先生说过，世界上没有无缘无故的梦,每个梦都是命运节点的投射。他没有做早饭就拎着一把镰刀直奔山里,他想确认黑子一家是否安全。

走到熊出没那块牌子时,他愣住了,这是怎么了?牌子被拦腰撞断,倒扣在蒿草里,一道深深的车辙碾过去,应该是越野车开过去的痕迹。他预感到不妙,加快了步伐往第二块牌子那里赶。第二块牌子没有被撞断,车辙拐弯绕过了它,直接插向紫苏沟。他知道前方是黑子一家经常活动的地方,便穿过一片柞树林到紫苏沟底寻找,可是转了几个来回,也没有发现黑子一家的踪影。难道出了意外?他问自己,不应该呀,政府禁猎多年,民间没有猎枪,黑熊不可能遭到猎杀,那么,黑子一家去了哪里?他想到了车辙,不再四处乱找,而是循着车辙走,七拐八拐,车辙止步于沟底的紫苏泉旁。紫苏泉哗哗的流水声清脆悦耳,与沟里弥漫的腥臊气味形成反差。他不祥的预感猛然加重,紫苏泉周围的空气一向清新沁人,很少会出现腥臊味。草地上被车子和人践踏得十分泥泞,像是经历了一场打斗。老万踮脚走过那片泥泞,看到地上有一个很大的陷阱。陷阱深达三米,四周已经破坏得不成样子。他明白了,有人挖陷阱捕获了三只黑熊,车辙是运熊时轧出的。

谁干的呢?挖陷阱如何能做到悄无声息?自己只是酒后睡了一晚,竟然发生了这等事情!

老万呼吸急促,感到浑身的血直往头上涌。他骂自己嘴馋,如果不喝那杯小烧,一定能听到什么动静,他怪自己聪明反被聪明误,一定是那块牌子成了盗猎者的路引。

能做得如此专业还会有谁?他对自己说,无疑是刁德奎所为!

陷阱周围没有血迹,说明黑熊没有体表创伤。应该是被麻醉枪击昏了抓走的。他想,如果是刁德奎盗猎,那么黑子一家肯定关在碾山养殖场,要想办法把黑子一家救出火坑。

这事儿只能去求弟弟帮忙。

2

老万的弟弟小万是卜奎马戏团的老板。

卜奎马戏团是民营企业，规模不大，但动物耍得好，因为团里有个著名的驯兽师——光头。光头驯兽很有一套，曾经驯服过一头最难驯的黑猩猩。至于老虎、狮子、黑熊、獾子和宠物狗，光头驯服的不计其数。

光头本来有一头长可及肩的美发，而且是自来卷，他的胡须也美，横髭，两侧上翘，在舞台中央一站，气场十足。但一次驯兽事故让他牺牲了这头美发。那次事故说起来很丢人，从不畏老虎、狮子的光头却在几只小野猴身上栽了跟头。小万不知从什么渠道买了四只野猴，这批野猴比猕猴大，是野性不改的峨眉猴。四只野猴不配合光头的指令，一边贼溜溜地观察，一边龇牙咧嘴示威。光头自然有他的办法，他采取惯用的饥饿法来对付猴子，哪一只配合，就从腰包里掏出沙果给予奖励，哪一只不配合就让它饿肚子。饥饿是尊严的死敌，击败人和动物的往往不是皮鞭而是饥饿。然而，这四只泼猴却是铁板一块，也许它们本来就是一家。每次光头进来时，它们都保持一致，没有哪一只为获得奖励而配合光头的指令。光头认为这是没饿到时候，饥饿连人都会屈服，何况一只猴子。他故意拉开腰包，露出满满的黄沙果。黄沙果酸甜适度，是猴子的最爱，对饥猴的杀伤力可想而知。猴子被饿的第三天，光头哼着小调儿来到驯兽馆，他刚一进来，四只猴子就飞扑过来。两只猴子抓住他的双臂，两只猴子死命揪扯他的头发。他穿着紧身衣，浑身只有那头长发最容易成抓手，任他怎么挣脱，猴子也不肯松手，撕裂般的疼痛让光头大呼不止。他当然知道猴子想要什么，便挣出手来拉开腰包拉链，将腰包倒扣过来，黄澄澄的沙果乒乒乓乓滚落了一地。猴子这才放开他，跳到地上麻利地捡食沙果。这次事故，他被薅去了几缕头发，头皮留下了几处疤痕。思来想去，他干脆剃成光头，彻底告别一头长发。

卜奎马戏团驻地在郊外，地势由低向高，与碾山养殖场、喇嘛山在一条直线上，站在马戏团院子里西望，可以看见红砖围墙的碾山养殖场和云雾笼罩的喇嘛山。夕阳西下的时候，撮罗子峰巨大的山影会罩住整个马戏团。

小万和刁德奎有生意往来，两人都是精明到家的生意人，马戏团许多野生动物来自碾山养殖场。与老万的敦厚相比，弟弟小万则蜥蜴一般机灵。他只有初中文化，当了老板后却进入京城某著名高校的总裁班在职进修 MBA，还拿到了研究生文凭。老万对弟弟说，你这哪是研究生呀，你这是生研究。小万不以为然，说拿学历是小事，有一批总裁同学这才是我学习的目的，当然了，过去我不懂之乎者也，上了国学课我可是被窝里放屁——能文（闻）能武（捂）了。小万曾劝老万，说你土法养蜂八辈子也赚不到大钱，要学会在蜂蜜上做点"文章"才行。小万不知从哪里弄来一个配方，说按这个配方制造蜂蜜，连大老孙都吃不出真假。老万说酿蜜酿的是天地良心，违心的事做不得。小万说这不是造假，这是新科技，现在连牛黄、龙骨都是人工合成的，蜂蜜怎么就不成？老万说别人怎么干我不管，我只管好自己，反正昧心的钱我不稀罕。小万摇摇头，哥哥是个实心眼，给他指出一条挣快钱的道儿他也不会走。小万的事业发展如鱼得水，从雇人耍猴，到耍老虎、耍大象，一年一个台阶，生意越做越红火，成了远近小有名气的马戏团，演出邀请不断捻。

老万来找小万说了黑子被盗猎一事。小万说你想保护黑熊就不该立那块熊出没的牌子，你不立，谁也不知道喇嘛山有黑熊，牌子一立，等于给黑熊做了广告。老万说都怪自己好心办了坏事，事已至此，要想办法救救黑子一家才行，他觉得黑子一家和他似乎有根血管连着。小万说哪里来的血管，顶多是根神经。老万说不管是血管还是神经，反正黑子一家出了事，我像丢了魂儿一样。小万叹了口气，说我给刁老板打个电话吧，此人无利不起早，大不了我出点血。小万抄起电话打给刁德奎，说有人看见养殖场的人在喇嘛山捉了三只黑瞎子，要去林业派出所举报，被他给压下了，三只野生黑熊在养殖场早晚是个事儿，还是抓紧处理了才好，又说只要价位适中，他可以出资收购。刁德奎沉默了一会儿，说财富通过分享才能产生快乐，这样吧，大熊我留下，小熊可以卖给你。小万说这样也好，下午就派光头去把两只小熊接回来，价格一事你先报个数。刁德奎说，钱是小事，重要的是交情，两只小熊白菜价给你，权当两只羊了，不过，以后我去看马戏你可要给 VIP 待遇。小万说那当然，你刁老板来我哪敢慢待。放下电话他对老万说，刁老板这是放长线钓大鱼呢。老万说他不是答应得挺利索吗，价格也不高。小万摇摇头，说刁德奎之所以卖熊，是想将养殖场与马戏团拴在一根绳上，一旦政府调查盗猎，谁也别想跑。

虽然没能挽救黑子一家三口，但好歹保住了包子和皮球。老万回到山上，第一件事就是把那两块牌子收了起来。他扛着铁锹来到陷阱处，逐个做了回填。陷阱张着嘴巴还会吞噬别的野生动物，喇嘛山任何飞禽走兽都不该被捕获。他在山里养蜂几十年，山上所有的动植物都跟亲人一样熟络，看到它们被伤害，心疼！

谁想，包子和皮球在马戏团并没有得到善待。

不久，小万上山来找老万，说坏菜了哥，那个叫皮球的小熊死了，现在就剩下那只包子了。问原因，小万说皮球和包子由胖姐饲养，胖姐和光头驯兽师是一家。光头作为马戏团金牌驯兽师，对驯化皮球和包子信心满满，说很快就会把两只小熊驯成两棵摇钱树。光头驯动物的手段靠两样法宝：食物和皮鞭。但两只小熊却让他很丢面子，怎么驯也不见成效。小一点的包子是消极对抗，大一点的皮球则激烈反抗，有一次差点咬伤光头。皮球比包子壮实，脾气暴烈，光头便拿皮球开刀，皮鞭更多用在皮球身上。皮球终于没有挨过光头的虐待，竟然绝食而死。皮球受虐的过程被包子看在眼里，包子那双黑曜石般的小眼睛总是泪水涟涟。它对光头怕得要死，见到光头便四处躲藏，无论多么饥饿也不在光头面前进食，有时干脆像鸵鸟一样把头埋进稻草堆里，弄得光头很无奈。光头没招了，就对小万说野生黑熊天性顽劣，没法驯。小万怕包子也死掉，就来找老万，想把包子退给刁德奎。老万说让包子去碾山养殖场等于送进了地狱，比死还要遭罪。谁都知道活取胆汁极为残忍，通过外科手术切开熊的身体，给熊的胆囊安装一个输液管一样的装置，定期抽取胆汁。熊在铁笼子里不能转身、不能回头，铁笼子就是一口活棺材，里面的熊哀号之声不绝。小万说那怎么办，光头不想驯，胖姐养不了，对包子实在没辙了。老万说黑子已经在养殖场遭受摧残，无论如何包子不能再进去，这母子犯了什么天条该如此活受罪？小万说胖姐是个很尽责的饲养员，对包子照顾也不是不上心，但包子对胖姐明显有抵触，每次胖姐去熊舍喂食和清扫卫生，包子过来嗅嗅她身上的味道后就不再搭理她，站在窗子前一边呜呜呜地叫唤一边不停地踏步。胖姐说她能感觉到包子目光里有杀气，担心哪天会出意外，要求换个饲养员来养。光头深谙野生动物的习性，也劝小万换个饲养员，因为一旦饲养员和动物之间无法达成默契，饲养员时刻会有生命危险。包子越长越大，到时候不用嘴咬，只要一掌拍过去，人就会九死一生。小万问光头换什么人来饲养好，光头说动物认人，你哥哥和包子打过交道，请他来试试看。

老万明白了，弟弟是来动员他去马戏团当饲养员。老万犹豫了，他不是不想去，问题是他离不开喇嘛山，离不开蜂场。小万说你也别为难，实在不行我把包子转给别的马戏团。老万站起身道，那不行，让你侄子来打理蜂场，我跟你去马戏团吧。

为了包子不像皮球那样绝食而死，老万决定去给包子当饲养员。他相信包子不会有抵触情绪。包子之所以抵触胖姐，是因为胖姐身上有光头的气味，包子闻出了杀兄凶手的气味，自然会恐惧和抵触。

小万说你不但要饲养，还要试着驯化包子，我不能养只不赚钱的熊。

老万说我哪里会驯化熊，这个事干不了。小万说不要紧，你当光头的二传手，让光头教你。老万觉得这个办法可行，就答应说那就试试。

老万来到马戏团，向胖姐、光头询问包子的情况。胖姐说包子是一只患有精神病的小熊，很可能在捕获时受到过强烈刺激，总是有些怪异的动作。比方说包子每天都不停地在熊舍里兜圈子，兜上几圈儿后就会直立起来，一边呜呜叫，一边原地踏步，从那个小小的窗子往外望。包子这样还算好的，当时皮球气性却大得很，竟然绝食抵抗，根本没法驯。老万问光头，你肯定是打皮球了吧，好端端的它怎么会绝食？光头道，打肯定要打的，再听话的动物也要打，不过更多时候是抡鞭子吓唬它，但皮球出奇地暴躁，它尤其对脖子上的铁链无法忍受，用它没有长成的牙去咬铁链，结果咬得满嘴滴血。

在说皮球满嘴是血的时候，老万注意到了光头的嘴唇颜色猩红，像民间说的刚吃过死孩子一样。一个男人长着大红唇，怎么看怎么别扭，他想。

光头说驯化任何动物方法就两种，那就是一拉一打，又叫胡萝卜加大棒，但没想到这招儿在皮球身上不灵。

老万摇摇头，也许还有第三种方法呢。

光头没有反对，点点头道，你试试好了，话说回来，有些动物确实是认亲的。

老万来到关押包子的熊舍，一股尿臊味儿扑面而来，差点把他顶个跟头，显然胖姐有好一段时间没清理熊舍了。熊舍有十六平，一门一窗，门是低矮的铁门，门闩在外面；窗是舷窗，没有玻璃，有三根拇指粗的钢筋做栅栏。屋内水磨石地面上有个坑坑洼洼的铝盆，墙角有一堆凌乱的稻草。包子正在熊舍里面转圈儿，见到老万，停下脚步愣了一会儿。老万叫了声包子，包子竟然快步跑过来嗅老万的两手，老万事先有所准备，从衣兜掏出一块蜜蜂巢脾，包子两手捧过去贪婪地吃起来。一旁的胖姐说，怪了，这小东西果然认人哩。老万抚摸着包子的毛发，鼻子酸酸的。包子毛发很糙，有些扎手，有些地方还沾着疑似粪便的污垢。胖姐拎着饲料想靠近过来，包子猛然抖动了一下。老万让胖姐暂时离开，说自己要在这里适应一下。

包子和老万相认了，开始吃老万倒在铝盆里的饲料，老万则坐在稻草上看着它。包子吃饱后走过来趴在他身边安静了片刻，紧接着就和老万玩耍起来。包子毕竟还是个孩子，老万想，没有哪个孩子不贪玩的。

包子调皮地舔舐老万的手，包子的舌头很长，也极灵活，舌上有毛刺，舔在手上像按摩一样舒服。老万注意到包子的眼睛，这双黑曜石一样的眼睛总是湿湿的，包子在看他的时候从来不是直视，而是微微有些侧目，他不知道这是什么原因。黑熊虽然叫黑瞎子，但这个俗称名不副实，它们的视力并不怎么差，在开阔地带看上几百米很正常。它们的嗅觉更灵敏，隔着厚厚的冰层就能闻到水中食物的味道。

包子本来和老万在玩耍，忽然窗外传来断断续续的惨叫声。声音很远，但包子听到了，它起身跑到窗前，一边呜呜叫着，一边焦躁地跺脚，像踩在烙铁上一样。从舷窗往外看，先是看到红砖院墙上带有电网的碾山养殖场，从养殖场上空再望过去，便是群峰连绵的喇嘛山，喇嘛山主峰撮罗子峰像巨大的芭蕉扇挡住了西坠的太阳。声音是从养殖场传来的，老万明白了，惨叫声应该是黑子发出的。老万过去抚摸着包子的后颈，眼泪在眼窝里转圈儿，刁德奎呀刁德奎，你这不是作孽吗！

老万注意到窗口处的墙壁，已经被包子刨出许多浅浅的凹痕。窗口四周由混凝土抹成，坚硬而光滑，是多大的愤怒与仇恨才会刨出这些凹痕。

包子胸前那撮白毛很密实。老万听老猎人说过，这撮漂亮的白毛是黑熊的噩梦，因为黑熊被激怒时会咆哮着直立起来，向对方展示这撮白毛。这样一来，原本显示强壮和力量的标志就成了猎人瞄准的靶子。包子这撮月牙白细而弯，像白色的回旋镖。老万见过很多黑熊，包子这种胸毛很少见，他对小万说，包子的月牙白越看越像回旋镖。小万道，啥回旋镖？那是英文字母 V，是赢的标志。

小万没说错，经老万悉心调教，包子成了卜奎马戏团最招人喜爱的台柱子。

照葫芦画瓢也能出奇迹，光头对老万说，同样的办法你好用我就不好用，没想到一只熊还会看人下菜碟。老万说我拿它当儿子待，你拿它当什么？当畜生。光头笑了，说动物再怎么表演也变不成人，畜生终归是畜生。

包子学会了很多高难度表演，站滚筒，压跷跷板，踢球射门，每次表演都很投入。包子圆圆的耳朵、灵活的舌头、厚厚的熊掌、憨态可掬的体形，让它成了许多孩子心中的最爱。小万高兴得嘴角几乎要咧到耳朵上，他将卜奎马戏团的广告换成了包子站立的特写照。

3

人与人之间有忘年交，人与动物间的忘年交也不少。老万与包子就成了忘年交，在老万的照顾下，包子恢复了活泼的天性，它像一个调皮的孩子，常常在老万跟前撒欢卖萌。包子成了老万的跟屁虫，老万走到哪里它跟到哪里，包子脖子上没有铁链，只有一根普通的牵引绳。一天见不到老万，包子就会焦躁不安。除了老万，包子对其他人总是保持警惕，见到光头和胖姐时它会躲到老万身后探出半张脸来窥视。在表演上，老万每一个指令包子基本能照办无误。光头甚至有些吃醋，说老万对包子的训练只能算特例，特例上升不到经验层面，因为对其他野兽没有用。光头是马戏团的金牌驯兽师，地位不容挑战。

胖姐偷偷观察老万，她不明白自己摆不平的包子，为什么对毫无驯化经验的老万服服帖帖。她发现老万每天来马戏团都会带一个塑料瓶，瓶子里装着黏糊糊的金黄色液体，只要老万给包子喂上一点液体，包子就变得乖起来。胖姐原以为这是一种什么药，对这个塑料瓶产生了好奇，有次趁老万不在，偷偷闻了闻瓶子里的液体，才知是黑蜂蜜。

胖姐回家对光头说起此事，她不明白包子为什么一闻到黑蜂蜜就会变乖。光头想了想，说包子是野生熊，很可能是食物唤醒了它某种记忆，熊的智商与猿相似，它们的记忆有的可长达十年。光头没说错，老万和包子的交往确实始于蜂蜜，蜂蜜里有两者说不清的缘分。

小万来看包子，说哥你把包子养成了明星，我得给你加薪，说说你有啥要求。老万说我不要你加薪，要是让我说要求，我想把包子放回喇嘛山，那里才是它的家。小万笑了，说哥你咋这么幼稚呢，真要把包子放回喇嘛山，十有八九会被刁德奎抓回去，包子只有在马戏团才安全。老万不说话了，小万说得没错。小万又说，包子现在眼睛变黑了，黑才有精气神。老万说熊眼睛本来就是黑的，虽小却亮，像黑玛瑙做的棋子。小万说不对，他在碾山养殖场看到黑熊的眼睛都是红的，血红血红，像人得了红眼病。老万说那就不正常了，动物和人一样，眼睛充血非病即怒，可见都是被折磨的。老万拜托弟弟去探望一下黑子，他想知道当时刁德奎是怎么捕获黑子一家的，按理说一网打尽三只黑熊这种情况可能性极小。老万说包子每次趴在窗口遥望养殖场和喇嘛山，他知道它一定是在想妈妈。还说黑子是一只脾气很温顺的母熊，从来没有到蜂场惹过事，与人总是保持一定的距离。小万说这事容易，刁德奎的小孙子喜欢看马戏，等他再来的时候你自己问。

小万问，光头驯兽两大法宝你一样没用，你真有什么秘诀？老万道，哪里有啥秘诀？我只是把包子当你大侄子养罢了。小万说包子毕竟是野兽啊，野兽终归有野性。老万说我当然知道包子是野兽，可是我也明白，不管是人是兽，心都是肉长的。

这话被光头听到后，光头很不以为然，说两大法宝老万还是用了一样，蜂蜜不就是食物吗？

随着包子一天天长大，它的表演天赋也越来越出色。在老万看来，每一只黑熊都是天才艺术家，只要它们想表演，完全可以又萌又乖，喜感十足，有时候在表演上还会创新创造。被老万驯化后，包子无师自通创造了三手绝活儿，即平地十八滚、转圈儿推磨、向小孩子作揖。平地十八滚是连续翻跟头，翻完一圈不多不少正好是十八个跟头。老万做了下测量，包子每次翻跟头形成的圆圈儿直径基本相同，可见它有很强的掌控能力。转圈儿推磨是在推球基础上变化而来的，光头给老万一个大皮球，让包子在场地里做推球表演。老万教包子练了几次，发现包子推球时需要反复站立，因为圆球难以持续扶稳。老万想到了家里的石磨，想到了驴子蒙眼拉磨的情景，便让团里的道具师给制作了一个可以实用的小石磨，安上长木柄，让包子前爪搭在木柄上转圈儿推磨，他则一边添水一边添豆。包子每次表演会推完一瓢泡好的黄豆，磨出的豆汁不多，直接流进磨盘下的大号纸杯里，恰好盛满三杯。表演完毕，将这三杯豆汁封口，作为奖品送给前三个入场的孩子，孩子带回家可以加工成美味的小豆腐。老万给豆汁取名包子礼，意思是包子送给小朋友的礼物。包子礼特别受孩子喜爱，每次包子表演，孩子们都抢先入座，小观众都以赢得包子礼而自豪。包子的第三个绝活儿是向小孩子作揖。包子天生喜欢衣服鲜艳的孩子，见到穿花衣服的小孩子，它会主动作揖。这个绝活儿没有人教，是包子自己的发明创作，许多被包子作揖的小朋友都会大起胆子和包子合影。这时，老万会递给孩子一粒牛奶糖，让孩子喂包子。这个举动被光头知道后提出警告，说老万你这么又给蜂蜜又给糖，小心把黑熊喂出糖尿病来。

光头的话老万不能不重视。其实，熊不会得糖尿病，但老万不懂这个道理，他想，既然人能得糖尿病，熊当然也有可能得。尽管如此，他仍无法改变每天给包子喂点蜂蜜的做法，因为包子会缠着他要。他觉得自己和包子因蜂蜜而结识，又因蜂蜜成为朋友，这是一种蜜缘，缘分这个东西不能轻易翻牌子。包子来到马戏团后，是蜂蜜让它毛发变得有了油性，长势也明显加快，这是显而易见的变化。老万觉得人与人也好，人与动物也罢，总要有个承载感情的载体，只靠花言巧语不行。他的邻居是个骨瘦如柴的老太太，天天夸街上的流浪猫好看，看到状态不佳的流浪猫甚至还愁眉苦脸，可就是不见她买点猫粮喂猫。相反，老万在大门口一棵榆树下放了个猫碗，每天早晨都会在猫碗里放些食物，街上的流浪猫见到老万就会围上来，高翘着尾巴在老万裤腿上蹭来蹭去。而那个瘦老太不管怎么呼唤，流浪猫都一脸嫌弃，没一只猫搭理她。所以，即或喂包子蜂蜜真的有糖尿病风险，但老万还是坚持了下来。

包子成了明星，却没有明星的暴脾气，它唯一不安分的是趴在熊舍窗台远望的时候，每次它都会一边跺脚一边用爪子挠水泥窗台，喉咙里发出呜呜呜的叫声。老万有一次靠过去，从包子的视角望去，可以清晰地看到喇嘛山黛色的山峦，群峰中高高的撮罗子峰最为醒目。说来也怪，撮罗子峰本来是扇面形山势，但从熊舍的窗口望去，撮罗子峰酷似黑熊的脑袋，山顶两侧各有一只圆圆的耳朵。老万仔细观察了一番，发现撮罗子峰的正面，竟然有两片发黑的地方，很像黑熊的眼睛，两个黑点下面是一片没有树的空地，空地再往下便是他的蜂场，蜂场那顶发白的帆布帐篷便成了黑熊胸前的月牙白。老万吃了一惊，如果把耳朵、眼睛、嘴巴打包起来看撮罗子峰，整个一张黑子的脸啊！

为了搞清楚圆耳和黑点到底是什么，他专门上了一趟喇嘛山。现场察看后他发现，两只圆耳其实是两棵高大的樟子松，而两个黑点则是两处突兀的黑石砬子。喇嘛山的石砬子因为长满青苔和地衣，颜色发黑，又称黑石砬子，不过两处黑石砬子这么对称他以前却没有发现。老万想，再熟悉的地方也有陌生的东西，以前这两处黑石砬子就在头顶，却没看出什么，看来有些东西需要从远处才能看得清。

老万很想带包子回一趟喇嘛山，那里毕竟是包子的家，但他的想法遭到光头的批评。光头说你还真把野兽当人啦！野兽就是野兽，会翻脸不认人。小万也劝他不要做傻事，包子听话是环境所致，一旦放熊归山，那就不是一罐蜂蜜能唤回来的。老万心里也不托底，一旦进到山里包子会不会听话他说不好，便依了光头和弟弟，不带包子上山。光头和弟弟与各种野生动物打交道的时间比他长，听人劝吃饱饭嘛。

老万觉得包子过于孤单，连个玩耍的伙伴都没有，马戏团其他动物都是成双成对，只有包子是孤独的一个。为了让包子和观众能更好地亲近，有时候老万会牵着包子到观众中去和孩子们做些互动。开始，在互动时老万还小心翼翼，互动一多，老万和包子都变得自然起来。从包子的表现中老万得出一个结论，熊的情商比五六岁的孩子还要高，因为包子会故意做些讨人喜欢的动作，而这些动作没有人教，完全是包子自己的专利。比如拿大顶，这个动作光头没提过，老万也没有教过包子，不知包子是从哪里学来的。从观众席到表演场，是十几级下坡台阶，上坡时包子会像人一样走上来，回去时会倒立走下去，这个动作成了马戏表演的高潮。包子还从转圈儿奔跑的马儿身上获得了灵感，每次走进表演场，都会像马儿一样跑上几圈，虽然它的奔跑速度不是很快，但奔跑时笨拙的样子足以引爆观众的掌声。

包子名气大起来，卜奎电视台发现了商机，来马戏团动员小万让包子上电视。小万问老万，老万说电视台灯光那么亮不知会不会惊吓到包子。但老万也觉得上电视台不是坏事，想了想就同意了。要去电视台那天，开车来接包子的工作人员说为了保证安全，要给包子戴上嘴套，说现场都是些小观众，一旦控制不好伤了人不好办。包子从来没有戴过嘴套，对嘴套死命抵制，戴上的两个嘴套都被他的前爪给抓坏了。老万说还是别戴了吧，包子在台上，小观众在台下，应该没有问题。电视台为了收视率也真的豁出去了，他们雇了特警，还准备了电击枪在现场做防范。这期节目还是胆战心惊地做了，包子在节目录制现场没有任何躁动，只是自顾自咀嚼老万喂它的奶糖，一双小眼睛偶尔对观众扫几眼，节目中需要它配合的几个动作也都有很高的完成度。

电视播出后，包子成了网红，马戏团的演出邀请更加多起来，小万乐得合不拢嘴。刁德奎当然知道包子成了摇钱树，便来找小万，说包子这杯羹他要分一点，要不没法对手下的员工交代，因为当初出售包子和皮球只相当于两只羊的价格。小万也是个讲究人，说分现金肯定不成，安排一两场专场演出可以。刁德奎说我不要分钱，我来找你就一个目的，我们养殖场有重要活动的时候你带包子来演个专场。

协议就这样达成了。小万告诉老万这个决定的时候，老万说，弟呀，演出不就是钱吗？和分现金有啥区别？

小万说包子是从养殖场买的，刁德奎有红眼病总该给他滴点眼药水才是。

4

老万是从刁德奎嘴里知道了黑子一家三口被捕获的经过。

光头说刁德奎的孙子活脱脱一只小熊，将来可以到马戏团来当小丑。小万说人家是富三代，怎么会到马戏团当小丑。光头说这可说不准，古人说万事皆空因果不空，我看见这孩子头一眼就联想到了小熊。

光头说他陪外地朋友去碾山养殖场买熊胆粉，在刁德奎宽大的办公室看到了小维尼。因为刁德奎办公室门敞着，刁德奎正趴在地毯上当马驮着孙子在地上爬。爷爷驮孙子很正常，在光头看来不正常的是小维尼。这孩子的耳朵、眼睛甚至嘴巴都有点像熊，那天孩子穿着一件黑绒连体衣，胸前还有一个白色的月牙图案，驯兽经验丰富的光头觉得这是一只小熊，而且是属于北方的小黑熊。

刁德奎的孙子叫维尼，这名字是刁德奎从外国卡通片里学来的，有着中专学历的刁德奎觉得这个名字很洋气便直接借用了过来。维尼对熊有一种天生的好奇，在动画片中一看到熊两眼就定格一般眨都不眨。除了熊，维尼对其他动物兴趣不大，刁德奎给他买了只泰迪犬，他半只眼睛都看不上，经常虐待那只可怜的小泰迪，把小泰迪吓得一见到维尼就好像真的见到了熊。

包子上电视那天恰好被维尼看到了，维尼兴奋不已，缠着爷爷要只小熊来玩。刁德奎本事再大也不敢让孙子养只小熊当宠物，他也清楚养殖场的熊没法让孙子看，因为熊身上都插着塑料管子，那些流动着血水的管子像一条条黑土上的蚯蚓在蠕动，看上去很恐怖，也许会吓到维尼。维尼是刁德奎唯一的孙子，偌大一份家业需要孙子来继承，孙子的要求想方设法也要满足，他自然就想到了马戏团的包子。想看熊，只能去卜奎马戏团。

刁德奎来找小万，想在维尼七岁生日那天搞个马戏演出专场，地点就在养殖场中心小广场上。

小万把老万、光头叫来商量此事。这是老万第一次近距离接触刁德奎。刁德奎并没有一般暴发户的张扬，在文质彬彬的举止中却透出一股煞气。老万心里纳闷，一个看上去很有学问的人怎么会煞气这么重，看来学问和良心是两码事，有学问的人未必有良心。刁德奎那副茶色眼镜有效地遮挡起了他的金鱼眼，刮得铁皮一样的下颌有种涂了清漆般的亮色。老万不同意去养殖场演出，他担心黑子的惨叫会刺激包子，他很清楚，包子再听话也有野性，一旦发起脾气来他也无法控制。现在包子的力气已经变得很大，当它站在窗子前呜呜呜呜低吼的时候，熊舍里的水磨石地面似乎都会跟着颤动。光头也觉得养殖场的安全措施不符合马戏表演，动物演出不像人那么整齐划一，万一哪只老虎、狮子闹点么蛾子出来就没法收场。光头还举了个例子，说他在电视新闻里看到，一场马戏表演时饥饿的老虎竟然向一匹马发起了攻击。

小万说有危险的话，专场演出就别去养殖场了，在马戏团也可以演。

刁德奎摇摇头，说做人说话要算数，他已经和几个重要关系户说过此事，临时改变岂不是失信于人？

小万说那安全问题咋办？

刁德奎说怕啥？养殖场麻醉枪、电击枪齐备，哪个动物想暴动就试试看。

小万说那可不行，伤了我的动物马戏团咋整？刁德奎说没事，我当初抓这三只黑熊就是靠麻醉枪，过后打一针解药就完事儿。

老万插话问他当时是怎么捕获这三只黑熊的，按理说熊可不是容易抓的大型野兽。

刁德奎道，有啥不容易？熊再厉害也不会比人心眼多。刁德奎话语里充满得意，他绘声绘色地讲起捕猎黑子一家的经过。

说实话，是一块熊出没的牌子引起了我的兴趣，刁德奎说，我的养殖场虽然就在喇嘛山下，可我对喇嘛山没啥兴趣，几年也不上一趟山。有天我请山下的老木匠来养殖场干活，老木匠问我是不是养殖场的黑瞎子跑了，要不怎么会竖块熊出没的牌子？我问他啥熊出没的牌子，他说刚给人做了块牌子，做牌子的小伙说要写上"熊出没"三个字，朝他要黑漆，黑漆防水，不能用墨汁写，墨汁写的雨一淋就花了。我听到这个消息马上就推断喇嘛山上出现了熊，是林业部门担心黑熊伤人才要竖警示牌的。

老万和小万对视了一眼，很显然，刁德奎不知道牌子是老万竖的。老万心里在流血，他后悔为什么要竖那块引狼入室的牌子，心里埋怨儿子，为什么要在老木匠眼皮底下写那三个字，老木匠不多嘴，刁德奎就不会知道喇嘛山有黑熊。

刁德奎接着说，水是生命之源，任何野生动物都离不开水，我选在紫苏泉边挖陷阱，就是考虑到黑熊会去那里饮水，那里可是撮罗子峰唯一的水源。我安排人在紫苏泉周边挖了三个陷阱，除了下山的方向外，其他三个方向都挖了。陷阱足够大足够深，不是吹牛，就是老虎掉进去也出不来，因为陷阱是瓮形。我让人用新割的苜蓿草盖住陷阱后就开始守株待兔。你们知道我必须活捉熊，猎杀没啥技术含量，活熊才是生产胆汁的机器。

老万想，紫苏泉也是自己的取水处，处于紫苏沟的这处山泉水质甘洌，冬夏自涌，紫苏环绕，人们故而给它取名紫苏泉。那天他没有去紫苏泉打水，酒后早早入睡了，如果去打水就会发现那些可恶的陷阱，自然也就能阻止这次残忍的捕猎。

三只熊不是一起掉进陷阱的，刁德奎说，是那只你们叫包子的小熊到泉边玩耍先掉进了陷阱。小熊掉进陷阱后成了诱饵，它一直叫个不停，先是引来了另一只小熊，这只小熊三转两转也掉了下去，两只小熊一起叫，就把大熊给叫来了。熊很有集体意识，它们不会看着家庭成员落入陷阱而不顾。大熊不时探头朝陷阱里看，两只小熊看到大熊，叫得一声比一声惨，结果那只大熊扑腾一下主动跳了下去。熊毕竟是熊，它跳下去就能把两只小熊救上来吗？它这是自投罗网，让我正好将它们一网打尽。

小万问，大熊明知道是陷阱还往下跳？

大熊跳下去就用爪子挖土，它或许想挖个洞让一家三口逃生，可是我能给它这个机会吗？别说是一只熊，就是瞎目杵子我也不会给它机会。刁德奎提到的瞎目杵子是一种啮齿类动物，前肢发达，视力衰退，以善于挖洞著称。

老万忍不住插话，它们都是活的，你怎么把活熊抓回来呢？

刁德奎摘下茶色眼镜，抬手揉了揉那双外凸的眼睛，然后伸出三根手指说，我有麻醉枪呀，三枪就全放倒了。

老万感觉心头被射中了一枪，浑身战栗发抖。刁德奎经常给黑熊做手术，当然有的是麻醉枪，他应该是用大剂量的麻醉枪射击了黑熊母子，然后再用机械将熊吊出陷阱，装车拉回了养殖场。

刁德奎继续说，难怪包子有出息，其实那天被麻醉枪射中后，那两只熊的眼睛都闭着，只有包子眼睛一直睁着，一副死不瞑目的样子。下去拴绳的工人害怕，爬上陷阱说什么也不再下去，说那只小熊的眼睛里有一种奇怪的光，像带着电一样，让人神经麻酥酥的。我说你们放心捆吧，这剂量的麻药三只熊要到明天下午才会苏醒。工人说什么也不敢下去，除非小熊闭上眼睛。没办法我只好亲自下去捆绳子吊熊，然后装车运回了养殖场。

光头道，你用那么大剂量的麻药很危险，熊或许会醒不过来。

刁德奎摆摆手，那无所谓，醒不醒过来就看熊的造化了，人的安全第一，总不能让熊伤了人吧。

盗猎的过程说完了，老万更不想去养殖场演出了，说专场可以来马戏团演，养殖场还是不去为好。光头也说最好不去养殖场，那里气场不对。

刁德奎有些不悦，啥气场不对？不就是一场马戏吗，在哪里不是演？

小万见老万和光头都不太情愿去养殖场演出，就以老板的身份决定说，去就去吧，协议我都签了，要讲信用。

光头问，安全怎么办？

有危险性的动物不带，狮子、老虎不去也就危险不到哪里去。小万说。

刁德奎说，你们也是，两只小熊只养活了一只，要是那只也活着，就是一对儿摇钱树。

小万看了看光头，光头有些不自然，皮球毕竟是在他手里养死的。

那只叫皮球的小熊气性太大，真像只皮球，一触即跳。光头说，我估计它是气死的，有些动物很怪，比如麻雀，没人能调教小麻雀，应激反应会让它们丧命。

你还是方法不当，刁德奎说，我那里的熊连死的机会都没有，它们被关在铁笼子里，笼子做了特殊设计，熊站在笼子里没法回头，只能乖乖为我生产胆汁。当然，这也是从实践中总结出来的。我曾经买过一只公熊，铁笼子过大，公熊能在笼子里转身回头，结果这家伙回头把身上的塑料管子咬掉，还自己扯开了肚皮，肠子血里呼啦淌了一地，当天晚上就死了，那可是一台好车的价钱！刁德奎看上去有点懊悔，一只壮实的公熊对他意味着什么，在场的每个人都知道。

你那里的熊至少还能吃东西，可是皮球却选择绝食，实属应激反应过度。光头为自己解释，很显然，作为马戏团金牌驯兽师，他不想承担更多养死皮球的责任。他指着老万说，若不是万大哥有奇招，包子也不会活下来。

啥奇招？刁德奎看着老万问。

老万不想搭理这个讨厌的家伙，从表情、眼神，到说话的腔调，他都反感这个表里不一的盗猎者。有些人的恶是表里如一的恶，看上去至少可以提防，而有些人的恶却是伪善掩盖下的恶，这种恶对人的伤害是颠覆性的。他觉得刁德奎就是这样一个人，如果不是看在弟弟的面子上他会扭头离开。

刁德奎的提问他只回答了一个字：蜜。

光头说，只要有蜂蜜，包子就会乖得像儿子一样听话。

蜜？刁德奎自言自语了一句，接着说，我家有很多蜂蜜，椴树蜜、百花蜜，还有俄罗斯进口的带脾的蜜，表演那天可以让维尼用蜂蜜喂喂包子，让维尼和包子亲密接触一回。

老万没有说话，他在想铁笼子里的黑子，黑子被固定成一个站姿，一站可就是一生啊！刁德奎想没想过黑子的感受，熊是好动的动物，动物动物，你不让它动，它活着还有乐趣吗？他想，黑子若是身体发痒了怎么办？它连挠痒痒的权利都没有。难怪黑子不时会发出惨叫，很可惜，那惨叫除了包子没有谁能听进去。他几次看到包子在窗口急促跺脚的焦虑，如果铁窗能钻出去，他相信包子会奋不顾身奔向那拦着铁丝网的红砖围墙，像它妈妈当初主动跳进陷阱一样，要死也死在一起。

就这样定了吧，我回去安排几个保安长点眼色，至于有危险的狮子和老虎不来就不来吧，维尼喜欢熊，有包子来就可以了，再配点耍猴骑马啥的就行。表演后我在食堂请你们会餐，这顿饭可不简单，因为刚刚有头熊到寿了，你们能吃到熊肉呢。过去，少数民族猎人打到熊那是整个部落的节日。

熊到寿？老万忍不住问了一句，该不是那头叫黑子的熊吧？

是不是叫黑子我不知道，就是从喇嘛山捉到的那只大黑熊。这只黑熊总是没白没黑地叫唤，弄得别人没法睡觉。饲养员特别讨厌它，给它喂食也马马虎虎，导致胆汁抽取量有限，养着也没啥价值，只好将它安乐死。你们放心，实施安乐死之前兽医做过检疫，这只黑熊没有传染病，肉和下水都可以放心吃。我这个人心软，考虑到它毕竟给养殖场创造过价值，我不能用残忍的手段杀它，就采取了电击的方式让它安乐死。过去可不是这样，过去淘汰的熊都是勒死的，等于给熊实施绞刑，我觉得这样不妥，现在法院执行死刑都不用绞刑，对熊也要人道一点。

老万的头瞬间变得很大，觉得脑汁和脑壳有一种离核儿的感觉。这家伙太假惺惺了，明明残忍地害死黑子，还不忘给自己脸上贴金，好端端黑子一家就叫你的贪心给毁了，你还在这里讲什么人道！老万为包子感到难过，唯一的亲人也走了，这个冰冷的世界上连个相依为命的亲人都没有。过去，至少在熊舍里还能听到妈妈的呼唤声，尽管叫声听起来揪心，可那毕竟是一种信息的传递，说明妈妈还活着。妈妈不在，以后从窗子望过去，只有朦朦胧胧的喇嘛山了。他感觉眼前泛出一片水花，鼻子开始发木发麻，接着就酸酸的不能自已。他借口上厕所离开了小万的办公室，站在走廊里他深深地自责，这一切，都是因为那块熊出没的牌子啊！

当天下午，老万比平时多带了一些黑蜂蜜，在熊舍里一边给包子喂蜜吃，一边紧紧地抱着包子，望着那个舷窗似的小铁窗，眼泪还是不自觉地流了下来。老万觉得当初自己喜欢包子，主要是包子给他带来了快乐，他从没把包子当成野兽看，在心里早把这只可爱的小熊当成了朋友。现在，包子虽然长大强壮起来了，但在他眼里还是个孩子，包子那双黑曜石一样的小眼睛让人心生怜意。

都怪我，我才明白炸蜂的后果在这里，对不起，以后我会好好待你，不许任何人欺负你！

包子自顾自在舔蜜吃，它不知道养殖场里发生的事，它更不知道明天晚上养殖场和马戏团的人将在会餐中吃掉它苦命的妈妈。

5

要阻止这场演出！老万对自己说，尤其演出结束后的会餐，无论如何他也无法容忍。他来找小万，小万正在看报纸，见到老万就扔掉报纸说，好日子要到头了。

怎么回事？老万问。

报纸上说马戏表演有虐待动物的问题，要严管控制。

老万觉得这个消息不错，马上接话说，是啊，你大侄子说马戏表演是靠动物的眼泪换取观众的欢笑，确实应该取缔。

大侄子是个动物保护主义者，他从小就心软，随你。小万叹了口气说。作为叔叔，小万是看着侄子长大的，侄子虽然人高马大，胆子却比米粒还小，现实生活中连只老鼠都不敢打。

你大侄子还说了自己的想法，说什么时候把马戏团的动物换成人，就说明文明进步了。老万又补了一句。

小万立马站起身，眼睛瞪着老万，半天没说话。

咋了？老万发现弟弟有点异常便问，报纸只是一条新闻，不是没有人通知你关门歇业吗？

未雨绸缪，未雨绸缪你懂吧？小万说，大侄子的话让我茅塞顿开，把马戏团的动物换成人来表演，这是一个转型发展的好思路。

老万笑了，你想让人来扮演狮子老虎，那不是唬人吗？

小万摇摇头，你想错了哥，我是想把马戏往杂技上转，杂技，不就是人表演给人看吗？

老万点了点头，他不得不佩服弟弟，弟弟做事有头脑，一条报纸上的新闻能让他思考起马戏团的未来，说明弟弟是个做事的人。

小万问他是不是有事情。老万很少到他办公室来，老万对小万办公室过于奢华很不感冒，曾劝小万说办公室大不等于生意大，就像挺大一只蜂箱里面只有半箱蜂，着实浪费。

老万说来是想劝他取消碾山养殖场的专场表演，说看包子表演，吃包子妈妈的肉，这是观音菩萨都过不了眼的罪孽，罪孽会有报应。

小万办公室的北面，有尊一人高的观音菩萨像，金丝楠木质，在射灯下泛着血丝一样的祥光。这是小万花大价钱购买的，小万不是信众，他买这尊木雕是作为艺术品收藏的。但有了菩萨在此，每当有大事要定的时候，他都会到这像前静静地站立片刻。刚才，老万说菩萨过不了眼一句话触动了他，他起身来到观音像前，与观音菩萨对视了好一会儿，回过头来说，可是，人要讲信用呀。

老万知道小万下不了决心，就退了一步说，实在要演出的话，会餐就免了吧。

晚上表演后要加餐，这是规矩。小万说。

但这次加餐吃的是黑子肉，那可是包子妈妈，这种以黑子肉为噱头的会餐对于别人可能是福利，对于我来说就像人血馒头，如何下得去口？

小万想了想道，你不想吃可以不吃，但你不能阻止别人吃，我支持你，我也不会吃，动物是马戏团的衣食父母，我也下不去口。

真的就推不掉这场演出吗？老万不死心。

小万缓慢地摇了摇头，哥呀，我最近在进修国学，我的老师讲到人无信不立，儒商的本质就是诚信。当初人家以两只羊的价钱把小熊卖给了我，是不是很讲究？人家讲究我不能不讲究。刁德奎总体上说是个敞亮人，他本来不用管饭，主动表示要高规格招待咱们，这是不能拒绝的好意。

老万叹了口气，弟弟说得没错，自己和弟弟站位不同，对这件事难免看法有异。他没有再勉强，摇摇头离开了。走到门口听小万在身后说，哥呀，别怪我嘴碎，你对包子好没错，但熊是熊，人是人，别掰扯不清啊。我的国学老师告诫我，做生意不能讲妇人之仁，当年孔子西狩获麟大哭不止，这就属于妇人之仁，谁叫三只黑熊出非其时呢，同情一下也就过去吧，凡事别太较真。

老万回过头道，我不懂什么西狩获麟，包子一家招谁惹谁了，竟要遭此摧残，人总该讲点天理吧。

小万没有再说什么，他知道劝不了执拗的哥哥。

老万又来找光头。光头家住平房，房门敞开着，两口子正在家里包包子，是素三鲜馅。光头包包子很专业，比胖姐还麻利，自从当了驯兽师两口子就开始吃素，令胖姐苦恼的是吃素也发胖，好在胖姐心态好，说不吃素会更胖。光头举着两只沾满面粉的手问他啥事。老万说去找弟弟希望取消养殖场的演出，弟弟没同意。光头说取消肯定不行，就像这沾了面粉的手，除非去洗手，可是洗了手包子就包不成了。老万说这和包包子啥关系。光头说刁德奎买了一百多把塑料椅子，明显是请了不少关系户，这些关系户就像面粉，都沾在刁德奎的手上。刁德奎是借孙子生日做大文章，你说这手还能洗吗？老万明白了，道，他买这么多椅子以后是不是要经常演？

估计是，刁德奎是生意人。光头说，你别阻拦了，你弟弟这个人讲究，他同意演出是因为事先有协议。

老万讪讪地离开光头家，光头出门来送，告诉老万明天晚上演出一定要管束好包子，熊嗅觉好，在那个地方演出容易被干扰，一旦包子失常，肯定会遭枪击。保安不会用麻醉枪，麻醉枪起作用有个过程，一般会用电击枪，电击枪没轻重，容易给包子造成大的伤害。

我会和包子寸步不离的。老万说，有我在身边包子会安静的。

光头说也是，我觉得你和包子之间的关系是个奇迹。

明晚吃饭你别吃黑子肉，算我求你。老万声音有些变调儿。他无法劝别人，他只和光头两口子走得近一些。

光头笑了，用沾满面粉的手摸了一下下巴道，那是自然。

老万点了点头，离开光头家才想起来这个劝告有些多余，人家两口子吃素嘛。

离开光头家，他心神有些不宁，便想到山上看看。这段时间儿子在看守蜂场，割完今年最后一茬蜜就可以收箱下山。喇嘛山益母草和紫苏多，两种草花期长，九月依然有蜜可酿。在喇嘛山除了雪白的椴树蜜外，再便是香槟色的益母草蜜和紫苏蜜。儿子正躺在窝棚里刷手机，见到老万就抱怨说这喇嘛山整天看不到个人影儿，快把人憋死了。老万问有没有黑熊来偷蜜吃。儿子说没有，别说熊，连狍子和野猪都没见过。老万便去查看那三排蜂箱，走到最后一排最后一箱时，他呆住了，原来这箱黑蜂开始炸蜂了。

快拿帽子来！他朝帐篷里的儿子喊。

这箱黑蜂和上次炸蜂一样，在箱门前骚乱成一个蜂球，嗡嗡嗡的叫声产生了一种共鸣，让人觉得脚下的草地都在震动。

这是咋了？儿子也跑过来，拿着两顶防蜂帽。两人匆匆戴好帽子，炸箱的黑蜂容易发怒，一旦发起怒来会成群地攻击人。

儿子说，这么长时间都没啥事儿，怎么你一来就炸蜂，都这个季节了，还能分箱吗？

老万查看了蜂箱周围，没有外敌入侵，炸蜂属于内部出了问题。他说，不用分了，给蜂箱通通风，给蜜蜂多喂水，再看看它们能不能回家吧。

老万亲自上手做了处理，箱门口的黑蜂渐渐开始归巢。他松了口气，和儿子回到帐篷。他用紫苏泉水泡了一串蘑菇，晚饭想吃点榛蘑，山泉水能让干蘑重现鲜蘑的味道。他让儿子下山回家洗个澡，晚上他在这值守一夜。儿子说你在这里过夜，包子谁来管？他说自己已经做了安排，包子的食物会有人从门洞投进去。儿子这才高高兴兴地下山去了。养蜂对于年轻人来说最难忍的是寂寞，山野里连个说话的人都没有，儿子能坚持这么久已经不容易了。

晚上，以炒榛蘑佐餐，他喝了一杯小烧，不为庆祝什么，喝小烧是因为心里烦。

以往，喝一杯小烧后会很快进入梦乡，小烧是屡试不爽的催眠剂。喇嘛山没有狼，除了前段时间这三只黑熊外，没再发现其他大型猛兽，看守蜂箱这个活儿总体是安全的。儿子接手蜂箱后，不知从哪里弄了一根电棍防身，但一次也没有用上。

老万睡不着，黑子一家三口憨憨的样子总在脑海里晃悠。迷迷糊糊间，外面传来一阵呜呜呜呜的叫声，他心里一惊，这不是包子在叫吗？包子的叫声属于那种具有穿透力的低音。他坐起来，侧耳一听，呜呜呜呜的声音还在响。他穿上衣服，带上电棍和手电筒出去查看。听声音，应该是从紫苏泉方向传出来的，他打开手电，沿着手电的光束小心翼翼走向紫苏泉。夜晚无风，小路旁大都是灌木，不时有几棵高大的柞树，树冠黑魆魆的，煞是幽静。这条路老万走过无数次，哪里有坑洼他记得清楚，走起来并不吃力。

来到紫苏泉，呜呜呜呜的声音竟然是从溪水中发出来的，他觉得好奇怪，溪水有轻轻的哗哗声，怎么会发出呜呜呜呜的叫声呢？他用手电筒一点点往下照，忽然发现溪水中一块青石上站着一只大鸟，他打了个哆嗦，仔细一看，原来是一只乌林鸮。乌林鸮并不怕人，利爪下踩着一只个头很大的水耗子，因为猎物太大，乌林鸮提不动，便一直在发出呜呜呜呜的叫声。让老万心情不爽的是，强光下的乌林鸮似乎朝他笑了笑。

他不想打扰乌林鸮的美餐，扭头回来了。

在帐篷里躺下，他心里却在犯嘀咕，这一天之内发生了两件事：黑蜂炸箱，夜猫子笑。

这不是什么好兆头，他对自己说。

6

老万随车驶入碾山养殖场是午后四时。高高的撮罗子峰遮住了西下的日头，让整个养殖场沉浸在大片阴影里。厂区充斥着一股腥臊味，马戏团的人纷纷掩住口鼻。厂区边缘有些杨树，杨树落叶近半，许多乌鸦站在树上，却不叫，似乎在等待着什么。在光头的建议下，这次是用笼子带包子来的，包子在笼子里很不适应，两只前爪一直不停地在摇动钢筋。老万就站在笼子边，不时伸手抚摸一下包子的头，发现包子的嘴角有许多白沫，心想这一定是包子生气了。因为在此之前的所有演出都没有把包子放进囚笼，他像牵藏獒一样牵着包子出出进进。

碾山养殖场除了味道难闻外，它的建筑也令人有种压迫感。按照正常的建筑观念，如果设计了一个中心广场，其他建筑就该呈放射状设计，这样给人的感觉会通透一些，但眼前场区的建筑却是土楼形的，排污也是明沟，沟里的水墨汁一般黑。站在广场里如同置身旋涡中心，周围的房子形成了一种旋转起来的挤压感，让人感到浑身的血管都在弹跳。

空气污浊，环境别扭，老万心里蹦出这样两组词，心里不禁觉得刁德奎所谓的文化范儿也就一般，以前算是高抬了他。老万想，即使有再多的钱，整天生活在污泥浊水之中又有啥意思？还不如在喇嘛山养蜂呢，有山花可赏，有浆果可吃，有山泉可饮，有鸟兽相伴，最好的是空气新鲜，山里的空气甜丝丝的，像清澈明亮的紫苏泉水，能把人的五脏六腑洗得干干净净。

从铁笼子出来后，包子忽然左顾右盼起来，像是听到了某种呼唤。紧接着，它嗅着沥青地面掉头往西北方向走，西北方向有处房子屋门大开，有系着白色围裙的人出出进进。屋门前有棵榆树，树枝上挂着黑乎乎一张生皮。那里应该是食堂和餐厅。老万牵紧了绳子，把包子拉了回来。包子走几步一回头，如果不是老万拉得紧，包子肯定会跑向那里。

碾山养殖场的中心小广场是下沉设计，直径约四十米，圆形，铺着花岗岩条石。周围是五级台阶，怎么看都像个古代的祭坛。广场中央有三根杉木旗杆，上面没有旗子，如同三炷没有点燃的高香。

广场周围坐满了观众，许多人举着手机等待录视频。胖姐悄悄告诉老万，说观众席前面坐的除了刁德奎的七大姑八大姨外，几乎全是刁德奎的关系户，有县里的头头脑脑，有药材采购商，有制药厂老板。让老万吃惊的是当地林业派出所的所长也领着小儿子来了，所长穿便装，身旁的小儿子虎头虎脑，手持一块小熊模样的雪糕，却没有吃，眼睛一直在滴溜溜乱转。

小万坚持没有带其他猛兽来，作为马戏团的经营者，安全问题一定要摆在首位。好在刁德奎也没强求，维尼想看的是包子，对其他动物兴趣不大。专场演出安排时间大概一个钟头。第一个节目是猴子骑矮脚马，一只猴子穿红袍，像模像样骑着马绕圈。矮脚马很温驯，不用猴子扬鞭，自顾自在场地里跑了六圈。第二个节目是群猴争球，光头当裁判，把一个球抛入场地中央，任一群猴子去抢，抢到的猴子将球抱给光头，可以得到一块糖果。第三个节目是猴子骑自行车，六只猴子每只骑一辆儿童自行车，成纵队在场地里转圈。第四个节目是五狗走队列，由五只泰迪直立行走，光头喊着口令，五只泰迪步子走得很齐整。第五个节目是山羊蹬花瓶，这个节目有点难度，总算表演了下来。前五个节目都是光头的，最后出场的是老万和包子。包子要表演四个节目：平衡晃板、钻圈跳绳、推磨和翻跟头作揖。前三个节目很成功，赢得观众阵阵掌声。包子推磨磨出的豆汁没有分发给观众，刁德奎说都留给食堂晚上做盆萝卜缨子小豆腐。翻跟头作揖相对简单了一些，不会有什么危险。老万瞥了一眼前排就座的刁德奎，刁德奎身边是他的宝贝孙子维尼。维尼穿一件带有小熊图案的黄色长袖 T 恤，一会儿站起来大叫，一会儿又坐下鼓掌，能看出孩子很开心。老万发现维尼戴着一条项链，项链有点粗大，与细细的脖颈不成比例。

突发事件的出现没有任何预兆，一切都像是意外。

虽然包子在进入广场前表现出了些许不安，但进入广场后，它像一个敬业的老戏骨快速入戏，晃板平衡掌控得极到位，钻圈跳绳也完成度极好，连帮助摇绳的光头夫妇结束后都竖起了大拇指。最后表演的翻跟头作揖，这是一个逗观众欢笑的表演，表演没什么难度，在地上翻个跟斗，站起来向观众作个揖，作上一圈后演出就算结束。很多观众就利用这个时间与包子合影，包子也很配合，会站在原地作片刻停留，它开心的时候还会抬起右掌示意一下。当包子滚到刁德奎跟前时，维尼起身给包子递过去一块蜂脾。这不是本地的黑蜂脾，应该是刁德奎购买的俄罗斯进口蜂脾。包子作揖后站在那里低头嗅了嗅，双手抱过蜂脾，蜂脾足有半块砖头大小。众人鼓起掌来，这是本次马戏表演唯一一次人熊互动，大家纷纷用手机拍照、录像。这时，包子像发现了什么，将头往前探了探，嗅起维尼的胸口。谁也没想到包子会突然发起飙来。只见它抛掉手中的蜂脾，仰起头呜呜呜叫了起来。这是一种深沉而有力的低吼，撕心裂肺，五脏俱焚，外人听不出门道儿，但这低吼却让老万头发全都竖立起来。他太熟悉这种低吼了，包子扒着铁窗往外面张望时发出的就是这种天地共振般的低吼。

老万快步插过来，就在包子张开大嘴扑向维尼的刹那间，他用后背挡住了发飙的包子。包子两只前爪抓住老万肩膀，力图拨开他的阻挡。他感觉到包子前爪铁钩一样扎进肩头的皮肉，但包子没有撕咬他，如果包子想撕咬，他的脖颈会被一口咬断。

这时，人们回过神来，几个保安持麻醉枪和电击枪冲过来，砰砰砰，不知道开了多少枪，老万忍着剧痛用足力气喊——不要，不要啊！

包子浑身变软，瘫在了老万的后背上，像一个大孩子睡在母亲宽厚的背上。

维尼毫发无损，但他那双小熊一样的眼睛变大了，一眨不眨，像两粒点了墨水的卫生球。

老万要求养殖场的兽医赶快给包子注射解药，尽管肩头在往外渗血，他也没有让人包扎，他希望把这种痛感保留到包子醒来之后。兽医检查了一番，对刁德奎和老万摇摇头，说没救了，过量麻药足以致命，何况还遭受了多次的电击，包子的心脏已经停止了跳动。奇怪的是包子两眼一直睁着，只是失去了黑曜石般的光亮。

老万抱着包子哭泣起来，观众都愣愣地看着突然发生的一切。光头很冷静，他走到维尼面前，捏起维尼胸前粗大的项链吊坠问，这不是熊牙吗？哪里弄的？

刁德奎说就是一会儿会餐吃的那只黑熊的牙，都说熊牙辟邪消灾，我就让厨子收拾干净给维尼戴上了。光头一字一句地说，难怪，这是包子妈妈的牙，包子是嗅到了妈妈的味道才突然发飙的。

刁德奎摇摇头，嘴里嘟囔，怎么会是这样，怎么会是这样？

正在人们沉默的时候，一直睁大眼睛的维尼突然大哭起来，他双手摘下脖子上的项链，使劲儿扔向了爷爷后转身跑开了。刁德奎和一干亲眷都跟着追了出去。

小万过来蹲下身对老万说，哥，对不起，是我害了包子。

老万面如青铜，扭头望向不远处的喇嘛山，一字一句地说，我要亲自埋葬包子，谁也休想打它皮肉的主意。谁要是敢剥包子皮、吃包子肉，我就和他拼命！

包子就由你处理，小万说，你想怎么处理呢？

让包子回家。老万说完眼泪就哗哗流下来了，肩膀触电一样抖动个不停，血丝从衣服里渗出来，颜色变得黑红。

就依你。小万站起身，摆摆手宣布马上退场，会餐取消。

第二天，老万带人将包子埋在撮罗子峰下的紫苏泉边，他用扣大棚用的塑料薄膜将包子卷了不知有多少层，然后沉到深达两米的墓穴中，然后填土，没有起封。让众人不解的是，在埋葬包子的地方，老万又竖起一块牌子，牌子上是这样三个字：

熊出没。

小万站在牌子前一个字一个字拉长了念：熊——出——没，又喃喃自语道，我懂了，哥。

遥远的古冬玲

叶兆言[*]

1

时间一眨眼，古万全夫妇在南京，在这个不属于自己的城市，已生活好多年。他们有一对龙凤胎儿女，古龙和古凤，大学毕业定居南京。古万全夫妇在帮他们带小孩，一个为古凤带外孙女，一个为古龙带孙子。从小孩出生，一路跟着走，伴随第三代的成长。年复一年，一天接着一天。进幼儿园，幼儿园要接送。上小学，小学要接送。到了初中，还是要接送。

古万全夫妇的历史很简单，天生的农民，出生在江南一个叫古家塝的村子。生长在红旗下，小学，初中，毕业了务农。改革开放，在乡镇企业当工人。后来乡镇企业不景气了，打过杂，什么都干。终于儿女考上大学，农村老家也盖好了小楼，他们又因为拆迁，城市化，搬进了县城，一个经济相当发达的县级市。

然后就是到南京带娃，过去的这些年，已经习惯了南京的生活。按计划，

---

* 叶兆言，男，1957年出生，南京人。1974年高中毕业，进工厂当过四年钳工。1978年考入南京大学，1986年获得硕士学位。80年代初期开始文学创作，主要作品有八卷本《叶兆言中篇小说系列》，五卷本《叶兆言短篇小说编年》，长篇小说《一九三七年的爱情》《花煞》《别人的爱情》《没有玻璃的花房》《我们的心多么顽固》《很久以来》《刻骨铭心》《仪凤之门》，散文集《流浪之夜》《旧影秦淮》《叶兆言绝妙小品文》《叶兆言散文》《杂花生树》《陈年旧事》《南京传》等。

等孙子和外孙女上高中，他们就可以回家，回到县城去养老。真正的老家早就没了，古家埭不复存在，古家埭已消失。然而计划赶不上变化，古凤又生了二胎，大的刚上高中，小的刚进幼儿园。最终还是要走，不过在南京显然还得待下去，夫妻双双回家养老，明摆着遥遥无期，起码古万全老婆马春妹，还得继续为女儿带娃。

古万全夫妇在南京，一直处于分居状态。孙子和外孙女只相差一岁，最初是马春妹在儿子这边，由她负责照顾孙子，因为和媳妇的关系始终搞不好，媳妇接受不了她，她也接受不了媳妇，就说大家不妨换一换试试。马春妹去女儿家，古万全过来照顾孙子，结果这一试，感觉挺好，于是就定下来，定了就定了。从此不再改变，古万全长住在儿子家，照顾孙子小明。从幼儿园开始，一直到上小学，到进初中，孙子都是他在负责。

有些事也没办法，按说老公公和儿媳妇，同住一个屋檐下，同住一套并不宽裕的两居室，多少有那么一点别扭。但是相较起来，还是比婆媳关系更容易相处。两害相权取其轻，媳妇更愿意选择与公公在一起。儿子也这么认为，古龙怕老婆，老婆说了算。古万全不会与媳妇闹矛盾，凡事他都能忍，凡事他都能让，大家退后一步，就吵不起来。婆婆和媳妇在一起却不一样，针尖对上麦芒，很容易为一两句话，弄得不愉快。也不是做婆婆的马春妹难说话，看不惯媳妇，对媳妇有多大意见。古万全心里有数，心里全明白，都看在眼里，平心而论，是媳妇看不惯马春妹。

马春妹也知道媳妇的心思，反正就是看不惯，自己的一举一动，都让媳妇看不惯。一方水土养一方人，大家生活习性不一样，马春妹经常会退一步，说乡下人就这样，乡下人都这样，你们看得惯也好，看不惯也好，就这样了，要我们改也难。媳妇觉得乡下人也不完全是马春妹那样，心里这么想，却不会当面说出来，说出来就撕破脸，怪罪她看不起乡下人。背后忍不住，免不了还会跟古龙抱怨，说这话不是我说的，你妈自己说出来的，我不在乎她是不是乡下人，这话是她说的，动不动还要说什么农村户口，这个你可别赖我，我什么都没说。

毫无疑问，在媳妇和女婿眼里，出身农村的古万全夫妇，确实是地道农民，不折不扣的乡下人。乡音未改，说的家乡话，媳妇听不懂，女婿也听不懂。虽然在南京待了很多年，日常生活和城里人没太大区别，也有点退休金，也有点医保，但还是改变不了外地农村人的形象。时至今日，农村户口和城市户口，在富庶的江南地区，没有太大区分。然而说没有，还是会有，他们各自常住的小区，很多外地人和乡下人，如果不开口说话，看不出谁本地人，谁外地人。衣着上也分辨不出来，古凤就说自己住的那栋楼里，看上去最土鳖的那位，还是一个很有名的大学教授。

古万全唯一让媳妇感到他还是乡下人的地方，是上厕所会忘了关门。媳妇跟儿子提意见，古龙把这意见转达，他因此多了个心眼，上厕所一定记得关门。偏偏儿子自己就经常不关门，古龙不关，自然是有他的道理，家中唯一女性是自己老婆，用不着回避。这里是他的家，他是主人，在自己家想干啥就干啥，在自己家想怎么放肆就怎么放肆。说一千道一万，古万全夫妇都是客，南京是儿子和女儿的家，他们老夫妻不能想怎么样就怎么样。

马春妹舍不得扔剩菜，舍不得淘汰旧衣服。在儿子和媳妇看来，她是一个来自农村的老太太，摆脱不了乡下人的见识。被他们看不入眼不奇怪，事实上，连女儿也总是会看不上马春妹，嫌她舍不得扔东西，衣服只要能穿，再不合适，也舍不得扔，再难看，也还会穿。女儿因此意见很大，总说她永远是乡下人，改不了乡下人的毛病。

2

隔一段日子，年过花甲的古万全夫妇，也还能像旧戏中演的那样玩一回分钗合钿，重寻绣户珠箔。一个住城南，一个住城北，坐公交车，差不多要一个小时的路程。好在年龄大了，金风玉露一相逢，都老了，那种事有没有，鸳梦是否重温，也不是太在乎。

通常都是在女儿家，龙凤胎中的古凤，比古龙先一步来到人间，所以她是姐姐。古凤家房子也要大一些，那种多层小区的三室一厅，是顶楼。马春妹单独住朝北的一间小屋，搁了一张床，比小床大一点，又比大床小一点，可折叠的沙发床。老夫老妻挤着睡，一翻身，金属支架便叽叽咔咔直响。

马春妹照例会急，连声说："你轻一点，轻一点。"

古万全照例很委屈，说："我都还没动呢，这不能怪我。"

马春妹便说："不怪你怪谁，轻一点，你听见没有？"

有时候家里没人，女儿女婿上班，外孙女星星上学，免不了会放肆一些。尤其天热的时候，把空调打开，楼上楼下会不会听见，也顾不上了。马春妹说她早就跟古凤抱怨过，说沙发床太软，睡着腰疼。古万全说软归软，弹性还可以，一个人睡挺宽敞，两个人就小了一些。

有一天完事，古万全夫妇意犹未尽，聊起了外孙女的早恋。星星人小鬼大，从幼儿园起，就会直截了当地说自己喜欢谁。上初中开始出现早恋苗头，一读高中，索性有了看中的男生。现在的女孩子都早熟，早熟得惊人，早熟得怕人。前几天在饭桌上，又大大咧咧地说她喜欢谁，说看上了一个男生，想给他写信。古凤听了着急，说你才这个年纪，不应该早恋，要好好读书。

星星立刻反驳，说："什么叫早恋，我是说我现在喜欢谁，难道不行吗？"

古凤很坚定地说："不行，我说不行就不行，你现在这个年纪，应该好好读书，必须好好读书。"

"为什么？"

"不为什么。"

星星气急败坏："我怎么不好好地读书，怎么不好好读了？"

古万全夫妇老家的方言中，外公和外婆，不叫外公外婆，叫舅公舅婆。月亮不说月亮，是反过来说亮月。喜欢也不说喜欢，说欢喜。因此喜欢谁，就是欢喜谁。也没有早恋这个说法，老家方言说这两个字拗口。马春妹说星星才这么大，就知道欢喜谁了，现在的小丫头，真是不得了，都知道要"早恋"了。"早恋"这两个字，她是用普通话说的，音调有点怪。

马春妹把星星跟古凤的对话，一五一十地学给古万全听，一边说，一边感慨。星星这小丫头说什么都毫无顾忌，心里怎么想，就敢怎么说，一点都不害臊，根本不知道害臊。古万全听了不说话，马春妹说你说这事奇怪不奇怪？古万全也没觉得有什么太奇怪，时代不同了，花样便多了。这年头见怪不怪，欢喜谁这事也说不准的，尤其是小孩子，谁知道真的假的。马春妹说我是也没当真，不过要是真的，我说真要是真的，也不太好，你说是不是？

古万全找到遥控器，把温度稍稍调高一些，他觉得有点凉了，刚刚温度调得太低。心里还在想，小孩子的事，没必要当真。马春妹上小学，就暗恋过小学老师，一个回乡的退伍军人。那时候，她岁数比现在的星星还小，当时最恨的是小学老师结过婚。情窦初开的她心里总是在想，要快点长，自己赶快长大。小学老师的老婆如果死了，她也长大了，就嫁给他。这些想法莫名其妙，很天真，很无邪。古万全说，想想你小时候，不是也欢喜过金老师吗？也不知道为什么，他突然想起这事，随口说了出来。很显然，两件事性质完全不一样。

马春妹没想到他会说起这个，怔了一会，说：

"小孩子懂什么，我是欢喜过金老师，两回事，不搭界的。"

马春妹当年的欢喜金老师，用今天的话说，不能叫早恋，只能算是一种非常模糊、界限不太清晰的朦胧初恋。初恋是一笔糊涂账，马春妹对这事从不隐瞒，不止一次说给古万全听。想当年，祠堂小学金老师的一举一动，都让年幼的她魂不守舍。金老师拿着一支蘸了清水的毛笔，在黑板上写大字，同学们学着写。最喜欢写的字是"永"，他说这个字写好了，一笔一画都掌握了，就什么字都能写，什么字都能写好。

古万全与马春妹是同班同级，当然也知道这位金老师。金老师结婚不久，新婚妻子一点也不漂亮，他拿着那支蘸了水的大字笔，在黑板上龙飞凤舞、神气活现地挥动。那时候也不用什么字帖，没有字帖，上写字课，大家写毛笔字，都是照着黑板上金老师的字写。蘸了水的毛笔，在黑板上写大字，又黑又亮，还真是挺好看的。

　　说老实话，金老师并不怎么样，个子不高，人也不帅，黑黢黢的，两个眼珠子常常瞪得很大，教训人时很凶。祠堂小学是复式班，全班将近四十号人，从小学一年级到三年级，在一个教室里上课。古万全想不明白马春妹为什么会喜欢这么一个人，作为马春妹的老公，他绝对不会为了这男人吃醋。现在，话题既然说到金老师，古万全便说我是真想不明白，当初你为什么会欢喜他。马春妹笑了，说我也想不明白，也是真想不明白为什么，想不明白我当初竟然会欢喜这样的一个人。

　　古万全说："他有什么好的。"

　　马春妹也说："是呀，他有什么好的。"

　　话题再也没有回到外孙女星星的早恋上，马春妹找到了空调遥控器，古万全随手把它放到了枕头下面，她找半天才找到。关了空调，马春妹送古万全下楼，顺便去小区门口的菜场买点菜。到小区门口，突然想起一件事，瞪着眼睛对古万全说：

　　"我跟你说，你知道这一段时间，我经常跟谁在一起？你绝对想不到，想不到的。"古万全不知道她跟谁在一起，就看到马春妹的表情，一脸的神秘，很好奇地问：

　　"能跟谁呢？"

　　马春妹还是不肯说："猜，你猜猜！"

　　古万全不想玩猜谜游戏，说："这怎么能猜得到？我不高兴猜。"

　　马春妹笑着说："告诉你都不会相信，我是和古冬玲在一起。古冬玲，就那个古冬玲，到我们古家垛插队的古冬玲，当年跟我处得最好的，你还能记得她吗？应该能记得，你说这个事巧不巧？她居然就住在我们女儿的这个小区，就住在二期。"

古万全不敢相信自己的耳朵，明明听得很清楚，却有意明知故问：

"哪个古冬玲？"

马春妹觉得他在装腔，这种装腔作势，很容易看出来，有点不满地说：

"还能有哪个古冬玲？"

与马春妹分手，回去路上，古万全一直在想她提到的那位古冬玲。他在想马春妹为什么会见到古冬玲，女儿住的这个小区很大，有一期、二期和三期，住了好几万人。马春妹告诉古万全，自己是在跳"僵尸舞"时，无意中遇到了古冬玲。因为是在晚上，跳舞的人很多，此前虽然看着有些脸熟，感觉大家是见过面的，却一时想不起在哪儿见过。后来有一天，"僵尸舞"结束了，队伍正在散开，听见有人在大声喊"古冬玲"，一起跳"僵尸舞"的舞伴在叫，马春妹立刻想起她是谁。

就在分手的短短几分钟，马春妹抓紧时间，把古冬玲的几个要点都说了。把她所探听到的古冬玲的现状，一一说给古万全听。马春妹告诉他，古冬玲现在住的是亲家的房子，亲家不在这儿住，房子一直空关。她老公前几年就死了，生病死的。儿子和媳妇住古冬玲的房子，那边是学区房，孙子要在那儿上学。她也是两头跑，除了双休日这两天，都要赶过去给小孩做饭，帮儿子照顾家务。马春妹告诉古万全，古冬玲看上去与过去还是有点像，还那样，当然也老了，只是模样没太变。

马春妹有一点感慨，一边说，一边叹气：

"也不能说没变，不过样子还是那个样子，腔调还是那个腔调。"

古万全显得有点无动于衷，说：

"本来就是，怎么可能没变，都几十年了，真要是不变，还不成了妖精？"

"是这样，都几十年了，当然要有变化。"

古万全在公交站等公交车，公交车迟迟不来，显然是耽误了。等候的人越来越多，大家都在引颈而望，伸长了脖子，都在抱怨，开始骂娘，抱怨说车怎么还不过来。公交车来了，他发现自己手上竟然没拿公交卡，连忙在身上摸，慌乱中，一时又不知放哪儿了。心里有些慌，就怕遗忘在女儿家，真要丢在那儿，还是有点麻烦。大家都在往公交车上挤，古万全被夹在中间，显得很碍事。好在总算是让他摸到了公交卡，在 T 恤衫的小口袋里，匆匆上车把卡刷了。

公交车已启动，古万全努力让自己站稳。这时候，他是一个人，马春妹不在身边。仿佛黑夜里划过的一道闪电，他又开始想到了古冬玲。想到了，就随着公交车的颠簸，一直在茫然地想。此前也想过，因为要赶路，思绪断断续续。接下来，就一直都在乱想，没完没了地在乱想。遥远的古冬玲，那个遥远的古冬玲，突然也乘虚而入，全盘入侵了古万全的大脑。此时此刻，他脑海里的每一个角落，全都是古冬玲。

中途要换一次车，古万全居然会坐过站。不得不在前面一站下车，下了车，再重新往回走，再次等公交车。本来时间很富裕，坐过站，便变得有些紧张，等到去接孙子小明的时候，已经迟到。小明正站在学校门口东张西望，接学生的家长都走了。校门口没有了往日放学时的混乱，古万全看到了小明，小明也看到了来接他的爷爷，脸上显得很不满意。

一路上，古万全还在想古冬玲，一边想，一边跟自己嘀咕，说我他娘的为什么要老想着她，我老是想着她干什么。心里这么想，嘴上也在这么嘀咕，却还是一直在想，还是忍不住要想。小明就在他身边，见爷爷有些走神，嘴角乱动，便问他怎么了，为什么今天会迟到，为什么来迟了，为什么今天不是骑着电动车来接他。

古万全支支吾吾，说爷爷今天有点事，有事，真有事，所以就没骑电动车。小明听了，似信非信，觉得爷爷是在扯谎，盯着他的眼睛看，看得古万全有些不自在。等候公交车的人并不多，公交车又是迟迟不来，等了好半天，终于姗姗地到达。车上倒是有很多人，古万全与小明挤上车，在离车门不远的地方站住。他紧搂着孙子，怕小明站不稳，怕别人挤到他。

晚上吃晚饭，古万全也是一直在走神，在胡思乱想。他告诉儿子古龙，今天去了马春妹那里。古龙心不在焉，嗯的一声，算是回答，表示他知道了，也没说什么。古万全见儿子没什么反应，爱理不理，又解释说自己乘坐公交车去接小明，差一点耽误事。

一旁的小明便说："爷爷，你已经耽误了。"

古万全说："耽误什么，我不是接到了你吗？"

晚上照例陪孙子做功课，古万全继续胡思乱想，思念着遥远的古冬玲，忽然想到了马春妹说的外孙女星星开始初恋这事，便问小明有没有欢喜的女孩子。小明很吃惊，想不到他居然会问这个事。古万全也觉得问得有点荒唐，说爷爷也就是瞎问问。小明说，你就是在瞎问，谁告诉你我有喜欢的女孩了。

古万全说："没有就好，没有最好。"

小明翻了个白眼，撇着嘴说："有我也不会告诉你，凭什么告诉你？"

小明有很多功课要做，他总是有很多老师布置的作业，总是睡得很晚。通常都是古万全陪着，只是在一旁陪他，具体写什么作业，从小学四年级开始，古万全就不再过问，很多功课已经做不了。终于小明也睡了，睡着了，轻声地打着呼噜，睡得很香。古万全翻来覆去，一次次起来上厕所。他脑子里，现在想的竟然全是古冬玲。古冬玲不约而至，古冬玲挥之不去。古冬玲就像森林里调皮的小兔子，东奔西跳，跑进了古万全的脑袋，在他脑海里到处乱窜。

3

古万全与古冬玲第一次见面时，差不多要比现在的小明小两岁。那是他第一次见到古冬玲，第一次见到这个来自城市的小姑娘。时间是一九六六年，她回老家过年。那时候的古冬玲，不会说老家的方言，只听得懂，她爸爸妈妈是这地方的人，是从这儿出去的，在家里经常能听到家乡话。因为不会说家乡话，那时候的古冬玲就像个不能开口的小哑巴。

那时候，这个来自南京的小姑娘，马上要升入中学。古万全和马春妹生于一九五四年，属马，古冬玲比他们要大一岁，属蛇。小学是五年制，她因此比古万全和马春妹高了两级，个子也高出许多。城里孩子发育早，一看就与乡下的孩子不一样。在那个特殊的封闭的年代，古万全和马春妹只知道世上有两种人，就是乡下人和城里人。城乡差别太大了，有着天壤之别，城里人进工厂，城里人有粮票，有火车，有汽车，有很多很多东西。乡下孩子从没见过火车，没见过汽车，没看过电影，也不知道还有电灯电话。

孩子们在冬天的田埂上放风筝，自己动手做的风筝，线不够长，飞得也不太高。大家在田野里狂奔，冬天的土地已冻结，在坚硬的冻土地上，孩子们在欢跳，孩子们在呼喊。到了中午，太阳的强烈照耀下，冻土地开始融化。古冬玲在田埂上一次次跌倒，爬起来，又跌倒。终于动弹不了，抬不起脚来，最后陷在烂泥中哭起来，她衣服上全是烂泥。孩子们笑得很开心，幸灾乐祸，看着这个来自城里的小女孩，看着她孤立无援，看着她出丑，看着她出洋相。没人去帮她，也帮不了她，跌倒了，只能自己爬起来，爬起来再跌倒，最后手脚并用，非常狼狈。

按辈分，古冬玲是古万全的侄女儿。他们之间的关系，应该是还没超出五服，也就是说，认真核查起来，古冬玲的高祖，也就是她爷爷的爷爷，与古万全的曾祖父，是堂房兄弟。古冬玲的父亲叫古万器，与古万全同一辈，都是"万"字辈。古家埭有个不大的祠堂，供着老祖宗牌位。"文化大革命"还没开始，但大家已经不怎么祭祀祖宗。封建礼教基本上没人再在乎，老祖宗的规矩渐渐不管用了，给孩子取名字也不按辈分来，都乱了，开始乱起名字。古冬玲这一辈按说是"天"字辈，要叫古天什么的，然而早在"万"字辈就已经混乱，古万全属于最后一拨按辈分取名的。

古冬玲的这一次回乡过年，时间并不长，只有短短几天。几乎没给马春妹留下印象，她甚至都不记得自己当时见过古冬玲。不过，对于十二岁的古万全来说，完全不一样。古冬玲给他留下的印象太深刻，想忘也忘不了，想忘也不能忘。他们并没有什么实际交往，没打过任何交道，没说过话，最多也就是互相看了几眼。古冬玲是古万全记忆中，最初的城里人，真正的城里人，城里人的形象就是古冬玲这个样子。

如果古冬玲后来没有回乡当知青，如果她不再出现，这个城市小姑娘的美好形象，也许很快会在古万全脑袋里消失。这以后又过了三年，到了一九六九年，古万全十五岁，已经上了初二，有一天，当时的生产队队长，也就是马春妹的父亲马治图，把他喊到生产队会计古万隆家，说有个事要交给他做，让他去公社接一位回乡插队的女知青。古万全一直想不太明白，当时为什么要把这事交给他来做。正是农忙期间，学校也停课了，他已经开始在生产队干农活。现在既然是把接知青的任务交给他，古万全当然只能遵命。

去公社要走十多里路，到了公社，问到具体地方，见到了要见的几位知青。全公社一共八位知青，四男四女，有上海的，有南京的，还有县城的。都是先在公社集中，听公社领导说一番话，然后排着队，在镇上沿街敲锣打鼓游行。再然后，由来接的人，分别带往要去落户的生产队。古万全在公社革命委员会的小院等候了半个钟头，见到了自己要接的古冬玲，又跟着游行队伍，在镇上来回走了一圈。时过三年多，古冬玲再也不是当初的那个小姑娘，穿着一身军装，胸前别着主席像章，不只是她这身打扮，所有的知青都是统一样式，都是一身黄军装，一枚主席像章。

公社给每位知青发了一双黄胶鞋，一个竹壳热水瓶。此前招呼过了，古万全是带着一根空扁担去的，接下来，就是扮演挑夫的角色，伴送古冬玲回古家塝。他的脑海里开始出现了混乱，明知道眼前这位英姿飒爽的古冬玲，与三年前的那个小女孩，那个在融化的冻土地上低声哭泣的小女孩，是同一个人，又总觉得好像是两回事，是两个完全不同的人。

去古家塝的路上，两个人都没说什么话，不知道说什么好。走着走着，古冬玲便会问一句：

"还有多远？"

走着走着，古冬玲又问一句：

"还有多远？"

古万全的回答非常简单：

"就在前面，马上就到了。"

半道上，古冬玲停了下来，换上公社新发的胶鞋。此前她穿的是一双红色塑料凉鞋，这双凉鞋很好看，走在乡间高低不平的小路上，还不如光着脚走路的古万全走得爽快。古冬玲带着好奇问古万全，说光着脚在地上走，难道不会硌脚吗，你的脚底难道不会疼吗？她这么一问，古万全又想起了当年那个在融化的冻土地上走路的小丫头。

古万全心里在笑，有些不好意思，说：

"我们乡下都这样，天热了，都赤脚的。"

4

遥远两个字很有意思，白驹过隙，物换星移，远远地，看不太清楚，它已经模糊了。然而看不太清楚和模糊，并不意味着就会消失。隔着时间长河，通过对空间的穿越，遥远的身影又会悄然出现。不知不觉中，遥远正对你凝视，遥远正与你相望。也许每个人心目中，都会保留一些不一样的遥远。遥远的古冬玲早已消失，遥远的古冬玲早已不复存在。遥远的古冬玲作为过去式，一段被遗忘的背影，对古万全夫妇有着不同寻常的意义。

也许每个人心目中，都会有个不一样的古冬玲，都会有个遥远得不再真实的古冬玲。对古万全是这样，对马春妹是这样，甚至对古冬玲自己，对当事者，也是这样。遥远的古冬玲，让古万全情窦初开，让他刻骨铭心。从重新见面的那一刻起，从去公社接她回古家埭开始，古万全一度坠入了爱河，产生了一种非同寻常的情感。这种情感说不清楚，道不明白，可以说是初恋，也可以说是早恋，更准确地说是暗恋。十五岁的古万全情不自禁，他在心底里喜欢上了古冬玲。

古冬玲到古家埭插队的那一年，是十六岁。刚来的时候，住七叔古万隆家的厢房。古万隆是生产队会计，与古冬玲父亲古万器同父异母，也是最小的一位叔叔。古万器排行老四，古万隆曾经与四哥一样，也在南京工厂做工，一九四八年回老家结婚，结果没有再返回南京，就又成了农民。说到这事，大家都觉得可惜，如果不回乡结婚，或者结了婚再返回南京，古万隆就和古万器一样，是个不折不扣的城里人。

古冬玲回到父亲出生的古家埭，不只是古万器的几个兄弟对她照顾有加，全村人不由自主，都对她有所关照。大家都觉得她与众不同，来自城市，是城里人，是到乡下来吃苦的。相较起来，城市是天堂，农村便是人间，受了委屈的古冬玲，从天堂一下子跌到人间，人间不能算是地狱，却难免要让人受些罪的。就像她上次回乡过年一样，农村的艰苦生活，处处都会显得不能适应。古冬玲仍然不会在融化的冻土地上行走，深一脚浅一脚，总是要不断地跌倒。肩不能挑，手不能提，什么农活都做不好，动不动就闹笑话。

如果说古万全只是暗恋，那么马春妹与她就完全是另一种交往。没人知道古万全心中的秘密，没人知道他对古冬玲的心事，这个秘密隐藏得很深，除了他自己，没人知道。古冬玲不知道，马春妹也不知道，大家都不知道。没人知道，也就没人在乎，没人当回事。大家都知道的，大家都看在眼里的，是马春妹与古冬玲关系非同寻常，他们是最好的朋友，用后来流行的话说，当时是非常要好的闺密。

马春妹的父亲马治图是生产队队长，生产队队长不是什么了不得的干部，不过在古家埭，还是有点威望的，村上人都愿意听马治图的话，都愿意服从他的领导，听从他的安排。马家不是本地人，是外来户，所谓的"网船浪人"。大家弄不清什么叫"网船浪人"，都叫他们"船上人"。当地人的发音，"船上人"与"船浪人"是一样的，没有区别。因为是外乡人，属于外姓，马治图家刚在古家埭落户时，总会遭受欺负，被当地人看不起，一开口就是你们一个姓马的，一个外姓人，一个船上人，在古家堡连砌个茅坑的地方都没有，你们神气什么。

马治图家为什么会在古家堡落户，这是政府部门的一个安排。实际上，"网船浪人"究竟怎么回事，它的漫长历史，不要说马春妹不知道，她爹她妈也不清楚。江南地区的"网船浪人"，顾名思义，在船上生活的人，为什么叫网船，因为有个网状的帆。据专家考证，明代朱元璋决战鄱阳湖，"网船浪人"当时站在陈友谅一边，战败后，后代便判永世不得上岸，成了水上游民，相当于古代的疍民。"网船浪人"拖着妻儿老小，世代生活在船上。流落到江南，开始在城郊的河道两岸，用简易的木板建造一些小房子，房子很简陋，臭气熏天不避风日。一九四九年后，城市要发展，政府疏通河道，对"网船浪人"重新安置，让他们上岸落户，马家被分配到了古家堡。

古家堡都姓古，同一个老祖宗，可以一致对外，共同欺负外来者，又免不了内耗，相互争斗。分成东村和西村，也就是两个生产队。东村队长很容易选出来，西村选来选去，你不服我，我不服你，选不出一个生产队队长。最后只能"宁赠友邦，不予家奴"，硬是把西村生产队队长的头衔，拱手交给了马春妹的父亲。马治图成为西村的生产队队长，还入了党，生产队队长权力不大，或者说刚开始的时候，并不是很大。大家并不把队长当回事，渐渐地邻里之间有纠纷，家长里短鸡飞狗跳，都要指望他这个外姓的生产队队长站出来主持公道。到了后来，他又当过生产大队的副大队长，生产队取消，东村西村进行合并，马治图直接当选了村主任，俨然就是个人物。

作为生产队队长的女儿，马春妹基本上感受不到外来户的歧视。原住民最有杀伤力的一句话，是你们家在古家堡连块砌茅坑的地皮都没有。然而这也是在土地私有制的年代才有效，现如今早已经是人民公社，人民当家做主，除了分配的宅基地、种菜的自留地，谁也没有属于自己的土地。外来户和本土村民，都一样，都是公社社员，都是生产队的农民。

古冬玲到古家堡插队那一年，古万全夫妇都是十五岁。古万全暗恋上古冬玲，马春妹成了她的好朋友。她们能成为好朋友，直接原因是马春妹和古冬玲在同一张床上，盖着同一条棉被，一起睡了一年多。一起睡的原因很简单，古冬玲刚来，住七叔古万隆家，睡西侧的厢房，前两天没什么，到了第三天，突然发现离她不远处竖着一口寿器，也就是一口棺材。这是古冬玲的继奶奶的，也就是给古万隆的妈准备的。乡下人见惯了，都不会当回事，来自城市的古冬玲不一样，她被这口竖着的棺材吓得魂飞魄散。

一晚上根本没办法睡觉，睡不着，睁开眼睛，闭上眼睛，眼前都是这口棺材的影子。到了第二天一大早，古冬玲去找七叔古万隆，跟他商量，能不能换个地方让她住。古万隆说，换，往哪儿换？没地方换，你都看见了，就这间厢房是空着的。他说这棺材里又没有人，又没有死人藏在里面，你怕个什么呢，有什么好怕的。

古冬玲说："我知道棺材里面没有人。"

"没有人你怕什么？"

古冬玲依然面带恐惧，说："我就是怕，就是怕。"

古万隆眉头紧皱，颠来倒去，还是那几句话："有什么好怕的，你们城里人就是娇气。"

"我就是怕。"

"怕什么，过个几天就好了。"

与七叔商量无效，古冬玲直接去找马春妹的父亲马治图。在公社革命委员会集中时，革委会的人曾经说过，到了生产队，接受贫下中农再教育，遇到什么困难，有什么难处，有什么解决不了的问题，就去找生产队队长，生产队队长解决不了，还可以到公社来，公社有专门负责下乡知青的人，公社会为你们做主。马治图弄明白了缘由，忍不住笑出声来。正好马春妹也在旁边，听了也跟着笑。马治图父女这么一笑，古冬玲的眼泪立刻流淌了下来。

马治图连忙安慰，说你不要哭，不要哭。说他知道她来找自己，是信任他这个生产队队长，说城里的孩子跟乡下的孩子应该是不一样的，古冬玲的害怕，很正常，没有关系，害怕就是害怕，害怕就要说出来，说出来就好，比憋在肚子里好，我们不是笑话你，你不要哭，不要哭。不过马治图也感到为难，他可以安慰古冬玲，可是也不知道如何处理，便让马春妹去把古万隆叫过来。

不一会，古万隆气鼓鼓地来了，开口就教训古冬玲：

"你这丫头真不懂事，不懂事。"

马治图摆摆手，不让古万隆往下说：

"万隆你不要这么说，不要这么说，她也不容易，不容易的。"

"有什么不容易，这种事，说出来都是笑话，"古万隆脸拉得很长，"你好好地在南京待着多好，干吗要到乡下来，干吗要来？"

古冬玲不服气地说："我响应号召，到农村来接受贫下中农再教育，有什么错吗？"

古万隆说："你没有错，你怎么能有错，有错的都是我，都是我这个七叔的错，都是我好了吧？"

5

古冬玲来到古家埭，不只影响了古万全夫妇，也震撼了村上所有的年轻人。毕竟她带来了不一样的青春气息，把一个活生生的城市女孩形象，带到了偏僻的古家埭。古冬玲的装扮是那样与众不同，胸前别着主席像章，穿着黄色的军装，戴着黄色的军帽，腰间还经常系着一根皮带。事实上，她穿的军装和戴的军帽，都是仿制的，只是颜色和式样看上去类似，然而这样的装扮，足以让与她年龄差不多的乡下人，大开眼界。

古冬玲难免一些稚气，她对那口空棺材的恐惧，几乎立刻成为全村人的笑柄。城里人的美好形象顿时坍塌，原来城里人会这么可笑，会这么胆小。解决古冬玲恐惧的办法，多少有些潦草，多少有些急就章，最后采取了不是办法的办法。既然古万隆明确表示只有这间西厢房，如果生产队不能为古冬玲提供新的住所，那么她也就只好将就着继续在那里住下去。马治图与古万隆商量，可不可以考虑把寿器挪个地方，古万隆听了，想了一会，断然否决，说寿器不能动的，绝对不能动，我娘都那个岁数了，你也知道，寿器不能随便乱动，我娘也不肯答应。

古万隆干脆用一种带着威胁的语气，警告说：

"我娘要是真有些什么，真出了什么事，谁来负责？"

古万隆的母亲是古冬玲父亲古万器的继母，老太太已八十岁，古万隆这么一说，马治图还真有些为难，真没办法说什么。乡下有乡下的规矩。看着马治图为难的样子，古万隆灵机一动，回过头来，看了一眼站在一边的马春妹，很认真地对马治图说：

"要不然，你看这样行不行，冬玲这丫头不是害怕吗？就让你们家春妹陪她。"

"陪她？"

"对呀，让你们家春妹陪她睡。"

就这样，马春妹为了陪伴古冬玲，为了消除古冬玲的恐惧，开始与她同床睡觉。那一年，马春妹十五岁，个子与古冬玲一般高，看上去要小得多，也稚嫩得多。女孩子跟女孩子睡觉，在过去的年代，并不是稀罕事。马春妹在家与妹妹一直是同一个被窝，古冬玲在姐姐去新疆前，也是一直与姐姐同睡。天天一起睡，马春妹与古冬玲的关系，变得不太一般，有一段日子，她们几乎形影不离。

跟马春妹不一样，古万全是把对古冬玲的暗恋，一直都深深地埋藏在心灵深处。记忆中有那么几件事，无非就那么几件事，有意无意地，时常又会从幽暗的角落跑出来。他忘不了那些有意思的场景，孩子们在冻土地上奔跑，开春了，冻土地融化了，深一脚浅一脚困在乡间小道上的古冬玲，那个梳着两条小辫的城市小女孩，哭得稀里哗啦。忘不了去公社接她回古家埭，这时候的古冬玲已是个大姑娘，像个女兵，一身黄衣服，飒爽英姿，脚上一双显眼的红色塑料凉鞋，在路边换胶鞋，她的脚丫可真是白净。

冬天到了，古冬玲成天套着一件军大衣，军大衣据说是真的，大衣里面还盖着一个章。那是离开南京时，街道统一发的，每个知青都有一件，不过也就她所在的那个街道才有。一家生产军服的军工厂，就在古冬玲所在的那个街道，这些军大衣就是这家军工厂专门赠送的。古家埭的冬天很冷，外面冷，屋子里也冷，乡下房子照旧四处漏风。冬天来了，北风呼啸，没有农活可以干，也干不了，大家都闲着。古冬玲给人的印象，在整个冬天，她都是低着脑袋，紧抱着双手，蜷缩在那件显得有点宽大的军大衣中。

古冬玲成了大家眼里的一个另类，都很羡慕她，也都很同情她。羡慕她来自城市，羡慕她快过年了又要回到城市去探亲，探亲回来，再次回到古家埭，会带回一些城市的新玩意，譬如带回一块南京生产的钟山牌手表。当时手表属于贵重物品，就连城里人也不是人人都有，到了乡间，在乡下人眼里，绝对是稀罕之物。作为一名下乡知青，古冬玲始终无法适应乡间的生活。越是不能适应，大家越要迁就她，照顾她；越是迁就和照顾，她就越是不能适应。她来到古家埭的第二年冬天，祠堂小学的金老师要调往公社小学，新的祠堂小学必须选派一位新的老师，马治图立刻想到了古冬玲。

古冬玲成了祠堂小学代课的新老师，她初中毕业，又是在"文革"中，水平当然不怎么样，甚至可以说很不怎么样。不过教农村的小孩，只要教一年级、二年级、三年级。祠堂小学是复式学校，几个年级的学生混在一起上课，人还挺多，分开教学，一年级是语文，二年级是算术，三年级便让学生写字。三年严重困难时期以后，民生有所恢复，这期间出生的孩子，突然暴增，都到了上小学的年龄，祠堂小学更像是个幼儿园。

语文容易教，算术也不难，困难的是写字，写黑板上的大字。金老师擅长这个，拎着一支蘸水毛笔，能在黑板上写擘窠大字。古冬玲写不了，她的字很难看，怎么写都不好看，大字写不了，小字也不行，用铅笔和钢笔都写得很丑，更不要说用毛笔在黑板上写。如何写大字，成了她的心病，要当好小学老师，首先要把几个大字写好。乡下人看她是不是好的老师,无非也是看她的字写得好不好。

古万全记得,几乎就是一九七一年,古冬玲开始跟着他一起练习毛笔字。作为金老师教出来的学生,古万全能写毛笔字,那一手毛笔字在古家埭公认写得最好。祠堂小学门前的操场上,有一块老祖宗留下来用于练毛笔字的金砖。所谓金砖,就是一块平整的大方砖,不需要用纸,也不用磨墨,只需一杯清水,加上一支毛笔,可以随心所欲练字。写了字迹等干,字迹消失了,还可以继续写,古万全的字就是在金砖上练出来的。

是马治图让古冬玲与古万全一起练字的,他只上过半年扫盲班,并不太知道字的好坏。古冬玲的七叔古万隆小学毕业,知道一点字的好坏,便跟马治图嘀咕,说古冬玲的那个字,实在不怎么样,看不下去。马治图就问,村上谁的字写得更好,古万隆想了想,想到了古万全,说古家埭要出个布告,写个大字报。

古冬玲刚开始还有点认真,真心地想跟古万全学写字,很快就没什么心思,就不想再练习,没有了耐心。她想到一个既省事又可以偷懒的办法,就是一下子磨了很多墨汁,让古万全在黄草纸上写大字,每张草纸上只写一个字,一共写了一百多个常用大字,然后像卡片一样收集起来,上课时随手挑几字,挂在黑板上,让小学生照着临写。黑板两头钉了两个钉子,系上一条细绳,用晾衣服的夹子夹着,这办法也亏她能想出来。

6

跟古万全的深藏不露相比,马春妹更喜欢说起古冬玲,与古万全成为夫妇后,跟他不止一次聊过古冬玲。她觉得没人能比自己更了解、更知道古冬玲在农村是怎么当知青的。毕竟在一起睡过一年多,她们无话不说、无事不谈。古冬玲当了祠堂小学的老师，马春妹也经常去找她，有时候就睡在她的办公室。这办公室此前是金老师的，就是那位曾让年幼无知的马春妹产生疯狂念想的金老师，金老师调走后，这间屋子不仅成了古冬玲的办公室，也成了她的闺房。古冬玲很乐意、很希望马春妹到她那儿去玩、去聊天，她似乎有很多话要跟马春妹说。

马春妹喜欢听古冬玲讲城市故事，那些故事听起来一个个都很传奇、很浪漫，令人向往。古冬玲父母是国营棉纺厂职工，棉纺厂很大，非常大，有好几千号人。古冬玲说的工厂情景，种种一切，都让没见识过城市生活的马春妹感到惊奇，感到不可思议。棉纺厂自己有冷饮厂，到了炎热的夏天，天天免费供应雪糕。棉纺厂还有自己的幼儿园，自己的子弟小学，有电影院，有好几个食堂。浴室很大，非常大，大得不得了。很多女工挤在一起洗澡，赤裸的身体紧挨着，争抢同一个莲蓬头，那场面让人感到很滑稽。

棉纺厂女工多，大多数都是女工，身上来了大姨妈，有人就会偷棉花。棉纺厂有太多棉花，雪白的棉花堆得像山一样。很长时间里，厂方都是睁只眼闭只眼，这事法不责众，想管也很难。但是不管不过问，问题会越来越严重，越来越没节制，让人看不下去。最后不得不分发草纸，女工只要是身上来，就可以去工会领取免费的黄草纸，那种比 A4 纸略小一点的黄草纸。发了这种黄草纸，女工偷棉花的行径，相对有所减少，但不可能杜绝。黄草纸可以拿回家使用，古冬玲家的黄草纸根本用不完，每次探亲返回古家垛，她都会带不少黄草纸回来。

古冬玲在古家垛当知青的时候，古家垛还没有通上电。晚上照明，使用的还是洋油灯。村前的那条大路，也还没有修好，古冬玲在古家垛待了八年，直到她快调回南京的那一年，才开始动工。电线杆也是那一年才开始竖的，一根根木头的电线杆竖好了，拉好了电线，又拖了一年，终于用上了电。那年头，只有到快过年，才有一口用来洗澡的大铁锅，烧好了热水，全村人排队洗澡。男人先洗，洗完了，轮到年轻女人，最后是老太太。古家垛有个老哑巴，平时为生产队放牛，他是孤老头，没结过婚。不知从什么时候开始，每年负责烧火的任务交给了他。用一块布帘子遮挡，在大铁锅里洗澡的人，不管男女，觉得水不够烫，或者水太烫，就把手伸到布帘子之外，向老哑巴示意，让他添柴或是熄火。

往事不堪回想，当时的落后和贫瘠，真是不能回想，不敢回想。古冬玲没在这口大铁锅里洗过澡，想想都觉得脏，都觉得不能忍受。受古冬玲影响，马春妹也拒绝在这口锅里洗澡，在当时不洗就不洗了，不会有人硬逼着你洗。不同的是，古冬玲快到过年，必定回南京探亲，回了南京就有澡可洗。事实上她回到城市，第一件事，就是赶快去棉纺厂洗澡。马春妹不一样，完全不一样，回忆过去的日子，回忆全村都在那口大铁锅里洗澡的岁月，她会忍不住对古万全尖叫，摇着头说：

"古冬玲说得真对，想想都会觉得脏，都会觉得恶心。"

马春妹这么说、这么想，包含了两层意思：一个意思是说，全村男女老少，都在一口大铁锅里涮洗，洗澡水成了泥汤，实在脏得不像话，太脏了。还有一个意思，嫌铁锅里的水不干净，结果就是整个冬天，整整一个冬天，都不洗澡。古冬玲的插队落户，说起来是回乡，接受贫下中农再教育，改造自己的思想，事实上不只是古万全，也不只是马春妹，大家都一致认为，古冬玲改变不了思想，不会成为古家垛的一部分，迟早还是要走，迟早还是要离开。她过去不属于这里，将来也不会属于这里。

在古家垛，就没看见古冬玲认真干过农活，干不好，也不可能干好。古冬玲把城市人的不安分带到了乡下，她自己没有被改变，反倒是把年轻的乡下人，弄得很不安分。在那段非常特殊的日子，古万全陷入暗恋，为了古冬玲神魂颠倒，马春妹则与她成了闺密，对古冬玲又羡慕又嫉妒。与乡下女孩相比，古冬玲有太多的不一样，马春妹羡慕她总是能得到照顾，可以不像其他乡下女孩那样干农活，可以在过年的时候回到城市，羡慕她再次返回乡下，带回来各种各样的城市用品。

外面的世界太精彩，有一年，古冬玲带回了一罐麦乳精，是个红颜色的铁罐头。为什么叫麦乳精，古冬玲说不清楚，马春妹自然更不清楚。三个字都认识，搁在一起什么意思，想不明白。古冬玲为马春妹冲了一杯，请她品尝麦乳精的滋味，很好喝，很甜，很香。古冬玲跟马春妹解释，说这东西很有营养，可以滋补身体，城里人也很难得喝到。

马春妹那时候根本就不懂什么叫营养，营养这个词对乡下人来说，毫无意义。在她看来，城里人的东西都是好的，一定会是好的，连城里人都不太能吃到的东西，那就更是好的。古冬玲到古家埭插队那年，马春妹十五岁，古冬玲回城那年，马春妹已二十三岁，这个漫长或极短的八年，在马春妹的成长岁月中，是一个非常特别的阶段。与古冬玲在一起，她除了羡慕，要想不嫉妒几乎不可能。通常情况下，凡是能让别人羡慕的，一定也会让别人嫉妒。

来自城市的古冬玲的特别之处，是她和本地人已没区别，都一样的农村户口，可是与古家埭原生的乡下人相比，还是会有些天然的不一样。只要有什么好机会，大家必定会不约而同地首先想到她。祠堂小学的金老师调走了，当时为什么不让古万全来当老师呢？他的字写得比古冬玲好，这个大家都知道。从来就没人这么想过，没有人会这么想，古万全自己也没有想过。到了一九七五年的春天，公社给了古家埭所在的生产大队一个工农兵大学生名额，得知这消息后，整个古家埭的人，都在为古冬玲争取这个名额，跑前跑后最积极的，就是马春妹的父亲马治图。

为了争取这个名额，刚升为生产大队副队长的马治图，不惜采用一些小手段，玩了一些小花招，让古冬玲突击入党，评选她为学习毛泽东思想积极分子，又授予优秀小学老师称号。马春妹对推荐古冬玲上大学，没有任何意见，只是略有些嫉妒，嫉妒为什么大家都只会想到她，好像老天爷送来的这种好事，只能属于古冬玲一个人。凭什么？就因为她是城里人，就因为她来自城市，就天生高人一等，就应该天经地义？马治图带着古家埭几个乡亲，拼命为她争取，为这个名额，他们还和公社书记干了一架。

马春妹回想起来，总觉得这事不公平。她知道自己父亲的心思，马治图从来没考虑让女儿去上大学，也没想到要让古万全或者别的什么人去，在他心目中，别人都不配，只有古冬玲才配去上这个大学。

7

多少年以后，如果不是马春妹重新提到，如果不是她又见到了古冬玲，古万全已忘了那段历史，或者说基本上忘了还有一个叫古冬玲的人。真的是忘了，确实忘了。岁月是把杀猪刀，男人就这样，男人都这样，一个人曾经让你念念不忘，一个人曾经让你梦寐以求，慢慢地，经过时光打磨，经过岁月清洗，物换而星移，说忘，也就忘了，真的是忘了。

古冬玲是在一九七七年重回南京的，那时候的知青回城，已经有了不可阻挡的趋势，上山下乡运动基本上就算结束了。这一年不调回南京，最多再过一两年，她还是会回到城市里去。古冬玲顶替她妈进了棉纺厂，当时有政策，在职人员提前退休，可以让上山下乡的子女回来顶替。从下乡的第一天开始，古冬玲朝思暮想，就希望能再次回到南京，再次回到父母身边。过了八年，过了整整的八年，终于实现了这个愿望，终于离开了古家垯，终于跟她妈一样，成为棉纺厂的一名纺织女工。

两年前的推荐工农兵大学生，事实证明是场空欢喜，大家白忙了一阵。一时间，看上去好像很有希望，好像已经铁板钉钉，这个名额最后还是被别人轻易顶替，古冬玲属于那种没有门路的女知青，并没有什么强硬背景，父母说起来在城市里上班，在一家国营大工厂工作，也只是最普通的工人。古冬玲能上大学是运气好，不能上大学也很正常。马治图非常失望，为了能让古冬玲上大学，他尽力了，虽然尽了力，也不过是在瞎起劲，包括古家垯的村民，当时在马治图带领下，七嘴八舌地跟公社书记还吵了一架，在现实面前，这种努力显得非常滑稽可笑。

也就是在那一年，一九七五年的那个夏天，古万全与马春妹定了亲。对于古家垛村民来说，定亲这事既有点新潮，又难免复古。毕竟处在"文化大革命"中，"文革"还没结束，"四旧"还是要破的。所谓定亲，无非是双方家长没异议，有个相当于媒婆的中间人随口这么说一下，两个年轻人不反对，就算正式拍板。古万全夫妇的婚姻可以说是水到渠成，马春妹并不知道自己真心喜欢谁，当时的农村女孩，到一定岁数，照例都会嫁到别的村上去。没有那么多的自由恋爱，也没那么多机会，与其嫁到别的村上去，与一个不熟悉的男人一起过日子，不如留在古家垛。

不管怎么说，古万全当时也不是个让人讨厌的年轻人。他暗恋过古冬玲，只能是暗暗喜欢，神不知鬼不觉。这件事绝对不可能，绝对不可以。没人知道他心中的这个小秘密，古冬玲不知道，马春妹也不知道。在古冬玲离开古家垛之前，这里的生活相当原始和落后。自由恋爱基本上不存在，观念陈旧民风淳朴。古万全从没想过跟她会有可能性，大家都觉得她总归是要走的，古冬玲在古家垛从未安心过，一天也没有安心过，在农村的这些年，无论是她还是别人，都觉得她迟早要走。

况且他们都姓古，是未出五服的古家后人，是叔叔和侄女的关系。新时代新风尚，许多老规矩开始不复存在，祠堂变成了小学，老祖宗也不在祠堂祭祀。同姓不结婚的禁忌，一直还都是有的。古家垛曾发生过一起很严重的事件，当时闹得不可开交，还差点弄出人命来。那时候只有十二岁的古万全，亲眼看见了最惊心动魄的一幕，在全村人的眼皮底下，古万全的二伯高举着一把镰刀，举着一把闪亮的镰刀，追砍他的堂哥古万林。

事后想想，当然只是做做样子，做样子给大家看，当爹的怎么能真砍死自己儿子？古万林跑得快，跑得飞快，他在前面跑，他爹气喘吁吁地在后面追。按照大排行，古万全得称呼大自己七岁的堂哥古万林叫六哥。只见古万林在前面撒腿跑，跑跑停停，古万全的二伯则在后面追，嘴里口口声声还在叫喊，说要"砍死你这个畜生",一边追,一边又不停地歇下来喘气,他怎么可能跑得过儿子呢。大家都在看热闹,看笑话,最后的结果既出乎意料,又在人们预料之中。

古万林竟然与古家埭西头的古万玉,搞到一起去了,而且还搞出了事,也就是男女之间的那种事。正值"文革"初期,运动轰轰烈烈,古万林和古万玉不甘落后,跟着起哄,也要当红卫兵,也想到外地串联。没想到嘴上喊着反封建,私下里一不小心,脑袋一发热,就把肚子给弄大了。有了孩子,肚子大了,闯这么大的祸,出了这么大的丑闻,都不知道怎么办。双方都姓古,还都是万字辈,初中没念完,就回村种地。虽然已出了五服,这两个人的婚姻,还是很难被古家埭的人接受。国有国法族有族规,如此伤风败俗,搁在封建社会,或者不要往太远处说,就算是搁在民国,同样难以认同。

改革开放后,经济慢慢地好起来,古家埭开始重新修订家谱。祠堂小学不复存在,老房子被扒了重建,盖了一座崭新的祠堂。不修订家谱也不知道,修了以后,大家才弄清楚古家埭先人,居然是来自遥远的甘肃。老法的家谱,嫁出去的女儿,泼出去的水,不会写进家谱。新家谱不管这一套,只要是从古家埭出去,只要是姓古,男男女女,统统都会写上,古万全的名字在上面,古冬玲的名字也在上面,马春妹成了古万全老婆,自然也应该写在古氏家谱上面。

马春妹和古万全定亲,接下来结婚。结婚的日子是那一年年底,古万全与马春妹同岁,生于同一年,都是二十一周岁。婚礼很简单,没有杀猪,只是宰了一只羊。古万全的堂哥古万林,就是那位与同村的古万玉成为夫妻的六哥,此时已有三个孩子,他觉得婚礼不够热闹,说光一只羊怎么够吃。正好村上一条母狗发情,引来了一群公狗,其中有条公狗,隔壁村上顾屠夫家的,喂养得特别肥,古万林便出主意,串通好几个小伙子,把那公狗骗过来打死了,狗肉和羊肉放在一起煮。又放了许多白萝卜,煮了满满的一大锅,亲朋好友凑在一起,就着自家酿的乡下米酒,痛痛快快吃了一顿,算是把他们的婚事给办了。

8

一九七六年一月，古冬玲即将调回南京的前一年，古万全和马春妹第一次有机会看到城市，第一次来到南京。对于他们夫妇来说，此行有太多的第一次，第一次坐汽车，第一次坐火车，第一次认识电灯和电话。两人借住在古冬玲家，此前古冬玲已多次热情地邀请过马春妹，让她跟她一起去南京的家看看，看一看城市到底什么样子，看一看南京的玄武湖和中山陵，再去夫子庙吃一碗鸭血汤。

古万全显然是沾了马春妹的光，他跟她结婚以后，马治图成了他的老丈人。去南京开开眼界，就是马治图的主意，老丈人语重心长地告诉古万全，说自己从小就是在城市里长大的，知道城里人是怎么回事。他告诉古万全，马春妹就出生在城市里，一九五八年搞了人民公社，他们一家落户到古家埭，才变成了不折不扣的农民。这个说法显然带有吹牛的性质。事实上，马治图一家漂泊在水上，从来就没有拿到过城市居民的户口本。"网船浪人"从来就不属于城市，他们最多只是流浪在城市边缘，根本就进入不了城市。

真相当然不重要，吹吹牛也无妨，吹牛也正常。反正马春妹自己对城市没有任何记忆，一丝一毫都没有。作为一名"网船浪人"的后代，她确实是出生在船上，隐约还有些船舱的印象，不过也已经不是很清楚。之所以会有记忆，是因为爹妈会经常说起，会忆旧。作为家中的长女，马春妹开始有了准确记忆的时候，已经是全家落户到了古家埭。与她的老公古万全一样，城市对她是一片空白，他们夫妇对于城市的了解，对于城市的向往，都与古冬玲有关，都与古冬玲分不开。古冬玲从遥远的城市来到古家埭，也把对遥远的城市生活的憧憬，带到了古家埭来。

从古家埭到南京，不到二百公里，这近二百公里的路，在一九七六年，要走整整一天。需要先步行到公社，从公社所在地坐轮船，就是那种由小火轮拉着的拖船，去县城。到了县城，必须赶快去长途汽车站，坐长途汽车到常州，从常州再坐火车到南京。绝对要一天时间，到了南京，天已经完全黑了，摸到古冬玲家，肚子很饿，非常饿，但是已经过了饭点，人家已经吃过晚饭，他们也不好意思说自己没吃，就硬着头皮说吃过了，结果是饿着肚皮睡了一夜。

或许只是客套话，尽管古冬玲在古家埭的时候，一再邀请马春妹去南京的家做客，然而并没有想到马春妹会真的出现在自己家，更没想到还会带着古万全一起来。此时离过春节不远了，古冬玲回南京已快一个月，古万全夫妇的到来，让她感到有些意外。不过，人已经来了，已经到了她家，当然不能拒绝，不可能拒绝，也没有理由拒绝。

多少年以后，与古万全一起重新回忆起这次住在古冬玲家，马春妹总是会有一种说不出的感慨。她没想到城市里的美好生活，竟然会就是那样，竟然也就是这样。意外是免不了的，想不到的也很多。古冬玲家住在沿街，房子不大，比乡下人家的房子还要小，还要局促。其实就只有一间房，中间拦了一道墙，硬割成一大一小两间屋子。小的那间是吃饭的地方，上面加了一个阁楼，古冬玲的哥哥和新婚的嫂子就住在小阁楼上，他们就是在那上面结婚的。当时的住房就是这么紧张，基本上是一家合住一间房子。

孩子们还小的时候，还比较好办，大家挤一挤，凑合着睡。一旦儿女都大了，住房问题就会变得非常严重。好在古冬玲的姐姐去了新疆，古冬玲自己去了古家埭，平时这个家里只有父母，加上哥哥嫂嫂，父母住在楼下。哥哥嫂嫂住在阁楼上，可能还感觉不到太拥挤。如果大家都回来，那就会有些尴尬了。姐姐在新疆太远，基本上不会回来。古冬玲每年冬天才会逃回来，回到家，就在父母的大床旁边，用门板和方凳搭成一张小床，晚上搭，白天拆。

古万全夫妇的突然出现，让古冬玲家陷入一片混乱，客套话当然还是要讲，来了就得住下来。不得不紧急磋商，赶快想办法，这个家显然是古冬玲母亲做主，很快拿出了方案，她让儿子先到厂里的集体宿舍挤一晚上，争取跟别人换个大夜班上。然后就安排阁楼上的大床，睡三个女的，两条被子，媳妇睡一个被窝，马春妹和古冬玲睡一个被窝。楼下是古冬玲的父母不动，原来让古冬玲睡的小门板床，搭在吃饭的小房间，让给古万全睡。

古万全后来曾忍不住问过马春妹，在古冬玲家的阁楼上，就一张大床，她们三个是怎么睡的。马春妹说那张床说是大床，根本就不是很大，说自己与古冬玲睡一被窝，一人睡一头，挤是挤了一点，因为有点累，太疲倦了，很快也就睡着了。古冬玲的嫂子人挺好，非常好，他们冒冒失失地去了，她竟然一点怨言也没有。古冬玲的哥哥也非常好说话，他的工作是三班倒的锅炉工，本来应该是轮到上早班，因为古万全夫妇的到来，临时与人换了班，改成上大夜班，也就是晚上不用在家睡觉。看得出，古冬玲在家因为是最小的，家人都很照顾她，都宠着这个小妹妹。

马春妹清楚地记得，在古冬玲家的第一个早晨，是被有线广播里的喇叭声给吵醒的。不只是她，还有古万全，还有古冬玲的家人，都是被有线广播里的哀乐声给吵醒的。在古万全夫妇的印象中，这是他们第一次听到哀乐声，虽然是第一次，他们很快就意识到，是有人去世了，是很重要的大人物。广播里播报出了逝者的名字，原来是周恩来总理去世了，因病在北京逝世。

既然人到了南京城里，古冬玲当然有义务带他们出去玩玩，之前说的要去看看玄武湖什么的，现在真到了应该兑现的时候。第二天吃了早饭，先去玄武湖，古冬玲知道一个地方，是从小九华山那里的断城墙处进去，这么走，可以省去五分钱的门票钱。在那个年代，在一九七六年，五分钱也是钱，三个人可以省下一角五分，能省干吗不省呢？古冬玲告诉马春妹，她这么多年来，每次都是从这里进入玄武湖的，没人管，大大方方地走进去就行。玄武湖很大，进去绕了一大圈，看了看动物园，再从最西边的玄武门出来，天已经黑了。

再然后，又过了一天，他们一起坐公共汽车去中山陵，去明孝陵，还登上了灵谷寺的九层塔。马不停蹄，走了很多路，也不觉得累。反正是抓紧时间玩，该去的地方，都匆匆去应卯，还去了夫子庙，去了新街口人民商场和百货大楼。

时间确实紧张了一些，在古家埭，古冬玲曾不止一次许诺，有了机会，一定要带马春妹去棉纺厂洗个澡，结果这愿望也没能实现，直到回家路上，才想到这澡没洗着。

还是在一九七六年，还是在南京，对古万全夫妇来说，那一年在南京的印象太深刻。除了玩，除了满大街都能看到戴黑纱的人，马春妹还发现自己已怀孕了，怀上了古龙和古凤。当时并不知道怎么回事，只是看到路上有许多人戴着黑纱，到处都是印有黑框的总理照片。路人的表情很严肃，大家都不苟言笑，都板着脸。在古冬玲带领下，他们只知道玩，抓紧时间赶地方，除了那几个著名的景点，还在新街口百货公司买了两个铁壳热水瓶。有了两个热水瓶，回古家埭的时候，一路不得不小心小心再小心。

连头带尾，一共也就五天，在古冬玲家住了三个晚上，感觉很漫长，感觉待了很长很长时间。临走的那天晚上，马春妹忽然感到心跳加速，从来也没有这么剧烈跳动过，一时间，竟然会有一种要死过去的感觉。古万全和古冬玲吓得不轻，好在古冬玲的母亲有经验，搭着马春妹的脉搏，随口问了几句话，说如果过一会就能没事，就能过去，很可能是有喜了。女人有喜经常会有这样的反应，也就是医学上说的怀孕后妊娠反应。

果然过了不一会，一切都恢复正常，就跟什么事没发生过一样。回到古家埭，马春妹由古万全陪同，去公社医院检测，还真是怀孕了，当时不知道怀的是双胞胎。再以后，肚子越来越大，最后就生了古龙和古凤。马春妹不止一次对儿女说过，说你们在我肚子里就来过南京，我是在怀你们的时候，才第一次看到汽车和火车，才第一次看到城市。有了古龙和古凤，这以后，时间进度突然变快，此前好像处于一种静止状态，或者说接近静止，所有节奏都是缓慢的，慢吞吞的，仿佛电影上的慢镜头，又仿佛机械钟表松弛的发条，被人忘了拧紧。

接下来发生了很多事，一桩接着一桩，快得让人难以置信。古冬玲走了，回南京了，回去顶替她妈，进了棉纺厂当了纺织女工。古万全夫妇有了古龙和古凤，开始计划盖新房子。过去的几十年，自从古万全和马春妹懂事，古家埭就没人家盖过新房子。然而，接下来的二十多年，古家墥再也没停止过，到处都是没完工的工地，到处都堆积着建筑材料，不是在盖新房子，就是在准备盖新房子。

在古家墥，在大家心目中，尤其是在古万全和马春妹心目中，古冬玲的离去不算多突然。自从她来到这里，隐隐约约地，都觉得她迟早会离去。大家记忆中的古冬玲，没干过多少天农活，她很快成了祠堂小学的老师，后来又差一点成为工农兵大学生。甚至也没有告别，她说走就走了，毫无眷恋，悄悄地走了，悄悄地就消失了，很多人根本没有意识到她的离去。

9

接下来，如果以走路的速度来形容，此前日子仿佛行走在乡间的田埂上，慢慢悠悠，古万全夫妇结婚后，特别是古冬玲离开了古家墥之后，一切便开始完全不一样。在古家墥村民的生活中，开始出现了公路，开始有高速公路，有高铁，有飞机。古家墥的乡下人，开始没完没了地盖新房子，进乡镇企业当工人，拆迁并入城市。城市和乡村的巨大差异，说消失就消失，说没有就没有。对于古家墥的村民来说，这个巨大的城乡差异，曾是古冬玲从一个遥远神秘的地方，给他们带来的。遥远的古冬玲的到来，让古万全和马春妹这样的年轻人，有了最初的城市概念和印象。

一转眼就是四十年，在南京帮女儿照顾外孙和外孙女的马春妹，与古冬玲不期而遇，没有擦肩而过。人生不相见，动如参与商，这次相遇隔了整整四十年。有一天跳完"僵尸舞"，两人神奇地相认了，经过一番短暂交谈，发现在同一个广场，在同一个时间，在同一个空间，她们天天一起跳舞，竟然已有一个多月。接下来一段日子，天天相遇，天天打招呼。马春妹和古冬玲无话不谈，远去的乡村记忆再次复活，四十年的城乡变化开始碰撞。四十年过得再快，也还是有点漫长，毕竟是十足的四十年。经过一次次看似简短，却十分有效的对话，大段的历史空白很快被填平，各自对对方的了解，已经八九不离十。

在再次见到古冬玲之前，有关她的故事，古万全所听到的，都是通过马春妹的转述。马春妹告诉古万全，古冬玲回南京进了棉纺厂，很快就结婚了，丈夫是省级机关的司机，二十世纪八九十年代，司机是一份很好的工作，可以分房子。她丈夫在单位为领导开车，别人都很把他当回事。车改后，待遇变差了，关键是儿子不怎么样，大学没考好，眼下是在企业开车，运气远没有他爹好，工资不高，大家都会开车了，当司机已不吃香，媳妇呢，也没有工作。

为了把自己的学区房让给孙子上学，古冬玲目前住的是亲家的房子，亲家夫妻两个长住乡下，租了农民的房子，养鸡种菜十分潇洒。亲家没下过乡，没过过农村的苦日子，现在倒是很能享受田园生活，蚊子已经不是问题，用蚊帐，抽水马桶也有了。还有空调，虽然偶尔也会停电，总之问题不大。古冬玲老公前几年就不在了，要不然，她也很愿意像亲家那样潇洒，在南京，大多数人家，都是女方的老人帮着照顾第三代，古冬玲的亲家想得开，从来不管女儿的事。

"现在是有钱人才愿意到乡下去，在乡下买别墅。"古冬玲跟马春妹这么说，同时又纠正和补充，说她的亲家也不是有钱人，只是租了农民的房子，农村的房子很便宜。古冬玲谈到亲家，短短几句话，已让马春妹感觉到她对亲家的不满意。亲家对她当然也有意见，古冬玲的儿子没有属于自己的房子，嘴上说要买，一直都没买，眼看着房价越涨越高，根本就不像买得起的样子。古冬玲告诉马春妹，现在南京的房价，她儿子确实买不起。

马春妹也毫无保留地介绍自己，她告诉古冬玲，自从她离开古家埭，生活有着太大变化。马春妹告诉古冬玲，今天的这一幕，做梦也不会想到，谁能想到她们会在同一个小区居住，会在同一个小区跳舞。一起跳"僵尸舞"的人很多，老的小的，多的时候可以有一百多人，队伍从头望不到尾，谁也不会想到她们会在一起跳舞。这些年的变化真是无法想象，事实上，古冬玲离开古家埭不久，生产队便不再存在。说来说去，还是要归功于改革开放，不改革开放什么都没有。

古家埭开始有社办企业，也就是后来的乡镇企业，再后来，又有了一个棉纺厂，马春妹做梦都不会想到，她也会成为一名纺织女工。古冬玲当年描述的棉纺厂女工故事，天天上班，冬天车间里不用穿棉袄，天天有热水澡洗，这些让她梦寐以求的生活，竟然也成了自己的亲身经历。很快，刚进工厂的兴奋，不再当农民的快乐，逐渐消失，开始产生新的厌倦情绪。不该发生的事也发生了，经期中的女工开始肆无忌惮地偷布料，老的小的都偷，厂里不得不发卫生巾，发了也没用，结果只要是棉纺厂的女工，家里的卫生巾都用不完。

古万全并不知道马春妹对古冬玲究竟说了些什么，该说的她肯定都说了，都会毫无保留地告诉古冬玲。他能感觉到马春妹内心的得意和满足，事实上，这样的得意和满足他也会有。羡慕也好得意也好，时过境迁，他和马春妹虽然还是农村人的身份，实际的生活状态，与有城市户口的城里人相比，与古冬玲相比，没有任何区别。老百姓就是老百姓，城里的老百姓和农村的老百姓都一样。这年头混得好的是有，混得不好的更多。马春妹告诉古万全，说古冬玲早就下岗了，现在拿退休金，还不到三千块，比他们的收入多不了多少。古万全夫妇有房屋拆迁的养老补贴，加上上班时企业的养老保险，每人每月也有两千多元。除此之外，他们在县城，那个经济水平相当于县级市的地方，还有一套属于自己的用来养老的房子。

古家埭成了城市化的一部分，关于乡村的记忆，关于古冬玲的记忆，太遥远，遥远得不只是模糊不清，而且很不真实。小时候，包括青年时期，古万全夫妇一直以为会和祖辈一样，当一辈子农民。没想到在二十世纪八十年代，他们与乡村的土地，逐渐失去了关联。身份仍然还是农民，户口还丢在古家埭，可是事实上，他们早已不再是农民，现在，乡村不复存在，昔日的乡镇也改成了街道和社区。古家埭的年轻一代，上大学的人有，像古龙和古凤这样能考上好大学的不多，最有出息的是古万林家的小儿子，当年大家都在怀疑他家会生出傻孩子，没想到这小子现在已经成了大老板，是董事长，非常有钱。

刚听到"古冬玲"这三个字，古万全心潮起伏心潮澎湃，不由自主地想了很多很多。遥远的古冬玲，唤起了四十年前的亲切回忆，毫无疑问，四十年后再次相见，注定会有些戏剧性。终于，好戏就要开幕，马春妹带着古万全，一起去跳舞的地方与古冬玲见面。古万全就要与古冬玲见面了，可惜去迟了一些，"僵尸舞"已排着队开始了，音乐声震天动地。马春妹不可能把正在跳舞的古冬玲从队伍中喊出来，喊出来也说不了话，于是干脆跟着节奏，立刻加入进去，一边做动作，一边让古万全跟着一起跳，说索性等这"僵尸舞"结束了，再跟古冬玲碰头。

　　"僵尸舞"不用学，跟着乱动乱比画就行，古万全连连摇手，表示站旁边看看就行，他不想跳这个"僵尸舞"。事到临头，与古冬玲的见面，突然又被推迟，尽管她人就在眼前，就在眼前的"僵尸舞"队伍里。四十年后的第一次见面，有了马春妹的铺垫，已提前做好了准备，古万全还是有些忐忑不安。"僵尸舞"队伍浩浩荡荡，大都是上岁数的女人，男人也有，很少，点缀在长长的队伍中。围绕广场绕圈子，一圈又一圈，扭腰，拍手，跺脚，一个个都显得很严肃。在行进的队伍中，不知道哪个女人才是古冬玲。有好几位看上去都有点像，都可能是，当然也可能不是。

　　马春妹每次从身边经过，都招手叫他赶快加入，让他跟着一起跳。都说"僵尸舞"能健身，有那么一段时间，马春妹腰椎很不好，疼得无法走路，坚持跳了一阵"僵尸舞"，渐渐就恢复了。音乐声此起彼伏，威武雄壮慷慨有力，古万全的心跳也跟着一起加速。有生以来，他这是第一次在认真地欣赏"僵尸舞"，前后将近四十分钟，傻乎乎站在一旁，老老实实等待。"僵尸舞"名副其实，此时此刻，在古万全眼前，是一具具行尸走肉，大家扭曲着僵硬的肢体，用手，用脚，用脑袋，做出各种奇特的动作。

　　"僵尸舞"结束了，与古冬玲也终于见面。终于，古万全与古冬玲又一次面对面。古万全感觉到了她的热情，不过也只能是表面的，看上去很热情，却明显有点无动于衷。当然这很正常，他们本来就没事，从未擦出过真正的火花。

当年的古万全只是在单相思，只是在暗恋，发乎情止乎礼。少年离别意非轻，老去相逢亦怆情，古万全一直在想，在琢磨，隔了四十年，再次见面会怎么样，会如何如何，真正见了面，也就那样，只不过是那样。这之后，大家又有过几次见面，你来我往，一切都变得十分平常。人生如梦，古万全很快心如止水，在他的心中，过去的那个古冬玲太遥远，遥远得已经可有可无。

10

马春妹告诉古万全，在女儿家住的这个小区，有好多像他们这样来自农村的老人，大都是过来帮着带孩子。当然也有物业招聘的打扫卫生的保洁阿姨，还有做钟点工的保姆。有个做保洁的中年妇女，长年住地下室，同时兼职做钟点工。马春妹觉得这样也挺好，一个人挣两份工资，人虽然辛苦一点，也是挺自由的，起码可以不受儿女的气。像他们这样，又带孙子又带外孙，说穿了，是在为儿女当不花钱的保姆。

过去的十多年，为了第三代，古万全夫妇一直处于分居状态。马春妹不到五十岁就退休，棉纺厂火爆了大约十年，效益好过一阵，渐渐就不怎么样了，当地人都不太想干，嫌苦，嫌工资低，要靠招安徽的女工维持。马春妹因为女儿要生养，索性提前退休，到南京来帮女儿带外孙女。再往后，儿子结婚，也要有孙子了，古万全也辞了工作，到南京来顶替马春妹，让她去照顾孙子。后来有了矛盾，古万全又和马春妹交换，马春妹再回到女儿家。

眼见着孙子小明要上高中，古万全在儿子家待下去的时间，也不会太长久。媳妇已屡屡暗示，说小明身高都比爷爷高了，还要爷爷去接送，真是太不应该，太没出息，说她读中学的时候，男生和女生都不需要家长接送。撵人的意思不要太明显，古万全只好半真半假地接话，说等小明一上高中，他就搬到他姑姑古凤家去住。这话说是说出口了，最后是不是住到古凤家，其实也决定不下来，女儿可能没意见，女婿却不一定欢迎。

古万全夫妇并不太担心自己的养老，从来就不担心。他们在老家县城有自己的房子，有养老金。两地分居也没关系，古凤当年生星星的时候，古万全夫妇就是一个在南京，一个在古家垛。房子拆迁，古家垛并入了县城。再以后，夫妻两个都到了南京，还是分居，一个在古凤那里，一个在古龙那里。作为独生子女时代的父母，他们应该算是幸运的，别人都是一个，他们有一对双胞胎。现实放在面前，指望子女养老都是不靠谱的，城里的人是这样，农村人也是这样，在这一点上，城市和农村没有区别。要说收入，要说住房，要说子女的前途，古冬玲的儿子还不如他们的孩子，古龙和古凤都是大学生，都是一本，都是211。

不知不觉中，古万全和马春妹的相聚次数也增加了。漫长的夏天就快结束，老夫妻之间的那点事，还是有也可以，没有也可以。古万全状态时好时坏，时间大都会选在白天，这时候家里没人，放得开。马春妹会讥笑他，说心里是不是想着别人，或者说是不是嫌她老了。前一种说法属于表扬，后一种说法便是批评。古万全照例闷着头，不吭声不表态，被逼急了，便反唇相讥，说女人不会老的，女人再老，往床上一躺，就活过来了，再老也行。

马春妹听了，作势要打他，说：

"你说的这话真恶心。"

古万全在心里偷偷乐，话糙理不糙，觉得自己并没说错。他确实想到过古冬玲，不止一次想到过那个遥远的古冬玲，想到那双红塑料凉鞋，想到她换军用胶鞋时白嫩的脚丫子。还有就是一起在祠堂小学练习毛笔字，她总是写不好，通过低垂的领口，他偷看到了那对白白的笋尖一样的乳房。那时候的女性都不用胸罩，古家垛的女人没这玩意，来自城市的古冬玲也没有。古万全心里想不明白，为什么那时候的古冬玲会是那样，她的乳房为什么像突起的笋尖。

禁不住马春妹和古冬玲的连番劝说，古万全也跟跳过一次"僵尸舞"。"僵尸舞"确实容易，不用当回事地学，跟着胡乱做就行。不过也就跳了一次，只有一次，有了那一次，古万全就不愿意再去。他觉得自己作为一个男人，一个上了岁数的老男人，跟着一群疯疯癫癫的老女人蹦蹦跳跳没什么意思。马春妹也表示过，那些能混在女人群里跳"僵尸舞"的男人，都不是什么好东西。古万全绝对是个正派人，当年暗恋古冬玲，只是暗恋，心里有想法，脑子里有禁忌，不敢迈出雷池一步。现在人老了，再蠢蠢欲动，也不会做出任何出格的举动，他真要有什么想法，马春妹饶不了他。

马春妹与古冬玲很钟情"僵尸舞"，她们不只是在跳舞时才见面，还不止一次相互串过门，你上我家看看，我到你那里去做客。古冬玲请马春妹吃过一次鸭血汤，离小区不远的地方，有一家的鸭血汤特别好，特别正宗。古冬玲告诉马春妹，南京的鸭血汤在过去是不搁粉丝的，鸭血粉丝汤流行起来是后来的事，搁粉丝是为了降低成本，粉丝有什么好吃的？

早在四十年前，古冬玲就说过，要请古万全夫妇吃一次鸭血汤。那时候，古万全夫妇还是十足的来自乡村的乡下人。当时太匆忙了，结果直到四十年后，当年的许诺才算是正式兑现。古冬玲特别强调，说下次古万全来，一定还要再补请古万全吃一次。古万全听马春妹这么说，便说也不用她来请，真是要请，我们来请好了。马春妹说古冬玲还约他们一起去玄武湖和中山陵，说等明年春天，梅花开了，大家一起去梅花山。四十年前，这些地方他们都曾一起去过，不过实在太遥远，转眼都已经四十年了。

秋天说到就到，南京的秋天总是很短暂，说来就来，说去就去。中秋节后的第三天，天气突然转凉，古万全做了一个很奇怪的梦，梦到时间又回到了一九七六年，他和马春妹还有古冬玲一起，在南京的街头快步行走，满大街都是戴黑纱的人，跳着不应该在那个时代流行的"僵尸舞"，他和马春妹茫然地跟在古冬玲后面，古冬玲走在前面，走得很快，她要带他们去吃最正宗的鸭血粉丝汤。突然一辆绿色的军用卡车开了过来，古冬玲挥手让他们夫妇赶快停下来，不要再往前走，不能走了，嘴里正在喊着，那卡车就直接从古冬玲的身上轧了过去。卡车的车轮从古冬玲胸前碾过，把她身体压扁了，可是脸部表情还是正常的，还能说话，还在喊胸口疼。

真是一个非常奇怪的梦，第二天，古万全接到马春妹电话，告诉他亲家母过世了，三天以后火化。古万全感到很意外，亲家母身体一直不好，做过癌症手术，她的逝世并不令他感到意外，令人感到意外的只是，这件事与昨晚做的梦联系在一起，便有些说不清道不明，莫名其妙。亲家母火化那天，古万全夫妇去火葬场告别。女婿是独生子，南京本地人，父母都是退休的市级机关工作人员，参加告别仪式的亲友还挺多。古万全与亲家母没见过几次面，仪式的最后一个环节，是要从死者遗体旁边走过去。让古万全感到惊悚的是，经过化妆的亲家母躺在那儿，与现在的古冬玲看上去竟然有点像，真的有点像，甚至可以说很像，嘟起的嘴特别像，梳着一样的发式。

这个感觉太不可思议，古万全当然只能是在心里想，在心里瞎想。情不自禁，他又想到了昨晚做的那个十分奇怪的梦。告别仪式很快结束，女儿女婿还有不少事要忙，外孙女星星和外孙阳阳也要留下来，古万全夫妇先搭车回家。亲家母单位租了一辆大巴车，他们来的时候，就是坐的这车，现在再原车返回。

一路无话，车里很吵，亲家母单位的同事在喋喋不休，大声说着她生前的故事。古万全夫妇在同一个地点下车，都说从火葬场回来，最好不走回头路，要绕一下，改变一下路线，在乡下是这样，到了城里，也是这样。马春妹说我们不要直接回家，在外面逛一圈，对了，时间也差不多了，索性去吃点东西，把中饭吃了。古万全觉得这主意不错，他肚子确实也有些饿，真有些饿了。马春妹便带着古万全去吃鸭血汤，就是古冬玲带她去过的那家。已经到吃中饭的时间点，人很多，还要稍稍排一会队。

好在很快轮到他们，古万全夫妇在座位上坐下，马春妹要了两碗鸭血汤，又点了两屉小笼包，特别强调鸭血汤不放粉丝，大蒜叶可以放，多放也无妨。这时候，有个时髦的小姑娘从他们身边经过，她穿着一身迷彩服，脚上是高筒皮靴，棕色的头发明显是染过的，看上去脸熟，好像在哪儿见过，却一时想不起来。古万全想了一会，突然想起来，这小姑娘看上去，与四十年前的那个古冬玲，那个遥远的古冬玲，有点像，越看越像。古万全心里在想，会不会是古冬玲的孙女，转念立刻否定，因为他知道她没有孙女，就算是有，也不可能是这岁数。

古万全悄声问马春妹，说你转头看看，坐那边的那位姑娘，就是穿一身黄衣服的丫头，就是她，是不是有点像当年的古冬玲？马春妹一惊，回头张望，想了一会，想了好一会，摇了摇头，说我觉得不太像，不像。过了一会，又回头看了几眼，改变了看法，表示赞同：

"不过让你这么一说，再想想，还真是有点像，是有点像的，我也说不好是哪里像。"

父亲和雕像

肖克凡[*]

1

睡梦里听到电话铃声，李秀柱翻身爬起按亮台灯，碰洒昨晚那杯残茶，头脑倏地清醒了。这不会是医院打来的电话吧？半夜里父亲病情……他身体紧张得微微颤抖，下意识做着深呼吸，黑暗里寻摸那只老款手机。

大龄男青年使用老款手机，这很特别。其实"八〇后"并不太年轻了，只是缘于他单身。有时单身显得年轻，有时则显得不老不少，置身"剩男"群体，李秀柱属于标配状态。

下床循着电话铃响，迈出卧室看见客厅电视柜上手机屏幕亮着，径直过去拿在手里，铃声恰恰哑了。

昨晚体育频道重播世界拳王争霸赛，菲律宾的帕奎奥把英国的里奇·哈顿给 KO 了，他看过这场拳赛把手机忘在电视机前了。平时观看电视里的拳击比赛，令他经常想起小学时被坏学生乱拳捶打的狼狈样子。是啊，自己为什么从小就认尿呢？长大成人反而爱看拳击节目，这等于看别人打别人，然而绝没有

---

[*] 肖克凡，男，1953 年生，天津人，历任工厂技术员、工业机关干部，1988 年调入天津作协从事专业创作。著有长篇小说《鼠年》《原址》《天津大码头》《旧租界》《生铁开花》等八部，小说集《赌者》《爱情刀》《蟋蟀本纪》等。长篇小说《机器》获中宣部"五个一工程"奖、中国出版政府奖。曾获《人民文学》《小说选刊》《小说月报》年度奖等奖项。

坐山观虎斗的意思，就是从心里佩服勇敢的人。

打开客厅顶灯，黑夜唰地明亮起来，这让他有些不适应。手机屏幕显示"未接来电"来自"广东省东莞市"。哦，这不是半夜值班医生打来电话，于是松了心。想起广东省东莞市此时夜生活正炽，估计是谈生意的拨错号码打到北方来，千里迢迢叫醒我，这也算是缘分吧。

是啊，东莞那边说粤语吃粤菜，打工的人挺多，挣了钱就消费，吃夜宵属于规定动作。前些年华北电机厂有人南下珠三角，他没敢跳槽，继续过着横平竖直的正方形生活，暗自感叹自己性格跟父亲有关。高级电焊工李玉福为人处世遵循"吃亏常在"的人生哲学，无论受到多大委屈都不吭声，平时教育儿子"能忍自安"老实做人。父亲往往是儿子的样板。李秀柱技校毕业走进华北电机厂也做电焊工，这叫子承父业，也可以叫工人阶级接班人。

高级电焊工李玉福脸颊宽阔，椭圆形眼睛稍凸，通冠鼻梁高耸，瘦高身材褐色皮肤，常年电焊作业弯腰弓背，尤其平时不爱出声，久而久之得了"骆驼李"外号，全厂闻名。既然父亲被描摹为性情温顺吃苦耐劳的"沙漠之舟"，年轻的李秀柱愈发老实本分，而且老实本分得成了大龄未婚青年。这些年倒是相过几次亲，女方大多嫌他过于刻板沉闷，难以进入心动行列。

后来他翻阅字典查找跟自己心理状况相关的字词，找到那个"悱"字。一边是"竖心儿"一边是"非"，这个字是形容想说又说不出的样子。可是自己确实不知道想说什么，心里便茫然着。

好几次相亲都是这样，绞尽脑汁也不知要说什么，于是索性彻底退出这项民间热门活动，对自己实施"闭环管理"。母亲已经去世多年，只剩下父亲关心儿子婚姻大事，他老人家认为找个志同道合的媳妇过日子就行。可是李秀柱不太清楚自己"志"在何方，"道"在何处，反而愈发增加相亲难度。如今父亲退休得了肺癌，几经庸医误诊才住进这家三甲医院，主治大夫告诉家属患者预后不良。这种境地哪还有心思相亲呢？当务之急是全力尽孝，争取治好父亲的病。

离开客厅打着哈欠返回卧室，上床摆平肢体想起被电话打断的梦境，他窘窘地说了声荒唐，饱含自我批评的语气。那么大尺度的春梦幸亏被电话铃响打断，否则不知梦里会有何等举措，这真要感谢东莞拨错的来电。

醒了就睡不着了，只得静静躺着。这个临近不惑之年的"八〇后"，相貌大部分随了母亲，椭圆脸形光滑白润，有些像京戏里的赶考书生；一双眼睛微微凸出，则是父亲的翻版。只是鼻梁"山根"稍显塌陷，反而透出几分厚道的气质，这点不知相亲时加不加分。

既然睡不着，便不停眨动明亮的眼睛。他的目光很特别，大白天不显明亮，好像被烈日遮蔽了，却在黑夜里闪耀着，显得不中不着。自从离开华北电机厂不再上夜班，他的目光只剩下白日里的黯淡，没了夜半的闪耀。

躺着睡不着继续回忆那个梦境，睡梦里那女子穿着暴露，言谈轻佻，举止放浪，这算是风骚吧？父亲肯定认为这路人不正经，可是这路人偏偏让我梦到了，好麻烦啊。

猛然间电话铃又响了。他抓起手机看到来电显示还是"广东省东莞市"，立即点开接听。

"你爸应该转到第六人民医院去，现在这家医院光凭靶向药物治疗过于单一，必须采取联合治疗措施，你爸的病不能耽误！你听见了吗，孙子？"电话里是个低沉的男声，夹杂些许南方口音。

"我听见了……"李秀柱本能地答道。

"好啊，孙子你别耽误啊，抓紧给你爸转院吧。"对方说罢便挂断电话。

孙子……这人叫我外号"孙子"？那么他肯定是华北电机厂的人！可是我听不出他是谁……李秀柱回拨对方电话，听筒里传出嘟嘟嘟的声音。他以为这是通话占线，便挂断电话等待着。

"你爸应该转到第六人民医院去，现在这家医院光凭靶向药物治疗过于单一……"李秀柱回味这几句话，再次拨叫对方电话，还是传来嘟嘟嘟的回音。可能对方设置了陌生电话拦截吧，打不通的。

我父亲闷头干活不言不语，一辈子没有什么朋友，这大半夜冒出个格外关心他的人，可是打过电话又隐蔽起来了……李秀柱从父亲联想到自己，是啊，我也没有什么朋友，前年收养的那只流浪猫去年还死了。

他把这个来自"广东省东莞市"的电话号码存到通讯录里，取名"知我外号者"。是啊，我在华北电机厂外号叫"孙子"。那老一辈工人为什么叫我"孙子"呢？李秀柱苦笑了。

窗外天光大亮，李秀柱再次拨打"知我外号者"的电话，照旧"嘟嘟嘟"，他意识到对方彻底"潜水"了。

大清早，孝顺的儿子照例走进厨房给生病住院的父亲操持早饭：富硒小米粥，煮柴鸡蛋，酱油腌黄瓜。父亲在华北电机厂工作多年，每天都从家里自带饭菜上班，从来不吃职工食堂，除非紧急抢修加班加点，买个食堂馒头垫巴垫巴。如今他老人家生病住院，仍然不吃医院配餐。

父亲是个随遇而安的老工人，唯独"不吃外餐"成了鲜明的"个性"。这样儿子不但跑医院送饭，还把自己练成父亲的"御用厨师"，而且全部沿用母亲遗留的手写本家庭菜谱。母亲的字迹很是娟秀。

一边忙着"父亲料理"，一边匆匆吃着早餐，李秀柱的规定动作是馒头塞进嘴里，自选动作则是咀嚼榨菜或萝卜干，继而大口喝水送下。想起工厂俗话把吃饭称作"喂脑袋"，前辈师傅们语言真是生动鲜活，便有些怀念车间班组。前些年华北电机厂没了，地皮转让开发商建成金环花园住宅小区，号称这座城市百姓幸福生活的名片。

提溜起保温餐盒走出家门给父亲送早饭，李秀柱坐在公交车里给"知我外号者"发了短信说："谢谢您关心我父亲李玉福的病况，劳驾请告诉我您是谁好吗？"

还是不见对方回应。他觉得这很像电视剧情节，便学着编剧暗暗构思着故事，不知不觉竟然有了悬念……

下了公交车尚有五分钟脚程，巧遇从前车间电工田铭，这家伙领着读小学的儿子参加英语培训班，说将来去墨尔本投奔姨妈，要从小打牢英语基础。又瘦又矮的田铭竟然有个又高又胖的儿子，这令李秀柱有些惊讶，觉得这也很像电视剧情节，比如产科病房抱错婴儿。

田铭显然对生活充满信心，主动说现在在金环花园物业公司做水电维修工，双脚还是踏在原先华北电机厂土地上，这等于没有离开工业故土，仍然坚守着呢。

这等于没有离开工业故土？听到这种新颖独特的说法，李秀柱不由竖起大拇指说："田铭你命运不错，仍然坚守着呢。"

在工厂外号"瘦狼"的田铭抚摸着胖儿子的头顶说："人生哪有十全十美的？十全五美就满足啦！我父亲去年肺癌住在第六人民医院用伽马刀治疗，光自费项目花了四万多，谢天谢地伽马刀把瘤子治小了，咱这银子没白花……"

"你说伽马刀能把肺里瘤子治小啦！"李秀柱猛然提高嗓门问道，"你是说第六人民医院的伽马刀？"

田铭倒退半步说："你说话就跟猛踩油门似的，别吓着我儿子好不好？"

"嗯！你这样说就对上号儿啦……"李秀柱想起"知我外号者"打来电话同样提到第六人民医院的伽马刀，顾不得跟田铭道别，扭身朝着医院方向跑去。

田铭望着远去的背影笑了笑说："这孙子今儿怎么啦？从前在车间他没有这么大动作。"

是啊，孙子逢人矮三辈儿，他怎么会有大动作呢？田铭似乎有些同情李秀柱，毛四十了仍然单身，一人孤守阵地多冷清啊。

2

打开手机搜索到有关"伽马刀"的信息，李秀柱反复读了两遍，或多或少弄懂它的基本原理。伽马刀不是刀，它是通过立体定位伽马射线照射，破坏肿瘤组织达到治疗目的。采用伽马刀治疗肿瘤，患者创伤小，恢复比较快，避免深度麻醉，住院时间相对较短，仍然属于放疗范畴。

嗯，放疗在京津冀叫"烤电"，在江浙地方叫"照光"。李秀柱给父亲送过早饭，径直跑到第六人民医院，花二百块钱挂了肿瘤外科的"特需门诊"，见到教授级放疗专家纪国镇。

纪教授满面和蔼语调清晰，李秀柱竖起耳朵凝神聆听，字字句句记在心里：伽马刀治疗肺癌早期能够起到抑制癌细胞扩散的作用，也可以治疗多发转移病灶。尤其适合于不能手术和不能麻醉的病人。伽马刀还可以结合化疗、靶细胞药物或免疫综合性治疗……

这好比听了一场科普讲座，李秀柱感觉这二百块钱没有白花，绝对物超所值。他起身给这位专家教授鞠躬致谢，表示父亲癌细胞没有扩散，回去尽力说服他老人家接受伽马刀治疗。

临近中午走出第六人民医院大门，李秀柱来不及回家做饭，一路踌躇决定购买"外餐"，却不知哪几宗菜品更接近母亲的手写本家庭菜谱。他来到宴宾楼饭庄外卖窗口，给父亲买了清炒鸡丝、香菇油菜、八珍豆腐，外加番茄蛋花汤，搭配大米饭。

提拎着餐盒打上出租车，就这样匆匆赶到病房，满脸愧疚说这不是妈妈的菜谱。李玉福表情淡然，轻轻点头。

这时李秀柱明白了，纵然母亲去世多年，父亲的肠胃依旧从属于母亲，那册遗留人间的手写本家庭菜谱，既是父亲常年依赖的味道，也是父亲不食"外餐"的心理依据，常年保持生活的固有状态，绝不改样。

父亲养成不吃工厂食堂的习惯，据说起源于粮食定量供给的年代，那时自家饭食可以"瓜菜代"，用以填补口粮不足。例如掺有柳叶嫩芽和榆钱儿的玉米窝头，便足以写进"家庭食品非遗名录"。如今城市绿化喷洒灭虫剂，无论柳叶嫩芽还是榆钱儿，一律不可食用，这便久违了"骆驼李"的古典肠胃。

儿子凑近病床前打开餐盒请父亲吃饭，这时有人跨进病房叫了声"李玉福同志"，父亲目光凝了凝，注视着来访者。

"你不认识啦，我是崔凤歧！"来访者身材健硕声音洪亮，抖动满头白发，好像浑身上满发条。

李玉福认出这是过去华北电机厂领导，嘴唇颤颤叫了声"崔书记"，声调很低。对方听罢拍手笑道："你果然没忘记我！那年没评你当劳模不会记恨我吧？"

一句话病房静了场。李秀柱快速眨眼望着父亲。李玉福皱皱眉头耸耸鼻子说："那年咱厂评选劳模，厂里推荐的就是我啊。"身患癌症的老电焊工沉静若水，"那天下班我又跑去找宋桂池厂长，我说自己不配当劳模，请厂领导评选别人吧……"

崔凤歧仿佛被堵了嘴巴，一时不知如何应对。

李玉福似乎不愿放弃这个话题，不慌不忙回忆道："宋厂长问我推辞评选劳模的原因，要求我实话实说。我就把心里想法说了。宋厂长听了哈哈大笑，劝我不要这样过度严格要求自己。我还是坚持自己的想法。可巧宋厂长办公桌上电话响了。我不知道这电话是谁打来的，反正宋厂长接过电话见我还是坚决推辞，就接受了我的要求，结果把劳模评给田保松了。"

李秀柱吃惊地望着父亲——这位常年少言寡语的"骆驼李"竟然毫无避讳地陈述己见，一口气说出这通完整流畅的话语，不由内心暗生疑窦，父亲患了癌症话变多啦？

"所以说崔书记，我是自愿退出劳模评选的，您不要把责任揽到自己身上。"

崔凤歧远远比李秀柱更吃惊，在他印象里李玉福是个埋头干活绝少出声的技术标兵，此时话语连篇叙述陈年旧事，仿佛云破天开了。

于是崔凤歧只得更新话题说："那年全厂先进生产者表彰大会，你上台发言情真意切，我至今记忆犹新呢！"

"崔书记，这事儿您不提我倒忘了。"李玉福露出近乎无奈的表情。

崔凤歧抖擞精神说："那天表彰大会你上台发言，说自从十六岁进厂学徒，这么多年华北电机厂把自己培养成人，从心眼里认为自己就是华北电机厂的儿子，所以要让儿子进厂接班做电焊工，咱们工人阶级血脉不能中断……"

李玉福听了这番话，下意识扭脸望着自己的儿子。李秀柱咧嘴朝父亲笑了笑。

崔凤歧跨步上前拉住老电焊工的粗糙大手说："咱们华北电机厂职工八千九，最令我感动的就是你李玉福！你不让儿子读高中替他报名考进咱厂技校，这才是爱厂如家呢。"

原来是父亲替我报名才被工厂技校录取的，他老人家不声不响就把我的前途给定了。此时李秀柱颇有真相大白的感觉。

李玉福从病床起身说："崔书记，我没文化，那篇发言稿是厂办主任庞占元给我写的，庞主任还让我在他办公室里操练几遍，特别强调念到'我是华北电机厂的儿子'时，音调要高，动作要大，凡是念到这种关键句子不要把肉埋在饭里……"

李秀柱担心父亲空腹饿了低血糖，双手捧着余温尚存的餐盒注视着父亲。

崔凤歧再次转变话题说："药补不如食补！李玉福同志你要加强营养多吃饭，争取战胜疾病早日康复。"

李玉福轻轻点头，示意儿子拿筷子。父亲默然接受了这份"外餐"，李秀柱倍感欣慰。这可能跟崔凤歧书记在场有关吧，毕竟老工人最听党的话。

"人老啦！我只能投靠独生子，明天坐飞机去新加坡，今天跑来看看你……"崔凤歧有些动情地说，"我准备编写《华北电机厂史》，人物谱里不会遗漏你李玉福的！"

"我是个干活儿的电焊工，您就不要写我了。"李玉福扬了扬手说，"既然明天您去外国，那就在这儿吃顿饭吧，我儿子买了外面的套餐呢。"

"啊……"崔凤歧怔了怔，随即精神振奋说，"好啊好啊，这顿饭就算你给我饯行，以后有啥事给我打电话，等你病好了到新加坡旅游，我带你去牛车水逛逛！"

不擅交际的老电焊工突然挽留来访者吃饭，这令儿子又惊又喜，立即打开病床前的折叠餐桌，依次摆好餐盒：清炒鸡丝，香菇油菜，八珍豆腐，番茄蛋花汤，大米饭。他感觉主食不够俩人吃，便从床头柜抽屉里取出那包烤馍片。

崔凤歧接过烤馍片笑着说："这是我陕西家乡面食，很久没有吃到啦。"

"那烤馍片你多吃，这大米饭归我。"李玉福露出鲜见的笑容说，"今天咱俩跟这儿吃饭，我怎么觉着还是在华北电机厂呢。"

"这就叫穿越时光隧道，让咱俩回到华北电机厂。"满头白发的崔凤歧说着时髦词语。

似乎受到父亲情绪感染，李秀柱助兴说前天遇到田铭了。崔凤歧嚼着香脆的烤馍片打听田铭是谁。

"田铭现在在金环物业公司做维修工，他爸是原先华北电机厂精工车间的田保松。"

"噢……"李玉福听罢轻咳两声说，"人家田保松是全厂技术尖子，也有好几项技术革新成果呢。"

"你也是技术尖子嘛，田保松遇事喜欢争先，经常跟厂领导取得联系。不过我倒欣赏你这种作风，任劳任怨不计得失，最能代表华北电机厂工人阶级精神风貌。"崔凤歧说着双手捧起那碗番茄蛋花汤，稳稳递给李玉福。

"您过奖了崔书记，我这人啥也代表不了，非要我代表呢就代表手里那把电焊钳吧……"

"如今有了氩弧焊、电渣焊这类新技术，可是代表工人阶级的光荣传统不能丢。"崔凤歧嚼着烤馍片，好像满口生香，"你那几把老焊钳应该送进工业博物馆，永久收藏！"

李玉福缓缓放下筷子，冲着崔凤歧拱了拱手，算是无言的感谢。

吃过这顿午饭，老书记和老工人拉了拉手，道了道别，谁也没再说话。李秀柱将客人送到电梯门前，连声致谢。崔凤歧表情严肃地说："你爸得了这种病就要想得开，首先争取五年存活率，人家田保松不就闯过来了？"

李秀柱用力点头说："祝您明天平安到达新加坡，我希望我爸治好病去您那儿旅游。"

送走这位老领导，快步返回病房，李秀柱没想到父亲张口评论道："崔凤岐变化不小，他当党委书记时没跟我说过几句话，今天怎么变成话匣子啦？好像把下辈子的话都说了。"

"树老根多，人老话多。"李秀柱随声附和，认为父亲今天话也不少。

"是啊，到了新加坡崔书记找谁说话呢？想要聊天只能往国内打电话，只要他儿子有钱交得起电话费就行……"李玉福想象着崔凤岐移居国外的生活景况。

李秀柱听着这番念叨，感觉父亲思路清晰，词语贴切，看来他老人家原本健谈，却在厂里少言寡语得了"骆驼李"外号。这种反差实在太大了。

一时捉摸不透，儿子陪父亲下床在楼道里遛了遛，返回病房给父亲按摩双腿双脚，说总躺着肌肉萎缩。李玉福忽然轻声问儿子："咱们华北电机厂的地皮就是卖给新加坡开发商的吧？"

李秀柱随声回答："是啊，新加坡地产商开发金环花园楼盘，一期开盘每平米三万八，现在涨到五万多了。"

李玉福听了没吭声，好像重新成为少言寡语的人。李秀柱趁机试探道："您转到第六人民医院去吧，听说那边有新疗法效果不错呢。"

"我这病转到第六十六人民医院也不好治，咱们就不要折腾人家大夫了。"

第六十六人民医院？折腾人家大夫？李秀柱再次领略父亲的口才。这真是个内秀的老工人，要么不张嘴说话，张嘴说话就这么生动。

儿子参不透父亲的心思，便没有提及伽马刀治疗，也没提及半夜接到"知我外号者"的东莞神秘电话。

3

大活人戳在马路边等候出租车，李秀柱趁机打着腹稿，就跟人体雕像会喘气儿似的。之后他打车来到金水广告公司递交辞职报告，张嘴从肚子里掏出腹稿说："这次辞职是要全力照顾身患癌症的父亲，我保证不是恶意跳槽另攀高枝。"

金水广告公司老板是个年轻的"九〇后"，颇为欧式地摊开双手表示同情，然后耸了耸肩问道："老李你辞掉工作没有薪水吃什么？"

李秀柱竟然神差鬼使答出两个字："肉糜。"

这就是李秀柱为人怪异的地方，连他自己都说不准何时何地会嘴里迸出这类很不靠谱的词语，因此"大龄剩男"便显得更不靠谱了。此时直抒胸臆说出"肉糜"二字，令年轻的公司老板不知所云，只好提醒他少吃肉类避免增高胆固醇，注意补充蔬菜和水果。李秀柱听罢点头笑了。他从小笑容就像父亲，规模不大纹理清浅，味道微苦略有回甘。

父亲身患肺癌让儿子感到命运不公，为什么霉运偏偏落到这位老电焊工头上。记得父亲参加"全市电焊工技能大赛"输给锅炉厂的王世忠没能夺得金牌，便觉得这辈子愧对华北电机厂，好久抬不起头来。那一代老工人就是这样克勤克俭。所以人们说"骆驼李"若真是头骆驼，他会觉得自己对不起沙漠的。

骑着共享单车来到城市商业银行门前，下车掏出借记卡从自动柜员机里取出五千元钞票。每逢交纳住院押金父亲都要求儿子使用现金，好像只有钞票才是真金白银，凡是看不见摸不着的东西均不牢靠，包括银行卡。

父亲是华北电机厂大工匠，儿子只是个普通青工；父亲身高一米八二，儿子只有一米七五；父亲生肖属鼠却得到"骆驼李"外号，一跃成为大型动物，儿子同样生肖属鼠却得了"孙子"外号，不仅属于小型啮齿动物还降低辈分。这就使得李秀柱时不时感到自卑，既然难以继承父亲手里那柄焊钳，只得改行跳槽了。

平时儿子对父亲言听计从，却不觉得自己是个孝子。"孝子"已然成为古老词语，如今流行"不明觉厉"和"喜大普奔"的新人类词语。有时说到"孝子"甚至被误以为谁家筹办丧事呢。

李秀柱把五千块钱揣进怀里，左顾右盼确认周边安全，又骑上共享单车了。

一路上想起母亲。家里的存款据说是母亲从外祖父那里继承的，为此母亲生前保密多年。他到公司辞职时跟年轻的"九〇后"老板说回家吃肉糜，那确实吃得起的。这要感激远在天堂的母亲荫护，给家里留了保底的钱款。不过他的所谓"肉糜"大者不过铁板烧，小者肉夹馍而已。一个生肖属鼠的"八〇后"剩男，你还想吃天鹅肉啊。

走进家门首先脱皮鞋换拖鞋，然后洗手擦脸漱口，这套规定动作从小养成习惯。进家洗手擦脸实属常情，然而母亲生前特意强调进门漱口，仿佛外边空气太咸，漱漱口赢得清淡爽利。母亲去世后儿子全盘守制不曾改变——这就是非典型"八〇后"的典型生活细节。然而不知这习惯跟几次相亲失败是否有关。

习惯性完成全套规定动作，干干净净走进厨房操持晚饭。浇汁鸡蛋羹，咸肉炒蚕豆瓣，虾油黄瓜拌豆皮，肉丝紫菜汤，主食两个全麦粉小花卷。依照母亲遗留的手写本家庭菜谱，努力做出父亲依赖的味道。当然，盐还是要放的——妈妈留下带有刻度的小勺子。

蒸好了鸡蛋羹浇些酱汁，装瓶保温。母亲手写本家庭菜谱里的自家酱汁味道独特，这肯定来自外祖父的私家秘方，毕竟工商业家族生活追求美味。他这样寻思着打开微波炉烘热全麦粉小花卷，猛然想起自己做过的那个春梦，便忙里偷闲拿起手机调出"解梦大全"App输入"梦见女士"四字，这时两个小花卷加热完毕，他伸出目光瞥见手机里"解梦大全"给出的全部答案，第三条这样解释：

梦见风骚女子表示你有狡猾的敌人需要去征服。

我有狡猾的敌人需要去征服？李秀柱下意识环视左右，仿佛敌人已经临近。伸出鸡翅木夹子将全麦粉小花卷夹进保温盒里，认真思索起来。

那么谁是狡猾的敌人呢？他烧水焯熟豆皮，这样消除豆腥味儿。母亲手写本家庭菜谱里的凉拌菜，这道虾油黄瓜拌豆皮是父亲爱吃的开胃菜。

一瞬间脑海里天光大亮。噢，那个狡猾的敌人就是父亲的肺癌啊！这些天我不是在跟它战斗吗？看来我要征服对方难度不小。

李秀柱想起同辈人田铭——感谢这家伙提供伽马刀治疗的信息。田铭他爸田保松不是把瘤子治小了吗？所以我爸也能得救，我就指望伽马刀创造奇迹了。

认真按照母亲遗留的家庭菜谱给父亲做好晚餐，拎起保温箱走出小区坐进出租车里，摁亮手机调出"解梦大全"再次找到"梦见风骚女子"条目，聚精会神读到这样的文字：

起梦时间为深夜，时值夏季六月五行为午火，午火炎炎正升，六阳气逐一阴生，故此梦应验率大约43%，应验时间大约十日内外。

如果说狡猾的敌人就是我爸的肺癌，那么伽马刀治疗我爸肺癌的可能性大约43%吗？这比例不低啊！但十天期限是比较紧张的。

内心渐渐冷静下来。认为这种解梦话术可信可不信，但是第六人民医院的伽马刀还是要相信的。人家纪国镇教授是享受国务院政府特殊津贴的专家，他的伽马刀属于国内放射治疗新技术。人要活着就要相信科学，人要活命就要信服伽马刀。我尽快安排父亲转院不能拖延了。

下了出租车跑进医院大门快步赶到病房，儿子伺候父亲吃晚饭。似乎咸肉炒蚕豆瓣和虾油黄瓜拌豆皮唤起父亲的情思，他老人家略显遗憾地说："你妈妈走得太早，她没赶上医疗高科技时代。"

这句话令李秀柱兴奋起来。我还没跟父亲提起伽马刀，他主动谈到医疗高科技时代，这就叫父子心有灵犀吧。于是李秀柱趁机说起伽马刀疗法，把纪国镇教授的治疗原理讲给父亲听。

"这种伽马射线特别厉害，容易伤人呢。不过伽马刀是光束定位照射治疗，它好比战场上狙击手精准射击，光杀敌人不伤老百姓，转害为利了……"

邻床病友受到感动说："这儿子想方设法给老爸治病，多孝顺啊！"

李秀柱受到病房舆论夸赞有些不好意思。只见李玉福呼地起身离开病床，迈开大步走出病房直奔电梯间。李秀柱慌忙跟随跑进电梯，满脸迷惑抬头望着父亲。

父子俩走出电梯来到住院部小花园。李玉福不停地搓动双脚，情绪异常烦躁。李秀柱尝试着自我批评道："我就想转院用伽马刀给您治病，没想到惹您起急了。"

"秀柱，这事儿我不能不起急！"李玉福猛然提高嗓门，惊动了灯影儿里打太极拳的老头儿。

"我老啦，好多事情不记得了，听你说起伽马刀治病力道很强，一句话把我点醒了，这让我想起那台伽马射线探伤仪，那玩意儿要是放出射线来，人命关天啊！"

"伽马射线探伤仪放出射线伤人……"李秀柱不解地问道，"您这话从哪儿说起？"

李玉福沉浸往事说道："那年援助巴基斯坦的发电机组，时间紧任务重，我两天两夜连轴转，把水轮机座环和受油器的关键部件焊接好了，六十八道焊口连接起来足有上百米。凡是援外产品都是政治任务，绝对不能有微观缺陷！厂里调来伽马射线探伤仪，反复检测所有焊口全部合格，厂领导夸赞我是靠得住信得过的大工匠……"

"您肯定是靠得住信得过的大工匠！"李秀柱急于得知下文，朝父亲竖起大拇指。

"那场生产大会战顺利完成，他们说这台伽马射线探伤仪是老型号旧设备，把它折旧埋了吧。我急着参加全市技术标兵表彰大会，就没跟着动铁锨挖大坑……"

左近太极拳老头儿大声插言道："敢情你还是全市技术标兵？老光荣啦！"

李秀柱对太极拳老头儿说："您不要掺和了好不好？当年我爸还差点儿评上市级劳模呢。"

"这劳模评上跟不评上,那可大不一样啊。"太极拳老头儿颇有感慨。

李玉福只好走出住院部小花园,扭头对身后的儿子说:"人老了就是话多,你不要跟那老头儿抬杠。"

儿子连连点头表示听从。父亲继续回忆道:"那次生产大会战副总指挥是崔凤歧,他也同意把那台伽马射线探伤仪报了折旧。你知道只要生产设备报了折旧,那费用就能够直接摊入生产成本了……"

李秀柱认真听着,感觉父亲说话谁都听得明白。

李玉福压低嗓门说:"当初以为那是工厂后墙的荒地,说埋就埋了,可是那玩意儿要是放出射线,让人看不见摸不着啊!它可比埋个定时炸弹危险多了吧?"

"咱们华北电机厂没了,从前工业厂区变成民用住宅。这老皇历您就别操这份闲心了。"李秀柱不认为事态严重到埋了定时炸弹的程度。

"华北电机厂是没了,可是华北电机厂老工人还在啊!我既然想起这码事儿,就不能扭脸躲着走。"李玉福说着起了火气,"你说我操这份闲心,这是胡说八道不负责任!"

父亲这几句话仿佛闪烁着电焊弧光。儿子从未见过他老人家如此激动。早先那位沉默寡言的"骆驼李",今天有了脾气。

李玉福满脸迫切表情地说:"华北电机厂变成金环住宅小区,从前上班下班的工人,如今换成常年住家的百姓,那伽马射线不是更危险了吗?咱们要赶紧把这事儿解决了。"

"您先转到第六人民医院用伽马刀治病,"李秀柱神色凝重说,"我抓紧寻找埋藏伽马射线探伤仪的地点,咱们两条腿走路行吗?"

"骆驼李"使劲摇头说:"不行!那天崔凤歧说不能把肉埋在饭里,今天我说不能把祸害埋在地里。咱们就要抓紧解决不再拖延,只争朝夕吧。"

父亲居然引用"只争朝夕"这句话,满脸毋庸置疑的表情。这再次令李秀柱感到父亲有些陌生。人老了,变了。父亲不是"骆驼李"了,可能从来就不是。

"森林着火还有自己熄灭的时候呢。那台探伤仪这么多年埋在地下力道衰减，它不具备伤人的能力了吧？"李秀柱试图缓解危机气氛。

"秀柱啊，这种事情宁可信其有，不可信其无。"李玉福缓和语气说，"你看同样都是伽马射线，它在医院里搞成伽马刀就能治病救人，它埋在地下散发射线就会祸害百姓，从前车间班组学哲学这叫一分为二。"

父亲已然引用哲学说话，可见信念坚定。李秀柱点头问道："那么您还记得埋那玩意儿的地点吗？"

"应当离工厂后墙不远，大约往农药厂方向……"李玉福眯起骆驼式眼睛回忆说，"那时工人真有干劲！生产大会战好几天不回家，生生把那台伽马射线探伤仪用得都折旧了。"

李秀柱已经懂了，那时候国营企业工艺设备逐年折旧，最终直接摊入生产成本，不列入设备更新资金。父亲多年养成为公家精打细算的习惯，至今不改。今后也改不了。

4

走进被称为"城市幸福生活名片"的金环花园小区拱形大门，李秀柱想起"天翻地覆慨而慷"的诗句。是啊，难以想象这里曾经是座国营大企业。如今华北电机厂没了，人的记忆也无所依附。年轻人光知道这里是商品住宅小区，一平方米五六万。

他礼貌地向小区保安打听售楼处，对方摇头说房子早卖光了，如今只能寻二手的。朝着小区深处走去，猛然听到身后有人喊自己外号，他扭头看见小树林里走出个满头银发身材微胖的女士，嗓音特别响亮，大体属于人类里的喜鹊。

"这些年我四处打听你下落，谢天谢地今儿遇见啦！你三十大几了还单着呢？可惜你母亲走得太早，没人操心你的婚姻大事……"

李秀柱想不起这位热心老阿姨是谁，就尴尬地笑了笑。

"我是你妈妈的同事杜玉雯！你小子忘啦？"这位老阿姨上前自我介绍说，"我跟你妈妈同在工艺科晒图室上班。你妈妈大家闺秀浑身都是优点，就一个缺点不怎么会做饭！"

李秀柱茫然望着杜玉雯说："您是不是认错人啦？我妈妈是章洁清她会做饭啊。"

"孙子，你妈妈当然是章洁清，错了包换！我不是说你妈妈不会做饭，我是说你妈妈做饭清淡寡味不好吃！哎哎，无论多优秀的女人也有短板，你妈妈有你姥爷留下的私家菜谱，她就是弄不出味道来……"

"可是，我爸爸常年从家带饭菜进厂上班啊……"李秀柱停住话语思忖着，满脸狐疑。

杜玉雯更换话题说："你爸爸可是个技术尖子啊，华北电机厂没人不知道'骆驼李'！那年连夜抢修锅炉房，他骑在管道上烧电焊立了大功……哎哎！我就是想给你介绍对象，原先浸漆车间的江丽你知道吧？白净苗条没有婚史今年三十六七，你俩要是结了婚她还能生养，女人过了四十生孩子就高危啦！"

李秀柱被杜玉雯的连珠炮打得发蒙，一时不知如何抵挡，只得打听金环花园售楼处在哪儿。杜玉雯抬手指向远处的紫色小楼说："从前那儿是售楼处，现今给物业维修部占了，你赶紧去问问吧！哎哎，你若有意跟江丽见面就到家找我！我住 13 号楼 1 门 703。哎哎！你爸爸没续后老伴吧？我手里倒是有几个老年妇女，干脆把你们爷儿俩同时解决了吧……"

说了声"谢谢杜阿姨"，李秀柱扭身逃离这位"业余红娘"的强大气场，快步走向那幢紫色小楼。

金环物业公司维修部大门紧闭，有个窗口挂着"水电维修登记处"的牌子。李秀柱凑近窗前喊了声"师傅"，里边无人应答，好像连"徒弟"都没有。他只得后退两步看到大墙上画着金环花园小区规划图，立即惊喜地笑了。这次笑容并不微苦，咽口唾沫感觉回甘。

这满墙的规划图被时光侵蚀得色彩斑驳，依然能够俯瞰金环花园小区全景，近乎一览无余。连忙掏出手机录制视频，他大声给父亲配着画外音说："爸爸，您看这就是华北电机厂变成的金环花园小区，有楼盘有绿地有假山有水池有道路……总共六十九座住宅楼，东边有个网球场，西边有座小喷泉，零星分布八处小型停车场，健身馆，幼儿园，还有大片中央绿地，看着挺宽敞的。噢，还有便利店呢……"

李秀柱临时改成普通话解说："爸爸，您看您看，这儿保留了华北电机厂大烟囱，他们给装饰成了通天塔了，这通天塔是外国神话传说，老天爷故意让谁跟谁说话都听不懂，所以人们要学外语……"

这时维修部窗口露出田铭的脑袋瓜儿，嘴角叼着烟卷儿说："喂喂，你这儿自导自演拍纪录片呢？我们可要收你场地费的！"

李秀柱拍好视频收起手机说："这金环花园全景图太重要了，我爸看过这视频就会唤醒记忆寻找线索的。"

"你爸要寻什么线索？"田铭说着攀爬窗台跳了出来，这让李秀柱觉得金环物业公司管理松懈混乱，当年华北电机厂安全生产管理严格，绝不允许随意攀爬窗台。

田铭全身浅蓝色休闲装，白色旅游鞋，干干净净利利索索好像要出国观光。

"今天是我爸六十八大寿！我预订冠春园大饭庄四桌生日宴，两桌来宾，两桌家鞑子！俗话说大难不死，必有后福，我办祝寿宴是给我爸祈福增寿呢！"

李秀柱暗暗羡慕田铭，他爸用伽马刀把瘤子治小了，今天过六十八大寿。当然我爸也要用伽马刀治疗，也要把瘤子治小了，我爸明年七十大寿也要摆几桌酒席。

田铭听懂李秀柱的来意，笑嘻嘻拍拍他肩头说："伽马探伤仪那破玩意儿不会永久散发射线，这些年埋地里早就乏啦！我看你这是吃饱了撑的，闲着没事儿找事儿，你想大海捞针就捞吧！"

田铭三步并作两步窜走了。这让李秀柱想起母亲的家乡淮扬地区，那边饮食习惯清淡，可是北方这边夏天高温作业，工厂里电焊工出汗过多，吃饭口味偏咸的。

骑着共享单车赶回家里给父亲操持午饭，翻开母亲遗留人间的手写本家庭菜谱，先后烧出海米炒油菜和里脊烧笋丝，打开冰箱找出主食冷冻银丝卷，放进微波炉里加热，沏了个蔬菜芙蓉汤，父亲的午饭齐活了。

杜玉雯阿姨说妈妈做饭清淡寡味不好吃。可是爸爸常年携带家里饭菜上班。李秀柱再度疑惑起来，反复打量妈妈的手写本家庭菜谱，比如腊肉炒蒜薹，比如肉圆烩冬瓜，比如肉丝煸豆角，这些都是家庭经济状况明显好转的大众菜品，已经远离"瓜菜代"年代。李秀柱小时候跟奶奶生活，记忆里缺少妈妈下厨做饭的情景。

一路乘坐出租车，准时准点把午饭送到父亲嘴里，然后试探着询问饭菜味道怎样。李玉福嗯嗯了两声，等于回答儿子了。

"那时候您从家里带饭上班，我妈做饭挺好吃吧？"儿子考古似的探问。

"你妈做饭挺好吃的。"李玉福适时做了应答，"有时厂里加班买个馒头垫巴垫巴，我还是乐意吃家里饭菜的。"

不知为什么李秀柱颇为感慨："爸爸，您这辈子挺不容易的……"

李玉福任凭儿子感慨，低头吃饭不吭声。

伺候父亲吃过午饭，李秀柱打开手机为父亲展示金环花园全景图，着重介绍那座大烟囱改造的"通天塔"。

李玉福看过视频思考着说："这是现今金环花园小区规划图，你还要找到过去华北电机厂规划图，用两张规划图对比着，一步步寻找埋那玩意儿的地点。"

父亲把寻找伽马探伤仪当作头等大事，好像肺癌都不重要了。

李秀柱尝试变通说："您从来都遵守组织纪律，这件事儿要跟上面汇报吧？"

"华北电机厂都没了，你说这事儿跟谁汇报呢？咱们自己能办的事情，就不给组织添麻烦，一声不吭解决就是了。"

既然大工匠决定不言声，儿子只得接受"孤军奋战"的重任。他跟父亲提起治病话题说："那玩意儿埋在地下不是三天五晌和就能找到的，您先转到第六人民医院吧，抓紧时间治疗伽马刀……"

"我的病没有那么严重。"李玉福语气坚定地说，"先把伽马射线探伤仪解决了，这样既对得起过去的华北电机厂，也对现今的金环花园有了交代，就是我死也安心了。"

李秀柱知道遇到这种犟节儿，没人能够说服父亲的，除非让妈妈人间复活。他想起妈妈禁不住问道："爸爸，您最爱吃我妈做的哪道菜？我学着给您做。"

"噢，你妈妈做菜不爱放盐，她们南方人口味清淡……"李玉福总体概括答道，并不涉及具体问题。

李秀柱想起有年夏天中午，外号"骆驼李"的大工匠放下电焊钳摘下电焊面罩，脱掉汗水湿透的帆布工作服，光着膀子躲到车间角落里蘸着酱油吃饺子的场景。

他记得父亲那双筷子是临时找的两根不锈钢焊条，手里闪烁着银色光泽……

5

李秀柱来到科技数码店，把金环花园规划图的照片放大打印成彩图，还是感觉清晰度稍差。记得父亲说过光凭这张金环花园小区规划图不成，还要对照从前华北电机厂的规划图，拿着两张图纸对照定位，然后展开寻找。想起以前看过的科幻小说，主人公佩戴神奇眼镜望穿地表，哪儿有油层哪儿有煤矿哪儿有气岩，看得一清二楚省了钻机勘探。

科幻小说就是用来鼓舞人类前进的。李秀柱目光里有了几分亮色。他拨通114查号台询问北青区档案馆的电话号码，连续拨打几次没人接听，嘴里嘟哝着"出师不利"随手再拨,电话竟然通了。于是好似佩戴了科幻眼镜,他要隔空遥望对方。

有过文案工作经历,他事先拟好"腹稿"自报家门,包括姓名和身份证号码,然后提出查询当年华北电机厂规划图,以便寻找埋藏地下的工业遗物……

对方听到他自报姓名和身份证号码,电话里稍微沉默,突然传出震耳的女声:"喂喂!你怎么还给我打电话?那次会面之后我跟婚介所明确表态,我对你没有眼缘,请从备选男士名单里把你删除,你怎么又联系我呢?"

李秀柱顿时蒙了,不知遭遇了哪路兵马埋伏,说话结巴起来,嘴里迸出大量"顿号"。

"您、您说话我不明白,我、我打的是正常电话,请问、您这儿是北青区档案馆吗?"

"我这儿当然是北青区档案馆,但我首先是齐红玲!我只跟你相过一次亲,走出咖啡厅就形同陌路嘛。我让婚介所中止关联,今天你却以查找工厂图纸名义私自打来电话!"

齐红玲?李秀柱极力回忆着,当初婚介所安排过四次相亲,每次都是"一轮游"没有续集,倒是有个小眼睛短头发单身女士,胖乎乎的忘了名字,另外三位女士统统不记得模样了。

这样想着他大声解释说:"我从 114 查询台问到您这个号码,打电话想寻找当年华北电机厂规划图,我对天发誓打电话不是要跟您搞对象,再者说我真的想不起您是谁……"

一番话换来静默,电话里仿佛那位名叫齐红玲的女士消失了。李秀柱轻轻喂了两声说:"实在不好意思,给您造成这么大误会。"

电话里终于传出齐红玲的声音说:"你要查找工矿企业规划图,那么请提前登记预约时间,到时候带着身份证来大厅窗口登记,预交复印资料费二十元,多退少补。"

"我预约明天上午九点钟可以吗?"李秀柱得到确认,连声致谢说,"对不起，我真的记不起您了，不过现在我记住了预约明天上午九点钟。"

电话里名叫齐红玲的女士问他还有没有其他业务要办，李秀柱连忙说没有了。对方挂断了电话。

匆匆来到病房伺候父亲吃过午饭，感觉他老人家身体状况没有明显恶化，便愈发期待早日接受伽马刀治疗。李玉福则告诉儿子肉丝炒豆角味道不错，不咸不淡正合口味。

"咸中有味淡中香，以前咱们工厂食堂就有这个菜品。"李秀柱转而告诉父亲，明天去北青区档案馆复印华北电机厂规划图。

李玉福耸了耸"骆驼鼻子"说："按理说崔凤歧应该知道当年埋伽马探伤仪这码事儿，可惜他没留下在新加坡的电话号码，这事儿咱自力更生吧……"

"您把心搁肚子里吧，无论漫天撒网还是大海捞针，我都要百分百努力！"李秀柱好似小徒弟向大工匠表决心，"到时候您要转到第六人民医院治疗伽马刀啊。"

"你把伽马探伤仪妥善处理好……"李玉福扬起高颧骨的脸颊说，"那样我心里就安稳了。"

一个身材小巧的女护士走进病房说："25床电解质化验报告出来了，你128低钠要补浓盐水，饮食也要吃得咸些。"

听女护士说低钠，李秀柱低声问父亲："您还记得工艺科晒图室的杜玉雯吗？杜阿姨说我妈妈做饭清淡寡味不好吃……"

李玉福摇摇头说："你妈妈是南方人，杜玉雯是东北人，一个爱吃米，一个爱吃面；一个爱吃淡，一个爱吃咸，这不是会不会做饭的问题……"

"电焊工高温作业出汗太多，您过去吃得过于清淡。现在我给您做饭有意偏咸，人家护士说您要补钠呢。"李秀柱觉得父亲大半辈子少盐寡咸不吭声，真对得起"骆驼李"的外号。

想起半夜东莞打来的电话，李秀柱做出随便问问的样子说："前些年咱厂不少人去东莞那边打工，那里头有您特别熟悉的吗？"

"那里头有好几个技术尖子，车钳铣刨大工匠。"李玉福闭目养神说道，"其实东莞那边也聘请我了，高级技术顾问薪水不低。你妈妈说那是给资本家干活儿，坚决不同意我去……"

"我妈妈？我妈妈的父亲从前不就是资本家吗？"

"对，你姥爷名叫章守才，他信奉实业救国，创办了宏达电器厂。"李玉福睁开眼睛说，"后来公私合营划进华北电机厂，所以你妈妈不让我去东莞给私企老板打工。"

李秀柱更加觉得父亲这辈子不容易，电焊工出大力流大汗，还吃得那么清淡寡味。后来要去东莞那边显示大工匠风采，母亲硬是不让去。这样想着恨不得立即送父亲去第六人民医院，赶紧用伽马刀把瘤子治小了，然后为父亲举办寿宴，不是摆四桌而是摆六桌，超过田铭他爸田保松的寿宴规模。

他似乎意识到自己是个传统型"八〇后"，即使蜕变也还是信奉"六六大顺"的。

6

一连几天来到金环花园小区，李秀柱蹲在中央绿地边缘，铺开华北电机厂规划图和金环花园小区规划图，反复对照仔细估算，寻找埋有伽马射线探伤仪的地点。他聚精会神对照这两张图纸，一会儿鸟瞰华北电机厂，好似凌空飞翔；一会儿透视金环花园小区，仿佛地下掘进。就这样他不断穿越时空，幻想化身电视剧《封神榜》里的土行孙，纵身遁行地层深处，顺利找到那台锈迹斑斑的伽马射线探伤仪，然后跑去向父亲报喜……

很久不曾体验幻想的美妙，全然不觉沉浸其间尽情享受着。这时小树林那边有人呼唤他外号"孙子"。

"哎哎！这儿又不是四川三星堆，既探不出青铜器也找不到大象牙，你摆弄这两张破图纸跟谁相面呢？"

李秀柱被这喊叫声从幻想世界里拔将出来，抬头望着突然出现的杜玉雯阿姨。

杜玉雯拍了拍大腿说："天啊，怪不得你不积极搞对象，敢情满门心思跟这地界寻宝呢？这些天我倒是听人说过，古董文物现在挺值钱呢，有些人发了大财。"

从小接受家庭教育，见到长辈要站立说话，李秀柱连忙起身解释："杜阿姨，我要找的那玩意儿比你说的古董文物还要重要！您说我能不投入吗？"

杜玉雯显然理解有误，瞪大眼睛问道："你果真来这儿寻宝啊？当心倒腾文物古董出事儿！从前你妈妈跟我说过，你姥爷就喜欢收藏那些玩意儿肯下血本呢。"

李秀柱耐心解释说："我是形容伽马射线探伤仪是宝贝，那玩意儿能探到人类肉眼看不到的微观瑕疵，三百毫米厚的钢板都能看透……"

"噢，当初埋了宝贝现今要挖出来，这是谁的主意啊？"杜玉雯急着去买菜，说罢转身穿过小树林消失了。李秀柱也起身拍了拍屁股上沾的草叶子，寻思着回家给父亲操持午饭。

一群白发苍苍的老者，有男有女，有高有矮，有胖有瘦，悄悄朝着中央绿地包抄过来。李秀柱不知这是什么阵势，想起那个流行词语：不明觉厉。

"小伙子，你不要走！"为首的是个身高体壮的老头儿，鹰鼻鹞眼尖嘴巴，声音有些沙哑。

李秀柱下意识将两张图纸卷成筒子握在手里，给人的感觉是他拥有武器。

"这几天你在这儿寻摸什么呢？看着鬼鬼祟祟的。"身高体壮鹰鼻鹞眼尖嘴巴的老头儿率先问道。

老实本分的"八〇后"实话实说："我跟这儿估算伽马探伤仪的地点，可是图纸没有比例尺难以确认方位和距离。"

"好！你态度还算端正。那就继续坦白吧，这是谁雇用你寻找那玩意儿的？"这个老头儿张口质问。

一个身材精瘦的老太婆不甘落后追问道："我看你老实巴交的样子，一定是幕后有人指使吧？"

李秀柱转身看了看身后那尊尚未完工的汉白玉雕像，表情茫然地解释说："这儿又不是戏台哪儿有幕后啊？再者说我也没受谁的雇用……"

这时人群朝着中央绿地聚拢过来，形成赶庙会的人圈儿。圈儿大人薄，得看得瞧。李秀柱仿佛成了撂地摆摊的江湖艺人。

"敢情中央绿地里偷偷埋着伽马射线伤人，我们居民压根儿不晓得，完全没有知情权！"

"今天总算逮着你小子，逮着了就休想逃避责任！"

"当年为什么要埋呢？现今为什么要挖走呢？这里头肯定有猫腻！"

"我看这是那些贪官犯了事儿，他们企图掩盖历史真相！"

人们已然形成包围圈，同仇敌忾，义愤填膺，七嘴八舌抨击着李秀柱。

父亲坚决要把那台伽马射线探伤仪找出来，这是出于老工人爱厂如家的责任感。可是没想到事情突然变成这个样子，此时竟然让儿子沦为社会公敌。李秀柱孤立无援接连咽了几口唾沫，一时说不出话来。

身高体壮的老头儿走进人圈子里，一双鹞眼目光炯炯，使劲拧开瓶装水润了润嗓子，尖嘴巴演讲开了。

"我们金环花园小区的居民，大多是从前华北电机厂的退休职工，如今华北电机厂没了，我们的生命安全和身体健康谁来保障？这几天听说这里埋了害人的东西，我们就团结起来维护自身权益！有人说伽马射线衰减没有危害了，那么为嘛要把那玩意儿挖走呢？这明明是要销毁犯罪证据嘛！"

这老头儿显然提前做好功课，尖嘴巴说得头头是道，薄嘴唇讲得有理有据。李秀柱暗暗叫苦。面对"幕后有人指使"和"隐瞒销毁犯罪证据"的指责，他感觉已然掉进坑里了，而且这坑还是父亲给自己挖的，即使脚蹬手刨也爬不出来。

"我说这个小伙子，你也不要害怕。"鹰鼻鹞眼尖嘴巴的老头儿语气和缓许多，"只要你如实回答我的问题，今天就放你走人。"

"您不能扣留我啊！"李秀柱像个准备抢答的小学生。

"这次是不是华北电机厂领导派你来的？他们前些年把工厂地皮卖给新加坡开发商，如今担心自己屁股没擦干净？"

李秀柱感觉自己被弄成法制题材电视剧里的人物，瞪大眼睛望着对方说："您把情节弄得太复杂了，这次我父亲让我寻找那台伽马射线探伤仪，这跟华北电机领导出让工厂地皮有什么关系呢？"

"好哇！你承认你父亲派你来的。看来你能够大义灭亲，那就把问题彻底交代清楚！"那个身材精瘦的老太婆兴奋起来，"你父亲是华北电机厂哪位领导，他叫什么名字？"

李秀柱毫不犹豫答道："我父亲是华北电机厂高级电焊技师，他叫李玉福。"

"你是李玉福的儿子？"鹰鼻鹞眼尖嘴巴的老头儿满脸疑惑，"这么说伽马探伤仪是李玉福埋的，他派你来这儿销毁证据？"

"您根本不了解情况！"李秀柱反驳说，"请不要信口开河好不好？"

鹰鼻鹞眼尖嘴巴老头儿自信地笑了："你说我信口开河？我刘振岭外号'刘大辩'！华北电机厂八千九百多名职工，我确实没有当面跟李玉福打过交道，但是听说当年评选劳模他给刷下来了，现在又爆出埋藏伽马射线探伤仪的案情，这更说明他有历史问题嘛！"

李秀柱大声反驳说："您为嘛把伽马探伤仪说成案情呢？既然您也是华北电机厂老工人，应当懂得实事求是的道理。那台伽马探伤仪不是我父亲埋的，您不要往他身上泼脏水好不好？"

"我往他身上泼脏水？你打电话把你爸叫来，让他现场跟大伙交代清楚，当初埋藏伽马探伤仪散发射线危害群众，这事儿到底谁是主谋！"

李秀柱不能容忍父亲受到这种污蔑，猛地爆发喊道："你凭什么让我爸来跟你交代清楚？你不要指手画脚冒充大尾巴鹰！"

有生以来从未如此发作，李秀柱反而给自己吓了一跳，倏地住口就跟断了电似的，这模样引发看热闹人群哄笑。

人群里悄悄挤进来两个男子，一个瘦高，一个矮胖，他们身穿墨绿色野营服装，仿佛来自遥远的塞外牧场。瘦高男子表情沉郁注视着李秀柱。矮胖男子目光瞄着刘大辩，神色冷峻。

刘大辩愈发强势说："你要不打电话把你爸叫来，今天休想离开这儿！"

"对！今天休想离开这里。敢把伽马射线探伤仪埋藏地里害人，这笔旧账要清算的！"

"不要让这小子跑路，赶紧叫小区保安来吧！"

看热闹的人群发出呼喊声，极力催促事态扩大。

矮胖男子掸了掸墨绿色野营服袖口的尘土，大步走到人群形成的"包围圈"里，伸出目光盯视刘大辩说："你随意限制人身自由是违法的，我现在打电话报警，你也休想离开这里！"

"你……你是干什么的？"刘大辩不由朝后退了两步。

"你外号叫'刘大辩'？好吧，咱们辩论辩论。"身穿墨绿色野营服装的瘦高男子冷笑说，"你聚众滋事破坏社会稳定，以为倚老卖老就可以胡作非为吗？"

性格懦弱的李秀柱仿佛盼到救兵，使劲挥舞手里的图纸卷筒说："我要回家给我父亲做饭！我父亲生病等着转院治疗，可是没想到他好心没得好报，还被你们污蔑销毁犯罪证据……"

"哎哎，这是怎么啦！这是怎么啦？"老阿姨杜玉雯挤进人群高声说道，"这小伙子原先是咱厂青年电焊工李秀柱，我正要给他介绍对象呢，哎哎，你们不要欺负大龄青年好不好？"

身穿墨绿色野营服装的矮胖男子转向杜玉雯，语调稳重地问道："这位老阿姨，我们是来调查伽马射线探伤仪的，您熟悉这块中央绿地的情况吗？"

李秀柱趁机拨开人群冲出重围，撒腿跑回家给父亲做饭去了。

刘大辩立即转向杜玉雯："杜老婆子，你把那小子放跑了，这笔伽马射线旧账要算在你身上！"

"我说刘大辩，即便那破玩意儿埋在地下，这些年也锈成铁疙瘩了。它要是还散发射线你早就死了，还能跟这儿寻衅滋事吗？"

杜玉雯意犹未尽撇了撇嘴评论说："李玉福真是吃饱了撑的，没事儿找事儿非要派他儿子拿着两张破图纸，整天跟这儿好像盗墓贼寻宝似的。"

那两个身穿墨绿色野营服装的男子，一起朝着杜玉雯点头，显然表示赞同她的观点。

刘大辩缓了缓力气问道："你俩到底是干什么的？要是外地人必须有暂住证的！"

7

杜玉雯撇着八字脚走进李玉福的病房叫了声"骆驼李"，大大咧咧说道："听你儿子说你住院了，我就跑来看看你呗，谁让我跟你老婆是科室同事呢！你说章洁清要是活着该多好哇，她不该早早就走了，生生把你扔在沙漠里。"

李玉福望着突然出现的杜玉雯说："是啊，秀柱他妈妈要是活着该多好啊，你俩还能做伴逛市场买便宜东西。"

"我听你说话底气挺足，看来轻易死不了，你争取多活些年吧，不要急着去天堂找你老婆。哎哎，你看你儿子多孝顺，对你言听计从还学会做饭，一日三餐跑医院伺候你，听说他还把自己的工作给辞啦！"

杜玉雯说着转向李秀柱："当年你妈妈就替你抱委屈，好端端小伙子进工厂得了'孙子'的外号，这多不好听啊。哪个大姑娘愿意跟孙子谈恋爱呢？就这样把你耽误啦！你妈妈不在了，我负责你的婚姻大事吧，让章洁清在天堂安心。"

"是啊，我进厂见人先矮三辈儿，总觉得抬不起头来。"李秀柱伺机宣泄内心郁闷说，"杜阿姨，我没招谁惹谁怎么落得这个破外号呢？"

李玉福的骆驼鼻子微微翘了翘，不吭声。

"哎哎！你算问到历史遗留问题了。"杜玉雯啪地拍响大腿说，"那年全厂先进生产者表彰大会，你爸爸登台发言情真意切，说自己十六岁进厂学徒，这么多年工厂把他培养成人，就认为自己是华北电机厂的儿子……"

"你听我说啊老杜，那讲稿是厂办主任庞占元替我写的，他特意嘱咐念稿要情感饱满表情激昂……"李玉福打断杜玉雯及时解释着。

杜玉雯拽了拽李秀柱袖口回顾说："你技校毕业进厂也做了电焊工，工人们就议论开了，既然骆驼李是华北电机厂的儿子，那么儿子的儿子自然是第三代。你就得了'孙子'这个外号，慢慢流传开了。"

李秀柱听到自己外号的来历，一时哭笑不得。

"哎哎，你知道你妈妈的外号吗？她叫'华北电机厂儿媳妇'！因为你爸爸号称'华北电机厂的儿子'嘛。"

"我妈外号'华北电机厂儿媳妇'？"李秀柱惊异地望着父亲，"合着咱家成了华北电机厂的子孙。"

李玉福骆驼鼻子微微翘了翘，还是不吭声。

杜玉雯继续讲解："没错！你姥爷的宏达电器厂，公私合营划入华北电机厂，宏达电器厂原址就是现今中央绿地那块地界，这是你妈妈亲口跟我说的，哎哎，果然你们全家都是华北电机厂的后代哪！"

"我妈妈没跟我说过这些事儿，她光留下那本手写的家庭菜谱……"李秀柱说着掏出手机看了看时间，想到该回家给父亲做饭了，表情流露出几分慌张。李玉福仿佛看穿儿子心思，小剂量露出极其少见的笑容说："老杜啊，谢谢你大老远跑来看我，你跟秀柱他妈妈同事多年，从来没请你吃过饭，今天你留下别走了，我跟医院食堂叫两份套餐……"

杜玉雯毫不客气地说："哎哎，你这老财迷全厂有名，今儿怎么自愿破费了，我可没看见太阳从西边出来啊！"

"您真的要订外餐不吃自家饭菜了？"李秀柱半张着嘴巴望着父亲。

李玉福朝儿子点了点头，转而对杜玉雯解释说："这两份套餐原本是我跟秀柱的，今儿就算是我替秀柱妈妈请你吧。"说着父亲转向儿子说，"你自己跟食堂另订份套餐吧。从今往后你也不要给我送饭了，我要是不想吃食堂饭菜就叫外卖，反正现在挺方便的。"

"这太好啦！骆驼李不能永远住在章洁清的菜谱里，你自个儿迈腿抬脚走出沙漠就对了。"杜玉雯习惯性地拍响大腿说，"哎哎，你骆驼李请我吃饭？今天这顿套餐太珍贵啦！"

"当然珍贵，一份套餐四十八元呢。"李玉福还是露出所谓"老财迷"底色。

"您和杜阿姨吃套餐吧，我泡碗方便面就行……"李秀柱切实感到父亲变了，而且变得很彻底——不光同意吃"外餐"而且乐于请人吃饭。看来医院病房这地方真是神奇，没吃什么药就让人转变了。

临近正午时分，医院食堂餐车送来两份经典套餐。李秀柱打开病床餐桌，小心摆好餐盒。李玉福说："老杜咱俩吃吧。"杜玉雯挪动屁股跨坐床沿儿，伸出筷子夹了块黄焖牛肉说："骆驼李你变得不怎么财迷了，那就抓紧把病治好出院回家，好好跟儿子过日子，可是……"

李玉福居然主动问道："你可是什么呀？"

"这么高档的套餐千万别糟蹋了，咱们吃完饭再说吧！"杜玉雯不再说话埋头进餐，把李玉福的胃口甩在后边。

李秀柱端起热乎乎的泡面，跟随杜阿姨的进度吃了起来。

"这四十八元套餐不错，够咸。"李玉福边吃边发表评价。

这话让李秀柱想起父亲吃饺子蘸酱油的情景，那是口味清淡的工厂时光，如今恍若隔世了。

大大咧咧的杜玉雯完全不像老年人，风卷残云般把四十八元人民币变成的套餐顺到肚里，用手背抹了抹嘴角，充满干电池似的打开话匣子。

"我说骆驼李，你住院治病闲得难受是吧？非要让你儿子去金环花园寻找伽马探伤仪，就跟勘探古代宝贝似的，这下子让小区居民们得知底细，天啊敢情地里埋着射线啊？一下子炸了锅！"

"秀柱你给我倒杯水吧！"杜玉雯清了清喉咙，拉开长篇大论架势说，"刘大辩带头起事，说遭受地下射线伤害不能容忍，要求物业公司把那破玩意儿挖出来，还要打官司索赔人身伤害。吓得人家物业经理跑派出所报了案，可是警察说内部矛盾先调解处理。这些天舆论越传越广，有几个老太婆要来医院找你理论，半路听说你是肺癌就回去了。"

毕竟工厂出身常年跟电焊弧光打交道，李玉福并未过度惊慌，眯了眯骆驼眼说道："敢情惹了这么大麻烦，这事儿秀柱怎么不告诉我呢？"

"你儿子是个大孝子！他怕干扰你治疗呗。"杜玉雯喝了口水润了润嗓子，全然不改媒婆本性补充说，"那几个老太婆里有个高富英，我本想把她介绍给你做老伴儿，听说那台伽马探伤仪是你埋的，别人就劝她不要跟害人虫搞对象！"

李秀柱忍耐不住说："我爸怎么会是害人虫呢？那伽马探伤仪压根儿不是我爸动手埋的，当时他赶着去市里开会了。"

"既然不是你爸动手埋的，他就不该让你去寻找！现在自己把事情坐实了，浑身长嘴也辩不清。"杜玉雯迅速变换话题说，"秀柱，你打算跟浸漆车间的江丽见面吗？这次人家可没歧视你啊。"

李秀柱听了哭笑不得："我爸都成了害人虫，您还催我去相亲。"

李玉福不改认真负责的老工人本色，询问这桩麻烦怎么解决。杜玉雯愈发抖擞精神说："金环物业经理表态了，他们公司没有资金挖地三尺寻找那破玩意儿，说谁的孩子谁抱，谁的业障谁消。你听明白了吧，骆驼李？"

"我的孩子大了不用抱，我的业障就是肺里的瘤子，消它得用伽马刀……"高级电焊技师认真答道。

杜玉雯急声急语："事有头，债有主，物业经理要来医院跟你摊牌，让你出钱把伽马探伤仪挖出来！我说话你怎么还听不明白？难怪章洁清跟我说过你脑筋太死板呢。"

李玉福听说妻子生前认为自己脑筋死板，反而愈发死板地说："那就抓紧时间找到那台伽马探伤仪，咱们把它挖出来处理了，这样大家就放心了。"

李秀柱跟进解释说："我查过资料伽马射线半衰期五到七年，这么多年没听说有谁得了白血病，说明它衰减无害了……"

李玉福不理睬儿子，耸了耸骆驼鼻子问杜玉雯："他们要我出多少钱啊？"

杜玉雯颇不专业地估算道："这工程没有二十万下不来吧？"

李玉福稳若泰山说："噢，只要把这桩麻烦解决了，我会使尽全力的。"

"爸爸，土木工程，不可擅动。"儿子忠告父亲说，"首先要请勘察院的人测绘施工图，然后跟施工单位签订合同，调动挖掘机和装载车进驻工地，即便顺利挖出那玩意儿，还要回填土方平整土地，重新种植草皮树木恢复原样，包括那座没有完工的汉白玉雕像，您使尽全力出得起这笔工程款吗？"

杜玉雯哈哈笑了，叫着李秀柱外号说："孙子，你不用着急上火，这是你爸跟我表决心呢，他就是嘴上说说而已。你爸每月退休金才五千多，除非把自己器官卖了换钱，可是偏偏长了瘤子没人要！"

李玉福竟然被杜玉雯给逗乐了："是啊，我满大街挂牌子也没人买我的心肝脾肾。"

李秀柱还是给父亲吓住了。谁都知道人称"骆驼李"的老电焊工忠厚朴实，从来不说半句大话，此时表态竭尽全力解决这桩扰民难题，可是即便砸锅卖铁也凑不齐这笔钱的。

"孙子，你爸想挖个坑找到伽马探伤仪，没想到挖了这么个大坑，那就拿人民币往坑里填吧。"

李玉福不言不语，闭目养神了。李秀柱意识到跟父亲无法沟通，就暗暗憋气。

杜玉雯看到这样的场面，偷偷朝"孙子"挤了挤眼睛，扭转发胖的身子走出病房。李秀柱快步跟了出去。

"今天我来病房的目的很明确，就是把这件事儿跟你爸挑明了，没想到他留我吃了顿饭，哎哎，我看你爸没有从前那么抠门儿了，好像很有底气。"

"杜阿姨您太乐观。"李秀柱满脸忧患地说，"我爸再有底气，他也拿不出这笔工程款。"

"你真是个实心眼儿的好小伙！"杜玉雯大为感慨地说，"即使当初那伽马探伤仪是你爸亲手埋的，那也叫职务行为！如今有了纠纷让他们找华北电机厂去，你们爷儿俩用不着承担这份历史责任。"

"可是我爸自愿承担这份责任啊。"李秀柱有些起急。

杜玉雯大声开导说："华北电机厂地皮变成商品住宅，那就让他们找金环花园呗！哎哎，如今像你这样实诚的'八〇后'太少了，心眼实得就跟秤砣似的。我指定要促成你跟江丽的婚姻！让好人终成眷属。"

"那台伽马探伤仪找不到，我爸就不去接受伽马刀治疗，谢谢杜阿姨，您别让我搞对象了。"

杜玉雯再次拍响大腿说："你先把对象搞好了再说。你爸爸这辈子委屈自己，你不要学他那样子憋屈自己。"

李秀柱听了这话，感动地点点头。他送杜阿姨进了电梯，匆匆返回病房向父亲转述杜玉雯的观点。李玉福听到"职务行为"四个字，竟然罕见地笑了笑说："华北电机厂已然没了，咱们自己把这件事儿平息了，省得刘大辩领人闹事儿给政府添麻烦。"

"您认识刘大辩吗？"李秀柱犹犹豫豫说，"他说那年评劳模您给刷下来了……"

"咱们华北电机厂太大了，我没跟刘大辩打过交道，听说他性格耿直爱讲公理。"李玉福不急不躁地说道，"这个刘大辩不知内情，那年评选劳模我不是被刷下来的。"

"崔凤歧书记说要把您写进厂史，您应该把这件事情讲清楚，免得人家以为您有什么历史污点。"

"是啊，电焊工夏天出汗太多，我有时就去职工食堂打咸菜汤，那汤免费。可是我从来不买食堂的饭票菜票，反倒经常白喝食堂的免费咸菜汤，这等于是占公家便宜啊。占了公家便宜的人不配当劳模，我这样认为就去找宋桂池厂长了。"

李秀柱感到非常惊讶，夏天高温作业出汗太多，父亲只好去食堂喝免费咸菜汤，他真是缺盐啊。

李玉福继续回忆说："宋厂长认为喝免费咸菜汤不属于多吃多占行为，坚持要我评选劳模，可是看我态度实在坚决，他就把劳模评选名额报了田保松。"

李玉福似乎担心儿子不相信咸菜汤的故事："这事儿你听明白了吗，秀柱？"

"您为嘛不让我妈妈把菜做得咸点儿呢？这样您不用去喝免费咸菜汤，也不会认为自己占公家便宜，那就可以评选劳模了。"

李玉福又露出罕见的笑容："人活着哪有这么顺溜的？再者说喝咸菜汤不是职务行为，我认为自己还是有些问题的……"

李秀柱觉得父亲实在不可思议，以前喝了免费咸菜汤就坚决推辞评选劳模，如今呢？非要自掏腰包挖出那台难以寻找的伽马射线探伤仪。这个退休老工人的社会责任感太大发了，大发得令人难以做到。

8

正是下午时分，双人间病房窗台爬满阳光，晒得那盆多肉开了小黄花。李秀柱提拎满兜子水果跨进病房，看到父亲病床空空荡荡，感到有些意外。邻床护工说你爸跟两个男的下楼去了，那样子要洽谈什么项目。

那俩男的跟肺癌患者洽谈什么项目？李秀柱顿时想到骗子。近来病房里经常来人推销所谓治疗疑难病症的新疗法和新药物，有病乱投医的癌症患者不慎掉进套路里，最终弄得人财两空。

赶紧乘电梯下楼来到住院部小花园，远远望见父亲跟两个男子围坐石桌前。李秀柱首先想到石凳让父亲受凉，大步上前便怔住了。这俩人正是曾经给自己解围的男子，只不过墨绿色野营服装换成了黑色夹克衫。

李玉福看到儿子来了，一派稳若泰山的气度说："秀柱你也听听吧。"

身材矮胖的男子主动自我介绍姓厉："你好哇小李，今天咱们又见面了。"

身材瘦高的男子掸了掸黑色夹克衫的烟灰说："那天刘大辩欺人太甚，你没有跟他发生肢体冲突，真是工人阶级好品质啊！你叫我老朱好啦。"

李玉福颔首告诉儿子："这两位同志要协助咱们寻找伽马射线探伤仪，他们愿意提供部分施工费用，争取尽早把这桩麻烦事儿解决了。"

李秀柱惊讶得目光闪亮，随即黯淡。有人愿意出资协助寻找伽马射线探伤仪？而且此时活生生就在眼前。他感觉这事儿有些不靠谱。然而，自幼接受家庭教育，家长商讨事情，晚辈只得旁听，尽管早过了而立之年，儿子依然没有而立，遵循母亲遗留的家规，静静旁听不插嘴。

身材瘦高的老朱告诉李玉福，近来经过他们分析论证，确认伽马射线探伤仪埋在中央绿地汉白玉雕像附近。当年开发商规划蓝图里预留的"H地块"就是如今中央绿地，无形中保留着华北电机厂故土，因此埋藏地下的伽马射线探伤仪并未受到触及。

"你们怎么知道伽马射线探伤仪的？"李秀柱忍不住了，大胆打破陈规问道，"你们又怎样确认的埋藏地点呢？"

身材矮胖的小厉告诉李秀柱，这台二十世纪八十年代末出品的伽马射线探伤仪，临近具有工业文物价值的年限，他们俩是专业文物调查员，广泛搜集社会信息属于日常工作。

"这么说是你们的职务行为？"李玉福使用新近学会的词语道，"你们常年搜寻信息东奔西走很辛苦吧？"

"我们隶属保护文化遗产基金会。"身材瘦高的老朱随即说道，"咱们双方要签订委托合同，我们制定施工方案，您授权后筹备开工，施工现场实行严格管理，以便排除不安定因素。"

李秀柱暗暗寻思：合着我父亲成了这台伽马射线探伤仪的主人？这就跟国有资产流失似的，划归个人所有了。

李玉福则流露欣慰表情说："你们工作认真负责，这很好。不过这工程要挖开中央绿地，你们要我出多少费用呢？"

"是啊，你们做工程应该有预算的。"李秀柱再次插嘴。

身材矮胖的小厉望着身材瘦高的老朱问道："那么首款付五万元吧？"

"李老先生住院治病用钱，首款四万吧。"身材瘦高的老朱解释说，"我们要安装蓝钢挡板把周边封闭起来，这样既不扰民也方便施工，初期费用不会小的。"

李秀柱索性介入道："这件事情我们还要仔细斟酌。"

"好啊，咱们共同努力完成这项公益事业。"这两个身穿同款黑色夹克衫的男子，满脸微笑起身告辞走了。

"我觉得这事儿太突然，怎么就跟做梦似的……"儿子对父亲说出自己的看法，"好像伽马射线探伤仪波及社会层面，已经酿成舆情了。"

李玉福起身离开石桌说："你不在病房不知道，这几天物业公司经理来过，催我把伽马射线探伤仪挖出来，派出所警察来过，说刘大辩要求开展居民健康普查，闹得人心惶惶的。唉！我让你寻找伽马射线探伤仪，真没想到把事情弄大了……"

自从父亲生病住院，儿子对这位老电焊工有了全新的认识——从前的"骆驼李"少言寡语不愿说话，其实心里有数。如今身患重症便露出陌生底色，让儿子有些捉摸不透了。

这时李秀柱手机响了，他看到来电显示"知我外号者"，急忙停住脚步接听来自东莞的电话。

果然还是那天半夜东莞来电的声音，而且当头便问："你父亲转院没有？他使用伽马刀治疗效果怎么样？"

李秀柱急忙回答还没转院。对方重重叹气说："孙子啊，你真能拖延！这种恶性肿瘤要抓紧治疗争分夺秒的。"

听到对方称呼自己外号，李秀柱恨不得钻进电话里问道："您这么关心我父亲的病情，我万分感谢！您肯定是华北电机厂老前辈，那么我叫您叔叔还是伯伯呢？请告诉我您究竟是谁，现在我有事情向您求助！"

对方不听李秀柱说话，电话里处于自说自话的状态："哎呀！骆驼李是华北电机厂的大功臣，吃苦耐劳一辈子，他怎么会得了这种病呢？一想起他我就心疼……"

这电话里肯定是老前辈，李秀柱便不再插话，仔细听着。

"孙子，你父亲这人太耿直、太实在，他平常不言不语，可是评选劳模找到我态度那么坚决，反复表示自己没有这个资格不够这个荣誉！你说大夏天电焊工去职工食堂打点儿咸菜汤喝，难道这也算是个污点吗？他就这样极端要求自己。结果只好把劳模评给了田保松。"

"噢——！"李秀柱瞬间开悟目光发亮，冲着电话里大声问道："您……您是宋桂池宋厂长吧？"

电话里没有得到对方回答，李秀柱难以控制激动心情说："您肯定是宋厂长！谢谢您对我父亲的关心，现在我父亲遇到大麻烦啦。金环花园居民得知地下埋着伽马射线探伤仪，联合起来强烈要求把那玩意儿挖出来，还闹着退房搬家要我父亲赔偿人身伤害损失，都快酿成群体事件啦……"

"你是说骆驼李把伽马射线探伤仪埋在地里了？那次生产大会战我去北京参加会议，并不知道这件事情啊……"

李秀柱急得露出哭腔："宋厂长，我父亲放下焊钳赶去参加全市技术标兵表彰大会，那玩意儿根本不是我父亲动手埋的！现在保护文化遗产基金会来了俩人，要我父亲出四万元预付款，然后组织施工挖开中央绿地……"

"噢，我记得那是援助巴基斯坦的发电机组，当时属于政治任务。"电话里宋厂长陷入回忆道，"当时崔凤歧分管生产大会战吧？他应该出面解决这件事情的。孙子啊，你不要着急也不要难过，先把你爸转到第六人民医院接受伽马刀治疗，人家田保松已经度过五年存活期……"

李秀柱受到感动，恭敬地等到对方挂断电话，然后跟百米抢跑似的冲出住院部小花园，气喘吁吁跑进病房大声说："爸爸，宋桂池宋厂长来电话啦！"

李玉福手里举着崭新的手机正在接听电话。李秀柱不由得怔住了。咦，父亲什么时候买了新手机啊。

从小接受妈妈的教育。此时父亲接听电话，儿子只能等待。李秀柱感觉电话里的人在向父亲询问情况，好像跟伽马射线探伤仪有关。

李玉福耐心回答电话里的提问："是啊，现在的中央绿地是华北电机厂的地皮，你们调查的情况没错，这块地皮最早是宏达电器厂的地界，后来公私合营并入华北电机厂也没有改造过，成了露天材料存储场，直到它变成现今金环花园的中央绿地……"

看来这通电话真的跟伽马射线探伤仪有关，李秀柱心里敲起小鼓。尽管从小受到母亲教育，毕竟自己不是小孩子了，应当全力劝阻性格执拗的父亲。

"好吧，我文化不高写不好这些东西。"李玉福对电话里的人说，"我儿子在广告公司做过文案，我让他给我写委托书吧。你们还要个许诺书？一式两份。"

李玉福挂断电话对儿子说："这手机是他们刚才送给我的，老朱说是有手机联系方便，小厉给我写下电话号码。不过工程结束我肯定会还给他们，咱们不能随便要别人东西。"

儿子顾不得承接这个话题，再次报告宋桂池宋厂长打来了电话。

"宋厂长啊！"李玉福惊讶得瞪圆骆驼形眼睛，"敢情是他告诉你把我转到第六人民医院去？好多年跟他没联系了。"

李秀柱立即告诉父亲，宋厂长说工业生产争分夺秒，生病治疗更不能拖延。李玉福起身抱怨道："人家宋厂长这么关心我，你怎么不早告诉我呢？你这孩子真是拖沓啊……"

看来父亲是个服从命令听指挥的老工人，听到领导关心自己竟然显得受用不起。于是李秀柱只得苦笑说："那时我还不知道东莞来电就是宋桂池宋厂长，人家没有自报家门。"

"噢，那么宋厂长说我什么了？"李玉福急切地问儿子，满脸期待的表情。

"电话里宋厂长说您做人太耿直，喝职工食堂免费咸菜汤根本不算毛病，可是您过度严格要求自己，非要推辞评选劳模不可，就这样生生把荣誉让给了别人……"

"嘿嘿，咱不能见荣誉就上嘛。"李玉福目光里掠过几丝满足的神色，继续追问道，"宋厂长还说我什么了？"

李秀柱抓住这个机会说道："让您转到第六人民医院去治疗，这就是宋厂长的明确指示。"

李玉福下意识点点头："宋厂长真是个好领导啊。"

"不过电话里宋厂长说，当时他去北京开会了，后来崔凤歧也没跟他说过伽马射线探伤仪这码事儿。"

李玉福再现老工人本色说："咱们不议论领导班子的矛盾好不好？"

李秀柱连连眨眼望着严于律己的父亲，不知该说什么了。

渐渐父亲从宋厂长话题里走出来，向儿子转述刚刚接听电话的内容："老朱说要把伽马射线探伤仪挖出来，就要有当事人的委托书和许诺书，这样才容易申请施工。小厉还说金环物业公司和小区居民们要求立马开工，刘大辫给施工队伍筹备茶水站，就跟支援前线子弟兵似的。"

不等儿子询问委托书和许诺书的详情，李玉福充满使命感地说："明天你从银行提出四万块钱，这笔钱花出去我心里就踏实了。"

"这笔钱又不是您老人家欠谁的，难道不花出去心里就不踏实吗？"李秀柱觉得父亲怪怪的。

此时李玉福有些气促。李秀柱跑去请来护士给父亲吸了氧。

李玉福随即明显缓解说："我想给宋厂长打个电话，我要亲口告诉他，只要我活着就要把应该解决的问题解决了……"

"您还应该向宋厂长报告，说您尽快转院接受伽马刀治疗，这样才叫服从命令听指挥呢。"李秀柱说着衣兜里手机叫唤起来。

"这又是宋厂长电话吧？你赶紧接，赶紧接！"李玉福满脸期待地催促儿子。

李秀柱接听电话嗯嗯了两声，然后捂住听筒小声告诉父亲："这是田铭他爸打来的电话……"

李玉福得知不是宋厂长打来电话，表情略显失落："田铭他爸不就是田保松嘛，听说伽马刀把他瘤子治小啦？"

"所以，刚才电话里宋厂长要求您立马转院治疗，您不要辜负领导关心！"儿子破天荒朝父亲高音量说话，语气很冲。

李玉福不仅接受了儿子的高音量，而且表情欣然。

李秀柱继续接听田保松打来的电话："田伯伯您说什么？您也记不清这码事儿了……"

9

杜玉雯风风火火走进病房，可巧撞见儿子跟父亲发生争论。历来唯命是从的"八〇后"大孝子，此时缩肩弓背伸出脖子，这架势好似充满斗志的小公鸡。

双人间病房里说话不得高声。小公鸡极力压低嗓音，却说得面红耳赤。这令杜玉雯想起从前的无声电影。

你真是厉害了我的孙子。这情景令业余媒婆大感意外，尽管听不清说话内容，还是觉得大孝子起义了。

李玉福望着疾声低语的儿子，同样压低嗓音说："你要是不把这四万元工程款打给人家，我不会转院用伽马刀治疗。"

杜玉雯凑近前去，竭力听清父亲跟儿子的争论内容。

"这么说您非要把四万元存款搭进去，这到底为什么呢？"李秀柱表情充满不得其解的苦恼。

"你哪里知道啊，这四万元是你姥爷留给你妈妈的，你妈妈去世时又留给我。虽然说这四万元现今不算巨款，可是压我身上很沉重的。我做梦都没有想到能有这么个机会，让我把这笔钱花到公益事业上……"李玉福语调低平，引得杜玉雯竖起耳朵。

李玉福瞥了瞥这位业余媒婆，禁不住提高音量告诉儿子："何况这项居民公益事业就落在你姥爷原先宏达电器厂地界上！也就是现今的金环花园小区的中央绿地。秀柱啊，你说我能不把这四万元投进去吗？这事儿你们谁也不要阻拦我。"

李秀柱见父亲变得如此雄辩，表情愈发焦急说："前些天我找物理研究所打听了，好几个工程师都认为即使那台探伤仪埋在地里，这些年伽马射线也衰减没了……"

"耳听为虚，眼见为实，你说探伤仪没埋在地下，人家小区居民们相信吗？你说伽马射线衰减没了，人家物业公司接受吗？你不挖开中央绿地找到那玩意儿，人家派出所警察罢休吗？"李玉福说得脸色泛白胸闷气喘，"秀柱啊，我说话你怎么听不明白呢？"

"您这样固执己见，我当然听不明白。"大龄未婚青年针锋相对毫不妥协。

杜玉雯抓住缝隙趁机插嘴说："孙子！你要是早就有这种劲头儿，还愁搞不上对象吗？不过你也别让你爸生气，他铁心要把这桩历史遗留问题解决了，这是多高的政治思想觉悟啊。"

"杜阿姨，这项目不能盲目开工！"李秀柱继续低声说道，"我不是心疼那四万块钱。"

邻床的病友观看这幕人间活剧，满怀善意地朝李玉福说："人老了不要跟自己较劲，更不要跟儿子较劲，您还是用那四万块钱给自己治病吧，不要再挖坑了还把儿子扔进去。"

李玉福礼貌地向邻床病友点头，然后扭脸打量着杜玉雯，似乎是问你又跑来做什么。业余媒婆咧嘴笑了笑："今天我来就是要请你大驾光临金环花园小区，小汽车在楼下等着呢。"

"老杜你真要给我介绍对象？非要我夕阳红不可？"李玉福嘴里破天荒冒出"金句"。

杜玉雯做出"呸"的表情说："哎哎，我才不管老光棍的破事儿呢。我被聘为金环花园小区寻宝工程协调员，昨天走马上任的。今天老朱和小厉特意派我来医院，请你到施工现场视察指导工作。"

"我们四万元现款还没打过去，他们就紧锣密鼓准备开工？"李秀柱既惊讶父亲嘴里冒出金句，更惊讶老朱和小厉施工进展神速，"杜阿姨，您真当了寻宝工程协调员？"

"对呀！他们说寻找伽马射线探伤仪就是寻宝，我也搞不清楚啥叫工业文物。"

圆脸护士长闻声走进病房说："请探视者马上离开！请患者不要随意脱离病房外出送客！"

李秀柱立即抓住机会，向护士长表示父亲不会离开病房，然后催促杜玉雯说："人家让探视者马上离开，您不能违反医院规章制度吧？"

金环花园寻宝工程协调员兼业余媒婆快速眨着眼睛说："骆驼李！今天我不把你弄到中央绿地施工现场，这光荣任务就完不成啊！"

"这里住院部有规定，不允许患者离开病房。"李秀柱朝护士长投去求援的目光。

"请探视者马上离开！"护士长黑着面孔补充道，"请患者回到病床接受治疗。"

"我说护士长啊……"李玉福突然发话问道，"如果我不是这儿住院的病人了，您就允许我外出了吧？"

护士长的圆脸僵了僵，机械地点点头："当然啦，我只负责管理住院的患者。"说罢气哼哼走了。

李玉福望着儿子说："你去办理出院手续吧……"转而朝杜玉雯挥了挥手，"我支持你的工作跟你走。"

李秀柱登时傻了眼，伸手拉住父亲病号服的袖口说："您铁心去工地啊？这究竟为什么，我怎么弄不明白呢？"

"你是个好孩子啊，秀柱。"李玉福思索着说，"有些事情慢慢都会弄明白的。"

"骆驼李！"杜玉雯开心地笑了，"我觉着你跟过去相比大不相同，看着挺带劲的。"

"你做寻宝工程协调员他们给多少钱？"李玉福似乎随意问道。

杜玉雯心直口快答道："一天两百八！中午管饭。"

"那我就更应该支持你啦，老杜。"李玉福说罢转脸望着儿子，"我跟你说过中央绿地的来历，你陪我去现场看看你姥爷工厂的旧址，如今这事儿挺重要的。"

李秀柱尽管不大明白父亲的心思，既然他老人家非去不可，眼下谁也拦不住的。

圆脸护士长快步返回来说："患者未办手续擅自出院，出现问题谁负得起责任！"

李玉福向圆脸护士长躬了躬身："我要转到第六人民医院去，那儿有伽马刀治疗我的病。"

听到父亲这样说话，李秀柱仿佛感觉旭日东升了，连连点头说："谢谢爸爸！我愿意陪您去金环花园中央绿地。"

杜玉雯精神抖擞地说："好哇，接你们的汽车停在楼下跟小坦克似的。"

"咱们要遵守医院规矩。等秀柱办好出院手续，你明天来接我吧。"

"你这派头儿哪儿像个老工人，简直就是个老干部！"杜玉雯并非挖苦地说。

"厂里几次让我脱产当干部，秀柱他妈妈都不同意，她说当年就是看中我的工人身份。"李玉福回忆往事有些伤感，"不然她怎么会嫁给我这个电焊工呢？"

杜玉雯不由得上前两步说："是啊，你在家里听老婆的，在厂里听领导的，这辈子就知道劳动光荣呢。"

李秀柱听罢有些动情。如今父亲明显有了自己的主见，可惜得了肺癌。

10

大清早拾掇妥当，李玉福跟医生护士道了谢，特意跟病友握手告别，就算是完成了出院仪式。爷儿俩乘坐电梯下楼走出住院部大厅。儿子前边引路就跟保镖似的。杜玉雯小碎步儿跑上前来。李秀柱发现这位老阿姨脸庞光润嘴唇微红，显然化了妆。她迎头告诉李玉福添加衣服预防感冒。李秀柱随即给父亲披上黑色呢子大衣。

一辆大型吉普车停在前面。李玉福跟司机招了招手说了声你好。杜玉雯再次感慨这老工人挺有派头的，不知为啥从前把自己混成沙漠动物。

李玉福望着杜玉雯说："今儿大晴天是个好日子。"

业余媒婆实话实说："哎哎！我说骆驼李，你要是保持这种劲头，肯定属于老年婚介市场稀缺品种，我真想给你介绍个老伴儿，你看那高富英合适吗？"

李玉福不接话茬儿，坐进大型吉普车里说："老朱和小厉他们东奔西走到处寻找文物，跋山涉水就要开这种越野车，来得急也去得快。"

"来得急也去得快？你跟这儿炒股玩短线呢。"杜玉雯扭动身躯挤进车里问道，"哎哎，我跟你说话你听见了吗？我想给你介绍个老伴儿，就是那个高富英。"

"咱们凡事都要按部就班，你把秀柱的婚姻大事解决了再说。"李玉福及时做出恳切回答。

"好啊！我把高富英的闺女江丽介绍给秀柱，你们爷儿俩就齐活啦。"

李玉福出现冷幽默："你跟这儿搞批发呢？"

这让杜玉雯笑得前仰后合："敢情你有嘴劲啊！华北电机厂让你隐藏这么多年。"

这种话题儿子不便参与，只得听着。

小坦克似的大型吉普车穿过市区。李玉福轻声问道："秀柱，你给宋厂长拨电话他还是不接啊？"

"不知道宋厂长在没在东莞那边，兴许人家全球漫游呢。"李秀柱有些答非所问。

"只要宋厂长没去新加坡就好。"李玉福闭目养神不说话了。这令儿子再次感受到父亲心如明镜。

大型吉普车驶进金环花园小区拱形大门，身穿黑色制服的保安敬礼放行。李玉福回忆说以前这是华北电机厂南大门。杜玉雯立即说咱厂北大门常年不开。李秀柱则说："我进厂那年南大门关闭，新开了东大门。"

"是啊，新开了东大门西边就冷清了，原先宏达电器厂的地界是露天材料场，夏天长满狗尾巴草。"李玉福说着打量车窗外边，"现今原封不动变成中央绿地了。"

"没错，骆驼李你是活厂史呀！"杜玉雯见汽车停稳，推门下去朝着远处招呼道，"哎哎，朱总指挥！厉副总指挥！我把寻宝工程顾问请来了，你们赶紧夹道欢迎吧。"

李秀柱探身搀扶父亲胳膊。李玉福伸腿下车，挺直身板迈步向前，完全不像医院里出来的病人。

这时被杜玉雯称为总指挥的老朱跑了过来。他身穿墨绿色野营服，双手沾满泥土说："李老先生辛苦您啦！这几天我们准备开工，今天请您现场指导。"

李秀柱抢先问道："我那四万元还没有打给你，你们就争分夺秒筹备开工？"

被杜玉雯称为副总指挥的小厉也跑过来说："李老先生是工人阶级化身，我们相信您老人家说话算话的！"

杜玉雯没深没浅说："李玉福还没死呢就成了工人阶级化身，你们这个荣誉给得太早了。"

"你们没经过主管部门领导审批就筹备开工，"李玉福走向那尊汉白玉雕像说，"原先国营单位可不能这样随便的。"

"我们属于保护文化遗产基金会，不需要国家投资……"

李秀柱插嘴打断小厉的解释："所以你要我父亲支付四万元工程款。"

老朱突然表态说："如果工程进展顺利，这四万元可以缓交甚至不交。"

李玉福目光锁定老朱说："那四万元我肯定要拿出来，我的事情我要有个交代的。"

李秀柱再次望着自己的亲生父亲，已然能够接受他老人家的任何异常表现了。

放眼中央绿地足有半个足球场面积，周边竖起部分蓝色挡板，正在将工地封闭起来。那尊尚未完工的汉白玉雕像，依然原地矗立似乎等待着什么人，或者等待着什么时刻。李秀柱心头蓦地热乎起来，父亲仿佛也在等待着什么人，或者等待着什么时刻。

老朱在左小厉在右，两人紧紧围绕李玉福，仿佛足球场上的盯人后卫。李玉福走到汉白玉雕像近前，脚下草地松软身体有些摇晃。老朱伸手扶了扶问道："您现在脚踏的这片土地，早先就是宏达电器厂地界吧？"

李玉福扭身盯视老朱说："你说得没错，当年宏达电器厂老板名叫章守才，这些情况你们肯定知道的。"

小厉连忙解释说："我们开展田野调查寻找工业文物，那要做足案头工作的。"

"章守才是我外祖父，可惜没见过面。"李秀柱代替父亲问道，"你们是从工商联史料里查到他的吧？"

"还有华北电机厂史。"老朱这样回答。

李玉福突然笑了笑——这是儿子从未见过的父亲的表情。"老朱啊，你见过华北电机厂史？人家崔凤歧书记还没写出来呢。"

"那应该是别人写的吧。华北电机厂史人物篇里提到宏达电器厂资本家章守才，他日本留学攻读有色金属学，学成归国创建宏达电器厂，新中国成立后被选为市工商联委员。"老朱补充说道。

"噢，敢情已经有人写了华北电机厂史，抢在崔凤歧前边了……"李玉福缓步来到尚未完工的汉白玉雕像前，叹了口气。

既然得到现场地界确认，老朱和小厉连连点头，伸手要搀扶李玉福起来，就像保护活化石似的。

李玉福反而端坐不动说："要是埋地下的伽马射线探伤仪力道没有衰减，我坐这儿等于接受大号伽马刀治疗，这挺好的。要是这地下没埋着伽马探伤仪，我就到第六人民医院治疗小号伽马刀，那也挺好的。"

小厉听罢表情有些迷惑："您老人家真够幽默的，到时候我们派车送您去第六人民医院。"

"您要抓紧治疗，争取早日康复。"老朱也很诚恳。

"你们放心吧，我要是死了就让我儿子打款给你们，那四万块钱不会打水漂儿的。"

老朱受到感动再次强调："刚才我跟您说过了，如果发掘工程进展顺利，您的四万元可以缓交甚至不交。"

"如果工程进展不顺利呢？"李玉福不待对方回答，再次露出罕见的笑容，"你们快去忙工作吧，让我跟这儿静静心。"

"谢谢您老人家现场指导工作！"老朱跟小厉躬身致谢，心满意足地撤走了。

李秀柱脱了砖红色冲锋衣铺在父亲身旁，同样姿态坐下了。李玉福扭头看了看身后的汉白玉雕像说："从小你母亲要求太严，把你管束得性格拘谨放不开，当然我也有责任。"

"没事儿，这样我倒养成偷偷思考的习惯，就说您推辞评选劳模那件事情吧，从开始我就觉得另有原因，不会光是喝免费咸菜汤的缘故吧？"

"是啊，宋厂长也劝我不要硬给自己上纲上线。所以我挺想跟宋厂长通个电话，跟他讲讲这件事情的来龙去脉。"

"好像宋厂长光往外打电话，谁往里打电话他都不接。"李秀柱揣测说，"他电话号码显示东莞，我怎么感觉他没在那里呢。"

李玉福不认为厂领导全都移民新加坡了："你给宋厂长发个短信，就说李玉福有重要事情向他坦白交代，请他把电话打过来。"

听这话好像父亲要投案自首。李秀柱不好意思跟父亲开玩笑，立即掏出手机发送短信。

一群人踏进中央绿地朝着汉白玉雕像走过来，有男有女，步履散乱。阳光明亮地照耀他们的满头白发，显示这是支老年队伍。李秀柱担忧有人前来闹事，警觉地起身迎上几步。

走在最前边的刘大辩手里举着考古队使用的小铁铲嚷嚷道："骆驼李！听说你自愿出钱挖开中央绿地，我刘振岭佩服你这股子奉献劲头儿！那破玩意儿要是挖出来了，这事儿就算解决了。那破玩意儿要是没挖出来，这事儿也算解决了。"

"我说刘大辩，你不愧也是华北电机厂老工人，说话着调。"李玉福神色坦然道，"那玩意儿就算锈得成了铁疙瘩，挖出来证明当初是埋了。要是没挖出来呢？那就证明当初没埋。终归把事情弄清楚了，这样既对得起从前华北电机厂老字号，也让现今金环花园小区居民们安心。"

一位圆脸庞大眼睛的老阿姨，花白头发五短身材，走上前来说："骆驼李！我是高富英你还记得我吗？那年你来浸漆车间焊接蒸汽罐，午饭从家里带来的饺子，你嫌口淡进班组找我要的酱油！"

"那是夏天七月份吧？"李玉福表情窘迫地说，"这事儿我记得，你还给我灌满了小瓶儿，让我吃了好几顿呢。"

高富英听罢兴奋起来："我退休了让闺女江丽顶替进厂，她也在浸漆车间包扎组，今年三十六了还单着呢。"

这时刘大辩语气生硬地打断高富英说："老高你跑这儿说亲来啦？这局面还是由我主持吧！"

李玉福起身朝老工友们招了招手，这意思是向大家问好。刘大辩不失时机调侃道："你怎么就跟大领导接见革命群众似的？敢情住院住出高干派头儿了。好啦！咱们言归正传。听说那玩意儿不是你埋的，反倒乐意出钱开挖中央绿地，你这种责任感就是咱华北电机厂退休老工人的化身，所以大伙跑来看望你。"

李秀柱旋即反应道："您不要使用'化身'这词儿好不好？我爸身体挺硬朗的。"

"嘿嘿，还是孙子说话有学问！"刘大辩换成吉利词语，"你爸是咱华北电机厂退休老工人的样板儿！"

"绝对样板儿！不过你住院治病肯定用钱，咱们不能让你自掏腰包。"高富英热情洋溢地插言道，"昨天我们发起募捐活动，今儿收到三千六百八十六元！华北电机厂退休职工四千多，我们准备挨家挨户去宣传……"

"谢谢！咱厂老工人生活都不富裕，千万不要挨家挨户凑份子！"李玉福合掌作揖说，"我总算有了这个机会，无论怎样也要把这四万块钱拿出来！"

"瓜子儿不饱是人心！此事再议，此事再议！"刘大辩冲大家发出号召说，"大伙看望了骆驼李表达了心意，咱们赶紧撤吧！"

于是人们轮番过来跟李玉福握手，场面挺感人的。高富英握手时塞过来个保温杯说："记着喝热水，千万别着凉！"

李玉福趁机替儿子打听道："你闺女对男方身高有要求吗？我家有房没车。"

"我家没房没车，只有个身高一米六二的黄花大闺女，保证原装的！"高富英拍着老女工的胸脯说。

这群退休老工人不再言声，纷纷转身朝回走。高富英裹进人流意犹未尽扭头喊叫："骆驼李！你抓紧把病治好了，咱们攒局旅游去……"

人群走开了。李秀柱听到刘大辫的声音："老高我看不用攒局，光你跟骆驼李搭伙旅游就行。"

李玉福望着走出绿地的人们，湿了眼角。李秀柱意识到这是自己有生以来首次看到父亲落泪，恰恰站在华北电机厂故土上。

儿子有意回避着，低头拧开高富英阿姨赠送的保温杯，看到水里浮着红枣和枸杞。李玉福接过杯子喝了口热水说："他们多好啊，可惜都老了。"

"人老了更珍贵呢。"李秀柱意味深长地安慰父亲。

"秀柱啊，趁我活着要把这两件事儿办了，一是跟宋厂长通个电话，跟他实话实说我推辞评选劳模的真实原因。二是把这四万块钱花在应该花的地方，这样对你母亲也有个交代……"

"您拿出四万块钱开挖中央绿地，正好落在宏达电器厂原址上。"李秀柱试探着问道，"这就是把钱花在该花的地方了吧？"

"没错，这些年我心里搁着这四万块钱，可巧老朱和小厉就来寻找工业文物了，这好像他们专门给我来施工的，你说这叫无巧不成书吧？"

李秀柱还没答话手机响了，急忙接听然后扭脸告诉父亲，这电话是宋厂长打来的。李玉福啪啪拍手就跟开会鼓掌似的，抢过手机紧紧贴到耳畔："宋厂长，我是李玉福，好多年没有见到您啦……"

李秀柱知道父亲有心里话要说，伸手扶住他老人家颤抖的肩膀，侧耳听着。

李玉福紧声告诉宋厂长，当年不参加劳模评选说是因为喝免费咸菜汤占公家便宜，其实那不是真正的原因。

这句话李玉福重复说了两遍，鼻尖儿挂着汗珠儿，显得语无伦次。电话里宋厂长急着询问推辞劳模评选的真实原因。

李玉福这才止住念叨，左手伸进衣兜深处寻摸着，缓缓摸出个叠成长方形的纸条，然后将食指摁进嘴角蘸湿，轻轻捻开纸条，重新拿起手机紧贴耳畔，按照纸条内容念诵起来。

儿子惊诧得把小眼睛瞪大，敢情父亲早就悄悄写好"坦白交代材料"，今天算是派上用场了。

李玉福表情郑重地念道："我推辞评选劳模的真实原因如下：我岳父章守才是个文物古董迷，他回国兴办实业缺乏资金，就卖了多年收藏的宝贝，有了资金把宏达电器厂建起来。他手里只保留了两件铜器和四件玉器，总共六件。后来实行公私合营，宏达电器厂划归华北电机厂。可是我岳父悄悄把那六件东西给卖了。他去世前把这笔钱款留给他女儿也就是我老婆章洁清，章洁清也没把这笔钱交给国家，就这样拖延好多年。后来我老婆得了急病没说几句话就走了……"

李玉福肩膀微微颤抖着，儿子伸出胳膊搂住父亲。李玉福手捧纸条继续念道："这四万块钱传到我手里，我就寻思着要是上交国家，可是这样等于证明章洁清贪财给隐瞒了！我哪能让我老婆死后还留下这种污点呢？黯了她生前好名声。那就让这笔钱成了我的污点吧，就算我见财起意鬼迷心窍留在手里了。既然我有了这种污点就不配当劳模，所以坚决不参加评选……"

李玉福读了手里的纸条，气喘吁吁补充说："宋厂长！既然这四万块钱落到我手里，我这辈子的最后心愿，就是把它用到咱们公家地方……"

电话里传出宋厂长的声音："我说李玉福同志，你岳父那六件东西如果不属于国家严禁买卖的文物，那么这笔钱就不算非法收入，你为什么如此主观认定呢？"

李玉福渐渐镇定下来，下意识挺直腰板说："既然公私合营工厂都归了国家，我岳父就应该把手里的文物古董上缴，他私自卖了就算犯错误！"

"李玉福同志啊，我真没想到这么多年你就这样整治自己……"电话里宋厂长说不下去了。

"爸爸，这些年您真不省心……"大龄青年李秀柱听得流下泪水。

11

排队挂了第六人民医院纪国镇主任的"特需门诊"号，李秀柱趁机向这位专家讲了父亲执意寻找伽马射线探伤仪的固执行为，悄悄询问需不需要请求心理医生干预。纪国镇主任反而略显敬佩地说："你父亲这代人接受传统教育多年，他所形成的价值观和责任感，一辈子不会改变了。这在年轻人眼里以为变态，其实完全不需要心理疏导，只要你找到那台伽马探伤仪就好了。"

预约做了胸部核磁共振和全身骨扫描几项检查，李秀柱走出诊室告诉父亲回家静养，等候病房腾出床位就来住院治疗。

李玉福听了连连点头。自从跟宋厂长通过电话，这位退休老工人明显解脱出来，身体状况平稳，精气神儿旺盛。李秀柱禁不住对父亲说："您的病会不会被误诊了，其实肺里根本没有长瘤子？"

李玉福流露出不屑的表情说："得了癌症就得了嘛，干吗非要翻案不可？要真是误诊就太没意思了，弄得跟小孩子过家家似的。"

一般人查出癌症巴不得是误诊，从而逃出生天。李秀柱觉得父亲确实不同寻常，即使人生出现如此重大裂纹，他老人家自己就焊好了。

就这样，老子反而给儿子做起思想工作："秀柱啊，我记得你母亲以前说过，那些玩意儿是你姥爷偷偷卖的，估计十有八九属于国家禁止买卖的文物。我看咱们还是从严掌握政策，宁可信其有，不可信其无。"

"您就认定我姥爷那笔钱属于不法收入？所以非要……"李秀柱收住语锋苦笑说，"好吧，如今您日常生活有退休金，住院治疗有大病医保报销，用不着自己花很多钱，那四万块钱您想用哪儿就用哪儿吧。"

"人不能投错胎，钱不能用错项。"李玉福仰了仰骆驼式下颌说，"这笔钱就要用在该用的地方，你也这样认为吧？"

从伽马射线探伤仪到放射医学伽马刀，陪同父亲经历这段起伏跌宕的时光，李秀柱已然明白，父亲的这种极端自律的行为，并非源于个人性格的固执，而是常年恪守规矩养成了自我管束的习惯，人到暮年这种自我管束的习惯愈发坚定，甚至比电焊都结实。

"明天中央绿地开工剪彩，今儿咱们提前去那里看看吧。"居家等待住院治疗的李玉福，说着打开立柜找出那件黑色呢子大衣，显然马上要出发。

"这块呢子是你姥爷留下的，后来你妈妈找裁缝给我做了这件大衣，说是遇到重要场合穿。可是我没遇到什么重要场合啊，你妈妈没看我穿这件大衣她就走了……"

父亲这番话有些沉重，李秀柱缓解气氛问道："那时我妈妈为嘛不同意您去东莞呢？应聘高级技术顾问多好啊，在那种场合正好穿这件呢子大衣。"

"你母亲自尊心太强，她说高级技师跑去给人家打工，有损国营企业技术标兵身份，不能贪图高薪伺候私营企业主……"

李秀柱感到疑惑："从前我姥爷就是私营企业主啊？"

"所以啊，所以你姥爷把理应交给国家的文物古董给卖了。"李玉福仍然坚持独家判断，继续给自己增加难度。

儿子委婉地表达不同见解："老朱他们的保护文化遗产基金会也是民营性质，民营就是私营嘛。"

"所以啊，所以我要到他们私营工地看看。以前我焊活儿接到施工单，总要提前摸清基本情况，不能冷手抓热馒头。"李玉福再次强调说，"中央绿地要掘地三尺，这么大动静我不能心里没数啊。"

李玉福穿上黑色呢子大衣，挪步镜前照了照说："我看着不像等候住院的病人吧？"

"当然不像！"李秀柱突破父子玩笑禁区说，"人家杜玉雯阿姨还要给您介绍老伴儿，夕阳红嘛。"儿子从来不敢跟父亲调笑，说罢便后悔了，慌忙抬手揉了揉眼睛。李玉福冲着镜子里说："今儿天气不错，咱爷儿俩出发吧。"

李秀柱陪着父亲走出小区打上出租车，出租车师傅扭头认出这位八级大工匠说："我原先是维修车间的木工，记得那年您登台发言说自己是华北电机厂的儿子，现今工厂没了您成了孤儿吧？"

听出对方话语含有讥讽意味，李玉福不吭声。李秀柱接过话头说："您不知道华北电机厂还有孙子吧？这叫传辈儿呢。"

李玉福适时说话了："你不是做过木工吗？你祖先鲁班早就没了，你不是也没进孤儿院吗？国家让你自谋职业开起了出租车。"

出租车师傅被堵了嘴，只得调整身段说："你们爷儿俩对华北电机厂忠心耿耿，这先进事迹值得表彰，好啦，这趟车钱我给你们免啦。"

"你用不着这样。"李玉福并不领情，"我该花的钱就得花，从来不欠别人的人情。"

出租车师傅从未见过这种乘客，没话了。李秀柱内心再发感慨。父亲真是个老电焊工，此时说话闪烁刺眼的弧光。

出租车开进金环花园小区南大门，停到中央绿地近前。李秀柱用现金付了车费。李玉福身披黑色呢子大衣下车，伸手敲了敲车窗玻璃说："华北电机厂确实没了，可是你别忘了它以前按月给你发工资啊。你可以不念想它，不可以贬损它。咱们厚厚道道活着吧。"

看着这辆出租车开走了，李玉福满脸舒展表情，望着原先华北电机厂的大烟囱问道："你说过这玩意儿叫什么塔来着？"

儿子耐心给父亲讲解"通天塔"的典故。李玉福不满意地说："这不是存心制造麻烦吗？张三说话李四听不懂，李四说话王五听不懂，只好弄得孩子们玩儿命学外语，到头来还是听不懂。"

李秀柱发现远处汉白玉雕像附近有人，就跟这尊雕像属于他家似的，立即快步奔上前去。

汉白玉雕像前面站着两个中年男子，一个身穿印有"地质勘查"字样的藏蓝色夹克式工作服，脚踏高靿大皮靴，手里拎着"洛阳铲"。李秀柱在电视里见过这种考古队员的工具，忍不住询问对方的来历。"地质勘查"说话南方口音。

李玉福不慌不忙跟过来，使劲儿咳嗽两声。

李秀柱听了"地质勘查"答话，有些惊讶地反问："你们来这儿踏勘现场做什么？"

另一个男子穿戴"大一统"，紫色帽衫紫色运动裤紫色旅游鞋，大太阳照耀下浑身闪烁紫色光芒，令人想起某家上市公司名称。这紫色男子手里抱着文件夹对李秀柱说："我是市文物管理处的小柴，他是地质勘探院的老权，我们奉命来搞田野调查的。"

李玉福抖了抖黑呢子大衣，及时介入这场谈话："这地界早先是华北电机厂，更早先是宏达电器厂，这儿从来没种过庄稼，你们搞什么田野调查呀。"

文物小柴满脸惊喜地望着这位历史老人："您知道宏达电器厂？我就是要找您老人家这样的亲历者！"

"我父亲没有亲历宏达电器厂……"李秀柱拦住文物小柴说，"我们是华北电机厂的亲历者。"

地质老权解释说："华北电机厂吸收了宏达电器厂，所以这里称为'原宏达电器厂地界'，这是我们专业的概念。"

文物小柴对李玉福介绍说："近来本市古董圈子里盛传原宏达电器厂地界埋有贵重文物，吸引得社会闲杂人员摩拳擦掌准备寻宝。所以我们决定开展现场踏勘，经过调查如果确认这里埋有国家级保护文物，我们将依法启动区域封闭管理，确保文物不被盗挖。"

"我以为你们也会打着寻找伽马射线探伤仪的旗号，直接奔着宏达电器厂来啦。"李玉福索性脱掉黑色呢子大衣挂在胳膊弯里，散发着胸有成竹的气息。

地质老权问道："您的意思是说，有人打着别的旗号来这里寻宝？"

李玉福目光投向中央绿地周边地带，可巧老朱和小厉快步朝这里跑过来。

"你们也是冲着宏达电器厂来的。"李玉福朝老朱说出内心的判断，"可是你们从哪儿知道这些情况的？"

老朱表情顿时严峻起来："我们隶属保护文化遗产基金会，当然知道这里可能埋有文物古董。"

"看来只有我父亲真心寻找伽马射线探伤仪。"李秀柱有些情绪地说，"你们以这个名义，其实肚里另有主意！"

这时小厉出头解释说："我们是想双管齐下，这样既帮助你们解决了伽马射线探伤仪的麻烦，也完成了寻找文物古董的任务，一举两得嘛。"

李玉福不由感叹道："你说得挺实在，这次要是一举没得呢，你们怎么收场啊？"

文物小柴接过话题冲老朱和小厉说道："无论你们隶属哪家基金会，未经国家文物管理部门批准，均无权勘探发掘任何文物古迹！我要求你们停止违法行为，立即撤出现场等候处理！"

老朱急着解释道："我们基金会是在民政局注册的合法社会团体！保护祖国文化遗产人人有责。"

"你们国营的跟私营的先不要争吵好不好？"李玉福从上衣兜里掏出个纸页泛黄的字条儿，小心翼翼捧在手心里说，"这是当年买主儿写给我岳父章守才的收据，你们听听就明白怎么回事儿了。"

儿子不知父亲私下还有这个存项，连忙伸手去接。李玉福侧身躲闪说："这字条儿脆得赛煎饼，你别把它碰碎了。"

李秀柱拿出手机给这张收据拍了照，让父亲把"煎饼"叠好收起装进衣兜，随即打开手机相册，大声朗读收据照片上的文字："收据，本人邱满孙，今收到章守才同志私人收藏汉唐两代铜器共四件，括号具体年份待考，以及疑似战国时期圆肩圆足……"

"你等一等再念！你说这收据是邱满孙先生写的？他可是文物界泰斗级人物啊！"文物小柴急不可待打断李秀柱说，"当年我的硕士论文就是《邱满孙年谱考》，前些天读过他的自传《邂逅远古》，没错，他年谱里记载曾经过手汉代唐代铜器四件，而且捐给我市博物馆啦！"

李玉福微笑着说道："你真是个急性子，听我儿子念完了再跳脚撒欢也不迟啊。"

李秀柱继续朗读道："……以及疑似战国时期圆肩圆足'三孔布'、北宋'淳化元宝'钱币各两枚。购物款项当场结清。此具，乙巳十一月十四。"

"噢，这些东西是章守才卖给邱满孙的？"性情急躁的文物小柴快速换算说，"没错！那轮乙巳就是一九六五年。"

李玉福平静地说道："是啊，转年我岳父就去世了。"

文物小柴稍作停顿，随即又蹦又跳地喊叫起来："哎呀！我想起考古课老师讲过'三孔布'是赵国铸钱，正面铸地名，背面有字记重量。它是秦半两的先驱，显示古代布币向圆形化过渡的趋向……"

"你真有学问哟，看样子比我姥爷还懂行。"李秀柱关切地问道，"这些东西平时市博物馆展出吗？"

文物小柴平静不下来："你姥爷卖给邱满孙的北宋'淳化元宝'，这钱币也有说道呢！它的钱文是宋太祖亲笔书写的真、行、草三种书体，至于后来'崇宁'啊'大观'的钱文，则是宋徽宗赵佶的瘦金体了……"

老朱急忙打断文物小柴的专业叙述，转向李玉福问道："既然您手里有买卖字据，那么说明这地里压根儿没埋那些东西是吧？"

"你怎么还没听明白呢？"李秀柱拍响手掌说，"乙巳年我姥爷把东西都卖给邱满孙啦！人家邱满孙先生高风亮节捐给本市博物馆了。"

李玉福也拍响巴掌说："这些东西就应该捐给国家，人家邱满孙先生做得好，我岳父卖了换钱是不对的。"

老朱和小厉面面相觑，一时不知如何表现。

地质老权对文物小柴说："既然有了证据咱们不用踏勘调查了，你回到单位写个报告就结案吧。"

"好吧。"文物小柴说着向李玉福讨要邱满孙的收据。李秀柱抢先阻拦说："你不就是回去向领导交差吗？告诉我电子信箱，我把字据的照片发给你就是了。"

"没想我手里这张收据立了大功，不然他们就要挖地三尺寻宝呢。"李玉福挺感慨的。

地质老权同样感慨道："您这张收据都快具有文物价值啦，千万别让它跟煎饼似的碎了……"

这时老朱跟小厉耳语了几句，然后向文物小柴发问："起初你们怎么认定中央绿地这里埋了章守才的文物呢？"

文物小柴浑身闪烁紫光反思道："即便我们是文物管理部门也会受到江湖传闻的影响，特别是戴少卿所著《玩古六十年》由金水广告公司策划筹办首发式，极力夸张渲染'民间寻宝秘籍'，结果在全市古董圈子里产生误导，原宏达电器厂地界突然成了寻宝热点。这也是以讹传讹给我们的教训吧。"

"哎哟！我想起来啦……"李秀柱拍着脑门儿回忆说，"我在金水广告公司参加了《玩古六十年》首发式策划，当场就卖了好几百本书呢……"

李玉福当然知道儿子做过那家广告公司文案，此时不急不躁地说："秀柱，你这叫自己踩自己的脚，差点儿绊了个跟头。"

老朱听罢悄声对小厉说："那本《玩古六十年》卖九十八块钱呢，首发式现场我排长队买了两本。"

文物小柴做出总结姿态说："今天就到这里吧！有什么情况大家再联系。"

"我是奉命协助文物管理处工作的，"地质老权对李玉福抱歉说，"您要寻找的伽马射线探伤仪我就帮不上了……"

就这样，文物小柴和地质老权跟这对父子挥手道别，大步离开中央绿地，开车走了。

李玉福立即询问老朱和小厉："他们跟领导汇报去了，现今这地底下没有文物古董可挖，你们俩怎么收场？"

老朱稳住心神说："我们当然会善后的。您动作缓慢没把四万元打过来，这无形中避免了损失……"

"可是你们先期的投资打了水漂儿啊……"李玉福安慰道，"既然这样了，你们要撤就赶紧撤吧，我们自己接茬儿寻找那玩意儿，这原本就是我们自己的事儿，没承想把你们招来寻宝了。"

小厉有些失意地说："这次我和老朱抓住你们寻找伽马射线探伤仪的契机，顺风顺水启动发掘工程，没想到被虚假信息给误导了……"

"按理说我该把那四万块钱打给你们，可是我要继续探寻伽马射线探伤仪，手里没钱不行啊。"李玉福不乏歉意地问道，"这次那个什么基金会不会把你俩解雇了吧？"

"像您这样好到天花板的大好人，我怎么能收您的钱呢！"老朱显然受到感动说，"我干脆跟您实话实说吧！北青区档案馆的齐红玲是我表妹，为了寻找章守才埋藏文物古董的地点，我请她检索了宏达电器厂的原始档案，没想到我表妹发现大量有关华北电机厂的资料……"

"齐红玲！你说齐红玲是你表妹？"李秀柱猛然想起那位电话里声称曾在咖啡厅相亲的女士，惊讶地叫起来。

老朱被他的惊讶弄得也惊讶起来："原来你知道那个情况啦？"

李秀柱被老朱的惊讶弄得更加惊讶了："你说我知道哪个情况啊？"

这时李秀柱的手机叫唤起来，瞬间打断老朱说话。掏出手机接听电话，他表情随即热烈起来，连连致谢。挂断电话立即告诉父亲，第六人民医院腾出病床明天可以住院。

李玉福微微点头："好啊，让我先尝尝伽马刀的滋味，攒足劲头儿挖出伽马射线探伤仪。"

老朱抓住空当继续话题说："我表妹齐红玲在老档案里找到那张报道当年华北电机厂生产大会战的《劳动日报》，这张报纸详细记载技术标兵李玉福连夜焊接援助巴基斯坦水轮发电机组的事迹，李玉福总共焊接六十八道焊口，经过伽马射线探伤仪检测全部达到质量标准。市生产指挥部提议纪念此事，这台编号8708的伽马射线探伤仪……"

一大群人跑进中央绿地，七嘴八舌嚷嚷着。李秀柱看到小个子田铭跑在前面，后边紧跟老当益壮的刘大辫，再后边就是杜玉雯和高富英那些退休老工人。

刘大辫扯起大嗓门说："咱们绝对不用挖地三尺啦！这里压根儿就没埋伽马射线探伤仪，那玩意儿就是个传说！"

老朱低头听清刘大辫说话的内容，伸手拉着小厉跑去组织民工拆除中央绿地周边的蓝钢挡板，准备撤退了。

"老朱刚才说那台编号8708的伽马射线探伤仪……"李玉福望着老朱和小厉走远了，只得转向刘大辫问道，"你刚才说不用挖地三尺啦？"

田铭迈步挡住刘大辫，伸手摘下棒球帽摇晃着说："崔凤岐书记从新加坡打来电话了……"

刘大辫再次夺过话头说："所以田铭立马带领我们跑到市近代工业博物馆，果然那台编号8708的伽马射线探伤仪陈列在玻璃展柜里，旁边还有文字说明呢……"

趁着刘大辫换气停顿，田铭再次夺回话语权说："文字说明这台探伤仪多次承担我市机械工业援外产品的焊接质量检测工作，包括出口巴基斯坦的水轮发电机组和出口民主刚果的矿山机械设备，所以布展陈列以示纪念……"

高富英几乎饱含控诉表情说："那么究竟是谁造谣说那玩意儿埋地底下啦？结果急得人家骆驼李肺里长了瘤子！"

李玉福欣慰地笑了："我这瘤子跟这事儿没有关系，它自个儿非要长出来咱也挡不住啊。"

"所以，你要马上住院治疗别耽误了！"高富英仿佛成了管家婆，突然进入角色。

"那台伽马射线探伤仪摆在工业博物馆里就没射线伤人了吧？"李玉福还以难以磨灭多年形成的老工人责任感问道。

"人家博物馆肯定做了安全处理，你就别操这份闲心了。"杜玉雯终于说话了，"幸好你那四万块钱省下了，赶紧住院治病吧。"

"可是我岳父这笔钱不能砸我手里……"李玉福打量着那尊久未竣工的雕像，心里寻思着。

高富英果然心有灵犀顿时化身知音说："这烂尾的石头工人实在影响工人阶级形象！我娘家外甥是河北曲阳石刻厂的，咱们找他们厂把这座雕像完成了，弄出个巍然耸立的工人阶级高大形象，稳稳当当竖在这儿。"

"说得好！这也是把那笔钱花在应该花的地方了。"李玉福当即表示赞成，冲着高富英挑起大拇指。

刘大辩扭脸对高富英说："你要嘱咐你娘家外甥按照工厂电焊工的形象雕刻，好让你的夕阳红称了心。"

高富英听罢腾地红了脸。李玉福则不言声，就跟聋子听不见别人说话似的。

这时候李秀柱的手机又响了。李玉福瞬间恢复听力说："你赶紧接电话吧！兴许是大夫催我住院去呢。"

"这电话是老朱打来的，他说没跟您道别就走了，祝您早日康复。"李秀柱向父亲转达道。

"孙子，你爸这病能治好！你看沙漠里骆驼不吃不喝都死不了，寿命长着呢。"半天没说话的杜玉雯嚷嚷起来。

"爸……"李秀柱临时起意说，"这大中午的饭口，您请大伙吃顿好的吧？咱们就去那个出过工伤的边师傅开的饭馆。这也等于把那笔钱花在应该花的地方。"

"那好吧……"李玉福皱眉思忖道，"不过这顿饭钱我自己出，那四万块钱留着给雕像施工呢。"

紧接着李玉福制定大政方针说："六菜一汤，六菜一汤。"

高富英再现管家婆风采说："哎哟！你这两句话加起来，等于十二个菜、两个汤！老财迷你盯着买单吧。"

李玉福正儿八经说："只要够咸就行。"

儿子此时总算敢于跟父亲开玩笑了，"是啊，省得您找人家高阿姨讨要酱油去。"

高富英立即表功说："你爸找我要了好几回呢，光荣牌的，那时不叫老抽叫酱油。"

"既然骆驼李请吃饭，咱们趁他没改主意，那就赶紧吧！"

这群退休老工人听到杜玉雯的号召，嘻嘻哈哈奔饭馆去了。一眨眼间中央绿地空了，光剩下这爷儿俩。

李玉福打量着那尊汉白玉雕像说："人活百年，一旦走了永远回不来了。可是这位石头工人就特别长久，兴许人家也有记性呢。"

"是啊，人家当然有记性，而且既不怕射线也用不着伽马刀，结结实实万年牢。"李秀柱说着，突然有些激动。

华北电机厂的儿子李玉福，华北电机厂的孙子李秀柱，华北电机厂的汉白玉雕像，呈"品"字形站在大太阳底下，被晒得热乎乎的。人们远远望过来，这三位就跟车间班组工人似的，接了施工单合计着准备干活儿去……

左 手

杨少衡[*]

1

有传说称万秉章接连拒接了三次电话，该传说言过其实。据我们了解，当天黄昏确实有三个来历相同的电话挂到他手机上，前两次确实都被他直接拒接，最后一个他还是接了，只不过仅说一句便挂断。

这个电话肯定不是骚扰电话，不是诈骗电话，也不是来历不明的人打来。三次的来电人都显示在手机屏幕上：万秉华。该名与万秉章仅差一字，一望而知二者必有瓜葛。此人女，三十七岁，是万秉章的亲妹妹。

事后万秉章解释称，当时没法接电话，他正忙着，有重要事项。这当然只是托词。至少前两次拒接时，他绝对是百无聊赖，无所事事。那时他坐在车后排座位，黑着一张脸，一声不吭。司机坐在前排驾驶位上。他们的车停在一个露天停车场边缘，面前是一座办公大楼，时为黄昏，楼上的窗户接连亮起灯。万秉章盯着那楼，目不转睛，像是在默数该楼有多少楼层，每层有多少窗户，又有多少窗户亮灯。这时电话来了，他看了一眼屏幕，直接按了拒接键。十几

---

* 杨少衡，男，1953 年生于福建省漳州市。西北大学中文系毕业。福建省文联原副主席、福建省作家协会名誉主席。1979 年开始发表小说，出版有长篇小说《新世界》《海峡之痛》《党校同学》《地下党》《风口浪尖》《铿然有声》等，长篇纪实文学《天河之旗》，长篇儿童文学《危险的旅途》，中短篇小说集《彗星岱尔曼》《西风独步》《红布狮子》《秘书长》《林老板的枪》《县长故事》《你没事吧》等。

分钟后电话再来，他也没有丝毫犹豫，再次拒接。他不知道"万秉华"是谁吗？当然知道。他们兄妹俩有仇吗？没有。那时候他的心情应当比较急切，我们很清楚，可以理解。另外他也确实有点事情，并非真的在那里数窗户和电灯。

拒接第二个电话后，大约再过十分钟，手机又响了。

这次不是万秉华，是卓政琪。

"你在哪里？"卓问。

万秉章报告，他就在大楼外停车场等着。

"辛苦了。来吧。"

万秉章放下电话，命司机："快。"

等的就是这个电话，它很重要。以当时情况看，万秉章应当是担心跟万秉华在手机里一讲，这个电话一时挂不进来，耽误了事情，所以接连拒接。

轿车冲出停车场。两分钟后，他们的车绕过楼前弯道，停到办公大楼门厅外。万秉章抓着他的公文包下车，匆匆从门厅走进去，直扑电梯间。他在电梯里接到万秉华的第三个电话。这个电话他接了，没等妹妹开口，他说了一句："有事。等会儿我给你挂过去。"不等对方回应便把手机直接关闭。

万秉华一而再、再而三来电话，不会是吃撑了拿手机玩儿，肯定有些事情，甚至可能是大事急事，但是跟卓政琪一比，她的事情再怎么大都只能嫌小。此刻必须区别轻重缓急，重要的先顾，次要的暂时丢在一边。

其后万秉章在卓政琪的办公室里待了近一个小时。卓办在这座大楼里不太起眼，但是不断地人来人往，即便在下班后掌灯时分。卓是省政府副秘书长，在本大楼只算中层，但是他不仅是他，其重要性在于身后有一个大人物，那是黄瑞中，常务副省长。

谈话毕，万秉章离开卓办，下到大楼门厅打电话叫车。差不多也就两分钟，他的车停到了门厅外。万秉章上车时还在打电话，是找县长欧栋。欧正在高速公路上往省城这边赶。万秉章告诉他，已经与卓政琪沟通过了，卓很支持。原拟的那份汇报材料可能要做比较大的修改，主要突出目前困难，强调导流洞是眼下最急迫的控制性工程，如果因为资金问题错过时机，不能在枯水期前完工，会直接拖延水库大坝施工，最坏的结果是工程全面停顿，洪水再淹县城。

"领导看了不生气吗？"欧栋担心，"骂咱们恐吓上级？"

"事到如今，宁可言重。"

听筒突然没声了，那边断线。万秉章对着话筒连叫："喂喂……"对方悄无声息。万只得按键挂断，然后再拨打，电话很快接通，对方却是忙音。万再次把电话挂断，用力甩了两下手机，挺生气。然后欧栋再挂了过来。

"刚才怎么回事？"万秉章追问。

欧称通话时另有一个电话挂进来，不知怎么就把通话打断了。

"把你那个破手机扔了。别让它再耽误事！"万秉章批评。

欧栋"嘿嘿"："行，行，听书记的。"

万秉章继续发布指令，一边打电话，一边拉开车门坐上车，上车后继续说，一刻不停。司机没吭声，即发动车子开出停车场。轿车驶离省政府大楼，从机关大院出去，驶上了出城通道。万秉章跟欧栋通完电话，收起手机时看了一眼窗外的夜色，突然大声一喝："搞什么鬼！小郑！"

小郑就是驾驶员。刚才万秉章忙着打电话，没注意司机往哪里开。等到手机一放才发觉不对：按照原定安排，当晚万秉章要在省城住下来，酒店已经预订好了。酒店那边还有五六个人待命，今晚万秉章将与他们碰头开会，包括正在赶来的县长欧栋。明天一早起，本县党政两巨头万、欧将带全队人马前往省里几大部门汇报相关工作，计划于两天后返回。司机小郑知道当晚住哪个酒店，他却不把车往那边开，竟然自作主张，驶上了出城的快速通道。

"张主任有交代，"小郑忙解释，"请书记赶紧跟家里联系一下。"

万秉章眉头一皱，这才想起自己拒接的几个电话。

于是他挂了万秉华的手机。几乎在响铃的同时对方即接通，迫不及待。

"大哥！"

"怎么啦？"

万秉华竟在手机里放声大哭。

"哭什么！"万秉章喝道。

"爸爸，老爸……"

他们的父亲于一小时前突然死亡。

"怎么会！"万秉章大惊，难以置信。

"在医院里……直挺挺……"

"不是还好好的！"

"突然，哇……"

"别慌。"万秉章说，"我马上回去。"

轿车冲上夜幕中的三环路，明亮的路灯下车流如梭。万秉章黑着脸一声不吭，看着外边的车流和灯光。实际上他什么都没看进去，满脑子全是震惊，没有其他。万秉章的父亲今年才七十二岁，原本身体很好，与万母生活在老家县城，跟女儿女婿也就是万秉章的妹妹一家住在同一个小区同一幢楼里，两家对门。一星期前万秉章还与妻子一起回去看过二老，老两口没病没灾，笑口常开，哪想到突然就走了一个。

直到出城，上了高速公路，万秉章才缓过劲来，那已经是半小时后。他从口袋里摸出手机，找的还是欧栋。欧接听，第一句就是："万书记节哀。"

欧刚刚得知消息。

万秉章交代急迫事项：他因故无法率队，省里汇报只能委托欧栋全权负责，按既定方针办。如遇特殊情况，可迅速电话沟通。

"我尽量不打扰。"欧表示，"需要办什么，书记尽管交代。"

然后万秉章靠在后座靠背上，一声不出，听任轿车高速飞驰。一路上，驾驶员小郑一边飙车，一边借助窗外不时闪过的照明灯光，通过后视镜密切注意后座情况，因为"张主任有交代"。万秉章始终一言不发有如一尊木雕，没有特别举动，只是脸朝后仰，双眼紧闭，脸上水淋淋一片，有如幻影。

据说他整整哭了一路。所谓"如丧考妣"，死爹死娘，作为儿子自当悲痛万分，像他这么哭似也没必要，特别是在基本无人注意之际。通常情况下，这种时候唯当众放声大哭比较有用，可表现此子确实有孝心。身高体壮七尺男儿偷偷在那里自己哭个不停算个啥呢？当然我们也能理解，毕竟男儿有泪不轻弹，只是未到伤心处。

到达老家县城，轿车直扑医院，万秉章进了位于住院大楼底部地下停尸房，也就是人们所说的太平间。这里分内外，里侧空间有数台特种冰柜，供死者使用；外侧有几个房间和一个门厅，供生者活动。万秉华及几位亲友在这里已等候多时。万秉章到达后被领到里侧，与从冰柜里请出来的父亲见了一面。万父双眼紧闭，面容痛苦，与一周前那位满面带笑的老者判若两人，却可以肯定为老爹本人，非他人假冒。

万秉章表情凝重，没有当众落泪，该掉的眼泪像是已经一路掉光。

"怎么会这样？"回到外边大厅，他即追问。

今天傍晚万秉华下班时，刚进小区门就接到母亲告急电话，称父亲突然腹痛，情况凶险。万大惊，没进自家门，直接先去看父亲。一看果然不好，老人姿势古怪，蜷成一团蹲在客厅沙发前，满头大汗，呻吟不止。万秉华试图把父亲扶到沙发上躺一躺，不料一动就大叫，称剧痛无比，蹲着反倒好些。万秉华当机立断打了120。救护车到来之前，父亲的情况似有缓解，可以起身坐到沙发上，万秉华一问母亲，才知道近几天父亲偶有腹部不适，部位主要在左上腹，时有时无，有时突然来一下像针扎一样，随即消失。父亲没太当回事，以为是吃了什么不好的东西，肠胃消化不了，让母亲给他几片酵母片，还让她别告诉女儿。今天一整天情况正常，父亲以为肠胃已经调过来，没啥事了。当晚母亲做了地瓜粥，父亲就爱这一口，比平时多喝了一碗。老两口一向早吃早睡，下午五点来钟吃完晚餐，母亲在厨房洗碗筷，听到外边有椅子倒地的声响，还有一声叫唤："嗨！"声音大得吓人。她诧异，赶紧到厅里，发觉父亲蹲在地上喘气、呻吟，连叫肚子痛。母亲一时慌了手脚，赶紧给女儿打电话。

120急救车二十分钟后赶到，下班高峰，二十分钟可算及时。急救人员用担架把老人抬下楼时，老人感觉疼痛加剧，在担架上不住地叫唤，蜷成一团才好一点。当时万秉华的女儿刚放学到家，万让女儿过来陪伴外婆，自己与丈夫随救护车一起，把老人送到医院急诊室。有个年轻值班医生在老人腹部摸了摸，向万秉华问了情况，即开出一张单子，让万秉华夫妇带老人去交钱，做检查。老人疼痛难耐，呻吟不停，万秉华非常不忍，问医生可否先给老人做点治疗，减轻一点疼痛。值班医生不耐烦，称没有交钱没有检查，怎么可以治疗？万秉华问能吃个止痛片吗，医生即呵斥："你是医生还是我是？吃错药算你的还是算我的？"万秉华忍气吞声，与丈夫一起用轮椅推父亲去交费，做检查。医生开的检查有血常规，有生化，还有腹部彩超，得在楼上楼下跑来跑去。当时医生多已下班，有的地方有值班的，有的地方得排队叫号，有的地方连医生都找不到，得请值班人员打电话叫。万秉华怕耽误了，当时就给万秉章挂电话，想让大哥帮助想办法，不料万秉章接连拒接。万秉华心知大哥有事，此刻指望不了，只能死心塌地推着病人满医院转，折腾了近一个小时，父亲一边接受检查一边不住叫唤，直到抬上彩超室的床上才比较消停。那里的医生刚在病人肚子上抹油，还没动机器，突然叫一声："哎呀，恐怕不行了！"就这样，人死在那张彩超检查床上。

万秉章听得脸色铁青。

"这就是个医疗事故啊。"万秉华哭诉，"大哥！老爸太惨了！"

彩超医生发现病人不行了，紧急通知抢救。实际上人已经死了，抢救只是个意思。有两个护工推一辆推车跑过来，把浑身软不拉唧的病人抬到车上推回急诊室，直接送入手术室。负责施救的还是那位值班医生。手术室不让家属进去，护士让万秉华在一张通知单上签字。万秉华注意到单子上写的是"急性胰腺炎"。她听说过这种病，知道病人很痛苦，也很怕耽误，耽误就可能死人。结果万父在手术室里折腾了半个多小时，一点用都没有。那位值班医生从手术室出来，说迟了，救不活了，送太平间吧。万秉华当场放声大哭，大喊医生害人，病人让他耽误了，称自己要去投诉。那医生就像没听见似的，理都不理，甩手走开。

万秉章大怒："这家伙是谁？什么名字？"

妹夫心细，他看了值班医生胸前的牌子，名叫魏涛，职称是副主任医师。

万秉章咬牙切齿，愤怒而愧疚。

这样的死亡本不该发生。如果万秉华打电话报信时，万秉章没有拒接，便能及时得知情况并赶紧想办法，结果可能会是两样。老话说"远水不解近渴"，如今南水可以北调，通信可以秒至。万秉章虽然管不了老家医院的事情，却认识此地不少县领导，紧急时给对方县委书记打个电话，烦请过问，对方必马上交代，那还会遇上害人医生拖延救治吗？可惜现在迟了，后悔已经来不及，病人早就没了，探讨那些可能性已经没有意义。无论父亲之死是否归为医疗事故，此刻迫在眉睫的事项是治丧，投诉调查追究只在日后。时下死者亲属对医疗处置严重质疑，双方争议，较极端的手段是拒不发丧，把尸体当作"人质"，直到讨一个说法和一个较满意的解决方案。这接近于"医闹"，以万秉章的身份当然不方便干，治丧便属当务之急。按照本地习俗，家里得布置灵堂以供亲友悼念和接待前来吊唁者，万秉章的妹夫已经早早回去安排，万秉华亦联系了一家丧事"一条龙"服务机构，约定到家里商量。这种事万秉华自己不能拿主意，必须问母亲，还需要等万秉章到，他是长子、大哥，得最后拍板。

万秉章说："抓紧吧。"

他们匆匆离开医院，返回小区。半道上，万秉章接到了韩文生一个电话。

"我刚听到消息。"韩声音平稳，"节哀顺变。"

"不好意思，惊动领导了。"

韩明日的日程都排满了，没办法抽空前去探望，只能打个电话问候。他已经交代人上门替他表达一点心意，让万秉章不要客气。

万秉章感觉诧异，嘴上说："让领导挂心了。"

"我听到一些情况。你注意把握好。"

"啊……"

韩把电话挂断。

韩文生是本市常务副市长，万秉章的顶头上司之一，以往工作交集很多，却基本没有个人来往。以双方的地位与交往，韩根本不需要对万的不幸丧父过多关注，最多日后见面时，从领导角度问候几句即可，无须这么迅速打来电话，做这么一番表示，这个电话必有特殊原因。

回到家里，万秉章先看母亲。母亲被噩耗击倒，躺在床上，双眼茫然，泪水流淌，一言不发。万秉章让大家不要打扰她，让她慢慢缓过来。这时卧室外客厅里突然传出喊声："不要！不需要！你们走！"

是万秉华，喊声里透着怒气。

"万书记在吗？我们跟他说。"

万秉章心知有事，起身走了出去。

厅里有两个陌生来客，一个中年人，另一个看上去还年轻，脸上表情都比较尴尬。万秉华指着那年轻客人说："就是他！害人医生。"

另一位忙跟万秉章解释："没能把万书记的父亲抢救过来，我们都很痛心。我和魏主任特地上门来表示慰问。"

万秉华大叫："不需要！"

万秉章即发话："冷静。"

万秉华不说话了。

按照本地吊唁习俗，两位来客向死者遗像三鞠躬。而后那位年长者使个眼色，"害人医生"悄然退出，从大门离开。留下的这位从包里掏出一个大信封放在茶几上。

"干什么？"万秉章问。

"一点小意思，韩文生副市长特别交代，一定要把他的心意送到。"

"你是什么人？"

他姓陈，本县医院院长。退出的魏涛医生是本院急诊科副主任，是韩文生的外甥。魏在治疗中还是按照本院规定做的，抢救中也尽了全力，可惜这种急性胰腺炎特别凶险，有些病人发作会特别猛烈，医生也回天无力。魏不知道这个病人是万秉章的父亲，如果知道，肯定会抓紧时间尽快处理。

"确定是胰腺炎？"

他们已经找了院里几位医生，根据死者病历和检查记录会诊，认定是这种病急性发作。当然这只属间接认定。如果需要确切病因和死因，那就得交法医解剖。如果家属有这方面要求的话。

万秉章直截了当："算了。"

"谢谢万书记理解。"

万秉章拿起茶几上的信封塞还给陈。

"韩市长的心意你带到了，这个你拿回去。"他说。

"不行不行，我跟韩市长没法交代。"

"我会跟他解释。"

陈不听，硬是把那个信封丢在茶几上，匆匆走人。

万秉章交代妹夫："你登记，清点，回头处理。"

万秉章到达之前，已经有吊唁者陆续到来，主要是闻讯而至的亲友，以及万秉章的下属官员。此地与万秉章任职的县彼此相邻，县城间也就半个来小时车程，方便大家连夜前来踊跃吊唁。这些人怎么会这么快得知消息？怪万秉章自己。傍晚其父出事后，万秉华告急接连被拒，急切中只好给张弛打电话。张是县委办主任，总在万秉章身边跟前跟后，万秉华认识他，有他的电话。张弛断定万秉章是忙不开，赶紧介入处理，他直接打电话拜托对方一位县领导帮助，不料万父已经不治。张迅速作安排，命驾驶员小郑在万秉章向卓政琪汇报完后，不要送万去酒店，直接把万往回拉，并请万与家人联系。张弛也把情况报告给县长欧栋，同时安排县委办副主任代表本办包括他本人跨县吊唁慰问。于是消息迅速传开。

妹夫当即清点，陈院长等两位来客留下的信封里有两沓人民币，足足两万元。比之本地人情往来惯例，这笔钱可算相当厚重。如果与一条生命相比，则微不足道。

妹夫问："大哥，这个记在谁名下，韩市长？"

"记陈院长。"

事实上韩文生不会也不需要如此慰问，这笔钱当然不姓韩。通常情况下，这两万元应当出自"害人医生"的腰包。无论怎么辩称诊疗符合规定，此人在病人入院之初未能及时采取救治措施，其责任无可推卸。出于对病人亲属追究责任的担心，当事医生主动上门吊唁，拿钱慰问以求化解，也是某种弥补。但是本案或属例外。如医院院长所说，魏是韩的外甥。身为急诊值班医生，竟然看不出病人病情危急不能拖延，所表现出来的医术水准和业务能力相当低劣，却已经当上急诊科副主任且还是副主任医师，他凭什么？可以联想其背后那棵大树，所谓外甥打灯笼——照舅（旧）。有的人会因此有恃无恐，视普通病人及其亲属如同草芥，如果不是碰巧治死了一个现任县委书记的老爹，别指望他能屈尊上门吊唁慰问。此刻他来了，肯定是其舅舅的要求，这已经很够意思，不会再贴上自己的钱。因此这笔钱只能姓陈，但是它也不会是陈院长个人破费，最大可能是出自公款，为该医院防止医患纠纷的"公关"开支。万秉华在医院里怒喊，以投诉要挟，医院不需要太当回事，因为万只是幼儿园老师，其夫在县邮政局开邮车，一对儿绑在一起也就那个分量。却不料受张弛紧急拜托的县领导打电话来了解情况，原来病人后边还有个万秉章！尽管不是现管，大小也是县官。于是韩文生被惊动。他让外甥上门，命院长以其名义送慰问金，自己还亲自出面给万秉章打电话，要万"注意把握"，其意思很清楚：这件事不能闹得沸沸扬扬，只能控制在内部，到此为止。

万秉章能怎么办？

万秉章交代妹夫，这两万元要优先处理，不要拖到丧事后。明天，找一个可靠的亲友把钱送到医院，直接退还给陈院长，就以万秉章的名义，同时表示感谢。

妹妹说："大哥，老爸可不能白死。"

"什么叫白死？"

"不能放过他们。"

"咱们怎么好？收钱，或者让他们把老爸抬去解剖？"

妹妹不吭声，眼泪又掉了下来。万秉章让她冷静，这个事牵扯比较多，万秉华不要管，由他来处理。眼下要做的就是先办完丧事。

万秉华却还嘴硬："大哥，你不能只顾自己。"

"什么话?！"

这种话也只有妹妹敢当面跟他说。

万秉章的妹夫忙打圆场："秉华，听大哥的。"

万秉华不吭气了。

这时有一个特殊客人赶到，是王东鹏，县纪委书记，戴一副无框眼镜。

"这么晚了，怎么你也来了？"万秉章一眯眼，满脸狐疑。

王东鹏顶顶眼镜，拍拍手，表示自己两手空空。毕竟是纪委领导，不能在口袋里塞一沓钱来面见书记。王先吊唁死者，三鞠躬，聊表心意。再跟万秉华夫妇握手，以示慰问，然后便跟万秉章进了一旁的书房，两人关门密谈。

他有事汇报，必须尽快，不嫌夜晚，且电话不宜。

近段时间，县纪委正在办一起案件，本县有几个中下层官员涉案，其中三人已被执行"留置"措施，为主者是县交通局局长，案件涉及工程招投标作假，非法牟利，索贿受贿，数额相当大，于县级范围可算大案。涉案局长曾在政法部门工作过，有反侦查经验，被"留置"后避重就轻，拒不坦白，直到这两天才有所突破，开始交代。此人不说则已，一说惊人，除了讲自己的事，他还举报了几条线索，以求立功，有一条竟涉及县里重要领导。王东鹏感觉事关重大，需要尽快向万秉章直接报告。

这条线索案值九万多元，接近十万，涉及领导是邵乾，县委副书记。

"现金吗？"万秉章眉头一紧。

没拿现金，拿了物品。该局长交代称，由于邵乾兼任北一库区大通道建设领导小组组长，工程正式开工后，该局长私下给邵送了十万元，称是施工单位安排的"劳务费"。这笔钱送到邵在省城的家中，邵没拿，直接退回。随后却让该局长找人给他报一笔账，称那是相关工作中的特殊开支。局长让施工单位包工头去邵指定的省城一家贸易公司，花了九万多元，拿回一张发票，收款项目是"冬虫夏草"。

万秉章听罢即抬手指着王东鹏批评："看看，该不该把那眼镜从窗户扔出去？"

这当然是开玩笑。王东鹏"嘿嘿"。

"我这里办丧事，你雪上加霜。"

"我能不赶紧报告吗？"

"有多少人知道这个事？"

目前除了几个具体办案人员，只有管办案的县纪委副书记和王东鹏知道。

"让他们把嘴管紧点，一个字也不许说。"

"会的。"

这个事情有点棘手。从已知情况看，可信度与可查性似都较高，牵涉的金额不是特别巨大，也已经很成问题，其性质虽不算索贿受贿，却难说仅此而已。如果事发并追查下去，会搞成什么样子实不得而知。事情的复杂性还在于干部管理权限，按照目前分级管理规则，县级官员如果涉案，须由市纪委查，不归县纪委办。县里办案中如果发现涉及县级官员的问题，必须报告市纪委，交由上级掌握。邵乾虽为本县副书记，实际上与万秉章、王东鹏这些纯粹地方官员有所不同，邵乾是挂职干部，下来挂职前是省政府办公厅一位处长。办案办到这个人，牵扯就大了。

"邵自己好像有点感觉。"王东鹏报告。

县交通局局长涉案曾在县委班子里通过气，邵乾心里有数。他本人没有特别表现，从未私下里找王东鹏打听。但是就在昨天，王东鹏接到一位熟人从省里打来的电话，问起县里近期办的案子，让王东鹏"注意把握"。王感觉可能有所指，想来想去，只有邵乾这个事有可能惊动到那边。

"万书记有什么意见？"王东鹏请示。

"按规定办。"万秉章说，"不要急。目前到此为止。"

"明白。"

"按规定办"是必须讲的，重点却在后边。所谓"不要急"可以理解为不必急着把线索往上报告，目前到万秉章这里为止。王东鹏之所以匆匆连夜赶来，主要原因在于此事有如一颗烫手山芋，匆忙报上去可能有大的影响。仅凭一个涉案人交代，未经任何调查核实就捅上去合适吗？而县里并没有对邵乾进行调查核实的权力。这种情况下，向万秉章报告也是一种选择，至少表明王东鹏向上汇报了，没有擅自隐匿。接下来怎么办即交由万秉章把握，万秉章官大，他不可能真去把王东鹏的眼镜摘下来从窗子扔出去，这种烫手山芋却只能接到手里。

此刻万家治丧，不宜多打扰，王东鹏匆匆告辞离开。客人一走，万秉章即让妹夫查登记本，看看此前前来吊唁的人员里，可有一个邵乾。

居然有！记在第一页，厅里灵堂还在布置时，他就上门来了。妹夫不记得那个名字，却记得人，中等个儿，白面书生，自报家门是万秉章的同事，县委副书记。

"拿钱了吗？"

妹夫记不清了。

按照万秉章交代，凡前来吊唁慰问的，都请他们留下名字、单位。凡拿出信封、红包者，一律感谢、拒收。如果碰到实在没法当场退的，那就清点、登记，丧事过后如数退还。这几条是他在高速公路上挥泪赶路时，通过手机向妹妹口述的。当时万秉华说了句："都这样吗？"万秉章斩钉截铁，一锤定音："就这样，一刀切。"万秉华没再吱声。实际上万秉华有所不服。大哥是当官的，怕这种钱惹麻烦；万秉华夫妇没当官，他们不需要害怕。这些年人情往来，亲戚朋友同事同学，谁家里有个婚丧嫁娶，哪个不得万秉华夫妇"按例"放血？尽管每一笔都是小钱，加起来于一个普通人家也算巨款。现在自己丧父了，轮到人家来"按例"奉还，这很正常，收了才公平，却得陪着万秉章拒收，这算什么事呀？当大哥的可以这样只顾自己吗？但是这种事还只能听大哥的，万秉华最多就发点牢骚，不敢不照办。

现在的问题是妹夫不记得邵乾吊唁的具体情况，只记得对方在死者遗像前三鞠躬时，门口又进来客人，妹夫赶过去应付。过会儿邵乾从后边拍拍他的背，让他代问候万秉章，说完即告辞走人，没注意走之前是不是放了某个信封。当时灵堂初设，比较忙乱，待到有亲友加进来当帮手才渐渐有序，负责清点的亲友发现了几个吊唁者丢下的信封，有的写了名字，有的没写。登记本上有邵乾的名字，但是没有金额。他有可能跟王东鹏一样，空着两手拿一张嘴巴连夜跑来，聊表亲切慰问亦不扔几块钱给万秉章找麻烦，但是妹夫不敢完全确定。

万秉章批评："这个要怪你。拿钱。"

他从妹夫处取了五千元现金，用一个信封装好，放进自己的公文包里。

当晚万秉章在医院太平间外待了一夜，按照本地习俗为亡父守灵，这种事必须由儿子干，除非没有儿子。有个年轻亲戚给他当临时秘书，帮助倒水、泡茶、接待，彻夜服务。那一夜万秉章在太平间外接待了若干来客，还接了许多电话，问候来自四面八方。他也往外边打了几个电话，其中一个是打给邵乾。

"他们告诉我，邵副特地赶来慰问，谢谢。"万秉章说。

万对邵显得格外客气，不像一张嘴让欧栋把手机扔了，或者威胁王东鹏的眼镜。毕竟那两位跟他关系深，而这位邵乾来历有别。

"不客气，应该。"邵乾问，"万书记有什么需要我做的？"

老人死了，只能自家哭丧，不能劳烦别人，但是眼下确实有件急事需要邵乾出动，是工作上的事。万秉章说，黄瑞中副省长初定于下周带几位重要部门领导到本县视察，现场办公，重点是北一水库及导流洞施工。这次视察事关重大，工程的几大困难，特别是资金困难有望由此得到解决。为了确保视察成功，本县需要做好各种准备。万原拟于近日亲自带队到工地现场做一次检查，看看存在什么问题，如何安排整改。不料父亲突然病故，暂时没法脱身，县长欧栋又在省里办事，几天后才能回来。万感觉检查不能拖，越快越好，越早发现问题越主动。因此只能托付给邵乾，没问题吧？

"我知道这个事。没问题。"

邵乾消息灵通，其中一大原因是他虽然在本县挂职，原职务却还保留，仍然是省政府办公厅秘书一处在册的副处长，正处级。他那个处管农林水诸方面事务，其上对应的分管领导是卓政琪，再往上正是黄瑞中。

"我已经交代张弛安排明天检查，他会跟你联络。"万秉章交代。

"好的。"

万秉章还抽空给韩文生发了一条短信。通常情况下，作为下属，万秉章应当给韩回个电话，鉴于时间已晚，担心影响领导休息，亦不妨发条短信，总之必须有个回音，宜在把慰问金退还医院院长之前。万在短信里表示，陈院长和魏主任已经把韩市长的问候带到了，他和家人非常感谢，等等。最后落款是"职万秉章"，谦恭备至。

这什么意思？无须明说。

几分钟后韩回了四个字："节哀顺变。"

万秉章的眼泪差点落下来。并非感动。

用万秉华的说法：大哥只顾自己，老爸白死了。

2

万秉章以"脸黑嘴臭"闻名于世。这是外边贬损他的说法，以我们看虽带贬义亦有参考价值。万秉章的肤色天生较深，但是只看肤色无疑过于肤浅，"脸黑"其实更多的是指表情，此人动不动板起一张脸，如本地土话"黑脸神"，横眉竖眼，令人望而生畏。所谓"嘴臭"其实与气味无关，纯指语言风格。此人会骂人，骂起来毫不客气。他自己当然不称"骂"而称"批评"，甚至轻描淡写为"说"，谁要是有毛病被他逮住，他会拉下脸"说"，有时说得人无地自容。据说有一次他去县城大会堂洗手间，看到两个本县中层官员在外边抽烟聊天，出来时一看两位还在那里"哈哈"，眼睛一瞪便"说"："干吗？吃太饱了？"吓得两位屁滚尿流，屎尿都憋了回去。万秉章是瘦高个儿，比一般人高出半个头，其威慑力主要不因为海拔而在于职位，第一把手大权在握，管生管死，不怕不行。当然万秉章"脸黑嘴臭"只针对属下官员，没办法拿出来让上级领导欣赏，例如碰上韩文生能怎么着？"职万秉章"而已。本县流传一则笑谈，称万秉章骂县宾馆总经理"缺脑子"，总把座位搞错。这里的"座位"指的不是主席台，而是接待客人时的餐桌位。这种接待总是难免，无论是宴会餐还是工作餐，都需要排座次。总经理感到特别委屈，因为他的排位没有错，完全按照通行惯例，主人坐中为主位，第一号客人坐主人右手边为主客，另一边是第二主客。万秉章偏要扭过来，把主客放在左手边。为什么呢？为了方便他这个主人给重要客人夹菜，以示热情。夹菜就夹菜吧，通常主客坐右也就是为了方便主人服务，为什么该万秉章夹菜时非要把位子也夹过来？原来人家万书记是个左撇子。本地人对左撇子有一种俗称，直截了当就叫作"左手"。

这类笑话有可能确有出处，也有可能出自编派。如万秉章这种性子的领导，免不了要招惹一些不满，大家嘴上不敢说，就在背地里编派、调侃。拿"洗手间""左手位"编派调侃不算太敏感，还有更敏感的，恰与万秉章的亲妹妹所抱怨的一模一样，就是贬损他"顾自己"，或者"只顾自己"。

万秉章履历可谓丰富，曾在市区当过副区长，而后到市水利局当局长，然后被派到本县当书记。万秉章到任之前，本县出了一件大事：有一个强台风在本市沿海正面登陆，本县惨遭祸害，大半个县城被泡在洪水里。本县位于山区，一寸海岸线都没有，受灾却比其他沿海县严重十倍，主要原因是降雨。根据气象专家说法，携带大量水分的气流沿山势快速上升，会导致大量降雨。短时间的大量山区降水，山洪、泥石流大暴发不可避免。千沟百壑洪水奔涌，浩浩荡荡汇集而下，位于下游盆地间的县城便遭逢大难。虽然台风到来前有预警，各级官员使出吃奶之力疏散人员，预防灾难，还是不抵天灾严酷，最终除不计其数的设施、财产损失，还有十二人于洪水中罹难。事后追究责任，时任书记、县长双双被罢免。灾害之后，市、县两级痛定思痛，"北一水库"项目被提上了议事日程。

所谓"北一水库"也就是"北江一号水库"，命名于二十世纪九十年代省水利部门编制的本省中远期水利建设规划。北江是本县主要水系，其上游山区集水面积广阔，亦有合适库容区域，具备修筑水库的自然条件，水利工程规划人员早在北江上游规划了三座水库，分别命名为北一、北二和北三，三水库形成梯级，其中北一库容、效益最大。北江水库群的功能以防洪为主，兼顾发电，建成之后将有效缓解本县县城防洪压力。同时也能提供大量电力产出，虽无法与三峡工程比拟，在本省本市已算了得，对当地的能源发展和绿色能源转型也意义重大。在水库规划后数十年间，北二、北三相继建成，产生效益，唯北一水库尚未建设，主要原因在于这个水库的移民量、工程量和建设困难均最大。另外还有一个原因就是地球变暖，"厄尔尼诺""拉尼娜"来来去去，气候紊乱，这里暴雨成灾，那里赤地千里。近十几年间，本县气候灾害以干旱为主，曾经旱得全县水库几乎全数见底，水电站无事可干，员工们在山上开荒种地瓜。这种情况下建水库比较缺乏紧迫感。直到大旱变成大涝，突如其来的大洪水冲击县城，十几万人受灾，大家才意识到水患实比旱灾更为凶险恐怖，北一水库就此再次被提上议事日程。

这时候需要有个人来主办这件事，万秉章脱颖而出。这个人不是学水利的，却有这方面的从业经历。他当副区长时干过一项硬活，负责主持改建市区防洪堤工程，将防洪标准提升到百年一遇。这个项目做得挺出彩，市领导很满意，把他提拔到市水利局当局长。上任不久，台风大洪水扫荡全市，本县县城淹了，市区防洪堤则稳如泰山。于是就是他了，万秉章给派下来当了县委书记，给他的任务中有一项特别硬，就是要千方百计，在北一水库项目上实现突破，以排除本县县城洪涝威胁，也为下游市区防洪拉起一条安全线。

现在过去四年有余，万秉章不负期待，在该项目上确实实现了突破。他到任时那座水库还在纸上，此刻山间工地已经人来车往，紧张繁忙有如一个巨大蚁窝。尽管目前八字刚有半撇，开创却是最难，拿下开局才有望后续。眼下工地上正在全力以赴开挖隧洞，该隧洞是北一水库大坝开建前的一大控制性工程，它被称为"导流洞"，主要功能是在一座拦水围堰的辅助下，把河水引向下游，让原本淹没于水下的河底大坝施工场地出露成为旱地，以便挖坑打桩建基筑坝。水库施工导流有明渠和暗洞两种方式，北一水库受地形所限，只能采用隧洞导流，需要在山体中挖出一条长六百余米，具有合适坡度的洞，必须足够宽足够高，可以引走整整一条河水，还需要留下足够空间，保证雨季洪水尽数通过，避免大水漫堰冲击大坝施工现场。导流洞工期要求严格，如期建成才能保证水库大坝于预定的枯水期开建。导流洞在山体里施工，地质情况复杂，技术要求高，安全威胁多，是水库工程一大难点，其攻坚克难要依靠施工部门，对甲方也就是本县而言，最大的问题还是资金的筹措与到位。

北一水库被列为省重点水利工程，争取到了一大笔国家专项资金，按规定省、市、县亦需要分别提供相应配套资金，组成资金拼盘。万秉章到任后首先争取该水库立项，从那时起资金筹措就是一大任务，直到几年后导流洞全速开掘，依然还在四处跑钱。这是因为拼盘资金难以一步到位，特别是本市财政比较困难，捉襟见肘，而需要开支的项目与日俱增，所承担市一级水库建设配套资金一直未能及时足额拨付。施工所需的原材料、劳务等费用持续上涨也产生巨大压力，缺口需要更多的钱才能弥补。本县作为重点项目承建单位，既需要到上边"挖金子"，千方百计反复争取资金支持，也需要举全县之力，在自家地盘掘地三尺，挖掘潜能，如儿歌所唱"在小小的花园里挖呀挖呀挖"，哪怕只能挖出些破铜烂铁，也好拿去卖两个钱。

于是大家便有意见了，这个意见很现实。本县小花园里让万秉章挖出来拿去扔在洞里的可不尽是破铜烂铁，也有真金白银，仅举其中一例便肉痛可感：

眼下本地机关事业单位干部职工的薪金构成包括工资和生活补贴两大块，工资是死的，一刀切，该多少就多少，拖欠就是问题。生活补贴则比较活，财政好的地方可以多发，不好的则少发甚至不发。本县属于后者，近年间除勉强保证工资准时发放，生活补贴一律停发，少了一大块，因为县财政拿不出钱。县里的钱都让谁拿走了？让万秉章拿去扔进水里，填坑了。那不是什么"导流洞"，完全就是坑人洞嘛。

可见北一水库这种事确实不好干，如果好干早就有人干了，我们可以坐享其成，不必来说万秉章。万秉章干这种事，想取得突破、迅速推进，只能"脸黑嘴臭"有如战场督战队，而且要付出代价。让人家编派其"左手位""洗手间"只算小幽默，"只顾自己"伤害力就更大一点。有人背后攻击他竭力挖洞修水库，是一心谋求政绩，用大家的生活补贴铺自己的台阶，踩着大家让自己往上爬。还有人拿万氏书法说事。万秉章似乎并没有练过书法，看不出是柳体颜体什么体，属于自创，特点鲜明，比例偏长，一个个字都长得格外瘦高，跟他本人一模一样。有传闻称他一旦有空就在办公室里练书法，最常练的是七个字：北一水库导流洞。有一些水库的导流洞是一次性筷子，水库建成后就被废弃，也有一些会保留下来，北一水库这个洞属于后者，水库大坝建成后，保留为泄洪道，这就能长久存在，有如载入史册。万秉章清楚再怎么折腾也无法比肩治水大禹或都江堰李冰，不能指望给自己修座庙立个碑，只能退而求其次。据说他准备挑出一张自己最得意的书法作品刻于洞口："北一水库导流洞，秉章左书。"秉章用左手写的。左手就能写得如此瘦长，书法水准了得。其实他就是左撇子，让他换成"右书"肯定惨不忍睹。

这个"秉章左书"段子有出处吗？以我们感觉还是编派，小幽默，但是有伤害力，暗指万秉章只顾自己留名声，宁可大家少拿钱。

前些时候，省委巡视组巡视本市，收到了若干匿名举报信，其中有一封信指控本县财务管理混乱，违规挪用专项资金，还提供了若干查证线索，显系知情人所为。该信虽没有指名道姓举报谁，实际目标就是万秉章。巡视组派人一查，举报属实，涉及的一些项目中，最大一笔上百万，是省里下发的林业专项资金，本应在年初发放，却被一直拖到当年九月才到位。这笔钱是直接给挪用了：当时到了发工资的点，县里没有足够的钱，于是剜肉补疮，使个花招偷偷先挪用。这个事是谁干的？县长欧栋首当其冲，他管钱，没他签字那笔钱转不出来。但是板子只打在县长屁股上确实冤枉，所谓冤有头债有主，本县为什么弄得如此困窘？还不是因为万秉章"挖呀挖呀挖"，把能挖到的都填到洞里扔进水里吗？万秉章是第一把手、第一责任人，挪用专项资金当然脱不了责任。事实上这么大的事没有万秉章点头，欧栋自己也不敢擅自做主。调查中，两人对各自问题都认了，最终书记、县长一起吃处分，一个都不能少。应当说上级对两位下手没太重，毕竟他俩在那个地方主持挖那个洞、修那个水库不容易，亦没发现他们把公款或民脂民膏挪入自己腰包。挪用专项资金必须处分，帽子却还让他们戴着，以观后效。

于是我们发现了一个基本事实：万秉章就此过气了。如果说以往他只顾自己，把大家的一大块拿去搞政绩为自己铺台阶，现在已经瘸腿，爬不上去，台阶白铺。处分是有追究期的，按照规定追究期内无望提拔，而万秉章已经在本县当了四年多老大，一届将满，到了必须离开的时候了。眼下干部动得频繁，能干满一届的县委书记并不太多，比较起来万秉章已经做得太"老"了，当是因为需要他突破北一水库建设的缘故，这一突破已告实现，阶段性成果有目共睹，他也就该"拜拜"了。通常情况下他应当于近期县区换届之际提拔走人，也许能当个副市长，至少会是市政协副主席。不幸的是一个处分下来，不可能了，继续留任怕也困难，接下来北一水库该是别人的事情了，万秉章继续卖力挖洞已经没啥意思，别以为"秉章左书"真可以刻在那洞口。说来也是运气，他的几届前任没干什么大事，时候到了基本都上，除了因洪水被免职的那位。轮到万秉章一门心思"左书"，到头来啥都没有。因此又有段子笑他："'左手'顾自己把自己顾没了。"

这时有一个人崭露头角，令人注目，他就是邵乾。邵可不仅是白面书生，除了肤色好，人也长得帅，像个专演主角的电影演员。邵乾当年从省政府办公厅来到本县，万秉章是"始作俑者"。万以重点工程需要上级特殊支持为由，请求省领导派得力干部下来挂职，帮助推动本县建设北一水库。领导颇认可，经相关部门物色，把邵乾派了下来。邵到任后，万秉章让他主要跑上，特别是跑省里各部门，争取各种经费支持。万秉章对别人"脸黑嘴臭"，对邵却总是笑脸相向。邵也曾利用其关系帮助解决了涉及省上部门的若干问题，不过也没给万秉章拿到多大惊喜，该万秉章去争取的，万还得自己跑，特别是钱。按照规定，下派挂职一般两年为期，邵乾已经干满两年，却没有卸任离开，继续留在县里。这时便有传闻，称上级有意让邵接替万。省里大机关下来挂职的干部，到期后从挂职转为任职，这种事时有所见，只要工作需要，本人愿意，省、市两级相关部门经沟通意见一致，那就是一张纸的事。本县这里恰有工作需要，北一水库导流洞还在掘进，接下来筑坝建站任务还很重，以邵乾的背景，接手万秉章干这个事很有利。通常情况下，书记离任往往是县长接任，偏偏欧栋跟万秉章一样吃了处分，追究期内无望上升，邵乾便有机会接，还不算提拔，人家本来就是正处级。就邵本人而言，留下来干县长未必愿意，当书记就不一样，毕竟大权在握。邵这样的省直部门官员要想进一步上升，有一段基层主官的经历可以加分许多。从种种迹象看，所谓"彼可取而代之"，邵取代万似已板上钉钉，这让不少人感觉兴奋。邵来自省城，所见尽是大人物大世面，加上自己长得好，年纪不大已经城府很深，讲话有分寸，处事很圆熟，笑口常开，与万秉章"脸黑嘴臭"正成对照。一段时间以来，县里流传笑谈："送走黑脸神，换来白面仙"，说的就是这个事。一些对万秉章"挖呀挖呀挖"特别有看法的人对"白面仙"很期待，认为此人的上层背景有助于搞钱，以往邵在这方面没有突出表现是留一手，他何必为"秉章左书"卖大气力？他自己来干肯定就不一样。以其过硬的上层关系，大家的生活补贴应当有着落，不会一块不剩全落到那个洞里。

但是万秉章似乎有所不甘，我们都看得出他岌岌可危，可能不久于其位，他自己当然更清楚，却依然每日"左书"不止，孜孜不倦在本县的小花园里继续挖掘。近日里他全力推动一件事，就是争取黄瑞中副省长带省里几大重要部门领导来本县视察重点项目，做一次现场办公。这种现场办公通常很解决问题，几大部门厅长们跟着省领导来到现场，知道领导对本项目高度重视，本部门自当全力支持，拿出足够的干货，让省领导满意，不虚此行。省里有行动，市里当然也不能只拿口水，目前还拖欠着的市级配套资金有望迅速拨付。对缓解本项目面临的资金困难，本次省领导现场办公无疑意义重大。对万秉章本人是否也属意义重大？万会不会依然希望留在其位继续"左书"，试图通过这种方式来达到目的？可能性存在。总之经过其不懈努力，在卓政琪的有力支持下，现场办公基本确定。耐人寻味的是，整个争取过程中，万秉章紧紧拉着欧栋，却没让邵乾介入，邵原本就是从省政府办公大楼里下来的，让他回去帮着联络找人顺理成章，万秉章却不，他肯定知道"彼可取而代之"，似乎有所防备。直到万秉章父亲意外病亡，邵乾被涉案人牵扯，万才突然给邵打电话，请邵出山。

那天清晨，天刚蒙蒙亮，万秉章悄悄出现在北一水库导流洞工地。

工地现场经理叫杜贵生，是中标施工单位派驻于此的负责人，其所在的工程集团总部在重庆，有丰富的复杂山区地质条件中开挖隧道的经验。杜见到万秉章时吃了一惊，他并不知道万家逢丧事，吃惊主要是因为万单枪匹马这么早进山。

"张主任怎么没说呀？"杜问。

张弛于昨晚通知杜，今天一早邵乾副书记将率队到工地现场检查，张本人也参加，大约在九点左右到。张没有提到万秉章也将亲自到达且独自赶个大早。

万秉章说："他们检查他们的，我看我的。"

杜表示欢迎。

万秉章提出需要进洞看看。杜说："万书记上星期刚去看过嘛。"

"那就不让再看了？"

"哪里哪里。"

万秉章是开玩笑，并没有拉下脸，因为杜贵生并不是他管辖的本县官员，而是"乙方"人员。人家是来帮助本县挖洞的，万秉章得客气点。万跟杜说明情况：黄瑞中作风深入，他带着一众重要官员风尘仆仆从省城来到山区工地，打算用力扔钱挖这个洞，走到洞口肯定要进去看看，不让看便会成为问题，让看就得特别做好准备。省领导检查不比县委书记进洞，那是要记录在案的。

那天万秉章光临工地，没看其他，就是进洞检查。这种施工现场不是可以随便进的。工人们需持证上岗，进出洞都要在洞口值班室登记，无关人员不得进出。需要进洞的外来参观人员要有专人陪同，还需要各种防护。从开掘以来，万秉章进这个洞可称不计其数，每到工地必至，见证了该洞从零到几百米整个掘进过程，对里边的情形了如指掌。这个洞从两边挖掘，分别称为"出口端"和"进口端"，两端隔着一个山岭，修成之后，河水从山后进口端流入隧洞，从山前出口端排入下游河道。出口端一侧交通和地形较有利，成为掘进的主方向，目前已经打进近四百米；进口端那边技术和施工力量相对弱一点，也已经进深近二百米。根据测算，两端掌子面相距也就只剩二十来米，凿通这段岩层，全洞便可贯通。目前隧洞两侧施工都紧锣密鼓，工人们轮班作业，务必尽快打通，拿下水库开建以来首个重大战果。

根据交通条件，拟安排黄瑞中副省长一行在导流洞出口端一侧下车，检查，包括进洞。因而万秉章不到进口端，只在出口端看，来来回回，竟在那段隧洞里连走三遍。第一个来回是测定时间，他手持一个秒表，一边模仿省领导一行进洞情景，时走时停，看东看西，问这问那，一边按秒表计时。一个来回走下来，心里有数了，可初步判断需要用时多少。第二个来回则是具体检查，哪个部位有什么情况，需要做哪些改善，一一确定。这条隧洞穿越的山体地质情况多样，有大段洞体为坚硬的花岗岩，特别难打，但是稳定可靠，洞体结实，地面也好走。问题主要存在于花岗岩体之间的砂性土和碎石土层，它们断断续续分布于整个隧洞穿越地带，挖洞时碰上了，常常又是泥又是水，一大摊塌得到处是，施工中得边打边做防护。这些地段需要重点检查，因为洞顶护板可能往下滴水，而下边地面泥泞，需要铺厚模板供人员通行，隐患较多。万秉章检查得很细致，边走边查，指出了若干问题。杜贵生带着一个助手陪万检查，命助手把万的要求一一记录下来，以便整改。一行人在洞里的第三个来回是补漏，看看上一趟检查中是否漏掉了什么问题，万秉章果然又发现了几处。来来回回之际，隧洞里施工持续不绝。本导流洞掘进采取爆破、出碴作业方式，各工序衔接，万秉章检查之际，当班工人进行打眼作业，整个隧道充满钻机凿岩的轰鸣声。万秉章要求杜贵生，省领导参观时暂停施工，当班工人必须在场，省领导有可能会在洞里跟他们说说话。

"没问题。"

第三轮检查还在进行中，杜贵生的对讲机响了，是张弛。邵乾和张弛率领的检查组已经到达工地，张听说万秉章来了，与杜一起进了隧道，很吃惊，赶紧挂万的手机核实，却打不通，可能因为隧道深处信号过不去。于是便用工地对讲机呼叫杜，恰好当时洞里的作业稍停，轰鸣声稍息，可容对话。

万秉章接过对讲机："我在这儿呢。没事。"

"书记怎么会……"

"我这就出去。外边说。"

万秉章匆匆结束检查，与杜贵生及其助手往洞口走。经过一段泥泞路面时，万秉章用力踩踩模板，模板下边发出"噗噗"水声，万又抬头看了看上方。

"这里感觉不踏实。"他指着脚下模板说。

"已经加固了。"杜贵生表示。

这是一片泥沙质土层，含水量很高，开掘时做过多重处理才稳定住。后来又用支架进行加固。目前漏水问题还在处理中，通行不会有问题，稳定性也没问题。

万秉章交代杜务必随时留意，绝对不能出事。要是省长等一行进洞检查之际，这里"哗啦"塌下来，那就不得了，杜贵生和万秉章顷刻间闻名全省。

说得杜贵生发笑："万书记放心。"

他们出了洞。

邵乾见面时也表示惊讶："万书记，你父亲的事怎么样了？"

能怎么样？人死不能复生。家人商定于死者过世后第三天，也就是明天出殡。今天在准备，一些远在外地的亲友也在往回赶。万秉章交代妹妹、妹夫为主处理，有他们操办就可以，无须万秉章自己来。因此临时决定抽空上山看看洞，抄了条山区近路，也就一个来小时车程。

"万书记昨晚守夜了吧？"张弛问。

老规矩守到鸡叫。万秉章在医院太平间外一直待到凌晨五点，家人要他去补会儿觉。他觉得在车上躺着跟在床上躺着也差不多，因此上车出发，一路睡到洞口。

"那么请万书记带队检查？"

万秉章眼睛一瞪："张主任算计万书记吗？"

张弛"嘿嘿"。

"你们按计划进行，我还得回太平间去。"万秉章说。

他拍拍邵乾的肩膀，示意邵留步。

"我跟邵副书记有件重要事情要研究。"万秉章宣布，"张主任先带队检查吧。"

事实上，他之所以鸡叫出门，从医院太平间跨县直奔山洞，除了想亲自检查洞里的情况，就是为了这件"重要事情"。昨晚他在守夜中抽空给邵乾打电话，是为此提前布局，以带队检查之名把邵乾弄到山上。具体的踩点检查有张弛足矣，作为县委办主任，接待领导视察，事先到位查验，确保万无一失是他的一大业务，这方面张弛肯定比邵乾在行。如果不是万秉章需要尽快跟邵乾谈谈，让邵上山纯属多余。

杜贵生给他们安排了一个房间，是个小会议室，有一张长条会议桌，位于临时搭建的工地指挥部一侧，比较安静，方便不受干扰地谈话，"研究重要事情"。

此刻万与邵的关系还比较含糊，说不准。除了一个是书记一个是副书记，他们还是一个似走未走不太想走，一个似接未接比较想接。如果该走的走了，该接的接了，那么这就是前后两任县委书记在山洞边接洽、密谈，其内容当然会比较敏感。

首先的敏感事项是现金。万秉章从自己的公文包里拿出一个信封，放在桌上，推到邵乾面前："感谢邵副。这个只能奉还了。"

邵乾看着信封面露惊讶："这啥？"

"五千元，你可以点一点。"

"怎么回事？"邵乾还是显得吃惊。

万秉章说明，其父亲过世后，本县有不少人专程赶去吊唁。邵乾第一时间就到了万宅，那时万秉章自己还在奔丧赶路。对此万秉章很感激，记在心里。出于担心影响，他给家人定了一条：不收任何慰问礼金。邵乾特别讲情谊，出手大方干脆，一下子丢下这么多，掂起来感觉特别重。但是心意领了，钱必须奉还，完璧归邵。

邵乾一拍手，"哈"一声笑了："万书记！错了。"

这钱不是他的。他去吊唁并没有带钱，因为清楚万的为人处世方式，知道万肯定不收。与其现场推来推去，日后退来退去，不如干脆两手空空，彼此轻松。

我们相信邵乾说的是真话，虽然他不是纪委书记，上门吊唁时确实也跟王东鹏一样只拿一个嘴巴，此刻他的表情不像是装的。我们都能看明白，何况万秉章？万秉章妹夫的登记本上只有邵乾之名，并无其送钱之数，只是因为当时忙乱，感觉不确定，没有足够把握，而现场确有几笔来历尚待查核的慰问礼金，万秉章只是先假定其中有一笔来自邵乾。万秉章让妹夫拿五千元现金给他，无中生有确定邵乾送的不多不少就这些，这靠谱吗？乌龙得很，调侃而言有如给人家邵乾栽赃。此刻邵乾自己说得如此斩钉截铁，万秉章竟然不予认可，视而不见，依然要把这笔钱算到邵乾身上。

"邵副别跟我客气，拿去吧。"

邵乾不含糊，称自己并非客气，这笔钱确实不是他的，他不能拿。书记办丧事，副书记来发笔小财，这可以吗？

"邵副要是不收，我只能交到纪委去。"万秉章说。

"真不是我的。"

那么只能上交。万秉章说，上交纪委不能是一笔糊涂账，还必须说明出处。他会说明疑似邵乾相赠，曾直接退本人，邵否认。由于找不到出处，所以上交。

"有必要这样吗？"

"邵副知道，我就是这样的人。"

邵乾一摊手，回答得很洒脱："我说得很清楚：不是我的。至于该怎么处理，书记认为怎么合适就怎么办。"

万秉章真的会把这五千乌龙交到纪委去吗？我们知道他肯定会，他那么说并非威胁，只是明白告知。如果因为某些原因，一些需要退的钱无法退到位，安全之策就是上交。上交时并不是非要扯上邵乾，但是万秉章肯定会扯上，如他向邵表示的那样，为什么呢？表明一种切割。显然万秉章认为有必要这么干，是邵的钱就退，不是也要硬安给他，一交了之并做说明，于万也属自保。哪怕自费五千，万还出得起。

当着邵乾的面，万秉章把那个信封放回公文包。重要事情至此"研究"完了吗？没有。刚刚开始，五千元只是一个引子。

万秉章直截了当，建议邵乾于近期结束挂职返回省城大机关。邵乾在本县挂职这段时间做了大量工作，在本县的重点工程建设中起了重要作用，有重大贡献，县里会为邵做一个全面鉴定，充分肯定。由于邵乾的挂职已经期满，只要邵本人要求返回，一切顺理成章。万秉章说明：两年前是他到省领导那里要求，这才有机会与邵乾共事、合作。前些时候也是他向上级建议让邵乾在下边再留一段时间，因为县里重点工作非常需要。这些情况想必邵乾都清楚。为什么此刻万突然提出结束？因为有一些新情况。邵乾心里可能也有点数。

"万书记可以说得明白点吗？"

万秉章却不点明，只表示自己很担心，怕出事。他不希望班子里任何人出事，特别是邵乾，无论如何不能出事。邵是万去要来的、留下来的，邵从省里大机关下来支持本县做重点项目，如果他在这里出了事，万秉章怎么跟上边部门和领导交代？以后本县还能争取到项目吗？万自己还能好吗？其后果比自己被查还要严重。坦率而言，万秉章干过些啥万自己清楚，他不怕查，却怕邵乾出事，但是这不由他个人意愿所决定。所谓"若要人不知，除非己莫为"，如果踩过红线，就可能一而再再而三，被发现只在早晚，发现了就可能面临调查。一旦被查肯定会一挖再挖，最终全都给挖出来。

邵乾大睁两眼，很吃惊："万书记不是开玩笑吧？"

"我像开玩笑吗？"

万秉章从没跟邵乾这么说过话。他告诉邵，有些事他早有感觉，也曾想跟邵谈谈，却又把握不定。现在看来不谈不行，且已经到了需要尽快处置的时候，晚了可能不及。他父亲刚刚去世，明天出殡，因为感觉急迫，他才在这种时候抽空上山跟邵谈。虽然从重点项目工作考虑，他不希望邵离开，但是如果有出事风险，那就不如让邵尽快打道回府。地方上不可能去调查、核实及处理上级机关官员。通常情况下，未经核实的案情线索也不会贸然上报，因此它们会被先挂起来。这不解决根本，充其量就是为邵争取一点时间，要想根本解决只能靠邵乾自己，在哪里踩过红线，就在哪里补救。好比万秉章公文包里这五千元，该退便退，退不了就交，邵乾或可借鉴。归根到底，自己的事情自己清楚，自己得知道利害，也只有自己能收拾，叫作"自己的屁股自己擦"，别人可以提醒，却帮不上多少忙。

"万书记还是可以帮忙的，比如说得明白点。"

"你想知道哪一笔？天上的还是地下的？"

邵乾眯眼看着万秉章，忽然嘴角一拉，笑了："万书记听说过'秉章左书'吧？"

他显得很沉着，胸有成竹，云淡风轻。

万秉章一皱眉："我实在不愿意跟你说这些。"

"不就是吓唬我？吓走我就能继续'左书'吗？"

"秉章左书"不就是骂他只顾自己吗？万秉章承认，他在这里挖隧道、修水库是顾自己，因为他是县委书记，任务在身。跟邵乾谈话也一样，如果邵乾在本县出事被查，作为县委书记他有责任，于他也好比"如丧考妣"，没法交代。他承认这也是顾自己。有问题吗？

"记住我劝过你了。"万秉章说。

邵乾没吭声。万秉章站起身走出了房间。

3

第二夜，也就是出殡前夜依然需要儿子守夜，万秉章在太平间外又待了一宿，那里有一条长沙发。本地习俗，守夜人需要为亡者持续点香，万秉章很认真，不待香炉里上一轮香烧尽，就拿出下一炷香点上。

这就能告慰亡父，弥补歉疚吗？实也未必。

与儿子万秉章比较，万父是个非常普通的人。万父出身农家，年轻时成为本县一乡村邮政所职工，每天骑辆自行车在乡间道路上穿梭，送信间认识了一位村主任的女儿，入赘当了上门女婿，然后才有了万秉章、万秉华兄妹。一如普通的农村父子，万父于万秉章一向严厉有加，万秉章从小生活于父亲的呵斥与拳脚之下，从干农活干家务到读书写字，万秉章没少被父亲揍过。其父于儿子称得上"脸黑嘴臭"，与日后的万秉章如出一辙。相比之下，万秉华幸福得多，从小得父亲之宠，因为是女孩，也因为远比嘴硬性倔的万秉章乖巧。十多年前万父于乡邮所退休后，即与万母搬到县城，投奔女儿女婿，而不是远赴市区投奔儿子儿媳。万秉华与父母一起生活，感情尤深，因此丧父特别让她悲愤，唯恐"老爸白死了"。万秉章对父亲其实也很上心，他是在成年之后才感觉渐渐与父亲靠近，毕竟血浓于水，遗传基因错不到哪儿去。万秉章最忘不了的是高中毕业那年，他没考上大学，父亲七请八托，好不容易给他找来一个乡邮政所临时工职位。万秉章不从，决意复读再考。万父说不通儿子，举掌怒打，儿子愤起反抗，抓住老爸的手臂把他用力推开，甩手走出家门，在镇外野地里游荡，万念俱灰，不知道自己接下来该远走高飞，或者干脆抬腿跳进水里。傍晚时母亲在一个池塘边找到他，往他手上塞了几张百元钞票，竟是父亲回心转意，给钱让他去交复读费，允许他再考一次。接下来的一年时间里万秉章发愤图强，第二年高考上榜，排名全县第三，命运为之一改。大学毕业后他考上公务员进了市机关，有幸几度适逢机遇，步步往上，直到成为县委书记。万秉章出人头地，无疑让父亲感觉荣耀，但是老父几乎从不给儿子找事提要求，始终没有放下"严父"身段。万秉章忙于公务之余，亦经常打电话问候父母，得便也会回家看看二老，大体保持"孝子"形象。不料顷刻之间，父亲躺进了冰棺，把儿子留在外头，从此天人两隔。这种时候总是最磨人情感，万秉章一路哭归，也属真情偶现。到了见到父亲遗体，听说了发病过程，意识到自己几次拒接电话真是耽误大事，简直可以说是他与"害人医生"联手把父亲送上了不归路。尽管确实因为工作，事出有因，却不能不自责。万秉章满心懊恼，对父亲满腔歉疚，可惜已经不及，只剩下守夜点香，入土为安可做。

时下县城治丧与旧日乡间有别，程序简化了许多，不需要太兴师动众。万秉章身份比较特殊，他为父亲治丧只能简上加简，以免招人耳目。万秉华不平，说老爸死得可怜，走得无声无息，明显还是在抱怨万秉章只顾自己，却也只能听从。母亲虽是长辈，却早把决定权交给儿子，让儿子"行其是"。父亲走之前，这个家还有老子。父亲一走，孝子回家也当起了书记。

不料万秉章注定当不成孝子。

凌晨五时许，一个紧急电话跟着鸡叫声一起到达。

是张弛。这种时候，办公室主任来电话肯定没有好事。

"书记！万书记！出事了！"

"慌什么。"万秉章呵斥,"又是谁死了?"

竟是北一水库导流洞工地出了大事。大约凌晨四点来钟,洞内发生大塌方,目前知道有五位正在里边施工作业的工人被埋在洞里,生死未卜。

万秉章一时呆若木鸡。

"万书记,万书记……"

"说。"

事故发生后,张弛在第一时间接到杜贵生报信,即赶到县委办应急处置。按照规定,事故消息已经紧急向市里报告。张弛也打电话给县长欧栋,欧已经率队从省城赶返本县。这种事本来第一个就要向县委书记报告,只是因为万秉章回家奔丧,张也知道万父将于今天上午出殡,也就是几个小时后的事,这时好惊动吗?几经犹豫,张还是给万挂了电话,因为出了大事故,五条人命在里边,不迅速报告第一把手哪里可以?

万秉章怒骂:"该死!"

"书记,我是……"

"不是骂你。"万秉章叫道,"赶紧赶紧!"

这个事故真该死。这边县委书记刚死了老父,那边洞里"哗啦"一下子又埋了五人,这还让人怎么活?昨天上午,万秉章刚在那个洞里走了三个来回,他记得走过一个地段,上边顶板滴水,下边模板踩上去"噗噗"有声。他指着脚下问杜贵生是否安全,担心到时候把省长一行给埋在洞里。不料竟然一语成谶,只是还没等到领导进洞,它就迫不及待塌下来了。

万秉章没有其他选择,只能立刻赶往工地。他不可以拖几个小时,待父亲出殡毕再去吗?不行。出殡只算私事,事故处置却是公事。这边要送的只是一位死者,那边一家伙埋了五个,生死不明。虽然待出殡者是他父亲,那边五人与他素昧平生,他却只能拼命往那边去,否则必成大问题。无论事故最终结果如何,仅未能及时到位一项便会打得他倒地不起。此刻没有人会问县委书记的老爸埋好了没有,只会问他在哪里,出了这么大的事故,他干吗呢?

一小时后他赶到现场，工地上已经沸沸扬扬。

杜贵生跑前跑后，喊声不绝，嗓音嘶哑。张弛带着县应急、公安等相关部门领导已经赶到了现场，比万秉章稍早一点到达。

张弛报告说："他们都在路上了。"

事故发生至此两个来小时，消息已经经由县、市、省，传递到国家安全生产应急救援中心，此刻各路救援人员正从四面八方赶来。隧洞施工单位所属集团调派的本集团一支专业救援队预计将在半小时后到达，这支救援队近期恰在附近一个工地驻扎，被紧急调来，但是其拥有的救援设备比较普通。本县紧急动员消防、卫生、电力、通信及其他应急力量，已经陆续进入工地救援现场。市里因书记在外，由市长率队赶来现场指挥救援，此刻市长和几大部门领导、专家、市属救援队伍已从市区动身。省里由应急管理厅厅长带省里的先遣队伍也在准备出发。已确定成立救援指挥部，由省应急管理厅厅长为总指挥，本市领导为副总指挥，专家组也已成立。北京那边，国家应急救援中心一位副主任已经赶到值班室指挥调度，拟派遣工作组立刻赶赴现场协调指导救援。根据施工单位报告的塌方情况，专家组判断塌方位置与掌子面距离较近，洞内空间较小，于被困人员的生存非常不利。五名被困者即便在塌方中幸存，也将面临狭小空间里因氧气耗尽窒息丧生的危险。尽管如此，依然不能放弃一线希望。专家组已经提出紧急救援方案，拟从导流洞出口与进口两端同时展开救援，进口端由先行到达的施工集团专业救援队打水平探孔，为被困人员的联络及生存保障创造条件。主要的救援力量则要依托国家救援中心紧急调派的隧道救援专业队及大口径水平钻机，此刻调度指令已经下达。专家们认为事故与前阶段降雨有关，山体土层大量储水，施工洞内地质复杂地段防护有漏洞是两个主要原因。这只是初步判断，结论需要待日后事故调查。

这些救援信息万秉章一路上已经大体掌握，此刻最揪心的是洞里那五个人究竟怎么样，偏偏就是这个最重要的信息基本空白。除了施工单位提供的五个工人的姓名、年龄、籍贯，没有更多情况。按照施工相关规定，工人们不能把手机带进洞里，因而塌方发生后他们即便还活着也无法联络。即使有谁把手机带进去了，此刻同样无法联络，因为塌方足以隔阻任何通信信号。救援队伍和各级领导从四面八方赶来，为的就是这五个人，如果五位已经在塌方中不幸罹难，这般声势浩大的救援只能以五具尸体收官，这对参与救援的所有人是莫大遗憾，对五位遇难者的家人则如晴天霹雳，于万秉章也是毁灭性的打击。尽管事故的直接责任在于具体施工单位，地方领导也有责任监管辖区内的生产安全，发生重大事故也要受追究。万秉章本人特别重视这个洞，曾多次涉足其中，还试图把省领导请到洞里现场办公，塌方前一天他在洞里来回检查三趟，竟然连一点事故征兆都没有发现。如果本次塌方发生在省领导视察之际，那就如地动山摇，后果不堪设想。如果本次事故的五个受困者成为五具尸体，他们也会变成五根钉子把万秉章钉死在耻辱柱上。即便他们侥幸存活并被救出来，万秉章同样难逃追究。他原本已经岌岌可危，此刻再无悬念。

但是他还得从太平间直接狂奔塌方处，把父亲的葬礼置于脑后。用万秉华的抱怨"大哥只顾自己"，说来也是。

此时救援行动全面展开，总体救援方案由专家组制定，其批准及救援队伍指挥调度由高层掌握。基层地方官员在行动中只处于辅助位置，却也得承担大量配合保障事务。万秉章到达工地后即下令控制交通，保证救援队伍与设备畅通。电力部门紧急安排临时供电线路，为大型救援设备提供足够电力。通信单位则迅速调来装备，以便与国家救援中心建立可视联络专线，沟通情况及接受指挥。万秉章还需要调度县里党政两套班子成员分兵把口。他直接给欧栋打电话，命欧返回后不必上山，就坐镇于县城，根据山上救援需要组织力量支援。

欧栋说："书记走吧，我去替你。你家里……"

万秉章苦笑，称老爸正在上路，管不着了。

张弛偷偷给万秉章报告了一个情况："邵副联系不上。"

万秉章眼睛一瞪："怎么回事？"

今天凌晨，张弛得到事故消息后第一个电话就打给邵乾。当时书记县长均不在县里，邵乾是在家领导中职位最高者，所以必须先报告他。不料邵的手机怎么也挂不通，宿舍座机也无人接听。张弛连挂数次，才忽然想起邵有可能还没回县城。问题是无论邵在哪里，手机应当总是开着的。作为地方官员，这属于ABC必定范围。在随后应急处置中，张弛一边奉万秉章和省、市各方传来的指令调兵遣将，安排救援准备，一边还抽空给邵乾挂了几次电话，无一挂通，邵乾失联。这个情况极其异常，通常情况下，邵乾不开手机不接电话，此刻也该上班露面了，可是他彻底消失，没有谁知道他在哪里。张弛百思不解，曾怀疑邵乾是不是还在工地这里。

"不对！"万秉章立刻追查，"昨天你们不在一起吗？"

昨天邵乾与张弛率队到北一水库工地检查，除了万秉章把邵乾叫到小会议室谈"重要事情"那段时间，邵、张两人一直在一起。万秉章与邵乾谈话毕，离开工地，邵参加了后半段检查，并主持在会议室与杜贵生他们座谈，研究若干整改事项，而后在工地吃了工作餐。饭后邵命张带队回县城，他还要在工地再看看。张弛暗暗吃惊，又不好打听太多。由于他们上山时坐的是一辆中巴车，如果邵乾留在山上，那就有一个用车问题。张弛询问是否需要给邵派一辆车来，邵称不必，他自己安排。而后张弛带队回县城，邵则留在山上。

"难道他还在工地这里？"万秉章大惊。

"已经离开了。"

作为办公室主任，张需要掌握班子成员们的基本动态，以免书记查问时一问三不知。今天凌晨工地发生事故后，张发现邵乾失联，猜想邵可能还在山上并参与处置事故，失联可能是因事故突发处置忙碌无暇通信。张立刻打电话向杜贵生了解，杜忙得焦头烂额，顾不上其他，命他的后勤助理与张联系。不一会儿那位助理来电告诉张，邵昨晚就离开了，具体去哪里不清楚。张弛顿时感觉紧张。待到带应急队伍上山，张抓住那位助理，详细了解具体情况。助理说，张率检查组离开后，邵提出要去看导流洞进口端工地，杜贵生和助理一起陪他去了。看完那边洞口后，他们还顺小路沿河岸走了一段，看未来的水库库区。当晚邵在工地吃晚饭，大家喝了酒，茅台，是邵乾的一个朋友从车后座里拿出来的。邵的这个朋友开着一辆奔驰车，专程上山来看邵乾，邵管他叫"吴老板"。吃饭时邵说，他和吴老板今晚住工地，明天一早离开。杜贵生让助理给他们安排了两间客房，限于工地条件，客房比较简陋，两位只能将就。可能因为条件太差，客人不习惯，不好睡，夜里他们开着那辆奔驰车离开工地下山去了。有人看见那车离开，大约在晚上十点半。客人走的时候没有跟杜贵生告辞，因为当晚杜喝多了。杜酒量差，两杯就倒。客人有可能是打算待天亮后杜酒醒再联络。不料没到天亮洞里就塌方了。

现在至少有一点可以肯定：这个塌方不是邵乾制造的。邵副书记虽留在山上吃晚饭并拟过夜，最终还是拍屁股走人，在事故之前逃离现场，如有先见之明。问题是他为什么要关闭手机，就此失联？

"昨天上午万书记跟他谈话时，他是不是有什么异常？"张弛了解。

他问得比较委婉，却显然有所疑问。昨天万秉章上山与邵乾密谈，明摆着有些奇怪，特别是万秉章家逢大悲，有什么"重要事情"不能往后推一推，非得匆匆上山与邵乾一谈？谈过之后，不到二十四个小时，邵乾就不见了，难免令人猜想。事实上万秉章自己也在怀疑，邵乾突然消失会不会真与昨日谈话相关？会不会是邵乾嘴硬，作无所谓状，实听进去了，害怕了，赶紧去想办法？万秉章在谈话中明确要求邵设法打道回府，难道他"拟在工地住一夜"只是虚晃一枪，实准备连夜坐吴老板的奔驰车回省城运作去？如果那样，他不可能关闭手机失联。万秉章在谈话时还要求邵"该退要退，该交要交"，同样的，邵如果是听从劝告赶紧去退去交，也无须制造失联。会不会是万秉章一番敲打，邵感觉到巨大危险，其涉案除了冬虫夏草，还有其他大额事项，无法退也无法交。为了自保，三十六计走为上，一跑了之甚至潜逃境外？那样的话事情就大了。鉴于谈话的内容非常敏感，在情况明朗之前，万秉章什么都不能说。重大事故紧张救援之际偏又出这种事，雪上加霜，万秉章不能不管，却也无暇去管。

"昨天你把他丢在这里，现在还是你，赶紧去把他找回来。"万秉章给张弛下令。

这么说当然是气话，张只是县委常委，邵是副书记，邵想干什么张管不着。邵失联情况比较异常，需要请警察介入，但是还得不露形迹。万秉章命张弛悄悄协调安排，从那辆奔驰车找起。查吴老板是谁。需要了解该车的主要特征，调用工地附近道路交通监控记录，从特定时间里经过的车辆中找到它，这于警察没有太大困难。务必严格保密，不要提到邵乾，找的就是吴老板，就说因为工地发生重大事故，此前吴老板恰在工地，需要向他了解一些情况。找到吴老板后再设法了解邵乾去向。

"我马上办。"

张弛领命下山。此刻事故救援急如星火，邵乾不开手机算个啥呀？也许眨眼间该"白面仙"不慌不忙就冒将出来，让万秉章、张弛一番紧张皆成笑话。万秉章却不敢心存侥幸，毕竟邵身份特殊，有涉案之嫌且万秉章刚找他谈过话。如果邵不像所传那样离开，却是因故滞留工地甚至是丧生于本次隧道事故，那还不是最坏结果，邵可算因公牺牲，无论冬虫夏草十万百万一笔勾销，万秉章也无须说明事前自己与他谈到什么敏感事项。如果邵竟是负案而逃，跑得不知去向，那就是重大事件，必须以最快速度掌握其动态并采取相应措施。否则万秉章自己便被牵扯上了：他与邵在工地小会议室究竟谈些啥？万是否泄露案情通风报信或者竟是订立攻守同盟，促使邵潜逃？无论于公于私，都必须尽快找到人。万秉章自己分身无术，事情只能交给张弛。

这时施工集团的专业救援队到达现场。按照救援方案，该救援队的设备和人员直接拉到山后进口端，队员们紧张卸下装备，队长、工程师争分夺秒，快步进洞看点，确定具体钻孔位置。万秉章安排一位副县长先过去配合该救援队，自己则留在山前出口端洞口等候。几分钟后市长一行到达，万秉章领着他们匆匆进洞视察，几乎走到了塌方处。途经昨日那个关注点时，万秉章注意到该点顶部依然有水滴，脚下模板踩上去"噗噗"有声，却安然无恙，倒是更里边万秉章没注意到的地方"哗啦"塌了下来，且塌方量巨大，专家估计长度在二十米以上。这个塌方位置就是主救援位置，时间紧迫不能用常规掘进加固方式打通塌方，必须依靠国家专业救援队伍和他们的大口径水平钻机。此刻主救援队和设备还在赶路中，人们正在为其到位做紧张准备，洞里洞外无不异常繁忙。

十几分钟后，又一位市领导匆匆赶到，却是韩文生，他是来接替市长的。市长要带一队人马去北京中央部委汇报相关项目情况，今天下午就要出发，无法待在现场指挥救援，正在下边县里调研的常务副市长韩文生被紧急调到工地坐镇，作为救援指挥部副总指挥，与担任总指挥的省应急管理厅厅长一起，负责本次事故救援工作。

韩文生跟万秉章握手时眯了下眼睛。

"家里怎么样？"他问。

"谢谢市长关心。"万秉章回答，"办完了。"

两人对话有如暗语，问什么答什么只有彼此清楚。市里来的其他大小官员都不知道万秉章是从太平间跑过来的，如果不是因为出了个"害人医生"，韩文生原本也无须知道无须询问。韩文生与万秉章握手的这个时候，差不多就是万父预定送到火葬场火化的点。万秉章对韩文生报称"办完了"并不准确，其父遗体可能还在炉子里烧呢。万秉章只是不想多说，因为没有意义。

然后山后进口端那边传来消息：救援探孔开始钻进。

布设于山后的这支救援队不是本次救援主力，却也非常专业，动作足够麻利。他们马不停蹄从百余公里外赶来，几乎是直接进入施工作业，没有一丝喘息。洞里那五个人命悬一线，支撑不了多久，而不知不觉间已经几个小时过去，此刻必须争分夺秒。问题是如果人已经丧生，再争分夺秒也已回天无力。

二十分钟后，省里大队人马到达，率队的正是常务副省长黄瑞中。黄原拟于下周到本工地现场办公，结果提前于今日到达。可惜此刻前来内容已大不一样。

卓政琪跟万秉章握手，说了一句："不急。现在不是时候。"

"听秘书长的。"万秉章回答。

这什么意思？黄瑞中原拟到工地现场办公，解决资金问题是重要一项。卓让万秉章准备一份《提请省领导关心帮助的几个突出问题》，要求提前给卓，由卓交黄参阅。此刻来到现场，卓政琪只能交代万"不急"。很显然，在出了这种事故之后，黄瑞中到工地只能是部署救援，原拟现场办公只好暂缓。尽管安全事故处置完毕后，导流洞还要继续施工，其工期会更显紧张，资金缺口会更为突出，却只能到时候再说了。

黄瑞中得知山后那边的救援水平探孔已经开钻，决定马上到现场视察。一行人匆匆乘车翻过山坡，到达导流洞进口端，穿戴必要安全装备，从洞口步行直抵工作面。狭小的洞体充满持续不绝的轰鸣声，救援队钻孔作业正全力以赴。

这边钻孔是一场硬仗。与主救援方向不同，这里面对的不是塌方，而是尚未开掘的岩层。从这边掌子面到那边掌子面，中间隔着二十余米厚的结实山体，救援钻孔要凿通两端，在两侧掌子面间建立第一条救援通道，也就是通风管道。它不可能把被困者弄出来，却能让他们活下去，只要他们还活着。第一个探孔口径较小，钻头坚硬无比，钻机动力强劲，救援队员们汗如雨下，钻进速度一如计划。

黄瑞中连说两字："尽快，尽快。"

此刻这个水平探孔好比抛向溺水者的救生索，必须采取最便捷完成的方案，以最快的速度钻通，迟一分钟便意味着前功尽弃，一切皆属无用劳作。

黄瑞中一行视察完现场，匆匆返回出口端一侧。经请示韩文生同意，万秉章留在进口端这边，以示"加强领导"。事实上地方领导待在这里没啥用，万秉章不会操纵钻机，更无从指挥如何钻进，这里只听队长以及工程师指令，他们都不归万秉章管辖。万秉章只能盯着看，对跟随他的小李发号施令，小李是县委办副主任，配合万工作。

张弛以最快速度落实了万秉章的要求，撒开大网追踪吴老板，极其神速。他给万秉章报来的最新消息极具震撼力：邵乾昨夜似未离开工地！

吴老板的奔驰车挂的是省城车牌，他是省城一家生态公司的老板，公司做得很大，主业是承接城市绿化工程。吴老板与邵乾在省城时便相识，关系不一般。吴近期在本市市区做一个项目，昨日下午，邵乾给吴打电话，让吴上山一聚，两人相约当晚一块儿在山沟里放松，项目是夜钓，邵、吴两位有此雅好，在省城曾一起钓过鱼。据说这个季节里，午夜子时，深水潭里的大鱼会上浮觅食，时机大好。昨晚两人与杜贵生他们吃饭喝酒，尽兴后回客房喝茶，拟晚一点再悄悄上山，邵乾不想让人知道他留在山上是想钓鱼。邵当天下午已经以检查工作之名，在山后未来库区一角转了一圈，认清了路线，看准了地点。那里有一片深水区，肯定有大鱼，是那种纯天然长成于高山深涧，钓起来特别有成就感的大鱼。不料出发垂钓之前，吴老板突然接到告急电话：家里出事了。吴老板在省城有一个家，在本市也偷偷安了一个，金屋藏娇，养了个小三。其妻不知道哪里听到风声，突然率几人于当晚从省城奔袭"扫黄"，冲击金屋，暴打小三，命吴老板立刻前来认罪。吴接到电话后急如星火，赶紧动身下山。他问邵乾是否一起走，钓鱼另约。邵却不想放弃。吴老板把专程送上山的钓具留下一副，是从日本进口的高档碳素钓具，放在一个专用钓具包里，里边还有鱼饵、手电筒等夜钓必要装备。吴老板离开前问邵明日怎么下山，要不要另外叫个人开辆车上来接，邵让吴别管了，他要叫个车还不容易。邵、吴两人就此分手。吴不知道其后邵是不是去夜钓了，也不知道他是怎么下山的。

　　"不会还在床上躺着吧？"万秉章追问。

　　他命速与工地助理联系，要求赶紧查一下昨晚两位客人住的客房，看看客人是否落下了什么，或是有谁喝醉了还在不省人事。十几分钟后对方回了话，客房已经检查，确认无误，客房里没有人，客人也没落下任何东西。

　　如果吴老板所说可靠，至少昨晚十点来钟吴离开时，邵乾还留在山上。当然这也可能是假话，吴这么说是要掩盖邵的真正行迹。此刻只能先按真话核实而又同时存疑。如果吴老板离开时邵真的还在山上，可以肯定的是此刻他已经不在客房，那个房间里除了他的脚印和指纹，已经没有他的个人物品。而房间里至少曾有他的一个钓具包，还有里边的高档钓具，东西不在房间表明他已经离开。他会去哪里呢？如果像万秉章原先猜想，他因某种原因居然跑进那个洞并给塌方砸在里边，钓具包应当还在房间。当然还有一种可能，竟是突发事故让他灵机一动，利用时间、空间巧合制造失联假象，让人们觉得他出事了，自己则借着天赐之机跑得无影无踪。那样的话他需要有辆车。另外还有一种可能比较缺乏戏剧性：他不是想去钓一条大鱼吗？也许直到现在他还在鱼窝上边等大鱼上钩，尽管红日高升早已不算夜钓，而他的手机因某种原因例如停电而不再工作。当然也不能排除进一步可能：他钓到了一条特别大的鱼，这种鱼其实很难对付，要有足够的体力和耐心与之周旋，不断地放松再拉紧，慢慢地消耗鱼的体能，直到它筋疲力尽只能任人摆布，这时才可以伺机把它拖上岸来。漆黑的午夜，邵乾在一个陌生的地方独自与一条拼死拼活的大鱼周旋，一不小心就可能出事，被鱼拖下水去，那就不是人钓鱼，是鱼钓人了。如果发生这样的意外，钓者与手机一起溺水，其失联便有了一个合理的解释。虽不属因公牺牲，却也不似负案潜逃那般压力如山大。

万秉章立刻调用现场警力。此刻现场执勤的基本都是本县警察，有一位副局长负责指挥，维持救援秩序。由于是本地警力，万秉章有动用之便。万命那位副局长到山后进口端这边见他，交代了两件事。一是根据工地监控探头，查核昨晚工地进出车辆，看看是否有车从客房那边接走一个人。只需查晚间十点之后的动态，这个时段还在树上打哈欠的鸟都不剩几只，工地上跑来跑去的车肯定少，查起来不困难。第二件事就是安排几个人从进口端洞口沿河巡查，看看是否有人在钓鱼，或者有昨晚夜钓的现场，是否有遗留在现场的钓具包，周边水域是否存在异常，说白了，看看是否有人溺水。

万秉章没有提到邵乾，只说是工地安全事故中的一条线索必须跟进。副局长心知其中必有缘故，却也不多问，查下去自然明白。

副局长领命离开，隧洞里忽然传出一片喊声。万秉章吃了一惊，快步往洞里冲，身后小李紧随，片刻间两人跑到掌子面，这里还是喊声不绝。

却是好事：第一根水平探孔钻通了。救援队员们兴高采烈，敲打石壁，击掌相庆。

从开钻到钻通，耗去近两个小时。钻通可算初战告捷，却也可能就是竹篮打水，此刻皆不可知。救援队长指挥队员们迅速将高压气管塞进探孔内，开始往被困人员所在区域输送空气。如果那些人还活着，从现在起他们将不再受到氧气耗尽窒息的威胁。此刻最重要的事项是确定是否有人幸存。救援队长命一位队员敲击探孔钢管，这是目前唯一可与被困人员联络的方式。

这种敲击有其规则。救援队工程师告诉万秉章，一组要敲五声，每声间隔约一秒，每组间隔约三十秒。这个信号被称为"寻求联络信号"。对方如果听到了，会回复敲击三声，表示"收到"。

没有收到回复。救援队员通过探孔一遍一遍敲击信号，敲完一组的间隔中，所有人屏息静气倾听，没有听到任何回复。

万秉章要求："再敲，一直敲，不要停。"

但是有现实问题：按照计划，专业救援队还需要进行第二次钻孔，形成另一条救援通道，它被称为"生命通道"。钻机一开，任何敲击和回复都将被压制，根本无从听到。在没有确定是否还有生存人员之前，是不是按计划继续打孔，钻开生命通道？

万秉章说："必须打，抓紧时间。同时必须持续联络。"

人们面面相觑。

"恐怕……"

万秉章突然举起一个指头："安静。"

他听到了一个轻微声响。

"敲击声！"

所有人精神为之一振。大家侧耳倾听，前头几个救援队员把耳朵贴在探孔边的岩石上，闭起眼睛细听。

没有。再敲击五声传过去，然后倾听，还是没有回复。刚才肯定是幻听。

工程师分析有几种可能：受困人员没听到救援方联络信号。也可能听到了，但是无法回复。有可能他们刚刚恢复正常呼吸，体力还不足以支撑身子寻找探孔。塌方后洞里没有光线，漆黑一团。他们可以通过气流和呼吸改善感觉到探孔存在，但是他们看不见它在哪里，在找到探孔之前，他们无法敲击回应，也无法主动发出联络信号。

他刻意回避最现实的一种可能：这五个人都已丧生。如果是这样，此刻无尽的敲击声就好比乡间葬礼中持续的叫魂。

这时对讲机铃响，有人呼叫万秉章。

"万书记，韩市长请您马上过来指挥部开会。"

万秉章只能遗憾离开。小李跟随万走出隧洞，在洞口万秉章停住脚。

"你留在这里配合。"万秉章下令，"需要有个人在这里。"

万秉章让小李寸步不离，就待在工作面，协助救援队寻找受困人员。要让他们不停地发出敲击信息，同时倾听回应。如果救援队员敲累了，需要休息，那么小李就要接过来，继续敲，就当作是在替万书记敲击传呼。如果第二根探孔开钻，也要在钻机工作的间歇持续发出信号，特别是注意里边的回复，不要放过任何一点迹象，也不要有任何疏忽。疏忽很可能就是生命的丧失，这方面的教训非常惨痛。

他竟然提到自己的父亲。小李作为县委办副主任属于知情者之一，李知道万秉章刚刚丧父，也知道是万的妹妹给张弛打的电话。万秉章告诉李，当时如果他能及时接通手机，也许会是另一种结果。所以此刻他特别倚重小李。如果被困人员发出信号了，必须得有人听到。即便别人听不到，小李必须得听到。必须让受困人员回传的信号得到确认并投入进一步救援，不要让他们的家人如他一样经受亲人突然丧失之痛。

"书记放心。"

万秉章离开进口端，匆匆赶往设在山前出口端的救援指挥部。

黄瑞中已经离开，会议由正副总指挥两位召集，根据国家救援中心领导及省领导要求,对救援作紧急部署。韩文生强调情况严峻,必须全力以赴救命,只要有一线希望,再小的可能也要当作最大。他在会上宣布指挥部下设机构组成,其中"后勤组"组长为本县县委副书记邵乾。县委书记万秉章另有任务。

万秉章感觉非常意外。

恰在这时,县公安局副局长匆匆赶来报告情况。紧急会议还在开,万秉章抽不出身,副局长草草写了张纸条递给他。

导流洞进口端河岸约七百米处,发现一夜钓现场。岸边石头有人坐过的痕迹,周边泥地脚印清晰。钓者已离开,没有遗留物品。下边有一深潭,水面及水下均未见异常。工地监控记录,晚十点至事故发生止,有三车进入,两车开出,均为载重货车。

如果没有另外的夜钓者,那么在泥地上留下脚印的应当就是邵乾,他果真独自前去山间深潭钓鱼,足见大鱼与之有仇。在万秉章跟他做"重要谈话",暗示其有涉案风险之时,他的表现云淡风轻,似乎自有把握,没当回事。但是显然不是那么胸有成竹,所以需要独自留在山上,招呼吴老板上山喝酒,应当还进行了私下密谈,作为上午那场"重要谈话"的余兴节目。在吴老板离开后他独自前去钓鱼,估计他难以入睡,主要不是客房条件不好,而是思东想西,这时夜钓反倒适合于放松,也适合于紧张思考对策。他应当没钓到大鱼,但是有可能从深潭里钓出一些想法,他带着这些想法离开河岸钓鱼处。这个时间应当不至于太晚,因为据说夜钓只能在子时,时辰一过鱼就没有咬钩的兴趣,无论大鱼小鱼。离开钓鱼处他会去哪儿?通常情况下应当回到客房补睡一觉,折腾了半宿,他应当会感觉疲倦,这时不需要安眠药,也可以不计较客房条件,倒头便睡。但是显然他没有,客房里既没有他,也没有他的钓具。那么有两种可能,一是他钓鱼居然钓进隧洞并陷入事故里,二是他在夜钓之后迅速离开。比较起来第一种可能更少危害性,需要警惕的是第二种。问题是并没有发现第二辆奔驰车上山把他接走,难道他欣然改乘大货车?

在消失得无影无踪留下众多谜团之际,他被缺席指定为救援指挥部后勤组组长。

紧急会议时间很短，正副总指挥宣布若干决定与要求，与会各方领导四散而去，分头落实，确保救援紧张有序运行。韩文生举手，示意万秉章留步。

"把邵乾叫上来，你去忙你的。"韩交代。

万秉章表示："感谢韩市长关心。那件事已经办完了。"

"有那么简单吗？"

万秉章告诉他，家人已发来短信，父亲火化毕，骨灰正在送往公墓。

治丧并不是把骨灰盒往公墓里一埋就了了，事还很多。万秉章父亲死了，家里还有老母。老母失偶，儿子不该安抚陪伴吗？工地出了重大安全事故，万秉章作为县委书记，只能把老父老母先丢在一边，第一时间赶到现场，这是必须的。此刻救援已经展开，领导力量足够，不需要万秉章一直待在这里。韩文生命万赶紧回家看一看，快去快回，尽个儿子的本分就是，毕竟事故救援还在进行中。万不需要急着上山，这里开钻机打洞救人靠专业队伍，韩文生干不了，万秉章也干不了。县里主要承担后勤保障事务，工作量非常大，必须联动响应，山上救援现场只管开单子要这要那，山下县城那边得调度指挥满足需要。因此万秉章不如去坐镇县城，这边交给邵乾就可以。

"明白，我让他们马上通知邵副。"万秉章说。

他没跟韩文生多话。此刻事故救援急如星火，千头万绪，比较起来，一个县委副书记夜钓后手机挂不通算什么事呢？不能拿来分散领导注意力，只能待有一定把握再行报告。万秉章只向韩文生表示，他还是暂时留在山上协助，待邵乾到位后再离开吧。

"干吗拖拖拉拉？快走。"韩却赶人。

万秉章只好含糊其词，称邵乾可能有些事，此刻不在县城，张弛他们正在找。恐怕不会那么快到位。

"那就让欧栋来。你走你的。"韩下令。

万秉章还是那句话："感谢韩市长关心。眼下我还真是走不开。"

“哪里少了你不行？”

万秉章举起左手，称领导可能听说过，他是个"左手"，也就是左撇子。救援现场有韩市长坐镇，哪里都不缺一只左手，他只是心里过不去。韩可能听说过，有人骂他"脸黑嘴臭，只顾自己"，说来有一定道理，他不顾自己行吗？此刻待在这里也是在顾自己。他家里刚出了大事，全家无比悲伤。虽然其父是意外发病，不可抗力，谁也没办法，毕竟这只左手该到位时没有到位，当儿子的没能及时参加救治，感觉特别不好受。眼下万秉章最不想碰到的就是所负责的本县地方再有人遭遇意外不幸，再有家庭跟他一样蒙受悲痛。他非常希望能亲手把洞里那五个人挖出来，一个一个全都活着。请韩市长理解。

韩文生竟一时无语。

以我们所见，万秉章自贬"顾自己"，打悲情牌，有如刚才他让小李替他敲击传呼，应当说其情真切，可以理解。父亲刚死，如果安全事故再死几个，实在让他难以承受。作为县委书记，丧父只算个人事务，没有谁会追究这位孝子拒接电话应负什么责任，安全事故死人却不一样，作为地方领导他必受追究，死得越多处置越重。无论出于对生命的担忧，或者对担责的担忧，万秉章都情愿留在现场，寸步不离，即便他在这里既无指挥权，也无法去操作钻机。问题是他必须让韩同意。万秉章对韩文生提出的请求似乎很得体、很恳切，其实有硬核。其父之死真的只是因为一只左手没能及时到位吗？别人不知道，当舅舅的比谁都清楚。万秉章没有一个字提到那位外甥，却可以理解为以此较劲，要韩收回成命，让万可以"自行其是"。

韩文生面露不悦："自己把握吧。"

"谢谢韩市长关心。"

这时小李传来一个天大的消息：收到回复！有人活着！

韩文生大喝："快！"

4

从第一个探孔钻透岩层，打到出口端掌子面开始，救援人员就不断敲击探孔钢管，发出联络信号，却一直没有听到回复，探孔那边的被困者如果不是尽数罹难，便是还在沉睡不醒。万秉章离开之后，小李按照万的要求寸步不离，甚至自己充当救援队临时队员下场敲击，试图唤醒探孔那头的生灵，一无所获。持续近三个小时，守在探孔边的救援队员们感觉疲惫，希望在大家心头一点一点丧失，似乎已经到了不得不接受现实，确定被困人员全部死亡的时候，有人听到了岩层后边传来微弱敲击声。

"好像有！"

众人屏息静听，没有。一如此前万秉章所听。

现场位于隧洞内，声响多而杂，即便在机器停止轰鸣的时候，人员匆匆来回，技工维护钻机，工程师商讨方案，各种声响难免。这种背景音响下，人们不时听到似有敲击回应，转瞬间基本上都予排除，若不是洞里洞外某个声音的延续，直接就是幻听。人的听觉在强烈期待中最为敏感，也最靠不住。

这个时候没有他法，只有持续不绝地敲击以求回应，其他救援操作依旧马不停蹄，紧张进行。上午十一点起，现场一再有人感觉听到回应，一再被排除，类似误听幻听频率似乎有所加快，像是救援人员的神经在接近绷紧极限。下午一时，指挥部紧急会议结束不久，进口端救援队停止一切洞内操作，队员们就地吃盒饭，补充体力。队长吃着吃着突然把筷子往地下一扔，大叫："有动静！"

所有人都应声振作，停止咀嚼。

这一次非常明显，所有人都听到了："嗵！嗵！"很沉闷，很遥远，很真实。

救援指挥部正副总指挥及万秉章等人闻讯赶到时，联络还在进行中，虽断断续续、似有若无，却已经可以排除任何疑义，确切无误，对方在回应，有人活着!

当着几位领导的面,救援队长敲击探孔钢管联络。五声之后,对方传来三响,其意为"收到"。救援队长再次敲击,这一次是四下,意为"报数"。对方回了三声:"收到"。隔了约半分钟,对方的敲击声再次传来,一共五下,恰与寻求联络的敲击数相当,但是显然不是寻求联络而是回答此前问题:"有五人"。已知被困人员恰好是五位。救援队长即回敲三下,表示"收到"。

万秉章要求:"问他们,是不是只有五个?"

没人知道万为什么要核实这个,事实上万秉章的意思也无法通过简单敲击准确传递,救援队只能重复原来的询问,再次让对方"报数"。对方报来的还是五下。再次确认受困人员为五名,没有第六个。

总指挥下令:"赶紧钻!"

联络暂停,钻机再次轰鸣。现在钻进的是第二根水平探孔,这个探孔的钢管直径将近9厘米,比第一根探孔粗得多,可以为被困人员提供必要的补给。虽不足以让他们逃生,却可以为他们争取逃生的时间与体力,为其后的救援行动提供保障。第二根水平探孔钻进时间比第一根长,凿通之时已过黄昏。对于被困于黑暗中的那几位,以及隧道施工操作中始终需要依靠灯光照明的救援队员而言,白天黑夜的转换已经无法感知,此刻唯一有意义的就是掘进的进度。

万秉章一直守在掌子面上,号称"坐镇",直到第二根水平探孔凿通。按照预定计划,探孔打通后,救援队开始输送物资,第一批物资是两个手电筒,两部对讲机,矿泉水、面包、纸和笔。它们被绑在钢筋上,通过探孔钢管推送进去。十几分钟后,对讲机呼叫接通,救援队与被困人员建立了直接联络。

"喂,喂!"

"嚓嚓,嚓嚓。"

信号极差,或因岩层隔阻,根本听不清楚。唯一可以确定的是被困者尚能发出声响,能够表达某种意思。

万秉章着急:"大点声,喊他们!"

救援队长在对讲机里喊:"用笔!用纸!笔!纸!"

或许他们听到了,或许根本无须提醒,笔和纸都绑在钢筋上,还有手电筒,被困人员知道那是做什么的。十几分钟后,钢筋慢慢抽回,果然有一张纸被缠在钢筋上。

"全班五人,都活着。伤员二:一伤头,一伤脚,不重。谢谢。"

洞中一片欢呼。万秉章即站起身,掉头走出隧洞。

现在要做的是最后一件,也是最困难的一件事:把他们从里边弄出来。他们不可能像孙悟空一样变成五只甲虫从救援探孔里飞出受困区域,必须有一条足够大的通道供他们逃离。这就要依靠国家安全生产救援中心紧急调来的大口径水平钻机,此刻该钻机及其配套设备,以及操控它们的专业救援队正在全速往工地赶。在接到调令后他们离开驻地,长途奔走十余小时,已经进入本县境内,开行于进山途中。沿途有本地交警疏导车流,确保救援队装备车队安全迅速通过。

万秉章在洞口用对讲机向韩文生报告了情况,得知被困人员已经获得补给并与救援队取得联络,韩很高兴。韩说,"大家伙"快到了,到了就动手。

他没再问起后勤组组长在哪里,万秉章也不提起。

此刻可以确定的是邵乾不在洞里,其失联的可疑与严重性顿时倍增,对万秉章的压力陡然加大。一小时前,张弛曾报来消息,根据从通信部门了解,邵乾使用的手机最后通话记录是昨晚午夜二时,当时手机的定位还在工地,是通过工地基站接通的。在这个电话之前,半小时内邵还分别接、打过几个电话,联络相当频繁,有几个电话耗时不短,应当是有比较重要的事情。这些电话有可能是在钓鱼地点打的,似乎与夜钓有矛盾,通常情况下夜钓要求安静,一旦受惊扰,大鱼就会潜到深水,很难咬食上钩。因此与其说他在夜钓,不如说是到山上去打电话。午夜两点后这部手机不再接打电话,三点来钟手机的定位信号从工地移动基站消失,此后不再出现。如果不是电量耗尽,有可能是关机,不想让人挂通这部手机。根据了解,从工地到交通主通道还有其他途径。山后出口端顺河岸走，有一条小路可翻过山岭，另一侧有一条机耕路通往山下县道，路况尚好，有四轮驱动功能的小车可以一直开到机耕路尽头。如果邵乾有意，他夜钓之后不需要回到客房，可以通过这条路，避开工地及附近所有监控探头，神不知鬼不觉离开。他当然需要车辆接应，与接应者需要联络，这都需要借助手机，关闭手机如何联络？合理的猜想是他还有另一部，或者有人例如昨天下午上山的吴老板给他送来备用手机。

"另外一种可能就是他在那个洞里。"张弛说。

万秉章告诉他，根据受困人员传出的信息，里边只有五个当班工人，没有第六个。

"是不是应当着手联系附近的动车站、机场协查？"张弛请示。

万秉章直截了当："暂时不要。"

一旦惊动到那些地方就没有退路了，此刻有把握断定邵乾是在外逃吗？

"市里呢？是不是应当马上报告？"

万秉章再次否决："暂时不要。"

通常情况下，县领导如此失联，确实需要及时报告给上级相关部门。一旦上报同样没了退路，如果到头来邵乾只是因为某种意外失联，县里匆匆忙忙上报便是捅了娄子，日后对邵乾本人不好交代，对他归属的省政府办公厅同样不好交代。

万秉章命张弛继续动员可使用的一切力量找人，直到有所把握。务必严格保密，不要搞得沸沸扬扬。此刻事故救援是头等大事，上级领导的注意力高度集中，与五个人的生命相比，邵乾失联不算太大的事。本县全力以赴于救援，在发现邵乾失联后无暇尽快核实，所以未能及时上报，到时候就这么说，可以理解。

张弛听命继续。

夜九时许，救援队已经通过第二根探孔向被困者输送了五批物资。五位被困者有吃有喝，受困空间有了照明电灯，也有了一部有线电话，语音联络得以建立。万秉章请救援队长通过电话再次核实人员情况，包括姓名、年龄、籍贯，等等。事实上这属于多此一举，万秉章手上有一份名单，早在救援之初，这份名单就被打印出来，送到指挥救援的各级领导手中。但是此刻万坚持要求核实。救援队长与被困人员通电话，一一询问，确认无误，与名单上的资料丝毫不差。

万秉章其实不尽是多此一举，他需要确定，主要因为邵乾，有必要从隧洞里得到确切的排除信息。但是从根本上说这还是多此一举，因为怀疑归怀疑，事实上邵乾无论如何不可能背着他的钓具到隧道里钓鱼，即便他有此雅兴，也会被隧洞口的值班人员记录在案。隧道施工洞口有监控，二十四小时有人值班，无关人员不得进入，进入者进出都有记录。本次隧道事故时段的值班记录非常完整：被困于现场的就是那五个工人。这条记录与此刻洞里被困者传出的信息完全吻合，可以互证。

这时人们期待中的主救援队伍和大口径水平钻机终于到达。

被称为"大家伙"的这台大口径水平钻机有一张无比坚硬的大嘴，能在石头泥土中啃出一个大洞，把直径六十余厘米的钢管打进塌方处，一节一节延伸接龙，形成一条钢管通道，被困人员可以借之爬出被困区域获救。为了保证其正常工作，需要在洞口沿隧道前进三百余米，贴近塌方处搭建钻机工作平台并加固周边洞体。比之前一支救援队在山后进口端打出的两条救援探孔，出口端这边虽然不是在坚硬岩体上开凿，却由于坍塌体情况复杂，需要钻进的孔径有六七倍之大，其难度、强度、工作量随之倍增，对工作平台和操作条件要求较高，耗时也将更多。

"大家伙"到达时，万秉章赶到现场，指挥本县各路辅助队伍配合救援队进场，卸下装备，分别运进洞内。同前一支救援队一样，这支主力救援队也是马不停蹄，到位之后立刻投入工作，进洞进行坍体反压并搭建钻机作业平台，预计最快也要到凌晨才能进行机器调试。万秉章交代本县人员配合好，自己抽身又回到山后。

这是事故救援的第一个夜晚，对万秉章而言是第三个不眠之夜，前两夜他在医院太平间外守灵，今天却是在传说中的"秉章左书"隧洞里，在事故救援现场。前两夜是为死者尽意，这一夜是为生者，比守灵更为揪心。

五位受困者中有两人受伤，一人在头，一人在脚，都是塌方突然发生时躲避不及被落石砸伤的，按照最初传递的信息，均"不重"，似为皮肉伤而已。不料在补给经过救援通道进入之后，那位头部受伤者开始发病，倒在地上，头痛欲裂。救援现场一位医生通过电话了解情况，判断可能是脑震荡，事故之初因精神高度紧张症状被抑制，待感觉有救放松下来时才骤然发作。医生开出应急药物，通过传输管道送到受困区域。伤员服药后曾好受一点，随即又开始疼痛，叫唤，情况比之前还要严重。

万秉章在电话里听到受困区域伤员的呻吟，显得格外焦虑。他脸黑嘴臭"说"医生："你的处方对吗？你的药行不？难道是假药？"

医生是个年轻人，本县医院人员，万秉章管得着。

医生坚持："药没问题。起作用需要时间。"

伤员情况似在迅速恶化，此刻却只能任其困在洞里。如果他在救援中丧生，在万秉章感觉里可比其父突然死在彩超检查台上。幸而如医生所言，伤员情况渐渐平稳，症状渐渐缓解，慢慢入睡。

一小时后伤员再次发作。受困人员按医嘱给他服了药。这次发作似乎比上一次还要猛烈，然后又渐渐归于平稳。

万秉章守在洞里度过了那一夜，密切关注受困人员区域的任何动静，特别是一再反复的伤员状况。这让我们想起两天前其父在医院里的痛苦叫唤，有如此刻这位伤员。当时万秉章在数百公里外接连拒接电话，丧失了伸手救援之机。此刻他在这里为这位伤员和另几个受困者守夜，或许有助于弥补愧疚？虽然这几位于他都完全陌生。作为万家长子，他当然应当到太平间为刚去世的老爸守夜。作为本县"老大"，他有必要待在洞里亲自守这一夜吗？于别人并无必要，于他却似很必要，可视同"秉章左书"。

清晨时分，山前隧道出口端那边，大口径水平钻机平台搭建完毕，钻机安装调试结束，总指挥命令开钻，受困人员听到了塌方另一侧的打钻声，消息也通过对讲机传到万秉章这里。或许救援钻机声特别具有安定效果，伤员状态忽然趋向平稳。

万秉章出洞给张弛挂了个电话。张弛报告称，已经在相关交通要道口的监控记录里排查午夜时段来去车辆，发现一辆越野车有来而复往记录，有可能当夜在相关县道及机耕路活动。目前作为主要目标正在核实。

"万书记有什么指示？"张询问。

万秉章命张弛立刻回山上来，配合做好救援工作。"大家伙"已经开动，成败在此一举，眼下这个事最要紧，其他的先丢在一边，让下边那些人去查就是了。

"天要下雨，娘要嫁人，随他去吧。"他说。

"我马上动身。"

万秉章爬上洞外一辆越野车，这车为他在山前山后跑来跑去专用，有驾驶员值守。

驾驶员问："万书记去山前吗？"

"不急。"

万秉章往车后座上一靠，竟然在下一秒钟就睡着了。

那天上午，从工地到市区到省城直至北京，在无数目光关注下，"大家伙"于隧洞里奋力钻进，屡屡受阻。开机掘进一个来小时之后，由于洞内通风散热条件不好，钻机高速运行导致温度上升过快，救援队长下令暂时停机，迅速降温。幸而此前已根据救援队提出的需要，在后勤组组长邵乾缺位的情况下，被万秉章调上山的张弛主动补位，通知县相关部门紧急收购冷库冰块，抢运上山。钻机停机十几分钟后，运冰车到达洞口，立刻送进洞中。经降温，钻机重又启动挺进。一个多小时后挺进再次受阻，钻进发生异常，操作钻机的救援队员判断钻头遇到了工字钢。工字钢硬度高韧性强，很难对付，是钻进坍塌体常遇的拦路虎，通常需要改用切割的方式钻进。操作队员根据经验，大胆采用加大推力的方式将工字钢顶开，钻机再次平稳挺进。

万秉章是在事后才得知这些情况。他在越野车上昏昏沉沉竟睡了近三个小时，几乎整个上午，直到驾驶员把他推醒。

"张主任说，请您马上到指挥部去。"驾驶员报告。

张弛一上山就到了山后洞口，发现万秉章躺在车上几乎不省人事。张命驾驶员让万睡觉，别吵，需要时他会打电话给驾驶员。此刻到了需要叫醒的时候。

万秉章赶到救援指挥部，却是韩文生找。韩把他叫到指挥部会议室谈话，恰就是两天前万秉章与邵乾做"重要谈话"的那个地方。

"知道你没睡够。"韩说，"改天吧。"

韩从张弛那里知道万秉章倒在车里，特别交代不叫，直到此刻。此刻其实并无大事，"大家伙"还在拼命掘进，未再发现异常。按照这个速度，到今夜可能钻通，几个被困者有望救出。问题是此刻在工地上，也不仅"大家伙"算个事。

"你那个邵乾搞什么名堂？"韩文生追问。

他听到风声了吗？尽管万秉章严令保密，只找不说，没有足够把握不往上报，毕竟问东查西，难免风声外传。韩原本不需要多关心这个邵，只因为他把邵列名到救援指挥部，自会多注意。此刻韩问起，万怎么回答都比较棘手，一来邵的去向并无把握，二来邵牵扯的案子和万邵之间那场"重要谈话"都足够敏感，邵的失联是否与之相关也不可知，一旦报给上级便无退路。

万秉章还是那一套：轻描淡写，含糊其词。他表示事故发生后县委办找邵报告情况，才发觉找不到人，手机也联系不上。估计有可能是回省城办事去了，毕竟人家是省城大机关下来挂职的，总有些跟上边相关的事情，县里不好管得太多。说起来也就一两天的事，说不定眨眼间他就从哪里冒将出来。

"是吗？"韩忽然问，"这个人好像不怎么样？"

万秉章回答："还不错啊。"

"哪里不错？"

万秉章略调侃，称邵乾长得不错，很受女干部欢迎。

韩文生问："你生的是个女儿？"

万秉章与妻子有一个儿子，目前读高中，在省城。万子在本市长大、读书，中考发挥不好，只能去上职高。万妻的一个舅舅在省教育厅，帮助孩子以"寄读生"资格去省城一所高中交费就读。

"儿子就好。"韩文生说，"是女儿要小心，别找这种女婿。"

他也是调侃，称白面书生耐看，万人迷，但是中看不中用。就好比他外甥，长得不输邵乾，不省心也一样。他姐姐只有这个儿子，宝贝得不行，结果没调理好，眼下当个医生，业务不努力，牛气哄哄，没少惹麻烦，一惹麻烦其母就找舅舅，舅舅能不管吗？邵乾看起来也像个外甥，挺牛。敢这么玩失踪，找不到叫不来，是不是很经常？

"不会。"万秉章说，"这一次可能遇到了什么特殊情况。"

韩文生上山后也亲自给邵乾打过手机，一直打不通，所以恼火。韩坦率而言，把邵排到救援指挥部，也是想借机观察一下。邵不是想接吗？行不行啊？

万秉章没吭气。

"你呢？什么想法？"韩文生直接发问。

万秉章回答："自己的事真不好说。"

"有想法尽管告诉我，可能的话我会帮助。"

韩把万秉章叫来谈话，实际上是抽空借机当面安抚，这种事当然是及时做比日后做有利。虽然"职万秉章"表现得很成熟，"只顾自己"，韩却清楚万心里梗着呢，父亲突然死亡这种事，于谁都难以接受，作为"害人医生"的舅舅，韩不能只打个电话了事，必须另有表示，让万不至于心里太过不去。因此韩要把自己的外甥抓到嘴上骂几句，让万出一口气，虽一言不提医疗事故，却也似含歉意，同时含蓄表达自己碍于亲情，诸多无奈，寻求万理解。他提及万目前面临的工作安排问题，了解万对接手者的意见，也属表达善意。

他强调万秉章已经到了该离开的时候，应当说干得不错，北一水库在万手上终于突破，即便发生了眼下这场事故，无论结果如何，人们也还得承认万的作为。万秉章脸黑嘴臭干大事，可称造福一方，别管谁说"只顾自己"，贡献明摆着。万有资格也有条件争取在离开后有一个好的安排，这方面韩也会向市委主要领导推荐建议。现在一个主要问题是让谁来接手。县里各方面工作都需要继续往前推，特别是导流洞突破后，北一水库其他工程必须迅速跟进，尽快建成，发挥效益。邵乾能行吗？

"从工作考虑，应当是欧栋。"万秉章说，"其他人也能向前挪一挪。"

"你也知道不可能。"

如果欧能接书记，后边的县领导有的可以接县长，有的可以接副书记或者常务副县长，张弛、王东鹏等等都有机会。问题是万秉章的如意算盘只属白算，欧跟万一样都在处分追究期内，大家都没戏。所以韩文生不问别人，只问邵乾。

万秉章说："以邵的情况，争取资金和上级支持应当比较有利。"

"廉洁怎么样？"

万秉章表示，目前还没有收到这方面的重大举报。

"能力呢？"

"我看没问题。"万秉章说，"但是他可能想回省里大机关去。"

"不会吧？"

"最新情况。"

"我算是松了口气。"韩文生说。

他直言不讳，称省里有领导给他打过招呼，但是他对邵有看法。据他所知，邵未必能当个好书记，就好比他外甥不算个好医生。韩可以想办法让外甥另找一个不惹麻烦的地方待着，邵就不是他能管得着的。如果邵自己想走当然好，如果不是呢？邵的事万当然也管不着，但是来日市委主要领导肯定要听听万的意见，万该怎么说，说到什么程度要注意把握好。推荐一个不对的人，到头来也有责任，也是"只顾自己"。

"我一定注意。"万秉章说。

他自嘲已名声在外，说来也对。他只顾自己吗？当然是。脸黑嘴臭就是顾自己。作为县委书记，这个洞这个水库都是他的。县城十几万人受淹，隧道里五个人受困，还有邵乾不开手机也一样，都是他的事。班子里的人，欧栋、张弛、王东鹏等等都不能丢，个个得顾，顾他们就是顾自己。

"难得这几位对你都服气。"韩文生问，"邵乾能吗？"

这时隧洞内突然传来警报：大口径水平钻机停止工作。

韩文生立刻掐断谈话，带着万秉章快步赶到现场，到达洞口时，全体救援队员正从洞里匆匆撤出。

"怎么回事！"

隧道内一氧化碳严重超标，为保护救援人员安全，只能暂停，待加大通风将有害气体浓度降低到安全范围内才能继续钻进。

万秉章立刻给山后进口端打电话，命小李协调那边，赶紧将钻机情况通报给洞里受困人员。那些人命悬一线，神经紧绷，格外关注钻机动静，每次钻机稍停，都需要及时把情况告诉他们，进行安抚与心理辅导。

担任现场总指挥的省应急管理厅厅长也在洞口，韩文生与厅长商量救援安排，特意朝万秉章挥挥手，示意万可以走了，另找时间再谈。万秉章转身离开，上车，准备重返山后。上车时忽然一愣：车上坐着个人，戴一副眼镜，竟是王东鹏。

"你？怎么回事？"万秉章问。

王东鹏并不分管安全救援事务，此刻他出现在工地必有特殊情况。

王东鹏说："有一个举报件，需要尽快请书记看一看。"

他们又回到了指挥部小会议室。此刻大家集中到洞口那边，恰提供了安静环境。

这个所谓"举报件"包括两个部分，一是文字，一是影像，被举报者不是别个，竟是万秉章本人。举报内容为："县太爷大操大办为父送葬，借机敛财。"

来得真快！

王东鹏用一部平板，把举报影像放给万秉章看。直到这时万秉章才终于邂逅二十多小时前他错过的葬礼。他看到一支送葬队伍推着一辆推车，推车上是一具火化专用棺材。送葬人群跟随推车走出医院太平间的通道口，护送棺材上了外边的灵车。送葬队伍看上去有二三十人，不算浩大，没有吹鼓队，没有纸扎祭品，也没有成排花圈，所谓"大操大办"属标题党，指的应当是葬礼展现的特殊装备：走在队伍前边的死者至亲一律披麻戴孝。同样的场景还出现在火葬场：送葬人员排成队，哭号着送棺材进入火化排号等待室。万秉章在披麻戴孝人物中认出了万秉华和她丈夫，他们在第二排，前头另有两人，一男一女，同样浓墨重彩。举报者在这两人的头上叠印了两个感叹号，画面下边还有一条文字解说："如此县委书记！"

这当然不是万秉章。昨日上午与出殡同一时间，万秉章在工地现场配合指挥救援，有不在场证据，许多人可以做证。但是在出殡现场这两个人头上叠印感叹号也没什么不对，因为他们分别是万秉章的妻子与儿子。

万妻在市疾控中心工作。儿子去省城寄读高中后，万妻频繁来去省城，一方面因单位业务需要，一方面也为照料并监督儿子学习。前些时候她到省疾控中心参加业务培训，为期一周，时间已经过半。万秉章父亲一去世，万即给妻子、儿子打电话，命母子俩赶回参加葬礼。万秉章在太平间为父亲守第二夜时，母子俩已经赶到县城，住进孩子姑姑也就是万秉华夫妇那里。第三天凌晨，因工地事故突发，万秉章匆匆结束守夜，从太平间直接赶往工地，那时已经预知无法参加父亲葬礼了，他用电话交代妻子和儿子，让他们代表自己送亡父最后一程，当时并未谈及披麻戴孝。

此前准备葬礼时，万秉华夫妇痛感于父亲突然死亡，都希望让他走得体面。万秉章的母亲出自农村，长期居住于乡间，母亲所理解的葬礼也是乡间那一套，没有哪个老人应当走得无声无息，万父虽然以极其普通终其一生，毕竟生养了一个儿子出人头地，怎么说也得让他走得风光一些。其实恰恰是儿子的身份让母亲这种意愿难以实现，对此万秉华也清楚，她向大哥提出一个设想：把葬礼分成两段，前边先"按公家的来"，大哥好出场。然后自家再按"乡下习惯"办。这个方案让万秉章直接拍死，因为不可能做到。万秉章是长子，作为孝子必须参加葬礼全过程，从太平间扶棺出发，到从火葬场捧骨灰盒往公墓下葬，哪个环节都少不了，没有哪个空当可容他掉头走开，让位给吹吹打打，道士和尚作法。因此整个葬礼只能参照"公家"方式。

但是万秉章"临阵脱逃"，缺席了葬礼，其妹妹、妹夫居然自行其是，来了"乡下习惯"一套，且一直瞒着万秉章。他们一定觉得不如此不足以表达对父亲突然离去的不平与痛惜，很大程度上也是考虑到母亲的心愿，毕竟母亲比大哥更是长辈。应当说他们也没做得太过，比较刺眼的不外就是那一身孝服，那些东西肯定是临时租用，由某个"一条龙"提供服务。此刻无论万秉章"不在场证据"有多充分，这数十件孝服已经一件不落全数穿到了他的身上，足够让他不堪其重，倒地窒息。

另外还有几张照片，拍摄点为万家灵堂。有宾客盈门，举香鞠躬，有几个客人正把信封放在茶几上。这就是"借机敛财"的实证。举报件最后还列出一个电话，称知情者可以打这个电话，提供更多情况。

万秉章浏览完举报内容，请王东鹏从头来，把出殡那段录像再放一遍。王东鹏遵命重播。播毕，万秉章没有吭声。王东鹏感觉有异，抬眼一看，万秉章举着他的左手掌按着额头，双眼紧闭。

他在哭泣吗？有如第一夜从省城赶回那一路？

"万书记……"

他睁开眼睛。没有眼泪，表情正常。

"应该的。"他说，"很好。"

他在表扬什么？他父亲应当享受亲人披麻戴孝待遇，或者旁人应该把它拿来举报？我们觉得应当是前者。他自己做不到，妹妹做了。很好。毕竟没有老爸就没有他，他对老爸有所亏欠，这也算回报吧，如果是父母想要的。如此说来工地出了事故，他不得不匆匆离开倒是尽孝，否则大孝子坚守在出殡现场，就只能"按公家的来",倒是委屈老爸了,身为长子不能只顾自己。

万秉章发现了一个问题,指着那部平板问:"这个,你怎么?"

王东鹏是纪委书记,怎么可以把举报件悄悄拿给被举报者本人欣赏?哪怕这个人是县委书记,那也是不应该的。

王东鹏表示:"这个不是举报件。"

平板上的资料是王东鹏从网络下载的。县纪委收到了同样内容的举报,估计省、市纪委也同样收到了。王东鹏不可以把举报件交给万秉章,把已经被举报者公开发表并在网络上疯传的资料下载并提交本人,这不存在问题,哪怕它们与举报件一模一样。

"万书记,来者不善。"王东鹏提醒。

万秉章面无表情:"谢谢。很好。"

万父的葬礼堪称风光无两,不到三十小时举世皆知。这段时间里万秉章在山间疲于奔命,所有心思都在困于洞中的那五个人,以及失去踪迹的邵乾身上,没有时间,也没有想到要去网上瞄一眼。这里的其他人也都差不多,没人注意到这个事,也没有谁就近密告。不经意间万秉章竟因为父亲葬礼而在外边暴得大名,"有图有真相"传遍远近。作为县委书记,他清楚这一举报的杀伤力在哪里,接下来他将遇到些什么,需要如何应对。但是此刻实在顾不上,因为那五个人还困在里边,邵乾还无影无踪。

王东鹏专程上山还有个特殊情况:今天上午,县纪委值班室接到一个匿名电话,来电者为网络上"县太爷治丧"的拍摄者,自称为省城个体从业人员,为客户提供各种录像服务。前一天半夜,有一个陌生客户打电话,请此人连夜从省城赶到本县拍摄第二天上午的一场出殡。他原不想去,由于客户出价很高,遂答应了。那天拍完后,有人于现场跟他接头,如约一手交钱一手交货。他只是按照客户要求拍一段场景素材,并不知道出殡那家人是谁,也不知道客户拿素材干什么,其编辑剪辑和挂到网上与他无关。忽然在网络上看到那条消息,他才知道事情弄大了,所以打电话报这条线索。如县里认为有问题,可通过网管部门从网络地址去查是谁干的，不要找他。此人是按照网上提供的举报号码打过来的，挂在网上的竟是县纪委值班室号码。纪委值班员把情况记录下来，赶紧向王东鹏汇报。恰巧王东鹏也接到一条相关信息，来自一个姓张的老板。张老板曾因涉及本县一起案件，被县纪委叫来配合办案过，因之认识了王东鹏。张老板是本县人，在市区开公司做绿化工程，他在网上看到消息，马上给王打电话，称事情可能与一个姓吴的老板有关。该吴老板是省城人，有来头，曾从张手里抢走市区一个工程。这位吴老板当然不会无缘无故找万秉章麻烦，其中必有特殊原因，张应当是知道一点，只是电话里没有提及。由于他与吴是竞争对手，其所报也未必可信。王东鹏觉得情况特殊，有必要直接来向万秉章报告。

万秉章举起左手，往会议桌上用力拍了一下。

张弛查找邵乾时，曾找到一个吴老板，该人来自省城，做绿化工程，与王东鹏提到的这个吴似乎是一回事。根据张弛了解，该老板曾于事故前一天下午，应邵乾之召来到工地，当晚他们在工地喝茅台，准备上山夜钓。半夜间吴匆匆下山，据说是小三被擒，后院起火。或许那只是托词？其匆匆离开只是为了找一个人替万家丧事提供额外服务？如果那样，事情便牵扯到邵乾。难道是邵以攻为守？"县太爷治丧"疯传于网络，必惊动各级领导，足以让万秉章穷于应对，万本来就该走了，这事一出更会加速走人，无论真相如何。这以后即便未能"送走黑脸神，换来白面仙"，也有助于邵摆脱可能涉案的麻烦。如果邵真是主谋，可称相当恶劣。邵乾长得那么好，不至于如此下三烂吧？或许人家还是云淡风轻，只是吴老板得知情况，主动为邵两肋插刀？其实他们着急了点，人家父亲死了，何必往伤口上撒盐？完全可以少安毋躁，无须网络加持，突然发生的这场安全事故无论结果如何，都已经放响了为万秉章送行的鞭炮。

王东鹏请示："是不是需要查一下？"

这件事具有极大可查性。吴老板的事情可以问张老板。通过调看现场监控记录，比对角度，可以锁定录像素材拍摄者并最终找到人。或许"录像服务从业人员"清楚这一点，所以才主动匿名打电话提供线索，力图撇清干系，毕竟招惹的不是普通人物，有所后怕。只要网管部门下功夫，把消息发布到网上的人同样也可以查到。问题是作为当事人"县太爷"，万秉章可以下令查吗？让纪委去查合适吗？

"不查。"他骂了一句，"该死！"

这时工地上突然传出异常响动，外边有人大声喊叫，有金属被重重敲击的声响响成一片，"哐！哐！哐！"

万秉章大惊，立即起身快步走出小会议室。王东鹏在后边紧随。

是好事！大口径钻机钻通坍塌体。

夜幕已悄悄降临。从清晨开始，经历十几个小时的艰难掘进，几度遇阻几度重启，"大家伙"终于不负所望，在隧洞里打出了一条足以让受困者逃生的救援通道。

王东鹏匆匆告辞下山，万秉章赶进洞里，两位总指挥都已经到达钻机前。

随后的救援有条不紊，紧张进行。大口径水平钻机内钻杆全部撤出，优化外管伸出长度，形成救援通道，冰块降温。在焦虑与期待中，不知不觉间时间飞逝。两个多小时后，救援行动进入最后阶段：四个救援人员组成解救小组，带着应急救护工具逐一爬进钢管，通过救援通道前往被困区域。在与被困人员会合后，他们将察看周边情况，依次确认被困人员身体状况，为他们戴好护具，安抚被困人员情绪，安排出洞顺序。十分钟后，解救小组在里边发出信号，解救行动正式开始。

第一个出洞的是头部负伤者，他躺在特制带轮救生担架上，被一条绳索拉到救援管道口。担架从管道口抬下时，隧洞里一片欢呼，还有掌声。

万秉章站在一旁，没有鼓掌，也没有发声。他只是静静看着，如释重负。

十五分钟后，最后一个受困者获救，救援行动全面收官，大功告成。

万秉章随两位总指挥撤出隧洞。刚走出隧洞口，他的手机响了。

是张弛，声音急切。

"万书记！万书记！"

"慌什么！"万秉章瞪眼睛，"慢慢说。"

"据说有一个记者……"

此刻张弛在一辆救护车上，正行驶于出山通道。半小时前，万秉章在洞里给张弛下令，待受困人员救出后，由张亲自护送到县医院检查救治。县长欧栋已在那边，万让张配合安排好，特别是受困人员中的伤员，务必确保生命无虞，绝对不能这边好不容易挖出来，那边让人家死在手术台上，如他父亲那般惨痛。万秉章还交给张一个特殊任务：不得坐自己的车，必须上救护车，方便途中迅速向被解救者了解情况，问一问塌方前是否看到什么异常，例如陌生人。

当时张弛吃了一惊："不会吧？"

万秉章顿时脸黑嘴臭："连这个都不会问？"

张弛连说："没问题没问题。"

万秉章意在邵乾。尽管已经确定邵不在洞里，接下来可能要面对最坏状况，万只能"随他去吧"，却还是不死心，所以才交代张弛再次落实。不料张居然一问问出了大情况：塌方发生之前半个多小时，有一个陌生人突然来到掌子面上。当时几位工人正用风钻钻炮眼，陌生人在一旁拿手机拍了几张照片。几分钟后一位年轻工人放下风钻，陌生人把手机递给他，招呼道："帮个忙。"年轻工人一看陌生人戴个黄色安全帽，穿件马甲，挂在胸前的一个红牌牌晃来晃去，问："你是记者？"陌生人问："不像吗？"工人回答："像啊。"陌生人没再说话，让年轻工人给他拍照片，交代必须把他、钻机、打钻工人和掌子面都拍到。年轻工人连拍几张，把手机还给陌生人。陌生人察看，点点头，道谢，掉头离开。

这是在午夜之后，凌晨三点来钟的事，这个时间哪会有什么记者跑到隧洞里晃荡！那么他是谁？难道是邵乾？他胸前的红牌牌可能是"贵宾证"，出于安全需要，凡进隧洞参观者必须有这个证，而此前邵乾率队上山检查，会有人发给他一个牌。以时间推算，或许那时邵刚刚夜钓归来，一见洞里灯火通明，兴之所至就走了进去？

万秉章立刻抓住杜贵生,命他速查隧洞口当班值班人员。这一查明白了:果真有一个陌生人。事故发生前大约一小时,值班员在洞口值班室打电话,有一个陌生人突然出现在窗口,头戴一顶软檐便帽,一副太阳镜,身上有件马甲,肩膀上还背着个黑色长包。陌生人指着停在洞口的一辆出碴车,问值班员那车怎么回事。值班员答称该车抛锚了,反问陌生人是谁。陌生人从口袋里掏出一个红牌牌让他看,问车抛锚为什么没人处理。值班员心知面前这位肯定不是一般人,指着电话赶紧解释:"这不正在叫人吗?"这时恰好拖车开到,值班员跑去张罗,让拖车赶紧把抛锚车拖走。处理毕回到值班室,陌生人已经走了。值班员没看到他进洞,所以没有记录。杜贵生追问值班员是否还发现什么异常,值班员迟疑,起初说一切正常,后来才又说,值班室像是少了一顶备用安全帽,黄色的。他记得原本挂在窗子边,也不知什么时候不见了。他是清晨快轮班时才发现,猜想是事故发生后比较忙乱,有人顺手抓去戴。

洞口除了值班室,还有监控探头。事故发生后,监管人员曾查看洞口监控资料,确定现场受困的就那五人,没有注意到有其他人进入。可能因为陌生人出现时,洞口处理抛锚车,人员来去杂乱,而且离事故发生还有一个小时,监管人员察看监控资料,时间急迫,通常不会去注意这个时段的资料,也很难去细致观察、辨别资料里的每一个人。这些监控资料现已作为日后事故分析证据而封存。

从时间线判断,值班员说的陌生人与被解救人员说的"记者"应当是同一个人,很可能就是邵乾。山间午夜气温较低,他上山夜钓抓了客房一件马甲穿上。夜钓返回,途经导流洞出口端,他在跟值班员交谈后临时决定进洞看看,拍几张照片,表明当晚他留在山上不只是喝酒钓鱼,他还微服私访,连夜深入第一线发现问题,有手机照片为证。为了安全他顺手抓走了值班室的备用安全帽。他一进洞,手机与基站的联络就因信号不通而中断,这部手机再也没出现在基站中,表明他进去后没再出来,唯一可能就是陷进了隧洞突发事故里。这个判断显然也有问题:按照被解救者的说法,"记者"在事故前半个小时就离开了，这半个小时足够他在洞里走几个来回，他不可能故意在里边磨磨叽叽等着塌方往头上砸。那么这段时间里又发生了什么？

恰在这时张弛又来了一个电话，报告了刚了解到的最新细节：那位"记者"身上背着个长条包，像是照相器材什么的。"记者"让年轻工人为他拍照片时，把包从肩膀上取下来，靠着隧洞石壁竖起来放置。拍完照走人后不久，有一工人注意到石壁那里有个东西倒在地上。"记者"像是忘拿他的照相器材了。

那是什么照相器材？那就是吴老板送上山的钓具。或许邵乾在走出洞口之前突然想起它给落在掌子面上，于是掉头回去取，结果他就让高档钓具钓进了事故里。他在那段路上可能遇什么事耽误了，有可能是崴了脚，他穿皮鞋上山，那种鞋与隧洞地面不友好，特别是在急切中。事故突然发生时，他肯定还没走到掌子面，否则便与当班工人会合，一起受困并一起获救。有两种可能，一是他被打个正着，给压在塌方中心地带。那样的话他必死无疑且眼前无法确定并找到，只能疑为失踪，待来日清除塌方继续掘进才有望出土，或能享受因公牺牲待遇。第二种可能是他在非常接近于"照相器材"之处遭遇塌方，或许只有一步之距。

万秉章带着小李，快步去找韩文生。韩正在洞外打电话，可能是在向市委书记报告受困人员全部获救喜讯。万秉章竟举起左手，毫不犹豫一把抓走韩的手机，大叫一声："韩市长！快救命！"

韩大惊。

万秉章报告了情况，韩文生眯上眼睛，难以置信。

"胡说八道吧？"他质疑，"累糊涂了？"

万秉章承认眼下只是一连串假设，但是可能性无法排除。此刻当务之急是让救援队暂停，不要急于撤出救援设备，必须派人再次进入塌方那边去找一找。

"可笑！如果他真在那里，救出来的那五个都是瞎子聋子？"

万秉章坚持，如果邵乾真的陷入事故，他有可能已经在塌方中丧生。但是也还有希望活着，如果他已经非常接近掌子面。

"现场有五个人，他为什么不发声求援？"

"也许他受伤了？比较重，或者已经昏迷？"

韩文生生气："尽是些没影的！"

万秉章不理会韩的怒气，只是一味强调此刻还有机会。事故发生到现在不过四十小时左右，伤者即便人事不省不吃不喝，只要有空气，还有望活着。再拖下去可能就变成一具尸体了。伤员和病人一样，都经不起耽误拖延。

韩文生勃然大怒："什么意思！"

万秉章不需要解释，彼此心知肚明。万只是一口咬定必须立刻行动，不能弃之不顾。无论邵是死亡，或者失踪，都没法交代。

"韩市长，这个人对我们很重要。对这个工程很重要！"

"有吗？"

"至少是一条生命。韩市长说过，只要有一线希望，再小的可能也要当作最大。"

韩文生不再说话，拿起手机给厅长挂了电话。

经紧急磋商，救援程序重新启动。这个时候，只有韩文生有权节外生枝，提出建议，只有总指挥有权决定是否继续。

救援队携有生命探测仪。由于从一开始受困人员便非常确定，救援队没必要像在地震瓦砾堆一样一遍遍探测。此刻忽然冒出一个不确定人员，该设备派上了用场。依靠先进设备的帮助，他们居然在靠近掌子面的塌方边缘处找到第六个受困者。如万秉章所猜测，他伤得很重，不省人事，但是活着。

伤员被运出救援通道时，韩与万守在隧道内管道口察看，确切无误，正是邵乾。

韩文生指着万秉章说："脸黑嘴臭，其实心软。"

万秉章自嘲："因为是'左手'。"

这时远远传来了鸡叫，万秉章的第四个不眠之夜告结。幸而是以好消息收场，对很多人，特别是当事者及其亲人都是天大的好消息。

万秉章向韩文生请假，此刻救援基本完成，剩下的收尾工作请其他人配合，他可能得先回家去处理一些后事。韩一挥手："早就叫你走。"

万家葬礼已经办完，事情却远未了结。父亲身后事项，母亲身体状况，丧事所"敛"之财，"县太爷大操大办"的影响，等等。没完没了。

十几分钟后，万秉章坐上他的车离开。

据我们所知，轿车驶出工地，进入山间公路，摆脱掉身边众多目光之后，此人不声不响往后座上一靠，泪水再次夺眶，有如几天前从省城奔丧回家一路。

五个事故受困人员已经获救。意外地还救出了第六个，但是万秉章无以放松，因为有一个生命无可挽回，已经永远失去。无论万秉章此刻做些什么，或者来日再做什么都无法改变，难以弥补。

2024 年选系列封面绘图画家介绍

段正渠 1958 年生于河南偃师，1983 年毕业于广州美术学院油画系。现为首都师范大学美术学院教授与博士研究生导师，中国国家画院油画所研究员，中国美术家协会油画艺委会委员和中国油画学会理事。

《西偏北三》 段正渠　135cm×180cm　布面油画　2022 年

段正渠画作短评

　　在段正渠建立他的个人语言和风格之初，表现性绘画承载了艺术自由的时代意义，他所选择的对象——陕北的风土人情，则与民族和文化主体的意识有关。现在，复杂多元的画面内容代替了这些具体的文化符码，也使题材的选择上具有了极大的包容度，日常的场景，任何人、动物、植物，没有意义指向的内容，都可以入画。画面的复杂度支撑了一种具有说服力的完整性，也破解了在题材上和精神上对整一性和宏大叙事的某种依赖。借此，创作获得了自主和独立，脱离了借由题材或风格的选取来获得意义的束缚。

——卢迎华《右卫——段正渠的新作》

喜悦之地

2024
中国年度中篇小说下

中国作协《小说选刊》▪选编

XI
YUE
ZHI
DI

漓江出版社
·桂林·

乃至一念

何立伟[*]

　　七月下旬一个周六早上，朱大福带着他上高二的妹子急匆匆穿过下河街。街上落下的阳光像一条长长的带鱼。绿头苍蝇在满街的鱼腥气里嗡嗡飞舞。街北头打赤膊的老王正从蓄着水的塑料盆里抓起一条四五斤重的草鱼按在砧板上，鱼尾巴有力地弹动，砧板就成了一面惊心动魄的非洲鼓。老王一刀就把鱼头剁了下来。鱼尾巴仍在有节奏地弹动。一个中年妇人捏着一张皱巴巴的红色百元人民币站在鱼摊前，等着老王称秤。她后面还有五六个人在懒洋洋地排队。

　　下河街是一条有一两百年历史的鱼市。街两旁都是卖鱼和水产的店铺，街沿上摆着好长一溜剁鱼的砧板，往下水道哗哗流着的水都是淡红色鱼腥味的血水，漂着情人般相互簇拥的泡沫。

　　朱大福在前头走，女儿颖子跟在后头。朱大福不时回过头来催促："快点，莫憨！"颖子有一米七几，比她老爸高出大半个脑壳，一脸不怎么情愿的表情。她应该算得上同龄女孩子中出落得比较好看的那一种妹子，长身秀目，跟走在前头的老爸反差很大，看上去好像不是一家人。朱大福三角眼，塌鼻梁，身形猥琐，如果在旧戏里扮小丑，根本不用化装。

---

* 何立伟，男，1954 年生，现居长沙。中国作家协会会员，湖南省作家协会名誉主席，长沙市文联名誉主席。出版有《小城无故事》《像那八九点钟的太阳》《亲爱的日子》《白色鸟》等二十余部小说、散文集。其小说代表作《白色鸟》获 1984 年全国优秀短篇小说奖。

"快点走咯我的祖宗哎！"

走到南头，朱大福瞥到了他自己的摊位。砧板和地上的塑料盆是干的，看不出颜色的遮阳伞收着，像竖在街沿上的一个肮脏的惊叹号。两边的摊位上的业主都忙着生计，街上是川流不息的提着菜篮子的女人跟趿着拖鞋的男人，还有兴奋地嗅来嗅去的狗，它们拿尾巴不耐烦地拍打苍蝇。

让朱大福停下手中的活计是罕有的事。他是下河街最发愤的人，最早开市，最晚收摊。一双袖口撸上去的青筋闪动的手，五指像钳子一样，溜滑的鲇鱼和黄鳝被钳得动弹不得。

他的摊位是下河街最繁忙的摊位。

十七年前那个雨夜在他摊位上发生的事，朱大福没齿难忘，恍如昨日。他回过头望了一眼颖子，她那不晓得真实姓名的娘，如今在哪里呢？十六年来，她音信全无。狠心的娘。不可思议的娘。但朱大福从没有恨过她。朱大福只要回忆起当时那个披头散发的女人，屋檐下瀑布一样的雨水，四面八方闪闪发亮的深夜，就像重温了一场难以置信的梦。

"是不是这里，嗯？"朱大福停住脚，站在一栋六层高的一看就是二十世纪八十年代建的砖混结构的老房子前，回过头来问颖子。

颖子离他一米远，也站住了，显得很犹豫。她抬头看了看三楼，窗台上有一盆懒洋洋的绿萝，叶子上蒙了厚厚一层灰。

"老爸……"

"是不是这里？"

"我不要你这样子嘛。"颖子跺了一下脚。

"三楼吧？"

朱大福用力捶楼道右拐的第一扇门。颖子站在楼梯半腰，喃喃地说："老爸你不要这样，没什么大不了的事。"声音小得只有她自己能听到。

"张力武住在这里吗？"朱大福朝半开的门中探出的一张困惑的中年男人的脸大声问。

那男人也不搭话，朝对面指了指，把门摔上。

张力武出来了，在狠捶了几下门之后。他穿着白 T 恤和一条七分牛仔裤，夹着人字拖鞋，平头，浓眉上聚着少年的凶气，问眼前这个相貌丑陋的男人找他干什么。

朱大福一把揪住他的白 T 恤，一年四季飞舞着剁鱼砍刀的手还是蛮有气力的。他回头说："你说这王八崽子如何欺负你的。"

张力武被揪得踮起脚来，才看到这男人身后的女同学。她正拿一双泪汪汪的眼睛望着自己。

"说啊！"朱大福颈部的青筋跳了出来。

"老爸，不要……"

朱大福一巴掌抽在张力武的脸上："我要你欺负我颖子！"

张力武捂着被瞬间抽红的英俊少年的脸，浓眉竖起："我捅你娘！"他想掰开那只揪住他 T 恤朝上提的手，但显然力气不够。他用大声的詈骂来掩饰在颖子面前的丢脸。"我捅你娘！"他怒不可遏，又动弹不得。

颖子上来了，她帮张力武掰动老爸的那只捉过无数条鱼的左手。

"你还敢骂老子！"朱大福右手一巴掌又抽在张力武的平头上。后者浓眉下的眼睛眯了一下，痛楚一时置换了愤怒。

颖子说："老爸，不要再打了。你松手，求求你。"

张力武说："好，朱颖，你记住，我会让你付出代价的！"

"你还敢威胁我颖子，"朱大福又给了一巴掌，"你威胁，威胁噻！"

"老爸，求你了，不要再打他了。"

"你还敢造我颖子的谣，败她名声！"

朱大福揪着张力武将他顶到墙壁上。

张力武被顶得不敢再骂娘了。他对颖子说："我造了你什么谣你说？"

颖子哭起来，不说话。

"你不认账？"朱大福回头对颖子吼道，"哭你个死！"

朱大福是头一回这样大声喜喜骂自己的妹子。骂过了之后立即又心软，不过看不出来。

颖子抽抽搭搭说："你以后不要再那样说我了好吗？"

"我什么都没说！"张力武恨恨地望着颖子。

"还不认账！"朱大福又要抽他一巴掌。

"你说随便哪个都可以上她。"朱大福把声音压低了一点，"你说她是你们学校的公共汽车。你这狗婆养的！"

"我没这样说！"

"你说了。"颖子又哭起来。

朱大福又奋力抽了一巴掌，清脆，沉实，张力武脸上凸起了分明的指印。在明白自己无论如何也打不过这个男人时，少年的凶气消失殆尽。他继续辩驳，他没有这样说，声音里充满了委屈。他看了一眼他的女同学，目光含恨，同时也有几分乞求。

"是王中兴说的，对吗？"颖子声音很小，似乎是在启示他。她不敢望他有通红指印的脸。那脸上的五官现在可不怎么端正。

"我不晓得是哪个说的，反正我没说。"张力武并不指认王中兴或其他男同学。

"还不认账，老子要——"巴掌又扬起来了。

颖子箍住了老爸的右手："不是他，我错怪人了。"

"你刚才还说是他！"朱大福凶巴巴地望着这个世界上他最心疼的人。

"松手吧，我错怪他了。"颖子很伤心地哭，"张力武，对不起。"

走廊里不晓得什么时候围拢来了好多人。也不问，也不劝，他们是一群看戏的观众。有赤膊的男人摇着蒲扇，抽着三块钱一包的烟。有五十来岁的女人满脑壳夹着卷头发的夹子。一只黄猫在人们的腿间穿来穿去。张力武的父母幸好都不在家，不然这场热闹会收不得场。

这事当然最后还是收了场。张力武也没有报复朱颖。浓眉的少年还是心悸那双捉鱼和操刀的有厚茧的手。他只是常常怒目以对曾经喜欢过一阵子的班上公认的最靓的女同学。这目光让朱颖有点小小的难过。说到底，她究竟还是喜欢他的。他也是班上公认的最帅的仔，身高一米八一，年级的篮球队中锋。她和他好过半个学期。除了喜欢他，颖子还喜欢过隔壁班上的李胖子。李胖子最害怕上体育课，因为绕操场跑一周让他几乎要窒息。他爸在解放西路开酒吧。他常常带着颖子去酒吧最里头的那个角落，在上了果盘之后问她要不要尝一点鸡尾酒："名字好迷人，叫'蓝色妖姬'。尝一口，就一口？"

　　很快她就把李胖子抛下了。因为她在酒吧里遇到了另一个人。那是个二十八九岁的青年。她认为他长得比张力武要帅，他的五官像是被雕刻出来的，而且穿得很时尚。他一个人坐在他们右边的一张小圆桌旁，一听德国瓦伦丁黑啤立在桌子中央，手里的玻璃杯上浮着泡沫。她不停地瞥他，发现他侧面的轮廓里暗藏着一种她说不出来的柔弱的气质，让她忽然有种冲动，想把他搂入自己发育丰满的怀中。在这种冲动下，她抛下李胖子，在他对面的凳子上坐下来："你好，我们可以互相认识一下吗？我叫朱颖。"

　　"中学生也可以进酒吧？"他问，没有太多表情。

　　"这场子是我那位同学的老爸开的。我们只是找个地方坐一坐。"她用目光示意了一下李胖子。

　　"哦，是吗？"他望着朱颖，猜她接下来会说什么。

　　颖子和这位她想搂在怀中的青年好了一周。愉快的一周，疯狂的一周，她身上四处留下了抓痕和齿印的一周。

　　"我叫徐铭达。"在星际酒店望得见湘江河的落地窗前，他告诉了颖子他的名字。她正从浴室里出来，光着脚，睡衣下的小腿仿佛闪着缅玉的微芒。

　　颖子一直猜想这是个假名字。她有一次看到了他钱包里的身份证，但他飞快地把钱包收进了裤袋。无所谓，她想，只要此时此刻他对我好是真实的就行。

就在一小时之前，他在酒店一楼给她买了一条巴宝莉的裙子。酒店的东西她都不敢看价格签。而且这么好的酒店她也是第一回走进来。坐观光电梯的时候她有一种在梦中摇晃的错觉。

他说他是从杭州出差来到这座城市的。"哦，一座城市里有山还有水，真他妈好，"他说，"跟我们杭州差不了多少。"

颖子当然实现了自己的愿望。她真的勇敢地把他搂在了怀里。但她很快发现她的感觉欺骗了自己。实际上，他根本不柔弱，他很强硬、坚决，甚至鲁莽。一个人外表的模样和他内在的真实自我有时候截然相反。这让颖子又上了一堂学校里教不来的人生课。她比班上那些傻妹子在情感上要早熟得多，得益于她上过好多堂这样的课。

在颖子不回家的所有时间里，朱大福魂不守舍。他在家里坐不住，一分钟也坐不住。清晨五点，从马王堆水产市场过来的第一辆送货车来到朱大福的鱼摊前。七点半，朱大福就卖掉了两百多斤鱼。他的摊位是生意最好的。他公平，秤给得足，死鱼半价卖，手脚麻利。"对不起，"朱大福对砧板前的人打一轮拱手，"我有点事去。"湿津津的手在胸前胡乱地擦抹。

他来到颖子的中学。这是一所生源和师资都很差的学校，以学生调皮难管著名。男学生打群架，女学生谈恋爱，老师得过且过。

朱大福走过如同虚设的传达室，径直来到教学大楼。红砖墙上白漆刷着激动人心的校训，还有过去了至少一个多月的祝贺校运动会开幕的横幅。时间在褪色。颖子的那个班在一楼。他绕过矮树丛走到一个窗子下，踮脚够不着，就跳了三跳，看到了三次妹子。白天也亮着的日光灯下，她的青春的黑发闪闪发亮，面前摊着卷了边的课本。他又跳了几下，再次确证那是他的颖子。他的魂魄回到了他的身体。

太平街的人都晓得他宠爱自己的妹子。她在他面前说一不二。他一辈子没有拒绝过她的任何要求，不管是有理还是无理。最近一年来，她有时候夜不归宿，当她回怼他"你不要问，也不要管"时，一脸骄横和满不在乎，他不再言语，转头就去给她做她喜欢吃的饭菜。她对鱿鱼三丝和青椒海参情有独钟。偶尔他看到她呆呆地坐在床上，眼眶潮湿，神情异样，他就会小心翼翼地问她遇到了什么不顺心的事，"告诉你老爸啊"。颖子会抓起枕头来扔向他："不要你管！"他不敢再问，叹口气，蹲到门口抽烟。一会儿，地上就有了三四颗烟头。他什么都舍不得，穿印有啤酒广告的 T 恤，抽三块钱一包的烟。但只要他妹子开口，他就会给她买两千多一双的阿迪达斯限量版的鞋。

傍晚，颖子回来了。已经看不出漆色的饭桌上，摆着几样她喜欢吃的时令菜，还有一碗她最爱拌饭吃的肉泥葱花豆腐。

讨妹子的欢心，是朱大福这辈子最热爱也最顽固坚持的事情。

"回来啦，"他尽可能说得平淡、自然、小心，"快点吃饭。"

好像什么事都没有发生过。他扒完两碗饭就点起一根烟，看妹子慢慢地吞咽。她果然把肉泥葱花豆腐拌进了小半碗米饭里。

"我晚上都睡不着觉，"他喃喃地说，仿佛是自言自语，"通晚通晚睡不着，担心你。"

"我不是好好的吗？"颖子打断了他。

他没有告诉她早上去她学校看她在不在上学的事。他晓得他一说出来她会发脾气，甚至冲出去又是一夜不回家。

他嗫嚅地说："社会太复杂了，妹子要学会保护自己。"

"你跟我们的班主任一样讨厌！"颖子嫌恶地看了他一眼，"不要跟我讲这一套好不好，烦死了！"

"我今天可以睡个安心觉了。"收拾碗筷的时候，朱大福对自己说。

颖子坐在床上发呆，手里拿着老爸给她买的苹果手机。

晚上十点来钟，苹果手机响了一下。颖子看到了如下信息：

已回杭州。放心。你令我难忘。另，你不要发这么多信息。我最近工作很忙，可能不会及时回复你。

半夜里，朱大福醒来了一下。他是被颖子的抽泣声惊醒的。

他们的家非常小，又旧又简陋。太平街像鱼骨头一样，两边的刺就是小巷子。朱大福的家就在其中一条叫作青石井的充满穷困气息的小巷子里。他的房子只有十二三平方米。这是他爷爷传给父亲，父亲又传给他的。钢丝的高低床，靠在半年前粉刷过的墙边。他睡下头，妹子睡上头。上面的墙上，贴着几张小鲜肉明星的剧照和从《时尚》杂志上剪下来的时装照，长腿细腰的模特是外国的。她们在照得雪亮的 T 台上戴着墨镜，很酷。颖子知道，她们可以被膜拜，但不可以被模仿，那会很可笑。她痛恨自己在这样的地方出生，讨厌这条巷子和这个家。

颖子十六岁生日那天，朱大福带她在河边上一家体面的酒店吃的晚饭。远处的麓山，近处的湘江，满城灯火像提着灯笼的蜂群一样一团团飞舞。天色墨蓝，一朵朦胧的云浮在落地窗玻璃上。玻璃反映着灯红酒绿。一切近乎虚幻。但是朱大福要把最真实的人生告诉自己的妹子。

"颖子，"他咳一声，"颖子，你今天十六岁了。你应该晓得一些事情了。"

颖子正吃着最后一块甲鱼的裙边："什么事？"头也不抬。

"你的妈妈，"朱大福直视着她，他很少敢于这样子直视，"她并没有死。"

颖子抬起头来："什么没有死？你再说一遍。"

"我说她在生你的时候难产死了，是骗你的。"

朱大福吞了一口口水："我现在把真实的事情告诉你。你十六岁了，也应该晓得了。"

十七年前的一个秋夜，断黑就困觉的朱大福被雷声轰醒了。瓦屋顶上一片豆子爆裂般的雨声。闪电的白光从木板门下头的缝隙中刷进来，把黑屋刷亮好几遍。接着又是响雷。他突然记起自己放刀具的帆布袋还没拿回来，担心什么人会把它拿去，或者，街上的狗会把它叼走。他撑着一把破伞走出青石井，瞬间他的裤脚就被雨水溅得透湿。在一人高的地方，雨水生出了一层迷蒙的水雾。

他什么都看不清，也什么都不需要看，他晓得自己的摊位在哪里，梦游都能走到。他看到浸泡在水中的那个帆布袋，暗自庆幸。一道闪电射过来，他还看到他摊位后头的屋檐下站了一个人，吓得他吼了一声。这不是活见鬼吗？她披头散发，瑟缩在屋檐下，双手抱紧在胸前。闪电把她湿津津的身体照得像样板戏里追灯下的白毛女。在空无一人的太平街，在訇然的雨声中，这模样令人恐怖。闪电过后响雷劈下来，仿佛炸在眼前。但朱大福胆子不小。他居然近前一步，好大的声音问："你是哪个？"

对方不回答，仍是瑟缩着身子，湿湿的头发搭了一脸。朱大福又壮着胆子问了一句你是哪个，并且朝前又走了一步。

"莫过来！"那声音是外地的，太平街做鱼生意的人里头有怀化人，她有点像他们的口音，"我就走，莫过来！"

确定是人不是鬼，朱大福就没有什么可害怕的了。他大声地问她为何一个人站在这个屋檐下："你是从哪里来的？"

对方仍然不回答。她把头发撩上去，目光里是惊恐。

"你看你淋得一身透湿，会受凉的。"

"莫过来！雨停了我就走。"

"越落越大，停不下来的。"

朱大福站住了，他把翻上去的伞用力翻下来。他也是浑身透湿的，下巴上滴着水，打到胶鞋头上嗒嗒地响。他们对峙了几分钟没说话。那女人的惊恐在沉默中渐渐消解了。

朱大福又问她是从哪里来的，怎么这条街上从来没有见到过她。

她说："我也搞不懂是怎么走到这里来的。一下雨，四处乱跑，就跑到这里来了。这是哪里啊？"

"太平街啊。你住在哪里？"

"我没有地方住。"女人低低地说，但朱大福听清楚了。

女人打了个响亮的喷嚏。

"你会受凉的。"他和她并肩站在屋檐下，面前是一道雨帘，"肯定会受凉，感冒，搞得不好会发烧。"

女人茫然地看着停不下来的雨，耸着鼻翼："没事的。"

"我就住在前头的巷子里，"朱大福说，"要不要到我屋里去躲雨？我烧点儿姜汤给你吃，保证不会感冒。"

朱大福跟过十六岁生日的女儿说起这些往事，嗓音低沉，但是清晰，因为他无数次回忆中的细节都是清晰的，一切仿若就在眼前。他说起他是怎么认识她的娘，但是进了屋之后的细节他就说得比较含糊了。事实上，那天晚上的所有细节他都记得清清楚楚。他扯了墙上的电灯拉线，黑屋亮了，他把那女人让进门。她迟疑了一下才踏进来，四处张望。收拢的伞扔在水泥地上，水像蚯蚓一样从伞底下朝四面爬去。

"我找一下姜。我记得还有几坨的。"

朱大福把煮好的一饭碗姜汤递到她半天才伸出来的手上。她小心地抿一口，抬头看向他："还放了红糖啊。"

"放了一点，免得辣喉咙。"

"我的衣服，你穿得，"等她喝完了姜汤，朱大福手上捧着从床头上拿过来的叠着的上衣和裤子，"把湿衣服脱下来咯。"

他背转了身子。五屉柜上，是父亲的遗像。炭粉画的。父亲和蔼地注视着这间住过三代人的老屋。他听到背后窸窣的声音。

"好了。"她说，手里拿着换下来的湿衣服。

"嗬，你穿我的衣还蛮合适的咧。搭帮（还好）我个子小。"

朱大福从床下头拿出了一只扎在塑料袋里的电烤火炉。插上插头后，弯曲的管子红了。

女人说："你一个人？"

"现在不是两个人吗？"

"你还蛮会逗的。"

"我就是想有两个人。"他受到女人目光中的笑意的鼓舞，胆子大起来。

女人不说话，又抬头看向他。

"你就住下来算了，好吗？我可以养活你。"

"你开玩笑。你都不认识我。你不晓得我是哪里来的，也不晓得我是搞什么的。"

"你搞什么的？从哪里来的？"

"我啊，"女人望着手中正烤得冒湿气的衣服，"一言难尽哦。"

"告诉我啊，我想听听。"

"我不想说。"

闪电，雷鸣，世界在风雨中迷蒙，地球冒着水泡。

"雨停了我就走。"

"你要到哪里去？"

"不晓得。"女人叹了一口微小的气，但是被雨声中的安静放大了。

"你不要走啊。"

"我老公欠了一屁股的债，"女人说，"债主们天天到我家里来闹，我老公他就跑掉了。他们扣押我。我也跑出来了。"

"哦，原来你是跑出来躲债的。"朱大福说，"你是从怀化那边跑过来的吧？"

"你怎么晓得的？"

"听你的口音，好像是那边的人。"

"是的，怀化。我现在回不去。"

"不回去。住在我这里。我来养活你，好不好，好不好？"

女人不答话，好像在思考。

"不要想了，就住下来，打火求柴，两个人在一起，你可以不做事，也可以帮我打打下手，在我这里落脚好吗？我会疼你的。"

又对着沉默的女人说:"你什么时候硬是想走,你走就是。好吧?"

女人又叹了一口气:"你是个好人。"

朱大福一把抱住了她。

"也就是那一晚,有了你。"朱大福把有些过程省略了,端起茶来喝了一大口。

颖子的漂亮的十六岁的眼睛睁得圆圆的。她不知道要说什么,嘴唇微微张开。她上课时,老师让她站起来回答问题,她就是这样一副表情。

那晚上之前,朱大福一直是个处男。他趴在女人的身上,手忙脚乱,女人看出来了。她帮他完成了他的初夜。他亢奋、急、累,最后像一块煎饼摊在她的胸脯上,手从乳房上松开来。不一会儿,他发出了比炸雷还响亮的鼾声,消灭了地球上所有的动静。颖子就是在这样的夜晚怀上的。她那时是一颗在她母亲子宫里急急游动着寻找卵子的蝌蚪样的精子。

朱大福醒来的时候雨停了。屋檐上的水滴落的声音清晰可闻。他看到女人坐在屋内唯一的板凳上,正慢慢梳头。他家里没有镜子。镜子是他脆弱的自尊心的地雷,一触即炸。女人换上了她自己烘干了的衣服。

"喂,你叫什么名字?"他爬起来问,一边摸裤子。

"妓女不要问名字。"她淡淡地说,把头发盘在了脑后。

"你看你说的,你不是妓女。你是良家妇女。"

"差不多。"她说,"我这叫卖身投靠。卖身。"

"乱讲,"朱大福有点急,"明明是我要你留下来的。"

"差不多。我们两不欠。"她站起来,"雨停了,我可以走了。"

"莫走,你没有地方去,"朱大福上前拦在门口,"请你,请你,请你,听我一句,留下来好不好?"

女人沉默,看着他。

"你就在我这里落脚。没有人找得到。你也没必要东躲西藏。我穷是穷一点，养活你绝对没有问题。好吧？不要走，好吧？"

女人在板凳上坐下来，同时也决定留下来。

"你叫什么名字？"

"你叫我桃妹就是。"

桃妹相貌平平，但也经得看，身材不错，有一对了不起的乳房和翘翘的屁股。她身上没有穷贱气。她闲不住。她说她做惯了事，整天坐在家里手脚都会肿起来的。她帮朱大福称鱼。她认得秤。她给人称鱼，秤杆都是像她屁股一样翘翘的。朱大福说："你跟我一样的。要得，要得。"

桃妹跟朱大福说："我有了。"

"什么有了？"

"蠢宝……有喜了咧。"

"你是说——"朱大福声音大起来，"呵呵，我我你你是呵呵呵呵！"

晚上，他趴在她肚子上听动静。"蠢宝，现在听不到咧。"她说。

他问她是哪一次呢？她说："你真蠢，肯定是第一次啊。以后不是都叫你戴套吗？"

"哦哦哦，那是那是。"他记得他第二天到药店里去，女营业员把一盒安全套递到他手中的时候他一脸滚烫，像打劫的人一样夺路而逃。他身后是女营业员响亮的笑声。

每天晚上他都趴在她隆起的肚皮上听胎动，猜是男是女。桃妹说肚皮是圆的，肯定是个妹子，要是尖的就是伢崽。朱大福坐起来说："是伢崽那最好，是个妹子我也会疼她，都要得，都要得。"

颖子比预产期提早半个月来到人世间。护士长说她从来没有听到过一个女娃娃哭得这么响亮的。朱大福像个傻子一样笑，说不出一句完整的话来。颖子生下来七斤半，桃妹说："你终于出来了哇，痛得我都以为要见阎王老子了！"

朱大福把桃妹和女儿从医院接回来的第二天，傍晚时候他收摊回来，提着帆布袋，走进家门没看见桃妹。婴儿在三个月前买来的摇窝里响亮地啼哭，身上有一张便笺纸，上面写了一句话：

　　我走了。妹子你要疼她一辈子。谢谢你对我的好。我会记得的。

　　便笺纸上印着红字，是医院抬头。看来这不是在家里头写的。朱大福家里没有纸和笔。

　　朱大福长到四十三岁，平淡的一生只有这一次传奇。但他把这传奇一直埋在肚子里，直到颖子十六岁生日那天，他才告诉了她，虽然有些地方有所隐瞒。她一天一天长大了。衣服要不停地买。同时不停的，是他对她那让人头疼的操心。上幼儿园的时候还好，从那以后，家里来得最多的人就是她小学和中学各个年级的班主任，没有一个是好脸色的。他们责备家长不配合学校管教好自己的孩子。她的问题太多了。上课不专心，打瞌睡，讲小话，不按时完成作业，成绩全班倒数第二甚至第一，给男同学递字条，爱打扮，书包里查出了眉笔和口红，班上的男同学和别的班上的男同学打架，听说是为了她，还听说，现在还只是听说，还没有实打实的证据，听说，她早恋。早恋是学校绝对不允许的。家长有责任管紧她。

　　他对那些走马灯一样来来去去的班主任唯唯诺诺，点头称是，并自我谴责，差一点要抽自己的嘴巴。等他们走了，他站在屋子中间，一身颤抖，望着她。他不敢骂她，更不敢打她。就那样用三角眼望着她，塌鼻子呼出粗气，嘴唇翕动，但说不出话来。

　　"你会把我气死！"好半天，做事有气力的人，说出了没有气力的话。

　　没办法，他宠溺她，这个没有娘，没有母爱和母乳滋养的妹子。他觉得自己亏欠了她，必须用一生来偿还，用有求必应，用不能看到她生气和伤心，用不论做什么她都是对的来偿还。他觉得怎么做都还不清，他造的孽，终生的负债，永远的歉疚。

颖子在半夜里给徐铭达发了十几条信息，但是苹果手机没有任何来自杭州的响动。她哭了。她脑壳里像过电影一样回放了那难忘的一周，所有的细节，所有的温软的耳语和激烈的动作，喘息，叫喊，指甲在他背上留下的渗血的挠痕。她幻想有些事情是可以永存的。它到来了，就不会离去。她念着他的不知是真是假的名字，在天快要亮了的时候沉沉睡去。

　　当那些接到大学录取通知书的同学一个个消失在全国各地的时候，颖子每天在家里睡懒觉，一直睡到吃中饭才起来。吃完饭又接着睡。朱大福哭笑不得，在高低床前走来走去，烟头丢一地。他嘴笨，不晓得要说什么，也不敢说什么。

　　颖子在逛平和堂的时候遇到了李胖子。她喜欢一个人没事的时候逛商场。当然最喜欢的还是在试衣间里试那些贵得吓人的衣服。她望着镜子里的自己，穿着那些并不属于她的合身的名牌，左右顾盼，非常陶醉，并充满对生活的幻想和对金钱的渴望。她叫营业员换一条 Panko 小花点黑裙，那营业员用怀疑的目光望着她，但还是取下来放在她手中。她转过背朝试衣间走去时说："有什么了不起，切！"

　　李胖子是一堆颤动着行走的肉，胳膊上挂了一个和他相比显得过于干瘦的妹子。他松开她，让她挑连衣裙，在平坦的胸前比画着大小。一会儿柜台上堆了一堆她不称意的花花绿绿的裙子。他站在一旁满意地看着，露出讨好的微笑。他唯一逗妹子喜欢的地方是有一对小酒窝，闪动在朝下垮着的肥颊上。他看到了拿着小花点黑裙的颖子朝试衣间走来。

　　"哦哟，这是哪位仙女啊？"他显得比较兴奋。

　　颖子站住了，拿裙子的手背到身后，看看他又看看旁边干瘦的妹子："你们这是？"

　　"我表妹。"小酒窝动人地闪在谦虚的微笑里。

　　"嗯，晓得，"颖子说，"你就是表妹多。"

　　我曾经也是，她随即想。

"我同学，隔壁班上的，班花。"他向干瘦的妹子介绍，"艳遇，哦不，说错了，巧遇。"

那妹子没有笑，目光里深潜着敌意。颖子无所谓地瞥她一眼，算是招呼。

"你挑了条裙子吗？拿出来看看。"

"不看。"

"看看嘛。"他把她藏在身后的手拖出来，"蛮好看啊。"

他把裙子扯过来，展开，在颖子身前比画了一下："蛮好蛮好，蛮适合你。你就是眼光好。叫什么啊？哦，绝配。是这么说的吧？"

颖子把它夺回来："讨厌。"

"不要到试衣间去试了。就是它。"他以一向的大方口气说，"等一下我一起买单。"

"李胖子！"干瘦的妹子以与她身形不相配的巨大的肺活量喊了一声。

"没事没事，"他走过去拍拍她的肩，"难得碰到老同学——我们有差不多一年没碰到了吧？"扭动着一堆肉朝颖子说。颖子不作声。

"几个小钱。"李胖子拍拍那妹子的肩，"算个事吗？你继续挑，挑啊。"

"不买了！"干瘦的妹子把手里的裙子朝柜台上一甩。

"不要跟我横，听到没有？"小酒窝严重地消失了，"你今天非得给我挑一条裙子不可。晚上我还要带你去吃饭的。"

颖子很犹豫。李胖子说他要给这条裙子买单的时候她心里一喜。但是当着干瘦的有敌意的妹子，她又觉得接受李胖子的慷慨有失面子。她有点进退失据。

见干瘦的妹子很服从地噘着嘴又去挑裙子，李胖子朝曾经迷恋过至今仍然在意的女同学眨了眨眼："你最近在忙什么啊？"

"我有什么好忙的。你呢？"

李胖子示意他们站到旁边去说话。过去的这段不长的时间，他有了明显的变化，好像说话的口气更大了，好像世界上没有什么了不起的事情了，也好像更胖了。他说："我跟你一样，不喜欢读书，一读书就脑壳大，但是我喜欢赚钱。"他说他开酒吧的老爸拿出一百万给他开了家搬家公司，练手。他现在是老板了。雇了一帮人，买了几台车，车身上刷着"快又快搬家公司"的白漆方块字。开场生意就不错，每天都有十几单。

他对她曾经撩上了他又抛开了他还是有些恼火的。不过，谁叫她长得这么好看呢？他似乎一直等待着第二次机会。他看见她就有莫名的骚动，荷尔蒙同脂肪一起燃烧。

颖子的足尖在地上划着，不看他的小酒窝。

"你不想做点事，赚点钱？"

"我要有你那样的老爸，切！"

"我现在靠自己好不好？我肯定要比他赚得大。他给我一百万，到时候我还他两百万。"

"你本事蛮大。"

他没听出她的嘲讽。他说大话是全年级有名的。除了李胖子，他的另一个绰号叫李牛皮。"赚钱嘛，我喜欢。"他说，"偏偏我赚得到。"

他说："你干脆到我公司来做事，每个月给你开三千块钱工资怎么样？"

"五千？"他见颖子不作声，又提高了嗓音，"本公司最高的工资。管管员工，打打考勤，负责接待，有时候陪陪工商税务的领导，啊，对了，你要学会喝一点白酒。以前我要你喝点鸡尾酒你都不肯的。'蓝色妖姬'还记得吗？"

颖子望着他，在心里头辨别真假。

"你在别的地方赚不到这么高的工资，一般的起步价就是一千五。"他说，"不骗你。你随便问一个刚刚入职的人就晓得。"

她觉得他说的是真的。她明白这是为什么。

颖子回家就把 Panko 小花点黑裙穿上了，在衣柜里翻找与它搭配的上衣。朱大福诧异地问她这裙子是哪里来的。颖子说："一个有钱的同学送的，怎么啦？好不好看？算啦，你不懂。"

朱大福说："人有钱，心眼子就坏。你不要上当。"

"切，少跟我来这一套。"

"颖子，"朱大福说，"人穷志不能穷。你不要随便接受别人的东西。你喜欢的，我给你买。"

颖子把裙子上的价格牌扯下来，扔到老爸面前："你买得起吗？"

那上头印着的价格是 3600 元。朱大福沉默了一下，然后慢慢地说："我会给你买的。会的。"

"以后你不能让别人给你买东西。我不准你。"他又补充了一句，慢慢转身去做饭。

他后来真的又给他妹子买了包、靴子、风衣和香水，都是他一辈子听都没听过的牌子，外国的，他只晓得，蛮不便宜。而且去的都是大商场，地面擦得镜子一样亮，映着他的五短身材，跟在高挑的妹子身后，像个仆人。他没有用过银行卡，带的是现金，鼓鼓的一口袋。每次在收银台交钱，那位涂了猪血样的口红的女营业员总是面露烦躁，把一堆有鱼腥味的卷曲的纸币一张张抚平，鼻孔里轻轻哼一声。

没办法，妹子书念不好，但是从小爱漂亮。要看到她的笑脸其实非常简单，就是把新衣服递到她手上。看到她开心，他就有人生的小确幸，他的起早贪黑就有了价值。虽然他不晓得讲"价值"这个词，但他晓得讲"值得"。

他身体好，有力气，不生病，饭菜比饭店的厨师都做得有味道。他的生活目标就只有一个：让颖子开心、幸福。

他不逼妹子出去工作。他养活她不成问题，哪怕时不时地，她要他去买好贵的外国牌子的衣服、鞋包，但他还是觉得，一个年轻人，成天游手好闲，打扮得花枝招展，总还是有点不像话，邻居们也有些闲言碎语传到他耳朵里来。当然，他绝对不会要妹子跟他一起去卖鱼。那不是她的生活。

这天吃完晚饭，他从外头买了一盒冰激凌进来，看着妹子一匙一匙地吃。夏天，她每天要吃三四盒冰激凌。他干咳一声，轻言细语地说："颖子，我看到街上到处都有招聘广告，你可不可以去试一试呢？"

"不去。"

"我不是要你出去赚钱。"他说，"我是想你……"

"说了，不去！"

"好好好，我不说了。"

他蹲在门槛上，抽烟。蓝蒙蒙的一线天，青石井人家的木板门都是打开的，灯影人影晃动，偶尔谁家有人大叫一声，随即又安静下来。

颖子找到了李胖子的搬家公司，在芙蓉南路一幢写字楼的负一楼。从窗户上看得见马路上女人们匆匆路过的大腿。李胖子坐在大班台后头，头发朝后抹着，涂了发油。面前打开的好像是账本。旁边有四个穿着胸前印了"快又快"三个字的背带工装的男人在玩扑克，围着一个木箱子，纸牌用力甩下来，仿佛在扇谁的耳光。

"哎呀呀呀，我说咧，终于等来了你，我的偶像！"李胖子站起来，很夸张地笑，小酒窝一闪一闪。

"别让我苦苦地等待，伤心的雨落在窗台……"他油腻腻地哼起一首流行歌，手还打着拍子。

"你算了。"

"敝公司有了你，那叫什么？"李胖子说，"蓬什么？蓬……"

"你算了。"

"丽丽！丽丽！"李胖子大幅度地扭转身子喊，"丽丽！"

里头还有一间房，门开了，那个干瘦的妹子擦着眼睛走出来："喊什么喊？又不是听不见。"

"你给这位，你应该叫姐姐，你给这位姐姐拿一套工装来。要选合身的啊。"

干瘦的妹子认出了颖子，表情一下复杂起来。

搬家公司忙的是那些出粗力的工人，多半来自农村，相对他们的父辈和先祖，土地对他们已然失去了吸引力。他们的工薪是日结的，做一单是一单的钱。钱归丽丽管，他们中有人嬉皮笑脸地叫她老板娘。她很高兴。颖子当然不是日结，她接听电话，联系业务，接待时不时"顺便过来看一下"的工商税务的人和街道办事处的人，递烟泡茶切水果，陪他们吃饭，有几次喝醉了，是李胖子搂着她的腰回来的。那只肥手肯定不老实。他给她泡了一杯浓得像中药一样的茶。"醒醒酒，"他说，"你喝醉的样子几多好看。贵……贵妃醉酒。是这样讲的吧？"

月底，颖子领到的工资是三千。"你不是说五千吗？"她有点生气。

李胖子说最近他炒股亏了蛮多钱，加了十倍的杠杆，被证券公司强行平了仓。"他妈的底裤都没了，还倒欠了钱。我本来赚了这么多的。"他伸出三根肥肥的指头。

"我听不懂你讲什么，"颖子说，"反正你说话要算数。"

"唉，我不是手头紧张了嘛。"李胖子说，"以后补，以后补。"

他又说："其实三千也不错了，别的地方像你这样只有一千五咧，我都翻了一番了。"

"我不管，你说话又不是放屁。"她还是生气。

"就当它是屁，"他笑起来，"你生气的样子也蛮迷人，我好喜欢看的。"

"呸，不要脸！"

李胖子附在颖子耳根上说："以后，我不要她管钱了，要你管。"

颖子绝对不会旧情萌发。她对这个死胖子没有任何感觉了。虽然他成了她的老板，但她从心里头也没有把他当老板看。她还是觉得他是隔壁班上的同学，虽然她和他曾经"好过"。她给他打工，主要是为了她老爸，他因为邻居说自己的闲话打了一次狠架，额头上扎纱布躺在床上的样子还是蛮可怜的。当然，她也需要赚钱。

后来有一天丽丽和颖子吵起来了，沸反盈天，差点动起手来。李胖子要她把账本交给颖子。"凭什么要给她！她算老几？"李胖子说："以后归她管财务，就这么回事。公司里正常的人事调整,怎么啦?不服是不是?"

"你……你们……好啊好啊,你们做得出来!"她浑身颤抖。

"你是个妖精!"丽丽又愤怒地转头看着颖子。她是从来不看颖子的。

"你才是。"颖子毫不示弱。

她们开始对骂。在青石井邻居们吵架对骂声中浸淫长大的颖子让从小养尊处优的丽丽处于下风,但丽丽困兽犹斗,张牙舞爪。李胖子拦拦这个又困难地扭身拦拦那个,急出一额头的汗。

"你不要动手动脚啊,你会吃亏的啦。"颖子警告要朝她扑上来的丽丽。

丽丽也晓得自己打起架来不是颖子的对手,气焰顿时收敛了许多,但仍是尖牙利齿。

"我不干了!"丽丽从里头那间小房里取出李胖子送给她的 LV 包来,提在手上,"有我没她,有她没我!"把门一摔就走了。顿时一片安静。李胖子走来走去,像笼子里的熊。

刚刚在木箱子上打扑克的几个工人中的一个把手掌横在嘴边说:"老板娘冲气了。"另一个说:"还不晓得哪个是老板娘咧。"

"你们嚼什么烂舌头?"李胖子站住了,凶凶地瞪了他们一眼,"都给老子做事去!"

"老板,还没派单咧。"他们说。

"那就给老子滚出去!"

丽丽再也没有出现在搬家公司。里面的小房间让颖子坐了进去。坐在小房间里,颖子不用穿工装。她每天都换一套漂亮的衣服,马尾辫,衣领雪白,青春逼人。打扑克的工人经常看到李胖子走进去,带关门,然后听到里头颖子尖厉的声音:"把你的鬼爪子拿开!"

有时候颖子很晚还没回来,朱大福就会把门反锁上,从门缝里看看外头有没有人。然后从床底下拖出一口发黑的樟木箱子,慢慢打开一把有点点绿锈的铜锁，从里头的一件旧衣服口袋里摸出一张存折，注视着上头的最新的数字。右手的手指头依次碰触大拇指，反反复复。然后在新换上不久的一支日光灯下露出含意模糊的笑容，坐在床沿上想半天，再又把存折放回去，箱子锁好，推到床下最深处。随即躺下来，双臂枕头，烟咬在嘴角，缥缈地想着只有他自己晓得的心事。

几年前颖子无心跟他说的一句话对他刺激颇大。他那颗迟钝的心猛烈地痛了一下。颖子说的是："我都不好意思跟人家说我还是住在青石井巷。狗窝样的地方，包括我家里。"当时父女两人正在吃晚饭，房门敞开着，巷子里的人家的门也是敞的，灯光泻在门前如泼出来的洗澡水一样。嘈杂的声音和蚊子一起飞了进来。仄仄的一线黑蓝的夜天，没有星光。颖子说起最近遇到几个同学，都搬了新家，都邀她去玩。"我才不去，"颖子说，"我怕他们问我是不是还住在那个青石井。"接着，颖子说了那句给他刺激的话。朱大福没作声。那一晚上他都是沉默的。

从那天起他家的伙食变得简单多了。他把烟量从两包减少到了一包。他很少去买酒了。他也没有再添置过一件衣服，本来他是打算买一件棉袄的。旧棉袄穿了三十几年，根本不保暖了。而且他再也不借钱给别人了，不管别人怎么苦苦哀求。他每个星期去一趟银行，把那些带鱼腥味的没一张是平整的纸币都存在了存折里。他现今的生活目标就是一个：要给颖子买套新房子。他不能让她在那些搬了新家的同学面前丢脸。他晓得颖子从小最爱的就是面子。

朱大福越发起早贪黑。他的身体也大不如前了。以前，他可以轻松地抬起一筐鱼，现在他朝别人喊："来来来，搭一手。"他时不时地有些咳嗽了。咳得厉害的时候，他就到对面的药店里买瓶"咳必宁"糖浆吃，没什么用，但是吃了是个安慰。妹子大了，他的心事重了。

一般来说，颖子在家里头除了高兴的时候自己哼哼李宇春和张韶涵的歌，不怎么爱说话，也看不出什么情绪。她跟她老爸没什么话可说，她喜欢的东西他没一样是懂的。她喜欢光鲜的衣服、鞋子、包、墨镜，喜欢层出不穷的影星和歌星，喜欢奶茶、冰激凌和麻辣烫，歌厅和夜总会里闪闪的转灯、人影和震耳欲聋的乐队，喜欢一切时尚、霓虹灯、大电子屏广告和沿江大道不眠的灯火，还有手里举着辣条或串串香的年轻男女。

她从读小学起就不和他提学校里的事，不提同学和老师还有期末考试的成绩。后来踏入社会，她也不说自己在做什么事，领多少工资，晚上不回来是宿到哪里去了，认识什么人，有什么高兴或忧愁的事。她老爸倒是很想跟她说点什么，但总是找不到话题。他一提起什么来她就会说"算了吧"，把话头掐灭。这天也不晓得是什么原因，吃晚饭的时候她说起话来，先是说好久没吃过鱿鱼三丝了，然后说今天遇到了两个中学同学，一个男的一个女的，男同学开了家广告公司，女同学开了家家政公司。言语中有一丝羡慕的意味。

"你不是也要开公司吧？"朱大福小心翼翼地问。

"算了吧，我没那个命。"她说，"我也不是当老板的料。我啊，清白得很，只配给别人打工。"

朱大福悲哀地看着颖子。他咳嗽起来，心口里有点痛。他想转达张娭毑说过的话，妹子要紧的是找个好男人。他还想补充一句，这比开公司当老板都要紧。但他什么话都说不出来。他咳得更厉害了。

有几天下午太阳很大，生意清淡的时候，他抽点空，就到周围三公里范围内的在建楼盘打听价格，什么时候封顶，交房，带回来一沓楼盘资料，户型图，配套设施，周边交通，均价和绿化面积。他坐在鱼摊上，没有顾客的时候就把资料拿出来看，实际上，他根本看不懂。但他觉得反反复复地这么看，就会看出什么名堂来。来了顾客，他就赶快把资料塞进帆布袋里，捉起那把磨得锋快的剎鱼刀。他又抽空转了好多天，终于看中了黄兴北路上的一个楼盘，那里的七十平方米的小户型比其他楼盘的采光更好，南北通透。他算计了自己的存款，呵呵，他刚好买得起。一桩心事就要了结的喜悦油然而生。

颖子最近好像进了一家在万达广场里的什么公司，也不晓得她做的是什么事。反正她进过十来家公司了。当然做得最久的是在"快又快搬家公司"，半年。

她穿职业装也好看。这段时间她几乎没有夜不归宿，回到家里也不怎么跟老爸说话。朱大福看到她躺在上床总是玩手机。他喊她一声。她不作声，仍在玩手机。他又喊她一声，两声。"说话啊，"她眼睛盯着屏幕，"喊什么喊？"

"你这个星期天休不休息？"

"当然啊，怎么啦？"

"你忘啦？星期天是什么日子？"

"什么日子？"

"你生日啊！你看你看，你自己都不记得了！"

"哦呀，我还真没想起来。"

"星期天，我带你去看房子。"

"看什么房子？"

"新房子啊。"

"算了吧，看什么看？"

"我要给你买一套新房子，七十个平方米的，就在黄兴北路。"

"真的啊？"颖子坐了起来，"骗我吧？"

"我什么时候骗过你？"朱大福仰起脑壳说，"你不能再住在青石井了，我要给你买一套新房子，做你的生日礼物。我要让你，嗯，让你——"

"不可能吧？"颖子望着他，好像不认得似的，"你要是骗我，我一辈子都不会再跟你说一句话了！"

朱大福说："妹子，你长这么大，你老爸骗过你一次没有？"

颖子说："你哪里来的钱买房子呢？"

朱大福关上门，弯下腰，从床底下拖出了樟木箱子。

"你看看，"他把存折举在手里，"我给你存了这么多钱。"

他看着小心打开存折的妹子，声音有点抖："这是你老爸一辈子辛辛苦苦赚的钱。每一分钱都是为你存的。我要一次性付款给你把房子买下来！"接着又兴奋地补充了一句："一次性付款，可以打九五折。"

颖子在新房里拿手机拍了许多照片，室内的，室外的，尤其是，二十八楼可以看见湘江和岳麓山，落日像蛋黄一样朝下黏黏地滑去。她给杭州那个男人发了过去，其中当然有自己的自拍照。他偶尔回复，也就是一句话：最近实在太忙了。有时候，只是回一个微笑的表情包。她为什么总是忘不了他？可以回忆的细节其实并不多，但每一个细节都镌刻在了心里头。她自己也不晓得这是为什么。他可能代表了某种她对生活的渴望，她的青春期的梦和她愿意为之赴汤蹈火的浪漫。

　　老爸跟她说，他还要给她存装修的钱："还有点余款。再拼命干一年，应该差不多了。"

　　他估算着，后年，上半年装修，到年底就可以入住新房了。"我颖子的新房子，全套都要是崭新的。钱不够就找人借。"他无比向往地说。颖子认为，装修风格要按她自己的要求来设计。不爱读书的她居然买了两本装修的画册，放在膝头上慢慢地翻看。朱大福则兴奋地搞饭菜，袖子高高挽起，扭过脑壳咳嗽，幸福得十分具体、充盈、结实。

　　颖子看到他一阵猛烈的咳嗽之后朝地上吐了一口痰。"血！"她大叫一声，"老爸，痰里头有血！"

　　她扶他坐下来。朱大福摸摸她放在自己肩头的肉肉的手背："我颖子晓得疼她的老爸了哦。"痛苦换成了满足的笑意。

　　"你明天要到医院里去检查一下。"颖子说，"我跟公司请个假，陪你一起去。"

　　"不去不去，"朱大福说，"没事的，可能就是上了点火。我到药店里买点消火止咳的药来吃就是。"

　　"老爸……你痰里头带血，这不是好现象，你一定要到医院里做检查哦。"

　　"没事没事，真的没事。唉，我颖子晓得心疼我啦。"他声音哽咽，差不多要掉眼泪了。

新房子终于搬进去了。老爸送给她的生日礼物。伟大的礼物，爱和日子闪闪发光。一切都是新的，复合地板、吸顶灯、三十寸的平板电视、阳台上的洗衣机和靠墙的转角布艺沙发，当然也包括朱大福的笑声。颖子从没听到她老爸这样开心地笑过。她心满意足，所有的硬装和软装都是按她的要求来做的，其实就是两本装修画册里的几张样板间效果图的组合，她喜欢的样子。她一直有关于自己的闺房的幻想。没有什么比圆梦更具人生的美满感了。

新房子给妹子住，朱大福还是窝在青石井深巷里。晚上，上床是空空的，墙上颖子贴的看熟悉了的明星照永远朝他陌生地笑。他很不习惯。二十三年来，妹子第一次跟他分开住，他心里头空落落的。颖子当然还是回青石井来吃晚饭。这是朱大福一天中最幸福的时光。他完成了人生的一件大事，之后有如释重负的轻松。颖子想吃什么他就做什么：紫苏焖黄鳝、老姜煨排骨、豆豉蒸腊肠、茭瓜炒牛肉丝……她有时候回来得迟，看到坐着抽烟等她的老爸，桌子上是她喜欢吃的菜，她会说："哇！"自从买了新房之后，她开始有了一些变化。她有时候愿意跟老爸说说话了。她会问他咳得这么厉害，吃药了没有。她一直劝他到医院里做个全身检查。她陪他去。她会告诉他又找了一份工作，底薪两千，但是每推销一套护肤品她都可以拿到百分之十的提成。她今天就销出去了三套。朱大福听不懂这些，但他听到颖子跟他说话，他就特别高兴、满足。他喜欢听到她的声音。

颖子到底长大了。她告诉他他们班上有个女同学结婚了。她没有去，因为没有收到邀请函。是街上遇到的王中兴告诉她的。他去了，说女同学站在灯光下，音乐响起来，她捂着脸哭了。朱大福看出来颖子说着这件事，有点向往的神情。他又想起了张娭毑的话。他于是又有了心事。

人生总是一个心事了了，另一个心事又来。

颖子总是看到老爸吐的痰是红色的，那天生气了，逼着他明天到人民医院去做检查。

"不去不去，排好长的队，"他说，"耽误工夫。"

"你一定要去！"颖子态度坚决，"拖这么长时间了，越咳越厉害，吐出来的都是血了你还不到医院去！"

"没事的，真的没事的。"他说，"街上刘老倌也是咳嗽，吐血，年轻的时候就这样，如今八十几岁了，照样吃烟吃酒吃肥肉，不是蛮好的啵？他也从来不到医院里去的。"

朱大福也是一辈子不进医院的。他经过人民医院，总是看到门诊部门口排着好长的队，好像里头有什么免费的东西让人领取。但他从来不晓得里头是什么样子。他也不想晓得。颖子跟他说什么他都听，只有到医院里去做检查这件事他倔强地不服从。

"老爸，"颖子差不多是喊起来，"我不放心咧！"

"真的没事，你放心咯。"

清晨，第一辆运鱼的皮卡停在了朱大福的摊位前。车身更加凹凸，脏得看不见漆色。"李麻子呢？"他看到驾驶室里下来的是一个姓赵的中年男人，他平常总是坐在副驾位上的。

"来不了了，他。"

"何解？"

"脑梗，躺在急救室，"姓赵的说，"医生说可能抢救过来会变成植物人。"

"啊？什么时候的事？"

"昨天晚边上。他以后来不了了。我接他的手。"姓赵的说，"他堂客现在到处筹钱，找我都借了五千。"

倒了一筐鱼，还有一大袋绿色尼龙网丝袋的田鸡。买鱼的人顺便也买了田鸡。朱大福的刀不小心割了左手的手指。他把手指放到嘴里吮吸，吐出来一口血。他骂了一句娘。

派出所的陶户籍走过来买鱼："哦嗬，有田鸡了啊。"

"是这个季节了。"朱大福给手指敷上了创可贴，"先吃根烟。"

他给陶户籍递了根烟，自己也点着了一根："最近忙什么啊？"

"多的是事，又不晓得到底忙些什么。"

他笑了。陶户籍说了句粗话，也笑了。陶户籍原来管过户籍，后来换了岗位，内勤外勤都干过，但是街上的人仍然叫他陶户籍。

"你瘦了。"

"没有吧，老样子吧？"朱大福说。

"明显地瘦了，你。"陶户籍看着他的脸，"你自己不晓得？"

"就是晚上睡不好，不晓得什么原因。"

朱大福一口烟吸进肺里猛烈咳起来，田鸡一样地跳。

"哎呀哎呀。"陶户籍扶牢他，拍他的背。他歪着脑壳朝水沟里吐了一口痰，都是血。陶户籍没抓住，他身子一软，栽倒在地，咚的一声，世界拉上了黑天鹅绒幕布。

要到来的事情总是出人意料。胸片在光屏上清清楚楚。主治医生戴着口罩在跟颖子说话，但是她一句也没有听进去。她在一片无垠的空白中。事实是残酷的。确诊。肺癌，并已扩散。颖子是哑哑地哭着走出主治医生办公室的。她扶着墙壁，漂亮的从不穿丝袜的双腿是软软的。她走一截停一下，弯着腰哭。她像一艘孤零零的小船，漂在四顾茫茫的大海上，不晓得方向在哪里，港湾在哪里。

朱大福躺在病床上，告诉靠近他胸口的妹子，取款密码就是她的生日。他说他的床板下头还压了一个存折，那里头有万一的时候应急的钱。他从来没有动过，新房子装修缺钱的时候都没有动过。"我还是给你留了一手的。"他说，"密码也是一样的啊，要记得。"

颖子被这种交代后事一样的话语吓得哭起来："你要是……要是……我怎么办？"

"蠢宝，没事的。不要听医生那一套。我吃得三碗饭，呷得半斤酒，勒手勒脚做得事，什么病都放我不倒。你看咯。"

"我怕……我好怕的……"

"怕什么怕啊，你老爸打得鬼死咧。"

第三天，朱大福拔掉身上的各种管子，趁护士们不注意，溜出了人民医院。"我才不会被他们割一刀咧。"他对拥到他家里来看他的青石井的邻居们说，"我躺在医院里横想竖想，去他娘的，老子要挨这一刀干什么，索性就跑出来了。"

张娭馳说："开刀也是一个死，不开刀也是一个死。要是我我也不会挨这一刀。何必呢，这把年纪了。"

朱大福很好汉地说："老子天不怕地不怕，还怕它个死。要死卵朝天，不死当神仙！"

颖子从外头急急忙忙走进来。"医院寻人咧。打我手机问我人在哪里。"

"你还是跟我回医院去做手术吧，你要信医生的。"她说。

"不信，我只信我自己。"

"老爸哎，"颖子又要哭了，"我求求你，好吧？"

"我妹子晓得我要紧了，"朱大福对围着他的邻居们说，一脸夸张地炫耀，"她现在好懂事的。"说完又是一阵咳嗽。一口痰涌上来，他没有吐，咽了下去。喉结上下滚动。喉咙里是血腥味。

颖子两行清泪流下来。"你莫逞英雄咯，你要是……"她有点哽咽，"要是……你不动手术，会……会……"

"会死是吧？"朱大福呵呵笑一声，"蠢妹子，你老爸死不了的。我还没看到你结婚，还没看到你生胖崽崽，我怎么会死？不可能的，绝对不可能！"

邻居们笑起来。颖子语塞了，脸上泛起两朵红晕。

时间和不幸正在改变颖子。她每天下了班就回来陪她老爸，有一句没一句地说说话，扫扫地，收拾一下他那凌乱的床。在两份工作之间的无事可干的闲时里，她甚至站到朱大福的鱼摊前，帮他打打下手，把剁好的鱼块装进塑料袋中；鱼从水盆里跳出来在地上翻蹦，她弯腰去捉起来，鱼鳞贴在她漂亮的裙子上，闪着碎碎的光；她给伸过来的手掌放上找零。朱大福不时侧过脑壳看看她，三角眼里都是含糖量很高的笑意。"你莫搞邋遢了衣服啊妹子。"

朱大福要把小钱存成大钱。将来颖子要结婚，要生胖崽崽，办大事都要大钱。颖子这里那里打工，赚的钱只够她自己花，甚至不够她花。她要的包、鞋子、手机、香水，都是他跟着她到令人眼花缭乱的大商场里去买单。好贵啊。他到收银台付钱的时候心里头是紧的，同时也是松的。只要她高兴，他就满足。他这一辈子，就是为了她才活得有点兴味的。他起早贪黑，赚的每一毛钱都是为了她。

颖子晓得，他有两本存折，密码是自己的生日。

后来，颖子认识了一个绰号叫二毛的人，爵士乐队的小号手，留着及肩的长发，一年四季都是黑 T 恤，目光清澈又空洞，胸前晃动着一条银链子，手上也是。在南门口番茄酒吧，他从舞台上下来，在她的台子上拍了一下，然后进了洗手间。出来路过，又在她的台子上拍了一下，朝她笑。

"我看看。"后来他和她坐在一起喝冰镇啤酒，她要他褪下手上的银链给她玩玩。"凤凰买的，苗族人做的，不精致，也不贵。"他说，"上次去那里演出。喜欢吗？""嗯，有意思。"她说。"喜欢就送给你。"他显得很大方。

她玩了一会儿，递还给他："还是你戴着合适，是你的风格。"

她继续说："你要是不戴它，就不是你。"

他哈哈大笑。他笑起来有一股孩子气，这让她喜欢。

他请她吃饭，就在一条小巷子里的大排档上，点了油爆小龙虾、劈成两半沾满了辣椒的螃蟹、麻油猪血和葱油粑粑。叫了五瓶百威啤酒，冰镇过的。"哦呀，喝不了这么多。"她说，"我顶多喝大半瓶。""不急，慢慢喝。"他又是那样笑。她捋了一下头发，也相视一笑。

他大概三十岁，身上有种东西吸引着她。她也说不清那是什么。孩子气？有时候显得很弱的样子？率性、真实、诚恳？或者吊儿郎当、满不在乎？眼神里透露出的某种固执，或者缥缈？好像是，又好像不是。总之对她来说他是一块磁石。

他说他的老家在郴州，"去过吗？"她摇摇头，口里咬着小龙虾。

"有一个东江湖，那你肯定也没去过。"他说，"好大的湖，水好清，东江湖的鱼是有名的。"

"我老爸就是卖鱼的，说不定卖过你们那里的鱼。"

"真的哎？"

"狗骗你。"

他说他高中都没读完就跑到长沙来了。他拜了师，学小号，后来就进了乐队，几乎疯狂地迷上了爵士乐。他买不起房，跟乐队的其他两个人一起合租了一套三室一厅的房子，就在万达广场后头。那两个人都有女朋友，他没有。

"真的没有？"

"狗骗你。"他学她说话。

"以前有过吧，肯定。"

"以前，嗯，算是有过吧。"他又纠正，"不，不能算。只是玩玩。"

"只是玩玩。"她看他一眼。"你谈女朋友就是这个态度？"

"我没有态度。"他说，"我都不晓得谈恋爱是什么味道。"

实际上，她喝了一瓶半。"超量了，我。"她说，"有点晕了。"

他把她剩下的半杯啤酒拿过去一饮而尽："没事，坐坐就好了。"

他带她去了他们合租的房子。他把他的房门带关。隔壁的房间有女孩子的叫声。他点燃一支烟，给她放音乐，屏蔽掉尘世的杂音。"喜欢路劳尔斯吗？最老牌的爵士歌手。"她摇摇头，不是表示不喜欢，是表示不知道。她莫名其妙地觉得他喜欢的她一定也会喜欢。"他死的时候，晓得不，好莱坞星光大道上都摆满了鲜花。"她睁大眼睛，听着她的生活之外的声音。

他又换了一支曲子。女声，沙哑性感，吉他和低音提琴的伴奏下，如烟绕梁。"戴安娜·克劳。"他介绍说，"新一代最牛逼的爵士女王。你要是不晓得她，你就不晓得爵士乐。"

她当然不晓得爵士乐。她只晓得港台和内地的流行音乐，只晓得李宇春和张韶涵。他给她打开一扇窗，她朝外看去，世界遥远，白云悠悠。

没有先兆，没有挑逗，他突然捧住她的脸亲了一口。然后退到身后的椅子上坐下来，朝她很孩子气地笑，就好像刚刚只是顽皮了一下。

她没来得及反应。在脸上摸了摸，指头是湿的。"你这是干什么？"她问。

"没干什么啊。"他说，递过一张餐巾纸，"突然觉得你好可爱。"

"算了吧你。"她没有伸手接那张纸。

"你什么都不懂，"他说，"所以一干二净，特别可爱。"

"算了吧你。"

"我最讨厌那些装的妹子。她们什么都不懂，又装作什么都懂。"然后他说，"你不装。"

"我是不懂啊，我什么都不懂。我要装什么啊？"

"所以……我说，所以……"他又朝她笑，从椅子上站起来，双手撑在她的坐凳的扶手上，脸靠得很近。

颖子说："我要走了。不早了。我老爸生病了，一个人在家里头。"

她其实心里是矛盾的，她有些期待，又有些害怕。她晓得自己喜欢上了他。她感觉到了自己身体的灼热。

他送她到马路上，拦了一辆的士，付了车费。"你不会不再到我这里来了吧？"他问。

"谢谢你的小龙虾，还有啤酒，还有爵士乐。"

她又补充了一句："跟你在一起的感觉，蛮好。"

他们在一起两个星期之后她发现他抽大麻，放在香烟里抽。她晓得这是危险的。但他说玩音乐的人里头很多都抽，有人还吸海洛因咧。他说了一串著名的名字。"你眼睛瞪那么大干什么？这是真的。狗骗你。"他说得自己抽大麻似乎很有道理的样子，好像把自己的名字和那些著名的名字之间画上了等号就等于没有任何错误一样。他指了指隔壁，说："他们也抽，不信你过去看看。"颖子害怕，退缩了，有一个星期没去找他。他也没找她。他是那种个性很犟的人。

结束了。刚开始的时候颖子这样对自己说。她觉得自己很果断，毕竟还没有完全陷进去。但是最初的轻松过后她感觉心里头有种东西越来越沉。她刚进入一家房地产公司，在售楼部当售楼小姐，穿着一套公司发的黑色职业装。接受了礼仪培训之后，她站在沙盘前双手握在胸前欠身迎接来看楼的客户。她看上去精神，实际上走神。她不断地想他。他和她吃饭的情景，在他的小房间里听音乐聊天的情景，手牵手在河边上散步的情景，他热吻她并剥掉她上衣的情景，这一切都在脑海里翻腾，挥之不去。她想念他，渴望见到他。但她又不想如此。于是越来越矛盾，越来越纠结。客户问了她三遍 B 栋一单元 2604 那套朝南的三室两厅房的价格，她才像从梦中惊醒过来："呵呵，我们一房一价。请问你问的是哪一套？"

被公司炒掉的当天晚上她去找他了。他刚刚演出回来，手里提着小号盒。他看见她站在楼房外的路灯下。影子很长。

那晚上她没有回到她的新房。很疯狂的一夜。他手臂上留下了她的咬痕。她跟他说："有个条件，那就是你以后再也不吸大麻了。"她要他发誓。他发了，看上去很认真。没过几天，他又抽上了。她哭起来，说他欺骗她。她站起来要走，他一把抱住了她，不求饶，只是不停地抚摩她的头发，什么也不说。她晓得自己走不了了。她已经离不开他。

她把他带到了自己的新房。他很兴奋，到处看，到处摸。推开窗子看见湘江，大叫了一声。"我一直梦想有一间自己的房子哦！"他很感慨。"以后这就是你的家。"她看着他的眼睛说。

"真的？"

"狗骗你。"

她看着他准备点大麻烟，说："你要是把这个戒了，我会嫁给你。"

"好，我不抽了。"他把烟揉碎，扔到窗外。

但是过了两天他又抽了。他戒不了。她看到他吸一大口赶紧把嘴捂住，那种陶醉的模样，让她难过。她说："你会出事的咧。"

她说得忧心忡忡的，说的是自己的不祥预感。

后来她的预感被证实了。

二毛他们的乐队在一些酒吧驻唱，收入不多，但他们无所谓。他们很快活，有时也很疯狂。偶尔他们也接一点商演，穴头让他们在长达一个半小时的演出中表演三四支爵士乐。这样的商演一般都在外地，穴头接的活。那天他们到了岳阳，晚上演出之后开始消夜，就在洞庭湖边上，月亮高挂天宇，湖水波平如镜，远处的君山像浮在湖面上酣睡的水牛。这景致让他们开心。这是个周末，颖子也跟着二毛出来散心。他们不晓得吃了多少烧烤和啤酒，还有洞庭湖里十几种叫不出名字来的鱼。回到酒店已经是凌晨三点多了。二毛叫颖子先睡。颖子打着呵欠问他要干什么去。二毛说他到隔壁小胖子那里坐几分钟就回来睡觉。小胖子是架子鼓手，陆续有人敲他的房门。连二毛一起他们有四个人。他们抽开了，大麻烟燃在他们每一个人的手指上。每一张日光灯下的年轻的脸都苍白而迷醉。世界渐渐隐退了，消失的尽头，他们的身体飘浮起来了。

这四个家伙经常就是这样聚集在一起吸食大麻。他们的关系比任何人都亲密。他们有共同的秘密和快乐。

突然门被敲响了，急促的声音像架子鼓点。

陶户籍急急忙忙横过街来找朱大福。

"你妹子出事了！"

"什么事？"朱大福一时反应不过来，手里握着刀，"你说什么？"

"你妹子被扣在岳阳了！城陵矶派出所！"陶户籍说话的声音向来大，"城陵矶派出所，听清楚了吗？"

"我妹子？"朱大福三角眼瞪起来，"她好好的，出了什么事？"

"我也不晓得具体情况。反正拘留起来了。我刚刚接的电话。那边打来的，咨询户籍所在地派出所，核实身份。"

人人都会束手无策。出事，又不明原因，又不知结果，最让人揪心。全世界所有空难事件中的家属大抵如此，朱大福也不例外。他额头上冒出汗来，上衣一下子湿了。"你赶快到岳阳去啊！"旁边摊位上的老余说。仿佛提醒了他。他赶快收摊子。"你快点去，"老余说，"我来帮你收拾，莫耽误时间。"

朱大福小跑着往青石井去，一边跑一边咳嗽，越急越咳得厉害。他感觉到了喉咙里的血腥味。他被老余提醒一定要带上身份证。他进门就到五斗柜里翻找。他在生活上是一个凌乱的人。

一道影子闪进了三角眼的余光里。他把脑壳扭过去。

颖子站在了门口。逆着光，是一条黑影。

"要命的哎，"他第一次这么大的声音对她说话，"我都被你急死了咧！"

黑影走了进来。颖子的脸亮了，面无表情。

"出了什么事啊？说话啊，出了什么事？你到岳阳搞什么鬼？"

颖子呆呆地坐着，目光恍惚，好像还没有从一场噩梦中醒过来。

她从没有把二毛带到青石井来过，朱大福也根本不晓得她和二毛的事。虽然她也常常陪明显衰弱起来的老爸说说话，但感情上的事她从不提及。老爸也不敢问。有时候他会旁敲侧击，说："妹子你也不小了，应该正经谈个对象了。"她会反问一句："什么叫正经？"他如果要继续说下去，他晓得她会说"算了吧你"。他不想自讨没趣。

二毛在被关了半个月之后放出来了。四个人都是一起出来的。岳阳警方把他们吸毒的情况通告了长沙警方。

这支乐队解散了。乐队老大去了北京，其他的人各找出路，消失在这个人口日益增多的喧闹的省会里。街上人山人海，彼此都是陌生人。

二毛待在出租屋里面整整一个星期没有出门，情绪十分低落。另外两个室友干什么他也从来不问。只有颖子天天来看他，提在手里的白色塑料袋，鼓着两三个泡沫食盒，装着二毛喜欢吃的几样菜——卤蛋、肥肠和捆鸡。他们不到大排档去了，就在房间里吃其实是从大排档买来的饭菜。她要他住到她的新房子里去，干脆把这里退了。他不肯。

　　这天，颖子把两千块钱递给二毛。钱上面箍了她从头发上抹下来的橡皮筋。

　　"干什么？"他问，身子朝后仰去。

　　"寄给你妈妈啊。月底了。"她说，"你不是每个月底都给你妈妈寄两千块钱吗？"

　　"我不要你的钱。"他说，"拿去！"

　　"你没有钱了啊我晓得。"

　　"不关你的事。"

　　"二毛，"她有点来气，"我跟你是一根绳子上的啊！"

　　钱搁在泡沫食盒翻开来的盖子上。二毛看都不看。

　　她对二毛又爱又恨，尤其是那天晚上她和他们四个人一起被带到派出所的时候，从未有过的经历让她一夜未眠。她心里充满了怨气和愤怒。她想跟他一刀两断，但是无论如何她又舍不得离开他。

　　二毛不作声，低着脑壳，然后又在身上到处摸。

　　"你还想抽那个害人的鬼东西吧？"她说。

　　二毛望着她，还是不作声。这天晚上，他没有再说话。第二天也是。第三天也是。

　　"你就是这样对待我的吗？"她问他。

　　"说话啊，"她又说，"要不放点音乐？"

　　二毛把眼睛望向窗子外头。几根树枝挂着转黄了的树叶。风吹过城市上空，灯火闪闪烁烁，像是一片明亮的掌声。

　　他终于开口说话了。他说："颖子，我们还是分手吧。"

"这就是你想说的话？"她一下子就涨红了脸。

"跟你说，这不是你要过的日子。你不应该跟我过这样的人生。我什么都不能给你。"

"你不要跟我说这些。我喜欢你，喜欢跟你在一起的感觉。我不要你给我什么。我也不会跟你要什么。我可以赚钱，辛苦一点，节省一点，两个人也可以过下去。"

泪珠在颖子的眼眶里转动。二毛表情漠然。

"只要你不再抽那害人的鬼东西，我愿意跟你在一起。我们好好地过，好吧？"

"戒不了，我发过毒誓，还是戒不了。我没有办法。你也没有办法。"

"它会毁了你的！"

"毁就毁吧，"他说，"我一无所有，没什么好毁的。"

最后他还是那句话："我们分手吧。"

他说完再也没有看她一眼，一直盯着窗外。很少见他坐得这样直。那是一种固执的直，下了决心的直。

颖子冲到路灯下，扶住水泥的灯杆呕吐起来。之后，半条巷子都听到了她声嘶力竭的痛哭。

虽然颖子基本上每天还是回来一趟看看他，但她一连几天都没有回家吃晚饭。朱大福看着她喜欢吃的几样菜摆在饭桌上都冷了，他也没了吃饭的心思。他闷闷不乐地坐着抽烟。青石井巷口上的路灯亮了起来。朱大福拖着自己的影子走出了巷子。他要到妹子的新房子去看看。他很牵挂她。他手里还提了麻辣小龙虾和油炸香干，可以给妹子做消夜。

敲了门之后他站着等。再敲，然后贴着门听里头的动静。他好像听到里头有嘤嘤的哭声。他大声喊："颖子颖子是我！是我咧颖子！"哭声好像消失了，但是没有人开门。他又用力捶打大声喊叫，里头却没有声音。他有一把新房的钥匙，但是没有带在身上。他连忙坐电梯下楼，回家取钥匙。这个慌张的过程中，他都不晓得什么时候弄丢了手上提着的麻辣小龙虾和油炸香干。他上气不接下气一路小跑过来，一额头的汗。咳嗽让他脑壳缺氧，他感到一阵窒息。

门打开了，灯光苍白雪亮。颖子斜靠在傍窗的布艺沙发上，右手握着伸长的左手。地上有一把反着光的水果刀，左手的纤长的指尖朝下滴着血，濡湿了茶几下的一片地毯。

过去了好多日子，朱大福只要回忆起这个场面，心里头都是痛的。同时也照样不会明白，妹子为什么要割腕自杀。虽然他没有见过二毛，但他晓得天底下好男人多的是，为什么人要吊死在一棵树上？

他常回忆自己如何抱着一路滴血的妹子走进电梯，走进人民医院的急救室，他是如何央求医生救救自己的妹子，她才二十三岁啊医生！他常回忆起妹子苏醒过来的一瞬说的话，她说她不要活，然后哇哇地哭。他用力摁住她的右手，这只手想拔掉身上的管子。他常回忆在医院病床边陪护她的那一周，他不敢睡去，看着妹子双眼合上，呼吸均匀，他赶紧跑到走廊尽头抽烟、咳嗽，然后又赶紧跑回来坐在妹子的床边上。他还常回忆出院时医生跟他说的话，医生叫他要看紧一点，"她这里还没有完全拐过来。"医生的食指在他自己的太阳穴上画着圆圈。

半年之后，颖子正常了。她偶尔会想起二毛，但情绪已经平静。撕心裂肺地痛过之后，时间会让人平静，心如止水。伤口总是要结痂的。二毛是在郴州，还是在长沙，或是在别的什么地方，她都不晓得，也不会去打听。她再也没有遇到过他。

朱大福吐血的频率更高了。他听到猛咳的时候胸腔里有一种难听的声音，拉风箱一样。当然他不会告诉任何人。他心里清楚，他活不了多长时间了。他有点害怕，但又有点坦然，更多的是担心。他有时候想，如果他撒手离开人世，妹子怎么办。这是他在人世间唯一放不下心的。他觉得他妹子虽然年纪不算小了，但是还很幼稚，很轻信别人，很容易上当，尤其上男人的当。她也很容易受到伤害。受到伤害之后反应激烈，不晓得会干出什么吓人的事来。只有他能够守护她，宠爱她。还是张娭毑说得好，妹子要嫁一个好男人。他想如果颖子嫁了个好男人，他把她交到那个男人的手里，他就可以放心地走了。不然他会死不瞑目的。

他又想起颖子，如果他离开这个世界，她既没有娘，也没了爹，那她怎么办？逢年过节，她孤零零的一个人往哪里去？

颖子自从那件事以后，有一年多的时间没有和任何男人谈恋爱。她陪她老爸的时间更多了。这让朱大福特别满足。他觉得颖子如今懂事了许多。她以前在他面前的那股子火药一样的冲劲很少看见了。她还跟他学着做菜。他感到欣慰，想以后即便没了他，她至少晓得自己烧火煮饭。煎鱼的时候油溅到她的手上，他冲过去把她的手放在自己嘴里吮吸，心痛得眼鼻挤成了一堆。她抽出手来甩了甩，说没事。

"小心啊，"他说，"要是油溅到脸上，会破相的咧。"

她有一天从冰箱里拿出一盒冰激凌，躺在自己的席梦思床上边吃边打开电视，晚间新闻跳出来，她本想换频道，突然听到"杭州"两个字，她把遥控器放下了。新闻里说最近杭州破获了一个犯罪集团，这个集团主要的罪行就是以恋爱为名骗取女性的钱财。然后简单介绍了他们的作案手段，提醒广大女性朋友不要轻易上当。女播音员没有念他们的名字，念的是"以张某刘某徐某为首的犯罪团伙"。她听到"徐某"两个字，坐了起来。随即又躺了回去。她想他的姓名一定是假的。她一文不名，还不够成为他们的猎物。但她现在晓得，他的一切都是表演。她早已把手机里的他拉黑了。她安静地吃完了剩下的冰激凌。

渺小的人都感受不到伟大的时间。青石井巷墙基和屋瓦上的青苔绿了又黄了，黄了又绿了。麻雀在屋顶上跳跃、啼唱。它是去年那只麻雀吗？

朱大福走路有点佝偻了。挥刀剁鱼，砧板不再果断地蹦出既有力量又有节奏的声响。做起事来他有点拖泥带水了。陶户籍来买鱼，警服上衣干干净净，没有烟灰。有段时间不见他了。"住院，"他解释，指了指胸口，"里头长了坨东西，割掉了。"

"难怪。"朱大福给他递烟，"这么久没看到人。长了什么东西？"

陶户籍扬扬手："戒了。住院那天起就戒了，明天就是一个月了。"

他下了班还是喜欢跟同事下象棋，下得臭，总是悔棋。这个他戒不了。

他提着条草鱼横过街的时候回头朝朱大福喊了一句："你还是要招呼好你自己啊。命要紧啊！"

朱大福切了生姜、大蒜，洗了一把紫苏，打算焖黄鳝。这也是颖子爱吃的一道菜。他低着脑壳，三角眼的余光掠过了黑影。门口站了两个人。

是颖子和一个比她高出半个头的年轻男人。

"这是我老爸。"颖子对那个人说，"他饭菜做得最好了。你等下子尝尝就晓得。"

"汪景春。"颖子把那人拖到老爸面前，"你叫他小汪就是。"

这是颖子第一次带一个男人到家里头来。那男人三十一二岁，戴了副眼镜，白白净净，模样端正。"伯伯好。"他说，声音还很礼貌。

"小……小……"

"小汪。"颖子说。

"哦小汪。坐，坐。"朱大福说，"我这屋里，稀乱的。"

颖子对小汪说："我就是在这样的环境里头长大的。"

小汪说："嗯，明白。"他在她后脑壳上摸了一把。

曾经有一回，朱大福跟他妹子说："你要是谈了男朋友，一定要带回来给我看一眼。我别的本事没有，看人还是看得蛮准的。"妹子说，除非她打定主意想嫁给那个人了，她才会把他带到家里头来。只是在一起相处，她是不会带回来的。没必要。要是变了呢？朱大福想起了妹子说过的话。

颖子大大方方把男朋友带到了青石井，邻居们围了一屋子，把小汪看得不好意思，不断地扶眼镜架，好像它随时会掉下来一样。

"要得，要得。"张娭毑把朱大福拉到门边上说，"你看他那个鼻梁、人中、耳朵，蛮好，蛮好，是个有福气的相。你颖子命好咧，看上了好对象咧。我早就讲过，妹子哎，就是要找个好男人。"

"你们两个人好配的咧，金童玉女咧，"张娭毑声音好大地说，"打算什么时候请我们左邻右舍吃喜酒咯？"

"早咧。"颖子羞得低下了头。小汪又伸手摸了摸她后脑壳。

他们两个吃完饭回新房那边去了，朱大福横竖睡不着。太高兴了，太幸福了，太意外了。他妹子终于有了着落，看样子她是准备嫁给小汪了，不然她不会把他带回家里头来。朱大福其实并没有仔细看清楚小汪。他不敢放肆看小汪。但是他看小汪第一眼，心里头就有了踏实感。他觉得他妹子找对了人。这年轻人有礼貌，稳重，沉静，看颖子的目光中有遮掩不住的深情。就这一眼，朱大福就很满意，很满意，非常非常满意。他一阵猛咳，吐出了一口血痰。他对着空气说："你要是今天在这里就好了。你会高兴的，桃妹。你一定高兴。"

他喊小汪的时候喊得很亲热。他说他只有妹子没有崽，小汪现在就好比是他的亲崽。小汪还是喊他伯伯，礼貌里也有亲热。小汪给他买了进口药，瓶子上尽是洋文。小汪告诉他一天吃几次，什么时候吃，每次吃多少粒。小汪还给他买了一件羊绒背心和一双加了绒的保暖皮鞋。长沙下雪的时候小汪还带着颖子和他到三亚住了一个星期。他是第一次坐飞机，也是第一次看见海和椰子树，第一次住五星级酒店。他在卫生间里出恭之后不晓得按什么地方可以把大便冲下去。他不好意思喊小汪，十几分钟之后总算灵机一动，用水杯接了水朝坐便器里冲。

他暗暗观察小汪对颖子的一举一动，慢慢他越来越踏实，越来越放心了。他看到小汪对她无微不至，不是刻意的，不是做作的，是自然而然的。小汪像他一样，所做的一切都是为了让她高兴。小汪是一个懂得怜爱女人的男人。

小汪在一家上市公司上班，朝九晚五，偶尔出差。每次出差回来都要给颖子父女带礼物，吃的、用的或者穿的。他还很细腻，很贴心。他是做产品研发的，是他们公司里的技术骨干。听颖子说，他是有股份的。他们公司的主业是做飞机刹车片。

他是北方人。朱大福开始学着包饺子，剁肉泥，掺进去韭菜或大白菜，有时候是香菇或胡萝卜，笨笨地，把饺子包得像汤包。小汪也把白衬衣袖子挽起来，告诉他如何捏饺子的边。他们三个人围着桌子吃饭，灯光下，那情景是动人的。他们吃完了，陪朱大福坐一会儿，有时候回颖子的新房，有时候回小汪在河西买的一百平方米的江景房。小汪和颖子商量，两个方案：一是把两套房子卖了，再换一套四室两厅的大房子，把伯伯接过来住，一家人不要分开了；二是颖子和他住到河西去，把她的那套房子给伯伯住。伯伯在青石井的破房子里住了大半辈子，也应当住住新房子了。颖子吻他的后颈，说："你真好。你是世界上最好的人。"他说："你去跟伯伯说，看他愿意选择哪一种方案。"

在一个阳光耀目的周末，小汪带颖子在四百七十多米高的九龙仓顶层的餐厅吃了一顿西餐。落地窗外是这个城市的天际线，无数闪闪发亮的楼顶，一带江水和连绵起伏的岳麓山，大桥上车辆像飞速爬行的甲虫。小汪从衣袋里拿出一个扎着绸结的礼品盒放在餐桌上。"打开看看。"他对她说，洁白的牙齿闪着复杂的微笑。

"什么啊这是？"

"打开吧。"

"今天又不是我的生日。"

"打开吧，慢慢打开。"

她慢慢解散绸结，慢慢打开盒盖，一只钻戒浮现在深蓝色的绒布里，就像旭日浮出了海面。她轻轻叫了一声，一只手捂紧了嘴巴。

"天然的钻石，南非的，"他说，"这是我的求婚戒指。"

他单膝着地，握住了她的左手："嫁给我吧，朱颖。"

眼泪夺眶而出，她点了点头，缓慢而庄重。泪水从下巴上滴落下来。

他把钻戒轻轻套进她左手的中指，站起来，坐回皮面的椅子上。"从此刻开始，"他笑着说，"所有看见你的男人，都知道你名花有主了。"

他们准备在国庆长假里结婚。

两种方案朱大福都不肯接受。他还是只愿意住在青石井。"我们祖孙三代，在这里住了几辈子，哪里我都不去。"他跟他们说，"老话讲得好，金窝银窝，不如自己的狗窝。"他还说："你们年轻人当然要住新房子、好房子。我离不开这些邻居。我要是一天看不到他们，再好的地方住着都没意思，等于是在好地方坐牢。"

他们在布置新房。新房还是小汪在河西的那套江景房。颖子的房子既然朱大福不愿意住，那就干脆出租。好地方，不愁租客，而且租金不菲。小汪从给颖子戴上钻戒那天起，改口叫朱大福爸爸了。他说："爸爸你就每个月拿租金过日子吧，不要再做事了，辛苦了一辈子，你也应该享享清福了。"朱大福很感动，但是他说："我是劳动人民咧，我不做事，会天打五雷轰的。租金我不要，你们小两口用。你们结婚请客的钱，我来出。不不不，你们不要争，我颖子办大事的钱，一定我来出。我都存了好多年了。"他说得声音都战栗起来。

婚期一天天逼近。朱大福没有睡过一晚完整的觉。他浮想联翩。那个雨夜总是闪回在眼前。他清清楚楚看见她。她躲在屋檐下，一道闪电把她照亮，她从此走进了他的生活，虽然她决绝地走了，一去不回头，但是她并没有走出过他的生活。他总是想起她，在回忆里，在梦里，在默默的念叨里，她翩然来到他眼前。"你妹子要做新娘子了啊桃妹。"他又对着空气说。

他咳得上气不接下气，之后不停地喘息，喉咙里涌出他刀下的鱼一样的血腥。最近一年多来，他胸口越来越闷，也越来越痛。吃饭的时候，他甚至有些吞咽困难。现在，他吐出的每一口痰里都带着猩红的血。当着他们的面，他都把它吞了进去，喉结艰难地上下滚动。但他说话时牙缝里的血还是吓着了他们。小汪坚持要带他到医院去做检查。小汪说自己一个女同事的丈夫是湘雅医院呼吸科的专家，可以带他去看专家门诊。朱大福顽固地拒绝，一边咳嗽一边摇头。

"不行，爸爸，你都咳成了这个样子。"小汪说，"我一定要带你去看病。"

"不去，不去！"

颖子见她老爸来了犟脾气，急得眼泪都要掉了下来。回到河西的时候，她告诉小汪，老爸其实已经确诊了，肺癌。小汪说："啊，怎么不早点告诉我？"她说："我怕你担心。"她跟小汪说了老爸拔管子从医院里跑出来的事。"他生性固执，若是横了心，十头牛也拉不回来的。"她说。小汪感叹："唉，爸爸是多么好的一个人！他不肯就医，我们怎么办呢？"颖子红着眼睛说："谁也拿他没办法。"他们坐着，沉默了好长时间。"他至少应当把烟戒了。"小汪说。"他不会戒的，我劝过无数回了。"她缓缓地摇着头。他把她搂在怀里，心疼地抚摸。

国庆长假来了，一生中最重要的也是最后的时刻也来了，看上去平常，实际上辉煌。婚礼在华天酒店举行，人并不多，只摆了四桌。小汪的父母从北方来了，文质彬彬的夫妇，儿子的教养的源头。颖子从小没什么朋友，她也没有邀请同事和老板，倒是小汪他们公司里来了一些人，都穿着西装。小汪和颖子商量了，他们拒绝收礼。朱大福穿着小汪给他定做的一套中式服装，缎面上有圆形的烫金的福字图案，闪着富丽的毫光。朱大福在大堂的明亮的玻璃上看到了一个陌生的自己。他兴奋、意外，也很惶恐。他的手不晓得要往哪里放。小汪的父亲是大学的教授，在掌声和喝彩声中结束了自己精彩而得体的感言和祝福，现在轮到朱大福上台了。主持人给他递上话筒。他拿反了，被主持人纠正过来。他站在中间，觉得灯光耀眼。他拿一只手去挡住光亮。他的三角眼在阴影中闪烁着紧张和不知所措。一分钟过去了，他还没有吐出一个字来。那一分钟显得特别漫长，也特别安静。一生中从来没有在聚光灯下站过的人，一生中从来没有在大庭广众下发表过讲话的人，汗如雨下，又背脊发凉。刚准备开口，突然爆出一阵猛咳。场面有些乱了。小汪和颖子连忙上去扶住他。大家又安静了。他吞下了一口浓痰，牙齿上沾着血，离话筒很远地说了一句话。大家没听清。小汪上前从他手里取了话筒放到他嘴边，请他再重新说一遍。

"小汪，你是个好伢崽，我把颖子交给你了，我放心了。你会对她好的，我晓得。"他听到自己的声音微微发颤，接着听到了掌声，有些人站了起来拍手。他看到了张娭毑和王眯子他们几个青石井的邻居。颖子抱住了他，泪流满面。他给她擦泪，拿崭新的中式衣服的缎面袖子，说："莫哭莫哭，你今天应该笑。你看，你老爸就不哭。"他说着，一颗映着灯光的闪亮的泪珠沿着皱纹纵横的脸滚落了下来。

"你要快点让我抱胖崽崽，妹子。"他有点喘不过气来，"我怕我会——"

"老爸，会的，"颖子止住他，"一定会的。明年就会让你抱胖崽崽。你好好的啊老爸，我要你好好的你听到没有！"

这天晚上，那些参加了婚礼的人都在新房里闹洞房。朱大福没有去。他怕自己受不了。高兴和难过他都受不了。他独自坐在家里头，桌子上放了一瓶婚宴上带回来的五粮液。他喝了一半了。"你也喝一口吧。"他举着杯子对着空气说，"今天是你妹子大喜的日子咧！你没看到你妹子几多漂亮，跟个仙女一样！"

他又猛咳了几声，吐了一口热血在地上，拿鞋跟擦了擦。他还穿着那身一生中从没穿过的贵气又喜气的缎面衣服。胸口又痛起来，像有一只手在里头扯着五脏六腑。他喃喃地说了一句："观音菩萨啊……"

他的灵魂飘了起来，向着最虚最虚的虚空。

洞房里很热闹。大家用各种恶作剧捉弄一对新人，然后哈哈大笑。颖子也笑得直不起腰来。她冲到阳台上透一口气。夜晚的江边刚刚燃放过节日的烟花。天空蓝得奇诡而安谧。江水流动着，人世的悲欣，它见得太多。它永远不动声色，把一切带走。小汪也来到阳台上，把手放在颖子的腰间。新房灯火通明，人们还余兴未尽，但他们两人都没说话，只是静静地注视着静静的远方。

突然，像是某种刹那感应，颖子大声说："我老爸！"声音是颤抖的。

很神奇地，小汪在她睁大的眼瞳里，看到了一颗流星。

喜悦之地

笛　安[*]

"其实你已经吃完了，你就是想拖时间。"

"没有，没吃完呢。等我吃完咱们就走。"

"你敢拿出来让我看看吗？雪糕早就没了……"

"可是雪糕的那根木棍上还有甜味儿！木棍上的那种甜味，跟直接吃雪糕的时候是不一样的。"

"……"

"你每次都要把木棍咬碎，你不怕不小心咽下去？咽下去会死吧？"

"死不了，最多在内脏上面划一道痕迹，应该跟把手划破差不多……能自己长好。反正我又看不见内脏，眼不见心不烦。"

"可是如果它就留在你的胃里不走了，和你的胃长在了一起，你不还是会死？"

"孙橘南，我们才十岁。你现在就什么都害怕，那你长大了可怎么活？"

"我九岁！别因为你自己是留级生，就污蔑别人跟你一样十岁了！"

"那这样吧，你敢不敢打赌，我现在就把这根雪糕棍掰碎了咽下去，我保证

---

[*] 笛安，本名李笛安，女，1983年生于山西太原，毕业于法国巴黎索邦大学法国高等社会科学研究院。著有长篇小说《告别天堂》《芙蓉如面柳如眉》《南方有令秧》《景恒街》《亲爱的蜂蜜》，"龙城三部曲"《西决》《东霓》《南音》；中短篇小说集《怀念小龙女》《妩媚航班》。曾主编《文艺风赏》杂志。曾获华语文学传媒大奖·最具潜力新人奖、人民文学奖·长篇小说奖、中国女性文学奖等多种奖项。

明天我还能活着来上学，你就说你敢不敢吧……"

"我才不赌，你要是死在回家的路上，那怎么办？"

1

那个九岁的孙橘南就是我，和我说话的十岁的男孩，名字叫祁连。遥远的记忆已让我不那么确定，他有没有把雪糕木棍吞下去。但是第二天，他真的没有来上学。班主任说他们家搬走了，他已经转学，我不太相信。但是仔细想想，如果他真的出了什么事，班主任不可能放过这个机会，必然会一脸严肃地敲一下黑板，提示我们绝不可做危险游戏，比如吞下雪糕吃完之后的木棍。

所以我只好相信班主任。我倒是没有在心里责怪祁连，临走之前为何不跟我告个别——我们林染的孩子之间，不流行这一套。

九岁的时候应该是四年级，我们学校差不多是五点半放学。到了四点半左右，班主任冯老师会拿起窗台上的那个暖壶，打开木塞，习惯性地抬头说："孙橘南？"我就站起来，从她手里接过暖壶，去锅炉房打开水——我是胳膊上戴着两道红杠的生活委员，这算是我的工作。虽然我很惧怕锅炉房，但是能让我离开教室在操场上待一会儿，这种惧怕就可以忍。暖壶里的开水，说是全班同学都可以喝，但是没有人会真的去碰它，谁都知道这里面的热水只属于班主任；并且，谁都知道，我每天早晚两次去把这个暖壶打满开水，是班主任给我的荣耀。

深秋的下午，天色已经开始暗淡。祁连站在锅炉房的门口，远远地看着我走过来，他说："开水还没烧好，得等一会儿。刚才卢大叔跟我说的……"为了等着巨大的锅炉工作完毕，我只好跟祁连聊天——在班上我们几乎没怎么单独讲过话。我问他为什么能在这个时候离开教室，他说："我们田径队要训练啊。"

可他显然没有专心训练。

从那之后，每天我拎着暖壶来到锅炉房，都会稍稍等一会儿，祁连也不是每天都会出现——田径队的教练也有看得紧的时候。如果我能等到他，我们俩就在锅炉房的门口坐一会儿，不会超过十分钟，然后我就拎起暖壶回教室去，他返回田径队继续训练。除去这锅炉房门口的几分钟，我们俩在其他时间和地点都不会和对方说话。在教室里，在放学后回家的路上，即使看到彼此，也视而不见。没有同学知道，我们俩其实很熟；我也从没想过，我为什么不想让人知道。

这样的日子持续了三四个月，直到祁连突然消失。但在九岁或十岁的时候，三四个月是很久的一段日子。

后来我上了初中，在地理课上，地理老师给我们讲"祁连山脉"，那时我心里像是一惊，因为这条山脉的名字实在熟悉——只不过，震荡都是转瞬即逝的，关于他的记忆随即又沉淀了下去。不过有些时候，我们在锅炉房门口相互说过的某些话，会非常鲜活地在我的意识深处重新闪烁一下，可能是因为有些事情，我只跟他一个人讲过。

"你说啊，"我很认真地望着不远处的双杠，"为什么谁都没通知过，可是全班同学都知道，这个壶里的水只有老师能喝？就好像有人在咱们教室里发射了一个电波，每个人都接收到了，但是不知道是谁发射的。"

"谁说只有老师能喝？"祁连挑起了一边的眉毛，"我就经常偷偷喝。你每天早晚要去打两次水呢，冯老师喝得完两壶吗？她膀胱会爆炸的……我还拿它浇过花呢。"

"可是——"我困惑地看着他，"这是热水……"

"所以花死了。不过也不一定就是我的原因。万一那盆花它自己本来就有什么病呢……"他漫不经心。

"那盆放在最后排窗台上的君子兰，是你烫死的？"

"喂，我可只告诉了你。"

我始终都没弄懂，他是怎么做到精确地只挑起左边的眉毛的——我对着镜子练习过，根本不可能。

然后我就醒了，在黑暗中恍惚地盯着黑暗发了一会儿呆，意识到我刚刚梦到了我的童年。枕边手机显示的时间，是凌晨四点三十八分。我想大概在一点的时候我还浏览过娱乐新闻——自从我成为一个寡妇，睡眠就得靠天吃饭了。有时候两小时，有时候四小时，万一某天真的连贯地睡了六小时以上——这算罕见的风调雨顺。我知道此刻试图重新入睡几乎没有可能，闭上眼睛，也无非是从一片混沌的黑暗强行走进另一片更浓稠的黑暗而已——可是我的身体很累，尤其是肩膀与脖颈连接的那个地方，又酸又沉，像是年久失修。客厅里有一阵开门关门的响动，我不确定我的房客刘小明是打算出门还是刚刚到家。这一声响动倒是彻底唤醒了我，我重新从枕边把手机摸出来——放弃尝试入睡的那一瞬间总是有种愉快的。

原来在一点十分的时候，我们的另一位朋友，凌瑰丽发了两条信息给我。第一条是：你醒着吗？紧接着的第二条是：刘小明跟你说了没有……

她的气急败坏已经准确地透过屏幕，传递了过来。

我翻身而起，快步走到房间门口，打开门，客厅里的光先闯了进来，赤脚踩在地板上有点凉。刘小明果然还没有回他自己的房间。他刚刚挂好了外套，回身讪讪地看着我。

"橘南姐？"他笑笑，"我是不是吵醒你了？"

"真的假的？你想清楚了没有？"我捏紧了手机，似乎只要这样，就代表我在和手机那端的凌瑰丽团结一致地质问他。

他的笑容变得更加柔软甚至是讨好："我这不是——也不能总住在这里给你添麻烦吧？"

"这什么逻辑？你搬回去住就得以身相许啊？那是你的家，你把你自己当成什么了？她又把你当成什么了？"

"就这样吧，我不容易，她也不容易。"他转过身，白皙而瘦弱的侧面对着我，薄薄的一片。

"等你真的知道什么叫不容易的时候一切都晚了……"我长长地叹了口气，然后有点不安地意识到，我刚刚那句话的语气其实很像我妈。

<h1 style="text-align:center">2</h1>

我们都尽力了，但还是没能说服刘小明。

还是让我从他搬到我这里来的那天说起吧。刘小明是我们三个人里唯一的南方人——许丰去世之后，我身边仅有的来往密切的朋友就只有刘小明和凌瑰丽。凌瑰丽是许丰多年前的前妻，但是我们初次见面就很聊得来；而刘小明，是送我去选墓地的滴滴司机，也许那个时候，我浑身上下都笼罩着一个"惨"字，刘小明就很热情地把他的电话给了我，让我需要用车的时候一定找他，干点体力活也可以。

刘小明原本有一个自己的小公司，主要承接房地产公司的楼盘营销和广告项目。曾经有过一段不用非常努力也有生意做的日子，所以当他的客户们，甚至是大客户们渐渐开始拖欠账款的时候，他还没意识到末日将至。后来即使他的合伙人跑路了，即使他又因为一些合伙人遗留下来的纠纷，成了被执行人，他都没有真的把公司关闭。他只是遣散了所有员工，开始跑网约车，并且坚信所有的困难都是暂时的。

准确地说，他其实没有正式注册成为网约车司机的资格，因为他没有北京户口，接我去墓地的那段时间，他其实是打了一个有风险的擦边球。后来他自己也觉得这样偷偷摸摸不是办法，于是他最近一两年由不合规的网约车司机转行成了合法的代驾司机。

他在亦庄有一套小小的一室一厅，还差二十五年还完房贷。凌瑰丽劝过他不如就把房子卖掉吧，但是他惊讶地睁大了眼睛仿佛听到了一个荒谬的笑话。

"现在卖了房子，我下一次什么时候能再把它买回来啊？"刘小明瞪大了眼睛。

"不是，"凌瑰丽忍无可忍地一挥手，"你是以为——北京的房子还能像过去那样不停地涨？"

"那不然呢……这儿可毕竟是北京啊。"刘小明的神情有点苦恼。

凌瑰丽脱口而出："你还真的是认知配得上命运……"

"怎么说话呢？"我急急地打断了凌瑰丽，好在刘小明是个很难生气的人，他已经重新不好意思地笑了起来。凌瑰丽的脸上却余怒未消，笨拙地从我的烟盒里取走一支，非常不熟练，点烟的时候手一直抖。

关于卖房子的事情，自然不再讨论了。后来的解决方案是，去年冬天，我把我这里那个空出来的房间租给刘小明——说是租，其实就是意思一下，他替我付个电费而已，然后他把他的房子租给了一对小情侣，租金差不多是房贷的三分之二。我的家有两个房间，除去主卧，那个狭窄且朝西的房间曾经被许丰拿来当书房，我扔了两个书架，塞了一张宜家的单人床进去，暂时成了刘小明的窝。刘小明把他的拉杆箱随便地放在门边，站在他的房间与客厅连接的那道线上，望着对面的窗帘缝隙里透出来的阳光，由衷地说："姐，这个地方一平方米差不多得十万吧？我要是个女的，能一个人有一套这样的房子，我情愿死老公。"

我觉得也许他不过是想逗我笑笑，所以决定配合。于是我说："用不了十万，八万多吧，如果真想成交还得再往下压。而且房主是许丰他妈，我的……前婆婆，如果有一天她真想卖房子的话我就得搬走……"

他像是倒吸一口凉气："怎么这样，不是你的啊……"言语间充满了惋惜。

"嗯，不是我的。我老公如果活着，还有继承的可能。现在没戏了。"

我知道，我不是这个房子的房东，会让刘小明开心一点，尽管他是不可能承认的。

自从刘小明成为我的室友，这六个月里，我们三人每周都至少在我家聚餐一次——不一定是周末，选一个刘小明不想出去接活儿的晚上就可以。这个晚上我担心过凌瑰丽会赌气不出现，结果刚过六点，她就拎着一堆水果，按了门铃。

我们三个人聚会的时候，漫漫长夜总是很快就来临，然后很快就过完了。凌瑰丽的酒量很差，只要一罐啤酒，她就双颊绯红地伸个懒腰，平躺在我的地板上。她的视线刚好对上刘小明房间那扇开着的门。接着她像是自言自语，说："你们要是有个孩子，小明还真没法搬过来了。这个房间就有人住了……"

我从厨房拿芝麻酱出来，差点就踩到了她的头发。

"橘南，"她的脸侧过来，像是在盯着我的脚腕，"你和许丰就从来没有聊过要孩子的事？"

"结婚之前说过的。他说他坚决不会要小孩，如果我不能接受，那这个婚就先别结……"我快速地回忆了一下，"我嘛，我那个时候二十几岁，我根本不敢想怎么当妈妈，所以我就很痛快地说我也不想要，以后就没再聊过这个。"

"哦，"凌瑰丽缓缓坐了起来，"那这点上，他还真是没变。"她的笑容蜻蜓点水，像是不想让我看到，"其实曾经有两年，我特别想要个小孩——为了这个总是跟许丰吵架，我也不知道他为什么那么犟，我为了气他，我说我自己会偷偷地在安全套上戳小孔，他说如果我怀孕了他就去死……"

她转过脸，对着发呆的我一笑："我就是说说而已，我哪做得出那种事——不过吧，我总觉得，这件事，其实是我们当初离婚的一个很重要的原因。"

我觉得她嘴里说的那个人，根本就不是那个和我一起生活的许丰。我们当然也吵过架，也冷战过，可是都是夫妻之间那种常见的冲突。许丰是个大体随和甚至有些沉闷的人——我根本无法想象从他嘴里说出来类似"如果怎样怎样我就去死"这种好笑的句子。

当然了，我无法想象的事情，太多了。

凌瑰丽重新开始对刘小明不依不饶地审问，她应该是已经微醺。

"刘小明，不是，咱们先确认一件事儿——你真的喜欢女人吗？"

"我……"刘小明挠了挠头，"我没有谈过恋爱……"

"暗恋总有过吧？暗恋过的人，是男的还是女的，你好好想想……这有什么不好意思的，我是担心你！你连你自己是不是喜欢女的都不确定，就要跟一个姑娘同居，你……"

"我真的不知道……我就是觉得我挺喜欢她的……"

租住刘小明房子的那对小情侣，果然出了岔子。那个男孩突然在上个月的某日不告而别，女孩下班回家的时候，发现他所有的行李都已经拿走了，电话也不再打得通——当然，凌瑰丽总是强调，这只是那个姑娘单方面的说辞。

但是我别无选择，只能假定刘小明讲给我听的全是真的。

那个名字叫阮馨的姑娘把一张银行卡放在茶几上，刘小明略微惊愕。我曾见过阮馨一次，她谈不上美丽，但是绝对算眉清目秀。我对她的印象只是，她很紧张。坐在那里的时候，背略微弓着，但是肩膀与手臂总是维持在同一个角度。抿嘴也是她的习惯性动作，好像随时随地她都准备把触角用力缩回去。

"小明哥，这张卡里就是我所有的钱，"阮馨坐直了身体，看着刘小明的脸，"你来之前，我刚刚到楼下的 ATM 机里查询过，7600，不对，其实是 7587 块。星期五我们发工资，我一个月扣掉五险一金，到手是 6235 块。也就是说，到星期五，这张卡里会有 13822 块。你的房租一个月是 4000，下个月初，我们就该付下个季度的房租了，12000，如果我全都给你，我就只剩下 1000 多块钱，可我不能这么做——我每个月必须打 3000 块给我妈……"

她突然停顿住了，完全不惧怕任何尴尬。

"你的意思是说……你一个人负担不了这个房子，是这个意思吧？"刘小明费力地想让场面变得正常一点。

"当初我们俩说好的。他赚得多，他会照顾我。我们一起搬一个舒服点的房子，这里的房租他出 3000，我出 1000，我每个月除去房租和给我妈的 3000块，我就还有 2000 多能过日子。他不能这样一声不响地跑了，让我一个人付 4000 一个月……小明哥你得去找他把这笔钱要回来，我们签的是一年的合同他不能这样，我找不到他但是说不定你给他打电话他会接的……"阮馨的语速越来越快，眼泪终于开始不停地往下流。

"……你别这样，你看——我——我想个办法你看行不行？"刘小明不敢看她的脸，"你下个月就还是付 1000 给我，1000 就行了，咱俩都在这一个多月的时间里给你找一个合租的人来，你也问问你的同事什么的？"

没想到阮馨哭得更加崩溃，用力地摇头："不可能的！这个房子又没那么大，六十几平方米，如果一个人出得起 3000 块，她就完全可以去租一个三居室或者大两居的主卧，不会愿意外面有我睡在客厅里，一个月还只出 1000 块……"

刘小明也许一时算不过来账，但是绝对已经被她震慑住了："……那，下个月你这 1000 也不用给我了，我给你一个月的时间，你搬家，这一带的房子很多，你花 1500 肯定能租到一个合心意的次卧，虽然比 1000 贵了点，但是你不至于租不起，你说呢……"刘小明打开了手机里的租房 APP，手指急急地划着，"你看这个，这个小区就在马路对面，一个高层次卧招室友，一个月 1600，你要是嫌贵可以试着谈一下……"

阮馨终于仰起脸，用力抹了一把眼泪，说："谢谢你。"她的脸已经变成了一块雨水中的车窗玻璃，她细瘦的手指反复地刷，也没什么意义。

那晚刘小明请她吃了顿饭，就在小区门口的一间小馆子。道别时刘小明跟她挥挥手，看着她走进单元门，转身按下了车钥匙，车灯温柔一闪的那一瞬间，有人在他身后抱住了他的腰，那个刚刚开始熟悉的声音说："小明哥，如果你搬回来，我也不搬走了呢？"

刘小明把自己手机里那个非常熟悉的 APP 打开；将屏幕凑到阮馨脸前面。那是法院被执行人名单，刘小明打开的那一页，正好是他自己。

"你听我一句话，"趁着阮馨出神地盯着手机看，刘小明挣脱了她的手臂，"我已经被法院强制执行过，我离上失信人名单只剩下最后一步——我不能耽误你。你这么年轻，你有好前途，你不应该把时间都浪费在我这儿。"

这次轮到阮馨把自己的手机屏幕凑过来了。那是一个失信人的名单网页，她的手指停留在一个出生于 1971 年的女人的名字上。

"她是我妈。"阮馨笑了，"她现在所有的钱都拿去还债了，所以我每个月必须把 3000 块给她，不然她没法吃饭。运气好的话，二十年以后能还清她的债，我没前途的，我这辈子早完了。可是我现在遇上了你，我就觉得……万一还没完呢。我知道我配不上你，你放心我不会想着要和你结婚的……"

"你别这么说你自己。"刘小明摇了摇头，手犹豫着落在了她的脸颊上。

"上来坐会儿吗？"阮馨没有躲闪，"卫生间里有盏灯，好像坏了。"

"当时吧，"刘小明捏瘪了啤酒罐，"我其实就想拍拍她的肩膀，我——不知道怎么回事，手一抖就摸着她的脸了，这种事又不能撤回……"

"于是你就从了。"我替他总结。

"我就问一个问题。"凌瑰丽从刚刚就一直在翻白眼，"从现在起，你的房贷怎么办？本来你把房子租出去是为了开源，现在这笔钱谁来出？"

"要不怎么说瑰丽姐就是一针见血呢，"刘小明谄媚地不停点头，"你说得对，你说得都对。"

当凌瑰丽在我的床上和衣而卧，刘小明打着哈欠关上他房间的门，已经凌晨两点三十七分。我想了想，决定不浪费一颗安眠药了，我认真地把餐桌上的一片狼藉收拾停当：残羹全体倒进厨余垃圾的袋子，再把外卖餐盒挨个叠起来，处理完垃圾顺便清理冰箱，等待洗碗机结束工作的同时，反复擦拭着餐桌和地板——我心里有数，即使这样事无巨细地清扫，即使擦完厨房的地板再去擦客厅的，一切结束的时候时间也不会超过三点半，我得想点别的办法来掩饰这个事实：我很没用，我连睡觉都不会。

所以，我必须把客厅的地板擦得再仔细一点。我不用拖把，我直接跪下来，拆下本应包裹在拖把上的清洁纸，抹过每一块地砖。有时候确实会恍惚，眼前的这块正方形大理石究竟是刚刚擦完，还是刚刚准备要擦。小时候，我也曾经这样认真地跪在水泥地上，用粉笔一个一个地画格子。需要画二十个，里面挨个用数字标示，然后掷骰子来决定从几跳到几——这个游戏理论上的步骤是这样，然而我总是把所有的时间都用来画格子，我一定要画出横平竖直，不用尺子却看起来一样大小的正方形。常常是这样，当我终于画好我觉得差强人意的二十个格子，重新直起腰，发现黄昏来临，我该回家了。

"喂！你怎么还在这儿？"是祁连的声音，我一抬头，有点不好意思，这满地歪七扭八没画完的正方形就这样被他全看到了，来不及擦掉。

"我——我在等开水烧好……"我当然不能说我在锅炉房旁边的铁架子上发现了几根残缺的粉笔。起初水没烧好是真的，但是当我开始画正方形……

"现在已经五点十分了，笨蛋。"祁连难以置信地瞪着我，"都快放学了，你再不去打水水就要没了，怎么可能还没烧好？"

我就守在这里画了四十分钟的正方形吗？显然是的。祁连的声音震得我耳朵边缘一阵微妙的震动。马上就要放学了，我现在回去教室要怎么跟班主任解释？恐惧让我变得迟钝，我想问祁连"我该怎么办"，但是我说不出口。

"这样，你干脆就等放学的时候再偷偷溜回去，大家都在排队等放学，老师不会注意你。"祁连可能以为此刻的他很聪明吧，"你已经在这儿待了很久了吧，老师很可能已经忘了你了，不然她会叫一个同学来找你的……"

我用力地摇头："不行，我就算混进去了，她看见我拎着暖壶也会想起来的……"

我最害怕的事情，就是老师知道我这么久没有回去，是因为这一地的正方形——这个事情绝对不可以发生。我解释不了，只要稍微想象一下，任何一个大人：班主任，我妈妈，邻居家的阿姨，任何一个人一脸疑惑地盯着这一地的正方形看，我就觉得还不如死了好。我开始期盼上天能在此时突然下一场倾盆大雨，让粉笔画出的图案在顷刻间没有痕迹。一个人要是能不留痕迹地活着，那该多好啊。

"那这样！"祁连很努力地继续想办法，"我和你现在一起回教室去，我就告诉老师，你等着水烧开的时候，在锅炉房门口睡着了……我就说是我叫醒你的……"

我还在摇头。

"对了！"祁连像是被瞬间点化，"你快点哭一下，你们学习好的女同学，只要哭起来，老师就不会说啥的！你信我，真的，你负责哭，我负责替你跟她解释，就没事了……"

我也承认这是个好主意。可糟糕的是，当我的心里因为这个好主意如释重负之后，是没有可能哭出来的。我使劲地深呼吸，喉咙过于用力都有点恶心了，可是眼泪还是顽强地沉睡着。

"加油！"祁连就像个认真的导演，"你肯定行，想想伤心的事儿……就假设，假设你爸妈要离婚了，他们谁都不要你……算了，你还是自己假设吧！"

有什么伤心的事情呢？我不知道这个算不算伤心——虽然我才九岁，可是我已经能看得出来，我的爸爸很尿，我的妈妈很蠢。我唯一尊敬的人是爷爷，但他老了，他已无能为力。问题是，此时我非常认真地想着这些，就觉得它们不仅不令我伤心，还有点好笑。

"笑什么呀，专心一点！"

我听见了一阵悠长的"嗡嗡"声。很奇妙的音量，好像很轻但是刚好能被我注意到。我的视线终于落在祁连身后那个巨大的锅炉上。嗡鸣声还在持续，可是并不烦人。我想我的恳求还是被上天听见了的。

只不过它不会为我下雨。

我走过去，打开了锅炉上面那个水龙头。我本来应该在打开它之前，将去掉瓶塞的暖壶放在它下面，但是我换成了我的手臂，我还特意卷起了袖子。

开水碰触到皮肤的第一个瞬间，有点像冰，当灼烧的疼痛开始炸裂，我也就"哇"地哭了出来。疼痛与眼泪只有在一个人小的时候，才有如此必然的联系。我的耳边隐约响着祁连恐惧的吼叫声："我操！你是不是个傻逼啊，孙橘南！"

我一边哭，一边费力地吼回去："你不应该说脏话！"

此刻祁连也拥有了完全不用演的惊慌，我们配合得很好，我负责哭，他负责可怜巴巴地解释说他在锅炉那里发现了我，我受伤了不敢回教室去。从操场到教室这一路上，他都拉着我的手。我不知道他是不是根本没注意到这件事，总之，我是存心的。我的身体成了一个怪异的容器，里面并排放着"疼痛"和"那个曾经不疼的我"，疼痛在扩张，在长大，在侵袭，把"那个曾经不疼的我"用力地往外推，推向他。以至于班主任和祁连一起送我去校医室的时候，我甚至很安心——从现在起我和祁连应该算是自己人了。田径队教练一脸怒容地闯进校医室，拎着祁连的耳朵把他拖走了，祁连求饶的声音响彻整个走廊："教练，我是助人为乐去了，是真的……"我有点愉快地看着这一幕，以至于我没注意到校医略微紧张地给教导主任打了个电话，问学校的车现在能不能用，可能需要去一下医院。

现在我终于可以从容地坐在校医室的床上，好好看看窗外的夕阳。早知道还要去医院的话，我就不应该烫左边的胳膊——我该烫右边的，这样好几天都不需要写作业。不过，我会不会是下意识地记得还需要写作业这件事，才故意去烫左手的呢？我就那么害怕班主任，或者说，那么想取悦她吗？太丢脸了，这点疑惑怕是不能跟任何人讲，就算是祁连也不能。

该放学的都已放学，有那么多人经过了锅炉房门口的那片水泥地。这下，没有人会觉得，那满地粉笔画出的格子和孙橘南有什么关系。

谢谢你啦。

3

这个世界上，成为寡妇并不是最糟的事情——当然在有些人眼里这甚至是件好事。

更糟的事情还有很多，比如，成为一个肥胖的寡妇。

许丰的周年祭过去没多久，我才真正认清了一个现实：我胖了十二公斤。体检的时候医生说精神压力也会导致体重的激增或骤降。那为什么我没有抽到"骤降"的签，不得而知。

我小心翼翼地问了一句："您可不可以给我开一点……司美格鲁肽？"

医生眼光锐利地看了我一眼："你的血糖指标很好，司美格鲁肽原本是控制血糖的药，我知道有很多人用来减肥，但我觉得，还是把它们留给真正需要的病人吧。你应该控制饮食和注意运动。"

就在我跟医生这段对白结束后的当天晚上，微信推送给我一个广告，一家叫作"某某国际药业"的公司，出售丹麦进口的司美格鲁肽口服版本。我当然知道这应该不是巧合——前段时间小红书甚至热情友好地给我推送了另一位寡妇——她的笔记内容全部是"你离开的第 × 天"。虽然我说服了自己明天就开始跑步，不过在那天深夜，我终究还是下单了一个疗程，我告诉自己这是失眠时候的行为失当，然而付款之后，我非常意外地迅速入睡了。

当我再收到来自某某国际药业的信息，已经是六周之后。他们的客服殷勤地问我疗效如何，我回答我根本就没有收到他们的药。那是一个阳光绝好的五月的星期天，我一边急着出门，一边想反正我也不是第一次遇到骗子。

刘小明已经搬走快要三周了，他还有些东西没有拿走，我给他送过去——当然了，这是一个借口，我知道他现在多半在工作，我能趁机见见阮馨。这怕是我此生第一次扮演婆家人的角色，已经站在他们家门口的时候我才想起来，我是不是该跟谁咨询下是否有什么注意事项。

"橘南姐，"阮馨虽些微一愣，但立即堆上了一脸热切的笑容，"真是太不好意思了，还麻烦你跑一趟，你快进来……"

我已经忘记了我是来干什么的，完全听命于她，无论是进屋、换鞋子，还是回答想喝什么，甚至认真地在大麦茶、水，还是果汁之间思考了一下——我就是这么没用，我本应该冷静地说我要喝咖啡。阮馨穿了一身浅灰色的运动装，扎了一个丸子头，全身都是女主人的做派。她熟稔地浮起一个抱怨的微笑："小明到现在还没起呢，你等着我去叫他……"

还真是春宵苦短日高起，可是你不是唐玄宗。但是我当然不会把这句话说出来，尤其是当阮馨一边收拾桌面上的杯子，一边说："他凌晨一点多把一个客人从东城拉到房山，然后运气好，又碰到一个要从房山回酒仙桥的，回来的时候都早上五点了……不然咱俩先吃点什么，我再叫他？"我当然必须表示千万不要："我坐坐马上走——"阮馨又是一笑，嘴上说"干吗那么急，不一起吃个饭"，言语间却全是如释重负。

一阵音乐声，阮馨抓起了她的手机走向阳台的门："不好意思，橘南姐，我得接个电话……"阳台门并没关严，她和老家亲戚寒暄的声音似有若无的，过了一会儿，我开始想也许她是故意地拉长打电话的时间，好让我感觉到自己被冷遇——但我不在乎。我给自己续了一杯大麦茶，换了个更舒服的坐姿玩手机，她总不至于在阳台上站到天黑吧。

我的微信里，那个通讯录的图标上闪现了一个红色的数字"1"，这意味着有新的人加我。以及，那个某某国际药业的客服居然给我发了十几条信息，核心的意思是说，他们确实是没有给我发货，向我表示歉意，希望我能加上他们负责售后的经理的微信，他想向我郑重道歉并且送我一点他们公司的其他产品。我正回复："不用，把药寄给我就好了……"打字才打到"寄"的拼音，发现自己已经被拖入了一个三人聊天群。

我讨厌同时有好几个人给我发信息。但是我在这个三人群里发了一句：你们好。所以更值得讨厌的是我自己。

"孙女士，因为您没来得及加上我们经理，所以我就建了群。"客服小妹妹急着解释。

"孙女士，我把我们公司现在有货的产品介绍发给您，您可以挑选一种。现在有几款维生素卖得都很好，还有德国的益生菌。"

"孙女士，真的请您原谅我们的工作失误，如果您不确定选择哪样赠品，有空到我们公司来看看也是可以的，我们公司在北京有办公室。"

我不明白，只是一个人在说话而已，为何能制造出这种七嘴八舌的嘈杂。我打开了通讯录，终于加上了那个微信名是"Robin"的售后经理，我对他说了一句：麻烦您，可以叫那个小姑娘别再和我说话吗？谢谢。

世界安静了片刻。

但是好景不长，很快，一条新的信息就进来了，这次发信息的人是那个Robin："孙女士，非常抱歉我们的客服打扰到了您。如果您不想看产品介绍，也不想来我们公司了解，没有问题。但是我非常希望您能给我一个机会，选一个任何您方便的时间地点，让我当面跟您道歉，把您选购的产品和赠品一起给您，我们的全程对话您都可以录音，有任何让您不舒服的地方您随时投诉我，请您给我这个机会。谢谢。"

这个领导居然比他的下属还要疯。

阮馨说话的声音恰好在此时清晰了起来："……你还记得住我们家楼下的曹老师吗？她退休啦，在自己家里开了个小饭桌，因为她关节不好，所以我妈现在帮她做事，每天中午、下午把小孩们从学校接回来，然后在曹老师家做饭，曹老师给他们辅导功课——挺好的这个活儿，曹老师一个月给她1500，这样我给她的3000就全都拿去还……我不辛苦，真的，我现在不用交房租，我搬到男朋友这里了，是他自己的房子——对啊，他不是北京人，他也是辛苦了十几年自己买的……还行吧，也不算啦，最近撑得也很难……你和舅舅真的不用担心我，我明年说不定能给我妈更多呢……"

她坚持着寒暄这么久，恐怕就是为了有机会说出这句最关键的话，她现在有一个自己买了房子的男朋友。我相信事实如此，但是我不该这么刻薄。我有点心酸地站起来，开门的时候阮馨在阳台上匆忙转身，跟我招了招手。

楼下有一个漫长而寂静的下午。我知道我没有去处。

但是我又不能真的原地活埋自己。于是我居然回复了那个Robin我今天有空——虽然应该是遇到了骗子，但毕竟从来没有这样面对面过。

可是他让我失望了。他只不过是个随处可见、脸上带着点倦怠的中年男人。在星巴克的角落里，他很有礼貌地把纸杯放在我面前，我能感受到，他也希望这个荒谬的会面能快点结束。

"我跟您实话实说，"他的笑容里没有微信说话时候的殷勤，"对我们有意见有不满的客户，我们一定得尽力维护。毕竟——我们的有些产品是处方药，还是敏感一些。三个月前发生过一件事，一位和您一样买了司美格鲁肽的客户，因为发货延迟了，她报了警……所以，非常不好意思耽误您的时间，但是我希望咱们都能友好地解决。"

我愣了片刻才终于明白了他的意思："人和人是不一样的，你放心吧，别说报警，我平时就连打投诉电话的精力都没有。"

由于实在没有话说，我只好低头看他放在桌上的那张名片。他连名字都很无趣：罗滨。很容易就和他的微信名片保持了一致。桌上那个纸袋里，除去我买的药，赠品是两大瓶加了褪黑素的强效睡眠糖。

"我的微信头像能看出来我睡眠很差吗？"我表示怀疑。

他笑得比较敷衍："在北京的人，睡眠好的不多。"

接着我们就一起沉默地坐了十五分钟。似乎他知道我不可能找碴报警之后，就只想喝完面前那杯美式咖啡然后下班。我们就像是两个拼桌的客人一样，无视对方。我想象中的那种——会被热情洋溢地推销更多产品乃至加入传销网络的画面，没有发生。

他很礼貌地陪我走了几百米，去地铁站。路上他突然说了一句："疫情之前，我在 ×× 医院上班。我在那里十五年，从起初的门户网站，到最后的手机端APP，是最老的员工。"我当然听说过那款应用，是一个曾经红极一时的互联网问诊平台。

"那……后来呢？"我想了想还是问了。

"后来，裁员的时候并没有按照十五年来结算补偿。"

"也不奇怪。"我笑笑。

这个话题没有再继续，我不知道他为什么要跟我说这个，难道是想告诉我他原本有一份比此刻体面的职业吗？在地铁闸机的入口处，他冲我挥了挥手，我站定在那里看了一眼他的背影。我说不好他多大，不过发际线的情况还好，乍一看也没什么肚子。不过这又关我什么事？

站在地铁里的时候我意识到了，我没拿那个印着他们公司LOGO的纸袋子，它是仍然在罗滨手里，还是被忘在了星巴克？但是很意外地，我并没有第一时间谴责自己的愚蠢。果然，他的信息很快就来了。我们当然还有水到渠成的下一次见面。

我省去了所有的寒暄与客套，主动挑了一个吃饭的地方。是人来人往、很喧闹的那种茶餐厅。好处是，不太方便交谈，能让我们看起来又像两个偶然拼桌的食客。

"你是哪里人？"他问我。

"林染，小地方，你多半没听说过。"

"我还真知道。大学的时候宿舍里的下铺，就是林染人。"

"你哪年上的大学？"听到我这个问题，他愣了一下。也许他没准备告诉我他几岁，我也就没再坚持下去。

直到我坐上他的车，他都没说过他到底多大，是哪里人，现在住在哪一区。唯一的身份信息就是：被裁员的罗滨，开一辆普通的本田。扣上安全带的那一刻我也在想，他说送我回家，万一中途突然改变方向上了高速该怎么办？就在此时罗滨说："我知道有一家湘菜馆很不错，就是停车不方便。下回，我也不开车，我请你去。"在我的脑子里，气急败坏的凌瑰丽已经吼了起来："哎，孙橘南，你有什么毛病啊？你听没听说过什么叫杀猪盘？他们都策划好了的，知道你空虚寂寞银行账户上还稍微有点钱，下个月就会叫你入局买理财产品，或者投资高科技生物技术……"

但是三环边上的夕阳很美。

它斜着，镶嵌在楼群缝隙里，惨惨的，微笑着的红色。我脑子里的凌瑰丽就迅速地安静了。夕阳它为什么总是这么温柔？就好像这满眼的高低不同的建筑物里，其中有一栋特别情深义重。

等一周后我们真的在那家湘菜馆碰面的时候，又是很快就放弃没话找话，沉默着用了不到半小时，吃完买单。再下一次见面还是如此。我有点好奇，我们是不是就此成为不必语言交流的饭搭子。后来，那是第四次或第五次吃晚饭，我轻车熟路地打开了他的车门，坐上副驾的时候，他却没有马上把车发动。

此刻的安静已经过于冗长，我迟疑地看了罗滨一眼。他眼睛盯着方向盘，却在对我说话。他说："后天我得去香港出差，然后直接从香港去杭州做培训。"

我一愣："哦，那你什么时候回来？"

几秒钟后，他才说："差不多三周以后吧。"

我看着他的侧脸："那就——三周后见？"

这次他没有沉默，迅速地说："但是我想走之前再见你一面。"

终于听见了发动机响起的声音，本田默默地倒行了一点距离，然后转了个弯，汇入了缀满车灯的路面。罗滨开得很慢。也许是因为他在等待着什么，当然最大的可能是街上的车多，这个速度正好——我是没有驾照的人，我不大会判断。

绿灯刚刚转黄，他没有抢，却是提前踩了刹车。

我对着右边的后视镜发呆，那个镜子里看得到后边排队的车的一半轮廓，车灯像是某种两栖动物的眼睛，没有温度，却有一点神采。我叹了口气，然后就听见了自己的声音："不然就今天吧。去哪里随你。"

黄灯转红，红灯倒计时开始。我却没有转过脸去看他。我只是说："你快一点决定，不然我可能就改主意了。"

我走进那间旅馆房间的时候，差点踩到了他的脚。我径直走到了窗边，听着房间门在我身后合上。我听见他在桌面上搁下车钥匙的声音，听见他拎起鞋子放在了什么地方的声音，听见房间里某扇柜门关上的声音，听见床头灯打开的声音，然后就没有声音了。

他从身后抱住了我。我后悔了。我浑身都是僵硬的，他的体温在我的皮肤上像个寒战一样滚过去。我看起来一定很蠢，不行，这样下去我被杀死在这儿也是活该——我开始挣扎，抵抗，童年时我妈妈的斥责声沿着我的脊柱炸裂开："孙橘南你是不是没有脑子啊……"

他松开我，我总算是转过身，看着他的脸。他脸上很平静，我看不出他在想什么。"我不应该来的。"我低声和他说。他试图重新过来抱我的时候我躲闪开了。熟悉的倦怠回到了他脸上，这可真让我觉得羞耻。他说："算了，我先去洗个澡。你要是想走，帮我把门关上。"

然后我们都像是发愣一样，注视了对方片刻。

我说："你不是要去洗澡吗？"

他笑了一下。他打算转身的时候我拉住了他。稍微踮起脚，就吻到了他的嘴。他的吻略微矜持，没有太多的攻击性。但是这并没有让我感觉好一点。我依然觉得羞耻——可是谁让这人世间如此无趣，而我此刻也没有一瓶好酒呢？

他的手指拂过了我的脸颊，他问："你想好了？"

"想好了。"我笑了，"等会儿，你把我衣服脱光的时候，我就打 110 说你强奸。"

他也笑了："刚才吃饭的时候，你微信转了 300 块给我，我可以告诉警察，你是付过费的。"

"你这么便宜的吗？"

他关掉了床头的总开关。黑暗中，窗帘缝隙里隐隐透露一点光。他离我这么近，我甚至害怕他逐渐灼热起来的体温会让他那件藏蓝色的 T 恤掉色，染脏了我的皮肤。但我还是紧紧地抱住了他。反正对他而言，我也不过是个陌生人。

"不好意思。"我在他耳边说，"我……胖了太多。"

"我也很久没去健身了，"他说，"健身房倒闭了，我懒得去找新的。"

"那就……彼此彼此。"我的手指沿着他的耳郭滑过他的脖颈和肩膀之间的那条看不见的线。

"请多指教。"他的声音里有一点微小的震颤。他抓住了我的手,稍微用力,带着我的手指沿着他的肋间划了下去。他的身体突然绷紧,就好像我手指间有把刀,被他牵引着捅进了他的腰部。

闭上眼睛,我就能看到自己的尸体。那是想象中的次日,我赤身裸体,只有肚子上覆盖了一点床单,浑身是血,已无气息。警察会询问瑟瑟发抖的前台小妹妹:"她和那个男的来办入住的时候,你注意到有什么特别的情况没有……"

海浪席卷了过来。

我只有睁开眼睛,才能置身于某种亲切的黑暗里。

海浪上涨,海浪退去。如此反复。我闭上眼睛,与自己的尸体并肩躺在一起,已没有任何恐惧。永夜中有焰火升腾,这灿烂而温暖的愉悦让我放弃了追究很多事情。比如我自己到底算是一个什么样的人,比如这个待在我身体里面的罗滨究竟是不是一个好人,比如我经历过的所有失去是否真的具有什么意义,比如……

最后一刻来临,焰火凝固再消逝,我开始相信,也许弥留之际,我会重新获得原谅的能力。原谅这个可憎的世界,原谅因为憎恶而面目狰狞的自己。

罗滨像是入毂的猎物那样,剧烈地发抖,然后趴在我的胸前,他的身体滚烫,即将和我一起融化。所有的幻觉都消失了,我安静地躺在黑暗中,是死者还是凶手都无所谓,我已获得了梦寐以求的,片刻安宁。

我不知道自己这样躺了多久,直到打火机一声"叮"的响动,小小的火苗将他的脸勾勒出来,我循着光亮,打量着这个萍水相逢的人。

他只是个偶尔同车厢的旅伴,不过反正,这世间很多夫妻也不过是甲方和乙方。

"给我一支。"我说。

他有点惊讶:"我还以为你睡着了。"

他替我点了烟,将烟灰缸放在我们中间的被子上面。然后他问我:"还满意吗？"

我知道，此刻我打量着他的侧脸，心里已经带上了某种喜悦："哎，你和我来这儿，需不需要跟什么人撒谎？"

他摇了摇头："你不用担心这个。"

我说："我不担心，但是我想知道有还是没有。"

他说："我说没有，你会不会相信？"看着我迟疑了片刻，他笑了，"如果你需要给你先生打个电话，就尽管现在打。打完我再去洗澡——省得有水的声音。"

"你还真有经验。"我也笑着摇头，"我先生出差去了。也许正跟什么人喝着呢，不需要打给他。"

说不好为什么，我想假装许丰还活着。

那晚的睡眠，又深又重，漫长得宛如转世。当我醒来的时候，满屋子的阳光。我自己毫发无损，想象中的伤口、鲜血、尸体与警察都完全没有出现。我当然活着，罗滨走了。如果不是床头柜上那张他留下来的房卡，我会以为昨晚的一切都是我的梦。

4

许丰的葬礼是我妈妈一手操办的，好像当时还有一个许丰公司里的同事总在跟着我妈进进出出——说实话，我不大想得起来那几天的事情。但我记得，火化的前一天，我妈说，一定要五点起床动身去殡仪馆。因为要让许丰"烧第一炉"，就是第一个被推进炉子。我问为什么，她说因为这样的骨灰最干净，不会跟别人的掺和到一起，你到底有没有脑子啊孙橘南。"你到底有没有脑子啊孙橘南"是她说话时候常用的后缀，这几个字在我妈的语言体系里，基本等同于句号。

我曾以为，焚烧尸体的炉子看起来应该和壁炉差不多，也许就是大了几倍。我也曾以为我甚至能盯着那堆火，看着我的亡夫就像木柴那样被机器静静地送进火里。然而我什么都看不到。我只能坐在一个人声鼎沸的大厅里，等着有人来叫我告诉我我的老公已经烧好了，有点像在必胜客，点完单，选择了"外带"。

我不能笑。这是新晋孀妇需要恪守的礼仪，眼角隐约露出笑意也不可以。

我一直想象着那堆巨大的火。

我已记不起最后一次用力地拥抱许丰是什么时候，他的身体留给我的最后的回忆，就是留在我手指之间那把温热的灰。如果我现在去洗手，会不会等于把一部分的许丰冲进了下水道？我尴尬地想。"死亡"并没有带走许丰的身体，它只是让那个身体停止了运作。真正让它消散的是火，让那具肉身终究变成了一种不可怕的形态。那么"许丰"到底是谁——是已经成灰，还是依然存在于某处的完整的魂魄？

三周后罗滨出差回来了。我们一起去亮马河边上的一个酒吧。已经是夏天了，晚上七点，天还亮着。乐队演出的水平就那么回事，但是我们反正都不挑剔。罗滨晒得黑了一点，我不知道是不是错觉，总之，他坐在角落那张高脚凳上，转过脸看到我的时候，眼睛亮了一下。

音乐响得很及时，而且服务生把一沓他们酒吧搞活动的传单忘在了我们隔壁那张空桌。我把它们拿过来，仔细阅读——反正我和罗滨照旧不怎么聊天。饮料上来的时候，他去室外接电话。我端详着手里那张传单，非常小心地把它做了一个完美的对折，然后撕成两半……总得打发这种等候的时间吧，虽然即便他打完电话回来了，我也还是不知道该说什么。

过了片刻我才意识到我在叠元宝。每一步我都做得一丝不苟，可是不知为何，我叠出来的元宝就是歪歪扭扭，看着一副勉强的样子。给许丰守灵的那晚，一沓锡箔纸在我妈妈手底下，很快就变成了一盒精致的元宝，然后我觉得我应该凑过去帮个忙——可是元宝在我指间怎么也弄不成妈妈的那么整齐完美。我妈抬起眼睛斜着瞟了一下："差不多就行了，能凑合着用，反正都是要烧的。"

可是许丰的骨灰是放在一个坛子里的。纸元宝也烧成灰，落于许丰坟前的泥土里——难道元宝的灰烬会在地下跟许丰的灰烬会合吗？许丰的灰烬里掺杂了微量的纸元宝的灰，这样就表示，在阴间，我们确实给许丰带了钱？……如果那边真是一个万事万物都是不同成分的灰烬的世界，也太厉害了。该怎么运行呢？春天来了，所有的花都开了——难道颜色深深浅浅的灰烬在虚空中簇拥着纷纷坠落？花开枝头——但是树枝也是另一种颜色的灰，那树枝的灰与花朵的灰该怎么组合或者说掺和，才能表达"绽放"或者"新生"的意思？或者再多想一步，那里的花、树、云朵、道路……是不是完全不具备我们这个世界的形态？如果连形态也不需要具备了，在那个世界，真的还需要给种类如此繁多的灰烬一一命名吗……

"你叠的这是元宝？"罗滨的声音让我的手重重一颤。

这种时候总是让我非常羞耻——就像小的时候，被祁连撞到我在专注而忘我地在水泥地上画正方形。

我说："我叠得这么难看，你都认得。"

他拿起桌上某张被我撕了一半的传单，几个利落的动作，他的手指间就出现了一个完美的元宝，可以成为教科书范例的那种。它被摆放在我折的那几个旁边，越发衬托得我叠出来的东西像是烤坏了的面包。

我自暴自弃地叹了口气："算了，我的眼睛明明都看会了。"

罗滨的语气很自然："我给好几个亲人叠过元宝。爷爷、奶奶、我爸、我姑姑，还有一任前女友的妈妈……练习的次数多了而已。"

我尴尬地笑了笑："我爸走的时候，元宝是我妈、我姑姑，还有婶婶叠的，我根本插不上手，她们说我只会碍事。所以……"我想了想，还是脱口而出，"所以到我给我老公叠这个的时候，就算第一次真正动手，我怎么也学不会，从小我就很害怕手工课的作业……"

他不动声色，我想他还是有一点惊讶的，他挑起了一边眉毛，像是需要仔细看看我叠的几个元宝。然后他的神情恢复如常，他说："对不起。"

我屏住了呼吸。他刚刚那个神情,真的很像祁连。

他专心地注视着我:"我之前还以为……不重要……总之……"

现在他又不像祁连了。我用力地深呼吸,为了那一瞬间的错觉,我努力调整着自己的表情:"没什么对不起,之前——是我自己不想说……"

我端起面前那杯我记不住名字的什么特调酒,一口气用吸管喝掉了三分之二。酒精缓缓地侵袭了上来,让我脑袋里有种微妙的嗡鸣。

我努力地对他笑着:"我不说是因为,我不想让你可怜我……"

我当然在撒谎。

没想到他非常认真地反问:"我为什么要可怜你?我还害怕别人可怜我呢。"

"你说得对。"我侧过脸,"没有什么谁可怜谁,谁的人生都是垃圾场。"

他举起自己的杯子,轻轻和我的碰了一下。

"我想再来一杯一样的。"我看着窗外,天色渐暗,我们已经错过了黄昏最恢宏的时刻,我补充了一句,"虽然有的时候,夕阳会照在垃圾场上面,看起来很漂亮,但是垃圾场终究是垃圾场……"

"我同意。"罗滨也一口气喝干了,"我同意咱们俩一人再来一杯,也同意……人生都是垃圾场。"

酒吧里的电视屏幕上开始播放梅西的专访,我盯着梅西的脸,突然想起来:"哦,对梅西来说,人生肯定不是垃圾场……"

罗滨笑了:"那不一样,他是人上人,人上人是没有人生的。"

"也不能那么说,梅西小的时候过得很苦……"

"我的意思是,"他脸上有点泛红,"一旦成了人上人,他就只有故事,没有人生了。"

"你说得对。"

反正当我迫不及待地等着我的第二杯酒,你说什么都对。在冰凉的酒杯后面,他抓住了我的手。

他不可能跟祁连有什么关系。我在心里认真地嘲笑自己:孙橘南,你之所以一定要在这个时候想起祁连，是因为你还在试图为眼前的一切寻找意义。你根深蒂固地以为发生于生命里的每件事都必须有源头有去处，还必须有解释——这是一种没见过世面导致的陋习，要改。

　　医生说我的烫伤属于深二度，开了一周的病假条，还有药，就让我回家了。我没想到，当我吊着一只手臂回到学校的时候，迎接我的却是一个戏剧性的场面。升完国旗之后，校长让我站到主席台上，然后拿着麦克风开始表扬我。他说，我是因为履行生活委员的职责，坚持每天早晚两次为班里的同学打开水，被意外烫伤的——所以学校已经为我申报了区里的"助人为乐"奖，还推选我为区级三好学生的候选人。虽然我知道这很荒谬，但是当话筒递到我嘴边的时候，我依然知道自己该说什么，我说感谢学校给我的荣誉，虽然我觉得为大家打水本来就是我分内的事情。我的声音由扩音器传出来后，带着颤巍巍的稚嫩。

　　满满一个操场的掌声响起，站在人群最前面，微笑着鼓掌的，就是我的班主任。我知道等我回到教室，她会对着全班同学把刚才校长说的话重复一遍。因为我必须，只能是为了全班同学打水，这句话多说几遍就成了真的——只要我肯附和，就没有问题。对此我们心照不宣。

　　那天下午我又来到了锅炉房的门口。这次手上当然没有水壶，我需要去社区卫生所换药，所以老师让我提前放学了。我在锅炉房门口等了十几分钟，祁连都还没有出现。不过我不急，田径队的人就在我的视线范围之内，那个穿深蓝色运动衫的就是他，他一定是在找机会溜出来。

　　但是半个小时过去了，田径队的接力练习已经跑了好几轮，祁连也没有丝毫会出来的迹象。不能再耗下去了，我爷爷会在卫生所门口等我，如果我一直不出现，爷爷会找到学校里来，那样就穿帮了。我气鼓鼓地往学校门口走，故意走成一条弧线，弧线绕着弯，慢慢地接近田径队的队列。祁连的视线转了过来，他站在队伍的倒数第二排，我询问地看看他，但是我愣住了。

　　他把脸扭向一边，一层冷漠挂在他脸上，我立刻明白了他是故意地不想溜出来见我。不知不觉间我站定了脚步，田径队教练对着我猛地吹了一声哨子，提示我挡了队伍的路。我像只麻雀那样奔跑着腾出地方，引得身后响起一片轻轻的哄笑声。祁连纹丝不动地站在原处，当大家都在笑的时候，他犹疑着将嘴角微微地翘起，似乎拿不定主意要不要跟着笑。

我不想再回头了，我一步一步，用力地朝着敞开的铁门走过去。幻想中我的每一步砸在水泥地上，都会清晰地印出一个脚印。我要让祁连看到这行脚印。只可惜我的身后，操场平滑得如同湖面。

这个星期我需要每天去换药。然而接下来的几天，我都没有在锅炉房前面停留。这有什么大不了的？反正根本就没人知道我们曾经是朋友。再下一个星期，换药的频率变成了两天一次，某日我沿着熟悉的路线，不知不觉间就经过了锅炉房。我想不如就在这儿待一会儿吧，我可不是等他，不过是不小心路过了这里。我蹲下来，试图用树枝画正方形——但是今天魔法似乎失灵，正方形画得像蚯蚓，我无法让精神集中在每两条线的 90 度角上。我叹口气，丢掉树枝，准备离开了。

有个人突然从锅炉房里跑了出来，快速一闪，我知道是祁连。但是我没有停下。脚步声在继续，他很迅速地跟了上来。

我快步走着，他就跟着我快步走；我的速度已经滑稽得近乎竞走，可他依然跟得上；我只能跑了起来，但是跑步追上我对于他又没有任何难度……我累了，索性停了下来，他也停了下来，绕到了我的面前。只要我有前进的意思，他就作势堵住我可能的方向。

"当上区三好学生就是了不起，"祁连故意拖长了音调，"都不理人了。"

"是你先不理我的！"我终于有机会大声地把这句话说出来。

"我——我并没有想真的不理你！但是你现在就是真的不理我了！"他似乎决定一定要在音量上压倒我。

"你不想理我，还要跟着别人一起笑我，我知道你现在讨厌我！"

"对，我就是讨厌你！"祁连脱口而出的这句话，把我们俩都吓住了。我原本在等着他暴躁地否认，说我的结论莫名其妙。

他像是下定了决心："我就是讨厌你，你是个胆小鬼，你宁愿让开水把你自己烫成这样，也不敢去跟冯老师说，她本来就不应该让你打水。"

一种前所未有的委屈像崭新的酒精一样，带着刺鼻的味道，对准我左臂的伤口倾倒了下来，灼热的痛感让我的鼻子都跟着酸了。

但是我此刻不能认输。我只能慌不择路地抓起任何我能想到的理由为自己辩解："又不是只有我一个人这样，五班的生活委员每天也给老师打水，还有五年级的，他们都是派班长去……"

"老师又不是最大的，老师上面还有校长，又不是没有人能跟老师说她做得不对！"

"你那么厉害你就去找校长啊！"这次我理直气壮。

"你怎么知道我没去？我去了呀！"祁连似乎有点满意地欣赏着我的表情，"那天，你们去医院以后，我就去校长室敲门了……"

我们都安静了。这是一种对我九岁的人生来说，过于新鲜的安静。我不知道该如何描述它，我只是悲哀地承认了，那个瞧不起我的人，他好像是对的。

"可是，"祁连的眼睛里全是新鲜的恼怒，"可是校长他除了给你发奖状，什么也没做。我又不是为了让他给你发奖……"

"大人总是帮着大人的，这有什么奇怪？"

"你拿了他们的奖状，长大以后，就会变成和冯老师一样的大人。"

"你胡说！"眼泪就在这一刻涌了出来，这实在太过分了，嘲笑我就算了，看不起我我也忍了，还要用这么可怕的方式恐吓我。我习惯性地抬起左手想擦一下脸，但是太痛了，可是此时换成右手又很蠢，所以我狠狠地甩了一下右手，绕开他，径自走远。他只好一路小跑地跟上来。

"哎，你看你真没劲……"

"孙橘南，对不起嘛孙小橘……"

"我都说了对不起了……"

我们就这样不知不觉地走到了校门外的人行道上。当我看见路旁的银杏树，骤然回头，才发现学校的那座楼像一座巨大的堡垒，被我们遗忘在了身后。校门上的铁栏杆将它分割成同样大小的很多块，几个骑着自行车的大人，经过路口的时候按了两下铃铛。

我们就这样离开学校，站在了学校边界之外的银杏树下面。

我们自由了。

现在该怎么办呢？已经自由的孙橘南应该继续对已经自由的祁连生气吗？已经自由的祁连还会继续讨厌已经自由的孙橘南吗？这种生气和讨厌，原谅或接纳，在这铁门之外还有意义吗？

祁连为难地挠了挠头："我的书包还在田径队呢……"

但是我已经开始奔跑了，他也迅速地跑了起来，只要他开始得意地狂奔，我就只能叫喊着要他等等我。

天际线仍旧遥远，我们俩在全力以赴地跑向它。虽然我知道，我们最多也就是跑到隔壁那条街上，可是，当耳边像是有剧烈的风声呼啸的时候，就觉得"天际"并不完全是痴人说梦。

"喂，祁连……"我气喘吁吁，"我们朝着天边跑去——这个句子，算是比喻句吗？"

"你……你学习比我好那么多，干吗问我？"他的呼吸明显比我游刃有余。

"我觉得不是。反正……不像……"

"冯老师好像讲过，这个算是——暗喻？"

"什么嘛，暗喻指的应该是……应该是……"我努力地换气，肋间一阵新鲜的疼痛，"反正不是这样的。"

"我们，朝着，天边……"祁连侧过头看着我，"我怎么觉得这不算是比喻而是另一种……叫什么来着？对了，夸张！"

"可是我觉得好像还是比喻……"

学校的楼始终被我们甩在身后，虽然它有时候像一头沉睡的巨兽，可是我知道它毕竟不会真的醒来追赶我们。

这个句子是比喻句，我完全可以确定。

我赤脚踩在了地毯上，走几步，便够得到罗滨丢在沙发上的 T 恤。我拿起来，套在身上，走到窗前把窗帘打开了一半。

"你刚刚是不是喝多了些？"罗滨在身后问我。

"没有。"

"我还以为你不舒服。你好像有点儿没精神……"

"我就是突然想起来一些小时候的事情。"

我们就这样开始聊了一会儿童年。罗滨给我讲他小时候印象特别深刻的事情，其实是搬家。

"太神了，"他像是深呼吸着八岁那年紧张的空气，"我妈妈居然能把整整一个厨房都装到一辆卡车后面。我眼睁睁地看着，她用了一个箱子，又一个箱子，再一个箱子……然后厨房就真的空了，她说就都在卡车上了。卡车上那一排箱子就是我们的厨房，旁边躺着碗柜和冰箱……我其实就是从那一天起，开始有点害怕我妈——她把我们家的厨房放倒了你懂吗？"

我们一起笑了。那天的深夜开始下雨，雨水敲打在窗玻璃上，那是黑夜慢慢逝去的声音。人生如长夜，其实童年并不像是幻想中那种瑰丽的曙光，只不过，长大以后的日子更糟而已。

我告诉罗滨，在我小学的时候——应该是寒暑假，某个午后，我家的窗子开着，我不知道楼群里什么人在放音乐。当时我只是记得那首歌又奇异又好听，这两个词其实是非常轻描淡写的简化，事实上，我呆呆站在爷爷的书桌旁边，一动不动地把那首歌听完，我不知道那个声音是从哪儿来的，当音乐声消失，我还纹丝不动地站在那里，似乎我觉得只要我把自己变成一个稻草人，那首歌就会重新被播放一遍。接下来的几天，每到下午，我就会站在爷爷的书桌旁那个固定的位置，脸冲着那扇打开的窗，但是那首歌再也没有回来。以至于，在很长的一段时间里，我并不觉得"守株待兔"这个成语里，那个等兔子的人有什么错。

"你后来知道那是什么歌了吗？"罗滨问我。

"嗯。直到上大学的时候，在宿舍里听见下铺的女孩在放。太神奇了，简直要哭出来。是张雨生的，《河》。"

"等一下！"罗滨又一次挑起了一边眉毛，"我表姐也特别喜欢张雨生，我在她那儿几乎听过张雨生的所有专辑。你别提醒我，别提醒我，我能想起来……当爱燎原成灾——你徐徐侧身——堆积肥沃河床——我是朝圣的人……"他就这样猝不及防地唱了起来。

"你唱得不对！"

"怎么不对？"

"这不是第一句！第一句是——当你平躺下来……"

"……我便成了河……"

我们两个人一起唱歌的声音乱七八糟地汇合了。我们都唱得不好，拍子都对不上，但是二人的声音还是顽强地持续了几句。然后终于到了歌词都记不清的地方，我们就都笑着放弃了。在昏黄的光晕里，他看了我一眼，然后凑上来亲吻我。深深地，很漫长。其实，接下来该干什么，我们彼此当然心里有数。只不过，就此终结了关于小时候和老歌的话题，都有点舍不得。

他居然知道那首歌。我的运气真好。

5

七月的午后，高温让我总是能在白天突然间昏昏欲睡，可是至多十五分钟又会突然惊醒。这一次，吵醒我的是手机铃声。我的身体像是埋在土里那样，牢牢地困死在无边大地里，可我的心脏却因为这段电话的声音狂跳了起来，拼命砸着胸腔，我没有任何办法，只能随它去，因为它的确能用这种粗暴的方式真正唤醒我的身体，至少让我伸得动手臂去拿我的电话。

我是不是该去看看医生了？这个念头刚刚闪了一下，就被刘小明冲进耳朵里的声音炸散了："橘南姐，我……我的分数……"他好像在跑步，气喘吁吁的，"我的分数过线了姐！这么多年啊……今年的分数线是109.92，你猜我多少分，我是110.05……就这么险，我也有走运的时候啊……"

"你去考试啦？考什么……"我终于可以费力地坐起来。

"什么考试！是积分落户啊，积分落户！我跟你说多少回了，我的分数够了，我马上能当北京人啦！"

那天晚上虽然只有我们三个人，但是刘小明依然一丝不苟地挨个敬酒——或者说轮流敬酒更合适些？总之氛围非常荒谬，刘小明郑重其事的表情，让我和凌瑰丽觉得我们像是参加了一个新娘缺席的婚礼——或者说，新娘子是他即将到手的新户口本吧。

"他那个女朋友不来啊？"凌瑰丽偷偷地问我。

"说是这几天正好要去培训。"刘小明再度把音乐声调高了，我觉得凌瑰丽应该是没听清我在说什么。

"唉？"她侧过脸像是在思考，"如果他可以积分拿户口，那你是不是也一样可以？"这个懵懂的北京人此刻一脸无邪。

"这种问题类似何不食肉糜，"我近乎怜悯地看着她，"你知道今年有十万人在排队，最后积分像他一样达标的只有几千人而已……"

"是6003个人！"刘小明从屋子的另一角用力地冲我们这边吼，"而且，不是你想排队就能排队的，要满足几个基本的门槛条件以后，剩下十万人……"

"小明已经在非城六区的郊区交了十三年社保了，一个月没断过，在郊区买了自己的房子也有五年——要不是因为这两个条件同时满足，也拿不到这个分数……"我在卖弄我十分钟前被科普的知识。

凌瑰丽的脸上逐渐浮现出深刻的困惑，但是她到底有点教养，终究没有脱口而出"你们的人生怎么会这么难"之类的话。

"我姐跟我说，我爸刚刚跑出去，在楼下放了一挂鞭炮……"刘小明平躺在了地板上。啤酒瓶在他手上颤巍巍地高高举起，像是在努力和远方欣喜的父亲碰杯，"这下……我就敢卖房子了……总算……"刘小明低声地喃喃自语，"我真是供不动了……"

"之前不卖，是不是因为卖掉了，这个……有自己房产的分数就拿不到了？"凌瑰丽非常聪明地举一反三。

"可是……你要是把这个房子卖了，户口本上住址那一栏你怎么办？"我问。

"倒也不用太操心这个，"凌瑰丽开啤酒瓶的动作越来越熟练了，"他就算是挂出去了且得等着呢，现在是买方市场，还不知道要供多久……"

我一抬头，无意间看到对面墙上的影子。乍一瞥还以为是两株笨拙的试图缠绕的藤蔓，然后就看到了刘小明的手。和着音乐声，他的两只手在跳舞。跟着节拍，手臂渐渐越来越有表情，手指的动作也复杂了起来。音乐到了副歌部分，他的手指明显跟不上了，右手上那个啤酒瓶实在碍事，他索性把它放在地板上，墙壁上那两朵藤蔓尽头的花立刻像是遇上了一场久等了的雨，开始生动地旋转。

"好看哎……"我盯着墙上的影子认真地发呆。

"这个笨蛋。"凌瑰丽站了起来，走了几步，过去踢了地板上的刘小明一脚，"喂，起来。一起跳舞，怎么样？"

刘小明的脑袋在地面上左右摇了两下，紧跟着他一愣，随即看着凌瑰丽，认真地笑了——那笑容认真得就像马上会滴下来眼泪。

"小明，你醉了。"我说。

"就差一点，姐……"刘小明的眼睛挪到了天花板上，"那时候差一点就把公司注册到朝阳区了，是冯鬃说还是注册在亦庄吧，这样咱们都能继续在开发区交社保了……冯鬃就是那个后来坑了我跑路的合伙人……可是不管怎么说，我念他这一个好，也不知道他现在人在哪儿……"

我将手中的啤酒瓶子朝向地板上那只，"叮"地一碰："那就，敬那个王八蛋，冯什么？"

"冯鬃！那个字儿特难写……就那个字儿，你知道吧——马背上的毛……"刘小明的语气里简直带上了某种娇嗔的抱怨，以至于忍无可忍的凌瑰丽又凑上来踢了他一脚："笨蛋，你房子铁定卖不出去，你到底起不起来陪我跳舞？"

每到凌瑰丽想炫耀的时候，她就会放她手机里那几首压箱底的西班牙文歌，比如《Historia De Un Amor》，然后跳伦巴。不需要舞伴，她自己来，据她说虽然学过好几年，可她的水平也就那么回事，但是我一直都觉得很美。每到她开始走那个什么"方步"的时候，那个平日里聒噪而迷糊的凌瑰丽就消失了，她的身体像是一小段被封印在木头盒子里的瀑布，像煞有介事地奔流着飞溅的欲望。

刘小明笨手笨脚地模仿她，但他胜在不怕丢人。他模仿得越用力，动作就越滑稽和夸张。最终的结局往往是：凌瑰丽因为笑得肚子疼，所有的动作也乱套了，然后他们俩就开始丢开音乐，手拉手快速地转圈，就像小时候的那首儿歌——《洋娃娃和小熊跳舞》。

可是今天，大家哄堂大笑的场面迟迟没有发生。刘小明发挥得格外好，一招一式，都越来越有凌瑰丽的媚态。凌瑰丽的斗志显然被激发了，她开始大胆地跳出一些之前没给我们展示过的步子，似乎更复杂，但刘小明依然能大致跟上。他的气息已经越来越不均匀，眼睛却很亮——围着那个封锁了瀑布的木盒子，像兽类那样耐心逡巡着。刘小明原本苍白瘦削，但是此刻却明明白白地从日常生活那个又旧又脏的壳子里挣扎了出来，浑身都是新鲜如朝露的对峙。简陋的蓝牙音箱里，那个唱西班牙语的女声略微沙哑，充满着秋天里的寂静："……En el alma solo tengo soledad……"感觉她马上就要在音乐后面叹口气，问自己为何要费劲唱给这两个幼稚且没什么智慧的人听。凌瑰丽有点累了，她把头发全体拢到一边肩膀上，眨眨眼睛："哎，小明，不然你扮上吧？然后咱们接着来……"

刘小明打了个响指，接着熟练地冲向我的房间，关上了门。

"别弄乱我的柜子！"我只来得及冲着门喊一句。

凌瑰丽气喘吁吁地坐下，抓起一瓶已经打开的纯净水，用力地喝掉了一半。我望着微信的页面发呆，它始终静悄悄的，和半小时前没有任何不同。

"你到底在等谁和你说话？"凌瑰丽放下水瓶，托住腮冲我一笑。

"关你什么事？"

"不会吧……"她大惊小怪地瞪着我，"真有相好的啦？唉，怎么我身边就全是些歪瓜裂枣，这不公平……"

一声轻微的门响。已经"扮上"的刘小明有些羞涩地笑着，反手关上我房间的门。难为他，他居然找出来一条我已经七八年没有穿过的缀满流苏的碎花裙子——好像是我在什么地方旅行时候买的，后来就嫌它穿起来太像大妈。可是这一身孔雀蓝的流苏，以及在流苏间隙隐约闪烁的大团紫红色花朵，此刻却有种诡异的恰当——虽然刘小明最近把头发理成了很短的板寸，凌瑰丽管这个叫"看守所发型"，他手上拿着我窗帘上掉落的一条装饰带子，故意对我们抛个媚眼，将带子含在嘴里，乍一看像是叼着一朵花，有什么东西在他眉间轻微地一闪——他居然用这么短的时间匆忙地化了一个眼妆，淡淡的宝蓝色的眼影。

去年冬天，他们俩跟着我回林染老家的时候，某个夜晚，我和凌瑰丽无意间发现了试穿旧连衣裙的刘小明——这便是凌瑰丽总是很认真地问刘小明到底喜不喜欢女人的原因——当然了，"偶尔喜欢穿裙子"和"喜欢男人"之间并不能轻松地画等号，在这方面凌瑰丽没什么知识。从那以后，通常是在大家微醺的时候，我们会用"扮上"这个说法来表达让他穿裙子。他"扮上"之后的造型，有时候很滑稽，可有时候就像今天，让我和凌瑰丽齐齐地真心鼓掌。

这是我们三人之间共享的游戏，有时候我都忘记了这本应是个秘密。

就在凌瑰丽充满斗志地重新站起身来，迎着刘小明，开始走"滑门步"的时候，我暗暗地把音乐切换成了"凤凰传奇"。凌瑰丽的身体整个僵在了那儿，随即她瞪起眼睛跟我挥拳头："孙橘南你要死啊！"刘小明一边大笑着，一边仍然顽强地在新的旋律中走出刚才的舞步。

后来我们都真的醉了。我只记得，凌瑰丽一会儿要追打我，一会儿又要拉着我和他们俩一起跳舞。我拼命地挣扎，因为我知道我自己跳舞的样子很可笑。我很小的时候就知道，我永远没有办法把自己的身体变成一段音乐的一部分。然后刘小明和凌瑰丽终于开始了"洋娃娃和小熊跳舞"，我在旁边，弯腰按住笑痛了的肚子，一边为这两位尊贵的北京人拍合影。

三个人的手机都被丢在茶几下面的垫子上。刘小明的那个，屏幕上已经显示了好几个来自"阮馨"的未接来电。而我的，只有一个，是陌生号码，估计是推销信用贷款的。

客厅是在突然之间安静下来的。凌瑰丽像只猫那样蜷缩在沙发上，断断续续地在唱《Historia De Un Amor》的中文版："……我的心里——只有你……没有他，你要……相信——我的情意并……不假……"

有一条新的信息像小石子一样，投进了我手机屏幕的水面：你明天有空吗？

是罗滨。（总算）

那就不回复了吧。

"你昨晚是不是睡得很早？"罗滨这么问的时候，我犹豫了一下。

"也不算早。昨天我们几个好朋友一起聚，我稍微喝了一点儿……"为了表示我说的都是实话，我放下筷子看着他的眼睛。

"算了，其实我不该问。你尝尝这个汤，不错的。"

"没什么不该问的呀。"我低下头开始喝汤。

"你吃司美格鲁肽的时候最好不要喝酒，有不少人说，服药期间喝酒很容易恶心，这应该是正常的反应。"

我笑了："好。这么一说的确是，昨晚我好像很快就醉了。"

罗滨也笑了："你是不是已经忘了，这是我的工作。"

他接着说："不过我很快就要换工作了，也不是什么像样的地方，×× 保险，不知道你听过没有？"

"听过的，很有名。"

"我在香港读过一个在职 MBA，当时特别瞧不上内地的同学毕了业就去卖保险。现在嘛……多亏了一个已经卖了十年保险的师弟给我机会。不过，总是要比现在强一点。"

一分钟之前，我想说的还是"你不用那么紧张地非要划清楚那条线，反正我根本没想过有任何要求"；不过事实上，我说的是："所以你要去香港了？"

"对，下个月中旬出发。趁我的香港居留证还在有效期。"

"挺好的。不过这就要彻底离开北京了吗？"

"你想不想我走？"我听见筷子轻轻碰在碗边的那一声脆响。

我仰起脸，他在笑。

"你都定下来了下个月中旬，说不定机票都买好了。"我说。

"那倒是。"

"再加个菜吧，庆祝一下。庆祝——咱俩还有一个月的时间。"

"好。"

"咱们算是正式告别过了，我觉得这挺好的。"

"你对人的要求是不是低了点儿？"罗滨自己可能不知道，他的笑容里经常有一种很自然的倦意。这会让人觉得他很有礼貌。

"因为不辞而别的人真的太多了。"

那天夜里是我第一次跟罗滨讲到祁连，我人生里第一个不辞而别的人。准确地说，这是我头一回跟人描述祁连。我们的离别毫无预兆，就在前一天下午，我还在锅炉房前面等着他，他脸上讪讪地笑着，他问我："孙小橘，你有没有两毛钱？"

如果我当时知道，这是我们欢聚的最后一个傍晚，我还会不会嫌弃而清脆地说:"没有！"

但是祁连非常执着:"我只有一块四！如果能再加上你的两毛，就够咱俩一人买一个大冰砖！如果你没有，就只能买朱古力雪宝了，雪宝那么小有什么吃头……"

在如此扎实的论据面前，我乖乖地掏出两毛钱，然后再由他请我吃大冰砖。

我们并排坐在操场边缘的双杠上，放学后空旷的操场与学校主楼沉静得就像在酝酿海啸。祁连吃起雪糕来总是比我快很多，因此，我还有一半没吃完的时候，他就只能一边眼巴巴地看着我吃，一边恋恋不舍地舔着手上那根孤独的雪糕木棍，最终的结局总是把木棍咬碎。

"让我咬一口你的，就一口，行不行？"在恳求雪糕的时候，祁连的声音总是会弱一点。

"这可不行。你是男生，我是女生。你吃我咬过的东西就相当于亲嘴。这绝对不行。"我斩钉截铁。

"我不过是想吃一口大冰砖，你干吗污蔑人！"祁连急了，开始生闷气一样，更加用力地咬着木棍。

……

"你每次都要把木棍咬碎，你不怕不小心咽下去？咽下去会死吧？"

"死不了，最多在内脏上面划一道痕迹，应该跟把手划破差不多……能自己长好。反正我又看不见内脏，眼不见心不烦。"

"可是如果它就留在你的胃里不走了，和你的胃长在了一起，你不还是会死？"

"孙橘南，我们才十岁。你现在就什么都害怕，那你长大了可怎么活？"

"我九岁！别因为你自己是留级生，就污蔑别人跟你一样十岁了！"

"那这样吧，你敢不敢打赌，我现在就把这根雪糕棍掰碎了咽下去，我保证明天我还能活着来上学，你就说你敢不敢吧……"

"我才不赌，你要是死在回家的路上，那怎么办？"

黄昏周而复始，可是祁连就此消失。

那晚，我和罗滨订的酒店房间在二十四层，把电动窗帘的开关按下去，夜色中的城市像一只灯火辉煌的巨型邮轮，静静地滑行着，迎面无声地逼近，马上就要碾过我。脚下的四环路是它借以夜航的海面，一长串密密麻麻的灯——那是因为堵车。罗滨的嘴唇就在此刻印在了我的肩膀上，一路沿着肩胛骨，蜻蜓点水地滑，一阵轻微如风吹过花海的战栗，让我不由自主地挺直了后背。

我转过身去抱住他。一想到很快就要道别，耳边就像是听见了一声吹灭蜡烛的风声。我的舌尖舔了舔他胸前的肌肤，是咸的。暗夜的海浪再一次充盈了我的身体，潮打空城，把我整个人变成天地间的某只沙鸥，马上就要从高处眩晕着盘旋下坠。

"你从没告诉过我你在香港读过书。"我轻声说。

他惊讶地看着我："你一定要在这个时候……聊这个？"

我笑着摇摇头，按下了床头的按键，窗帘自动缓缓下落，将已航行至此的夜晚关在这张床的外面。

我用力到凶狠地亲吻他。

然后泰坦尼克号撞了冰山。

眼前是一道雪亮的光。准确地说，这道雪亮的光成了无尽的虚空。一阵冰块一样的凉意迅疾地擦过皮肤上的汗毛，从脸颊至膝盖。极乐让我心里柔软得像是回到童年时代某个暑假的下午，阵雨过后，树叶清香。

等我们把衣服穿回去以后，不过是两个满身尘埃的平凡人，公允地说也不算很惨，不过命运里写满了无用的努力与不值得同情的挫败。只有非常慈悲的眼睛才有可能怜悯地冲我们看上一眼。但是趁衣服还没穿回去，便可以像是被抛进时间的缝隙，万花筒一般重温所有那些纯粹的美好：第一口冰激凌的味道；窗台上那只鲜艳斑斓的蝴蝶的翅膀；摩天轮第一次缓慢爬升至最顶端，我得告诉爷爷其实我距离云朵还很远；秋千的弧线割破了我的尖叫声；十五岁那年第一次在浩浩荡荡的长江边上大气也不敢出地端详着落日；第一次偷偷地学习开车，不小心全速飙到了乡间的公路上惊起一树的鸟雀……我知道我的眼睛里盈满了泪水，如此这般的狂喜，真的是我可以享用的吗？是这样一个不再年轻、惯于算计、自惭形秽、一无是处的我啊。满心疲惫，试图用绝口不提的办法掩盖所有屈辱，鲜衣怒马的岁月一去不返，再也没有可能让所有故人以我为荣。不过是一个这样的我啊。

这是被允许的吗？

苍穹深处，你允许了吗？

他的拇指在我的眼角，精准地覆盖住了一滴眼泪。黑暗中我睁开了眼睛。我原本想和他说"谢谢"，但是事实上，我说的是："罗滨，其实我差一点就要爱上你了。"

他安静了好一会儿，然后问："差在什么地方？"

我忘记了在黑暗里他看不见我的笑容："可能就是……差了点兴致。"

无论是强烈的盼望，还是强烈地担心盼望落空的恐惧，都是兴致。杜丽娘慵懒而忧伤地说："不到园林，怎知春色如许？"——这个"怎知"，也是兴致。而我，我百分之百相信春色如许，只不过，我觉得无所谓。

"明天早上，要不要一起吃早餐？"罗滨问。——我们俩长期以来的默契是，天亮以后各走各的，简单道个别，不问对方接下来的目的地。

"我跟你说件事，"我紧张地深深吸了口气，"我老公——其实不是生病死的，是被杀的。他的出轨对象捅死了他，二十八刀。"

"你告诉我了啊。"他的声音里甚至带着点笑意，"有一回，你喝多了的时候。你真的一点都不记得？"

他在我的肩膀上拍了两下，像是在鼓励我说，那不是一件多大的事情。

"我爱他吗？我其实不知道……我以前只是觉得我应该爱的，至少应该忠于自己的选择……但是他居然是这么死的……"困意渐渐袭来，这让我发现，很多难以启齿的事情变得有点滑稽，"……我一点都不盼着他能活过来你信吗？但是我得承认，有的时候，我有一点想念他……但是这真的太让我丢脸了……"

入睡前最后一个记忆，是罗滨在我耳朵边说："都过去了，孙小橘，都过去了。"

6

我曾经以为，死亡说到底是场送别。少年时代送走爷爷，成年之后送走爸爸——我都觉得，"死亡"应该是一个浓雾中的码头，爷爷或者爸爸独自上船，雾太大了，他们看不到岸边我们这些送行的亲人。不过没关系，我确信他们听得见并且认得出我的声音，他们知道我在用力挥手，我在跟他们说再见，我的声音划破码头上的风，告诉他们我会好好的不要挂念我。

直到我被那两位警察带到许丰的尸体前面。他的脸呈现一种奇怪的青灰色，他胸前和腹部凌乱的刀痕像是画坏了的涂鸦。我所有的力气都用来拼命维持住那双发软的膝盖，不要让自己滑下去。死亡像块烧红的烙铁，把许丰和我做了粗暴的一模一样的标记。原来它有的时候不是离别，它是奴隶主的宣示——我再也摆脱不了他，我的丈夫，我的亡夫，我的耻辱。

我又看到了许丰，所以我知道我做梦了。这一次的梦里，他是和凌瑰丽一起出现的。我惊讶了一瞬间，随即想起来，其实也许是我在梦里闯入了我认识许丰之前的时空。但是凌瑰丽看到我，立刻就笑了，她穿着一条很鲜艳的粉色长裙，招手要我赶紧过去。这么说我们已经认识了？算了，我已放弃追究这究竟是一个什么样的时空。许丰站在凌瑰丽身后，非常认真，又有点不好意思地看着我，就像我们之间的一切都尚未发生。

为了躲避许丰的眼神，我只好跟凌瑰丽说话，我说瑰丽有件事我得告诉你，你知道杀死许丰的那个凶手，哎呀，你知道的就是……那个女孩。她其实跟你长得有一点像。

把这句话一说出来，我就惊醒了。心脏像一列小火车那样，在胸腔里震得连其他脏器都跟着颤抖。我一边深呼吸，一边暗自笑话自己——原来我如此在意这件事情。手机振动，有一条新信息进来，是许丰他妈妈发的，还不到六点。

我索性下了床，径直走进客厅，停在那扇紧闭的门前——这里曾经是刘小明借住的那个房间，我象征性地敲了敲门，里面当然没有任何回应。前天夜里，或者说昨天凌晨，我惊愕地给刘小明开了门，他刚刚收工，他只跟我说了一句，我回我原来的房间睡，就走进去关了门，三十个小时过去了，没有任何动静。我推门进去，他缩在床上，用床单裹紧了自己。我知道他醒着，因为随着门开的声音他的身体有明显的挪动。

"喂，我打算点麦当劳早餐，要不要给你来一份麦满分？"我像是在自言自语，"你不说话我就当你要吃了哦。那我自己看着点，送到了我给你放在门口，不合你口味也活该。"

他还是照旧安静。

"你就跟我说一句话能怎么样啊？我跟你保证，我不问你发生了什么事。"

氛围已经到这儿了，他必然还是要装死的，我能理解。

与外卖小哥一起从电梯里出来的，还有阮馨。她就像是需要躲在那个外卖箱的后面，但是外卖小哥终究需要拎起箱子离开。就剩下我们俩面对面站着委实尴尬，所以我只好叫她进来。

她僵硬地在沙发上坐下。我抱着麦当劳的纸袋子不知所措，我只是在想我应该礼节性地邀请她一起吃，可是她如果吃了刘小明的那份就没有了……可是我为什么在担心如此无聊的事情我还真是没用——我像个得体的成年人那样，对她微笑。她总算开门见山："小明哥他在你这里对吗？"

我看了看那扇门："他在。不过可能还在睡，你要不要先吃点什么，他应该很快就会起来。"

她用力地摇头："橘南姐，你去——忙你的吧，我在这儿等他一会儿。"

看来是嫌我碍事了，我如释重负，把袋子里属于刘小明的那份拿出来，还是放在了她面前："正好，我等会儿还真的有个音频会要开……"

她却突然来了点兴趣："我以前还以为你不需要工作。"

"我们公司快倒闭了，所以老板把办公室退了租，我们就只能居家办公，勉强活着……"但是我为什么要把这件事情告诉她呢？

我躲回房间，一边喝豆浆，一边透过门缝看她。她托着腮，看着窗外发呆。我以为她会过去敲门，会强行闯进去再被刘小明推出来，紧接着就会伴随争吵、哭泣、撕扯，以及种种激动人心的场面——但是什么都没有发生。近一个小时以后，我再度回客厅里去泡咖啡，她依然维持着原来的坐姿，只是在不停地发信息。

又过了一个小时，我想起来我还需要开那个根本不存在的会议。于是我只好把电话打给了我的老板，跟他确认几件根本不需要确认的鸡毛蒜皮的事情。电话打完快到十点了，门外的世界一切如旧，一个独自坐在沙发上，仿佛被按了暂停键的姑娘，似乎丝毫不觉得尴尬。我只好把眼下的情况描述给凌瑰丽，她第一时间就发了条语音信息回复我，她说怎么这么不巧今天得陪我妈去医院做检查，下次再有这种好事你一定第一时间通知我来围观别管几点。

正午。她已经在客厅里坐了快要六个小时，不能再这样下去了。我深呼吸，推门出去，她恢复了最初托着腮发呆的姿势，有些惶恐地看了看我。

"你先回去行吗？"我感觉她其实很高兴听到这句话从我嘴里说出来了，"你看这样——我保证替你看好他，你过两天再来，你们说不定就能好好聊聊了。"

"我明天下了班再来。"她直勾勾地盯着我。

"你没明白我的意思。"我叹口气，"你要是逼得太紧，他从我这里走了也不跟我联络了，那我就真的什么也帮不上你了，你说对吗？"

她咬了一下嘴唇，点点头，站起身。我清晨时放在她面前的豆浆已经彻底冷掉了。门关上以后，我冲着刘小明那扇门吼了一句："你也该出来上个洗手间吧，差不多得了……"

依然是寂静。我只好在这种伪装出来的死寂里，若无其事地又过了一天。

接着果然失眠，焦灼地翻来覆去，感觉下一秒钟这暗夜里即将燃烧出来一堆人形的火。凌晨两点，我听见客厅里有开门的声音，紧接着似乎冰箱门也开了，抓住这个瞬间，我起身打开了门。刘小明手里拿着一罐啤酒，站在冰箱旁，茫然地看着我。

我跟着他走进他的房间，然后在他床头席地而坐。易拉罐的声响格外脆弱，我自说自话地把他的啤酒打开喝了一口，不打算归还。

"我有件事要告诉你。"我先开口，"我保证你会爱听这个瓜。作为交换条件，我说完以后，你告诉我，到底发生了什么，行吗？"

他转身离开了，不过再回来的时候手上又多了几罐啤酒，我把这看成是一个好的迹象。我把我的手机放在他面前。

"你看看这条信息，昨天一大早，我的——前婆婆，就是许丰他妈发来的……"他垂下眼帘似乎有点犹豫，"在看这条信息之前，你猜猜看怎么样？你觉得她会跟我说什么？"

"她——要你搬家？"刘小明的想象力果然到此为止，几天没张嘴说话，他似乎是被自己的声音吓了一跳，嗓子也有点暗哑，估计再多说几句就好了。

我笑笑，摇摇头："我告诉过你，那个杀了许丰的女孩，她——怀孕了吧？我不记得我说过没有了……"我当然记得，我没有说过。

刘小明一脸震惊的表情，他一直都是一个尽责的观众。

"许丰他妈的那条信息就是告诉我，孩子今天过一岁生日——准确地说，信息是群发的，她应该是忘了不该发给我。其实我也知道，她很早就离婚，一个人把许丰带大，然后许丰又没了……"我停顿了一会儿接着说，"我也明白——要是没有这个小孩，她没办法活下去的，现在她带着小孩去了加拿大……"

"男孩女孩？"

"你要死啊，这跟我有什么关系？"

刘小明的眼眶和鼻尖是在顷刻间一起变得通红的。

"哎，刘小明我警告你……别这样……你这么大的人了……"我用力地拍拍额头，只好用力地再喝一口，让我的视线可以从他凄惨的脸上离开。

"凭什么呀？那个女的，她……她怀了这个种，杀人就不用偿命。老太太不管怎么说也还剩下了一个念想，那你呢？这对你多不公平啊，凭什么呀……"

"你好歹也是受过高等教育的，瞧瞧你用的这些词儿！"我对准他的肩头打了一掌。

他把脸在手肘间蹭了蹭，然后迟疑地说："……其实，我一开始，只是想跟阮磬说，我打算卖房子……"

我把啤酒罐拦腰捏了一把，意思是我在等下文。

"可是阮磬她就像是……"刘小明一脸为难，似乎放弃了某个他本来打算使用的词，"她一口咬定我是以卖房子为借口，要和她分手。我说我没有那种意思，可是完全没有用，后来被闹得实在烦了我就说好吧那就分手，这下又变成了印证了她最初就是对的……然后……然后你知道我那个积分落户，现在还在公示期，意思是任何对结果有异议的人都可以去申诉或者……"

我知道我的手开始微微发颤，为了掩饰它，我只好又开了一罐。

"她就去那个信箱举报我去年违规开滴滴的事儿了。因为落户申请人不能有违法或者违规的行为……说实话我也不知道那边是不是已经有人在处理她的举报……后来她又开始哭，又说她去撤回举报只要我还愿意跟她在一起……"

"我等会儿就去打电话，我去帮你找律师问问……你努力了十三四年啊，怎么能就这样让她得逞了？你不要听她吓唬你她不一定有证据……"手上的颤抖已经无所遁形，我只能重重地把啤酒罐放在脚边，"妈的！"

刘小明把他的手机推到我眼前，屏幕上是那天晚上，我在半醉的时候为他和凌瑰丽拍下的合影，他们俩背对背，同时看向镜头，刘小明穿着我那件夸张的飞满流苏与花朵的长裙，还闪烁着宝蓝色的眼影。当时我说："来，两位尊贵的北京人，请看一下镜头……"

"这张照片她的手机里也有，我到现在也不知道她是怎么拿到的。"刘小明淡淡地一笑，像是事不关己，"昨天，她坐在外面，不停地发信息给我。她要我原谅她，她还说她毕竟不是真的想整惨我，她手上除了这个，还有很多照片她一张也没有往外放过，如果真的想害我，她早就把这些照片发得哪里都是了……你看她的聊天记录。"

刘小明把微信打开，翻到属于阮磬的那一页上。大段大段的，没有任何回复的情况下，她一个人独白了好几百条。威胁，恐吓，哀告，道歉，我爱你……轮番交替着出现。我的手指正在划着，两条新的信息进来了，发送时间是 02：36。第一条是一个转账信息，橘色的小方块，显示转账 4000 元；第二条是她的留言，她说："你就当我还是那个房客好吗？在你房子卖掉之前，我会一直按过去足额的房租付给你，跟我说句话吧，给我一个收据都好啊。"

刘小明的手指颤抖着，在那个橘色的小方块上蜻蜓点水地停留了片刻，然后讪讪地笑着看我："……你别说，这几天我都没有出去拉活儿，明天，还真是还信用卡的日子。"

我把喝剩下的啤酒罐捡起来，收集在怀里一并抱走，刘小明很懂事地帮我开了门。我想如果他真的需要接收那 4000 块钱的转账，我不要在旁边看着比较好。我在厨房里清理了一阵垃圾，然后就听到他的房间里的电话铃声。

也许是阮磬看到那笔钱被接收了，心里怀着一点希望，拨出了电话。

也许。

于是我问罗滨："我知道现在很晚了，不过我想见你一面。"

片刻之后，他说："好。"

他一如既往地为我按住了电梯的按钮，我从他脸上看不出来任何深夜被吵醒的怨气。这架电梯估计有些年头了，上行的时候不仅磕磕绊绊，还有隐隐的嗡鸣声。

"你为什么住在……酒店里？"我问，我没说而且这间酒店的装修风格还很诡异。

"房子已经退了。"他看着我，"大部分东西都存放在朋友那里。家具都处理掉了。最后这几天，就只有两个箱子，索性这么住，简单点。"

"什么时候动身？"

电梯叮的一声停住了，但是门缓慢挪开的时候又有某种沉闷的响动。可惜依然没能遮掩住他的回答："后天。"

当我们并排站在他的房间门口，我突然问："如果我今天不来找你，是不是就见不到你了？"

房卡已经捏在他的手指间，他却没有把它凑到门锁旁边："我本来就准备天亮以后问问你有空没有。"

"我要是没空呢？"

一个小小的绿色光点一闪，像萤火虫，门开了。但是我们都没有往前走一步，像是一定要并排塞在那个门框里，变成一张木框之内的合影。我有点紧张地想象着他会如何回答我，最合理的是诸如"没空就下回再见呗，香港又没有多远"这一类的，距离适当，明显搪塞，却又挑不出任何毛病。

他率先一步跨进了门里，转过脸，对我调侃地一笑。

他说："孙小橘，你是真的一直没认出来我，还是就打算一直装作没想起来……谁是祁连呢？"

房卡插进了卡槽之内，整个房间的灯都亮了。他在突如其来的光线里，熟练地单单挑起一边眉毛，像是在欣赏我吓坏了的样子。

"你……真的是祁连？"我拼命地端详他，但我发现，其实我脑子里已经没有一张特别具体的，属于"祁连"的脸庞。

"我爸爸妈妈离婚了，我继父姓罗……"他关上了门，我的后背却死死地抵住了门板，呆呆地看着他的脸靠近我，"其实，如果是在大街上偶遇，我也认不出你了。但是那天我看到了顾客的名字和地址，我想一定是你，你的名字那么特别，重名的机会肯定很少，所以我说什么也得见见这个人，理由我到时候再编……"

我很想伸手去触摸他的脸，但是我不敢。

"你看这个，"他的手机屏幕上是一张老照片，几个系着红领巾的小男孩，站在一个沙坑边上，"我是提前转学的，没有和大家一起拍毕业照。这是我们田径队的合影，你看，这个你就认出来了吧，这个是我……"

一颗硕大的眼泪掉在他的手指旁边，那个小男孩的脸上。

"你为什么不早说？"虽然视线之内一片模糊，但我还是想努力地看清他。

"因为我不确定你是不是还记得我，如果你已经不记得我了，我就宁愿不说……"他像是非常满足地长叹了一口气，"直到那天，你跟我说，你小时候有个不告而别的小伙伴，叫祁连。"

"我怎么会……怎么会一点都认不出你了呢？"我用力地抹了一把脸，再用力地笑了笑。

"因为我老啦，孙小橘，"他很轻地摸了摸我的脸庞，"你还没见过我长大成人的样子呢，我就已经老啦。"

眼泪奔涌而出，随便了，我已经放弃了抵抗。

"真不好意思，祁连……"我用力地摇摇头，这是个荒谬的动作我自己也知道，小时候其实我幻想过很多次，有朝一日能不能真的再遇到他，"好不容易才又遇见你，我要是……我要是没有现在这么狼狈，就好了……"

"你看你，总是这么客气。"

我不记得室内的灯是在什么时候关上的。黑暗中，我们笨拙而用力地抱紧了彼此，七月末的仲夏，我们却像是需要取暖。

他的嘴唇轻轻碰触到了我的。这段日子以来，其实我们已经足够熟悉彼此的身体。但是此刻，却迟迟地没有下一步的剧情。因为近乡情怯，我想。

"我一直有个问题想问你，"他的呼吸微热地吹在我的脖颈里面，"我想了好久——其实我从小就在想，如果有一天再碰到你，我一定要问你这件事。"

"你问吧。"

他坐了起来，刻意地与我挪出一点距离，靠在床头的枕头边上。他呼吸的声音带着明显的抖动："没别的意思，我就是想知道——当初，是你告诉冯老师，我去找过校长投诉她的吗……"

"你说冯老师？"

他笑笑："你别笑，我这么多年还记得这点事儿……那天放学回家，我妈一看见我就狠揍我，鸡毛掸子都打散了，鸡毛飞了一屋子。她一边揍我一边骂，说我长本事了，敢去校长那儿告老师的状，她说是冯老师来过我们家家访——我妈是个胆小怕事的人……那段时间，本来我爸爸就要跟着部队调动，打完我以后，我妈索性不让我去学校了，反正离搬家也不剩几天，她害怕冯老师报复我……这么多年我一直想，反复地想，知道我去找校长这件事的，除了校长，就只有孙小橘……"

"我没有……好吧我是说过，我告诉了冯老师，可是不是在你说的那个时候，是在你不告而别以后！"

黑暗的沉寂中，两个暗影的轮廓，隔着一张本该用于偷欢的床，对峙着。

"你说也不说一声就走了，我还总是一个人去锅炉房那里等你，我等了好多天，田径队的人路过了都笑话我……我很生气，我只是很生气，你明白吗？我就去了冯老师的办公室，我告诉她你把教室里的那盆君子兰烫死了，告诉她是你去跟校长投诉的冯老师总差遣我去打水……我只是想等你回来以后，冯老师可以狠狠地罚你站，罚你把作业抄写五十次，我只是想这样而已！但是你还没有走的时候，冯老师是怎么知道的，跟我没关系……"

"你发誓你没有撒谎？"

"我没有任何证据，这只能看你愿不愿意相信。"

"那就好了……"他又是悠长的一声叹息，"不是你说的，这对我来说，是件特别重要的事儿，不是你……"

"如果真的是我，你打算怎么办？"

"我不知道。"

"这么多年，你一直记得我，就是因为你要清算我吗？"

"还因为我怎么也忘不了，那个——那个总是假正经的小姑娘，她是真的担心我如果把雪糕棍吞下去了，会死在放学回家的路上。"

我呆呆地凝视着眼前的黑暗。我知道他也在凝视着同样的黑暗。

现在我们总算可以如释重负地接吻了。

虽然害他被妈妈打的人不是我，但是我依然辜负了他。我会在这么多年的岁月中，一直记得祁连这个名字，又何尝不是出于某种歉疚。我直到毕业都是冯老师最喜欢最信任的学生——仅此一点，已构成辜负。

我只能给他。

在充满负罪的温柔里，给他，给他，都给他。

你、我，还有那个不知藏匿于何处的告密者，我们就是故乡呀。

告密的人，你也有乡愁吗？

那一定是个黄昏，彼时我已经五年级了，我站在冯老师的办公室里。冯老师说你坐下吧，我只是看了一眼那把空荡荡的椅子，并没有真的坐下。

冯老师接着不动声色地问我："孙橘南，最近咱们班是不是有人在传，我把咱们班去年的班费都花掉了，买水果了，送给了教导主任？"

我沉默了片刻："我不知道。"

冯老师不看我，只是轻轻地笑了笑："这种没有根据的谣言，只有你们小孩儿才会相信。老师没有生气，只不过呢，这种别有用心编派污蔑老师的孩子，咱们得早点帮助他，不能再让他这样下去……"冯老师把手上的红色钢笔静静地放下，注视着我，"编这种闲话的人，是不是田晓雨？"

"我……我没有告诉别人，我也不相信……"我放在衣兜里的手指好像捏紧了口袋里的缝线，"他们说的时候我听见了，可是我只告诉了我爷爷我没有告诉别人……"

"我当然知道你不会乱说的，"冯老师终于笑了，"你和那些复杂的孩子不是一回事，老师最相信你。"

"……不是田晓雨说的。反正……告诉我的人是梁娇，梁娇是不是听田晓雨说的，我就不知道了……"

"你是个好孩子，孙橘南。"冯老师的笑容在黄昏里甚至是温柔的。

告密的人，我至今不知道你是谁，可是我已经成为你的继承者。虽至今不知你在人海中的何处，但我已经清楚地知道我污染过谁的人生。

告密的人，后来我成了你，我其实真的有乡愁。

往日操场旁边的双杠早已被拆毁。拆除它的时候，无人记得通知我们。留级生祁连和生活委员孙小橘还坐在那上面。只有同样被拆成废铁的老锅炉看得见，还有锅炉房屋檐上的麻雀。

看得见的，或许还有二十五年前的黄昏。它依旧忠于职责，看守着冯老师如今的坟墓。告密的人啊，冯老师是否也曾那样略带疲惫，甚至是哀伤地，对你温柔地笑过？在你出卖别人的那一刻？

7

我再也没有见过罗滨。他曾经推过一个新的微信名片给我，我添加了，朋友圈里基本上除了某个英国的保险公司的产品广告之外，再无其他。他说，什么时候，如果你想来香港买保险，随时找我。我说好的。从那以后，我们只是偶尔寒暄几句。

北京的秋天很短，很快便入了冬。

年底的时候我回了一趟林染，因为我的姑姑做了心脏手术，我去看看她。是刘小明送我去高铁站的——夏天，他在我家垂头丧气地蛰伏了几天之后，在某个下午悄无声息地出了门，就没再回来，他其实有点不好意思，但我觉得他回阮馨身边也不是不合理，虽然我不那么想祝福他们。

"房子卖得怎么样了？"我问他。

他苦笑着："一直有人来看，可是连价都不出。"

林染的冬天比北京要稍冷一点，姑姑住的医院的马路对面，正好就是我曾经的小学。其实我在一出高铁站的时候，就看到了广场上的 LED 广告：我的小学在办百年校庆，欢迎所有校友都回去看看。

我已完全不认识它。除了它还在原来的地址，所有的建筑都已经成了新的。只不过曾经辽阔的前操场居然这么小。我走进大厅里，就立刻有穿着旗袍的年轻女孩过来问我是不是校友。我任由她将我带到 1990—1999 年这一时期校友的签到处，人不多，起初我还担心会遇到熟人——片刻之后发现，即使遇到了，我也多半认不出对方。但我依然还是听见了一句咒语一样的问候："你是——孙橘南吗？"

很熟悉的声音，但我想不起来是谁。即使转身去看情形也差不多——非常眼熟的一张脸，感觉要比我大几岁，但是……

"我是小鹿老师啊！你不认得我了吧……"随着笑容的绽放，往昔一下就回来了。

"谁说不认得！小鹿老师！"

小鹿老师教过我们一年音乐，那时她在学校出名是因为她年纪小，来实习的时候才十九岁，个头也娇小，教导主任开玩笑说她看起来像六年级的学生。美丽的小鹿老师上课的时候，班上的纪律总是不好，因为没有人怕她，她也做不到像别的老师那样精准地把黑板擦丢到某个人的桌上。

"我没想到您一直在这个学校。"我仔细地打量着她，她其实依然美丽，只是沾了些尘埃，不再像当初那样容易紧张和脸红。

"是啊，我也没想到，一晃就是二十五年，那个时候跟学生说话我都害怕，哪想到现在能做教导主任，每天在各个教室巡视纪律。"

"失敬失敬，原来是鹿主任，不是小鹿老师啦。"

"老了。"小鹿老师笑着拍我的肩膀，"你们都这么大了，我怎么能不老？哎，那边，你们那届有好几个人都在那边，你跟我过来打个招呼，你们也都很多年没见了。"

我没有可能拒绝她，但我其实不想去。小学同学与高中或大学同学的区别就在于：由于"童年"在每个人回忆里的占比差别过大，或者说，每个人想起童年的时候，记忆的侧重点有可能千差万别，所以你完全不能确定，这位小学同学的回忆里有没有你。

果不其然，只有小鹿老师一个人很热络地介绍着，其他几位都在表达着一种非常礼貌的亲切与热情。有面容陌生的一男一女就孙橘南到底是三班的还是四班的发生了争执，那个男生信誓旦旦地说我和他是同班同学就坐在他的前面——其实完全没有这回事。

"哎，孙橘南，你还记得咱们班有个四年级的时候突然转走的男生吗……"

一个"这不可能"的念头正在聚集，还没来得及形成语言的时候，我已经听见了那个名字——"祁连，他也来了！今天还真是巧……"

我的心脏像个篮球那样，重重地砸向地面，然后在没人发现它的时候又轻巧地弹回了胸腔。已经没有了选择，我只能沉重地转身，那就装作若无其事地微笑打个招呼吧，不会很难的，就像曾经的那些事从来……

可是这个人是谁？

我看到的是一个肚子微微凸出、戴一副金属框眼镜、一脸拘谨微笑的中年男人。他是谁？罗滨在哪里？

"孙橘南！"金属框眼镜的眼睛里顿时充满了惊喜，"你还记得我吗孙橘南？转学的前一天下午，我还请你吃过冰棍儿！"

周围人一阵轻轻的哄笑声。

"你是——田径队的祁连？"无论如何我还是必须确认一下，虽然我知道这是没有用的。

"对呀。你连田径队都还记得，可是你认不出我了。"他自嘲地笑着，"我确实是胖了太多……"

"那你有没有一张田径队的照片，就是你们几个队员，在沙坑边上拍的那张……"我已经说不清我到底想证明什么了。

他为难地看着我，困惑地问："……我连毕业照都没跟大家拍……至于田径队，咱们学校那个时候有沙坑吗？好像没有吧……"

围绕我们那个时候学校操场上到底有没有沙坑，七八个人又开始了新一轮的辩论。有一阵尖锐的嗡鸣声始终在我耳朵边上肆虐，眼前这个自称"祁连"的人，他记得田径队，他在第一时间就说出了请我吃冰棍儿的事情，我知道他是真的，其实我知道的。

我跟着他们去吃饭，跟着他们喝了几杯酒。我在席间给罗滨发了很多条微信。"你在吗？""我需要跟你说话。""你为什么要骗我说你是祁连？"……完全没有得到回复，微信对话框始终是我自说自话。

聚餐结束之后，"祁连"打了一辆车，顺路载着我和另一个女同学回家。他们聊了一路家常，直到那个女生下车。现在车掉头前往我家的小区了，祁连也从副驾上下来，坐到了我的身旁。

"我前些年听人说，你去加拿大了。"他笑了笑——并排坐着的时候，他的肚子更加明显。

"没有的事。是我先生以前在加拿大上过学。"在诸如眼下的这种社交语境里，还是暂时让许丰活过来好了。

"哦，这么回事，以讹传讹了。"他再度笑笑，"那么你现在就定居在北京了？"

"对。就在北京，不出意外的话，哪儿都不想去了。"

"嗯，你很能干。"

"哪儿的话。"

"是真心话，我小时候就这么觉得。"他的表情里带上了一点属于往日的羞涩，"我一直记得，你把你自己的胳膊伸到开水下面——后来长大了以后，我也经常想起那件事，那个时候我心里想的是，这个小女孩可真够狠的。懂点事以后我就知道了，这样的人，能做到很多一般人做不到的事儿。"

下车的时候我们交换了微信，但是彼此都知道，其实不会聊天的。

一夜无眠，直到我坐上次日的高铁，罗滨都没有回复我。凌晨的时候，我想起他之前那个旧的微信，试着发了一条，得到的回复是：你还不是对方的好友，需要认证添加。

好吧，不管他的动机是什么，如果他一直在撒谎，那他是怎么知道冯老师这个人的？他又是如何得知那么多关于往昔的细节的？难道全是我喝多了以后说出来的吗，不可能吧？

也许他永远都不会再回复我。被戳穿之后，就这样消失于人海。

也永远不会有人告诉我，到底发生了什么。

我的额头抵在冰凉的车窗上，微微地随着车震荡。我以为如果我此刻睡去的话，一定会梦到罗滨。但是我又错了，我梦到的是许丰。

他安静地看着我，对我笑了笑。自他去世以来，这是第一次，他在梦里对我笑。他穿着一件宝蓝色的衬衫，我说天这么冷了，你怎么不穿外套就出来？

他不说话，眼睛里只是浮上来些许歉意。我想起来那件衬衫是他活着的时候穿过的最后一件衣服，那时是九月，天还很热。

我伸出手，轻轻地试着抚摸他的脸，手指却像是触摸到了一面镜子。既然他不开口，所以只好换我没话找话说了。

"凌瑰丽告诉我的，你们当初在一起的时候，你说，如果她一定要生小孩，你就去死。我只知道你不想要孩子，可是我从来都不知道你是这么认真地不想要，我们从来都没有好好地认真聊聊这件事……"

天哪。

我停顿了好一会儿，手指从那面冰冷的镜子上挪开，但是一直这样冷场下去也不是办法，所以我只好迟疑地说出来："……你是不是——你是不是跟那个女孩，跟那个杀你的凶手说了一样的话？你说如果她一定要生小孩，你就去死……你是不是说了一样的话？"

他依旧不回答。他只是缓缓地把手伸出来，他的指尖隔着那面镜子，触碰到了我的。

"我猜对了，是不是？"

虽然我们从来没有真正了解过对方，但是这次，我猜对了。

眼泪充盈在他的眼眶里，可是他不肯点头或摇头。

然后我就惊醒了，列车中的广播说，我们马上就要抵达北京，还说，北京在下大雪。

我费了好大的力气，排了很久的队，才排到了一辆出租车。当我总算重新看到我的小区的大门时，天已经擦黑了。我拖着箱子，小心翼翼地走在刚刚被清扫出来的一条路上。雪在我的身旁已经堆得像个墓地。如果我现在不管不顾地丢下箱子，躺到路边的雪堆里去，说不定会自动生成一段我的墓志铭。

我的单元门旁边，有一小块因为被挡住，所以没有积雪的空地。那里放着一只白色瓷碗，里面有覆盖住碗底的猫粮；还有一只蓝色瓷碗，原本盛放着少量的水，现在已经结了冰。我们楼里有个人会定期地喂流浪猫，今天他把两只碗挪到了这个地方，一定是因为下雪。

我蹲下身子，捡起那只蓝色的碗，晃了晃，里面那层冰很结实，纹丝不动。我在想我是不是应该上楼去拿点温水下来，重新注入这个碗，但是如果再次结冰了该怎么办？脑中想着这个，眼睛却不停地注视着咫尺之外那一小片洁净得诱人的积雪。

我实在忍不住了，就像小的时候那样。

我把那只蓝色的碗放在那一小片积雪上，屏住呼吸，再把它拿走。我眼前出现了一个百分之百的圆形，我就知道会这样。我在锅炉房前面的空地上，一次又一次地画正方形，就是想复现如眼前这般的，简洁的完美。

我再度把蓝色的碗放了下去，第二个完美的圆形诞生。手其实已经冻僵了，但我依然小心地维持着每一个圆形之间会有的距离。那一小片积雪上终于出现了一串美丽得不像人间会有的圆形。我多想让九岁那年的孙小橘好好看看这个盛景。

罗滨，不管你是什么人，不管你想做什么，不管你是不是真的存在——北京下了一场好大的雪，这件事，无论如何，我都得让你知道。

草 民

蔡崇达[*]

> 我们为什么生生不息
>
> 我们凭什么生生不息

东石：滩涂与沙滩

幸好，我出生于海边，自小就知道，这世间许多东西，日复一日在相互撕咬着。有的撕咬是寂静的，比如白日与夜晚。它们连些许的呻吟都不愿透出，但终究咬出了漫天血红的晨晕与晚霞。

有的撕咬掩不住哽咽和哀鸣，比如海洋和陆地。海与地的交会处，总要铺天盖地地悲鸣。它们的躯体不断被对方抓破，经脉不断被对方撕扯，血液浸透了彼此——那些血肉模糊，便是滩涂了。

滩涂是被撕下的陆地的血肉，滩涂是被撕下的海洋的血肉。滩涂因此从来是腥臭的——这些血肉，还一直在腐烂发酵着。

海边的人因此都知道，和这里的弹涂鱼、鳗鱼、螃蟹、蛏子等一样，自己

---

*蔡崇达，男，1982 年生，福建泉州人，曾任《中国新闻周刊》执行主编。出版有非虚构作品集《皮囊》、长篇小说《命运》、中短篇小说集《草民》等。作品被翻译成英语、俄罗斯语、葡萄牙语、韩语等语种，在十几个国家、地区发行，至今发行近六百万册。

是滩涂的子民；他们还知道，生命没有高贵的出身，腐烂便是生命的母亲。

幸好，我出生于海边，自小就知道，人总会找到沙滩的。

我生活的这个小镇，有大约二十公里的海岸线。从每户人家的窗户看出去，朝走过的每条道路旁瞥一眼，从每个甘蔗林的夹缝中透出来的，都是滩涂。但不用谁特意去指引，所有人迟早会发现的，在一个陆地拐角处，在一片相思林的包裹中，藏着一段局促的沙滩。

我忘记自己是什么时候发现沙滩的，大约和所有人一样吧：当心里开始生发出那些自己辨认不清、无法命名的东西，当不知道要在哪里才能摊开这些东西时，人就会找到沙滩的。

沙滩是陆地用被海洋啃噬得破碎的躯体，流着血怀抱出的一个安静的臂弯。陆地以这一点惨淡的胜利，拼命构造一个它认为的自己与海洋相处的最好的模样——沙滩是陆地的幻象，是陆地为自己与对手构造的神庙。然后，它也成了所有人的神庙。

少年在这里好奇且忧愁地看着自己身上新鲜的欲望，中年人在这里抓虱子般埋进命运里纠结的点，老年人在这里和自己的记忆聊天……在沙滩上，没有人顾得上和别人说话。这里的人在着急地把内心尽可能地吐出来，像一只只吐出自己内脏的海参，以这样的方式才能看到自己。

我总爱在沙滩发呆到夕阳西斜，直到白日与夜晚撕咬出的血浸泡了整个世界，我知道，这世界又完成了一次孕育。我看着这一个个年老的或年少的、干净的或毛糙的躯体，收拾起自己摊开的全部，犹豫地站立起来，踟蹰地穿出相思林，最终往泥泞的滩涂里走去、往自己正在行进的人生走去。

我看着他们一个个的背影，远得影影绰绰，如同腥臭的滩涂抽出的那一根根又灰又绿的草。我看到，他们和它们一起在摇曳，他们和它们，都在被风刮倒，或者是和风舞蹈着；都在被潮水淹没，或者在水里浮游着……我知道，他们和它们都在和自己的命运撕咬着；我知道，他们和它们都在挣扎着，或者，生长着。

曹操背观音去了

时隔近六个月，母亲终于愿意开口与我说话了。

她打来电话，努力回忆着此前寻常的那种口气，好似找到那样的口气，此前莫名僵持着的这几个月，就因此不存在了。

她用那种口气问："你好吗？"

毕竟这么久没能说得上话，我本想认真地回答。她却等不及了，又抢着说了："你记得曹操吧？"

我有些吃惊，明白母亲是因为曹操而愿意和我说话的。但是为什么呢？

她继续说了："曹操走了。"

她说："镇上的人很笃定，曹操必定是成佛了。"

她说："镇上的人在讨论，应该给他建一座庙的。"

最后，她说："想得到吗？咱们镇上死死生生、往往来来这么多人，能成佛的倒竟是曹操。"

着实有好一会儿，我没反应过来。

"曹操成佛了？"

我非常错愕。

我们这代人的家乡，在童年时，还能偶然碰到些游荡着的成仙成佛的乡土传奇，但这样的故事，被呼啸而来的年月，撕得越来越碎，到近年来，好似被时光瓦解得不见踪迹了。

此时，却突然硬生生冒出立地成佛这回事了，而且离奇的是，成佛的人选，竟然是曹操。

"你说的，是东石镇那个曹操？"我想再次确认下，"那个驼背的、可怜的曹操？"

"是啊。"母亲回答的声音，更透亮了。这让我突然想起，每年东石镇的夏日，总有从太平洋上刮来的、那些被晒得松松暖暖的风。

我当然是认识曹操的。

我想，此前生活在东石镇上的所有人，都总要认识曹操的吧。

我所出生的这个东石镇，是个半岛，长得似肥胖的短靴，半截踩进海里。

西边靠江的这边，连着大陆，如同踮起的脚尖，似乎还在犹豫是否全部没入海里。三面环海的部分如同脚跟，试探性地插进海里，看着总感觉要瑟瑟发抖。

到我生长的时候，这镇子就已然是西边一个码头、东边一个码头。

以前我好奇过，为什么一个小镇需要两个码头。后来我知道了：西码头接着江面的，有滩涂，吃水很浅，只能进得一些小舢板；东码头，直直对着海，浪大风大，能停大船，能停的也只有大船。

因此，西边来的，便是讨小海的，弹涂鱼、鳗鱼、花蛤、小螃蟹……东边来的，都是讨大海的，东星斑、小鲨鱼……

整个镇子的西边和东边，就这般理所当然地过成了两种人生。

西边的人讨小海，大多数都莫名乐呵呵的，一天到晚，有事没事，脸总要笑着的。有些是早上去滩涂翻些海鲜，有的则下午去，反正干完该干的，剩下的时间就晃着、瘫着、笑着。

东边讨大海出大洋的人，总是莫名亢奋的，要么几个月没出现在东石镇，一出现，就总要闹腾的。特别是晚上，总免不得喝酒猜拳、嬉闹打架。

当时的东石镇，脉络也很简单。西码头和东码头中间，是长长的一条街，石板砌成的。路两端，再各自枝枝蔓蔓长出些小路，安放着些人家。

打我能记事开始，曹操便每天一前一后背着两个背篓，走在这石板路上了。

早上从西码头走到东码头，下午从东码头走到西码头。晚上在西码头边上的家睡上一觉，第二天醒来，再次出发。

所以，东石镇上的人，总是要认得曹操的。

我家便在这条长街的中间。

母亲说，父亲原来是在轮船社工作的，结婚前，当然是住在东港的。结婚后，母亲一有了孩子，父亲就急急想把家往西边安了。

我能记事的时候，父亲还得出海，一去总要大半年。

那几年，母亲每天把门打开着，拿了把凳子靠着门坐着。她边干着手边的活，边偶尔瞥一瞥东边的石板路。

她知道的，她的丈夫、我的父亲，具体还得多少个月才能回来，但她还就这般坐着，每隔几秒就朝东瞥一眼。到天光暗了，暗到看不见什么了，门都要开着。直到她收拾完所有，要进房睡觉了，这才关门。

我就是在那个时候认得曹操的。

我能记事的时候，曹操就已经足够老了。我不知道他确切几岁，但看得到，他脸上的皱纹一浪压着一浪，快把他的眼睛淹没了。我总喜欢在他皱纹的浪里找他的眼睛。

他的背已经驼成将近九十度了，可能是身体轻吧，又或者因为头很重吧，走起来，总是向前犁着。海边总是有风的，每次风一刮，他的身体就摇摇晃晃。那时候的我老担心，他的脸会不会犁到地。

一有机会和他靠得近，我就很认真地在他的脸上查找伤痕。但他的皱纹太深太密了，皱纹的浪甚至把伤痕都吞没了。我终究也分不清，哪些是新添的伤痕，哪些是时间的割痕。

大约早上六点，曹操便会从西边的码头出发。

早上的他，一个背篓背在前面，怀抱着一般，里面放着的是从西码头讨小海的渔民那儿批发来的小海鲜。一个背篓背在后面，那个背篓是他改造过的：背篓的中间开了个口，放着隔板，里面有着用细铁线固定着的一尊观音和一个小香炉。隔板的下方恰好可以放置一束短香、用来占卜的签和签筒，以及对应的观音签诗集。

曹操的右口袋里总装着一块用油布包着的肥皂。每天早上，他在西码头整理好当天要贩卖的海鲜，一定得用肥皂仔细地搓洗每根手指，以及手掌里的每条掌纹。然后他会把安放着观音的背篓小心地放置在礁石上，点燃短香，拜三拜，插在小香炉上。先背上菩萨，再背上海鲜，然后在香气萦绕中，他出发了。

他的脖子上挂着个木鱼，每走一步，他便敲一下木鱼，喊着："花跳、鳗鱼、小螃蟹，海里的味道。"

忘记是我几岁的时候，但我确实问过他："为什么边叫卖这些海鲜边敲木鱼？"他笑眯眯地说："这不，边卖它们边为它们超度，也算是功德。"

每天早上，他会在九十点钟的时候路过我家。我肯定要看到他的，我家的门开着，母亲、我姐和我就挨着大门坐着。

他的到来总是有奇怪的仪式感，巷子又长又深的，他的叫卖声来回滚动着，点燃的香，随着风有一阵没一阵，香味一会儿有一会儿没有的。

然后他就出现了。

他走得很慢，路过每户人家，只要看见开着门的，他便要从门缝里探进头去；门没开的，他还要踮着脚从窗户里探进头。

总是要先问："你今天感觉好吗？"

然后再问："要买点海里的味道吃吗？"

打我记事起，我便每天很是期待曹操来。虽然母亲大部分时候都没钱买那些小海鲜，但是我总觉得那叫卖声真好听，那香味真好闻，以及，我喜欢他笑眯眯地问我、问母亲："你今天感觉好吗？"

我总会开心地叫嚷着："很好啊。"

好像，就此我这一天就真的很好了。

我记忆中，母亲似乎也很是欢喜每天的这个时刻，她会笑眯眯地回："好像还不错。"

曹操会回："那太好了。"

曹操走到东码头，大概都中午了。他会在东码头找个地方蹲着吃口饭，然后瘫在某一块礁石上打个瞌睡，下午两点多，曹操才会从东边的码头出发。

或许是因为东码头的大船只有大鱼，或许大鱼对曹操来说太重了，他并不做东码头的海鲜生意。下午的时候，他把那个卖鱼的背篓背到身后，里面有时候有早上没卖完的鱼，大部分时候是空着的。他把安放着观音的背篓背在前面，出发前，香依然要点燃起来，依然走一步敲一声木鱼，嘴里的吟唱变了，下午曹操会喊着："抽签啊，卜卦；观音啊，菩萨。求神啊，问事；观音啊，菩萨。"

　　从东港返回来的这一路，他依然走得很慢，依然看到有人门开着，就要探进头去；门没开着，总要踮着脚从窗户探进头。只是问的话换了，换成了："你今天过得好吗？"

　　然后再问："需要和菩萨说说话吗？"

　　每天下午，他会在四五点的光景路过我家。如果是冬日的四五点，有时候会有霞光沿着西边的巷口淌进来。霞光覆满他全身，他脸上全是金黄色的皱纹、金黄色的岁月的浪，然后他笑出金灿灿的皱纹，眯着眼问："你今天过得好吗？"

　　我下午的答案可不一定。许多时候当然还是欢欣雀跃地嚷着："很好。"但经常有些日子，过得让我讲不出这样的词语，我会说："不好。"

　　如果我这么回答了，他会把头靠近我，靠近到快贴着我，然后他会说："明天会很好的。"

　　因为靠得太近了，我闻得到他身上的汗臭味、海腥味、老人味及沉香的香味。这味道太强烈了，甚至到后来，我一想到家乡，心里就马上涌起这些味道。

　　我也不知道为什么，那段时间，下午的母亲，总似乎很忧伤，她语调依然很平淡，只是早上的平缓像是山里的泉水，下午的平缓像是海里的盐水。她会平淡地说："挺好的。"

　　我不确定曹操听得真不真切，他似乎尝出了语调的不同滋味，又似乎没有。他最终如早上一般，开心地回着："那太好了。"

　　那时候，家乡的节日很多。祖先们的生日是节日，要祭祀；忌日是节日，要祭祀。这么多祖先，节日本来就够密的。那个时候，家乡的神明多。我记得小时候算过，仅仅东石镇就有几十尊神明吧。神明的生日是节日，要祭祀；神明的成仙日是节日，也要祭祀。最过分的是天公，每个月的十五日都是他的生日，每个月的十五日都得祭祀。

当时父亲虽然当海员，但想着要盖座房子，钱因此是吃紧的。母亲说她与祖先和神明商量过了，反正每个月就初一、十五祭祀两次。"就凑合着过吧，等以后咱家有钱了再补。"我听母亲祭祀的时候这么说过。

初一、十五这两天，母亲便会在早上的时候叫住曹操："便宜的杂鱼给我来个一块钱的吧。"

曹操便会直接坐在地上。坐着的时候，前面的背篓刚好就放置在他的跟前，背后背着观音的背篓，和他背靠背。我总觉得，他和观音菩萨背靠着背卖鱼给我们。

他背篓里的鱼，没有分类，无论什么季节，鱼的种类总是很多。他也没有带秤，一块钱的鱼，他就是用手抓了一把，然后放进我母亲拿出来的盆里。他会认真地打量几眼，然后会说："正好一块钱。"

我母亲也会点点头："是啊，正好一块钱。"

我至今不理解为什么正好一块钱，但每次都跟着很笃定："这确实是一块钱的鱼了。"

曹操下午的生意更好。经常每隔四五户人家，总有一户会叫住他。我母亲也找曹操抽过签，所以我知道价格的，一次一角钱，倒是不贵。只是，确实也就值一角钱。

下午有人叫住他，他便如早上一般就地而坐，菩萨就在他怀里了。然后他掏出签筒递给问卦的人，笑眯眯地等着抽出签号，然后拿出签诗册一页一页翻找到对应的签诗，就递给求签的人。

镇上的人大都不识字，翻来覆去看了半天，认不得几个字，说："你解解啊。"

曹操此时会充满歉意地笑，说："我也不识字。"

然后他会说："但我大概记得，这或许讲的是什么故事。"

他就自顾自地讲完记得的故事。抽签的人边听边抓着故事里的情节，要往自己身上套。

"所以是冬天的时候会有好消息？"抽签的人问。

曹操便会直愣愣地看着抽签的人，然后，笑。

"还是说名字带'冬'字的人会给我带来好消息？"抽签人不死心，再追问。

曹操依然直愣愣地笑。

抽签的人嫌弃地白了曹操一眼："不懂解签，还敢背观音签。"

曹操笑眯眯地说："是观音让我背的。"

"曹操是后来做了什么特别的事情吗？"我试图推导出一些逻辑，去理解母亲刚刚和我宣布的这件事情。我实在不知道，这样的曹操如何就能成佛了。

母亲说："没有啊。"

"还是他过去做过什么了不起的事情，我不知道的？"我还是不死心。

母亲想了许久，似乎很困惑我的追问："他的故事你都知道的。"

母亲很认真地强调："他一直是你记得的那样，直到死的那天，还是那样。"

现在生养在城市里的人可能已经不知道了，从小镇出来的人或许还有人记得吧——其实，每个人的故事发生了，就存在了，它们还会蒸发或者被撕裂成类似于尘埃一般的东西，在空气中弥漫着。只要你待的地方不那么大，只要你待的时间足够长，这些故事总会如尘土一般，在你心里慢慢地落、慢慢地积，某一刻再一看，发觉记忆都堆出厚厚一层了。

我无法确切地说出，我具体是在哪个地方什么时候听说过曹操哪个故事，但我确实就这么知道了曹操的许多故事。

比如，我知道，曹操本来不应该叫曹操的。

曹操有两个哥哥，一个妹妹。曹操的大哥叫曹阿一，曹操的二哥叫曹阿二，曹操的妹妹叫曹阿四。就曹操，叫作曹操。

据说曹操母亲生曹操的那天，晚上恰好有个戏班子巡演到了这个小镇。当时这个海边小镇，难得有戏班子来，曹操的父亲和三五亲戚喝了庆生的酒后，就一起来看戏。

那个老实巴交的讨小海的人，看到有人穿着戏服画着花脸，听到第一声唱词，就被震撼得目瞪口呆。唱词他听不出是普通话、闽南话还是莆仙话，但他就是一边看一边激动地骂。大家也不知道他为什么骂，只知道搀扶他回家时，他嘴里还在骂骂咧咧、嘟嘟囔囔，说的是："人就是应该活出个名字来。"

然后，曹操就叫作曹操了。

一开始，曹操的父亲着了魔一般，要让大家都知道他的儿子叫曹操。曹操还没满月，他父亲就抱着他到处晃，见人就说："你看，这是我儿子，叫作曹操。"有人路过他的家，他也要抱着孩子追出来，说："你看，这是我儿子，叫作曹操。"

但念叨也就念叨了三个多月，后来似乎他自己也忘记了。到了第二年，曹操的母亲又生了个孩子，是曹操的妹妹。曹操的母亲问："小孩叫什么名字啊？"

曹操的父亲当时正在洗着海带，头也没抬，说："当然叫曹阿四啊，要不叫什么？"

曹操也确实活得越来越没有曹操这个名字的样子。

刚生出来的时候，接生的产婆一看，哦，生了条丝瓜，皱皱巴巴、瘦瘦长长的。

曹操这一模样，仿佛从那时就定型了，自小到大，手是瘦瘦长长的，像丝瓜；腿脚瘦瘦长长的，像丝瓜。

曹操的父亲总会用一只手把他的腿箍着，对曹操的母亲说："你看，就这还叫曹操？"

也不知道他在讥嘲的是谁。但他认真地白着眼又重复一遍："还真看得起自己，这模样，连大一点的鳗鱼都网不住的人，还敢叫曹操？"

曹操这个名字在这个家庭越来越尴尬且醒目。曹操的父亲偶尔有好收成，一进门会开心地喊着小孩来看："阿一、阿二，呃，你也是，阿四你们过来，看我今天翻到了什么。"

曹操这个名字，连他父亲叫起来都很是烫嘴。

曹操的父亲因此越来越不愿意叫曹操了。父亲回家叫嚷着："阿一、阿二、阿四，来看看今天我又翻到了什么。"

曹操杵在一旁，不知自己该不该也凑过去。

一开始凑过去了，父亲可能有意或无意，但确实白了他一眼。曹操就此不凑了。

曹操就此除了不断地瘦瘦长长，还越来越安静了。

母亲还是心疼小孩的，妹妹阿四还是心疼哥哥的，有时候会想去安慰曹操。曹操会笑眯眯的，一直摇着头。母亲和妹妹也不知道他什么意思，到底是没关系、不难过，还是不用管我？但看他笑眯眯的，安慰一下也就走了。

曹操就此除了不断地瘦瘦长长、越来越安静，还总是笑眯眯的。直到他足够老了，老到我都出生了，认识他的时候，他还是这样：瘦瘦长长、安安静静、笑眯眯的。

曹操和曹阿一、阿二、阿四一样，长到几岁，就干几岁的活。两三岁帮着挑拣小海鲜，五六岁帮着洗海带，七八岁帮着剖牡蛎，十岁左右便要跟着出海了。父亲讨小海，曹操跟着也是讨小海。每天凌晨四五点，星星还在，天空刚要翻鱼肚白，他们就同其他讨小海的渔民一样，把脚插进冰冷、黏稠的滩涂里，开始翻找老天爷藏在这儿的一份口粮。

尽管冻得刺骨，但没人吭声，他们第一次下滩涂，就学会把难受吞进心里了。

这种和所有人一样的时刻，让曹操最是安心和开心。把头就此埋进和周围的人类似的生活里，吃着一样的苦，大家一起苦，好像也没那么苦。

但曹操还是因为顶着这个名字，被揪出来了。

首先开始的，还是自己家里的曹阿一。看着小自己几岁的曹操剖起牡蛎来哆哆嗦嗦的，阿一突然心生灵感："操，这牡蛎可真难剖啊。"

曹操愣了一下，反应了好一会儿，问："是在叫我吗，还是在骂牡蛎？"

阿二和一旁的父亲都听到了，都开心地笑了。

第二天，阿二也逮住机会就说："操，今天天气可真好；操，今天的风可真黏……"

曹操没回声，阿二就骂："怎么不回答啊？"

曹操回了，阿二就笑："又不是在叫你。"

过不了多久，曹操名字的新用法就传开了。

凌晨，许多人都在滩涂上一起翻找海鲜，这真是累人的活，翻找得累了，以前就是悄悄地嘟囔几声，还怕被人说这理所当然的苦都吃不了。现在有新办法了，可以喊："操，怎么今天的鳗鱼钻那么深？"

另外一边也有人回了："操，是钻太深了……"

然后滩涂上，就到处都是呼唤曹操的声音。

然后从滩涂回镇上的路上，到处都是呼唤曹操的声音。

然后寻常的生活里，突然凭空就冒出几声呼唤曹操的声音。

经过了那些岁月，曹操已经不会恼怒了，每次也只是乐呵呵地笑。曹阿四和曹操的母亲反而耐不住了，听到有那个发音，就往那边赶，拿着海锄头，怒声喝着："是哪只狗在嚷，哪只狗？"

四下没人作声，曹阿四追着曹操问："你知道的，是哪个？"

曹操还是乐呵呵地笑。

曹阿四着急了，边跺着脚骂边哭："你怎么就这么屎。"

曹操乐呵呵地笑了笑，说："这样的名字用在我身上，确实是挺搞笑的。"

曹操的父亲是在曹操十六七岁时离开的。那一年他父亲六十出头——这在当时不算特别好的寿命，但也是能接受的了。要走的那一刻，父亲好像没有觉得多难过，反而有种终于要"毕业"的感觉。

父亲躺在床上，轮流叫着家里的人。妻子当然是第一个叫的。父亲说："你别着急来，等孩子都结婚了再来。"母亲点点头。

叫来了阿一："你都结婚了，赶紧生孩子。"叫来了阿二："你赶紧结婚，赶紧生孩子。"然后父亲卡住了，愣了好一会儿，终于时隔十多年又一次叫曹操的名字了："曹操啊。"也就这么喊了一声，然后本来平静的父亲突然哭起来了，呜呜呜的，像女人的哭法。

父亲说："曹操啊，可怜的曹操啊。"

那个时代，东石镇是真穷。我后来读书了，读了历史才知道，从明朝禁海，不让出海通商开始，沿海的东石镇就一直穷。

但再穷的地方，老祖宗那些烦琐的规矩还是一点都不能落下的，甚至反而更不能落下了——越困难的人生，越要依靠规矩稳住啊。

葬礼的规矩，大大小小的几十项，还好负责祭祀的师公都记得住，大家遵循着他的调动就可以了。比如，一定要招魂的，招魂回来后，家人们要一个个朗诵祭文（就是用文言文说你活得多好，有多少人有多爱你），然后隆重地跪拜告别。

祭祀遵循的还是晋朝时候的礼制，不唤姓，只唤名。而且，为了表现庄重威严，名字要念古音，加重念。

在东石镇，很多人生活一辈子用不到正经的名字，如果取得太正经，大家一定要找个土名安到他身上的。那种有目标、有意义的名字，如何配得上这么土的生活？许多人都是到家里有亲人死，或者自己死的时候，大家才知道，哦，原来他叫这个名字啊！

祭祀开始了，先是长子阿一，然后是次子阿二。终于，师公用悲痛庄重的口吻喊："请，三子，操，上前祭拜。"

众人笑了。

曹操面红耳赤地赶紧跑到灵前来，扑通一声就跪着拜。

按照规矩，得连呼三声，而且师公似乎还不明所以，又叫了一声"操"，众人又笑了。

师公反应过来了，第三声的时候说得分明心虚了："请，三子，呃……操，上前祭拜。"

众人察觉到一向正经的师公也意识到窘迫了，笑得更欢了。大家还在笑着，曹操好像习惯性地要跟着笑，只是眼泪还扑簌簌地掉。

于是曹操就眯着眼，边笑边哭了。

我忘记这个故事是谁和我说的，但小时候听到这里，我就有很强的被侮辱感。当时我也不理解为什么会有这种感觉，就是耿耿于怀着，甚至等自己成年了，我总莫名其妙地要和很多人讲这个故事。听的人听完莫名其妙，他们不理解我为什么要讲这个故事。我此前也解释不了为什么。只是过了好多年，我自己有小孩了，才有一天突然明白了，摇醒正在熟睡的老婆，说："我终于知道我为什么对曹操的名字耿耿于怀了。难道心生些对人生格外的期待，就要被庸常的生活嘲笑侮辱吗？"

我老婆听得莫名其妙，说："在想什么呢，赶紧睡觉，明天小孩要上课了。明天轮到你做早饭，记得六点就得起。"

曹操的父亲走之后，好像就一两年，或者一年不到，曹阿四就走了。

曹阿四走的时候十三四岁，刚好是水灵的模样。曹阿四从小利落，因此性格总是着急的。家里圈了块海塘，海塘里种着海带。捞海带这种活本来是男人干的，但曹阿四喜欢。她十三四岁的时候，踏入海塘里刚好能探出头，她因此总抢着捞海带。

曹操也喜欢看自己的妹妹捞海带，她踮着脚在海塘里走来走去，东拉几条西拉几条，海带绕着她的身体舞来舞去。曹操会说："阿四你像仙女。"阿四会笑得咯咯响，说："阿四就是仙女。"

阿四就是一天下午被发现浮在海塘里的，应该是捞海带时一不小心脚一滑，呛了水，慌乱得没站住。

其实镇上以前就有姑娘也这么没了的。

那个时候，人的来来往往生生死死好像没那么严重。其实想来，这世间从来那么多人生，那么多人死。只是坏世道，死得更快些，更早些，哪有什么稀奇的？

当时还会把这种死法称为"着急死的"，仿佛是他们主动选择着急离开的，而对应着的安慰便是："没事，他下次投的胎应该会好些。"

曹阿四走了，师公就又得来了。那天葬礼，师公见到曹操就皱眉。曹操看见师公皱眉了，觉得又是自己的错了。曹操去向师公道歉，才知道师公原来已经有了解决方案："要不，我祭祀的时候，就喊你阿三？"

曹操想了想，却不答应了："还是叫'操'吧。"

曹操哭着说："祭祀的时候老天爷都听着吧？"

师公愣了下，说："你是要借此骂老天爷几句？"

曹操哭着说："就帮我骂几声。"

那天祭祀，师公最终还是叫了曹操"操"，叫的时候还比以往更用力、更庄重。

母亲也算完成了和曹操父亲的约定。曹操父亲走后，母亲着急奔波着，给阿二娶了老婆，给曹操也娶了媳妇。母亲在曹操娶完媳妇之后，嘴里就老念叨着，说："阿四已经先走了，我任务算完成了吧。"也忘记念叨了多久，有一天早上，曹操看到母亲睡死在自己家的灶台边。

母亲走的时候，师公又得来了。那个师公年纪也很大了，七十几岁吧。他可是当时镇上最老的几个人之一了。

这次师公一来，看到曹操就咧着嘴笑："真好，又有次骂老天爷的机会了。"

师公说："活在这世上，谁不想骂几句啊。"

师公说："你父亲给你取的这名字真好。"

对曹操这个名字的调侃，应该贯穿了他的一生吧。到我记事的时候，每次一听到木鱼声，闻到沉香味道，我就听到石板路上不同人此起彼伏地喊："操，今天天气真好啊。""操，现在冷得要死。""操，这世道怎么这么难啊……"

发生在不同人身上的不同境遇，似乎都可以通过这个句式说出来。

我记得就在前年春节我回老家时，听到我家东边的东边，大概第七座房子吧，里面的人一听到木鱼声，就扯着嗓子叫嚷着："操，我家婆娘走了，你知道吗？操，我家婆娘真的走了。你知道吗？"

我母亲看我好奇，特意和我解释了一下："他老婆走了四五个月了，此前几个月都说不出话。曹操知道了，他本来就要挨家挨户地探头过去，那几个月，看到那户人家连窗户都关上了，还硬要拨开窗户，探进头去问：'你今天过得好吗？'然后那人就生气了，气得大嚷大叫：'操，我家婆娘走了，我怎么好？'曹操乐呵呵地笑：'骂出来会好点儿，心里会好点儿。'"

自此，每天曹操要经过时，还没探头进来，他就这么嚷。

我们说话期间，曹操刚好走到他家了。屋子里的人嚷得更大声了，曹操还是从窗户探进头，笑眯眯地说："我知道的，我都知道的，我全部都知道的。"

屋子里的人叫着叫着，扯着嗓子嗷嗷地哭。

曹操笑眯眯地探进头问："要不要和我说说话？"

屋子里的人还在嗷嗷哭。

曹操说："要不和菩萨说说话？今天你要抽签，我算你免费？"

"这是菩萨说的。"曹操补充道。

"曹操是什么时候背着观音的啊？"我突然想起来这个小时候就萦绕在我心里很久的问题。从我记事开始，他就长着这副背着观音的模样了。好像观音就长在他身上一般。

母亲说："我记得当时这条石板路，靠西码头的都是土打的房子，东码头都是石头砌成的房子，就咱们这中间，房子稀稀拉拉的。"

母亲似乎也回想了好一会儿，好像还是没想起来："我嫁给你父亲，搬来这儿住时，曹操就这样每天背着两个背篓走了。"

母亲说："我记得，第一次曹操经过咱家的时候，咱家还没有建好门，就拿着几块木头挡了一圈。我当时怀着你，每天都得搬了木头才能坐在这石板路边上干活。当时曹操说：'闺女啊，家还没建好啊。'我说：'是啊。'他说：'总会建好的。'我说：'是啊。'"

母亲说着说着，突然想起来了："曹操好像是他老婆走之后开始背观音的。"

母亲说："好像他本来就是讨小海的，老婆走之后，他躺着好几天起不来。亲人们去劝，他就躺在床上笑眯眯地看着大家，偶尔难过了，哭一哭，哭完，继续笑眯眯的。直到他做了一个梦，梦见观音说他老婆已经去西方了。观音说他要出门，没有随从。梦里曹操说：'要不我来背？'"

我记得，曾听说过曹操曾经是有家人的。只是听说，并没有见过，从我记事起，曹操就是一个人背着观音了。

多亏曹操的母亲是张罗好曹操的婚事才走的，要不，曹操肯定自己谈不成婚事。当时找妻子，用现在的说法，对彼此都像开盲盒。曹操的妻子刚嫁过来的时候，说话还会娇羞地遮嘴巴。也说不清是被曹操的性格倒逼的，还是本来如此，回归了本性。结婚三个月不到，东石这儿来了场大台风，台风还没登陆，倒把曹操分的偏房屋顶给掀了一角。曹操的妻子看着瘦瘦长长丝瓜一样的曹操，干脆袖子一撸，裙子一绑，自个儿就爬上了屋顶。看着曹操还在发愣，怒气地喝："杵着干吗，给我递石块啊。"

曹操的父亲留下的海塘，本来都被曹阿一、曹阿二分了，还能被曹操媳妇硬生生讨回来，重新划了个三等分，曹操家分到的还是边上的。据说用的方法倒也没什么特别，就是整天坐在门口，见人就哭见人就告状，说兄弟如何欺负曹操。阿一、阿二实在扛不住，商量着跑来求和了。

曹操的妻子连生孩子都是利索的。挺着大肚子了还跟着去翻滩涂上的海鲜。那一天，脚一软一个人就重重地滑在滩涂上。天蒙蒙亮，但看得到那血水一下子从她跌坐的地方涌了出来。众人着急要拉她上来，她却利索地来了一声"别动"，然后伸手到自己的下体掏了好一会儿，就这样掏出来个孩子。

曹操的妻子总得意地对曹操说："你看啊，要不是你母亲找我来管你，看你怎么活下去。"

曹操笑眯眯地一直点头。

曹操的妻子最终给曹操生了两个儿子，生了就养，养大了曹操的妻子又给他们各自张罗婚事。小儿子结完婚的第二天，曹操的妻子召开了个家庭大会，把家里之前的东西盘点一下，分成三份，她和曹操分了其中一份，宣布她会带着曹操搬出去住。

她的理由很简单："我不习惯拖累谁，我也不习惯让曹操拖累谁。"

曹操的妻子领着曹操到了西码头边上找了一块地，建了小土房。每天一大早妻子领着曹操去滩涂讨小海，讨完小海，就让曹操挑着担，自己吆喝着走街串巷地叫卖。

据说，曹操妻子的叫卖声可是中气十足，老远老远就能听到，而且口气笃定得让听过的人都相信叫卖的每个词语："东石第一新鲜，味道又香又甜……"

大概是曹操六七十岁的时候吧，那天镇上敲锣喊着台风要来，老太太又着急爬到屋顶，脚一滑，重重地摔在地上。这次摔下来的地方不是滩涂，是石板路。曹操知道那可比滩涂硬得多。这次磕到的不是屁股，是同样硬邦邦的脑袋。

妻子还挣扎着坐起来，头凹陷了一块，喘着气，总结一般："嘿，你看这都一辈子了。"

又说了一句："我这下没法管你了，你可怎么办？"

妻子脑袋流出了血，血盖满了她的脸。曹操惊恐，但还是笑眯眯地说："你流血了怎么办？"

妻子说："没办法了啊，是人就得死啊，活着就得吃饭啊。"

曹操哭着，但还是笑眯眯地说："那也是。"

妻子就这么走了。

祭祀的仪式还是没变，千百年不变，就这几十年就更不会变。只是当年的师公早走了，现在管理这一片的师公换成一个比曹操年轻许多的人。

师公又要招魂了，师公又要念名字，师公说到"请亡人之夫——"，然后就噎住了。

曹操站起来，说："要叫，操，操，操……"

众人都笑了，连那师公也笑了。笑完之后，大家才看到曹操站在那儿呜呜地哭。

仪式结束后，曹操就一直躺着了。那一年，台风又来了几次，每次都照着屋顶的漏洞拼命灌水。不仅曹操的孩子来收拾过，曹阿一、曹阿二各自带着孩子也来帮忙收拾过，但曹操还是愿意躺在那儿，泡在水里，直到曹操那天晚上梦见了观音菩萨，梦见自己老婆随观音去了。

"曹操从那时到现在，就这样每天背着观音一来一回地走，一直没断过？"我问母亲。

"是啊，到死那一天，一天都不少。"母亲说。

"到死那一天？"我虽然听得明白，还是忍不住重复了一遍。

"是啊。"母亲也感慨了，"从你出生前走到了前天，你看，你都从没有到有、从小孩到离开家乡、从离开家乡到现在，他就每天一直在这条石板路走着。"

母亲说："说起来，你读大学离开家乡到现在都快二十年了。你在外面的日子，都超过在东石的日子了。"母亲笑着说："某种意义上，你越来越不是东石镇的人了。"

母亲说得我难受，但母亲说得对。细究下来，对现在的人来说，家乡都是可疑的。此前的大部分人，一辈子都没离开过这里，极个别离开了，真的只是出个远门，总是要回来的。而现在，出去了就知道自己大概回不来了，但又不知道该往哪儿去。

我还在想着，母亲像猜中我心里所想的那样，突然说了句："放心。"

母亲说："只要我还活在东石，你便觉得自己是有家乡的吧。"

我听着有些难过。

"所以你能理解我为什么不能随你去北京了吗？"母亲继续说，"因为家乡有很多很重要的东西、人和事，比如这么多神明的祭日，比如曹操啊，而且，为了让你觉得有个可以回来的去处，即使明知道你永远回不来，我都要守在这里的。这样，直到——"

母亲说到这犹豫了一下，还是继续说："直到我死了，你的家乡才会死吧。"

我和母亲之所以不说话，是因为父亲的离世。

我的记忆中，母亲从来便是个独立到让人觉得有些凌厉的人。

母亲在嫁给父亲前，在那边家里是老三，前面有个哥哥、有个姐姐，后面有个妹妹、有个弟弟。我很小时，她就和我说，外公疼最大的哥哥，然后还算照顾第二大的姐姐；外婆疼最小的弟弟，然后还会纵着第二小的妹妹。她没有抱怨，只是解释着自己性格的来源。她说，所以五六岁就知道了也接受了，自己没有人疼，那就学着自己疼自己便好了。

长到二十岁，她便自己找了媒婆说："我是可以嫁了的。"还说："我实在不想为此拖累父母，帮我物色下，不要彩礼的我都可以去看看。"

而我父亲这边，我爷爷早早就去世了，奶奶在我父亲母亲的婚礼完成后没几天，便也突然去了。在我小时候，母亲经常对着不明就里的我唠叨："你奶奶真是厉害，原来那时候就知道自己要走了，还不动声色地手脚麻利地张罗好这复杂的礼节，笑呵呵地把我迎进家门。我一进家门了，她说走就走。"

母亲说："我不信那时候的她身体没有一点儿难受的，但她一丝表情都没透露。"

我出生的时候，奶奶便不在了，因此我无法判定奶奶是如何的人。但我总觉得，母亲之所以能看出奶奶是憋着疼完成最后的职责的，或许是因为，她自己就是个这样的人——或许每个人最能看见自己心里已经有的部分。

满打满算，房子只建了一半，后半截没有建好，连个门都没法安，肚子里还怀着我，而公公婆婆又都不在，母亲笑着撵父亲去出海，她问父亲："不去咱们吃什么？"

父亲担心，孤儿寡母总是不安全的。母亲回房里拿出奶奶留下来的劈柴的斧头，有模有样地挥舞着："你看，我怕什么？"

从我出生开始，母亲便让我和姐姐同她睡一间房，而母亲的枕头边便一直放着那把劈柴的斧头。

因为家里没有门，而且确实是孤儿寡母，我家里当然成了宵小的好选择。

每次听到点外面异样的动静，母亲会让我们躲床底下，然后自己拿着斧头，靠在房门后面，喊："我听到你了，我有斧头，我会砍人的。我知道你力气比我大，但万一被我砍到一下呢？你自己掂量下，划不划算？"

几次，这样说完，外面便没了声音。

还有次晚上，我三四岁的时候吧，突然间醒了，看到母亲把斧头翻了个儿拿在手上，专心致志地盯着窗外。趁着月光，我看到窗户伸过来一只手，试图摸着点什么。母亲把那只手猛地一拉，用斧头的背面冲那手上一敲，窗外传来号叫声，想把手收回去。母亲赶紧用两只手抓住，喊着："回答我，还敢惦记我家吗？"

外面的人估计怕被认出声音，不敢说话，带着哭腔含着嘴，呜呜呜地哭。

母亲说："知道我是什么人了吧？必须回我，还敢不敢惦记我家？"

外面的人带着哭腔说："不敢了，真不敢了。"

母亲这才放他走。

父亲大概半年回来一次，每次父亲要回来前，母亲就要叮嘱我和姐姐，谁都不许说我家遭贼的故事，谁说了就打谁。

我父亲因此对这些故事完全不知情。

父亲出海一直出到我读初中，而我家的房子也是直到父亲回东石第三年才建好的。房子终于有像样的大门了，母亲这才自己和父亲说。

我父亲听得目瞪口呆，估计在想，自己到底是娶了怎样的妻子。父亲感叹地说："难怪我每次回来，在东码头喝酒，总有人偶尔跑来和我说，你家婆娘可真厉害。我还想着，他们夸你会照顾家呢。"

母亲听了愤愤不平地说："你看看说的那些人受伤没，有没有伤疤，估计那里面就有被我打的贼人。"

父亲不出海了。父亲回东石了。父亲开店了。父亲开店失败了。然后我读高三那一年父亲中风了。

母亲自父亲中风后，就催着我去学校住宿。我不理解，母亲说："你父亲的事情是我的事情，不是你的事情，你的事情是读好书赶紧跑。这是我的决定，你必须听。"

我不听，母亲便和我冷战，不和我说话。我看着她一个人给父亲伺候大小便、洗澡、吃饭、睡觉，我要来帮忙端什么，她便把我的手打掉，我要来帮忙抬父亲，她便用身体把我撞开。

当时的母亲五十出头，还不到一百斤重。偏瘫的父亲已经三百多斤了。父亲跌倒了，她得像只驴一样，自己趴在地上，让父亲把身子靠在她背上，她再一点点支撑着把父亲驮起来。我看着难过，她自己不难过。她说："咱们商量好的，你父亲的事情就交给我了，你的事情就交给你自己。尽量考出去，别回来。记住了，我们的事归我们，你的事归你，我们帮不上你，你也别来帮我。"

"这怎么可以？"我生气了。

"这怎么不可以？"母亲说，"以前咱们这儿谁老了干不动活了还要拖累后代了，就自己找个地方躲起来死了的。"

我说："那是很久以前的故事了。"

母亲说："这就是上代人自己都活明白的道理。总之，伺候到你父亲死了，我便可以走了。我的任务就是，不能让他拖累到你们。"

母亲说："这是我的责任，作为妻子和母亲的责任。一个家有部分坏掉了，修不好了，另外一部分就得拼命好。那才是你的责任。"

那几年，母亲争着把所有照顾父亲的活全抢过去了。

我读大学了，我打电话问她："父亲如何了？"

她说："很好，你别管。"

我说："我假期回来。"

她说："你好好去实习，我和你爸没钱给你，以后找工作没关系给你，你趁假期赶紧想办法去。"

我大学要毕业了，我说："我要回来找工作。"

她说："你回来找工作我就把家门关上不让你回家。"

我难过地说："你总得让我帮点儿什么吧？"

母亲想了想，说："你如果想帮，就帮我向老天爷祈祷，让我死在你父亲后面。"

老天爷遂了母亲的愿望。三年前，中风多年的父亲有次摔倒，就此走了。

停灵停了三天，那三天母亲一直很利落的样子。流程该如何走，仪式要哪个时间点，乐队要奏什么乐……母亲冷静得如同饭店里利索的总经理。

我看着这样的母亲，心里说不出的愤怒，我在想，母亲这样的人到底是为什么活着呢？

葬礼结束后的晚上，所有仪式的东西都撤出去了，母亲把门一关，这个家里就剩我、我姐和我母亲了。我母亲突然宣布："我任务完成了，我可以走了，我准备走了。"

然后突然号啕大哭起来："菩萨啊，你要是可怜我，就让我赶紧走，他一个人上路可太孤单了。"

葬礼结束后，母亲就催着我离开家乡。我生着气，而且我知道我无法和父亲离世这个事情相处，借着母亲的催促，便订了机票回了北京。

倒也不是刻意，本来到北京后，我就想打个电话和母亲说几句话的，但要拨通那一瞬，我知道自己依然非常愤怒，我知道自己依然非常难过。而母亲，似乎也如此，她也没有主动和我打电话。

一不小心，我们竟然半年不说话了。

直到，母亲打电话和我说曹操成佛了。

我问母亲："曹操到底做了什么事情，让你觉得他应该成佛啊？"

母亲脱口而出："他做得可多了。你不知道吧，其实我前几个月差点死成功了，还是曹操拉住了我的。"

母亲说得很平淡，我却完全愣住了。

母亲看我似乎被吓到了，说得更云淡风轻了："其实也没干吗，就是你们都走了后，我就突然发烧病倒了，昏昏沉沉地躺在床上，没力气起床拿水喝，没力气给自己弄吃的，我本来是犹豫过要不要打电话给你或者你姐，但我后来想，我不是觉得自己可以死了吗，我想，这样也挺好，我就这样走了吧。"

我想说点什么，但终究说不出来。

母亲继续说下去了："本来这个计划挺好的，我感觉自己意识越来越模糊，我感觉到自己身体越来越虚弱，然后，我突然听到，有人透过窗户不断喊：'你今天过得怎么样啊？'我知道，是曹操来了。

"你知道的，他每天早上十点左右，要路过咱们家。你知道的，他越看到谁家门关着，越要踮起脚，拼了命问。我当时哪有力气回他话啊，我当时也不愿意回他话啊。我就想，喊久了没有回应，他自然会走吧。但他可真倔强，扒在窗户上，一遍遍地问：'你今天好吗？你今天好吗？你今天好吗？'我本来是生气的，但他每问一句，我心里就咯噔一下。他又问一句，再问一句，我都不知道为什么，他就把我问哭了，然后我哭着说：'我不好啊，我过得不好啊。'他一听我回应了，开心地喊着：'要不要和菩萨说说话啊？这次抽签不用钱，菩萨说的。'"

不知不觉我眼泪已经涌了出来。

母亲可能听出来了，她沉默了一下，估计是在考虑要不要安慰我，但她最终没有安慰我："其实啊，曹操救了我可不止一次，好几次可能连他都不知道。比如，有次是你还没出生，你父亲出海去了快九个月了还没回来，我几次去轮船社问，他们也说完全联系不上你父亲那艘船。我有次抱着你姐姐，想着干脆吃老鼠药死掉算了，曹操恰好经过了，他笑眯眯地问我：'你今天过得好吗？'有次是你快出生了，我突然摔了一跤，一摸，出了好多血。家里穷，我不敢去医院，当时你父亲又出海了，我没有一个能说话的人。我惊恐地摸着肚子，我感觉肚子里的你似乎没动静了，我自责到一宿一宿地睡不着，头发一直掉。然后曹操经过了，问我：'你今天过得好吗？'那天他还说，菩萨让我免费抽支签。我抽了，是上上签，曹操说：'签诗的意思是，这个孩子是菩萨送来给你的，任何妖魔苦厄都夺不走的……'"

我越听越难过："这些我都不知道，你为什么从来不和我说？"

母亲倒自己笑了："为什么要让你们知道？活在这世界上，谁的人生不是堆满了苦头，谁不需要学会吞下自己的苦头呢？就像你父亲，肯定也有很多苦头没和我说，就像你，肯定很多苦头也自己吞了，不是吗？"

母亲说："所以这世间才需要有东石镇的曹操啊。每个人心里都是汪洋，都自个儿在沉浮着，哪有力量看着别人啊。需要有这么一个人，每天走到每个人心里头问一句，不管被问的人有说没说，不管那个人是真好还是假好，但听着问这么一句，心里总要过得好许多吧？而且曹操走过那么多难走的路，自然更能看得到所有人更多的难吧。"

"所以你觉得曹操一定成佛了，对吧？"我觉得我终于理解我母亲为什么这么认定了。

"那可不是。"母亲着急地否定着，"关于曹操为什么一定是成佛了，可不是因为我说的这些，而是我亲眼看到的。"

"我亲眼看到的。"母亲又强调了一遍，"曹操就在我面前升天的。"

"那天，台风刚过，满天都是好看的红霞。曹操背着观音从东边走回来了。是上午，所以他把观音菩萨背在后面。他走过来，路过咱们家，他看到我坐在门口，眼睛还偶尔瞥着东边，他笑眯眯地问我：'今天怎么样啊？'我说：'很好啊。'他笑眯眯地说：'那很好啊。'他开心地往前走了，就走几步路，突然就地坐下来了，就坐在咱们家门口边上。我问：'曹操你今天怎么样啊？'

"他笑眯眯地说：'我很好啊，就是有些乏，我坐着休息下。'我忘记他坐了多久，我以为他睡着了，就继续做着手工。然后突然有道霞光直直从石板路的西边一路找过来，直到找到他的身上。曹操背上的菩萨全身都在发光，发着金色的光，曹操全身都在发光，发着金色的光。我看见曹操和观音菩萨背靠背坐着，发着光。我走到他跟前喊他：'曹操啊，你还在吗？'曹操没有回答我。我看见曹操耷拉着的脸上金灿灿的笑容，仿佛每条皱纹里都透着光。我知道曹操走了，我知道不用哭，但我还是哭了。我不知道为什么，突然觉得应该赶紧抬起头，然后我抬头了，我看到天上有团金灿灿的光，我认真地努力地辨认，我看到了，我看到那是曹操背着观音菩萨的样子。我赶紧跑到巷子里，一家家敲门，喊着大家一起来看。很多人出来看了，很多人也看到了，他们开心地喊：'曹操背观音去了，曹操真的背观音去了。'"

母亲突然停下不说了，我听出来了，母亲在电话那边轻声地啜泣。

关于是否为曹操立庙这件事情，母亲和街坊们奔走了好些天，最终商量由各家宗族大佬和各个寺庙的住持，聚在一起讨论。毕竟几百年没人成佛，这真是天大的事情。

最终商量的结果，是到观音阁用问卜的方式确定。毕竟是随观音去的，要请观音菩萨来确定。至于方法，倒是简单，如果连续七杯都是圣杯，那就在观音阁旁边给他立一座神像。

"如果不是，那倒也不是说曹操没有随观音去，只是他想念家人，不愿成佛。"母亲这么说。

"那什么时候问卜呢？"我也莫名跟着在乎了。

"等三天后，等曹操的葬礼办完后。"母亲说，"得让他先按照人的方式被送走，再问他是不是愿意用神明的方式回来。"

第三天晚上，母亲给我发信息，说："曹操的葬礼办得很好，东石镇上能来的人都来了。"

最后假装无意间说了句："明天就要知道曹操愿不愿意留在东石了。"

我知道母亲异常紧张。

第二天醒来，我就跟着莫名紧张起来。我心神不宁地不断拿起手机看，但终究没有来自母亲的电话。我好几次想打电话去问母亲，但最终担心得到的是坏消息而作罢。

直到晚上八点多，母亲终于打电话给我了。

母亲笑着说："你知道吗？出来第一卦就不是圣杯。"

母亲说："观音阁的道山师父笑着喊：'你看，曹操多想念他的亲人啊，大家让他赶紧去和家人团聚吧。'他不愿意留在东石当神了。"

母亲说："大家先是有些难过，然后有些恼怒，最后有人还喊了句：'操，你可真不管我们了啊。'"

我听得出母亲语气里有着努力掩饰的失落。

"你没事？"我问母亲。

"我没事啊，我只是想着，你离开家乡这么多年，只有过年的时候才回来，你不知道，咱们这条石板路，人走得真多真快。一户户里的人正在死去，一户户的房子正在空出来、关起来。我现在走在那条老街里，都不敢轻易往左右看，我害怕看到死去的这一块块记忆坍塌朽坏的样子。但现在，连石板路上的曹操，也随观音去了。东石镇的石板路也空了。"

母亲说不下去了。我知道母亲为什么难过，但我不知道如何安慰她。

挂了母亲的电话，我心里堵得实在难受。我知道，母亲扎根的土地正在老去，我的家乡正在死去，很多人赖以度过了大半生的精神秩序正在死去。而且，我们都不知道，失去这些之后，我们究竟要靠着什么活下去，究竟能去往哪里。

我忘记自己是怎么睡着的，一大早，我便听到手机短信提示音不断在响。我昏昏沉沉地爬起床，打开了手机。是母亲发来的。

母亲从早上七点就开始发短信给我，到刚刚已经发了三条。

每条的信息都是一样的。

母亲在短信里问：

"你今天过得好吗？"

"你今天过得好吗？"

"你今天过得好吗？"

我鼻子酸酸的，但止不住地笑。

我想，果然是坚强又凌厉的母亲。

我想，母亲现在应该把大门全打开了，坐在门口，边做手工活，边问每个路过的人："你今天过得好吗？"

毕竟是老去的小镇了，路过的很多人应该大都是老人，他们应该都会记得这曾经是曹操每天会问大家的话，他们因此应该都会会心一笑，他们应该都会开心地回答着我母亲："我挺好的啊，你呢？"

母亲最终找到办法了，母亲最终还是顽固地把曹操留在她的东石镇了。

体　面

母亲是用脚推开大门的，她两只手提满了东西：用各种二手塑料袋装着的菠菜、生菜和茼蒿。

母亲气喘吁吁，说："还记得应莲吧？"

我正在客厅的沙发上瘫坐着。我说："当然啊，前天见面我才和她打招呼了。但她好像没看到。"

母亲把手上提的东西拿给我看："这都是她送的，她说听说你回老家过年了，她想约你聊聊。"

聊聊？我确实心里犯着嘀咕，那天她应该有看到我的，但她低着头就走了。而且，她有什么可以和我聊的呢？

我正这样想着，母亲把东西放到了厨房，两手叉着腰喘着气，说："我在想，她有什么能和你聊的呢？"

母亲走进厨房，穿起袖套，是准备做饭了。但她突然想到什么，走出来说："我觉得啊，你还是先考虑下她要找你聊什么。遇到困难的人其实都挺不好意思开口的，可一旦和你开口求助了，你没能承诺或者承诺后做不到，那对他们都是伤害。"

我觉得母亲说得很对，但马上察觉到不对："那你怎么还收人家送的菜？"

"我硬塞了鱼给她了啊。"母亲一副得意的样子，"本来这可是你母亲我斥巨资买来想给你们一家三口北京游客补补的。红斑鱼啊，我找渔夫阿小吩咐了三天，今天才有的。"

母亲说："哎呀，那个鱼可真好吃啊。"说着，自己吞了下口水。

我躺在沙发上，想着，我确定应莲看到我了啊。

老家巷子多，横七竖八的，修得歪歪扭扭，毫无规律。路都是石板铺的，两侧都有排水沟，随便拿水一冲，总是会显得很干净。

镇上的妇人都习惯在门口择菜洗菜洗衣服晾衣服。其实那不是正事，正事是和路过的人聊天，和同样出来择菜洗菜的人聊天。

真什么都可以聊：老公半夜放屁，屁味变重了是不是生病了？儿媳妇其实有脚气怎么提醒……风窜来窜去，一条条巷子像一个个传声管道，这群妇女聊天的效率是提高了，这小镇因而也没什么秘密了。

我每次回家还是会像小时候一样，得空了就在巷子串。不是因为好事想听这些碎嘴，只是这些人从小就在这儿讲，她们口中的主人公和故事情节，我都追更十几年了。很多讲故事的人，以及很多故事里的主人公，都陆陆续续离世了，还有越来越多人离开老镇区，我因此格外珍惜这些机会了。

女儿还没满周岁，妻子留家里照顾。我则如每次春节回来那般，放下行李就在镇上的巷子里乱逛。

我当时正走在一个巷子里，然后看到一个身影从巷子口一下子过去了。我开心地喊："莲姨？"

那个身影没有停留，我追到巷子口，看到那身影似乎很慌张，要随便拐进就近的另一道巷子。

我又喊了声："莲姨？"

那身影还是就此消失在另一个巷子里。

回来的路上我就在琢磨，那应该是她啊。微微臃肿富态的身材，头发烫得卷卷的。

但确实觉得有哪里不对，我仔细琢磨了再琢磨，好像，那头发虽然还是卷卷的，但看上去却很塌。我认识她几十年，从没有哪一次看她头发塌过，一丝一缕都要往上卷的，一走，看上去像蓬松的浪，一浪接一浪地随风摇曳着。

再有，那背影穿的是一身发白的黑色衣服，显得脏脏旧旧的。莲姨是个指甲缝都得洗得干干净净的人，即使在我三四岁东石镇上的人普遍不富裕的时候，她的衣服总要弄得特别清爽，她如何能允许自己穿着这样的衣服出门呢？

晚上吃饭的时候，妻子问母亲："找到可以带去北京的保姆了吗？"

自从女儿出生后，我们先雇了专业的月嫂，但毕竟太贵，妻子心疼钱，一个月后就让她离开。之后换了几任保姆，总觉得照顾孩子不那么上心，做起饭来实在不合口味，妻子生完孩子肠胃一直不那么舒服，就更是吃不下了。

这件事情让我发愁，到报社工作时，见人就唠叨。有个浙江的同事说："对的，我们家也遇到这个问题。后来孩子外婆从浙江诸暨老家空运了一个保姆来，第一顿饭，我老婆一吃就热泪盈眶，看她照顾起孩子的手法，我老婆激动地说：'对对对，就是要这样。'而且各种我不懂的习俗，她们都懂。"在一旁听的来自云南的同事也插嘴说："正解，我家也是这样搞定的。强推。"

我就赶紧和母亲说了。

关于这个任务，母亲说："哎呀，我可认真调研了，整一条街巷，三十五岁往后五十五岁之前的妇女共有几种情况：第一，儿媳妇刚生，开心地照顾自己大孙子的；第二，儿媳妇生二胎，或者小儿子的媳妇刚生，那可真是忙，要带一大一小两个小孩；第三，都有当祖母的，支援自己的孙媳妇带曾孙去；第四，家里有钱了，都要雇别人带了，怎么可能出去？"

母亲总结说："现在老家的妇女可稀罕了，东石镇的男孩子们长大后东南西北地去工作，这群妇女就空投到天南海北去支援。"

"除非六十岁往上的，观音阁里义工团一大堆，但怕是干不动这个事情了。"母亲说。

我知道母亲的意思，应该是没戏了。但妻子还不死心："要不去农村问问？我们给和北京保姆一样的工资，放到农村应该算高的。"

母亲撇了撇嘴："但哪个老人不愿意守着自家子孙啊？"

说完这句，母亲就不打算继续说这个了，她语气激动起来："你们在北京还不知道，今年应莲家里出大事了。"

这几年来，我对母亲这样一惊一乍的表达，早已经免疫。倒不只是母亲，我发现小镇上的人年纪越大越喜欢把很多事情说得很严重。我想，究竟是我去了北京，知道每个人都很渺小，任何事情，即使生离死别，终究是微小如尘埃，还是因为母亲生活在镇上，每个人因此都显得很重要、每件事情都显得很大？

母亲说："那次可真是吓死我了。应该是十月初五早上六七点吧，我和街坊听到应莲家里有好多人在凶神恶煞地吼着，咱们附近的邻居，我啊，阿月啊，碧霞啊，各自带上点什么工具就跑过去。到的时候，我看到好多人啊，都是男的，穿着西装戴着墨镜，像出殡时那种哀乐团一样，把应莲团团围在中间。

"一看这阵势，哪是我们这群女的能对付得了的，赶紧做了分工。阿月赶紧跑去各个人家里喊上男的，我们想先一起挤进圈子中间，陪着应莲。"

"老妈，挑重点说。"我有点听不下去。

母亲白了我一眼："等我说下去啊。"

"那些人本来不让我们进去的，一个大块头嘴里骂骂咧咧地挡着我们。碧霞关键时候很好汉的，头硬接了上去，喊着：'你打啊，我是农村妇女现在也懂法律了，打一下我，我就发家了。'大块头倒真发怵了，竟然就让我们过了。"

"我们抱着应莲，说：'应莲咱不怕，是咱们的理，谁都欺负不了；不是咱们的理，大家想着一起解决。'

"应莲哭着说：'姐妹们别和他们凶，理是他们的理。'我们就傻眼了。"

我有点不想听了，收拾吃完的碗筷要走，母亲赶紧拉住我："别这样，你听一下啊，这样应莲找你聊的时候你才知道背景啊。"

我想想也对，继续坐下来听。

"原来应莲的丈夫阿目不知道为什么找人借了钱。以前什么都没说，有天晚上阿目突然让应莲、儿子、儿媳赶紧收拾东西带着小孙子跑。至于跑去哪儿，阿目说还没想明白，说车出了东石再说。应莲出生在东石，嫁在东石，虽然她娘家是东石镇最早有钱的那一拨，嫁过来后阿目也发家了，她因此是最早逢年过节买衣服得去城里买的人，但她可没在东石以外的地方住过。

"应莲问阿目：'你得说清楚，没说清楚，我是不可能离开东石的。'

"阿目说：'我欠人家钱了，人家威胁要来绑人了，咱们得赶紧跑。'

"'要绑人？'作为中年妇女，应莲电视剧当然看过很多，以前也听奶奶说起土匪强盗的故事，慌张得赶紧帮忙收拾。收拾了一会儿，应莲才想着不对，问阿目：'是咱们欠别人的钱别人才要来绑的吗？'

"阿目说是。

"应莲问：'那人家不是强盗喽？'

"阿目说不是。

"'那咱们家是真欠那人钱，还是被坑骗的呢？'应莲问。

"阿目想了想说：'利息高点，不知道算不算合法。'

"应莲把东西一扔：'利息再高也是你找人借的时候同意的，这样我不走了，你们也不能走，这不是做人的理。'

"最终，阿目带着儿子、儿媳和孙子是凌晨三四点走的。家里的三辆车都开走了，一辆儿媳妇结婚时当作嫁妆陪嫁过来的保时捷，一辆阿目一直开着的宝马，还有一辆平时用来运载一些杂物的面包车。

"三个大人每人开一辆车，三辆车都塞得满满的，儿媳妇的 LV、爱马仕，儿子的拉菲，阿目的爱马仕，都带走了。本来儿媳陪嫁的金饰也要带走的，是应莲冲过去硬是扒了下来。

"阿目要走的时候，还最后努力了一下，试图和儿子直接把她拖走。情急之下，她对着阿目的脸上就一抓。她做着美甲的手，一不小心就把阿目脸上抓出几道在流血的伤痕，阿目气呼呼地摔上车门就走了。儿子、儿媳跟着走了。

"应莲跟在车屁股后面骂。

"当那群人来的时候，应莲把自己所有现金、金子等全搬出来了，然后说：'够不够，不够我再想办法。'

"那群人中间站着一个穿西装的，一看就是头目。那头目说话倒是客气，只是说完，应莲吓坏了。他说：'姐姐啊，你丈夫欠我大概五千万，你怎么还？'

"应莲这才想起来了，阿目此前几次和她唠叨过，承包了一个小地方政府机场配楼的工程，已经填进去大几千万了，但政府说不合格，一直不肯付款。她想着，会不会是因为这个啊？

"应莲说：'这房子抵押给你们吧。'然后想了又想：'中学旁边那排店面也是我家的，我找土地证去，也抵给你们。'应莲知道还不够，说：'我再想想啊。'

"应莲还在想的时候，附近的男人们和宗族的一些人也赶到了，听完了前因后果，由他们家族的长老阿义伯出面说了：'你看，这应莲也挺英雄的，她不跑，而且也想办法了，其他的，你们再宽限些时日？'

"也不知道是那西装男看到这么多人心里发怵，还是确实被应莲的表现折服了，西装男对应莲竖了个大拇指，说：'你这人可交，我信。这样，你们这房子也大，房间也多，我们留一个人住，对接办理过户手续，也陪着帮应莲姨的忙。'

"宗族里的人听不过去：'哪能这样的，一个不认识的外人怎么能住进只有一个妇女的家里的？'

"阿义伯还是公道的，他想了想，说：'咱们家族是讲道理的，我们也理解你们的担心，你们也得理解我们的风俗和脸面，这样，我们家族也派一个男丁住进来，一起帮忙如何？'

"西装男一听，也挺好，说为了表达尊重，请莲姨自己挑选一个人。

"应莲认真打量着围着她的这群人，她这才看到，其实来的人差不多都可以给自己当儿子的。然后，她看到一个白白净净躲在后面的人，指着说：'要不就这个孩子？'"

"但是她想和我聊什么呢？"我问母亲。

"会不会想请你找报社曝光一下这个事情？"母亲说。

我说："有可能，但对方有实施暴力吗？"

母亲说："没有啊，何止没有，搞笑的是，她和来监督她的人相处得很好，都要认干妈了吧。"

"干妈？"我愣了一下。

母亲撇了撇嘴："那小孩，一看就是刚出社会工作的，应莲看他像自己孩子，他看应莲估计也像妈吧。"

母亲说："我们长到这个年纪，还是容易看出一个人的灵魂是年老还是年少的，穿戴什么样的身份可掩饰不了。那小孩，一看就是小孩。"

母亲说得没错，那人还真是像小孩。瘦瘦弱弱的，见人说话因为没底气，反而故意拿着个腔，但就只能扛几句，再多说一些，立马露出自己的生涩和紧张来。

第二天就是他陪应莲来的。刚走进来的时候，全身廉价西装还戴着墨镜，站在应莲的身后，一言不发。

应莲说："抱歉啊，他坚持要来。你知道他是谁吧？"应莲预料她的事情母亲肯定要和我说的。

我招呼着应莲坐，也问讨债人代表要不要坐。他故作深沉地摇了摇头。我看了看他的年纪，应该高中毕业吧。

"怎么没读大学就来干这行？读书差？"我问。

"我可是考了我们老家县里前十名的，没钱读才到福建来打工的。"他激动地解释起来，"哪想……"他话一下哽住了。

"所以你是被骗了，当时招聘上写的是财务管理对吧？"我做记者，接触过这样的新闻。

他吃惊地看着我，最终委屈地说："是啊，办公室还在银行楼上。"

我笑开了："确实是财务管理啊，坐吧，一看你们也不是专业的。"

他看了看我，犹豫了一下，找了个位置不好意思地坐下来。

本来母亲也准备坐下一起听我们说的，但应莲用祈求的眼神看了看我母亲。母亲还是识眼色的，赶紧说："我去菜市场看看还有没有红斑鱼啊。"

应莲满怀感激地目送母亲离开。

坐近一看，应莲沧桑了许多。莲姨从少女时期就开始给自己涂雪花膏，后来又是这片街坊第一个用外国护肤品的，还特意去韩国做过什么护理，虽然五六十岁了，但皮肤看上去白白嫩嫩的，算是镇上妇女团的美容女王。但现在的她，如同我在重度污染区看过的树，是努力地翠绿着，但全身上下莫名蒙了一层灰。

虽然整个客厅只有我和应莲了，但她开口前还是压低了声音："黑狗达，我落难了。我现在连吃饭的钱都没有了。"

"都没了？"我虽然知道此前的故事，但我倒没想到她如此山穷水尽。

"是啊，那天讨债的人来，我是真心实意地把口袋最后一分钱都翻出来给他们的。"

这是应莲会干的事情，我知道的。

"一开始我谁都不敢说，但我算了算，家里本来买的粮油食材估计就够吃三四天吧。那天我娘家母亲来看我，塞了一千元给我，要换以前，我怎么可能要，那天我满脸通红地收下来了，我就一直靠着我娘家老母亲给的那点钱扛着。"应莲说着说着，脸登时通红起来，"这个事情我谁都没说，我连菩萨都没说，请一定帮我保密。"

"我一定不会说。"我向应莲保证。

"都说到这儿了，我也不怕不体面了，实话和你说，这几天我老是趁下午的时候到各个菜市场去逛，我看着机会捡些人家不要的菜叶，我和他们说，我捡回去喂鸭子啊，其实是拿回来吃。我不敢去就近的菜市场，这个菜市场的人以前老给我家送菜，他们知道的，我家没有养鸭子的。"我知道母亲拎回来的那些菜怎么来的了。

"阿目叔呢？联系得上吗？"

"你阿目叔刚开始几天不敢联系我，我知道他怕，也气他，也没联系他。过了一周多，他联系我了。我是叫来这位阿奇兄弟开免提接的，我觉得每句话每个字都得让他听到，得光明磊落些的。"

我这才知道那个小孩叫阿奇。

阿奇像在法庭上做证一般，突然站起来说："是的，应莲阿姨每次和欠债人阿目打电话都开免提叫我起来一起听，有几次我睡着了，凌晨一点多了，应莲阿姨还特意叫醒我。"

"一点多打电话，不就是想绕开阿奇吗？我还不知道阿目想干吗？但我有自己的原则。"应莲说着又生气了。

"你阿目叔说，他真的不是故意欠账，而是被骗了。他做的那个项目是找第三方承包的，他想自己估计是被那家公司骗了，你阿目叔说，你……你能不能帮忙找媒体曝光一下？"

果然是要我帮忙找媒体的。我说："好啊，你让阿目叔打我电话。"我起身想去拿笔，写我的电话号码给她，应莲以为我要走开了，赶紧拉住我，说："不是的，其实我还有个事情开不了口。"

"怎么了，莲姨？"

她又犹豫了一会儿，才终于开口："你知道的，我家很早以前就是咱们这片街坊日子过得比较好的，所以我可知道怎么做好吃的，可爱干净了。"

我大概知道她要说的了。

"就是，听说你不是要找个保姆嘛，我想你是不是就不雇保姆了，我去北京照顾你们？"应莲眼眶红着，用乞求的眼神盯着我看，"我本来想过找工作，但我开不了口，这几十年东石镇上的人都把我当富太太了，他们不一定习惯用我。到你那儿，我可以告诉自己、告诉别人，我不是给谁当保姆去，我只是因为疼你，帮你母亲到北京照顾你和孩子的。你知道的，我一直很疼你的。"

我着实没预料到。如应莲所说，从我小时候懂事开始，她便是富太太，也确实如她所说，大家因此总不好意思驱使她做什么。但我知道，这确实是她最好的出路了——她还可以以此说服自己离开东石，暂时从目前这个窘境里离开。

"但问题是债权人会同意吗？"我心里想着，没说出来。

应莲大概知道我在想什么，赶紧说："其实我也就是想来问问你的意思，如果你这边同意，我还得征得债权人的同意。"

"但那样，他们就不一定让你离开啊。"

应莲说："所以我才更要问啊。"

要走的时候，应莲看我掏出钱包，知道我想拿些钱给她，慌张地站起来，后退着，像我手中拿着炸弹。"你得尊重我，你这样是在可怜我。"应莲很激动地说。

我愣了一下，但明白这就是应莲，所以把钱包放了回去。

那一刻，我下决心了："那莲姨你去问债权人，如果他们认可，我特别高兴你能来北京帮我。"

母亲从菜市场回来，我就叫来了妻子一起开会。

我照顾着应莲的性格，就说是我自己发现应莲因为疼我，愿意到北京帮我。母亲怎么会不明白呢？她先是说："但她能干这些粗活？你们好意思让她干那些活吗？"

又说："哎呀，我想了再想，我不好意思让她做家务的。"

但母亲显然也意识到这是应莲能解套的唯一方法了，最终说着："但你得帮忙啊，不对，你得让应莲帮你啊。"

母亲自顾自试图说服自己、说服我接受这件事情："你想，她吃过的好东西比咱们多多了，她来做菜，那肯定花样比我多多了；你看，她衣服总是全身那么清爽得体，肯定知道怎么能把家里收拾得这么好的……"

妻子不太熟悉应莲，但听着我们的紧张，不确定地问了句："让她睡厨房边上那间保姆房可以吗？没有窗户的，还有点油烟味。"

母亲脱口而出："当然不可以啊，没关系，她和我一起睡吧，就这么定了。"

妻子还是隐隐担心，晚上睡觉前拉着我嘀咕："我怎么感觉，你和母亲都很不好意思让应莲做家务啊？"

我说："是啊。"

妻子说："我怎么感觉，我们不像找了个保姆，而是多请来个婆婆啊，现在咱们要照顾小孩已经很累了，咱们扛得住吗？"

我安慰着妻子："我想应莲阿姨知道我们是为了帮她，肯定会很积极帮忙做事的。"我没出口的是，我想我和母亲应该都打定主意了，实在不行就我们看着补位了。

第二天起床后，我便去应莲家里找她了。

应莲的这个家六年前才又翻修的。当年落成时大手笔地宴请整条街的邻居，我当时也跟着来看过：一楼有二百多平方米，全打通了，可以停车，还可以摆宴席。一楼有个楼梯可以上到家人们居住的二三楼，楼梯边，摆放着佛龛。

应莲家里门窗和窗帘全关着，屋里黑乎乎的，感觉一个人都没有。我按了按门铃，发现门铃似乎没电了。我本来想对着楼上喊一声，但想着，应莲会觉得冒失吧，还是只用手轻轻叩了叩门。

应莲果然听到了。我进了屋，看到一楼空荡荡的，就佛龛前摆着一把塑料椅。我想，应莲刚刚应该一直坐在塑料椅子上对着佛龛和祖先牌位发着呆。

我问："阿奇呢？"

应莲说："小孩嫌闷得慌，自己去海边走走了。阿奇以前在老家没见过海，当旅游去了。"

我说："应莲阿姨，我母亲和妻子都特别高兴你可以来帮我们，你看，后天就过年了，我们打算初一初二抓紧去各个寺庙烧香，初三就回北京。早回去飞机票便宜。你方便给我身份证号码不，我赶紧给你订票去。"

应莲阿姨感激地看着我，说："谢谢啊，但先说好的，我是因为疼你，所以帮你带孩子，你一定不能给我什么工资的。"

我说："不是工资，就是贴补你些生活需要啊。而且莲姨，其实你有点钱能还一些是一些，心里也舒服点吧。"

"我是不是给你添麻烦了？"应莲还在犹豫。我催着她："你先去拿身份证，越晚订越贵，你如果疼我，可得帮我省点钱。"

这个说法真让她着急了，她小跑着要上楼，只是走到楼梯口，突然想着不对："黑狗达啊，你说是不是还是我不厚道啊，我其实是借这个理由逃跑了啊。"

我说："没有啊。你不是让阿奇去问那家公司了吗？"

应莲突然难过起来："我觉得我很糟糕，我是让阿奇去和他们公司说我要去北京的事情，但阿奇说不用，我就没催了。我想，其实是我自己不厚道了，害怕到想跑。"

我最终没能拿到应莲阿姨的身份证。

晚上我正在和母亲、妻子讨论如何说服应莲，突然有人来敲我家的门。是阿奇。

阿奇就站在门口，不肯进来，他从兜里掏出一个东西往我手里塞，他说："我帮忙把应莲阿姨的身份证拿过来了，你赶紧给她订票吧。"

我愣了一下："你们公司觉得这样可以？"

阿奇说："反正我和应莲阿姨说公司那边同意了。"

我知道了，笑着问："她就信了？"

阿奇说："我就说不信你打电话去找公司求证。如果我撒谎了，我可是要被公司惩罚的，我怎么可能撒谎？"

我明白了，应莲阿姨为了阿奇考虑，肯定不敢去求证的。

"你为什么要对应莲阿姨那么好啊？"我好奇了。

"我没有啊。"阿奇说着自己害羞地抓了抓头发，"就是，我这次高考完本来考上厦门大学的，但是家里没钱让我上大学，我母亲到村子里到处找人借。其实本来快借够了，但有一次我路过我一个亲戚家里，看到她跪着向人磕头。我就不读了，偷跑了出来。"

阿奇还是笑着说："我母亲和应莲阿姨一样，从小到大，什么事情都没求过人，硬骨头一块，我见不得这样的人腿跟软。我当时想来福建打工，就只是要到厦门大学来看看。我是坐绿皮火车到的，一天一夜，我到的时候马上坐公交车到厦门大学门口拍了张照片。"

阿奇掏出手机拿给我看了。

照片里他站在厦门大学门口比了个"耶"，好像是要来报到入学的新生。

第二天就是春节了，母亲一大早就自己扛着梯子贴起了春联。看我起床了，母亲大声地招呼着我走近一点，等到我走近了，再小声地说："我昨晚老在想，应莲今年过年一个家人都没在，要是我，可要难受死的。你去邀请她和阿奇来咱家一起过年？"

我笑着看了看母亲，说："咱家老妈还是人很好的嘛。"

母亲白了我一眼："你不会到今天才知道吧？"

我去应莲家里邀请她和阿奇，看到他们也正在贴春联。阿奇说应莲阿姨今天一大早就拉着他去买了春联，也买了一些年货。阿奇说应莲很认真地告诉他，过年该有个年样，日子要有规矩，才会清清爽爽的。

我问阿奇："那晚上年夜饭准备什么了？"

阿奇说："杂菜汤配米饭。"

"这应莲阿姨，规矩比肚皮重要啊？"我笑着说。

"是啊，铁骨铮铮的。"阿奇说。

应莲阿姨听说我邀请她，开心地到我家来了。她一进门就到处搜索自己能帮忙做的事情。她看到沙发上都是擦洗不掉的污渍，自己到厨房里摸索着做饭的醋、小苏打什么的，调好了一罐，用力地擦拭起来。她看到玻璃上都是水痕，自己翻找了半天合适的布料，一片片抠起来了……母亲看着清清爽爽的家里，开心地一直笑，偷偷靠在我耳根说："看来干净也是家学啊，果然富裕家庭出身就是不一样。"

忙活到下午五点多，休息一下，按照闽南的习俗，就该跳火群、放鞭炮，然后吃年夜饭了。

母亲拉着应莲才坐下来准备喝杯茶，应莲突然站起来说："搞好了，那我得回去了，我还没做年夜饭。"说完就小跑着要赶回家。

母亲追出来喊："不是啊，不是说好在我家里过的吗？"

应莲阿姨边跑边说："过日子有规矩的啊，家里其他人不在，我就更得在了。"

母亲莫名地生气，嘴里骂骂咧咧："这个死脑筋，这不让我内疚吗？搞得我是要她报恩拉她来忙这一天。"想来想去，喊着："黑狗达，你把我炖的……"

"是那条红斑鱼吗，端过去给莲姨？"我猜出来，那是今天年夜饭最重头的菜，是母亲好不容易抢到的。

妻子听了着急了，追出来说："又吃不上红斑鱼了啊。"

母亲才意识到，笑着说："哎呀，要不夹一半过去？但这样会不会太小气了啊？算了，算了，咱们改天再买吧。"——总之，那次春节我们又没吃上红斑鱼。

以前父亲在的时候总是说，闽南人大男人，一年三百六十五天，三百六十天都是听丈夫的，就正月初一到初五这五天，全都得听女人的。

按照习俗，这五天，都是各个家庭里的老母亲，浩浩荡荡地带着自己的丈夫及子子孙孙，像走亲戚一样，把周围一座座庙宇一路走过去。

我们初三一大早就要回北京了，而母亲又认定，我们顺利有了小孩就是家乡神明的庇佑，所以镇上的每座庙都一定要去拜到。

这可把我母亲着急坏了，一大早六点，就催着大家起床，六点一刻，就催着要出发，然后宣布，中午也不回来吃了，拿祭祀完的祭品垫一垫。"每天必须完成七座庙，每座庙得先烧香，然后祭拜，然后询问是不是欢喜烧金纸，如果问卜是否定，那便是神明有话要交代，那就得请签诗……该走的流程都要走完，大家得加油啊。"母亲说得热血沸腾的，像军训时候的教官。

第一天我们折腾到晚上八点才到家。才打开灯，阿奇就急匆匆跑来了。"你们去哪儿了，我今天来十几次了。"阿奇口气有些着急。

"我们去拜拜啊，你有陪应莲阿姨去拜拜吗？"

"我没去，应莲阿姨一早就去了。我着急找你们，是因为公司通知我说，明天会有人来换班，让我放几天假。我说不用，但老板说：'咱们公司虽然是讨债公司，但一定要现代化管理，讲究人性的，你春节都盯着了，不能老让你吃亏。'"阿奇着急地说，"你们能改明天的飞机票吗？"

母亲一听着急了："那可不行，我神明只拜了一半啊。"

母亲说："小孩你别着急，我去和应莲说，让她晚上就搬我家里来，明天不出门，后天一大早我们就飞北京？"

"但他们没看到应莲阿姨，肯定要到处找的。"

"所以我会让应莲明天就别冒头了，他们总不能直接冲进我家来找人吧，他们敢来，我可不客气。"母亲又一副要杠上的样子。

我打断了他们的对话："现在的问题是，应莲阿姨会不会同意到我家来躲着？"

他们知道我说的是对的，顿时也不知道说什么了。

母亲还是不死心，那天晚上跑去和应莲说了半天。回来的时候垂头丧气的，我不用问，都知道发生了什么。

母亲愤愤不平："应莲太死脑筋了，这样的人活该受累。"

母亲说："怎么有这种人，帮都不让人帮。"

我说："你不是那天还夸她英雄吗？"

母亲翻了翻白眼："不是了，是犟驴子。"

母亲发了好一会儿呆，难过地说："这应莲这样下去可怎么办？"

我知道应莲不会和我们去北京了，我说："要不我们拿点钱给她？"

"她不会要的。"母亲知道应莲的性格。

"我知道啊，我们让阿奇偷偷塞她家里哪个地方，如果发现了，就说是本来家里有的。"

母亲说："这倒可以试试。"

我本来拿了三千块，母亲嫌弃地看了我一下，自己又掏出了一把钱，装在口袋里，就去应莲家找阿奇了。

第二天我们拜拜回来的时候，又是晚上八点多。回来后，妻子和母亲就像打仗一样，火急火燎地收拾行李。毕竟，从泉州飞北京的航班是明天早上八点半，意味着，我们明天一大早六点半就得从家里出门。

我们正在收拾着东西，应莲却突然来了，后面跟着个人——和阿奇换班的人。

母亲赶紧把应莲拉到一旁，咬着耳根说："你怎么来了，你带这人来我家，以后我们要掩护你离开，他们都第一时间会怀疑是我们的。"

应莲说："我肯定不走了啊，我让他也跟着来，就是不让你们再多费心了。"

说着，应莲要把手上拎着的红色袋子给我母亲。

"这是什么？"母亲紧张地把她的手抓住。

"没什么啊，你们明天要去北京了，我翻了半天，没什么能给你们的，看到我儿媳妇给我孙子买的两只老虎枕头，好像就是在北京买的，说是保佑孩子睡好觉的。"应莲说。

母亲还在犹豫着。她又说了："是嫌弃我落难了，连我送的东西都不敢要了？"

"谁说不要啊？"母亲一把把红色袋子抢了过来。

早上六点半我们出门的时候，看到应莲站在巷子口对我们挥手，我们也向她挥手，母亲突然难过了，嘴里唠叨着："你说这人生怎么回事，小时候觉得长大就好了，结果长大了那么多事，长大的时候觉得等老了，有子孙就好了，结果有子孙了，怎么各种事没完没了。"

到北京的家里是中午十一点多了。我们在收拾着行李，母亲突然大叫起来，拿着那对老虎枕头边走边气呼呼地骂着："那个蔡应莲太狡猾了，太狡猾了，竟然把钱藏在这老虎枕头里。"

"她是疯了，连人家给的救命钱都不要，真是神经病啊，不行，我太生气了，我一定得去骂她。"母亲说着说着，掏出电话。

电话拨通了。应莲开心地说："阿珍啊，你们到北京了？"

"你干吗了？"母亲直接劈头盖脸。

"阿珍，怎么了？"应莲还在那边笑嘻嘻的。

"为什么老虎枕头里面有钱？"

应莲也不掩饰，说："是我放的啊，因为，我家神龛里突然有了这五千元，我就知道肯定是你们让阿奇干的。"

母亲转过头对我轻声抱怨了句："那阿奇可真笨，藏钱藏那儿？是个闽南人都知道，神龛怎么会放钱呢？"

应莲可能听到了，笑着说："阿珍啊，不怪阿奇。就因为他是实诚的人，才会放那儿啊。我真的很感谢你们，但也请理解啊，我就是这种人，我一定得这么做的。神明和祖宗都在看着咱们的，我可不想，到要老死了，才丢了这脸面。"

"但你怎么办啊？"

"我肯定会找到办法的。我就不信按照规矩我活不下去。"应莲说。

我们都知道应莲的性格，母亲好几次想打电话给东石镇的街坊，侧面打听一些她的近况，但想着应莲可能会不高兴，终于放弃。

我们通过中介，找了好几天，还是没能找到福建籍的保姆，最终找了个河北阿姨。河北阿姨说话做事很麻利，就是老听不懂母亲的闽南普通话。

农历七月要到了，我父亲的忌日要到了。母亲提前好几天就和我唠叨："你父亲会不会回东石了？会不会看到我们都没准备东西给他吃就怄气了？会不会一怄气以后就不来梦里看我了啊？"

我知道母亲又想家了。

母亲回去订的是最早的航班，虽然我交代她打车，但以她的性格，肯定是要坐公交车的。我估摸着，她到东石最快也得十点半。我在报社上班，想着十一点再打电话问她行程是否顺利吧。不想，十点四十左右，母亲就打电话给我了。

"猜猜我在哪儿啊？"我听到她电话那头很是热闹。

"在机场？"

"来，你听听是谁。"母亲把电话递给旁边的人："黑狗达啊，我应莲啊。"

"应莲阿姨啊。"我开心地叫着她。母亲一到老家就找应莲，可想而知，这几个月来母亲该多挂着这个事情。

"应莲阿姨你们在哪儿啊？"

"我在菜市场啊，我现在在卖菜。"应莲正和我说着，旁边有人问："这笋到季节了吗？"

"笋啊，实话说是要过季节了，但是，如果真想吃，这些还是可以买的，我去批发中心挑的……"

"你应莲阿姨正在卖菜，可厉害了。"电话到了我母亲手上，"她现在每天凌晨四点多到高速路口下面等批发车过来，挑选好之后，拿回家洗了，就挑着到处卖。因为她太知道什么东西是好的，挑选的菜，那一看就好吃。不过，可辛苦了，我看她手上都生疮了，背都驼了。"

"那还有人盯着她吗？"

"没有人盯了，说是催债公司老板觉得按照应莲的性格，肯定不会凭空消失的。应莲算了算，自己卖菜每周能还那家公司五百多块，她找那家公司要账号，说每周打五百块给他们。那公司觉得太烦琐了，说等年底再一并给，但你家莲姨不答应，说如果不打，她每一周都安心不了，追着对方一定要收。她一直一直打电话给那讨债公司的老板，那老板后来烦了，好像把应莲的手机号码拉黑了，现在，反倒是她找不到那讨债公司了。"母亲边说边乐。

我听着也忍不住笑起来了："这还真是莲姨能干出来的事情。"

"怎么会想到，咱们东石镇一个可怜的中年妇女，最终会成为让讨债公司如此恐惧的女人。"母亲笑得很开心。

"你是没看到，你家莲姨的蔬菜摊，是我见过的全中国最干净整洁的蔬菜摊了。白菜是白菜，花菜是花菜……该红的红、该花的花、该青的青，每一棵每一片叶子都精神抖擞的……"母亲说话的口气透着骄傲，"谁能想得到，这么不起眼的东石镇里这么一个不起眼的流动蔬菜摊，会如此有精气神，会如此……"
母亲顿了一下，想寻找能配得上的形容词，终于她想到了，激动地宣布着，"会
如此体面。"

　　我跟着莫名激动起来，想着自己是如此幸运，拥有这么一个体面的故乡。

歧 园

沈 念*

1

海瑞思从宾夕法尼亚州飞过来，几地中转，几次改签，如同独行侠，开启
她的第一次跨国之行。这位刚毕业的女博士，曾经的理想是做一名人类学家，
听从父亲的规劝而选择了生物医学。年初以来，她跟我这位不用付费的中文老
师语音聊天，让我帮她矫正词语搭配，我打心眼里佩服她的广泛兴趣和超强的
学习能力，还有那股子不管不顾的冲劲。不然谁会选择以这样的方式跨国旅
行呢。

她的跨国旅行，其实是想要拍一部追溯家族史的纪录片，拍她曾祖父一个
世纪前建在巴丘的教会学校。很久以来，人们似乎忘了有这么一所学校，旧址
早被改名唤作歧园。她前期做了详尽的案头工作，最近传给我的文案上，给一
直没想好名字的纪录片取的英文名叫 Float and rise，中文名被我译成了《浮
现》。她喜欢这个译名，说有画面感。我觉得她要做的事背后有股神奇的力量，
又像是神秘之物潜游水底，会突然破空跃出，水花四溅。我的工作任务是当好

---

* 沈念，男，1979 年生，湖南岳阳人，中国人民大学文学硕士，现任湖南省作家协会副
主席、《湖南文学》主编。著有中短篇小说集《灯火夜驰》《夜鸭停止呼叫》、散文集《大
湖消息》《世间以深为海》等。曾获鲁迅文学奖、十月文学奖、华语青年作家奖、高晓
声文学奖、三毛散文奖、丰子恺散文奖、万松浦文学奖等。

向导兼翻译，全程陪同并协助她完成拍摄。朱广泰每次见到我，就抑制不住激动，说，你要盯紧她，歧园这个项目，成败在此。

此事与我发生关联，缘于一年前区里的选调，我从街道办进了合并新成立的文旅局。这种单位换在早几年，闲云野鹤者多，往往会诞生很多文艺爱好者，去单位蹭个空调，写字画画，有你没你无大碍。但人员改制分流后，退了一些年纪老的，新招选调一批年轻的，一个部门挂好几块牌子，事情明显多了起来，招商那一块的工作去年并入文旅局，安排到了我这个新人的职责范围。

三十年河东，三十年河西，眼下的招商政策和理念也有变化，过去招的是能来钱的项目，讲究真金白银，都限在工业和商业，周期长回报少的文旅项目压根不谈，现在环评要求高，从上往下又都在讲青山碧水、旅游发展、文化赋能，对我们这个前身是旅游度假区后来升格独立建制的行政区来说，就盘算着要从故纸堆、老建筑、旧地名、旧物件里，抠出一点有文化历史的感人故事来。故事讲好了，力量无穷，这是当过文物考古所副所长的朱广泰最近给我们灌的"鸡汤"。歧园，在他心里，就是一个好故事。

朱广泰没当局长前，喜欢逛逛古玩市场，市场正好在我工作的街道辖区，他去哪家店坐馆帮人鉴赏点旧物件，我没事也凑过热闹，当过他的拥趸。我们也算是旧相识。到区文旅局后他变了个人，一心扑在工作上，再也不扎古玩圈了。区里新上任的孟书记是他的学长，当过几年的市旅游局局长，领导们是干一行爱一行熟一行，嘴里大会小会都碎碎念，文化旅游不分家，关键是挖深这口井，巴丘的老底子有多深啊，上世纪九十年代的国家历史文化名城，我们生活在这片土地上何其荣耀，大家要有荣誉感啊，不能给老祖宗丢脸啦。一句捧一句打，让底下的干部心里绷得紧紧的，一下还适应不了他的节奏。孟书记自春节后宣布，今年的文旅发展，一个月一调度。前天的调度会一开，他就去了歧园，朱广泰用心良苦，趁机特别汇报了海瑞思与纪录片的事，然后我就被叫过去了。孟书记听我简单介绍完，眉头舒展，叮嘱我们抓紧和海博士的联系，打好"感情牌"，让纪录片一炮打响，推动歧园变成网红打卡地。

书记当着众人的面给我打鸡血，我只有拍胸脯回答，万事俱备，只欠海博士三天后抵达开拍的东风了。我的话刚说完，手机来了舅舅的微信：外公这次真的不行了。我等着领导们把歧园转了大半圈离去，才赶紧往医院跑。

外公病危通知年前医院就下了，好歹挺过了新年，家里人都松了一口气，以为又会像往年悠悠拉拉再活上一年。但前几天，身体又出了状况，只好继续往医院送。我揪心的是，在《浮现》这部纪录片里，外公是那个年代所剩无几的几位见证者中年纪最大的。他若活着出现在影像中，说上几句话，哪怕就拍些场景和背影，打个字幕介绍，效果也是杠杠的。海瑞思每次和我互动，比我对外公的健康还上心，她一边忙着毕业答辩，一边盯着国际航班的调整，想走最快捷的航线从天而降。

出了歧园，我回电话给舅舅陈光宗，他在电话里语气急促，像拉了一个破风箱，伴着话筒里一段沙哑的嗞啦之声。我说，刚被领导调研给绊着，你在哪里？他用嘶嘶的嗓音说，外公最疼你，这段日子你多陪陪外公，说不定眨眼人就没了。我想他素来喜欢语词夸张，加上之前有过几次"狼来了"的经验，嘴里回复没事的，心里却急得很。他接着说，我们在医院，你外公要回家。我又急了，说，病人都得听医生的啊。他说，私下和医生聊了，医生说尽量让老人保持稳定情绪，住医院和住家里，哪里环境合老人心意就住哪里。我说，那你也不能答应。他说，我是左右为难，刚综合考虑了，最后选择还是听你外公的。我说，先等着，我马上赶过来。他说，你来了，我再让护士站安排救护车送回去。

到了医院，外公刚入睡，眼闭着，满脸褶子，皮肤微微透明泛红，鼻孔发出时粗时细的鼾声。都是早年湖上漂落下的老毛病，后来当渔业队长，一辈子没离开过水，风湿对心脏器官的影响，医生说有可能随时停摆。陈光宗告诉我，老头子刚又发犟气了，吵着要回家。他过去进医院没两天就吵着走，说要死也死在家里。医生对这种不动手术的病人大多也不在意，正发愁床位紧张，病人要回家休养一下，他们就顺着老人心气，说回去吧，回去不定又可以挨过一阵子。我们虽说心里早有准备，但总抱着更长远的希望。我请在医院工作的朋友探问，没有别的感染，还是老毛病，言外之意是回去也没问题。

陈光宗正在打电话，听着是电视台的事，挂了电话，与我示意去走廊外，问我，你说的美国博士何时到啊，再不来真是赶不上了。我说，大后天就到了。他说，那应该能撑下来，但也不好说。他强调是半个小时前，外公主动问起这事，我心里一惊，外公不是有什么要特别交代的吧？他说，病房那一阵吵，我不知他嘀咕说些啥，俯到他嘴边，认真听才听清，你猜他说了谁的名字。我说，你赶紧说，猜不着。他说，海福记，海牧师什么时候到啊？我说，你怎么答的？他说，我想你外公是犯糊涂了，纠正他也没意义，就说人快到了，嗯拉嘎（您老人家）安心等。

我松了口气，说，还是回亮灯好了，医生跟我讲明白了，顺着老人的心意，就没什么遗憾。

2

接着说我和海瑞思建立联系的事。去年冬天，她费力巴哈地给毕业论文打上句号后，觉得要给自己安排一件意外的事情做一做，某天夜里突然心血来潮就登录上巴丘的网站。那段时间正好市外宣办在做旅发大会的集中宣传，很多媒体链接刊发了一篇篇图文并茂的报道。她从小听家里长辈讲到过巴丘，以及曾祖父在中国的生活经历，当即灵感炸裂，在论坛发了一篇言辞恳切的帖子，说想在博士毕业后去一趟中国，要去巴丘做一部纪录片。她是这么说的：

> 我的曾祖父海福记，从美国复初会筹措到资金，选在开埠不久的洞庭湖畔办
> 学。他在一个叫青沙湾的地方购买了一块地，大约有十三亩地，从规划、设计、筹
> 资、建设、完工，历时近四年，建设过程十分艰辛，没有建筑师，没有承包商。曾

祖父一人负责所有的事宜，包括购买材料并监管了施工过程，所有建筑，都是按照他绘出的草图。我听家人说学校还有遗址，地方政府还在管理着，我想去曾祖父曾祖母生活过的中国，去他们亲手建成的学校看一看。我们家族的根得到过那一片湖水的滋养，那是我梦里都想去的地方。

一个人对家族的一段历史溯源，跨国界跨文化，言辞中充满深情，叩人心扉。帖子一发出，就在论坛引起了关注。本地自媒体标题党蹭热度：被遗忘的"国际学校"，这个地方要火了！

网站管理员把帖子和相关媒体跟风报道转到了外宣办、文旅局，一级级往上报，最后管文旅的副市长作了批示：加紧联络，热情细致，为海瑞思博士拍摄纪录片提供好服务。

可海瑞思来巴丘的事，落实的过程并不顺当，最后阴差阳错也是顺理成章就由我们区文旅局担当起来了。副市长又指示要专人对接，而且让选一个英语好的年轻人。左挑右选，对接任务就落在了负责招商工作的我身上。起初我拿到联系邮箱，给她发去一封简短的介绍信，表达了我们的邀请。她很开心，为了方便联络下载了微信，加上微信后，我正发愁大学读的那点纸上英语丢得差不多了，特意下载了每日英语听力、星火英语几个 App，结果海瑞思在语音聊天中飚起了中文。我惊诧不已，她呵呵地笑着解释，这是他们家族的强项，对中国汉语的使用有着天生的优势。我很纳闷，难道基因真有如此强大的力量？她有一天跟我解密，她读过三年的周末中文班，跟一位清华毕业赴美读博的室友学过汉语，那个女生恰好是湘南人。又说她这一年读了几本外国人写中国的书，还尝试着做中文翻译，整理曾祖父那个时代的一些史料。她当时正在电脑前，顺手给我发了一篇文字，像是给我的信，又像是她的一篇翻译。第一句话是："你一定听说过赛珍珠的名字。"我心中一乐，居然还端出了一位诺贝尔文学奖作家，然后迫不及待地读下去：

……我不是要和你说赛珍珠的故事，而是比她小七岁的妹妹格蕾丝（Grace Sydenstricker Yaukey）。她曾于 1924 年至 1935 年在巴丘生活过一段时期，并以这段经历为背景，在 1947 年出版了小说《传教士》。这是一部历史小说，像是记叙作家本人及家庭在中国南方传教的真实写照，有一个主人公是名叫吴醴生的中国青年，是一位信教的年轻教师，以及他在教会医院当护士的妻子。小说还讲述了几位共产党人，都是了不起的英雄。格蕾丝一共写过二十多部关于中国题材的作品，我当然没全部读完，但《传教士》给我的影响很大，毕竟她写的文字里能看到我的家族在中国生活过的身影，我也正好边读边想象你生活的那个地方。

我把信转给朱广泰，为了歧园的开发，他也做过很长时间的功课。看过后，他说，格蕾丝确有其人，但市里的文史专家没挖掘过她和赛珍珠的关系，更没想到她也写过关于中国的作品。海瑞思还拍了照片发来，是一张发黄的《华盛顿邮报》，上面刊发了一条消息："格蕾丝·赛登斯特里克·遥克逝世：著作多书写中国。"她在信的末尾写道：格蕾丝于 1994 年 5 月去世，我那年四岁不到。

我的曾祖父叫海福记，1900 年 4 月，这位在日本仙台生活了八年的传教士，提着长途旅行的棕色牛皮箱，乘坐法国邮轮伊丽莎白公主号到了上海，稍作停留，他往南在宁波上岸，去过绍兴、诸暨等地后，又返回宁波走水路向西到了汉口。他对要考察的地方是模糊的，汉口停了半个月，再度上船沿长江逆行两百多公里到了城陵矶。这一次长达两个月的远行，原本并没打算扎根洞庭湖畔这座老城的他，五年后在青沙湾建起了一所颇具规模的学校。

这段历史海瑞思给我讲过好多次。接待她的任务落到我头上后，有一天我回到从青沙湾划出去的渔村亮灯，突然一惊，想到外公在这里住了一辈子，离歧园并不远，"城南旧事"多少是要知道一些的吧。他那时尚未生病卧床，多数时间喜欢坐在屋门口高处的一块阶基上，望着远远的湖面，手上端着一大缸浓茶，茶叶不讲究，好歹都喝。陈光宗有次到四川出差，在山里买回一大包野生茶，熏过后茶梗又粗又长，抓一把丢水壶煮着喝，可以反复煮上二十泡。他把烟戒了，肺受不了，支气管也咳个不停，酒也减了量，唯独浓茶的喝法没变。

我与外公谈起海福记，他被我突然的发问弄得发蒙，神色慌乱，我把原委说明，他才如释重负。他说，我记得那个美国来的牧师，一天到晚笑眯眯的，有人干脆叫他"笑面虎"。我说，你见过他吗？他睃了我一眼，似乎我的不信任对他是种侮辱。渔民的性情与水有关，随遇而安，江湖义气，但听不得瞧不起人的话。他说，那时城陵矶大码头，外国人来了不少，有许多是来传教的，海牧师不拉人进教堂，却建了一所学校。话虽这么说，但外公到底见没见过海牧师，一直是我心中的谜。从时间上考证，海牧师在巴丘的最后一年，外公刚满三岁。常理而言，这个年龄段的记忆是很不靠谱的，但外公在清醒之际说出那个年代的往事，绘声绘色，具体到事件发生时的时间天气和细节，记忆如同刻在脑子里，随时调用。

海福记取中文名的来历，已无从可考。海瑞思从家族长者那里也没得到准确的答案，有做社会学研究习惯思维的她一边顺藤摸瓜，一边浮想联翩。她与我说多了，我也跟着烧脑。我想，海福记到中国后，不是喜欢走街串巷吗，那时江浙、汉口的店铺招牌，多是叫福鼎记、福生堂，他是不是从中得到的灵感？我把想法告诉海瑞思，过了几天，她给我发信息，说真查到了一个叫福记的品牌。我一看链接介绍，确实是清道光年间一家紫砂器制作和销售的名号，创始人陈寿福是制作朱红泥水平壶的一等高手。我顺嘴问，海牧师喜欢喝茶吗？她立刻说，喜欢，父亲说他有一把紫砂的，壶不离手。我说，那壶还在不？她说，壶没活下来。我遗憾地说，壶要活着，也算是一件古董了。

一个人漂洋过海，去了日本，又到了中国，给自己取姓海，又图吉利取名福记，全对上了。海瑞思像有了重大考古发现，欣喜不已。我问她，海牧师原名叫什么？她拍了张照，给我看家谱：威廉·埃德温·霍伊，1858 年出生于美国东北部的宾夕法尼亚州的米夫林堡，二十四岁本科毕业于富兰克林与马歇尔学院，二十七岁兰卡斯特大学神学院硕士毕业并获得传教士身份，之后去仙台担任大教堂牧师，后赴湖南巴丘创办教会学校，中国名字叫海福记。半年前，朱广泰就着手找人编撰一本未打算公开出版的文史资料，从档案馆调取的信息过于粗线条或有残缺，类似于古代史官的大事记。我把这份家谱转给他，他兴奋不已，指令我多从海瑞思那里找些能确证的史料。

海瑞思坚信她的曾祖父与我外公之间有交集。她说，海福记是个喜欢孩子的人，正是基于这一点，他才把后半生的精力集中放在了异国他乡的教育上，也才有了这所教会学校。我直人直语，说也可能是当时传教很难，办教育才是最好的方式，中国有句话叫"明修栈道，暗度陈仓"。她问这个成语是什么意思，我说你自己查。我猜她会生气，但她过一会儿回复我，并无恼意，很认真地说，每个时代的理想主义者是大有人在的。我心中存疑，在那个纷纭的时代里，海福记是纯粹的理想主义者吗？

有一次她要与外公视频通话，我担心语言不通，她要听明白外公的巴丘方言几乎不可能，偏没想到他们对话的效果很神奇，话语的意思大概能对接得上。陈光宗在一旁也听得傻了眼，捂着嘴窃笑。外公告诉她，当年海牧师初来乍到，整天走街串巷，跟那些渔民和商贩问这问那，讨价还价，一个多月后就能开口说中国话了，不看脸的话，真还以为就是青沙湾跑出来的一个乡下老头。如此说来，海瑞思的语言天赋是有源头的，她身上有从海牧师那里遗传的基因。

基因研究正是海瑞思的专业范畴，我打趣地说，这个语言的基因遗传可以成为你的研究方向。她一本正经地说，我还想过基因程序参与到 AI 的研发中。我说，具体会是个什么关联？她说，人工智能将是改变医疗领域的领先技术，已经有很多尝试，比如设计一种语音 AI，代替失去表达能力的老人说出脑子里的想法。我说这个想法好。她说，好想法还没完全打开，在等待机会。我说，等待什么？她笑着说，灵感。我也笑，灵感不正来了嘛。

外公与海瑞思视频很开心，我就想多从他那里挖点"料"。朱广泰总提醒我，歧园是个有意义的项目，开发歧园也是开发一段历史。我凡事也喜欢探究个原因所在，在那个不太平的年代，群体的观念固化，接受新事物的过程从来都是漫长的，一个外国人怎么能如此迅速融入另一个国家的底层民众之中，文化的壁垒又是怎么拆毁的。我请外公释疑，为什么那时大家都喜欢海牧师？他沉思了一阵，给出的回答是，海牧师是个爱笑的人，有再多的烦恼事，他都满面春风，一笑而过。这个答案，仔细一想，比什么大道理更通透。

海瑞思在视频中也始终笑眯眯的，外公说，你笑起来特别像海牧师。她当即尖叫起来，在房间里欢呼蹦跳了一圈。外公蒙了，不知自己是不是说错了什么。她说，外公太厉害了，我祖父也说过同样的话。也就是那次聊天后，海瑞思变得特别关心外公的身体健康，纪录片要拍外公的想法也越来越强烈，一个活着的证人，是一个世纪前所有故事真实与否的关键。外公的身体看起来晃晃悠悠，却也算坚挺，偶尔想到了就会让舅舅问我，海家的孙女什么时候来？

歧园荒废多年，偶尔有人跑进园子里转一圈，四栋砖木结构的欧式建筑，和许多棵树交错着长在那里，看上去就是存在很长时间的样子，但半个小时不到就转完了。旧址唤作歧园，自有它的缘故：顺着入园主路上坡，走到四分之三处，分岔一条小路，下行绕到宿舍楼东面，又有新分岔出来的小路，园里多歧路，就像一棵活了很久的老树分出去的枝杈。陈光宗告诉我，过去这里叫过祈园，祈祷之地，也有人叫过弃园，废弃之地。每个名字都有它的来历，但我一直觉得歧园这个名字很独特。

半小时能走完的地方，压根就留不住人，谈什么旅游，说出去不是一个笑话？我把对"半小时"这个问题的思考跟朱广泰和盘托出，他频频点头，却不作任何表达，只是说，我们不要走马观花，静下心再去走一走。我常常一个人跑去歧园，这倒不是因为朱广泰的交代，而是遇见了那里的门卫老头，我们一见如故，有点忘年交的味道。

歧园建在青沙湾的甑壁山上。甑壁山顶是平的，像个桌面，南北有一里路长。地上潮气重，四处长了杂草和苔藓，大树掩映，蕨类植物长得多，这个环境里的中式屋顶、西式墙身的老建筑就都有了苍老的感觉。靠西侧砌了一条一里长的青砖路，两人并行刚好通过，保存完好的四栋建筑是牧师楼、小教堂、外籍教师楼和宿舍楼，大操坪上从北往南有篮球场、健身场、田径场。这一片原本整体归入老城区，周边拆了两三轮，但这里维持原貌，被保护了下来。我心中唏嘘，过了一百来年，历史像一棵棵根深叶茂的树长在这里，树还在，但能说全它故事的人，很难再找到几个了。

歧园西面临湖，从西门步行，过观景台就能下到湖边。南校门是正规通道，有个长长的缓坡上山，坡脚的门卫室，有个姓文的老头白天会守着，晚上回家，虚掩一张小侧门给人进出。我第一次在歧园遇到他，搭讪了几句，他说自己以前是钢球厂的工人，我读中学有几个玩伴都是钢球厂的子弟，熟悉厂区布局，对从那里出来的人有种天然的亲近。我问他怎么称呼，他说，过去有姓有名，也有身份，现在退休了，一个老头子，大家叫我文老头。我乐了，说，我也这么称呼您？他说，你不这么叫，给我来个新称呼？我想了想说，那我叫文爹吧。

后来我知道文爹不是普通工人，当过钢球厂的总工，高考恢复后的第一批大学生。他没事喜欢刷年轻人爱看的抖音，还爱拎着一个小收音机，本地音乐频道有个固定的节目，轮番播放《夜梦冠带》《打差算粮》等巴陵戏曲。这种戏的弹腔伴奏有胡琴、月琴、小三弦，辅以唢呐、笛子等。他见我听得懂戏，以为我是票友，就和我聊戏里的打击乐器哪里是板鼓、堂鼓，哪里是大锣、小钞等。收音机里的声腔咿咿呀呀，在这空旷之地平添几分凄凉。我有时候是清早去，有时候是天快断黑了，山顶很安静，湖风吹得树叶婆娑作响，让人误听为一群孩子在交头接耳，偶尔刮来一阵大风，枝杈间发出嘈杂的响动，又会误听成一个板着脸的老师在声嘶力竭地训斥。

后来去几次，文爹闲着无聊，也陪着我走，我问他这地方有什么好。他开始没吱声，而后答我，人好。我以为他会说这里"安静""有历史"，就问，什么人好？他就说出一长串的名字。许多是我没听过的，过去这所教会学校也是新式学堂，富家穷户的子弟都有来读书的，有头有脸的人自然也出了一拨拨，虽多已作古，但事迹和影响甚广。走到东南侧坡角的凉亭，是典型中国式的砖雕小品。文爹一屁股坐在亭中的石凳上，说，我一坐在这里，脑子就会冒出一个八股老秀才的身形，长辫青衫，见人要拱手施礼，或者撩撩长衫，斯文人的礼数。很多人说过这老秀才的传闻，是海牧师请来的国文教员，教几名外籍教师学习中文。凉亭上原来有块金丝楠木的雕匾，被市博物馆借去展览后就变成馆藏品了，上书"秀挹湖山"四字，也有人读成"山湖挹秀"。字是老秀才写的，但据说请的当地雕匠花了大半年工夫，才把这蚕头燕尾、铁画银钩的书法感觉雕刻出来。博物馆馆长还回来的是一块石头牌匾，机器大半个上午就弄好了，电脑字，刻得浅，没有着色，久了就有些模糊，要细细辨认才认得出。他讲话的口气听似随意，我却听得沧桑起伏，叹惋不已。

很小的时候，我来过歧园，但不记得和谁一起去的，除了到处都是树，没有别的清晰印象了。最近几次去，我一上坡，就听到各种声音，像是有人要与我说话。声音重叠，拥挤着奔跑着钻进耳朵，嗡嗡作响。我扭头四处张望，除了文爹，再无人影。又一次去，文爹帮我开小教堂的门锁，平时不对外开放。我看小教堂的第一眼就惊诧了，它的造型既不高耸也不对称，与印象中的教堂完全不是一个样。后来我琢磨了教堂的设计，在平面图上大概就是一个大正方形的一角突出一个小正方形，立面看，左边一幢平房，右角是钟楼，四周绿树环立，颇有几分雅致幽静。

我问文爹，来这里参观的人多吗？他说，谁还来看这旧地方，地方又偏，也没修缮，光零零几栋屋。我说，嗯拉嘎（您老人家）在这里守了多少年了？他不假思索地说，说久不久，第九个年头了。

文爹的家就在歧园附近，祖上留下来的一块宅基地，有个小院子，他从钢球厂退休后，儿女在外地安家立业，不需要他做贡献，他乐得清闲，就来当了歧园的门卫，一个月没几个钱，但习惯了这地方，又仿佛有在歧园做过校工的老父亲的气息，就把歧园当了另一个家。文爹已经是歧园的高级导游，对几栋楼的功用来历，建楼的先后顺序，当时是谁住的，后来谁住过，楼的特点是什么，他三言两语，清楚明晰，是那种有文化又有趣、接地气很朴实的老头。

话一说开，文爹竟然认识我外公。他问起外公的身体，称赞说，他拉嘎（他老人家）别看是个穷渔民，那也算个传奇，把一儿一女培养成了大学生。后来我跟外公说起文爹，他也记起来了，就跟我讲文爹的父亲在歧园上过学，家里负担重后来休学了，抗战爆发后，他父亲被聘到学校当校工，又跟着学校迁至沅陵待了几年，转回来，教会学校几经更名，解放前后办过私立湖滨高级农业职业学校、湖滨中学、省立湖滨农林技术学校等，他一直没离开过学校，死心塌地地热爱，只可惜患肝病早逝。

后来我和海瑞思的交流，很多信息的传递一半来自外公，一半就来自文爹。和朱广泰偶尔碰到一起聊，我又鹦鹉学舌，他听后立刻对我刮目相看，说，你小子下了功夫啊，是个干事的人。我心里就暗自得意，无怪俗话说得好，家有一老是一宝。我身边有这两位老宝贝，很多事就好办得多了。

3

从医院出来，我边开车边给海瑞思发语音信息，说了外公身体情况，她也很焦虑，但再急也没办法，航班已经被航空公司调整过一次了，大概是乘客少航班合并的原因。她说，菩萨保佑，让我一定见上外公一面。我调侃她，应该是请上帝保佑。她严肃地问我，你还有心思开玩笑，你们不是遇到难处就请菩萨保佑吗？我不想和她辩论，就发了个红脸的表情。我心想，生老病死，顺其自然，当我们明明白白懂得生死的规律，自然就有了活着的踏实感，毕竟生命的长短，谁也没办法左右。

早几年，城市南延，一条湖滨大道提质扩建，顺带把几条偏支岔路打通，从市区回亮灯村半小时车程就到了，过去的偏僻之地，浮在半空中的鱼腥味，现在为一股汽车尾气所取代。陈光宗陪外公由救护车送回家，我开车尾随。车上湖滨大道，速度减缓，我打电话问陈光宗外公的状态。他声音压得很低说，奇了怪了，车一跑动起来，你外公的气色就红润多了，问过几次到了哪里，刚才在湖滨他还侧起身，让护士扶起来望了窗外几眼。

外公要看什么呢？天色渐暗，灯火夜驰，这片老城区不断拆了重建，建了又拆，就变成一片新中有旧、旧中有新的奇怪面貌。几年前我在街道办，重心就是忙征拆，每天走家入户，耐心细致讲政策讲未来，哪家哪户都各有生活的难处，条件好的人家早搬去了东边新城，这片西南角就变成了一个结瘤，动不动手术，都是麻烦和难题。市里主导的渔火季文旅工程规划庞大，前面实施的部分慢慢把这一片带热闹起来了。上面鱼腾马跃，下面不能死气沉沉。朱广泰顶着孟书记的施压，就把压力传导给我们。我是首当其冲，被他叫去办公室，直接就说，对教会学校的功能和招商要多动心思。他的目的还是想激活教会学校这个文旅资源。我心里有抵触情绪，与朱广泰心急火燎的想法有分歧，歧园是可以做文章的地方，但我们得先想好，不是单纯为招商而招商。我在基层工作那么多年，懂得"说和做"是分开的，说了就要做，这是我的原则，我也可以不做，但不能不说。

外婆去世后，外公不肯进城，这两年舅舅陈光宗多半时间就住到村里来照料生活。他从电视台采编一线岗位退下来，到了工会，不用上班打卡，这位当年的名记者，虽是半退休状态，但徒弟们仍然恭敬有加，依然没少跑过来探望。他对外公百依百顺，最根本的缘由，正是文爹说的，如果不是外公拼死命出湖捕鱼养家，不是外公坚持送他到岸上借读，他现在就极大有可能是亮灯的一个皮肤黝黑、头发半秃、满脸深纹的半老头子。

外公说，哪个不想子孙后代有出息，是没那个条件，也没那个认识啊。我问他，怎么就想到要送子女去读书呢？他说，不上岸读书，就下湖打鱼，两条路，没有别的选择。外公说的确是湖区的现实，有些人的命运，非此即彼。我说，村里怎么就外公知道读书比打鱼重要呢？他说，这得感谢一个人，美国来的海牧师，他在青沙湾办学兴教，有了读书的氛围，不然哪动过这个念头，那个年代，哪个人不都是在水里深一脚浅一脚过来的。

我回到村里，外公身体状态好的时候，会主动讲起海牧师的往事。在外公眼中，海牧师不只是传奇，还很神奇。他说，海牧师竟然在半个月时间里把夹杂着几种方言的巴丘话听了个差不离。我很质疑，未免太夸张了吧？外公感慨地说，人家是有心人，上船就学中国话，到了武汉，停留期间，也一直在找中国人学习。我后来在一份史料里读到海牧师到汉口后用中文给妻子写的信："在我离开之前，哮喘再次困扰着我。快两个月了，在长江中游的这座大都会，哮喘意外消失了，身体从未有过比现在更好的感觉。"

那时，他的妻子带着三个孩子，中途在一个叫牯岭的地方小住了一段日子。外公说，海牧师妻儿歇脚的那个地方在江西庐山，是英国一位喜欢旅行的传教士李德立发现的，那里清凉，适合避暑，有商业头脑的李德立灵机一动，租用了一大片山地，划分很多块区域后当起了中介商，向各国友人拍卖。当地人根据"清凉"的英文 cooling，就把那地方叫成了牯岭。拍卖很成功，有二十二个国家的传教士来这里买地建别墅，不到两年，建成了"万国别墅群"。直到今天，在牯岭还有口味纯正的咖啡，有地道的西式壁炉，冬暖夏凉，外国人都特别中意。我听说后上网一查，最高峰时期牯岭建有一千多栋别墅，被日军飞机炸毁了不少，剩下不到一半。又是一段不知藏了多少悲欢离合的历史。

我和外公聊天的时候，陈光宗也坐在一旁听，有一回他忍不住说，你们漏了一段海牧师最重要的经历。外公不吭声，我侧目，问，哪一段？他说，海牧师是怎么来巴丘的？我说，不是走水路，从上海到宁波，再由武汉到城陵矶吗？他说，这个路线考证是没错，那你知道他上岸后经历了什么吗？

外公讲过海牧师上岸后，带了一个人，是在汉口等待他的助手史蒂文。这个人是个中国通，人家喊他李指南，一头自来卷长发，但他一上岸，就被一群不喜欢洋人的民众丢掷石头，眼睛受了伤，又赶紧逃回船上去了。我说，陈大记者，有什么新说法。陈光宗说，有一年台里做了一档节目叫《城南旧事》，找了不少老街巷的老人家采访，地方研究会的罗先枢会长就说到了海牧师。罗先枢是本地知名的文史专家，真正的巴丘通，经他之嘴说的必定是有准确的依据。

外公似乎没听我们说话，眼皮子合拢睡着了。我说，罗先枢讲的海牧师从城陵矶下船登岸进城的那一段，我想听。陈光宗一笑，这一段我印象特别深，都跟巴丘的吃喝玩乐有关。我说，别卖关子，快讲。

他说，海牧师上岸进城时是午后两点，但南正街的潇湘大饭店还在营业，他似乎早就做过功课，先进店点了王百兴酱菜，八个小碟，酱菜上浇了少许小麻油，香气扑鼻，蓑衣萝卜嚼得脆嘣，再没有比这更好的下饭菜。饭后他在天岳山的君山茶庄喝了一杯声名在外的银针茶，芽壮多毫，条直匀齐，汤色杏黄明亮，滋味鲜醇回甘，就是茶钱贵得心疼，后来在巴丘的几年，他都只选择喝物美价廉的北港毛尖。傍晚不到，他进百香园看了场花鼓戏，一句话都没听懂，只是觉得日本歌伎的装扮，都是从中国的戏剧人物里学来的。

你猜他第一天住在哪里？陈光宗问我。我摇头，心想那个年代，一个外国人初来乍到，会是有接待安排的吧？他说，说出来好多人不信，他就住在半边街。半边街三十多年前就陆续拆没了，我从没见过，倒是听说过。半边街在老城墙靠汴河园的北坡，坡南半边是菜园，北半边的一排又破又旧的老房子，是穷人住的地方。陈光宗说，那个客栈的房间小，只能放下一张小床，下床就是门外，不过他那晚睡得很安稳，似乎史蒂文被砸伤的事压根就没发生过。

陈光宗边说边联系罗先枢会长，请求发一些有关海牧师的资料文章。他发来一张照片，照片上的海牧师有个宽前额，头发一边倒，眼睛里笑意流淌。海瑞思也给我看过海牧师在塔前街租住的民舍创办求知学校时的师生合影，拢共年龄不一的学生二十四名，那是他到巴丘两年之后的事了。罗会长还发来一个文档，讲的正是这段办学初期的经历：

　　海牧师最初是在租的家里办英文培训班，一个月里，只招到了四名学生，有两个学生是他请来教自己的中文雇员的孩子，一个是比较早睁眼看世界的那种洋务派人士的孩子和他的邻居。情急之下，海牧师把妻子从牯岭接回来，妻子是宾州高等师范毕业的，特别爱孩子，她一来，招生广告贴出去，又陆续来了十几个学生，也包括五名女生。学校是从无到有办起来的，海牧师在 1903 年打算回美国筹款时打的报告上写过一段话："中国人是最能吃苦的，有些贫寒之家的孩子读跑学，早出晚归，中饭就是一只箩碗装了家里带的饭菜，一条手绢包了，拎着带到学校吃，非常不易。"

外公颤悠着又把眼睛睁开了，我们在说这些事的时候，他像并没睡着，嘴边打着眯笑。他看着屋顶上的横梁，这些年，他坚持不肯搬离他的旧屋，他说住新屋睡不踏实。外公家的房子是村里最奇怪的一幢房子，半边新半边旧，当时拆旧建新时，陈光宗要面子，说推倒重建，外公坚决反对全拆，理由是老房子的几根木檩条是有来历的。

我过去对房子也没在意，有一次无意中听他们议论，多听了几句，弄清了原委，那几根木檩条是海牧师送的。当时太外公是老渔民，半夜下湖捕鱼，清早送到鱼巷子赶早市，风里来浪里去，也就是混口饭吃。有一天他听几个卖鱼的摊贩说新来的外国人要在青沙湾办学校修校舍，没工钱但管饭吃，他就动了心。其实在巴丘有个地方习俗，邻里之间盖屋，都是要去帮忙的。从亮灯到教会学校约十里路程，并不远，架桨划船，顺水而行，一个半小时左右能到，不像现在路修好了，十几分钟车程就到了。那个时候的海牧师满腔热忱，他的办学受到当地人的欢迎，报名上学的越来越多，于是他不得不听从妻子的建议，选到偏僻一点的青沙湾建一所更大的新学校。太外公心想，青沙湾也算得上是亮灯的邻居，当天驾船返家路过时就去报了名。工地上已经来了很多他认识不认识的泥瓦匠、木匠、石匠、铁匠，城里有手艺的人做手艺活，没手艺的人来帮着搬砖拌泥。太外公是个做事守承诺的人，工地上有活就干活，没活就帮着打杂，一直到校园几栋房屋全部建成才离开。看着一栋栋房子按照自己的设计立起来，海牧师对太外公为人做事特别满意，临走时将材料中剩下的两根半截洋槐树檩条，派人搬到了他的船上。两半截洋槐搬回了亮灯，太外公当时哪有钱盖屋，就找了几块旧油布严严实实包着丢在那里，后来直到外公成年盖屋时才派上用场。

这段日子，朱广泰消瘦了些，原本已发福的肚腩不那么现形了。他对涉及渔火季文旅项目的事格外上心，歧园的教育、文物、建筑等功能发挥，是他的心病。那股心火转移到别处，就是口腔溃疡、嘴角疱疹，随身杯里泡的是杭白菊加莲心，吃的是牛黄解毒上清丸。他白天四处跑，局里改在晚上开会，会上会下他给人洗脑，大谈创业精神，又语重心长地讲如何不愧对这一湖水这一方土地。

他忙碌，我正好躲开，怕他反复交代，说什么关键是要以最快速度"拿下"海瑞思。我当时就怼回去：怎么个"拿"法，我们只要做到了真心诚意，她就能感受到，如果她不敏感，我也没办法。朱广泰把我叫去办公室，他对我的表态颇有不满，但知道我是个认真做事的人，也不计较。他拿出一份文件说，请了第三方做了个评估，教会学校管理修缮的全部费用，一年没六百万拿不下来。我听到这个数据很惊讶，平时也替歧园算过一笔账，一草一木、一点一滴的开支，累积起来就是个大数字。我说，教会学校当初建设总共花了16859.13美元，折算成白银不到四万两，再折合现在的人民币，也就是四千来万吧。朱广泰睁大眼，像是不信这个被我折合出来的数字，这么些钱建一个大学校，那是个奇迹啊。我又把太外公帮海牧师建学校而后得到洋槐树檩条的事说了，他激动起来，这个故事好啊，有人证有物证，太难得了，纪录片里这一段得好好拍。我说，局长放心，这些线索已经提供给海瑞思了，纪录片里都会去拍到的，如果拍摄有需要，我舅舅也答应了出手相助。

朱广泰听我这么说，情绪好转，才把核心产地的龙井泡了一杯递给我，呵然一笑，出去可不要说，所剩无几。茶不假，根根挺直光滑，嫩绿光润，甘醇香气扑鼻而来，我故意说，这个叶嘌呤碱多，缓解疲劳，提高思维能力，是不能让不干事的人喝了。他不介意我话中带刺，又谈了目前招商口上的同事初步衔接的项目，有想在教会学校办陶瓷馆的，有提出办名人蜡像馆书画作品展的，也有人说把宿舍楼拆掉重建，继续办私立学校的。我初听，要么觉得投资水分多，难以实现；要么觉得不靠谱，没有任何特色，搞个展览卖场热闹一阵，又人去楼空。重新办学各种配套达不到，已经不现实，反而是破坏。我向他建言，有时候保护也是发展，一定得等到合适时机，再来破局。朱文泰说，现在什么时代了，时间不等人，机会也不是等来的，要去创造。我说，创造固然没错，但也不是我们死皮赖脸拽着人家吧。理念各执一词，有些不欢而散。茶才喝了一小口，出来后我就后悔了，浪费了那杯好茶，真是暴殄天物。我和陈光宗聊了这事，他劝慰我，拍板权在上面，办事的人就不要多争论。我说，我不说大家都不说，也不能由着上面任意为之吧。陈光宗说，你这性格，属火，换在早些年就该跟文爹去钢球厂当火炉工。

朱广泰的态度，让我对那几栋老建筑的命运有了隐隐的担忧。遇人不淑，始乱终弃，不如养在深闺。海瑞思到来的前一天，他又找我了，好像忘记了我们之间的争论。我哭笑不得，想，他的性格是属水的，缠绵，柔韧，不达目的不罢休。他这次郑重其事地告诉我，别小瞧了海氏家族，其中海瑞思的父亲这一支，现在经营着一家生物医药企业，在美国小有名气，专门研制抗癌治癌创新药，还是纳斯达克的上市企业。如果海氏集团愿意为先人在异国他乡存续一份怀念，成立一个基金会或者捐助一笔款项，那歧园这个项目就有了转机。言谈之间，朱广泰对自己的设想充满信心，他说，这个情况已经核实过，所以你使命光荣。

我没有他乐观，也比他苦恼。海瑞思与我交谈时说过，她素来独立，这不仅是说她的行为，也包括她的经济能力。我委婉地问过她来中国的费用开销，对纪录片拍摄的投入。她说这种个人性质的拍摄，类似于采访，前期不怎么花钱，便携式摄像机是家里原本就购置的，她自学了拍摄技术，后期剪辑、配音效可能需要请专业的人指导，但她可以请学校的专业生帮忙，而她的交通住宿费，有这几年的奖学金和参与导师项目的补贴，应该绰绰有余。从头到尾，她压根就没提到过有那么一位企业家父亲。我问她家里人对纪录片什么态度。她说，我选择自己想做的事，家人的态度并不在考虑之列，从小到大，每一件事，家人都尊重我的决定。话说到此，我就讪讪无语了。

我把聊天信息所得转告朱广泰，说事情怕是宜缓不宜急。他的脸色先是沉了一下，继而喃喃自语，不该是这样的，也许你说得对，我们的热情感动了她，到时窗户纸捅破，她就懂了，这对他们家族是多么荣耀的一件事。

4

飞机为了避开突变天气的雷电，在空中盘旋了漫长的三圈后才落地。太阳是跟着飞机落地出来的，碧空如洗，金光万丈。我以为延误会让她厌烦，没想到她的眉眼里都是欢笑。一身休闲装，戴着米黄色小礼帽、墨镜、白色卡通口罩，推着一只大号行李箱走出来。我早在视频和照片中认过她的形象，原本这趟航班乘客不多，我像个粉丝见偶像，挥动手中的那束鲜花，她脚步未停，直接向我疾步过来。见了面，我犹豫了一下，要不要握个手，或是拥抱一下，她却是左手握成拳头，举在空中，我旋即明白她的意思，也握拳相对。这样算是打过招呼了，她颇为得意，哈哈大笑。

海瑞思的中文名是她祖父取的，很奇怪的一家人，从出生后，不分男女，都要取一个以海为姓的中文名，有的家庭成员可能一辈子也不会来中国，但取名之事成了家族的传统。对于她来中国的动因，我问过是不是她祖父的遗愿。她说是，又不是，家里有一张曾祖父留下来的照片，看了就特别想来中国。我说，什么照片，是全家福？她说，我给你发过的那张师生合影。我当然记得那张照片，海牧师来中国半年办起的求知学校，黑白照片已经模糊不清，但能认出坐中间长着宽额头的海牧师。

海瑞思问外公身体怎样。我说，从医院回了家，医生下了病危通知，也许就在等着你吧。听我这么说，她说，那我们赶紧出发吧，我这几天都梦见外公了。我把当日行程和朱广泰接风洗尘的晚宴说了一下，海瑞思很坚决地说，见外公是大事，晚上就在亮灯吃吧，你不是说过有打鱼佬农家乐吗？我说，打鱼佬你都记得啊。我心里愈发佩服这个美国姑娘，平常不打眼的聊天中的重要信息，都存储在她的芯片上，形成了一个区块链信息库，想要用之时就自动蹦出来了。

车上了高速，我给朱广泰去了信息，告知人顺利接到了，大概两个小时后到入住酒店，海瑞思临时改变计划，安顿好后先去亮灯看望外公，然后在打鱼佬吃晚饭。朱广泰回复，这个安排好，我还在开会，晚饭前去打鱼佬会合。

海瑞思路途奔波，却无半点倦意，隔窗打量着高速路两旁的风景，向我请教路牌上的地名的来历。我看她没有休息的意思，就找话题聊。东拉西扯了几句，又说到了歧园的项目上。这件事我再不情愿对她开口，但好歹也得试一试。我动了个心思，从最近的一个事实说起，关于歧园文旅开发对外整体招租项目的事。有一家从广东迁至本地的陶瓷生产企业，去年就在接洽，想把湖滨做成陶瓷学校，展示陶瓷历史和现代工艺的产品。她问，有景德镇那么有名吗？

我说，那远比不上，景德镇是中国瓷都，钧窑、汝窑那些是中国名窑，巴丘曾经发掘出过所谓的官窑，但老窑址不在这里，工艺也早已失传，有一些杯碗碟的残片，考证说是始于东汉，延续至唐代。

她说，我知道有一种青瓷，祖父用过的一只喝茶的杯子就是青瓷，小时候被我打碎了。我听说她打碎过青瓷，就笑着说，你真厉害，说不定是个天价之宝。她说，妈妈生气了，说是曾祖父从中国带回来的传家宝，我吓得不行，后来祖父出面说这只是仿制品，碎了就说明它不重要了。我说，你祖父对你真好，为了安慰你，故意说是假的。她睁大了眼睛，你这一说，提醒了我，祖父后来不那么爱喝茶了，我们一家人都没留意。

海瑞思的祖父是在她进大学后去世的，祖父特别爱她，她也爱祖父，后来选的生物医学专业，虽是父亲主导，但也与祖父有关。祖父研究医学化学，年逾五十后撤离实验室现场，结束了那一场场仿佛没有尽头的实验，创办了一家医药企业，他的实验室搭档后来带着团队拿到了诺贝尔生理学或医学奖。这是祖父心中的一个遗憾，如果坚持，他的家族就会拥有另一种荣光。也许是我们的聊天引发感伤的怀念，她闭上眼睛，没了言语，我从副驾驶回头瞄了几次，她似乎入睡了，眼角有泪痕，双臂环抱胸前，像个孤独的洋娃娃。

海瑞思走到外公床前，摘下口罩，握住外公筋络暴起的手。她将自己的手覆盖在外公的手背，肤色迥异，像一片新鲜的绿叶叠在一片枯叶上。外公听到我说话，睁开眼朝她看了看，眼神里先是一片漠然，然后像一片水流过的荒地，有了欢喜的湿润。她表情凝重，轻声喊道，外公，我来看您了。我在旁边补充道，海瑞思刚下飞机，直接从机场过来了。

外公示意我们扶他起来，我把床头的被褥垫高，垫在他的腰背之下。他一只手示意海瑞思坐在床边，她的手攥紧着他的另一只手。架好的摄像机已经开始拍录下这场景的每分每秒了。

你多笑，这是外公开口说的第一句话，接着又说，长得真像海校长。我知道他说的海校长是海瑞思的曾祖母。这个叫海玉音的女人一生和丈夫生育了四个孩子，1927 年，中国战乱频仍，学校停办，教堂活动停止，海牧师带着妻子和孩子乘坐麦金利总统号邮轮返美。那是一次纷乱的远洋之旅，不幸的是快到美国西海岸时，海牧师有天深夜突然中风，没来得及抢救就脑溢血去世了。两年后，听说中国时局有所稳定，战乱稍有缓和，深情重义的海玉音带着大女儿和二儿子海恩斯再次来到了巴丘，继续丈夫未竟的教育事业。那时，教会学校设立了三年制的小学部、四年制的中学部和四年制的大学部，海玉音被委任为中学部校长。

曾祖母从美国再度返回中国，到底是出于一个怎样的目的？海瑞思之前和我探讨过这个问题。我也问过外公。外公对海校长的第一印象是她的精致，她随身兜里会带一条手帕，手帕打开会有淡淡的香味，花露水的气味，吃饭的时候，她就会把手帕抖开平展，放在大腿上。有人看到了会笑，但没人去学，学了也不像，东施效颦，会更让人笑掉大牙。她牙齿洁白，唇启露齿，像湖面阳光闪过的一道光。她饭后要刷牙漱口，一天三次，只喝白开水，从来不喝茶。人们想，这大概就是她牙齿白的原因吧。后来有人私底下说，她从小牙齿让虫蛀光了，戴了一口假牙。这件事一直无人探究真假。外公说，大家都喜欢这个圆脸庞的外国女人，她不苟言笑但待人和善，每次上街见到乞讨的穷人，都要从小包里拿出点钱施舍。那些没有钱交学费又想读书的孩子，她都会答应，先入学，有了钱再补交。有的学生读了书又没交学费，都是从她的薪水里扣的钱。

我对海瑞思说，你不是说理想主义吗，也是那个时代里人的纯粹性所致吧。她说，我明天要好好看歧园的树，曾祖母最爱的是树。这个说法让我心中一惊，当年经海牧师之手种了很多树，加上请人种下的，大大小小有一千多棵吧。小教堂前那棵四人合抱的大柏树，被夏天一个炸雷劈开，燃烧了一个多小时，最后火扑灭了，只剩下一截两米多高的枝干，像块黑黢黢的墨炭。过去这么些年，各种原因砍挖了不少，但依然还剩很茂密的一片绿荫，一棵树的叶冠连着另一棵树，挤挤挨挨，耳鬓厮磨，在校园里行走，可以不用雨伞。所有的风仿佛是因为枝叶的摇晃而产生的。海牧师为什么要种那么多的树？也许就是因为妻子的喜欢而爱屋及乌吧。

打鱼佬农家乐今夜灯火明亮，因为海瑞思的到来。它是亮灯的外来户盛全伍开的。当年他家祖上从江苏漂流过来，两兄弟是孤儿，船上穷得空空荡荡，只有用不尽的力气和好水性，夜里遇上十几米的大风浪，船被打翻了，周遭一片漆黑，幸好兄弟俩各抱着一块碎船板，冷飕飕地漂了一夜。第二天早上睁眼就到了青沙湾，听说附近有个渔村，去了之后，老二还是当渔民，老大倒插门学了门酿酒的手艺。现在的老板盛全伍是老大的儿子，从小怕水，但学会了喝酒，就跟着父亲酿酒。亮灯村纳入全市渔火的文旅项目规划后，村委会鼓励有一技之长的渔民前店后家，做出有点渔村特色的东西。他灵机一动，就把旁边兄弟家闲置的屋盘租下来，几间屋一布置，又借钱在屋后的连片空地挖了一口小鱼塘，去年放了点鱼苗，也偶尔从鱼贩子那里买一些野生的。他的酒原本名声在外，听说他开饭庄了，活水煮雄鱼、清焖俏巴、油煎刁子、酒糟鱼块，跟鱼有关的都是他的拿手菜。买酒的顾客平时没事或节假日，就开车跑到这里来吃个饭打个牌，走的时候带点鲜鱼，打鱼佬农家乐一下就火了起来。

打渔佬的院子比平时多聚集了一些村民，听说来了一个眼睛蓝得发黑的外国女人，又听说是海牧师的后代，大家更是兴致勃勃。歧园的历史多少有些耳闻，但大家心里的印象是那里废了，此刻更多是想打听海瑞思中国行的真正目的。她来干什么？朱广泰比我们先到，已经和人打起了哑谜。有人认识他，请朱局长透点口风，他光顾着笑。他确实有很久没笑过了。村支书往自己脸上贴金，说亮灯村是市里渔火季文旅项目实施的重点区域，朱局长请海牧师的重孙女来，是要拍电影，到美国去上映。大家又来了兴趣，围着村支书问会有哪些演员，亮灯村村民会不会拍进去。朱广泰趁机抽身，钻进了隔着帘子的包厢。

面对一大桌鱼鲜饭菜，海瑞思的兴趣不在吃，而在菜名的研究，包括来历、食材、做法。朱广泰用公筷夹了一堆碗菜，她就蜻蜓点水尝了点味道，却特别喜欢喝汤。对鱼的腥味，她并不在意，反而说腥味浓的更鲜。朱广泰从头到尾边吃边当讲解员，介绍巴丘的自然历史，说海牧师办学培养了哪一些有名的人物，谈市里在开发歧园这块宝地上的重视态度。他说几句，就停顿一下，有意看看海瑞思的表情，她咧嘴一笑，他又继续讲，她要皱眉，他就换个话题。

中途朱广泰朝我使眼色，我懂他的心思，把话往海氏集团上引。朱广泰接我的话问，海氏集团有没有在别的领域拓展？海瑞思直截了当地回答，没有。朱广泰说，鸡蛋不要放在一个篮子里，你爸爸海克文先生完全可以跨国界跨行业嘛。海瑞思说，祖父对我们家族成员说过一句话，人生能把一件事做好就算成功了，所以爸爸必须遵照。尬聊之间，正好盛全伍进来敬酒，想听听外国朋友对他手艺的评价。朱广泰把盛全伍的家世夸张地渲染了一番，海瑞思来了兴致，站起来端茶与盛全伍碰杯，说，我可以拍你吗？盛全伍连忙摆手谢绝，朱广泰狠狠瞪了他一眼，说，天上掉馅饼到你头上，你还傻不拉叽不答应，知道要是把你一拍，打鱼佬就世界有名了。

第一次见面的饭局，虽有尴尬，但急切的朱广泰略有保留，没有直接提到

"投资"这个让我敏感的词。人家初来乍到，不知我们对歧园保护和开发的实情，要是带着心理阴影，不知把我们要想象成什么人。平常朱广泰主持的饭局，加上喝酒会把时间拉很长，但这顿饭都没喝酒，关键也是海瑞思说到酒就连说不会喝。路途奔波，见到外公后的复杂情绪尚未缓解，她对朱广泰谈论那些地方发展理念的词汇不敏感，打了好几个哈欠，我瞅个间隙提议，早些结束饭局回酒店休息，这才把他有板有眼的讲话刹了车。

送海瑞思回酒店，朱广泰说，中餐西餐酒店都有，吃完报房间号就行。海瑞思突然说，酒店费我能自理，不能给你们多添麻烦。我看到他脸上有些挂不住了，赶紧打圆场，先安心住下，后面再说。海瑞思并不介意，打着哈欠和我约时间，明天她想赶到教会学校拍黎明。她从包里掏出一沓装订好的文件纸，递给我，说道，上面有一些拍摄的想法。我翻开第一页，上面写着：

第一幕：日出

时间：黎明

地点：歧园

拍摄对象：树，房子，湖面，小路……

注意事项：光与影，自然环境，叶尖上的阳光，空中的灰尘……

她说过她是时间管理者，但我没想到她考虑得这么周细，对每一天的拍摄工作都做了具体安排。等她进房间安顿好，我们准备回去休息，朱广泰拽着我说有事商量。他不说话，站在大堂门口抽烟，他近段烟瘾比过去明显，头发也不"刷漆"，一片黑白参差。我心里有种隐隐的同情。他说，你今天没开会，我说了一个重要观点。我跑这一天下来也有疲累，但只好耐着性子把话听完。他深深地吸了一口，然后用力掐掉烟头，说，市场时代，任何东西都可成为商品，我们要把这片荒芜卖掉，变成荒芜经济。我眼睛瞪圆了，头一回听他讲荒芜这个词，过去我们只是觉得歧园的冷清现状有些可惜。我心想，这是荒芜吗，有那么多活着的历史和活着的人曾经在那里生活，留下了气息和声响，留下了记忆和过往。但他说的又没错，现在无人参观，闲置废旧，不形同废墟吗，不是荒芜又是什么呢？

5

乍暖还寒的季节，清晨六点，天刚蒙蒙亮，流淌着一股湿润的气息。歧园的运动场四周种的是两圈法国梧桐和丹桂，宿舍楼的背面半坡上种的是一排银杏，再往下是一片板栗林，再就是漫山遍野的香樟、栎木，但凡有点空地，都是尺树寸泓。当年的小树，现在都是枝叶扶疏、亭亭如盖。

空旷之中的鸟声和寂静，界限十分清晰。海瑞思一走进园子，径直奔向牧师楼，那是她曾祖父亲手建起又住过好几年的房子，站在靠西的走廊上，可以看到坡下种的几株芭蕉，肥硕青翠的叶子丛生交错，但长得不高，没有挡住人的视线，因此有了一片开阔之地，正好看得到湖，就像特意留出的一扇窗子。我想，当年海牧师茶余饭后，是不是也喜欢坐在走廊上喝咖啡、看日出日落，也欣赏那些在不同季节争芳吐艳的杜鹃、紫薇和栀子。

海瑞思走进这歧园后，就缄默不语，像是害怕惊扰了这里的静默。有的地方，很多年过去，独独留下的树，是人活过的证明。树比人活得久，至少在歧园是如此。海牧师死去都快一百年了，但山上的树愈发郁郁葱葱。

水波上的光亮一下撕开了天幕，我被洞庭湖的黎明震住了。一道金光在远处刺破云层，顿时炸裂开来，碎成片片羽毛飘落。光是贴着水波摇动起来的，越来越近的时候，颜色变浅变白，像很多条银蛇舞动起来。

你感觉到房子在摇动吗？海瑞思对我说。我诧异地看看四周，连风都停了，树上的枝叶安安静静。再一抬眼，湖上的颜色又发生了遽变。太阳露出半张脸，金色都化为了大块的橘红、杜鹃红，继而是洋红、朱红、嫣红、猩红、灼红、宝石红，像一张红色的网从天而降撒下来，每一个网眼里的红都有着千姿百态的差异。摄像机一直架在那里拍摄，海瑞思脸上的沉默，也被镀上了红色，她没有笑，却如同在笑。她望着我，说，我想起了一种酒，就是这样的红色，是勃艮第红酒。

我们很久之后才发现，文爹一直站在身后，直盯盯地看着我们。之前我告诉过他这次的拍摄计划，他也是海瑞思要采访的对象之一。打过招呼，海瑞思就手持机器，拍阳光下的一面面墙，拍一根根廊柱，也拍一块块的青砖。文爹挨到我身旁悄声说，我在一本画册上看到过她的画像。我问，在哪里？他说，几年前市政协编的一本书里，上面配文印了海校长的画像，她们长得太像了。我想起来，那篇文章我也读过，是市里几位做文史研究的老同志共同写的回忆，配图找了些黑白人物照片。说真心话，那些照片原本就是黑白色，年深月久，反复印过之后，已经有些模糊不清。我没法确定，照片上的海校长和眼前的海瑞思到底有多像，但文爹说话的语气，斩钉截铁，像是曾经见过海校长本人。

文爹拎着一串钥匙，带我们边参观边拍摄。走进刷成银灰色的牧师楼，他说这楼又叫银房子，L形回廊一面向湖一面朝向校区，转角处立有五根拱券状立柱。去了外籍教师楼，刷成了红色，他说这叫红房子。年深月久，掉了色，只剩一点淡淡的红，浮在墙面上，又像是很早之前就长在墙砖里了。走廊上也是拱券形立柱，简化涡卷的柱头，有点像刮大风时湖面上泛起的一朵朵浪花，花瓣的边缘线很长。房子里电源有的好有的坏，我拿出手机灯照明，从客厅到卧室内是圆拱形小门，通风和采光靠的是长方形玻璃窗，其中有建筑代表性特点的是大量采用了繁缛的巴洛克灰塑浮雕线脚。线脚很长，虽然每间屋子并不宽敞，但因为线脚带来的视觉效果，空间就有了延展感。

两栋楼一北一南，风格相近，并不完全是建在山顶上，而是选择了缓坡，也不突兀，像是对地形凹缺之处的弥补。我转过几次后，发现了这些建筑的秘密，依山就势，错落有致，其实这也是公开的秘密，但不得不佩服当时设计者的匠心。我问海瑞思，这些房子都是海牧师设计的，你傲骄不？她不说话，也不点头，只是痴迷地看着一面面墙，一块块砖。

海牧师就是总设计师，文爹感慨地说，他没学过建筑，但把中西建筑合璧这件事干得一点也不马虎。过去文爹带我里里外外把四栋建筑看完后，我想确实值得赞美几句，可赞美的词汇枯竭，就说了两个词：洋为中用，古为今用。文爹显然有些不满意，我说出两个不痛不痒的公共词汇。他说，人家一个神学博士，对建筑学一点也不外行，还说明一个理，专注做事的人，一通百通，什么都能做好。海瑞思一边看一边拍，嘴里念叨着，太棒了。我疑惑地问，海牧师一点建筑知识也没学过？她摇头，说，我也从没听说过。文爹大大咧咧地说，没学过但可以依葫芦画瓢，没学过并不代表他不懂原理。他拿自己为例，说，过去我天天和钢球厂的机器打交道，根据产品的需要画图铸模，也是边学习边实践。这几年呢，每天瞅瞅这些建筑，都看出不少门道，你们看这里所有的建筑都没改变原生地貌，都是利用丘地边缘起建的。他领着我们细致地察看过面积最大的宿舍楼，传统穿斗式构架，走廊东西排布，每间宿舍各开两扇窗朝外，通光透风；外廊是多立克柱，如同能发出美妙韵律的琴键；外墙是清水砖，屋面是中式青瓦琉璃剪边，屋脊为西式涡卷装饰。房子沿山地南缘起建，南面看是三层楼，北面看则是两层，地上地下功能既独立又有整体性，形成了通风、排湿的地下层和架空层。

海瑞思突然感慨地说，我有个想法，要让爸爸在家乡仿建一座歧园。

海瑞思对拍摄的用心和专业超出我的想象。她有时取好景，摆好摄像机，对着一棵树，一面墙，会反复拍，最多的时候拍十来遍，也不嫌劳累和烦琐。她出镜时，会中英文夹杂地说一下到这里的感觉，做一番介绍，有时完全是沉默，只是摸一摸斑驳的树干、灰旧的墙砖，仿佛它们能替她说话。我和文爹都成了镜头里的"演员"，她让我沿着西面那条青砖铺的路，慢慢往前走，前面两次走得快，没有通过，她让我看镜头回放，取景框里，满地落叶，杂草萋萋，荒凉流淌。她说，这样的环境里，时间是停滞的，我们的脚步也要放缓，意味着时间里走过的每一步都是艰难的。我似乎听懂了艰难，一下触发了我对海牧师的理解，那也是我始终没真正弄明白的地方，在那个凋敝、纷乱时期的中国，是怎样的动力让海牧师夫妻俩来兴教办学的？海牧师死在了归国途中，妻子和两个儿子死在了中国。

当我再次走上青砖路，背影变得庞大而沉重，压在我身上，我迈不开脚步，像西西弗斯走向山上，推着巨石，脚上灌了铅一般的重量。这一遍拍得很成功，海瑞思喊完 cut，兴奋地和高帅击掌庆祝。她竖着大拇指，跑到我身边，脸上浮着一层红丝绸般的红润，说，太棒了！我还没从内心的忧伤中走出来，耳道里有一种轰鸣，差点听成了"太笨了"。

我确实是个很笨的人。朱广泰布置我的任务，我始终没有开口。上次海瑞思当面说海氏集团专注医药领域，我多问更会显得突兀。降低身段求人投资，跟感情的事一样，如果不是情投意合，求的这一方张嘴就先拜了下风。如果说，海氏集团愿意参与歧园的修复、投资与开发，双方就其功用的理念达成一致，让每一棵树每一块砖石在时间里复活，那是最理想不过的了。但海瑞思并没想过这个话题，也不懂我们的心思，她一心想着把纪录片拍好，不管最后拍成什么模样，这至少是她的一次寻找，她的生命有了先祖血液的流动与共鸣，于她是生命和情感的一种延展。

6

海瑞思的时间把握很紧凑，环环相扣。没有拍摄的时间，她就选一棵树，或是靠着哪栋建筑的廊柱，闭目养神，或是望着天空发呆。我不打扰她，也进入一种冥想，心中奇怪地获得一种宁静。有一次，她说，我在这里能感受到曾祖父就在身后，你能不能帮我借到一台摄像机。难道她还想拍到身后的"海牧师"，我觉得这就是个臆想。但跟在一旁的文爹却对这个想法持双手赞成，他也很"专业"地说，用两个机位，这样对同一个时段场景的呈现，可以多维度也可以节省时间。我说，借了机子还得借个摄像师，我只能请我舅舅出马了。海瑞思对陈光宗留有印象，开心地说，那就辛苦舅舅吧。我把想法在电话里一说，陈光宗下午就扛了台大摄像机过来了。他说，我原想带几个助手，嫌碍手脚，索性亲自上阵，正好可以给海博士讲讲她伯祖父的故事。

海瑞思从家谱上记住了两个死在中国的伯祖父的名字：海顿和海恩斯。我也查阅过资料，海顿的记述寥寥无几。后来海瑞思说得更详细些：海牧师先期抵达巴丘时，十岁的次子海顿留在牯岭避暑。隔了几个月，到巴丘就生了一场病，头疼发热，也许跟气候和水土有关，但当时海牧师每天忙碌得分不开身，见不到人影，等到有天深夜回来，海玉音告诉他儿子生病了，他才到床前去看嘴唇发干脸形消瘦的儿子。海玉音安慰他说经人指引，已经找了城里的中医，吃了退烧的药，喝了羚羊角煮的水。海牧师稍感放心地睡了，第二天早上出门，再去看海顿时，发现他的脸又红又热，但身体皮肤是冷冰冰的，海玉音说儿子昨晚时而喊热时而怕冷，折腾了半宿。海牧师这才觉得不对劲，赶紧从宝塔巷找了一个船老板租了条小火轮，跑了大半天，傍晚到了汉口的普爱医院。值诊的是位英国医生，他说孩子怕是感染了伤寒病，前一段汉口有相当多的病例。做了化验开药打针，海牧师忐忑不安地陪在留观室里，祈祷海顿能转危为安，但次日凌晨，他从梦中惊醒，摸到的是海顿冰凉的手。海顿悄没声息地死了，夜里几点死的都无人发现。海玉音听闻噩耗，像丢掉了魂魄，痴言痴语，晕厥卧床休息了半个月，身体才渐渐恢复。

陈光宗架起机器，和海瑞思简短交流以后，就进入工作状态之中。机子扛过二十多年，专题片新闻节目场内室外，他一上手，就看得出专业性，大家对他的取景构图也是赞许有加。那天下午，刚对小教堂的外景开拍，就下起了雨。伞盖般的枝叶承载不了雨的重量，一颗颗落了下来。我从车里取了伞，赶紧给两台摄像机撑着伞遮雨。此前，海瑞思就有个想法，一年四季，风霜雨雪，黎明黑夜，每一个时间点的镜头都要能拍到。难得遇到雨，她很兴奋，从远拉近，绕着小教堂和通往教堂的碎石路，一镜到底。把这一组镜头拍完，雨滴打湿了她额前的鬓发，汗流出来，头顶看得到迷蒙的热气。陈光宗突然很神奇地说，你看，海博士冒的热气有人形，像不像一张脸，鼻子眼睛嘴巴，都清清楚楚的。我和文爹好奇地围拢来，她身体一晃动，不知我们要看什么，那些热气瞬间就消失了。

外景拍到了大量的素材，然后就是采访几位和教会学校有过各种交集的老人。很奇怪，这些老人一见海瑞思，就莫名地欢喜。他们耐心解答各种提问，从家里找各种老物件老照片，提供各种线索，有的临走还送特产和礼物。海瑞思也很有心，带去的是一张当时海牧师在牯岭拍的全家合影，一女三儿，虽然是一张复制版照片，但配上一个精致的小木框，镶嵌纸面的人物，反而有了浮凸感。她也给外公送了一个，外公把照片放在枕边，没事的时候就摸到它，举到眼前看看。看一会儿，他眼睛里就有了眼泪，顺着皱纹流下来，打湿了枕头。

在几个采访者中，外公的拍摄，海瑞思是最用心的，前后去了五次，每次外公精力有限，说的时间短，她也不着急，亮灯离城近，有时也不用我陪，她就让司机开着车扛着机子直接登门了。外公那几日的气色明显有了变化，脑子里的记忆也活络了起来。在很长的一段时间里，外公在村里受人尊敬的主要原因，就是他养育的子女，不像其他人家，没有走出过亮灯村，继续在水上漂。舅舅在电视台，我母亲是小学老师，端公家饭碗的人，天然有种心理优越感。

有一天，外公精神显得格外好，中餐吃了两片肥扣肉，陈光宗见机，打电话把我们叫去了。见到海瑞思，外公更是喜笑颜开，我们把竹躺椅摆在屋门口的老樟树下，扶他出来透透风。海瑞思摆弄着机器，外公目不转睛，眼神里一会儿笑意涌流，一会儿充满忧愁。外公说，我之所以送子女读书，全都得益于海校长那个时候返回巴丘在青沙湾办学。我自己没有读书，太外公送不起，十几岁的时候，同太外公驾着船偶尔经过青沙湾，靠岸借着给学校海校长送点鲜鱼的机会，我就悄悄站在外面，听从教室里传出的洪亮的读书声，觉得那是世界上最好听的声音。后来我勒紧裤带借钱欠债，把子女送到岸上借住在一个亲戚家中，跟着亲戚的孩子一起读跑学，心中只是一个念头，不让孩子走我的水上老路。

海瑞思请外公回忆她伯祖父海恩斯的事。据说海恩斯当时引起过很大的轰动，我也略知一二。海恩斯是在海顿去世三年后出生的，海玉音已是高龄产妇，但很顺利地生下了这个小儿子。海牧师慎重起见，把小儿子送回美国乡下的外婆家中，直到十七岁那年，他才又跟着海玉音来到这所教会学校。海牧师去世后很长一段日子，海玉音长久地陷入悲痛之中。她心心念念来自中国的消息，每天要把报纸上有关那个遥远国度的新闻从头到尾读一遍，生怕错过一点细枝末节，她也跑到教堂向身边的人打听，看有些什么新消息。听说中国战乱停止，海玉音决定带着女儿海菲娅和海恩斯再次前往中国那座湖畔小城。在大西洋西岸长大的海恩斯从小水性极好，到了洞庭湖，他一放下行李就欢呼起来，眼前的一湖碧水，也跟家门口的海洋一样阔远无边，却有着说不清的奇怪感觉。

外公咳了几声，指了指陈光宗。舅舅会意，说，我对海恩斯的中国经历有过一次比较深入的寻访，是电视台做的一档有关洞庭湖的节目。节目中提到一种叫江豚的水中动物，弯来绕去，七挖掘八追溯，结果有段故事牵扯到海恩斯和外公的身上。

陈光宗给海瑞思递了根烟，她点燃，烟雾聚拢散开，像个嬉戏追逐的孩子。海瑞思问，少年时的海恩斯很淘气？陈光宗沉思一会儿，说，我觉得海恩斯的故事不是一个词可以概括的，那是一种不同心性的少年对世界的态度。

他说，那个年代，城里的许多人家喝的饮用水就是洞庭湖水，每天有专门的供水人员清早拖着大木桶车走街串巷，买水的人把水倒入家中水缸，用盛明矾的竹筒摇一摇，不一会儿水就清亮亮的了。人要上湖，须得乘船，当时的水上交通船舶，典型的有渔民的渔船，和商行、大户人家买的小火轮。海牧师为了教会学校采买的便利，就从汉口买了一艘二手的小火轮。海恩斯到来后，立刻和开船的师傅建起了亲密的交情，只要学校没有安排，他就伙同船工开着小火轮去湖上兜风去了。有时候，他也叫上几个朋友，去湖对岸的芦絮湾和水洼子打野鸭子。野鸭子是一种候鸟，到了秋冬季节，就成群结队地跑到湖湾里来了。他落过一次水，幸好太外公的渔船经过，把他捞了上来，正是这个机缘，十七岁的少年海恩斯和十二岁的外公交上了朋友。

我没听外公讲过和海恩斯之间的交往，就催陈光宗赶紧讲。海瑞思却示意我不要急。躺着的外公挣扎着坐起来，眼眶周围薄得透明的皮肤变得越来越红，又细声地抽泣起来。

过了好一阵，外公情绪平复下来，陈光宗望了录制中的荧光屏一眼，说，还是我来替外公说吧。

海恩斯落水被救后，就视外公为知己朋友，没事就约着一起驾着小火轮出湖。有一年春天，海恩斯选了一个阳光和煦的日子，开船去了三江口。三江口是洞庭湖与长江荆江段的交汇处，那里的水泾渭分明，一半清一半浊，也正是在这个地方，湘资沅澧四水也才算是经洞庭湖流入了长江。那天临近中午，湖上能见度特别高，船突突地响，船尾冒出一股黑烟。他们从三江口兜了个圈返回时，突然外公有了一个发现，接着海恩斯也看到了湖面有几个白色的影子。海恩斯赶紧拿枪朝其中一个白色的背影开了一枪，外公告诉他可能是江猪子，但又不能确定，因为平常所见的江猪子多为黑色，黑得油光发亮。外公听大人说过遇见江猪子的经验，一般会在出现不远的地方再次出现，因为它需要跃出水面呼吸换气。两人就死死盯着前方的水域，几分钟后，白影子再次出现时，他的枪响了，似乎击中了它。船工驾驶船慢慢靠近，江猪子受了伤，半浮半沉，他们用渔网把它打捞了上来。

回到学校，海恩斯像凯旋的勇士，奄奄一息的白江猪子身边围满了人，也有闻讯而来的渔民。按照地方的习俗，外号江猪子的江豚是投湖公主的化身，有灵气，会在大风浪来临前给渔民报警，渔民从不主动追捕，有人意外获得后，见者可以讨要它的油和肉。江豚油味凉，是治烫伤的特效药，肉大补。听了围观人群中渔民的一番言论后，海恩斯就请船工把江豚的油和肉分给了看热闹的人。

喜欢生物学的海恩斯有一种强烈的好奇心，决定要搞清楚白江豚这个物种的来龙去脉，于是给美国国家自然历史博物馆哺乳动物馆的馆长写信，米勒馆长很快回信，建议他有机会将头骨带回美国深入研究。半年后，海恩斯借一位外籍老师回国之机，托他将头骨送到了米勒馆长手上。这个标本成了世界上第一个白豚头骨标本的记录。

我隐隐激动起来，这些都是歧园这棵故事大树的粗枝茂叶，问道，当时海恩斯捕到的其实是白豚？陈光宗说，是的，海恩斯的伟大就在于他的那次无意中的捕获和敏锐发现，让这种存活过两千五百万年的动物进入了世界名册。海瑞思说，有一年，美国一家报纸的记者登门要采访这段往事，但家里人都记不太清楚，我祖父对这段往事也只是略有耳闻。我问她，海恩斯后来是怎么死的？她眼神里的光突然黯淡，不说话了。陈光宗也沉默了，外公的眼泪却哗哗地顺着面颊流了下来。

外公声音颤抖，缓缓地说，我的命是海恩斯给的。我惊诧地站起来，屋里的气氛像是遭遇极寒冰冻，大家都失了话语。过了长久一阵，外公的情绪再度平复，说，那天我们从觽山岛准备返回，天气突变，乌云压顶，狂风骤雨很快就来了，船摇摇晃晃，随时像要翻沉一样，海恩斯站在船舷边勾扯掉水里的渔网，滑了一跤，掉水里去了，我抓了块木板丢下去救他，船晃得厉害，我也跟着落了水。我力气小，四处抓瞎，呛了几口水，迷糊中是海恩斯把我推了一把，醒来时我紧紧抱着那块木板，船工吓得脸色惨白，说海恩斯不见了。风平浪静后，船工请了很多觽山岛的渔民帮着找人，后来是在觽山岛的水湾发现的海恩斯，人淹死了，他要是抓住那块木板，可能死的人就是我了。

海瑞思眼睛又湿又红，眼泪圆滚滚地无声滴落。我心中浪潮翻滚，一股揪心的疼。扭头看身后，摄像机的工作指示灯闪烁着，机位正对着外公。海瑞思说，海恩斯的命原本是您父亲救的。外公说，我的命是海恩斯给的，活到今天，我还记得他那张脸。屋外夜色沉静，海恩斯的故事经由外公，也经由舅舅和我们，共同完成了夜晚的一份口述。

海恩斯的死，对海校长的打击最大，办学辛劳，丈夫离去的阴翳尚压在心头，现在彻底摧毁了她心中的那道防洪堤。一年后她也患病去世了，剩下女儿海菲娅孤零零一个人留在歧园，幸好有一群孩子相伴，学校的事情忙得让她没有时间感受孤独。我陪着海瑞思去见文史专家罗先枢，采访中他拿出那篇他写的关于海菲娅文章的报纸复印件，一句一段地读给我们听：

七七事变之后，国内人心惶惶，海菲娅那年已经四十五岁了，即使再舍不得离开父母亲一手一脚建起的学校，也只能无奈地跟着学校的大部队转移。当时的迁移路线，是一路向西，先西迁至华容的罗家咀，没有停留太久，又去了怀化的沅陵，与当地一所女中联合办学，后又西迁至湘西的花垣，在那个偏远的边城，她待了八年，直到抗战胜利，她才返回巴丘，但那时的校园一地狼藉。海菲娅又扑在校园的建设修缮上，她的付出曾得到了国民政府教育部颁发的奖励。她的弟弟几次写信，恳请姐姐回国，少受颠沛流离之苦，但海菲娅没有退缩，直到四年后的解放前夕，她才回到美国家乡，终身未婚。

听到文字中描述姑祖母抽象的一生，海瑞思的神色浮现出一种怅然的伤感。她说，当时写信的弟弟其实就是她的祖父，他们家族的长辈也私底下议论，当时海菲娅不愿回国的原因，是与一个中国人相爱了。那个他，是学校西迁过程中认识的一名地理老师，他们准备等战争平息后，就在小教堂举行西式婚礼，可不幸的是那位男老师死于日军的一次飞机轰炸。

我说，我知道为什么你要关注格蕾丝的小说了。海瑞思说，她的小说中有他们的影子。我说，这么说，他们曾经是同事，都在歧园里生活过。陈光宗说，他们的命运让我特别感伤。海瑞思说，任何时候，人所经历的一切，历史的眼睛终会看见，不是吗？

拍摄的间隙，朱广泰陪市文旅局和区领导来看望海瑞思，但她对这些官方交往并不在意，直来直去，有时干脆以拍摄时间紧推辞了。朱广泰每天和我有信息互动，也单独来探过班。我时时揪心这件事，但又忘了这件事。有一次他到歧园，我们正在拍建筑，从录制屏上，看得清屋顶上用的象牙橼飞、琉璃勾头滴水剪边瓦和本地的小青瓦，古色古香。

朱广泰跟这些古旧物没少打交道，随便挑一个也能说出个子丑寅卯。他说，海牧师真是天才的设计师和建筑师，这些建筑是歧园的灵魂，应该好好保存下来。海瑞思听得感兴趣，他就指着录制屏上屋脊、戗脊正面的六瓣花饰，说，过去的中式古建筑，都是吻兽、戗兽，海牧师换成了花饰，就有了现代建筑的味道。海瑞思问，真有价值的话，没想过把这里变成旅游景点？朱广泰故意沉吟，轻叹一声，说，歧园不能真的变成弃园，想法是有不少，但投入要真金白银，目前还没有遇到中意的合作开发方投资。海瑞思不接话了，脸凑到机器前，把镜头拉近，静静地拍着橼头上长有一层薄薄青苔的几块青瓦。朱广泰自言自语，还是缘分没到吧。

夜景并不好拍摄，陈光宗说没有灯光设备，拍出的效果是黑的，但海瑞思提议了几次，我们只好遂了她的愿，拍一次夜晚的歧园。有一次坐着休息，海瑞思问道，歧园未来可能会变成什么模样？陈光宗知道我的心思，接过话头说，歧园可惜了，海氏集团完全可以来投资嘛！她耸耸肩，说，企业的经营有一套管理模式，海氏因为产品的稀缺性，很多时候都不用自己去经营，医药市场给了它独特的地位，我们家族有规定，做技术的不干预经营，投资的事情必须是由经营者决定的。陈光宗说，如果我们能拿出一个好的方案，合作也不是不可能的，是吧？她拍了拍屁股上的尘灰，笑了一笑，起身去摆布带来的几支立式照明灯。灯一亮，热气爆开，眼就花了。但这点光在偌大的甑壁山上，在被几百棵树包围的建筑里，就像大湖里的一滴水。又像几只停在半空中的萤火虫，发出微弱扑闪的光。

拍摄了一段时间，海瑞思把灯关了，光热缓缓散去，夜空一会儿就清爽起来。眼前的黑暗，铺天盖地，或者说原本就是一团墨黑。她说，虹膜扩张，黑暗中的光线进入人眼，视力会适应并改善，视觉会变得更敏锐。我们都不说话，似乎声音会把黑暗打碎。那个场景有些瘆人，但渐渐地，我们习惯了黑暗，习惯了寂静，我能看见树叶在晃动，看见昆虫和夜鸟倏忽间穿过叶丛，飞到邈远的夜空。那夜，天上有半轮明月，湖上的天光，一齐投射过来，穿过那片空旷，银房子的墙壁有了亮影，倒像是变成了一个弱光体。歧园也就跟着有了隐约的光，细心的人能看到光会移动。我突然发现，黑色也有了层次与变化，青骊，烟墨，夜紫，墨黪，及至硫黑，陨石黑，晦黑，黢黑。黑色不再沉重，而是在滞缓中变得灵动起来。

她席地而坐，背靠着银房子的墙壁，有时她也像被点亮了似的。眼睛、鼻子、嘴和四肢，身体的局部在黑夜里被擦亮。陈光宗说，最好的摄影师是一道光，把拍摄对象照亮，也把自己隐藏起来。我们继而沉默着，过了许久，她要我们听。她说，她闭上眼睛能听到曾祖父在屋子里的呼吸声，曾祖母的脚步声，还有海菲娅用英语朗读着《圣经》里的句子：凡是真实的，凡是高尚的，凡是正义的，凡是纯洁的，凡是可爱的，凡是荣誉的，不管是美德，不管是称誉：这一切你们都该思念。这些句子，也曾从不是基督徒的外公嘴里听到过。外公说起过，海恩斯死后，他有过很长一段时间，就坐在牧师楼的石阶上不肯离开。太外公说，他死了，你就是海校长的儿子。

歧园的故事，从不同人的嘴里说出来，拼凑出一条比较完整的时间链。这正是海瑞思需要且在寻找的时间链。她的笑容比过去少多了，有时听得入迷，眉头紧皱，有时眼里盈满泪水，悄悄用手擦去颧骨上的泪迹。有一次她面对镜头时说，我来寻找的，不只是看到的事物，也不只是听到人们复述时间里的往事。

那又是什么呢？海瑞思没有说出她心里的回答。陈光宗那天提出"拿方案"的说法，突然让我心中一动，灵光乍现，接连几个晚上无论多晚回家，我都趴在电脑前，开始敲打一份方案，主题为《浮现》新歧园设计发展方向"。

拍摄进度推进很快，要结束的前两天，真让我们遇到了湖上天气剧变。先是簌簌风威，歧园里所有的树都在摇摆，山也跟着晃动起来，似有一种"孤蓬自振，惊砂坐飞"之感。继而大雨如注，地上浮起一片吧嗒、吧嗒的响声，雨雾浓密，天地像是沦陷在黑暗之中。摄像机指示灯变成了最大的光亮，海瑞思伸出双手，接着从檐下垂落的疾雨，她额前的头发也被打湿了。

半小时后，风停雨歇，空气中的水腥气弥漫。又过了一刻钟左右，湖面的亮光越聚越多，水波就在那一片光的水色里缓慢升起，升上天空，又从半空滑落，像高处峡谷的闸门打开，水拼争着向黑暗之地奔涌而去，占领黑暗，光尾随着，并浮现出来。真是一个奇特的夜晚，这般变幻的自然物象，如果不是在这里，是永远无缘见识，也不会留下深刻记忆的。

一场大雨，也让海瑞思的情绪得到一次释放。她脸上的笑出走之后再度回归，对我们大声说道，我懂了，我该思念的是什么。我们看着她，虽有不解，但也跟着笑起来。她接着说，你们相信气息吗，我能感受到他们的气息，这些树就流淌着他们的气息。我说，你的身体里流着海牧师的血。她说，他们留在中国的意义，是把信仰看得比生命更重要。我问她，如果他们还活着，最希望这里是什么样子？她说，以前的模样。我说，以前是回不去的，那你最希望这里变成什么样子呢？她脱口而出，他们信仰的样子。

我渐渐喜欢跟随她走进夜里的歧园，似乎有幻游之感，看到一束光把脚下照亮，很快光亮就消逝于庞大的黑暗之中，也不是消逝，是另一种方式发光。好像什么都看不见了，又好像有更多不可言传的感受从深水里浮了出来。她的气息，召唤着家族先人的气息从时间里苏醒且移游过来。

《浮现》方案完稿的那天晚上，我梦到了海牧师，他一改平常的忙碌，和海校长悠闲地站在歧园的树荫下说话，听不清他们在说着什么。几声悠扬的铃声响起，海菲娅夹着课本从教室里走出来，海恩斯不知从哪里跑出来，手上挥舞着那封米勒馆长的回信，向田径场跑去，只有年幼的海顿孤独地站在走廊的护栏上，哇呀哇啦地唱着一首没人听得懂的英文歌曲。没过多久，教室里的人如水流般涌出来，走走停停，走到歧园的每个角落，到处都是人，奔跑，追逐，交首接耳，引吭高歌，树林间躲着的鸟突然之间扇动着翅膀，挣脱茂密枝叶之间，发出一阵阵哗响。

第二天来到歧园，当我向海瑞思讲述这个梦的时候，她抓着我的衣袖，一手捂着嘴，很惊讶的神色，她也梦到了在歧园的他们，远远地向她走来，默默地望着她笑。她像孩子一样摇着我的手，一个劲地问，你梦到了，梦到了吗？我也说不清我们居然会在同一个晚上梦到相同的人，也许真是应了人们通常说的日有所思夜有所梦吧。

文爹自称读过解梦之道的书，问我们的梦里有没有人说话。海瑞思摇头，说大家一声不吭，都是安静地看着她，发出浅浅的笑。他说，梦见故去的亲人，不说话是好兆头，是好消息。海瑞思说，会是什么好消息呢？他诡秘地说，天机不可泄漏，到时好消息来了就是梦解了。她哈哈笑着说，好一个神算！

沿着歧园上山的路走，这条路我们最近来回走了很多次了。文爹问我，政府对歧园有什么新规划？我说我希望歧园就是现在的模样，不是说保护也是一种发展嘛，但现实要求它改变，发展成别的样子。他说，照我看，万变不离其宗，海博士家族的故事是个好影视题材，找人写一个好的剧本，国际主义情谊，爱恨情仇，悲欢离合，中西文化交汇，世界故事，中国声音，诸多元素，应有尽有。海瑞思和我不约而同笑了起来，他接着说，要是政府能拿钱，或者找人投资，这里不妨做影视城，外景地拍摄，加上婚庆主题公园，西式婚礼，洋装，婚纱，电车，民国风，怀旧风。他呱啦呱啦，像个正经请来的策划大师，说的都是金点子。

海瑞思说，文神算，变成了文策划，都是高水平。文爹面露羞意地说，这些说法并非全来自他，而是他那刚读大学的孙子春节回来时，陪他到歧园散步时"慷慨激昂"说的话。我们开心地笑起来。笑声在歧园里没飘多远，就被静谧吞噬了。我们重新陷入一种轻松的寂静中，我想，他的说法中不乏一些好的创意，新新人类的创意，也许就是未来的模样。

海瑞思朝我嘘了一声，我不知发生什么，她说，灵感来了，我想起了 AI。文爹说，是人工智能吗？我朝文爹竖起大拇指，示意听她说。

她说，我想到开发一种体验感强的人工智能应用。我们可以在先人住过的地方，或设定一个模拟场所，通过先人用过的器皿，存留的气息，留下的影像，加入遗传编程的研究，再综合仿生学、控制论、视觉神经等学科，创造一种AI，让后人仿佛回到先人身旁，与先人对话，去讲述过去、谈论未来。陈光宗一直没说话，也兴奋起来，说，我是谁？我从哪里来？

我无法想象那个场景或是特定场景智能化所需要的诸多技术支撑，只是心生感慨，AI来势汹汹，人类每一步的变化，往往源于少数人的突发奇想或某个念想，依旧要解决的是人存在以来未解决的哲学终极命题。

我来多久了？海瑞思望着夜空，像是同时对我们发问。不等我们回答，她又说，记得是第十一天了，我却感觉经历了一个漫长的人世间，物是人非，这是你们经常说的一个词吧？我微笑着说，再教你一个新词：万物生长。

7

海瑞思按照预定的方案完成了拍摄，让她感动的是还有很多意想不到的收获。她经沪回国，朱广泰坚持和我一起到机场送行。航站楼前，她和我拥抱告别，问我，你相信前世吗？

我诧异不语，也不知如何回答。她说，我觉得自己被打开了，是往前世走了一回，算不算一次寻根之旅？我点头说，美好的寻根之旅。她沉思一会儿说，谢谢你帮了我这么多，可我什么也没帮你，你设计的方案我看过了，我会带给爸爸看，祝你好运！我说，祝歧园好运！她再次伸手拥抱，我鼻子一酸，有点哽咽，故作镇静地说，我也要感谢你，如果不是因为拍这个片子，我也不会对这段历史做这么多的挖掘，有收获的是你，也是我。朱广泰转过身，插话说，有收获的是我们，是歧园。

送完机返回的路上，朱广泰和我彼此都不说话。他佯睡，我实在忍不住了，道歉说，事情没办好，请局长谅解。他睁开眯缝的眼睛，说，哪里的话，纪录片拍好了，就是把事办好了。我说，歧园投资的事没谈。他说，哪有这么容易谈成的，之前你说的真情实意，我后来理解了，保护也是一种发展，歧园的未来，宜缓不宜急，我们从长计议。我说，其实我做了一份合作设计方案，给了海瑞思带回去。他说，我就知道你小子是个有想法的人，海瑞思悄悄告诉我了，你要是信任我，把方案给我一份，三个臭皮匠顶个诸葛亮。

回国后，海瑞思和我的联系少了，但并没完全切断。她偶尔在深夜发来《浮现》这个片子的制作进展。她回国后就迅速拉起一个小团队，初剪、A 拷贝、正剪、选曲、配音合成，四个月后正式交片了，正好参展国内的青年电影节竞赛单元。她也问过我歧园的开发有没有新消息，我说了一些靠谱和不靠谱的项目规划。她说，朱局长还很着急这件事吧？我说，说不着急是假的，但他观念改变挺快，走到哪里，都要宣传这是中西文化教育友好交流的遗产，而不是遗物，他责无旁贷的使命就是要让文化遗产发声发光。她说，其实你说得对，没有想到最合适的，保护也是一种发展。

朱广泰在一个半月的时间里，组织了几位专业人士，在我的方案基础上完善补充，又制定了一份更详尽的关于歧园建立影视摄制基地、研学教育基地和中西教育文化史陈展馆的综合开发合作项目书，其中有些亮点，比如角色扮演、时光隧道、沉浸式婚庆等，都是从年轻人那里征集的灵感。有一天加夜班出来在办公楼前遇见他，他一忙碌就忘了染发，走在黑暗中，参差白发真就发出了银色的亮光。我们交流着一个好消息，是由海瑞思半小时前传递来的，她给父亲和家人讲了她的中国之行后，他们共同看完了她拍的纪录片，海克文先生拿走项目方案书后认真读了，提出了几点合作上的建议。

外公是半年后去世的。那天大清早醒来，说口渴、胸口疼，喝了一杯凉白开后，又躺下来休息。凉白开他喝了多少年了，雷打不变。过了十几分钟，他入睡了，一声不吭，像个乖乖娃儿，等到舅舅陈光宗唤他起床的时候，已经没有了呼吸。去年的城市规划调整把青沙湾一并纳入后，早些年外公给自己看好的墓地，已经不允许再土葬了。外公要离开亮灯了，他是村里第一个死后葬进陵园的人。陈光宗给他在白鹤陵园新开发的山头买了个位置，墓碑的方向正对着青沙湾。

葬礼结束，我接到朱广泰的电话，他说收到了一份来自宾夕法尼亚州的邮件，还有一笔一万美金的汇款。这是海瑞思获得的电影节基金会对《浮现》这部新锐纪录片的奖励资助。邮件是海克文先生发来的，说他反复看过项目方案书，对一些设计建议充满期待，并商定时间要亲自到中国洽谈具体事宜。在保护中发展，在发展中保护，这是我们递交方案中的核心理念，海克文先生表达了高度认可。

昨晚我坐在外公灵柩前的时候，海瑞思发信息说，祖父生前说过一件后悔的事，他做过无数次设想，要是当时他也与姐姐海菲娅去了中国，以后的人生会怎样？她又说，有一次跟父亲聊天，问过同样的问题，父亲说，人生没有假设。我回复她，你们父女从事的基因医学研究，不就是一种让假设成真的事业吗？她突然问我，外公还好吗？我原本没想告知她外公去世的消息，见我没有回复，她说，昨晚做梦，梦见又到了歧园，看到夜空里有颗闪亮的星星坠落了。我说，是的，外公走了。

手机屏幕沉默了很久，海瑞思才发来一张图片和一段语音。图片拍的是进歧园的路，配了一段英文，她告诉我是梭罗的话，我查阅后的中文意思是：大地的表面是柔软的，人们一走过就会留下踪迹；同样，人的心路历程也会留下踪迹。语音里播放的是一段音乐，曲调寥廓深沉，如泣如诉，她说这是纪录片中的配乐，教堂祷告时会播放的曲子，名字叫《我要看见你》。我想，外公十几岁走进歧园，以及后来多少次在那里，是不是悄悄凑到小教堂门缝前听到的旋律，就是这首曲子？

外公头七过后的那天夜里，我又去了一次歧园，里面空无一人，眺望市区方向，远处车灯如豆，一眨一眨，没有任何声响，连虫鸟都隐匿了。我拍了一张黑暗中浮动着几颗光斑的照片发给海瑞思。甑壁山的安静像一头睁着大眼伺机跃起的巨兽，又如同一艘驶入茫茫大海之上远去的航轮。我走了很长的一段青砖小路，忽然听到声音从天而降，风声四起，水声扑打，夜鸟低鸣，草木私喁，歧园里沉睡的一切仿佛都苏醒了，发出密密喳喳的响动。我知道，过去从未过去，谁也阻挡不了的时间，又要从过去出发了。

鲑 鱼

胡性能[*]

2023 年 返程

这一年，我终于克服内心的障碍，从昆明驾车返回五百多公里外的盐津。

有一阵，我看到沿途那些地名像甲虫那样爬上挡风玻璃。杨林、功山、驾车、野马、待补、迤车、江底、靖安、豆沙关、盐津……后面的甲虫比前面大，伸出坚硬的上颚，将上面一个地名拆开，拆掉它的偏旁部首，吞下它的笔画，直到那个地名彻底消失。然而后一个地名像远方山脊探出的车头，缓慢而执着地爬过来。我用力握紧方向盘，这一路的行程要途经数以十计的村庄、小镇和县城，它们被一条公路串在一起，而真正的巨大甲虫是我驾驶的北京吉普，黑色的漆面在阳光的照耀下反射着暗光，它的车头吞食着扑面而来的道路、桥梁，甚至也吞食着出现在道路前方的汽车。过了这充满幻象的一刻，我听见车下传来轮胎摩擦路面的沙沙声。我摇下车窗，感觉到了风，也闻到了郊野空气的清甜，就像从一个黑暗的洞穴爬出，我又回到了人间。

这是我人生第一次独自出行。这次出行不是由我决定的。三十多年前，当

---

[*] 胡性能，男，1965 年生，云南昭通人。现为中国作协全委会委员、云南省作协副主席。出版有中短篇小说集《在温暖中入眠》《有人回故乡》《下野石手记》《生死课》《孤证》。曾获《小说选刊》年度大奖、十月文学奖、《长江文艺》双年奖等。作品入选《收获》文学排行榜、《扬子江评论》文学排行榜及《芙蓉》双年榜。

一对青年男女多次从我车下这条道路像影子那样一晃而逝时，就已注定了我今天的行程。此前，我翻阅了中国地图出版社出版的云南交通图册，沿着一条弯弯曲曲的细线，记住了原本和我关系不大的许多地名。爸爸妈妈知道我要去盐津的想法，担心一个抑郁症患者外出不安全，便用最温柔的语气反对，表示他们稍作准备，然后与我一同前行。可我要的就是只身前往，本能告诉我，这是我自救的一个机会。昨天夜里，睡梦中，无数的地名在我的大脑里飞舞。盐津，一开始它只有芝麻那么大，细小、游离，可随着它的靠近，盐津这两个字就像面团那样逐渐膨胀起来，越来越大，大得占据了我的整个脑海。

我第一站要抵达的地方是杨林，昆明东郊五十多公里外的一个小镇。如今，通往那座小镇的道路有好几条，杭瑞高速、国道320、省道101。我走的是省道101。七月，白昼漫长，早晨七点，新沐的太阳已经从车头前方的山顶跃出，那刺目的金光，似乎把什么东西注入了我的身体，让我绵软的身体有了力量。我拉下头顶上方的遮阳板，感到有些恍惚。车窗外，先是闪过一排农民沿公路往前延伸的自建房，紧接着是果林、菜地、水塘、塑料大棚……

这半年来，我一直在屈医生的诊所接受治疗，每周去两次。三十三岁的生日是在爸爸妈妈的忙碌和我的沮丧中度过的，第二天我跟着妈妈去了屈医生的诊所。那天，我的大脑出现了一条从昆明通往滇东北的道路，回盐津的念头就是那时产生的。到了六月底，这个念头变得越来越强烈。屈医生对我说，所有的愿望对抑郁症患者来说，都是好迹象。抑郁症患者怕的是没愿望。她对我说这话的时候是在靖国大厦二十四楼的诊所里，楼下是昆明繁华的金碧路，我能够听到有烦躁的喇叭声从远处传来。诊所的墙，包括天花板都漆成了浅蓝色，只有地板的颜色是灰色的，有一会儿，我觉得自己像是置身于大海的底部，上面是像天空一样湛蓝的海水。诊所里的床头柜也是浅蓝色的，上面放着一个葫芦形的透明沙漏。上周来诊所，躺上床接受治疗之前，我将它倒立过来，看深蓝色的细沙从腰束处下落。屈医生笑了一下，她说沙漏里的细沙每次漏完的时间是半个小时，她试过几次，时差不超过三秒。我告诉屈医生，我曾在一家野生菌火锅店见到过这种沙漏，被店家当成了计时器，但每次细沙掉落的时间是二十分钟。

叶枝，屈医生开心地对我说，你拿起沙漏倒立过来时，意味着你已经恢复了对外部世界的感知，继续，加油，你会好起来的。

在之前的治疗中，我去屈医生的诊所不下五十次，可一直没有注意到那个沙漏的存在。在屈医生看来，抑郁症患者的内心就像一座被遗弃的仓库，大门上的锁锈死，钥匙不知丢在了哪里，而我需要把仓库门打开，让光线照射进来。

每次到屈医生的诊所，她都会询问我服药的情况，然后要我躺在床上，吩咐我放松，轻言细语和我交谈。许多时候，我不知道自己要说什么，屈医生也不着急，她安慰我说，没有要说的，闭上眼睛静静听听音乐也好。片刻的安静之后，有音乐声像细浪那样从远处闪耀着过来。

都是我熟悉的曲子。妈妈告诉过屈医生，我是个小提琴手。屈医生也许是在听我倾诉时，知道了我最喜欢的曲子是《静谧中的孤独》，那支曲子夹在几首我熟悉的曲子中，循环播放，每隔十多分钟我就会再次听到。对患抑郁症的人来说，打开心扉讲述往事是个障碍，但熟悉的旋律会缓解我的紧张和不安。不知不觉间，我又会按照她的引导，将我尘封的内心呈现在她面前。屈医生则能从我的讲述中，发现潜藏于往事中的心理病灶，做出相应的治疗。

"叶枝，你每次讲述，甚至哭泣，都像是沙漏在掉落沙子，沙掉完了，意味着不快的往事被清空，这样你才可以迎接一个完全不一样的明天。"

就像吃下的食物会在身体上留下痕迹，少女骨骼的成长，瘦弱的手臂变得丰腴，胸部和臀部隆起……但有一天，越过某个临界点，那些帮助人类成长的营养物质会残留下来，变为肚腹和血液里多余的脂肪，变成嘌呤和逐渐升高的血糖。屈医生说，抑郁症患者要尽量避免对往事的反刍，以免陷入那些忧伤的往事里不能自拔。然而，沉浸其中和回头审视带来的结果是不一样的，在一次次的交谈中，屈医生为我标出可疑的心理病灶，它们是我三十三年生活中的压力、恐惧、羞耻、屈辱和不安，那些经历既带给我成长，但也像无法代谢的食物一样，储存在了我的心里，给我带来心理负担。

好在经过屈医生的治疗，我如今不是一味回避，而是能够直面曾经的伤害，说明我的抗压能力在增强，病情正在缓解。上周四的下午，离开屈医生的诊所前，她说我恢复的情况不错，建议我每周做两到三次有氧运动。

"叶枝，"屈医生说，"运动能够分泌多巴胺，会让人觉得生命有意义，你可以去健身和游泳。"

这个问题我想过，但我不想在健身房和游泳馆碰到熟人。我告诉屈医生，也许去爬楼梯是个不错的选择。这些年，昆明新建了数以百计的高楼，随便找一幢四十层的楼，爬两个来回，保证一身大汗。我尝试过，除了保洁或偶尔巡查的保安，没有人愿意顺着那个寂静的通道上上下下。

"爬楼不好！"屈医生的脸上闪过一丝担忧，她说，"你得习惯在运动中与人交谈，有时候，这种交谈比运动更重要。"

我偏头看了看窗外高耸的建筑，问屈医生是不是担心有一天，我会从几十层高的楼房上跳下去。屈医生笑了，但是很快，她脸上的笑容凝固了，好像她真的在自己的诊所看到有人从高楼跳下。我发现，凝固在脸上的笑容，有时比脸上的悲伤更令人恐惧。

我很理解屈医生的担忧。从某种意义上说，我病情的加重或者缓解，都关乎着她作为一位心理医生的荣誉。我把嘴靠近屈医生的耳边，像是闺密间的轻声低语："我不去爬楼，也不去健身和游泳，我去盐津！"

"盐津？"屈医生若有所思，"现在去那儿要多长时间？"

"我不想走高速，我走老路，也许三天，也许十三天。"

2020 年　分手

秋天的一个中午，我从外面回到租住的屋子里，立即觉得有什么地方不对劲。原本有些拥挤的屋子变得空落，我有一点蒙，大脑出现短暂的空白，像是中药铺的药柜有几格被抽离，又像是下台阶时突然踩空一级。出租屋好像变得空气稀薄，让我心里发堵。昨晚下了雨，今天阳光灿烂，中午时分，屋子里有种喧嚣的宁静。等我过了走神的片刻，才听到窗子外面传来我熟悉的噪声。有远处汽车马达的声音、修理纱窗的吆喝声、机械的摩擦声，甚至狗的吠叫声……一周里我有五天要外出，但中午我都会回来，通常安权会在家中。除了他画画停不下来的时候，他都会做好简单的饭菜等着我。

坐在椅子里发了一阵呆，我的大脑才慢慢苏醒过来，我计算了一下时间，发现自己与安权同居已经是第三年。大脑一片混乱，我隐约记得好像在哪一本书上看过，男女之间的激情只能保持十二个月。当时我不相信，觉得是专家鬼扯，现在置身于两人曾经柔情蜜意的屋子，我感到内心一阵彻骨的寒凉。

出租屋不大，也就二十来个平方米，在一栋六层自建房的顶楼。床头柜旁边，靠墙的地方是我与安权平时吃饭用的方桌，方桌上方的墙上已经空掉，露出一块边缘模糊的白色墙体，很刺眼。过去那个地方挂着安权的一幅油画。画框里是一座色彩暗淡的空旷城堡，一条延伸到远方的晦暗道路，让画面具有了神秘的通透感。晦暗的道路上，有一个男人的背影，他身材瘦长，体态年轻，穿着一套冬天色泽暗淡的棉衣和棉裤，低着头，双手插在衣兜里，孤独而又感伤。油画的右下方，有浅白色颜料写的两个字：奔逃。那是安权年轻时的作品，我看到的第一眼就很喜欢。构图中，我能感受到安权内心想冲破阻拦的那种愿望。

现在，那幅伴随着他一起消失的油画，成了一个隐喻。

坐在椅子上，我想起刚刚过去的那个夜晚。半夜，安权的身体突然有需要，而我没法拒绝，又不想配合，只好沉默给予。但仅仅是肉体的接纳并不让他满意，反而让他愤怒。过程中，他停了下来，支起身子按亮了床头柜上的台灯，看到我像一个受难者那样躺在床上一动不动。他的头悬在我的上方，想从我的脸上看出端倪。

我无法开口，无法动弹，这种症状几年前曾经出现过一次，与安权同居之后再没犯过，我以为痊愈了，没想到在安权索要我身体的时候，突然又犯了。面对一具木讷的身体，安权兴味索然，仿佛受到了侮辱。等安权愤怒地转身睡过去，我感到有泪水从眼眶里流了下来。那几滴眼泪经过了漫长的跋涉，从上次我被安权家暴，一直到现在才流出来。

　　夜里，我以为自己会失眠。没有。我比以往入睡还快。就像一块悬置的石头落到地上，我感到踏实和放松。睡前清醒的那会儿，我心里甚至对安权的不辞而别充满感激。不是感激近三年的相处，而是感激他率先做出的分手决定，省得我为结束这段感情结结巴巴地找理由。同居的这段时间，我们对彼此的性格了如指掌。安权果断、决绝、从不拖泥带水，而我犹疑、挣扎、纠结。现在，双人床只有我一个人躺在上面，那种宽大的自由让我放松。我将双腿缩回，用双手在空中合抱住膝盖，想起我昨晚僵硬的身体，我分不清楚自己身体丧失知觉，究竟是纯粹机能性的原因，还是我有意识地让情欲的钟摆停止。

　　出租屋外面，有一根电杆，上面悬垂着的圆形灯罩下面，是一个每到夜晚就会发光的白炽灯。光线从没有完全闭合的窗帘中透进来，左手中指上的那枚水晶戒指闪了下。同居不久，有一个晚上，隔着床边的方桌，安权便将这枚水晶戒指作为生日礼物戴在了我的手上。那时我们如胶似漆，当安权为我戴上戒指时，我心中充满甜蜜。我当即从方桌的那面挪到了安权的侧面，依偎在他的怀中，看他掌上的纹路，看上面的命运线和感情线。

　　我曾想过到了租期就离开这里，后来改变了主意，并按照自己的喜好重新做了布置。我没有把分手的事告诉爸爸妈妈，尽管这是两位老人心里一直期盼的。很快，我就习惯了独自生活，那时我的抑郁症还不明显，只是不时情绪低沉，常常把自己关在出租屋里，几天都不下楼。

　　偶尔，我会想起安权来，但间隔的时间越来越长。我曾经在夜里，掏出手机，点开屏幕上的电话，凝视上面的阿拉伯数字。我的右手食指一次次触摸到机屏，仿佛有两股力量在较劲，终于还是没有按下数字，我退了出来，望着熟悉的屏保，上面是一幅油画：远处高楼环峙，万家灯火，近处是处于洼地中的一片起伏的低矮建筑，画的底端是一块延伸出去的天台，灰白色的地面，左侧有一根晾衣绳，上面挂着几件洗过的衣裤。那是两年前的中秋之夜，安权坐在天台上画的，我用手机将油画翻拍过来。

从相册里，我选择了一张图片，替代了安权的画作。新屏保是一片野地，一条河埂横亘其中，稀疏的几棵大树，一名身穿灰色风衣的男子坐在河埂上，怀中抱着一把大提琴。那是日本电影《入殓师》的剧照。我看过那部电影，喜欢得不得了，就把剧照截图，储存在我的相册里。替换掉屏保后，我还调出通讯录，将那个至今我拨得最多的号码删除。尽管那十一个数字曾像刀一样刻在我的大脑里，我也希望时间的橡皮擦有一天能将它们从我的记忆中彻底擦除。

2018 年　同居

安权租住的房子位于城西北的三家巷，在一幢自建楼的顶楼。顺着墙体上一座钢筋焊接的简易楼梯，可以爬到屋顶的天台。有时，安权会把画架支在天台上，在那儿写生，他对密集的建筑情有独钟。

出租屋的楼下，是一个早市菜场。一早就有周边的农民将自家种植的蔬菜挑了来，放在巷道两侧售卖。因为价格便宜，城里一些上了年纪的老人，会乘坐公交车来这儿买菜。我年幼的时候，附近除了这片混乱的建筑，周边便是城郊接合部的菜地。但是这些年，水泥与钢筋的建筑像狼群一样从城里逼了过来，然而密集出现的高楼竟然没有将这个城中村淹没。就在去年，我曾在美术馆举办的一次摄影展上，看到有人用无人机拍摄的三家巷。从高空俯瞰，三家巷有如一只巨大的茄子，房屋的颜色与周边比起来要稍微深一些。"茄子"上缠着的那些"蛛网"，是城中村里狭窄的巷道。那几年，城里用工的需求大，三家巷的居民渐渐搬离此地，将空下的屋子租给来自天南海北的人。进城打工的农民工、开小商铺的小贩、服务业中的年轻女性、刚毕业的青年学生……我猜安权是这座城中村里唯一的画家。

　　与安权同居的事，我瞒了爸爸妈妈。那段时间我很少回家，也拒绝了爸爸妈妈要我再考公务员和事业编制的事。我在艺术学院兼着课，周末还带了几个学提琴的学生，凭这些收入养活自己没有问题。但我和安权同居的事还是被两位老人知道了，他们很担心。经过一段时间的调查之后，爸爸妈妈掌握了安权的情况：二婚男人，有孩，出轨，家暴……爸爸甚至告诉我说，安权在与别的女人鬼混时被抓了现行，后来只得净身出户。

　　这样的提醒对于我来说晚了一些。原来，委身一个人，可能意味着放弃你的生活习惯和接纳他人的痼疾。刚认识安权的时候，我倾慕他身上的才情，可真正走近之后，我发现他在艺术上的表达强过他的实践。记得第一次留在这儿过夜的时候，他曾启发我说，中国画的本质是自由。当时，出租屋的床脚有一个L形的实木书架，上面放了许多画册，他从中随手抽出了一本，是中国画"百年巨匠"丛书中黄宾虹的那本，翻开画册，我看到了其中的《寒月行窠图》。安权说，你看这幅画，着墨的地方只占纸面的二分之一，另外的二分之一，在观画人的大脑里。大量的留白为观众留下了再创作的空间，一百个人有一百种补充，或者说，每一个观众都是画作秘密的参与者，这就是自由。

　　但我很快便发现，将美术作为自由来表达，只存在于安权早期的画作中。随着他在昆明美术界小有名气，他便被名气裹挟，有种狂放中的畏首畏尾。相比之下，我喜欢他早期画作《奔逃》，安权自得地说，他画这幅画的时候还只是大二的学生。那时候的安权，在昆明画界还没有任何名气，所以无论是构图还是色彩，都有让人意想不到的地方。曾经，他带我到L城投标，那座城市的飞机场扩建完成，候机厅从过去的小房间变成宽阔的大厅，迎面的巨大墙体空着，需要一幅大型壁画来填充。报酬不低，有十多位画家带着小样赶来，评标会上，评委们表情严肃地坐成一排，画家们则手持小样，详细介绍自己的构思以及L城历史和文化在画作上的体现。其中的一位画家，将L城一千年的历史和两万平方公里的河山进行浓缩，大胆地将一块能够证明 L 城悠久历史的墓碑有机地镶嵌在画作中，得到了评审专家的一致好评。

只有安权提出相反的意见。"我们在候机厅等待出行的时候，并不是来接受地方史教育的，"安权拿出他的小样来解释，"候机厅的画作传递出来的应该是祥和、舒适和安全的信息，作为一名旅客，我很难想象当我准备乘机时，抬起头来，见到的是逶迤群山中的一块墓碑，如果在座的评委去乘机时看到一块墓碑，可能也会产生不祥的联想……"

安权的发言引起了评委专家的热烈讨论，评标会上专家接下来的发言，渐渐倾向安权。就自己手中的小样，安权侃侃而谈，身上的气势完全覆盖了现场的评委，那是安权的高光时刻，我当时坐在评标会场的角落里，甚至能够感受到安权踌躇满志的目光。

同居一室会让你迅速了解一个男人。安权画画之余研究的美术作品，并非出自那些有独特个性的画家，而是当下进入全国美展的一些画作。我甚至怀疑，当初安权从书架上抽出黄宾虹的那本画册并非随意为之，因为他书架上更多的画册隐约透露了他对话语权的渴望，比如码放整齐的第一届到第五届《全国画院美术作品展览作品集》《第七届全国（大芬）中青年油画展作品集》《"风景·风情"全国小幅油画展作品集》……他似乎想从别人的入展作品中寻找到成功的捷径。

当我对安权新作说出自己真实的看法时，他勃然大怒，说我根本没看懂他的作品。不过，安权很快就为自己的失态道了歉。他说，因为 L 城机场壁画的滑标，他心情恶劣。"这个世界不被艺术左右，而是被权力左右！"安权愤怒地说，"白痴都能够看得出来，我的小样比入选者不知高到哪儿去了！"

渐渐地，我发现安权是个控制欲特别强的男人。他不喜欢我与其他异性交往，可自己却常常夜不归宿。第一次家暴是在什么时候呢？我后来不止一次回忆起那个黑暗的夜晚，喝了酒的安权凌晨时分才回来，面对我并不算严厉的询问，他突然暴跳如雷，完全变了一个人，一手抓住我的头发，扇我的耳光，当我跌倒在地板上时，他还从身后踢我的腰。事后，安权向我忏悔，甚至用殴打自己来获得我的原谅。但我知道，那次家暴后，原本光滑的瓷器有了裂痕。家暴，忏悔，原谅；再家暴，再忏悔，再原谅，我觉得自己掉入了可怕的轮回中。

好在安权移情别恋，爱上了舞蹈系的一个女生。作为一名画家，安权喜欢青春靓丽的容颜，并把它作为一个艺术家得以保持才情的营养。就如同一些化合物能够激发人身体里隐藏着的潜能，美色就是安权身体里不可或缺的药，是他终生无法戒除的瘾。

2016 年　初夜

之前，我参加过安权与几位年轻画家共同举办的画展，并在开幕式上作为艺术嘉宾演奏过小提琴，事后我与安权互加了微信。那时安权就说，等他举办个人画展时，还请我去做演奏嘉宾。2016 年春天，安权举办了他自己的个人画展，只是展览的地点特别，在一所私人住宅里。城市西南一幢四十层的大厦，坐电梯到三十九楼，是两户门对门的跃层住宅，每一户面积都很大，房间众多。房主还没有入住，空旷的屋子被策展人用来举行小型画展。安权先是发微信，后来又在电话中说，希望我能够成为他个展的第一个观众。

"带上你的琴，我想听你再次演奏《寂静之声》，"安权在电话里说，"我觉得你的琴声是对我作品最好的诠释。"

我们相约下午四点见面，地点就在举办画展的那幢大楼下。当我背着琴盒赶到的时候，安权已经等候在大厦楼下了。我们有一段时间没见面，安权看上去好像瘦了，他穿着浆洗得发白的牛仔裤和棕色的大头皮鞋，上身是一件红蓝白色块组成的蝙蝠衫，像是用欧洲某个国家的国旗缝制的。他脚上的皮鞋应该是刚刚擦洗过，干净，隐约反射着亮光。进大厦的时候，我注意到他手中提着一个纸袋，里面装了一瓶红酒。

楼层太高,电梯运行需要一定时间,中途停了两次,金属门打开,却不见人进来。我们俩被电梯限制在狭小的空间里,竟然一时找不到共同的话题来交流,只能听见彼此似乎变得浊重的呼吸声,气氛也变得有些怪异,我暗自祈求电梯快一点运行,早一些抵达我们要去的楼层。

用于布展的屋子没有进行过什么装修,顶部有几根暗红色的金属管道悬垂,成人手腕粗细,不知何用。灰黑色的剪力墙上,还留有模板的痕迹,透露出水泥的质地。唯一令人意外的是地面处理过,磨平了,用灰色油漆上了色,漆面反射暗光,令人想起一个男人赤裸着身体却穿着一双体面的皮鞋。沿墙体布置了展线,上面挂着安权不同时期的作品,我在二楼的楼梯口,看到了那幅名叫《奔逃》的油画。2015年春天昆明美术双年展上,我第一次见到这幅画作,驻足看了好一会儿。后来安权过来搭讪时,我毫不掩饰地表达了对这幅画作的喜欢。冬天的时候,我第一次去三家巷安权那里吃火锅时,又在他租住的屋子里看到了那幅画。

一楼的客厅,西面是一扇落地大玻璃窗,从那儿望出去,远处有一条白色的光带,安权告诉我说那是滇池的水面。光带的那一面,是黛青色起伏的西山。顺着地面粘贴着的浅蓝色指示箭头,我从楼下到楼上看完了安权个展的所有作品。当他兴致很高地让我评价一下他近期的画作时,我不知道怎样理解那些抽象的色块,便说,要不我给你拉首曲子?

安权鼓了鼓掌,他对我说,你是昆明最好的小提琴手!

他的表扬让我有些羞涩。我从落地玻璃窗边拿起放在那儿的琴匣,取出那把陪伴我十多年的克雷莫纳小提琴,当我把琴尾抵在左颌下,琴弓搭上琴弦时,我的大脑竟然出现一片空白。就像是置身于梦里的考场,拿起试卷,发现上面的考题一题都不会做。空气中出现了让彼此尴尬的沉默氛围,慌乱中我甚至忘记了可以用《寂静之声》来应付。可是当我挥臂,让琴弓在琴弦上拉出一个长音之后,就像是打开了池塘的水闸,水流借势涌了出来。是帕格尼尼的《离别曲》,我本想中断演奏,换一首明快的曲子,可是身体不听使唤,我像是一个木偶，有一种神秘的力量支配着我的胳膊、手腕、指尖……曲子结束的时候，安权又鼓起了掌，空旷的屋子里，他的掌声单调而刺耳，令我感到羞愧。

"这首曲子的名字叫什么？"安权问。

"《离别曲》，帕格尼尼的作品。"

"你其实是懂我画的！"安权说，"你不觉得我这次的画展，包括那幅《奔逃》，与去年画展上的作品有很大差别？这一年来，我一直在告别，与过去告别！"

那天，我与安权在展室待到天黑。安权带来的纸袋里，有他事先准备好的晚餐，红酒、红酒杯以及月中桂烤制的糕点。置身一幢高楼的顶端，我突然感到心事重重。安权问，怎么啦？也许是红酒的原因，也许是高楼提供的暗示，我犹豫着说出了心中的秘密。就是在那天晚上，我告诉安权，我是一个被父母抛弃的孩子。

这些年来，尽管我从爸爸妈妈那儿获得的爱一点也不少，可我仍然无法杜绝自己去想象从未见过的亲生父母。

"你的亲生父母，他们现在在哪儿？"

"生父在美国，我们联系过，但没见过面。生母去世多年了，据说是患上了严重的产后抑郁，在我半岁时自杀，从八楼跳下去的。"

从有记忆起，我的大脑里就有一个惊悚的画面：一个年轻女人从高楼坠落下来。最初，我不知道这个画面源自我的记忆，还是来自我曾看到过的某部电影。我生母跳楼的地点在昆明北市区，我去过现场，我甚至在当年《春城晚报》第三版，看到过这件事的报道。

谈到我的生母跳楼自杀时，安权正与我面对面席地而坐。我的右侧是巨大的落地窗，我与安权中间是红酒和糕点。不知道为什么，我突然感觉到孤单，用两手抱住双腿，头埋在两个膝盖之间，闭上眼睛想象多年前生母纵身一跳的那一幕。突然，安权站起来绕到我的身后，蹲下，从后面抱住了我。

先是亲吻。安权极富耐心的亲吻让人松弛。在离地一百多米的高空，他的吻让我仿佛置身于云端。他是个经验丰富的老手，伴随着亲吻的掩护，他的手清除了收藏品外部的所有包装。我得承认，安权的双手带电，当它们从我的肌肤上滑过时，总会有电流从我的身体里被诱发出来，这奇异的体验让我晕眩。空气变得稀薄，让我有窒息感。那一瞬间，我突然明白，男女之间有时是不需要用声音来交流的，身体才是唯一的语言。沉默，世界缩小到只有一具躯体那么大，而我甘愿笨拙地跟随。

平静下来后，我把身子侧着蜷缩起来，背对着安权，看着落地窗外。夜晚已经降临，万家灯火朝远处延伸，并逐渐模糊。安权在身后拥抱着我，将手伸出来作为头枕，放在我的颈窝。

"怎么啦？"安权温存地说，"都会有第一次，没有告别，就不会有未来！"他用胳膊将我收紧在他的怀里，我的脊背能够感受到他逐渐撤离的体温。这样的肌肤之亲，让人心里涌起一种蚀骨的信赖。

有了肌肤之亲，一切顺理成章，不久我就搬到三家巷与安权住在了一起。过来的那天，我发现屋子里原来挂《奔逃》的地方，挂上了他的新作《前世的记忆》，上面的云朵、房屋、人、道路全是变形的，但在那种虚幻的变形中，又仿佛隐藏着什么具体的真实。

"安权，能不能把这幅画换成《奔逃》？"安权偏着头想了一下，说没问题。

2014 年　生父

大学毕业两年之后，我重新回到本科就读的学校读研究生。与本科时相比，研究生的自由时间更多，我只要完成老师布置的一些难度较大的曲子就行。再次住到熟悉的学校，我感觉自己好像是睡了一个长觉，醒过来之后又是熟悉的校园。

重返校园读研，搭讪的人多了起来，总是有男人拐着弯来加微信。有人一旦加了，就开始通过问候一点点试探。研二的时候，一个微信名叫 CenQing 的人，每隔几天就申请加我为好友，他的执着让我心生警惕。

我拒绝过几次，但申请人执着，有种不达目的誓不罢休的坚韧。望着对方加好友的请求，我好奇隐藏在这几个英文字符后面的究竟是什么人。那天，当我添加了他的微信之后，手机立即传来嘀嘀嘀的声音，CenQing 发了对话过来。

对方的微信头像是一幅风景照，是险峻的峡谷和峡谷里的大江。"叶枝好，我是卢欣。"望着屏幕上的问候，我在大脑里搜索这个名字，确定我不认识对方，便礼貌性地回了"你好"两个字。

"你不认识我，但我认识你！加你的微信我克服了内心的障碍！"卢欣发了一段文字过来。我笑了，这种搭讪的方式也太老套，自从进大学，我就碰到过不少找理由搭讪的男人。

"我是你血缘上的亲人！但我们从未见过面，我只见到过你的照片，长得与你母亲真像！"卢欣说。

"我母亲？你是谁？"卢欣的话让我吃了一惊。

"我是你……那个词我没脸说出口。二十多年前我出了国，那时你还没有出生。我现在美国，供职于斯坦福大学！"卢欣在这句话的后面打了两个哭泣的表情。

"斯坦福大学！"见到这几个字，我伸出右手来捂住自己的嘴，想到了自己曾经反复做过的那个梦。

"我知道您是谁！"我盯住手机屏幕，感到有些不可思议。自从得知我是被收养的，我就不止一次想象过生母和生父的模样。生母不在人世了，生父还在，所以我曾想象与他相见的情景。但我从来没有想过，与生父的第一次交流，竟然是在微信上。

"你知道我是谁？"卢欣在问号后面发了个惊叹的表情。

"当您说供职的是美国斯坦福大学，我就知道您是谁了！"

"有人告诉过你？"

"不，我梦到过。"我的双手飞快点击着屏幕上的字母，"我还知道，在我出生前，你去了盐津，在横江峡谷里，你坐在一辆空荡荡的卡车上，车厢里面有两个油桶，像两个拳头一样追击着您！"

"这太恐怖了！你怎么知道我在横江峡谷里的经历？"

"我应该就是在那天晚上被怀上的吧？既然您后面要出国，就不该让那个可怜的姑娘怀上我！"我说。

"那个时候我也不知道自己会出国，事情发生得太突然，完全超出了我的控制。"卢欣解释。

也许是隔着一片浩瀚的大洋，对方突然不再回复。等嘀嘀嘀的提示音再度响起，卢欣发了一段话过来："刚才我翻看了你的朋友圈，看到了你近期的照片，长得与你母亲真像！"

看见卢欣提到我的生母，我心情立即恶劣起来："您不觉得是您杀了她？"

"这也是我内心永远的伤痛！"卢欣说。

"她死的时候比我现在还年轻，是要有多绝望，她才会丢下刚出生不久的婴儿纵身一跃？您还真说对了，您的确不配做我的父亲！"

"是不配！从你朋友圈里看到你长得像她，我既欣慰又很难过。我是在她去世几年后，才知道她自杀的消息，也才知道有你这个女儿。"

"我不是你女儿。你想一想，她一个外乡姑娘，未婚生子，来到昆明寻找你，你可好，逃之夭夭，把她一个人丢在这座城市……"

"你怎么责怪都不为过，对你和你母亲，我罪孽深重！"

"我生母叫什么名字？我都快二十五了，还不知道她的名字。"

"岑清。"卢欣说，"我用 CenQing 作为微信名，就是为了纪念她。"

"您现在成家了吗？应该是成了，我梦到过你在帕罗奥多的家，大别墅，挺宽敞的啊！"

"我是在确认岑清去世后才成的家！你可能不知道，1995 年我曾回过昆明，但因为停留的时间不长，没能够找到你，也没脸去找你。"

"1995年？那年我差点死掉了！"

"怎么回事？"

"鼻血流了止不住，去医院检查，血小板减少到只有两万多，怀疑患的是白血病，还做了髋关节穿刺。"

"遭罪了！那时你才五岁。"

"我后来是被以来寺外面的萝卜缨子救活的，也许是在天堂的生母护佑我，暗示我吃萝卜缨子，我这才活了下来。"

"太神秘了！"卢欣说。

与卢欣交流之后，如同文件粘贴，我总觉得自己去过一所建在半山上的小学。学校院子的正中，是一座教学楼，两层，墙体用红砖砌成，房顶竖着一面国旗。而在教学楼的后面，一棵垂下无数根须的大树从屋后将它的枝丫伸进教学楼前的院子，像华盖一样，但我不知道它是什么树。

我确定自己现实中没有去过这个地方，可我为何会有在那所小学生活的印象？记忆中我去那所小学的时候正值初夏，教学楼后面有一片空地，上面种植的南瓜生机勃勃，巨大的心形叶片下面，有拳头大的一个南瓜，上面结着细小的白色晶体，像是额头上出了细汗。周末，学校变得空旷，我坐在校门口，看那条从江边蜿蜒过来的公路，四周的一切是那样熟悉和亲切，空气中散发出一股植物生长的气息，微风吹拂，仿佛送来山脚江水的流淌声。

隔了几天，我与卢欣交流的时候，当他听见我描绘记忆中的那座小学，尤其是我提到那棵遮盖教学楼的大树时，卢欣非常肯定地说，我所说的那所学校就是当年岑清工作的小学。

卢欣说，生命太奇妙了，你记忆中保存的，正是我当年的经历，包括你在巨大心形叶片下面看到的那个南瓜，当年是你生母种的，我拨开瓜叶看到瓜时，它的确只有拳头大，上面结着细小的白色晶体。看来，遗传的奥秘还有待人类去进一步破解，如果能够把基因中隐藏的记忆激活，每个孩子一出生就会是了不起的学者！

最让卢欣感到不解的是，我竟然能够分毫不差地说出他在帕罗奥多市那栋别墅的格局以及房间布置，我还告诉卢欣，他有两个同事，一个叫汤姆，一个卡帕西，那两个教授与他一样，都喜欢喝 Boarboat 牌红酒。

"你简直像联邦调查局的探员！"卢欣说。

"我从没去过美国，我不撒谎！"我说。

与卢欣的交流，让我减轻了对他的敌意。面对这个生物学意义上的父亲，我有一种很复杂的感情。联系上之后，我们偶尔会在微信上聊一会儿，时差大，我的夜晚是他的白天。我告诉他，他在帕罗奥多市的别墅我梦见过。卢欣不相信，他说我一定是查看过他的朋友圈，有时朋友们在他的别墅聚会，他会发一些照片。从卢欣那儿，我断断续续打听到关于岑清的一些事情，像做拼贴画那样，我试图还原我生母与卢欣交往的那段生活。

卢欣是 1987 年认识我生母岑清的。那一年，他从上海复旦大学历史系研究生毕业，分配回云南，就职于云南考古研究所。刚到单位报到没几天，他就作为省级机关讲师团的成员，去了滇东北。随团下去的团员，许多去县城的中学任教，而卢欣则留在了讲师团本部，他们在昭通城南的迎丰旅店租了两间屋子办公，从县上来本部的团员，也都在那儿吃住。就在那儿，卢欣认识了岑清，她当时在昭通师专就读。碰上了，遇到了，彼此都把对方看成生命中的恩赐。卢欣告诉我，因为岑清，他在讲师团的那一年，是他人生中过得最丰盈而充实的一年。

岑清是盐津人，峡谷里生长的姑娘，缺乏紫外线照射，皮肤白如凝脂。岑清毕业的时候，卢欣专门向讲师团告了假，送她回盐津等待分配。那是遥远的 1988 年，卢欣没有想到，一年以后，他会去大洋彼岸的美国，与岑清从此天各一方。

血缘真是神奇。在卢欣加我微信之前，我就不止一次梦到过他。第一次梦到他时，我还在读初三，当时我没有在意，夜晚的睡梦中总有人进进出出，熟悉的或者陌生的。但是当一个完全相同的梦，像 A4 纸穿过复印机那样穿过我的大脑，那个梦已经和我的记忆交织在了一起。

2012 年　潜规则

从小，爸爸妈妈就希望我长大后能够考上公务员，再不行也要进全额拨款的事业单位。作为工人，世纪之交的下岗潮让他们吃够了苦头。我在艺术学院还没毕业，爸爸妈妈就四处打听公务员和事业单位招考的事，我考了好几家单位，最后被一家文化馆通知面试，爸爸高兴坏了，这个在昆明市与电打了一辈子交道的人，竟然托人打听到了文化馆的负责人，拐弯抹角攀上了关系。

面试地点在昆明西北郊的一所职业学校。周末，学生放假回家，校园空下来，被人事局征用。一早，我就跟随妈妈，按通知的地点去参加面试，当我们乘坐的那辆蓝白相间的公交车缓缓靠站时，透过车窗，我看见昆明职业学校几个字镌刻在大门外的一块巨石上。灰黑色的花岗岩，尺余高的几个大字镀了金，毛体，应该是从什么地方集来并放大的。

两个身穿藏青色制服的保安站在校门口，非常敬业，他们认真核实每一个人的面试通知书。排在我前面的是一对情侣。进校门前他们一直手牵着手，甜蜜而又温暖，令人心生妒忌。直到进校门时，那对情侣才被保安分开，他们依依不舍地告别，又是挥手又是回头望。陪我来面试的是妈妈，她的头发已经花白。进校门面试前，我一直按捺住内心的冲动，没有把心底的话告诉她。我想对妈妈说，拉小提琴并非我的初心，进入体制更不是。我从小想做的，其实是一名面点师。有那么一段时间，我对做糕点着了迷，每天放学回家，都会拐道去月中桂的门店，看花样繁多的糕点摆放在透明的橱柜里，大口呼吸弥漫在店内的香甜气息。

昆明职业学校是新建的，气派、现代，外面刷成统一的赭红色。穿过运动场、食堂、图书馆，我发现星期天的学校格外安静，一路上只见到几个人，好在道路的拐角处，皆有指示牌提示。面试的地点在教学楼的三楼，接到面试通知的几十个人分散坐在空阔的阶梯教室里，等待着考官来叫自己的号。

这样的场景让我感到有些不真实。我从来没有想过自己这一生会坐在教室里等待着事业编的面试。我的右手边是一扇巨大的窗户，阳光照在楼下一片停工的建筑地基上。体量巨大的建筑，地基已经浇筑完成，一束束赭黑色的钢筋从灰白色的水泥板中坚硬地伸出，塔吊高耸在更远的地方，塔体上刷了黄色油漆，细长的钢索从高空垂落而下，塔吊的后面，是隆起的山梁。为了我能够面试顺利，爸爸花钱，找了关系，据说是一个远房亲戚，还将手机里对方的照片调出来让我看。上面一个五十多岁的中年男人，平庸、肥胖，眼眶下有明显的鱼泡。

如果不是妈妈一再央求，我是不会坐在这儿等待面试的。那段时间，妈妈一直跟我灌输进入体制的好处。"妈这一辈子，就是没有投胎到一个好单位，看够了别人的脸色！"她委屈地对我说，眼泪都快掉落下来。每当回忆起她的一生，妈妈就会列举她下岗后所干过的工作和吃过的苦。

十七号！这个声音响起的时候，我并没有意识到是在叫自己。直到那个身穿西服的姑娘在门那儿加大声音又叫了两遍时，我才从冥想中回过神来，慌忙站起来向她招手。考场里空空荡荡，讲台下放了一桌一椅，正对着的是三位坐在书桌后的考官，我见到了那个面孔看上去有些浮肿的鱼泡眼。

题目是随机抽的。打开纸条，上面写着："请你谈谈对'潜规则'的认识，如果你遭遇'潜规则'，你会怎么办？"

屈辱的一幕突然近移了过来。我似乎又无助地站在小提琴老师家，那个油腻的中年老师的面孔，突然清晰地出现在我的大脑中，令我毛骨悚然，以至于我脱口而出："我想逃跑！"

几位考官面面相觑，这个回答出乎他们的意料。

"你先思考一下，到时间再回答！"坐在考官中间的鱼泡眼眨了眨眼提醒我。

望着坐在台上的考官，我想告诉他们，我现在唯一想做的，就是从面试的考场逃跑。我当时大脑一片混乱，似乎置身于拥挤的公交车里，脑袋里晃过一张张熟悉而又陌生的面孔。

时间到，请回答！我看见考官翕动的嘴唇。

我记不住当时怎么回答的，总之我结结巴巴地熬过了面试的那十多分钟。以我的表现，我肯定落选，爸爸妈妈也很沮丧和灰心。但我没有想到一个月以后，竟有人通知我被录取了。

爸爸妈妈带着我去感谢恩人，是那个鱼泡眼。"三个考场，考生编了号，随机抽，"鱼泡眼庆幸地对爸爸妈妈说，"你们运气好，你囡儿就在我那个考场。"

"为了防止作弊，考生名字一概隐去，"鱼泡眼说，"幸亏事前看过你囡儿的照片，真人比照片上看着还漂亮，我一眼就认了出来！"鱼泡眼望着我，目光猥琐，我低头盯着自己黑色的鞋尖，再次有种拔腿飞奔的冲动。后来我才知道，我之所以被录取，完全是因为原本被录取的人放弃了这个岗位，我顶了上来。

我大学的班主任对我即将去做一个事业单位的办事员感到很失望，他对我说，你要想好，去做了办事员就意味着你放弃了你的专业。以你的天赋，你应该继续读研究生的。

鱼泡眼是我入职单位的领导。试用期就快结束的一天下午，他把我留下加班，等同事们都走了以后，他来到我的办公室，隔着一张办公桌，坐在我对面的椅子上，跟我谈找个工作是如何不容易。我礼貌地向他表示了感谢，可他色胆包天，竟然从对面走到我身后，用双手从身后按住了我的肩头。

我扭动了一下肩，想摆脱他的纠缠，可他用双手按住了我的上身，并将他那只肥头埋在我的颈窝，用他肮脏的臭嘴含住我的耳垂。我被吓坏了，身子僵硬，想呼喊，竟然发不出声来。鱼泡眼得寸进尺，他伸出舌头，试图强行吻我。而他的这一行为，突然唤醒了我内心深处最难堪的记忆，我苏醒过来，从凳子上挣扎起身，用尽全身力气，狠狠将一记耳光掴在了他的脸上。

那记耳光，把我入职的可能打丢了。试用期没有通过，爸爸妈妈唉声叹气。

我没有告诉他们鱼泡眼的事。离开那个狗屁的文化单位是我愿意的，我告诉爸爸妈妈，我想去考我本科院校的研究生。不过鱼泡眼还是给我的内心带来巨大的阴影，有那么几年时间，我一直觉得自己的耳垂不洁，每次洗澡，我花在耳垂上的时间比花在身体其他地方都要多得多。我感觉到鱼泡眼的涎液已经渗透进了我的耳垂，无论我怎样清洗，它都肮脏。

2008 年　梦境

再次做那个梦是在我进入大学后不久。中秋节前的那天晚上，我从淋浴间里出来，听到楼下门卫室里的电视正播放着晚间新闻。一个年轻女人的广播腔爬上楼来，我隐约听见好像是美国的雷曼兄弟破产了。入学快一个月了，我已逐渐适应了没有爸爸妈妈约束的校园生活。望着窗外细雨中的林木以及弥漫着凄凉灯光的建筑，我没有想到自己会再次做那个奇怪的梦。

梦里的我是斯坦福大学的一名历史教授。尽管生命中有许多出人意料的东西，但一颗南瓜的种子发芽以后，给它再长的时间，它也不可能变成四季豆。醒过来之后，我很清楚自己这一生不可能成为斯坦福大学的教授，尤其是不可能成为我完全陌生的考古专业的教授。但那个奇怪的梦我已经是第二次做了。同样的角色、人物、环境和剧情，当这些在我大脑里再次上演，我不可能不感到疑惑。一个梦怎么可能重复做？可我偏偏就做了，以至于回忆起这个梦来时，我感到神秘。我甚至觉得梦里的一切，是我在另一个时空经历过的往事。如果不是因为文化课的成绩太差，爸爸妈妈是绝不愿意我报考艺术专业的。他们一生最大的愿望，是我大学毕业后，能够进入体制成为一名公务员，或者进一家全额拨款的事业单位。在我做梦之前，我从来没有出过国，更没有到过斯坦福大学。

再次梦见自己成为斯坦福大学考古系的教授，让我感到意外。我知道斯坦福大学在美国的加州，但我不知道加州在美国的哪个位置。梦中，我是个男教授，正在我位于帕罗奥多市西郊的别墅里，与朋友们把酒言欢。梦境清晰得就像亲身经历的一样。夜里，当我从睡梦中醒过来，望着头顶的蚊帐，呼吸着带有微弱潮湿气息的空气，感觉到口腔里好像真有一股酒味。天还没亮，大洋彼岸的美国正是白天。这边的清晨对应着那边的黄昏。

梦中，我与朋友们喝了不少加州俄罗斯河谷所产的 Boarboat 红酒。梦中的我因为微醺，变得格外健谈。梦境与现实之间，就像是隔着一层薄薄的帘子。帘子那一边，作为考古学教授的我侃侃而谈，向在座的朋友讲述自己当年如何参加"美国铁路华工村落田野考古调查"的。谈到人类道路这个话题，我还向在座的朋友介绍了一条中国修于两千多年前的古道。

"两千多年前！你确定？"在座的汤姆教授睁大眼睛。

对于只有两百多年历史的美国，两千多年前简直像史前一样遥远。梦中的我记得，汤姆把头微微扬起，看着虚空，仿佛时光之河是朝天空里流淌过去的。而梦中的聚会，印度人卡帕西先生也在场，他是梦中我斯坦福大学的同事，与我小声说起中国西部的三星堆文明。

"在我看来，那只是地下的文明，还有地上的文明没有受到人们的广泛关注。"我大声对卡帕西先生说。卡帕西先生微胖，皮肤黝黑，眉毛浓密，有着一对与脸不成比例的大眼睛。

"地上的文明有都江堰水利工程，那是人类历史上最早的水利工程，修筑者名叫李冰，他一生干了两件可以进入考古史的事。"就像平时上课时老师等待着学生回答那样，梦中的我有意识地停了一会儿，接着才说，"一件是都江堰水利工程，另外一件，是从都江堰修了一条通向云南高原，最终通向身毒的道路。"

提到身毒，卡帕西先生灿烂一笑，端起手边餐桌上的红酒杯，伸过来与我碰了一下，他很开心。卡帕西先生是印裔美籍人，因为专业的缘故，他知道古代中国把印度称为身毒。

突然我就醒了，就像是电影的拷贝因故障突然中断一样，我从梦中跌落进现实。我在大学住的是四个人一间的宿舍，我的床在靠窗的左边。天还没亮，但已经弥漫着即将黎明的清冷气息。秋天，昆明有一段长达二三十天的雨季，淅淅沥沥，让人心里发霉。那天清晨，我听见雨滴敲打在窗外树叶上的声音，就像是无数的蚕宝宝在进食。我不知道自己为什么会重复做这个梦，梦中的情景还如此清晰。有一丝冷空气从窗户的空隙中钻了进来，像混浊的水中加入几滴明矾溶液，我的大脑瞬间变得异常清醒，清醒得我觉得自己可以顺利将莫扎特《第三小提琴协奏曲》完整地拉下来。而在此之前，我从来没有不错一个音符地拉完这首曲子。

我轻轻扭亮床头书堆上的台灯，摸出一支笔来，想把梦境中几个可以查实的东西记下来。以往我有过这样的教训，睡梦中记得死死的东西，醒过来一片模糊。所以，趁着记忆还清晰，我将汤姆、卡帕西以及红酒品牌 Boarboat 写在枕头边《读者》的扉页上。尤其是写 Boarboat 时，我的手有些抖，字母有些变形，写完之后我还认真检查了一遍，告诫自己，字母不能出错，否则意思会大相径庭。那时离天亮还有一两个小时，落雨的秋天已经有些凉意，之后我关了灯再次缩进被窝，将被子裹紧身体，心想等天亮起床后，还得上网去查斯坦福大学考古系究竟有没有汤姆教授和卡帕西教授。还有在美国，是不是有一款红酒的名字叫 Boarboat。

后来，我在百度上查到美国加州真有一个市叫帕罗奥多，而斯坦福大学果真有在世界排名靠前的考古专业。只是查不到汤姆教授和卡帕西教授。最为奇怪的是，美国竟然真有一款红酒叫 Boarboat。

2005 年　查证

十五岁那年，我确定自己是一个被人收养的孩子。从记事起，一个女人跳楼的画面就保留在我的大脑里，我不知道那个画面从何而来，有一天，我受到神秘的暗示，动身前往省图书馆查阅《春城晚报》。我竟然觉得，我会在《春城晚报》上，看到有女人跳楼的报道。

省图书馆建在翠湖西岸，二十多层的大楼看上去像一个无限放大的方形印章，我已经有好长时间没去那儿了，上了初中后，功课日紧，我再也没有时间去那儿阅读那些闲暇之书。我包有塑料封皮的借书证也不知放哪儿去了，翻箱倒柜，最后才在床下的抽屉里找到它，但一看时间，已经过期，但我还是小心地将它塞进书包。去图书馆的时候，我心里很紧张，像是要去做贼似的。背着爸爸妈妈去查证我内心深处的怀疑，我感觉自己就像是一个叛徒。

交五十块钱和一张近照，过期的借书证可以更换。我问办证的老师在哪儿可以查到过期的报纸，办证的老师偏了一下头，告诉我大厅右边的墙上，有图书馆的指示图。

八楼的地方文献阅览室里，能够查到《春城晚报》自 20 世纪 80 年代创办以来的每一期。不仅有《春城晚报》，还有《云南信息报》《生活新报》和《都市时报》，我读初中的那年，正是昆明报业的黄金期，几家都市类报纸惨烈厮杀，废旧报纸积攒下来所卖的钱，比订报纸的钱还高。满街都是秘密的新闻线人和记者，但是如果真有那桩坠楼案的报道的话，估计只会出现在《春城晚报》上。

阅览室靠墙的是一面金属书架，上面堆着按月装订成册的过期报纸，空气中弥漫着一股纸张腐朽的味道，让我一直有打喷嚏的冲动。那天下午，我将按月装订的报纸取下，摊开在浅蓝色的书桌上，一页一页翻开。终于，我在 1990年 8 月 24 日《春城晚报》第三版的右下角，看到了那则我期待的报道，我的心当即咯噔了一下，毛孔张开，似乎我正在把一个秘密的仓库打开。

阅览室里格外安静。我感到心脏跳动加速，血液瞬间涌向脸颊，让我感到脸部发烫。午后，地方文献阅览室的人很少，阳光照射进来，从窗口那儿延伸过来的长条形光斑就像一座巨钟的指针，我仿佛听见它咔嗒咔嗒的声响。

没有人对发生在十几年前的一桩坠楼案有印象。好在昆明城有一些往昔内容被压缩成文字，藏在这幢图书馆装订起来的一沓沓报纸里。查到消息的那一刻，我对报纸这个行业充满了感激，我低着头，逐字逐句阅读那则消息上的文字。十多年了，那张报纸被油墨渗透，上面的黑色文字，看上去像蝌蚪干瘪的尸体。

消息说：昨日下午五时左右，随着一阵惊呼声，家住临江路松华小区的伍先生看到有一黑影从窗外一闪而过，他探出窗子一看，发现楼下的临江路上，有一名身穿白底蓝格睡衣的女子躺在地上，血正从她所躺的位置四下洇开……我看了看报纸右上方标注的那一串日期，悲伤有如电视屏幕上滑过的解说文字，让我知道了生母去世的具体日子——1990 年 8 月 23 日，星期四，处暑。

报道上没有说女人坠楼的原因，但怀疑是产后抑郁自杀。这样的社会新闻不会再有后续报道，时间如同埋骨的黄土，有多少离奇曲折的人生被它尘封。在《春城晚报》上看到这则报道之前，我就觉得自己的身世可疑。现在我确定了，那个穿着睡衣坠楼的女人就是我的生母。她离世的时候，我只有半岁，按理说不会有记忆，但是我无法解释看到一个女人从窗子挤出去跳下的情景。

八月是个炎热的月份，临江路两边，高大的白桦树像是集中了这个地球上所有的蝉，它们的集体嘶鸣让人心情烦躁。我手握刊登坠楼新闻的报纸，仿佛又看到了女人坠楼前的一幕。那是午后，一个女人在蝉鸣声中听到了某种神秘的召唤，她从床上爬起来，穿着白底蓝格的睡裙，赤脚走过带有凉意的木质地板，但走到窗边的时候她又折了回来。为了对抗从楼上跳下去的冲动，她曾强迫自己来到婴儿床边。几个月大的婴儿安静地躺在一床蓝色的被套里，皮肤干净得没有一点杂质。床上的婴儿，长得漂亮，长长的睫毛，粉红色的脸蛋像是过滤了杂质，小巧的嘴紧闭着，一副无辜的样子。

我突然想起几年前的一个夏天，学校操场上举办的拔河比赛。手腕粗的麻绳，中间系有一根红布条，上面垂挂着老师临时系上去的一把蓝颜色的哨子。大脑里的蝉鸣突然变成哨音，尖锐、急促，好似一支利箭穿破了云层。原谅妈妈！有一个女人的声音清晰地在遥远的地方传来，让我一下又回到了自己的婴儿时期，我躺在床上，看见生母的脸和她翕动的嘴唇。记忆中某个黑暗的房间，我似乎再次看到那个女人一扭头，奔到了窗边。那是一面落地的大玻璃窗，两侧各有一扇打开的窗子，下拉式的纱窗弹了上去，发出清脆的声响。我看见那个女人爬上右侧的窗子，侧身挤了出去。这一次，她没有再犹豫，纵身一跃，睡裙在身后飘飞起来，像白色的焰火……

坐在图书馆阅览室，我将《春城晚报》轻轻合上，叹了口气。保存在我记忆中的一幕，清晰、具体，仿佛是亲眼所见。甚至我能够感受到她从高处下落时，气流从她耳旁刮过带来的风声。借阅台那儿，值班的是一位五十来岁的阿姨，微胖，身穿一件素净的浅蓝色裙子，我走过去问她。

"阿姨，你记不记得十多年前，有一个女人从临江路的松华小区跳下去？"

阿姨眉头轻皱了起来，想了想，摇了摇头说："记不住了，这几年倒是偶尔会听到有中学生跳楼，压力太大啦。"

我把手中的报纸打开，将那则消息指给阅览室的阿姨看。阿姨读完那则消息后说："做妈的倒是一走了之，可苦了孩子。"

阅览室外面，阳光静静挪了位置，不远处传来汽车的喇叭声，下班的人正陆续回家。从图书馆查到我生母当年自杀的消息，我的内心对养父母充满愧疚。回到家的那天晚上，我把家里所有的脏衣服都搜了出来，用洗衣机清洗它们。滚筒洗衣机每隔几分钟就会变化一种响声，有时候是机器转动的声音，有时候是流水的声音。那些翻出来浆洗的衣服，带给我特别的温暖和感动。记忆中爸爸妈妈穿这些衣服的生活碎片是如此亲切。洗衣服的时候，我觉得妈妈与那位叫岑清的女老师合为一体，这让我感到开心和幸福。茶几上，放着从浆洗衣服口袋里掏出来的零零碎碎，有餐巾纸、火柴盒、面额不等的钱币、名片……我从中抽出一张来看，是位医生的名片，左上角有一个红十字，名片上印有"云南省体育运动创伤专科医院"的字样和医生的名字。翻过名片，后面还印着"可治疗骨折、脱臼、软组织损伤等创伤和运动性疾病……"

1990 年　记忆

我出生在三月。双鱼座。黄道十二宫的最后一宫。这个星座也许集齐了十二星座里所有的优点和缺点。双鱼，背道而驰的两条鱼，矛盾、犹疑、神经质，多愁善感而又自欺欺人。

我不是传说中的再生人，但我不知道自己为何会对婴儿时期经历的事情有记忆。在我出生前的两个月，岑清联系不上卢欣，她担忧、恐惧，未婚先孕的姑娘，有着男人都不具备的决绝。刚放寒假，她便决定上昆明寻找卢欣。岑清当时怀着我，身材严重变形，行动不便，她从盐津坐长途班车到昭通，在那儿住了一夜之后，又从昭通坐夜里开的卧铺车到昆明。一路颠簸，她在晨曦微露的清晨闻到一股奇怪的味道。从弥漫着汗味的被子里钻出头来，身旁的车窗玻璃上布满了水汽，她用食指在上面画了只眼睛，凑近了往外看。

天空下，远方的大地在缓慢旋转。汽车正在滇中的坝子里疾驰，岑清看到车外正在后退的村庄，看到了清晨微光里的桉树。也许因为这是生母一生中的最后一次旅行，她铭心刻骨，并将这段旅行的经历遗传给了我。年幼的时候，我一直觉得桉树的味道，就是昆明的味道。

岑清没有卢欣的联系方式，她找到卢欣的单位，可单位也不知道卢欣去了哪儿，他们给了岑清一个地址，在一个纸烟壳上写下了街名和门牌号。卢欣的姐姐，也许我应该叫她姑妈，她知道岑清，看着这个远道而来的孕妇，她把我的生母安排住在临江路的松华小区。她在那儿有套房子，是她曾经的婚房，与丈夫离婚后她就很少住在那儿。

卢欣的母亲去世得早，家中只有一个腿脚不便的父亲。在岑清跳楼自杀后，卢欣的姐姐把我送到了昆明儿童福利院。记忆有如流淌在喀斯特地区的河流，有的河段在地表上流淌，有的成了暗河。我被卢欣的姐姐送到儿童福利院后，一直到我三岁爸爸妈妈送我进幼儿园前的记忆都被擦除了。

我不怨岑清。二十二岁的姑娘，未婚生子，备受指责，又无法联系上孩子的父亲，她焦急、担忧、害怕、孤独，患上了严重的产后抑郁症。岑清跳楼前的那段日子，她彻夜未眠，把我抱在怀里，昼夜在屋子里行走，仿佛是行走在一片无边的漆黑原野里。

据说，人类三岁才有记忆。是否从有记忆的时候开始，每个人的肉身，都成了自己灵魂的牢笼？而在有记忆之前，灵魂可以自由出入各自的身体，穿行于过去与未来之间吗？等有一天，灵魂在肉身里扎下根来，之前所经历的一切，包括前世的记忆，会被一键清零吗？

也许我是个特例。格式化的大脑没有把我三岁之前的记忆完全清除。与生母岑清生活的那半年，我记住了临街的那间弥漫着奶腥味的屋子，记住了楼下街道的喧嚣，也记住了盘龙江边杨树上传来的蝉鸣。岑清去世时，我只有半岁大，不会说话，不会走路，可我却将看到的一切在大脑里刻录了下来。所以在后来的成长中，我不止一次觉得自己去过一个熟悉的房间。屋角放有一张欧式的实木床，漆成白色，背板的上方有弧形的雕花。床上的被单是白底蓝格的，床单也是，与医院的病床相似。婴儿床是可调节高度的摇篮床，放在床脚，上面有防蚊蝇的纱幔。床上是一个含着胶皮奶嘴的婴儿，两个眼珠明亮，正好奇地打量着篷顶。这一幕就像是与生俱来的，如同我左肩上那个蚕豆大的胎记一样。

生母出事是在八月，天气闷热，凝滞的空气让人烦躁。窗外，传来了密集的蝉鸣，像有一个业余乐队驻扎在临江的那片柏杨林里。昆明北郊临江路，老旧的松华小区，在一幢临街建筑的八楼，生母岑清经常抱着我站在窗口，俯瞰着下面那条发育尚不完全的街道。街的那一面没有建筑，是一道河堤，斜面，上面长着粗细不一的柏杨。

岑清去世的第五年，卢欣回了一次昆明。他从姐姐那儿知道了岑清的事，跑到了昆明西郊二十八公里的陵园，在岑清的墓前坐了整整一天。低矮的墓碑只有半米高，水泥制作，上面只刻着"岑清"两个字，隶书，没有墓碑上通常要有的死者的生卒时间，也没有立墓的人的名字。那天，卢欣从墓地里找了一块尖利的石头，跪在岑清的墓碑前，将岑清的生卒年月日和自己的名字都补刻了上去。他从上午一直干到傍晚，总想将墓碑上补刻的字刻得深一些。之后他靠着墓碑，看夕阳在对面的山坡上一点点撤离，直到暮色完全笼罩了陵园。

1995 年，卢欣返回美国之后，就再没有回来过。

2023 年　附体

从昆明返回盐津的那天下午，我沿着老路，从杨林到功山。路过金所的时候，我看见老路穿过高架桥下的阴影，被一座山缓慢托起。当我驾驶的汽车从桥下钻出，顺着一道斜坡往上爬，我在一个弯处将车停了下来。站在山坡上，下面的渝昆高速公路离我只有几十米远，车来车往，令人感到有些晕眩。汽车挟风急速飙过，我抬起手表，短短的一分钟，哗，哗，哗，靠近我这一侧的高速路，驶过三十七辆汽车。

先是看到一辆红色的轿车从高速路上腾空而起，紧接着便听到它撞击护栏的声音传来。原来最右侧的汽车在临近下金所的岔道时突然降速，紧跟在它身后的小型货车向左打方向盘绕开，于是产生了连锁反应，超车道上飞速行驶的红色轿车下意识靠左，撞上了侧面的护栏，车身旋转着飞了出去，像一只轻巧的蝴蝶。

面对近在咫尺的车祸，我有些发蒙。刹车声此起彼伏，那声音像苍蝇一样在空中乱飞，高速路上乱成一团。我头皮发麻，在路边蹲了下来，觉得自己不应该在山坡的拐弯处停车，也许那样的话，就能够避免眼前的这场车祸。隐隐地，我感到遥远的身体内部泛起一阵疼痛，我担心身体里休眠的火山，再次喷发出岩浆。

遗传真是件奇妙的事情。肉眼看不到的精子和卵子，竟然隐藏了血型、长相、性格、动作、疾病，甚至癖好等生命的密码……但它们会不会也隐藏着记忆？否则很难解释人为何有突如其来的直感、梦境、顿悟甚至幻觉。当我驾驶汽车从昆明前往盐津时，窗外的景色时常让我有种似曾相识的感觉。我甚至有一种仿佛在多年前的夏天，乘坐敞篷汽车在横江峡谷穿行的体验感。无法解释保存在大脑中的这段记忆来自何处。我只能说，卢欣当年乘坐敞篷卡车穿过峡谷抵达盐津的经历，像光刻机那样，刻录在了六微米大小的精子上。

离开昆明前往盐津的第二天晚上，我入住在豆沙关的老马店客栈。豆沙关是川滇要道上的咽喉，我住的客栈紧邻悬崖，从窗子往外看，对面是一道绝壁，有数百米高。绝壁上的石缝中，有僰人的悬棺；绝壁下是流淌的关河。从这儿到盐津县城还有二十多公里。住在豆沙关的这天夜里，我的内心感受到了久违的欣喜与甜蜜，我感到自己的抑郁症正在痊愈。我开心地在房间里跳起舞来，跳的是迪斯科，脑子里回荡的是那首《阿里巴巴》的乐曲。有一会儿，我觉得岑清好像附体在我身上，而我的对面，卢欣似乎也跟随着节奏在左右摇摆。

入睡前，我与屈医生通了个电话，当她听说我一个人在屋子里跳迪斯科，便用吃惊的语气说，太想不到了。她提醒我出门在外，要小心，注意安全。她还让我把旅馆名字和位置发给她，好像我真要是碰到了危险，她能够根据我发给她的位置，分分钟赶过来。

"要不，你躺上床，我们再进行最后一次治疗？"电话里的屈医生开玩笑说，"放松身体，想象你正在春天的原野里散步，想象有微风吹来……"

在屈医生的话语声中，我处于迷离而又清醒的状态，我恍惚成了当年的卢欣。当年，卢欣去盐津县看望女友岑清是在五月，随着夏天的到来，峡谷里的气温高了起来。那一天，卢欣在离岑清学校二十多公里远的豆沙古镇下了车，他准备去看一看古镇上的一块唐代摩崖石刻。

上午十点半，卢欣乘坐的长途班车到达豆沙关，他在那儿下了车，沿着两千多年前开凿的那条古道，往豆沙关走去。在古镇入口的岩壁上，有一个亭子，里面的岩壁上，有块乌黑发亮的石头，卢欣长久凝视着那块石头，认真研究上面雕刻的那些字。阴刻。卢欣环顾了一下四周，除右手边街道狭窄而细长的古镇外，其余皆是静寂的山野。一千多年前的唐代，一名叫袁滋的钦差，肩负朝廷重托，到云南大理去册封异牟寻为南诏王。途经此地，见壁立万仞，担心此行凶多吉少，便在这古镇外的石壁上，将自己此行的目的镌刻其上。卢欣站在那儿眺望着远方，心想那时的古镇可能还不能称之为古镇，也许就是悬崖之上的一块平地，生活着抱团取暖的几户人家。关河在古镇下面的河道里流淌，流水的声音传了上来。一千多年了，往来这条古道的有士卒、商贾、农夫、工匠……无数的人抚摸过这块摩崖石刻，坚硬的青石便包了浆，似乎是镀上了一层暗淡的光。

下午一点，卢欣意犹未尽，他离开摩崖石刻，来到豆沙关古镇。受地形的限制，古镇街道狭窄，左右两侧的屋檐往中间靠，只留下窄窄的一线天。卢欣在一家光线幽暗的小饭馆里吃了午饭，然后顺着那条五尺宽的古道，来到了山崖下的公路边。国道213在这条峡谷里伴江而行。半个月前，当卢欣决定去盐津看女友岑清时，他已做了规划，决定看完摩崖石刻之后，步行去盐津县城。女友的学校就在县城北郊，离县城有两三公里。那一天，卢欣沿着公路走走停停，三个小时过去，他只走了七八公里，才来到了关河与白水江的汇合处。那时，太阳已经西移，峡谷里，一边崖壁尚被阳光朗照，而另外一面的崖壁则藏在了阴影里。

卢欣低估了步行的艰难。国道213年久失修，泥土的路面坑洼不平，每当有汽车驶过，车后就会卷起漫天尘土。卢欣得停下来蹲在路边，用身上的棉质T恤捂住口鼻，等汽车远去，尘土落下，再继续赶路。好在那时从这条公路上经过的汽车不是太多。两江的汇合处有一座石桥，桥头孤零零的有一家餐馆，名字就叫桥头饭店。卢欣走不动了，他坐在饭店外面的一条长凳上歇息，一打听，从这儿到盐津县城还有十六七公里路，以他从豆沙关古镇过来的步行速度，中途不停歇，也得晚上十一二点才能走到县城。饭店老板告诉卢欣，县城到各乡镇都通了公路，但没有固定的班车。人们要从豆沙关古镇去县城，都是搭乘从昭通那个方向过来的长途汽车。每天都有好几趟班车，但都是上午十点前后到豆沙关。错过了上午的那几趟班车，就得等到第二天。

如此说来，能否在桥头饭店这儿搭上一辆驶往县城的便车，卢欣只能碰碰运气。尽管到了五月，白昼变长，可在峡谷里，白天仍然让人感到短促。下午五六点钟，当阳光从山体的这一面退却，光线便暗淡下来，让人觉得一步跨入了黄昏。眼看天光越来越暗淡，卢欣有些焦灼。他知道，往来这条道路的那些货车司机，有一些会与桥头饭店的老板相熟，于是他就在餐馆里点餐吃饭，拜托老板帮忙寻找去县城的便车。每当听到有汽车的轰鸣声从远处传来，饭店老板就会站在门口张望。直到八九点钟，天完全黑了，月亮像白色的气球浮在高天，卢欣才看到自己下午过来的方向，有两束明亮的光线在峡谷的岩壁上晃动。

汽车被桥头饭店的老板拦了下来，是一辆空车。短暂交流之后，卢欣得以爬进车厢。他发现车厢里除了两个一米来高的圆形铁皮汽油桶，别无他物。卢欣扶住汽油桶，低头下去凑近桶盖闻了闻，发现里面装的不是汽油，而是柴油。他用劲摇了摇，两只油桶里都还剩小半桶柴油。果然，当汽车重新启动，车后喷出浓烟，空气中弥漫着卢欣熟悉的柴油味。

桥头饭店在关河与白水江的汇合处。这儿两江合二为一，水流大了许多，往下就被叫作横江。公路顺着河岸往前延伸，县城还在前方。峡谷里光线暗淡，公路边偶尔有一两户人家，屋里的光亮微弱，随着汽车的晃动，那微弱的光亮有如飘浮不定的萤火虫。抬头仰望天空，能够看到两侧山体轮廓镶嵌在深蓝色的苍穹里。五月，河谷地带闷热，从车头往前方望过去，是渐次打开的密封山体，感觉是汽车的远光灯和水流一道，将一道道封闭的石门打开，让卢欣体会到什么是"车到山前必有路"。汽车的身后，弥漫的尘土如影随形，模糊而混沌。往远处看，峡谷两边的山体，正不断地合拢，卢欣隐约觉得，好像有什么可怕的东西，正从后面追赶过来。

乘坐汽车在峡谷夜行的体验给卢欣留下深刻印象。公路一会儿在河的左岸，一会儿又跨桥到了河的右岸，静寂的峡谷中，就只有这辆奔驰的卡车。远光灯刺破前方的黑暗，可车后又被更为巨大的黑暗笼罩。如果从高空看下来，那辆卡车，就像是一条惊慌失措的小鱼，正被两道夹击的山体合围。

也许是乘坐汽车经过峡谷的那段经历过于深刻，光刻机的刀锋才格外锐利，让几个小时后钻进一枚卵子的精子将这段经历刻录了下来，成为一个基因密码，植入了一个孩子记忆的深处。沿江而行的这一段公路，被大车长期碾压，路况很差，到处凹凸不平。而驾车的司机是个年轻人，他不管不顾，将空掉的卡车开得飞快。有时车厢猛地颠簸起来，有时又剧烈扭动，加之货厢的底板是铁皮，摩擦力小，让卢欣觉得自己像是一个牛仔，骑在一头蛮牛光滑的后背上，冲入了封闭的竞技场。车厢里的那两只圆柱形油桶，因车体的摆动，在车厢里上下左右大幅度移动，这个骑着蛮牛进场的男人，发现货厢此时成为无法逃避的拳击台，两个快速移动的油桶像两只戴着拳套的拳头，在货厢里追捕着卢欣。左勾拳、右勾拳、直拳、摆拳、上勾拳，它们神出鬼没，合击着卢欣。好在卢欣年轻，他辗转腾挪，灵活避让，始终没有让那两只拳头落在自己身上。

几个小时之后，在县城北郊的那所小学，卢欣将这段经历讲给了女友岑清听。周末，学生撤离后的学校空旷静寂。黑暗中，卢欣觉得怀中的女友像是一条光滑的鱼，正在一条通天的河流中穿行。抱着她，将下巴搁在女友的头顶，他闻到了岑清新沐后洗发水淡淡的香味。

就是那一夜，我生命的种子被种下。

有如涨潮，海浪拍击着堤岸，海鸟翻飞，空气中弥漫着浓重的咸腥味。彼此热烈地互赠之后，海水撤离，细腻的沙岸裸露出来，呈现出柔润的弧线。卢欣这时听见琴声传来，细微而执着。窗前书桌上放着一架红灯牌录音机，此时正在播放萨拉萨蒂的小提琴曲《流浪者之歌》。磁带是卢欣在昆明南屏街书店买的，但他刚才与岑清热烈交往时根本听不见琴声。此时，他赤裸着身体拥抱着岑清，满足而羞愧地笑了。

屋子外面，大地进入梦乡，月光照着静寂的峡谷，风正在酝酿，远处传来河水宁静而遥远的喧响。

停云霭霭

董夏青青[*]

1

下午两点过五分，利文看到滚动屏幕上显示母亲两个多小时的手术结束了。在手术区大门一侧的家属谈话间，主治医生叫利文凑近区隔玻璃，看他端上前的一个不锈钢托盘。主治医生戴着橡胶手套沾血的手，指着托盘里的楔形肺叶，说这是从你母亲身上割除的长有肿瘤的部位。

主治医生贴向玻璃，鬓间白发从耳罩拴绳、绿色手术帽和耳尖相交的地方钻出来，他以眼神示意利文继续看这片肺叶。他点着一处凸起说："十五毫米的肿瘤在这儿，你可以拿手摸。"利文摇头说不用。"那你拍照吧。"主治医生对利文说，"现在急冻送去做病理，她是军属，三个小时出结果。我们尽量少地切了她右肺下叶的四分之一，做得也顺利，不太会影响她的生活质量，可以吗？"

主治医生撤开托盘告诉利文，一两小时之后她母亲才会麻醉清醒。

走出谈话间，利文和被医院保安赶离手术区大门边的病患家属们一起返回

---

[*] 董夏青青，女，1987年生。小说和散文发表于《人民文学》《解放军文艺》《收获》《当代》《十月》等刊，部分作品被《小说选刊》《小说月报》《思南文学选刊》等刊物选载。出版有随笔集《胡同往事》、小说集《科恰里特山下》。曾获鲁迅文学奖、"人民文学·紫金之星"奖、解放军"长征文艺奖"等奖项。

墙根前的座位区。坐过的位子被一个睡着的男人占了。身旁一对年轻夫妇打开盒饭的塑料盖垫在地上，坐下立刻吃起来。四周的人都很安静，脸上没有无意为之的悲情。

利文编了一条信息发给柳叔，告诉他母亲的手术很顺利，等母亲恢复一点体力就会联系他。到此时，柳叔也以为利文的母亲只是入院切除一个小结节。利文的母亲说，柳叔在去年底因前妻岳母的病逝而连夜痛哭，吃着代文，血压也降下不来，想先瞒着，等病理结果明朗了再找机会给柳叔说。

利文的母亲今年刚六十岁。患病的原因，利文认为可能是母亲在小区开美发店多年，早些年国产的便宜染发膏和烫发剂的成分不好，连续几天给客人染发，母亲的手背上就烧起一层疹子，反复脱皮，而刺鼻的含汞气体会让人的肺纤维化；可能是母亲替老主顾在小区里买的三套出租屋集中装修，还频繁领租客看房，网上说，装修时水泥石膏里的氡气很损伤人体；也可能是家里那台老式抽油烟机久未更换，油烟伤了她的肺；还有母亲极为节俭的习惯，爱吃腊肉腌菜，放久起霉点的馒头也坚持蒸透了吃掉；也不排除客人在店里吞吐的二手烟，手里夹烟的客人男女都有，头发上了药水就要来一根。以及，母亲或许会为吃不准利文是否真心接纳柳叔作为她的伴侣进入这个小家庭，多年里暗自忧心。按一位病患家属说的，心情一好，免疫力高，心情一差，啥都白搭。利文知道，母亲也很担心她老大不小了还这样单着，自己越尽心对母亲，母亲越忧心她哪天老了、病了，身边没人该怎么办。

隔着口罩闻见身旁的饭香味，利文想下楼买个面包时，手机震了。一看是丛绘发了条消息：忙吗？在哪？利文回复：在医院，不忙。丛绘说：能见吗？利文回复：930 医学中心对面的购物中心吃晚饭？七点？丛绘说：好。随后利文收到丛绘发来的餐馆定位。

手术区的大门始终敞开。没有能力自生自灭的病人躺着被推进推出，车轮滚磨地板的声音让人愣怔地疏离于当下。利文立刻收紧情绪，留待心力用在最需要的地方。

三个小时后，病理科上传了母亲的报告书。病区里的负责医生将利文带进办公室，查看电脑上的图片文字。

"和主任的判断一致，你看到了吗？算是'坏家伙里面的好家伙'。等大病理结果吧，先做基因检测。"负责医生说完将利文送出病区。

门外，基因检测公司的人已在等候取样。从利文母亲身体上取下的那些部分被分装在多个透明小袋，由负责医生交给对方。负责医生离开后，利文和基因检测公司的人在家属等候区坐下来签字。

"肺腺癌来做检测的意义更大一些，因为能够靶向的概率更高。男性的话是百分之四十多，女性的话是百分之六十多。其他癌种，鳞癌，小细胞、大细胞，这些就配不上靶向药。"

利文盯着那写满字的两页纸，基因检测公司的人就在身旁温和地讲解。这些超出一般知识范畴的话语让她出奇地平静。

"现在肺癌当中百分之八十以上都是腺癌，临床治愈率极高。"

"明白。"利文说。

"尤其是对不抽烟的亚洲女性，能配上的概率也是全世界最高的。现在从报告来看，基本能够配上，一代的一个月可能产生三五百块钱的费用，三代的可能会贵一点，报销后可能在一千块左右。"

"一个月的费用吗？"利文问。

"对，一个月。"

"那可以的，完全可以。"

"这个检测还会看到她是否因为遗传引起疾病，遗传的突变分为很多种，你知道好莱坞的安吉丽娜·朱莉吧？她查到也许会让她得乳腺癌的突变，所以采取了比较激进的方式。"

"最后一点我还要和您说。"对方补充道，"如果您母亲的大病理显示没有癌细胞，基因检测的费用会退还给您。"

"意思是还可能为良性？"利文惊讶地抬头。

"对，每年我们都会遇到四到五名检测者，病理科的初步判断是恶性，但大病理结果就是良性。"

签完字后，利文感到耳内连日高亢的电流声音减轻了许多。

基因检测公司的人背起双肩包走后，利文和雇请的护理母亲术后住院恢复的护工视频通话。屏幕里，护工将镜头对准病床上艰难睁眼的利文母亲，用哄婴孩的声音说，看这是谁呀？你认得吗？利文的母亲撑开肿胀的眼睛，听话地努力做出点头的动作，嘴唇嚅动，气息断续地叫出利文的小名。护工转过屏幕告诉利文，说她母亲已经排了一轮痰，明天早上就能正常说话。

挂断视频，利文有些庆幸将与丛绘的见面约在今晚。以前觉得家里很满，母亲总在购买和堆放，现在她能意识到那个屋里空的部分。有十个自己在里面，还会空得心慌。

夕阳穿透落地玻璃照进来，刚在手术室等待区睡着的男人，头枕胳膊仍在睡着。此刻走廊上的电梯不像白天工作时间总有人进出。利文换到一张阳光照不到脸的座椅上，开始一张张翻阅和母亲在术前旅行的照片，想留下重复拍摄的最好的一张。当母亲的脸在视线中略显模糊，利文揉擦眼睛片刻，揣起手机起身离开。

利文和丛绘在二〇〇九年认识。丛绘自称只在线下见过论坛上聊过天的两个网友，一个是启蒙他玩乐队的北京少爷，一个是利文。丛绘说之所以想见利文，是想认识一个成绩好的女大学生。丛绘在论坛里说自己会弹钢琴吉他，发给利文自己做的一段曲子。而利文在母亲的美发店见过打扮成丛绘这样的文身痞子，人不太坏，于是答应到丛绘乐队演出的 live house 里见面。

此刻利文走在医院外的天桥上，看到对面的购物中心旋转喷射出炫目多彩的柱形灯光，想起那晚的演出，狭小空间里鼓噪喧哗。当时丛绘拿着手机从人堆里挤出来冲利文挥手，正要把利文拽到身前时，有个追过来的长发男生将一瓶啤酒高举过丛绘的头顶，灌了他满头满脸。利文还没反应过来，丛绘骂了声，转身给那长发男生拦腰放倒，两人扭打在地。有个男孩跑来拉扯丛绘，说马上开场了。眼看丛绘坚持在地上缠斗，就从后背给了他一脚。利文退到边上站着等，看丛绘和那人没有停手的意思，就离开了。

后来丛绘说，倒酒的长发男生是另一个乐队的鼓手，和自己同时看上一位来看演出的姑娘，当晚姑娘被鼓手带回家了，过些天丛绘想法子也把姑娘带回家待了一夜，估计是这个事在那晚被鼓手知道了。丛绘对利文自嘲，说那哥们儿完全可以跟他自己乐队的鼓手一样，直接拿酒瓶子照他脑袋上开，看来读了大学就是文明些。利文问他，为什么要盯着别人的东西？各人有的东西都大差不差。丛绘懒懒地说，你没见过世面，什么叫大差不差？你知道我缺什么吗？缺教养，利文回答。丛绘扬起精瘦的下巴，丹凤眼斜了她一眼，挑起嘴角笑着说，我有钱，你那个教养不值钱。

购物中心里的音响声震耳欲聋，旋律节奏混杂穿插。利文这次休假陪母亲的起初几天，都会被超市、商场里挤挤挨挨的人群和声浪搅得口苦咽涩，头晕眼花，要先找安全通道蹲一会儿缓神。最难受的那次，母亲在她肩头拧出了几块黑紫色的淤瘀她才站得起来。利文想，常年在郊外或山里工作的人总惦记不知道多久以前凑过的热闹，等真能扎人堆了，才发现孬了，一嗓子就给喊破魂。

边走边在手机里找丛绘发来的饭馆定位时，利文想到今晚丛绘应该会聊几天前电话里提到的事。丛绘的母亲一年前也查到肺部问题，看到利文先前发在朋友圈的求医信息，就跟着来问她母亲治疗的经验。

利文觉得丛绘跟自己一样，疾病是显见的困境与障碍，也是他们打算和亲人密切的便门。跟两岁时就父母离异的利文不同，丛绘的父母熬到他十四岁时才签字分开，而且丛绘是男孩，父母离婚的原因也不在他。

在购物中心里兜转许久，利文在一家倒闭的饼干店旁找到了那家潮汕海鲜粥馆。粥馆门口摆了一排塑料凳，丛绘戴着墨镜，嘴里衔着一张等位叫号的单子，仰坐在红色凳子中间的一把蓝色塑料椅上。

"丛绘！"利文叫他。

丛绘摘下耳机，拿开唇边的纸，冲利文招手。"哎！来坐！"利文在他身边坐下时，丛绘低头把墨镜收进胸前的衣兜里。

"还好吗？"丛绘抽了下鼻子，侧过身来问利文。这几年，线下演出减少大半，利文看他熬夜操心挣不上钱的状态都挂在眼圈上。

"还好。"利文说。

"你妈回来了？"利文又问。

"没有啊……刚和她朋友看完黄老板在纽约的演唱会，跟我说门票才四十刀，Ed Sheeran，真便宜。"丛绘不好意思地笑笑，肩膀耷拉下来，"我妈现在很爱听演唱会，John Mayer 她也觉得很好，发消息给我讲很多感受。生病也没有耽误她潇洒，挺好。"

"那她回来吗？"利文又问。

"我是感觉她有想回来的意思，她没有直说，我也很矛盾……"丛绘把右边脚腕搭在左腿上，伸手抓了抓头发，"我有点不清楚，应该怎么照顾她……就算她没有生病，那个相处我也担心会很不自然。我们会吵架，她又会哭。"

利文一时间不知道怎么接话，想说血缘不需要太多假动作，但觉得好像也要。

"如果她决定回来，你就先把从机场接上她到陪她去医院检查这个时间段的安排想好。"利文说。

"那她要是不肯手术呢？她很怕疼，连热玛吉都不敢做，想割双眼皮想了十几年也没弄。"

"孩子小时候爹妈一般都管不住，得找外面的老师教，人老了，孩子说什么可能也不太有用，医生跟她说才会听吧。"

"然后呢？如果她很恐惧，我该怎么办？"丛绘挠了挠淌汗的太阳穴。

"没有人一开始就会高高兴兴接受手术，需要时间。她自我说服的时间里面，可以去开些中药让她身体舒服一点，再出去旅行，逛一逛。"利文说着又想起手机里那些尚未清理完成的，和母亲旅游时拍摄的过多相似的照片。

丛绘闷声不语，往下滑动身体，好让头向后枕在椅背上，久久才说："旅行？我俩都不太熟好嘛。我猜不到她愿意去哪里旅行，去哪里我觉得……她跟我在一起不会开心。"

丛绘的母亲在二十岁时，还是四川达州一座县城里一名爱绘画的文青，每天的工作任务是在县城的各面大墙上写标语口号、画山水风景。丛绘的父亲是河南郑州人，跟着做支援四川建设的官员父亲来到县里，准备帮父亲打下手，为当地建设一座纺织厂。因为丛绘的父亲是大高个、爱穿风衣，又喜欢傍晚下了工在广场上清唱两段京剧，才吸引了丛绘的母亲。而丛绘的母亲会唱歌、懂绘画，长相谈吐也出众，就与丛绘的父亲谈起了恋爱。丛绘的母亲在二十一岁时怀着孕，与丛绘的父亲结婚。婚后不久，纺织厂开始运转，丛绘的爷爷要到广元继续办厂。为了干工作，丛绘的父母商量一家三口人暂时异地。丛绘的父亲先去广元安家，想等张罗好了，再将丛绘母子俩接过去。

利文在老早之前听丛绘说，正是他父母分开的这一段时间里，丛绘的父亲被一些需要向丛绘爷爷借力做买卖的生意人盯上了。这些人哄着丛绘的父亲，带他逛舞厅、玩赌博机，花销都由想办事的人负担。三岁生日时，爷爷把丛绘带去饭店吃大席，到游乐场坐碰碰车。晚上回家，丛绘的父亲赠给儿子的礼物是摆在客厅里的一架白色三角钢琴。

丛绘三岁半时，爷爷突发脑梗病逝。丛绘的父亲不久便开始债台高筑。

丛绘说记得自己四岁生日那天，没有人管，在外面和小伙伴耍尽兴了就甩着钥匙爬上楼，进屋前听到父亲在砸东西，母亲在叫喊。开门进去，看到沙发座位上被掏了个洞，海绵和弹簧从窟窿里钻出来，地上有几个空针管。他自己好像知道这会儿不该发出声音，就静悄悄站着，直到母亲的叫喊声突然嘶哑，才爆发似的大哭。

这时父亲从里屋光着上身跑出来，飞踹了丛绘一脚，丛绘撞向沙发，反弹倒地。母亲抱他起来时，胳膊上立刻沾上他鼻子里流出的血。母亲将丛绘带到卫生间，用花洒给他冲洗。他看着母亲从小声抽泣到跪地痛哭，抹抹鼻子，忘了自己也想哭的事。

四岁生日过后，丛绘被送回县城，父母一走就是半年不见。一天，大姨父带他去净土寺上香，说你可得好好给菩萨磕头，帮你爹拜拜，让他在广州重新活过，早点把欠我们的一屁股债还上啊。

那三两年间，父母只有过年的时候才会回到县里。丛绘七岁那年，康复了的父亲背回来一辆儿童三轮脚踏车，骄傲地说，我们去买这个车的时候，刚好另一个人也要买，我为了你和那个人吵了一架，你看，爸爸多疼你。父亲的话叫丛绘反复忖想，十分幸福。丛绘忘记了父母归家前，自己曾在市集上拉住一个穿风衣的男人不松手，被推开时还在叫着爸爸。忘记了那个因为感情不顺而精神失常的，和母亲年龄相仿被叫作裙裙儿的女疯子，每天都来找他，搂住他讲故事、喂饼干，让丛绘喊她妈妈，还有裙裙儿被姥姥抄起拖鞋赶跑而自己去拦的事，他都暂时忘记了。

丛绘上小学二年级时，被父母接去广州，在他印象中，父母在的那个家很富裕，还是客厅摆放三角钢琴的住处。但这次到广州，丛绘被带去了当时的城中村，后来改建成了杨箕村。这个家在顶楼，一个漏雨起霉的小单间，外面有一个蓝色塑料板搭起来的棚屋。父母也和以前不一样了，总是吵架。母亲举刀和父亲对峙，为了钱的事死命干仗。如果他们在单间里吵，就把丛绘关进棚屋。夏天，棚屋里有乱飞的大蟑螂和形似蜈蚣的潮虫。丛绘会捉住虫子，装进裙裙儿给他的空饼干盒里，等这些虫子变干发硬，再摆出来排兵布阵。

起初，丛绘被送入离家很近的一所小学寄读，没有工作的母亲负责接送。

三年级的一天，学校的校长把他的母亲叫过去，说你儿子在学校里卖药和放贷，班主任坚持要求退学。母亲问他，为什么要做校长说的那些事。丛绘支吾回避，说吃不惯治咳嗽的甘草片，就把药片用铅笔盒碾成粉子兑进矿泉水瓶里卖给爱喝这个味道的人；还有放贷，是借五块钱给了一个同学，那个孩子两周后还了八块，非要坚持多给三块作为利息，还说这是家里教的规矩。丛绘当时说不出口的是，其实他很骄傲能挣到钱，父母天天为之争吵的，他并不认为有多难。他能帮到这个家，父母就不必再操刀相向。不久，丛绘发现饼干盒不见了，母亲告诉他，自己要出去上班挣钱，父亲会送他去寄宿学校生活。

一个周末的晚上，丛绘的母亲把他从寄宿学校接出来后，直接带去了自己打工的大排档夜宵摊。丛绘一边吃炒牛河一边写作业，突然听到身后人声鼎沸，转头看，一群人提着刀棍冲进了大排档旁边的海鲜酒楼，那群人里面还有个瘸子。过了二十多分钟，那群人又从海鲜酒楼里冲了出来，再路过夜宵摊时，丛绘看到那个瘸子手里的刀棍没了，拿刀棍的那条胳膊也没了。丛绘拿手上的圆珠笔挑了一根盘里的河粉放进嘴里，抬头看了眼锅灶前的母亲，母亲没有停下翻炒花蛤，只同他对视一眼又继续低下头掂勺。不久后的一天，丛绘在摊子上写作业时，看到从身旁开过的一辆警车在不远处停下。不多时，几名警察从一家在地下营业的娱乐城里押出来几个穿着极少的女人，给她们上了手铐。有坏人，丛绘对过来上菜的母亲说。丛绘母亲拍了拍他的脑袋，说这些阿姨要养家养孩子，是她们找的工作不好，人不见得很坏。

"小时候，我觉得跟我妈还是很熟的。但后面她离开我爸自己做事以后，我跟她就越来越不熟。我妈搞了工厂以后更离谱，过年都见不到她……"

"你说过一百遍了。"利文苦笑。

"都是事实啊！我想和自己的妈一起吃年夜饭没错吧？"丛绘烦躁地移开目光，"最近老想起过去那些事。她说我可以在除夕那天约她喝早茶，但如果我迟到超过一刻钟，她就会走人回厂子，到晚上我只能去工厂跟她和工人们一起吃年夜饭。有一回我说我不想在工厂吃，她就给很多钱让我去条件好一点的同学家里玩。但是过年，除夕，哪个小孩想一个人在同学家混？我一个潮汕的同学，他们家年夜饭都是一百多个人一起吃的，那才是家吧？我们家过年过节，只有工人最高兴，可以拿红包，陪我出去玩还能赚一笔，我妈会给陪玩的工人一些钱，工人给我玩五十，自己留二百。"

利文脑子里忽然出现托盘里的那截肺叶。肉体的早期病灶可以切了，但记忆不会向后碎裂而去，只会往肉里深钻，往复发作。

"我心里很乱。"丛绘把排号的单子攥成一团丢向利文。几分钟后服务员过来，从利文手里接过排号的单子，打开看了看说已经过号，下一桌再安排。

2

吃饭时丛绘一直在说话。对利文谈到自己母亲的疾病，觉得是因为她身体康复后没有认真休息，恢复不好所致。利文点头赞同。他们的母亲理所当然会轻视生病，她们这辈子极少遇到头孢和左氧氟沙星都压制不了的病症，没有逼到眼皮子底下的困顿就不算什么。她们对付过太多难处。

丛绘的母亲在大排档打工攒了点钱，就从家里搬出来另租房子，随后投奔在广州白马服装城的亲戚，先去档口做了库管。丛绘的母亲入行那两年，开始接到韩国发来的订单。她羡慕那些韩国的订单一过来，钱一打到账上，第二天就是百万富翁的人。她也结识了不少靠当打手起家的人，那一批人大多来自湖南、四川，北方的很少。那个年代，想要占住一个位置好的档口必须上点手段。那时，他母亲也全程见识到在白马做服装的人怎么赚到了钱。这些人赚了钱，拿着现金去澳门赌，赌完了回来继续埋头苦赚，等赚了更多的钱，又继续拿着现金去赌，赌到破产。

四年后，丛绘的母亲也开起了一家小厂，有了珠宝和名牌包傍身。一天，厂子里一个工人的亲戚把他母亲绑到一间工人宿舍锁起来,找丛绘的父亲要钱。

宿舍里,丛绘的母亲问绑走她的人要多少钱,又说你哥在我这儿干了这么多年,我们也都知根知底,你肯定是有困难才走到这一步。绑她的人说要三百万现金,丛绘的母亲说这个数目太大,我给不了你,把我杀了,我也给不了你。丛绘当时已经很久没有见过母亲,问父亲怎么回事,父亲只说母亲在一个安静的地方休养。很多年后,家里的工人才把这件事讲给他听。

后来丛绘追问父亲,当时如何救出母亲的?父亲对丛绘说,他本想报警,又担心对方灭口,于是找绑票的人谈,让对方把价码降一降,能给就给。对方拒绝了丛绘的父亲,表示他不是卖菜的,不讲价钱。丛绘的父亲想了想,就找来他信得过的几个兄弟和工人,去到绑票的人家里,把他的家门焊上了。给绑票的人打电话时,丛绘的父亲说我报一个数,看这钱你要不要,要不这人你就给灭了,你灭了我老婆,我就把你家给点上。打完电话,丛绘的父亲就报了警,在警察的安排下,丛绘的父亲再次找到绑票的人,谈下一个数目。随后,丛绘的母亲被警察解救出来。出乎意料的是,丛绘的父亲说,绑票的人虽然被判了,但丛绘的母亲仍让这人的哥哥在家里的工厂上班,多年后丛绘的母亲改行重做餐饮,那人才离职。

利文的母亲呢?利文记得母亲上一次的难关还是子宫肌瘤手术。那不停增长的肌瘤让她母亲的例假量突然增大,给客人剪发时,血水一度顺着她严重静脉曲张的小腿流下,也是肌瘤,让她母亲四十岁时就停经。利文催母亲尽快去手术,但她母亲总在拖,说想等利文顺利地升入高中,再等利文考上大学。

为了感谢店里一位指点利文填报志愿、选择专业的老客人,利文的母亲给这位老客人的母亲安排三伏天做排风湿的艾灸套盒,在店里隔出来的一间母亲平时用的休息室。屋里没有专业除烟设备,烟熏火燎得利文的母亲双眼通红,汗流得脸色苍白。一天,放置过久的艾灸罐将这位老太太的右脚腕烫起一个水泡。利文的母亲跪在美容床跟前给老太太清理包扎后,当着老客人的面道歉时哭了一场。晚上闭了店,利文的母亲叫利文帮自己放血。利文在母亲的肚脐上方扎两针，再上个气罐去吸，眼看拔出来的血颜色都是乌的。

利文的母亲边熬边撑着在等，直到录取通知书递到利文手中，给老太太的疗程也做完，她才歇业住院接受手术。

那时利文经历了和今日同样的步骤。告知、手术、看切除的部分，和柳叔一起等待母亲的苏醒。那时候最安慰利文的，是她每次放掉母亲床侧将要满了的尿袋时，手会摸到的那股温热。活着才有的热。

利文想对丛绘说，我们的母亲像斯诺克球桌上差点儿进洞的白球，关键时刻都从上邦边框上弹开。这一次，当然也会。

"我不理解。"丛绘搁下筷子靠向椅背，手里盘玩着筷架，"为什么我妈要等到病了、难受了才想起我？现在她做的生意全黄了，房子和车都卖了，身体也出问题，OK，想起我了。"

"你爸做了新买卖，又成家有人管了，你妈就你一个，当然指望你。"利文说。

丛绘讥嘲地哼了一声。"她本来好多年不和我爸联系，几年前我爸突然找她，给她说了一堆奇怪的话，什么减衣增福、减食增寿。好，她就把手里的生意转让了，开素食餐厅连锁，钱都统统投进去。三年啊，除了养活了几个房东，钱都扔了，现在跑美国去帮她同学烤蛋糕，还说攒钱要去新加坡养老，crazy 啊！"丛绘用手指戳了戳脑袋，"我也只有她一个妈啊！可我几年没见过她了，连我爸都见到了，为什么我都见不到？"

利文看着丛绘灌下一杯啤酒，不置可否。

丛绘跟着利文走出粥馆时已带着几分醉意。丛绘走着轻拍两下胸口："我现在稍微喝点就难受了，病了以后心脏就很难受。"

"去体检了吗？"利文问。

"没有。"丛绘摇头，双臂交叉放在胸前环抱自己，"那次我烧了四天，心跳得飞快，家里没药我也没吃，以为快完蛋了。"

利文拽住他停下："干吗不打电话找人送药？"

"我找了，我妈说她在纽约。我也找你了，记得吗？你没回消息，隔了半个月问我好着没。"丛绘并不看利文，边走边淡笑着说，"那天我就清醒了，每个人都有自己的事要忙，我也谁都不需要。OK啊，度过那个不舒服的阶段我才发现，最难受的其实是后悔啊，我干吗要跟你们开口？干吗开这个口……"

丛绘重新戴上墨镜，身体浸透在五花八门的灯光里，轮廓被积聚的颜色所伏笼。"太棒了太棒了啊，喝得开心啊朋友！"丛绘神色快活地叫喊，对迎面走来举着酒瓶的人做出碰杯的手势。

利文想起第一次见丛绘。丛绘被揍得蜷在地上抱头哭泣，T恤破烂，头发被酒泡成条缕。此时再面对丛绘被酒精染红的脸，她才觉察丛绘长得和他父亲如此相似，丛绘母亲对他相貌的参与微乎其微。

那为什么没有留给父亲的疑惑和问题？

利文清晰记得两年前，丛绘说起自己曾接到慈溪市派出所的电话，通知他去保释自己的父亲。丛绘开始时还在和派出所的电话这头笑，问对方想骗自己这个穷光蛋什么呢，直到电话那头出现了父亲的声音。丛绘的父亲告诉他，是真的，他人在派出所。丛绘这才慌张地连夜坐车赶去接父亲。

派出所的警察告诉他，父亲与一个被捕的"修行大师"过从甚密，作为组织里的"师兄"之一接受了审讯。丛绘上网搜出自己的百度词条，以个人名誉向警察保证自己的父亲没有犯罪，只是为了修正自己做个好人才交往不当。从警察局出来后，丛绘的父亲笑呵呵地问丛绘近况，两人聊了一路。

丛绘向利文感慨，他感到那个所谓"大师"虽然骗走了父亲那些年里挣到的钱，但父亲在那些"课程"里变得慈眉善目，还学会了关心人。丛绘想给父亲买返回广元的商务座，父亲说目前被限制消费，出门只能坐绿皮车。绿皮车的餐车很不错，父亲对丛绘说，里面有很多做亏了的老板，穿得人五人六，聊的都是一亿飘十亿。

利文想，丛绘甚至都没有问父亲一句，为什么他那么精明，会被一个骗子耍掉了底。

利文记得自己最后一次见到父亲是在高一寒假。奶奶打电话给母亲，说想见见利文，让母亲带利文去趟家里。

在奶奶家的那间不透光的小屋里，利文的奶奶推开门后，利文看到了趴在地上的父亲。他瘦骨嶙峋，头发稀疏，皮肤苍白，已不会说话。见到利文她们时，瞪大双眼咿咿呀呀，扬起一根手臂挥舞着要抓取。利文的奶奶关上门，扶着助行器，慢吞吞走到客厅，招呼利文母女两人坐下，掏出认亲的红包给利文。利文的奶奶告诉她，她的父亲在检查工地时从高台上摔下来，弄坏了腰髋关节，一躺十年，躺残了。冬天来暖气后，利文的奶奶就会把父亲掀到瓷砖地上，免得他一热就叫唤。

见完奶奶的那天，利文没有和母亲说多余的话。临近新年，利文母亲店里的一位老顾客来烫羊毛卷。老顾客从包里拿出来一沓子照片给母亲看，说这是她家属去嘉德拍卖会拍回来送给女儿的生日礼物。照片里有她丈夫举牌用的号牌，还有那幅拍品，是一幅画作。作者是末代皇帝溥仪的弟弟溥杰的前妻，当年她孑然一人去到香港，卖画为生至终老。利文的母亲恭维许久，讨要了一张画作的相片给利文，说这幅扇面原作是绘在绢上，杏花掩映一处庭院角落，利文可以临摹后装裱挂在家里。

当着母亲，利文打开煤气灶烧掉了那张相片。利文很清楚，那是另一位父亲送给女儿的生日礼物。而她的父亲就像动画片里被抓进实验室的外星人，翻着眼珠，嘴唇翕动，连女儿的名字都叫不出来。

利文对母亲大发脾气，说为什么要我临摹一个离了婚的女人的画？离婚很光荣？再搞个小孩出来画赝品更光荣？

利文的母亲大哭，随即呕吐不止。利文的母亲抽咽着对利文说，你不要怪我，我也想像梵高的弟弟和弟媳妇那样支持你，可你姥姥姥爷没有留下半毛钱。

利文用母亲师父留给她的那把长剪，剪残了挂在卧室墙上的画稿。那把长剪因此卷了刃，虽找手艺好的师傅磨过，也再也用不成了。

之后，利文和母亲再次聊起那次见奶奶的事。母亲说她闹不清奶奶为什么不给父亲买复健器械，自己却买了助行器和轮椅。自己这么怕死，为什么不给儿子一个机会？

因为那根脐带，质问母亲从来是零成本。

空气溽热，汽车引擎和喇叭的声音嘈杂。等网约车的几分钟里，利文和丛绘并肩站在路边。

"我又开心了。"丛绘说。

"因为吃饱了，还是你妈要回来？"利文问。

丛绘咻地一笑："等我妈回来先带她喝一通宵酒，给她壮胆。"

"想法挺跳脱的。"利文说。

"很多事要想过关，就得当假的看，当真的干。"

"生老病死能当假的看吗？"

"死了的人是先去到一个地方，你往前走就会再遇见。如果还停在这，或者后退，只想时间倒流，就遇不到了。"

"那你说为什么是我们的妈妈遇到这些。"

丛绘朗笑："我上网的时候，总是看到有人留言骂我，那些人我根本不认识啊，也没见过面，他们为什么骂我？我自己是人都看不明白这些人，老天爷想把我们怎样，我更不知道了。"

购物中心的灯光时断时续地打过来，激起了希望、欢喜和心焦，利文听丛绘此时说话已没有忿意。

3

看丛绘乘坐的车开出很远之后，利文穿行天桥返回医院，在住院部楼下的长廊里坐下。

利文先掏出手机，想把下午没有整理好的照片再删一些。手机内存总提示要满，她又不想花钱升级空间。

那些为母亲拍摄的照片里，在天台山的国清寺，母亲反复挪动位置，好将隋塔与那株刚开过的隋梅取到景框里，利文站在她身后的台阶上方，将她与两位匆匆行过的僧人一同拍下。在天台山大瀑布，利文鼓励母亲爬上水帘洞留影，而母亲走到四叠处就喘息不止，站在水花飞溅的岩石上，指挥利文将镜头避开正攀爬路过的人，抓取她身靠瀑布的侧影……

在临海，利文陪母亲登上东湖公园里一座为纪念骆宾王而修建的楼阁，母亲站在"亘古一檄"的牌匾下观览檄文许久。离开骆宾王祠，母亲对利文说她想起自己当年离婚后，经人介绍到一家理发店工作。剪头师父教母亲用一把二十五厘米长的大剪给客人修剪平头，等母亲能持着大剪在十分钟里修出一个寸头后，师父撵走了另一个总偷用推子的徒弟，临退休回老家前，师父把店也盘给了母亲，只象征性地收了本钱。这段故事利文听过多遍，这时再讲，利文想她大概想到了，不容商讨的权力或毋庸置疑的才能，是女人也想要或者需要的。

当她们走出公园坐车来到朝天门，开始爬老台州府的南方长城，利文的母亲走得轻盈飞快。在戚继光设计的空心敌楼里休息时，利文的母亲独自爬上架设的楼梯，迎着骄阳远眺。利文望向远处黄浊的河水发呆，不去想她这昂奋所指代的虚弱。

打算乘车从温州赶去楠溪江那天，利文早晨起床感到头痛无力，像是发烧了。利文让母亲叫餐送到房间，不要让服务员进门。但推来餐车的服务员听母亲说屋里有人病了，只礼貌笑笑，说没事，指明餐车推到房间什么位置就好。当服务员从屋里离开，利文的母亲激动拍手，说现在的温州人和她几十年前打过交道的那些人还是一样，赚钱头等重要。利文打电话给租车的司机，说头疼想取消当天行程，电话那头的男生飞快地说，你这么远跑过来，不玩一下不遗憾吗？发烧也可以走路，你不可以吗？如果你还能走路，为什么不干脆玩一下？利文打断他，说我是在为你着想。电话那头稍加停顿，又飞快地说，我快到酒店楼下了，你可以先下楼走一走，如果你可以走，我们就出发。因为开着免提，利文的母亲笑得喷出嘴里的菜粥。

利文的母亲是豫西人，但自从十七岁只身前去北京，就很少有人仅从容貌上认出她是北方人。不熟悉的客人也常因为她白净细腻的皮肤和娇小偏瘦的身材问她是南方哪里人，这时她就谦逊地摆手，眯起弯弯的笑眼说，我是在中原吃粗粮长大的。

母亲的妈妈，也就是利文的姥姥生了三个孩子。利文的母亲上面还有两位哥哥。利文的姥爷早早过世后，姥姥耗尽力气和心思盖起四间屋让利文母亲的大哥结了婚，轮到二哥成家时，姥姥想让利文的母亲给二哥"换亲"，找一户同样贫穷的人家，让对方的女儿嫁过来做媳妇，自己的女儿嫁过去给人做妻。利文的母亲一方面理解姥姥"换亲"的盘算是走投无路，但也对此憎恶至极。母亲曾对利文说，自己当时满脑子极端想法：为什么死的是自己父亲而不是母亲。支撑利文母亲心劲的很大一股力量就是在她三岁时就故去的父亲。利文的姥爷幼时起就跟着家里请上门的私塾先生读书，后来继承祖产，管着十几个长工耕耘土地，娶了同为地主家庭出身的姥姥。利文的姥姥除了绣花，没有做过别的活计，更别说下地劳动。"文革"期间，利文的姥爷夜里患上急性盲肠炎未能及时就医病故，利文的姥姥拉拽着三个孩子被赶离了姥爷的祖宅，住进一间关牲口的破茅屋。利文的母亲说，姥爷过世前，交代姥姥一定要让孩子们好好读书，老三虽是女孩，也一定让她进学校。利文那身单力薄的姥姥也的确按照姥爷所说去做了。但尽管姥姥每天抽着烟袋睡三五个钟头，才五十出头就掉了许多颗牙齿，利文的母亲及其两位哥哥还是因为出身成分问题分别在高中和初中后离校。

不久，利文的姨姥姥写信来家，让利文的姥姥把女儿过继给她，好减轻姥姥的负担。利文听母亲说，姨姥姥原本也被扫地出门，但姨姥姥当时还未出嫁，后来一个打过抗美援朝、身体有些残疾的军医娶了姨姥姥，被带去东北的姨姥姥就再也无须为出身成分发愁了。利文的姨姥姥心疼利文的母亲小小年纪就受家里拖累，决心让她改姓跟着自己和丈夫一家，以招工的名义迁走户口。但利文母亲小学同班同学的父亲，当时村里的支部书记看中利文的母亲，一心留住她给自己儿子当媳妇。谁都知道支书的独子小时候吃坏了的野菜，人有些傻，但支书的儿子就坚持说相中了利文的母亲。支书扣住利文母亲的户口，一直拖到错过招工的期限。眼看二哥已选定了有意向的人家，如果利文的母亲不想嫁给傻子，就要给哥哥"换亲"，选哪头看来都是"死"路。

就在利文的母亲决意先给二哥"换亲"，之后想法子逃去东北投奔利文的姨姥姥时，利文姨姥姥给母亲的回信到了。信里，姨姥姥告诉母亲，利文的姥爷过去善待家里的长工，曾有一个上门讨饭的人被姥爷收留，安顿去给家里看祖坟。姥爷帮他盖了茅屋，每年给六升粮食作为酬劳，靠这点粮食，他后续结婚生了孩子。如今他的子女长大考学去了北京，在一家毛纺厂里工作。如果利文的母亲有决心，不如去投奔这个叔家的孩子。守坟叔在世的时候就说过，姥爷的恩情，他们一家人要还生生世世。姨姥姥会先给叔的孩子们去封信交代，利文的母亲尽快过去就是。

一天夜里，利文的母亲将姨姥姥的信和信里夹的钱缝进内衣里，准备先步行逃到邻近的镇上，再想法子去火车站。当她快走出村口时，又觉得心里说不出的难受，掉头疾步走回家去想再看两眼。还没到家，就撞见利文的姥姥正坐在家门外的磨盘前抽烟袋。看见利文的母亲后，姥姥在推煎饼的磨上敲了敲烟袋锅，骂了她一句，说下决心的事就不能回头。又说夜里起风，让利文的母亲经过大队玉米地的时候摘俩苞米带上，守林的人听不着。

利文的母亲到北京投奔毛纺厂的守坟叔一家子后，先经他们介绍进了一家养鸡场上班。那个养鸡场昼夜亮着大灯泡，照着鸡一刻不停地吃料、下蛋。料里面拌了激素，鸡吃了以后下的蛋发红、发软。那两年，软壳蛋噎得母亲老打鸡屎味的嗝。

在守坟叔家的阳台上支行军床睡了两年多后，姨姥姥又主动给守坟叔家的孩子写信，寄去蜂蜜、木耳，让他们帮利文的母亲物色对象。姨姥姥本想把自己的命运由婚姻托了底的这份经验用到利文的母亲身上，但利文的母亲不想寄人篱下给人添难。

在毛纺厂住的期间，利文的母亲和一对温州兄弟关系不错。这对兄弟年纪稍长的叫爪子，小的叫大脚。母亲曾对利文说，爪子肯吃苦，大脚脑袋灵，两人经常把厂子里的碎布料倒卖出去挣差价，认识母亲后，他们觉得她聪明勤快，就拿了日本的服装册子，给她点钱，教会裁剪和踩缝纫机，让她晚上加班照着册子上的样式把布料做成衣服裙子，他们好放到夜市上卖。当听说利文的母亲急于结婚成家，大脚主动给母亲张罗，找了厂子里搞染色的一个女的过来谈。这个女的相中了利文母亲，回去就给自己的老领导报告，这位老领导已经退休，老来得子，对三十出头的儿子十分看重。不久，利文母亲嫁入老领导家。她心想，瘦死的骆驼比马大，不算正当时的靠山也是靠山。但她没有提前打听，也没有谁跟她的交情到了说实话的份上。这家人之前也娶过一个女人进门，因为生的是女儿，刚出月子就搂着儿子跟人家离了。知情人不告诉利文的母亲，兴许觉得反正这个女人一无所有，又或觉得她也许有自己的运气，能生出男孩，日子就好过了。

因为利文的出生，一个女孩，利文的父亲在她母亲生产的当晚就被爷爷奶奶叫回家里。利文母亲的整个月子，利文的爷爷奶奶和父亲都没有出现。利文母亲靠着东一口西一口地吃病房里其他人家属送来的饭，忍受乳腺发炎的剧痛，与得了黄疸的利文连日苦熬。等出了月子，利文的母亲抱着她回到所谓家里，发现带密码锁的皮箱被撬烂，里面放的三百块钱不见了。利文的母亲问丈夫，她的钱在哪里。利文的父亲回答，你过门了，那就不是你的钱，是你交给家里的伙食费。利文满月那天，利文母亲向利文的奶奶提出要五块钱，给孩子一个洗澡的铝盆，再带去影楼拍一张满月照。要求都被奶奶拒绝后，利文的母亲抱着她来到工厂家属院外的一根铁轨近前。

母亲后来说起，那天当不远处的警示铃响，火车即将驶来，利文突然大哭，在她怀里使劲挣扎。当她要往铁轨上再迈一步，跑过来的一个扳道工将她一把拽住。母亲说，火车开过来的噪声中，她只记得老师傅最先冲她喊的那句：你家孩子还不想死！

救下她们的老师傅，随后带母亲去附近一块地里挖野菜。临走前老师傅塞了一把马齿苋给母亲，嘱咐她回去烫熟了拍颗蒜进去，再放点醋凉拌，去去心火。

翻阅照片时，利文点开当时在楠溪江的竹筏上录下的一段视频。影像里，连绵的山峦起伏，雾气缠绕峰巅。沙渚上树木茂密，林中飞出的白鹭乘风舒展，来去盘桓。水流平缓处，能看到划桨板的人。形似柳叶的小船和驭船人挺拔的背姿，绘入山水画中也有意趣。岸边，从支起的帐篷里走出来的孩童，呆呆地注视顺水而下的行船。有破开云雾一角的阳光投来，水面立刻金粼颤动，焕生出盎然的新绿。

利文当时和母亲并排坐在筏子的竹椅上，凉风习习，母亲不住地赞叹清凉与安逸。南方柔静多姿的水域和青山令她激动。利文侧过脸去瞥见她的面颊，想起母亲站在天台山大瀑布脚下时，激动涨红的面孔。

那日她们游览后离开大瀑布，在济公故居对面的饭店里坐下，才记起寄存的纪念品忘了拿。利文留母亲在餐厅等，自己打车折返大瀑布。从停车场往入口奔跑时，发现周遭寂静无声。一个小时前还訇然奔流、烟雾腾腾的大瀑布，此时悄然隐去。山顶岩石上留下几道细薄的白色弧线。工作人员说，这处大瀑布目前由人工调控，每日闭园后关停。利文站在园区门口平复许久才乘车离开。因为那大瀑布凌虚飞下，过于饱和的活力，此刻它杳然难寻才揪起利文的心。如同望见被疾病摸到闸门的母亲。

手机熄屏，利文长舒了口气。方才吃饭时，丛绘没有多问她母亲手术的情况，也没有问利文是否受得住这件事。利文并不觉得奇怪。很久以前，利文和丛绘吃打边炉，她突然问丛绘，说你不给别人夹菜不是因为你故意，而是也没有别人给你夹菜，你没见过所以没有学会，对吗？丛绘立刻拿漏勺舀起一只蛏子放进利文碗里，点着头说，对，除非你直接这么点我。

刚才利文也没有解释，丛绘生病而自己没有回复消息的那天，她刚随一个小队上到西北一座海拔四千多米的兵站做临时休整。没有信号，没有网络。

临近中秋节，那里下起小雪。半夜，利文起床给一个要如厕的通讯女兵递了包纸巾后就再也睡不着。头疼得手指都不敢碰。躺到半夜三点多，利文起床取下氧气罩吸上，发现制氧机开到最大也不好使了。换衣服走到院子里，发现还有四五个同行的人也穿着大衣在缓步走动。大家都在适应，都在等天亮。其中一位操作直升机的机械师说，初上高原的直升机都会出现"尾桨鼓包、油箱漏油、轮胎气压异常"等等高原病，何况人呢？而解刀、扳手、抹布基本就能解决铁家伙们的病症，人却不行。

那是事发突然的一次任务行动。很多人参与当时影像资料的拍摄，可仍有太多需要复盘的时刻散逸而去，无人见证。上级从各方向抽调了几名绘画专业的人，命令利文和战友通过对亲历者的采访交流，以速写连环画的形式复原场景，作为补充资料的一环。利文起初有些担忧，自己不是美术专业出身，会给任务扯后腿。团队里有位学院出身、本科油画专业的女孩鼓励利文，说对于这个任务，意愿比能力重要。"我们在的不是职场，是战场。"

在一座山谷的板房里，利文曾画下一名军医和机要参谋经历的一个中午。

当时，他们两人被空投至一个任务点位的河谷机降点，正迅速收拾医疗物资、机要装备。这时轰鸣的螺旋桨声从远方传来，机要参谋甄别再三，确认是那边的飞机。两人所处的机降平台三面皆为悬崖，一处是峭壁，无路可走。直升机迫近，他们只得用身体紧搂住物资装备。军医在拍照取证时，机要参谋报告上级。两人商议，一旦那边的直升机降落，便将机要装备扔下悬崖销毁，机要参谋为保机要密码安全，也随装备一同跃下，军医则要抵死坚持，守据至最后一刻。他们的举动被直升机上的人看得清清楚楚，直升机随即下降悬停在两人头顶。螺旋桨产生的巨大风力掀得他们无法站立，只能就地扑倒。搅起的尘沙令人眼前咫尺不辨，砺石飞溅到他们面颊上划刺出血痕，伤口又即刻为汗水冻上。机要参谋用身体压住装备，接连发出像从内脏里压迸而出的几声呼喊。军医后来才知道，那是机要参谋在数算两架直升机盘旋掠过两人头顶的次数。

进行这段故事的绘制时，利文见到当时将军医和机要参谋空投至平台的直升机老驾驶员，把他写在政课教育笔记本首页的一首小诗也抄录在旁：驭鹰守边关，宛若昆仑仙，云中雪山巅，壮美是河山。为这位老驾驶员所在的任务分队，利文绘制了一组素描来记录他们那夜穿云破雾，在深夜转运烈士和伤员的任务经历。

画稿。那道河谷蜿蜒曲折，从河口向河谷的通道异常狭窄。凛冽的朔风摇撼机身，两侧山体倾圮般地夹向机翼。眼见长机机长减慢前飞速度，各驾驶员立刻稳住操纵杆向前缓行。之后再三协同测距，小心翼翼地把控功率，机组才得以穿过浓重的雾幔，降落在山谷中狭小的临时机降场……

画稿。狂风泻出天穹，荡平生灵斗争的一切痕迹。大地不堪多言，力竭心衰。一道棕褐色的沟堑下方，两队战士抬着担架攀爬而上，步速惊人，如从地下钻出数丛箭镞。装载烈士和伤员的机组随后起飞，全力划过雪山浪峰般的银脊。

画稿。机舱内的积冰告警灯高频闪烁，转运返回途中云层越来越厚，老驾驶员决定拉升高度穿云飞行。穿云飞行是航空飞行的大忌，直升机穿云导致机体积冰便是死亡的候补。眼见直升机将面临空中剧烈震动，甚至解体，来时的航线也无法返回，机组决定绕飞较远的航线。绕飞途中，老驾驶员的直升机突然剧烈抖动掉高度，他在信道里呼吸急促，竭力大喊："接到塔台通报，航线前方出现低云，我们需要再次调整航线！"机组再次改航，冉冉向远处升去，闯过伺机引人堕入冥冥的云蔽山、暴风雪、风切变、雷暴雨，终于沿永冻土层上空数条通道之一的备份航线飞回……

　　镇上的医院。海拔三千余米氧气稍微充足，一个多月里短暂拥有信号的几个小时，利文吊着水，坐在地上翻看丛绘在社交账号发布的图片和视频。大数据顺推了很多人在 live house 里跟丛绘和乐队的合影，花花绿绿的灯光里，人人脸上都有明暗过渡。

　　丛绘曾对利文说起小学五年级的时候，父亲看母亲打工的大排档生意不错，就投入家里所有的钱开了一间类似的路边大排档，但父亲不懂和诸类人周旋，生意不好赔掉了。没有解释的，刚在广州读了三年书的丛绘被送回四川继续读五年级。

　　丛绘回去之后，那个小县城一度让他失望至极。他那时刚在广州交了新的同学朋友，学会了说粤语、分辨球鞋的真伪，在游戏厅里玩到忘记晨昏。直至某天，丛绘在达州县城的这间小学里，听到同学们在聊跳舞机。同学们说，县里有人从日本运来了一台跳舞机，摆在一家跳交谊舞的俱乐部门厅大堂。

　　那天中午，县城里的青年人和小孩都跑到俱乐部门前，看俱乐部老板褪去跳舞机身披的最后一层塑料薄膜，接上电开机，跟着众人赞叹机器喷射而出的彩色灯光。丛绘告诉身边的男同学说，这东西我玩儿过。男同学说，丛绘你吹牛，这是最尖端的科技。丛绘说，真的，这个很好玩，我最喜欢玩这个了。于是男同学怂恿他，让他给大家示范。丛绘走过去找俱乐部老板买了几枚币，投下去，几首曲子就跳到六颗星。

　　俱乐部老板问丛绘是不是本地人，之前在哪里玩过，丛绘很骄傲地说，是在广州玩的。

第二天，班里的小兄弟找到他，说外面有人等。丛绘奇怪，说外面怎么有人等我？谁？要跟我打架？小兄弟说，不知道，传话的只说那些人站了一排，点名要找你。丛绘拍了把小兄弟，说谁这么嚣张，待会儿看看去。放学后，丛绘在学校门口见到了一排女生，初二初三的女飞仔。丛绘走过去，问她们在干吗，什么意思。随后，她们中间走出来一个类似于大姐大的女生，指着丛绘说，就是你。丛绘说，什么就是我？她说，你跟我走。丛绘说，你是谁？我干吗跟你走？女生指着丛绘说，他们说你现在会玩跳舞机，我给你把币都买了，现在你就负责教我玩跳舞机。丛绘嘴上没说什么，心里想的是还有这种好事，刚好我喜欢玩跳舞机。

那天，丛绘和女生来到俱乐部，她将买好的币投进去，说要先看丛绘跳。之后，她站上去，丛绘教她动作。当她从台子上跳下来，她对丛绘说，从今天开始，你就是我男朋友了。丛绘问，什么是男朋友？她说，男朋友，就是每一天都要负责教我玩跳舞机。丛绘说，那当男朋友就是教你跳舞？女生点头说，是的。

那个月，每天一到放学，丛绘就会看到那些女孩站成一排，和第一天见到她们的那个姿势一模一样地等在门口。某天，丛绘告诉女生自己跳累了，不想再教她，这个男朋友也不想当了。丛绘说，小时候很多人都因为自己的瘦小，叫他小麻批，而她总在跳舞机上与他捣步交换身位时，摩挲他的后脑勺，叫他丛丛光头儿。还经常地对他念叨，丛丛光头儿，音乐是个好东西。

利文一直低着脑袋看那些演出的视频，许久才在丛绘和他乐队的旋律里抬起头，窗外目光所及，万山载雪，雪峰襞褶呈泥色，唯有山巅披挂着鸽子羽翼般莹莹的月色。

利文记起丛绘说，等你秋天去云居寺看石板经。

几个月后的大年二十九。利文看丛绘给自己发消息，问你在哪儿。利文说，在山里。丛绘回复，牛逼。

利文想，丛绘不明就里，还能说什么呢。

那时，利文在柳叔找的临近河北的一个僻静村子里赶图，没有和丛绘多解释半个字。

就在那个冬天，临近年底的一天夜里，当时在山上找利文画过肖像的一个男孩发来消息说想聊聊，在近期出动的任务中，他一位同年兵战友走掉了。

姐，您知道高原护肤霜吗？男孩问利文，就是很多边防单位都发的，可以抹手抹脸的护肤品。

牺牲的那个兄弟，男孩对利文说，他的手每年冬天都会开裂。他们那边卫生队保障有限，每次他去要，人家就给一瓶，一周就差不多用完了，虽然这玩意儿没有高档护肤品那样效果惊人，但对战士们来说也算是不可多得的"宝贝"。他这个同年兵战友用得快，去要的次数多了，卫生队多少有点意见，开始说些不好听的话。作为班里的兄弟，男孩和战友们就轮流过去要回来给他。前阵子男孩配属别的单位出外训练，在外面医疗保障很不错，高原护肤霜管够，就存了两盒，想着回来带给他这个战友，但等男孩回来，就听说他战友牺牲了。帮战友整理遗物时，男孩想起他说今年要好好表现一下，争取转四期。

男孩这些天晚上一闭上眼睛，战友的样貌和声音就浮出日常，催他缅想——战友会数落他不按军医规定增减衣物，不按时按点喝蒲地蓝和板蓝根；会把吃完的单兵自热食品里的石灰加热包取出来，让他垫在冻麻的脚底板下；还会提醒他临着风道撒尿时注意调整方向，以免尿渍留在靴面上。

你知道么？男孩对利文说，在宿舍里，我们每人都有自己的内务柜。战友的内务柜上贴着他的照片，里面还有一个很精致的小盒子，应该是他的私人百宝箱。打开时，看到里面有科比的不干胶画，还有好几根一看就是女孩子用的皮筋，我当时就在想，这是他自己珍藏的有意义的小玩意儿，每回看的时候肯定都很开心，不过那个女孩再也见不到她的男孩了。

男孩给利文发来霉霉和 Bon Iver 合唱的《Exile》。男孩和兄弟们时常听歌练习英文，为了某天和那边的人交谈，为了让古老文明间的心意明朗。利文高中时，柳叔有一回来家里吃饭，说他观察发现利文和母亲都是"石头板子上种花"的性格，他认识的当兵的人也都这样。当时利文并不太理解，这时才了然。

也是在大年二十九那天，男孩又给利文发来图片。利文依次点开，看到那些图片里有路标、大棚、香椿和一口炒菜的大锅。男孩在语音里对利文说，姐，我刚从吊唁战友的路上返回家中，这个路标所指的地方，就是我给您说过的同年兵，冬天时手脚会裂口子的战友老家。

男孩说，我这次探家去了他家里，路很难走，我就想，原来他每次休假都要这样回家。到他家里，看到他爸爸，父子简直长得一模一样。聊了会儿我说要走，他爸爸就从他家种的大棚里拿了一袋子香椿给我，之前我兄弟和我聊过种大棚的事情，但我不理解什么是大棚，亲眼看到才知道，种大棚也太不容易了。我和叔叔握手的时候，他满手的老茧和裂口，让我想起来战友当时需要高原护肤霜的往事，我要是早点儿赶回来该多好。

在那一刻，利文知道了对大多数人来说，人生故事只有机会说给子女听。也许一个人活到头的最大乐趣，就在于面对不得不听自己讲话的孩子再讲上几句。可那些男孩牺牲在尚未为人父的年纪，谁会在记忆里专为他们腾出块空地？他们将会和利文、丛绘的母亲一生所历，也将和他俩至今认不全的家中老人们的姓名一样很快湮灭入尘，何以贮留？

大年三十的傍晚，年夜饭即将开始的时候，利文给在山上因为任务结识的那位女军人发信息，说想约上她一起为失去战友的那名战士所在班级绘制一组连环画，她已经做好了草图方案。晚上近零点时那位女军人回复利文，说很愿意与她一同创作，只不过她刚刚确诊膀胱癌，炎症很重，需要先放化疗一段时间才能手术。在此期间，她想先和利文探讨素材，确定每个场景的基本内容。

利文将前期整理的基本资料发给她后，坐在书桌前愣神到天明。如果战友需要的时刻能在他身边多好。如果丛绘需要自己的时候能在他身边多好。利文想那个新年与丛绘一同度过，不需要预约，早茶，外卖。可那时，利文也不在自己这里。

云居寺石经山上刻下的经文过一千年也在，利文想，活着的人总有机会。

一个男人走过来，在利文旁边隔着两人座的距离坐下来。路灯下，利文认出他是白天在手术室外和家属等待区睡着的人。

"您今晚等在这儿吗？"男人手撑着座位，探过身来问利文。

"我马上回家了，您呢？"利文问他。

"我在酒店住，但是不想回去，想等到明天一早替换我小姨，今天是她在病房陪我母亲。"男人清了清嗓子，拍打着身旁的条椅，"之前我一直失眠，最近在医院反而能睡着了，在这条凳上都能睡着。"

利文点头。

"我母亲应该是和您母亲前后脚做的手术，您母亲的那个多大？"

"一点五厘米。"

"我母亲的长到三厘米了。"男人摘下口罩，露出一张瘦削干净的脸，"要不是她老咳嗽，我们都想不到带她去拍个片子。她总问我她怎么了，长个结节干吗非得手术，我真的……"男人努力平静地说，"真希望拿到大病理的结果说就是虚惊一场，我们刚给她过完七十岁生日。您的母亲肯定也很年轻。"

"医生手术前找我谈话，说手术存在几种情况，可能术中病人就过去了，也可能刚打开就发现转移，那么当场缝合，半小时就能推出手术室。"利文说。

"对。"男人轻轻地点头，"当时也找我谈了。做完手术我母亲的牙齿掉了一颗，我猜是从她嘴里往外扯麻醉管子的时候带掉了。"

"能做完手术的人都算运气不错，牙齿可以咬牙模子再做一个。"利文说，"还是应该庆幸。"

"也是啊。"男人笑了笑，"感谢祖宗保佑，祖宗保佑。"

母亲的祖宗会保佑她们吗？利文无可奈何地动了动嘴角，心想也许并非谁的护佑，而是见识过太多悬于死生罅隙之间的故事，母亲同她才得以彼此搀扶，涉水而过。

4

利文的母亲住院时，和病房里另外四个人建立了一个"友友群"。出院后三天，利文的母亲就已经能靠着利文宿舍屋里的腰垫和群里的朋友说说笑笑。母亲对利文挪揄其中一人的丈夫不敢看自己妻子身上的刀口，不敢往疤上擦碘伏，感慨此刻利文没有公婆孩子，反而叫她没有其他人感到的负担。尽管还虚弱，利文感到母亲的生命力已在肉眼可见地恢复。

利文的母亲在每天状态最好的时候联系柳叔，哄着柳叔放心，她很快就能回去给他做顿像样的好饭。柳叔在电话那边笑，说自从母亲离家，他就在吃冰箱里的存货，快一个月了都没吃完。母亲也笑了，说她不囤满冰箱心里就慌得很，打小饿怕了。

利文的母亲告诉柳叔，病房管得严，每位病人只允许身边留有一人照看，也不允许探视。只有利文帮她请了陪护在看护，其他人都是某一位家里人在。开始她有点不自在，但手术过后，大家发现只有陪护才懂怎么帮助病人快速、无痛地排痰，她成了恢复最快、情绪最好的那个。

"我的这个陪护老乡，力气最大，吃得最少。"母亲靠着沙发不无担心地对柳叔说，"她每餐饭就是拿走我吃剩下的病号餐，再切一根生辣椒拌上生抽。四十多岁快五十岁了，这样吃怎么行？可是我劝她没用，她说她都这么吃下来十好几年了。"

在术后休养的六天时间，利文的母亲和护士、陪护们迅速熟稔。利文的母亲曾让自己的陪护给邻床的病友也介绍陪护，但那个被介绍来的陪护没有被选中。

"没选中她是因为她太黑了，黑得反光，整个人也显得没力气，一看就疲劳过度。"母亲挂上和柳叔的电话后，对利文叹息，"我的陪护虽然也瘦小，但是皮肤很白，力气也大。这个黑黑的女的呢，她刚赶回老家抢收完麦子，今年咱河南的麦子遭殃了。我的陪护老乡家的麦子因为雨水太大，发芽了，卖不成钱，黑黑的女的呢，她老家的麦子因为地太旱，瘪了壳，也卖不上价，脱出来的麦粒一斤才卖一块三毛钱。同样是河南，涝的涝、旱的旱。"

"你先养好身体，还那么爱管事啊。"利文递给母亲一小块削好的蜜桃。

"她们赶上了好时候，要是我十来岁的时候户口不受限，有如今这么多打工的机会，我可以当保姆、干陪护，就是上太平间搬尸体都行。我不会靠任何人。"利文的母亲咯吱咯吱地嚼着桃子，"但是也不会有你，你买的桃子味儿真好。"

利文意识到母亲说话的语速比平时慢多了。

利文记得这几年环境不景气，母亲被触发的恐慌远大于美发店实际受到的，不算致命的影响。利文的母亲忙着将店的功能复杂化，兼着团菜、存放快递，以增加收入和维持周边客人的关系。柳叔劝她不要这时候要钱不要命，她反而加大干劲，生病了不到一两天就跑去店里捯饬收拾，想腾出一点空地方再嫁接项目。但咳嗽是使大劲儿也憋不住的，柳叔骗利文的母亲自己抽奖中了一个体检名额，把她带去拍了胸片，这才发现母亲肺上的结节已经不小。

"对了。"利文的母亲戴上老花镜，"你记得咱们去天台车站的时候，有个司机说当地有家上市公司是从做纽扣发家的？"

"我记得。现在做外贸么，叫什么星材。"利文说。

"这只股票我看看。"利文的母亲拿起手机，"吃一天闲饭我都难受。"

"你不是说不碰股票了吗？"利文问道。

"就三万块钱玩玩，总比存定期强一点吧？"

这些年，母亲偶尔还和利文说起帮过她的大脚和爪子，爪子在千禧年跟着一个卤肉店的老板娘跑了，从此杳无音信。大脚先是开手机店，后来把店盘出去了搞金融，找母亲跟他一起玩股票、炒期货。母亲说那个玉米刚种下去就炒它结了多少个棒槌，纯是瞎扯。大脚就训母亲还没断了农民的穷根儿，说钱生钱才真赚钱。母亲回绝了多次，只有炒股票算是学了点皮毛。大脚现如今大发了，母亲和他联系不多，但利文感到大脚广交朋友、重义气的个性对母亲影响很深。大脚在二十世纪九十年代就乐得把索尼的随身听送给火车上仅一面之缘的邻座，只因闲聊时邻座说自己年少时争勇斗狠，一只眼被人捅瞎了，如今帮着大伯在福建跑外贸，想赚钱买个贵价的义眼片。

"对了。"利文的母亲又说，"我拍的那些片子都装起来，陪护说我这种病情的攒一年可以卖成二百多块钱。你再帮我上网买两盒牛油果，不用买智利进口的，云南的就行。"

"你想吃牛油果？"利文问。

"不是，给隔壁床那个鸡西来的病友，医生说她缺钾，要多吃补钾的。"

"吃香蕉也行。"

"她血糖高。"

"你买？她肯要吗？"

"怎么不要，你帮我取病理的那天她男的也会去，你带给她男的。他们要坐火车回鸡西，伤口钻心地疼还得颠上十几二十来个小时，真活受罪。"

"我也给你买一盒。"

"别多买，我不用补钾。"利文的母亲轻拍了一下她，"这个鸡西的病友说我长得像她二姐，她二姐当年下了岗去法国打黑工，养活家里不少人，后来都准备回国了被抢劫的害了。她麻醉还没全醒就说想找她二姐，人得了要命的病，就开始往前想。我也想，要有个这样的姐姐多好。"

"我后悔没早带你检查，早查就好了。"

"这手术我本来都不想做，耽误你时间，你那么忙。"

"我就随你，闲不下来。"利文说，"现在就下单给她买牛油果，你吃香蕉，多吃少想。"

"行。"母亲莞尔。

从医院取回母亲大病理报告的那天中午，利文痛快睡了一觉。母亲的刀口已经开始结痂，让她全然放松下来。

利文傍晚醒来时才看到朋友圈里，二十分钟之前丛绘在发疯。

家庭是个狗屁。我邵丛绘这辈子都不会有家庭！

邵丛绘今天已死！别找我，烧纸！

丛绘找来一张祭奠的图片，把自己的寸照相片贴在花圈中间。

利文发消息过去，丛绘半天也没有回复。

凌晨两点多，利文还是打了电话过去。响铃不久丛绘就接了，声音嘶哑。

"喝了？"利文问。

"喝了。"丛绘打着嗝说，"不喝闲着干吗？"

"干吗发疯，为你爸还是你妈？"

"干吗因为他们？"丛绘起了高调，"我就不能只为自己吗？"

"好，是你爸？"

电话那边许久没有声音。

"今天我妈找我，说她不回来了。"丛绘缓缓地说，"她那个结节是炎症，打了几针再去检查就消了。她在那边继续烤蛋糕，陪男朋友看演唱会。"

"因为这个你疯了？你是不是傻了，她没病没灾这多好的事。"利文说。

"可我想她了。"丛绘的声音打颤，"因为想她回来，我想起来所有过去的事，所有我以为我忘了的不开心的事，现在全都想起来了。我希望她像所有妈妈一样，会因为照顾孩子而开心，孩子开心她也开心，可她不是啊，她为什么不是啊！"

利文想起丛绘曾说过，自己和母亲爆发过一次很大的争吵。那是丛绘初中毕业后，母亲想法子托人把他送入了一家音乐学院的成教班。但没过两月，校长就把丛绘的母亲叫到办公室，说教丛绘古典吉他的老师要退了丛绘。丛绘的母亲那日从校长办公室出来，把丛绘叫去工厂的办公室，当着曾经带过丛绘的几名老工人的面，把丛绘狠狠骂了一顿。丛绘对利文说，当时他气疯了，拿起母亲办公桌上的一把美术刀就往自己胳膊上划。被工人冲上去夺下了刀，他又拿头撞墙。利文问丛绘，是因为挨了骂没面子吗？丛绘摇头，说当时疯了是因为母亲从头至尾也没有问过他退学的究竟。丛绘说，进了成教班后，他高高兴兴地去上古典吉他课。第一堂课上，老师先让他弹了一段，然后就跟丛绘说他的吉他不好，得买同门师哥都用的一款，并给了他一个银行卡号。丛绘有些犹豫，问老师能不能宽限一段时间，他知道母亲那段时间有一笔大单的生意回款遇到了麻烦，想先拿老吉他凑合着弹，过阵子再找母亲要钱来老师这里买新吉他，老师不依，说如果丛绘第三周的课再带自己的吉他过来，就别进他的教室，情急之下，丛绘冲老师骂了脏话，背上吉他走人。丛绘说那天他和母亲吵架，拿头往墙上撞时，一个老工人上前死死抱住他，他母亲却说让工人赶紧松开，他要是撞死了她这当妈的赔命。丛绘说，直到听见母亲断续的哭声，他才冷静下来蹲到地上。

"别疯了。"利文在电话这端安慰说，"请你去吃青年湖公园的烤麻雀。"

丛绘并不接话，只抽咽着重复："我想她了。"

两人拿着手机并不说话的间歇里，利文有很多话想说。

你十五岁的夏天，在我之前，你在线下见到的第一个论坛网友。

丛绘，你记得吗？

你在BBS上发布帖子，说你在广东一所音乐学院里寄读，会弹吉他，想拉人组乐队，在广州和深圳两地均可，末尾你附上了自己常听的爵士老头儿乐歌单。过了两天，有人打来电话，一个北方口音的男孩，说看到了你的帖子，想请你去一趟深圳，见面聊聊。你问对方爱听什么，对方说了一些 new school 风格的 punk 音乐，你觉得也无妨，于是答应尽快去一趟深圳。对方说他就住在莲花山附近，让你到深圳了先找莲花山的邓小平像，然后给他打电话。

两天后，你在邓小平像前给他打电话，不久后，身旁的树林里钻出一个一米八几的北京男孩，将你带到莲花山附近的一座小区。当他拉开家门，你发现整个屋里都是黑的，几扇窗户都拉着窗帘。他让你跟着他进一间小屋，尽管你心里已经发毛，但还是进去了。当他打开小屋里的灯，你在这间五六平方米的小屋里目瞪口呆。几面墙上挂满 CD 封套，一张书桌上摆着一个台式电脑。他让你坐在电脑前的板凳上，在你面前将电脑上的硬盘打开。你再次吃惊不已，下载的几千首歌曲，被他按照乐队、音乐风格编入收藏夹。没等你反应过来，他已经开始点开一首音乐的 MV，让你看完后和他探讨吉他手为什么要这样处理一段 solo。

那天，在那个板凳上你接连坐了九个小时，深夜才回到父亲在深圳的新家里。你父亲问你去哪儿了，你说有个朋友叫你去家里听打口碟。父亲没有问你什么是打口碟，他只希望你别再穿身上那条红色苏格兰格纹紧身裤，也别再碰吉他。你很想告诉父亲音乐是个好东西，吉他救了你，否则你会烂成一坨屎。

当有人能听到打口碟、穿紧身裤，你的母亲开始经营工厂，我的母亲开始跟着大脚和爪子去广州的服贸城进货，攒了点钱又经他俩推荐去学理发。最穷的时候，母亲为了省下在火车站广场上两块钱一位的过夜费躲进公共厕所，梦想有一天能住进像广州公厕这样贴满白瓷砖的一间房屋。在收到来自回不去的老家的消息的夜晚，母亲会进淋浴间里开大了水声，用我听不懂的方言哭骂。二三十年间，我们的母亲自由地碰壁、吃苦、选择桃子的品种。她们生下我们，赠予我们想哭就哭的权利。

利文记得今年立春这天，丛绘发了一条朋友圈动态，说刚刚梦见一些斑斓的画面，感觉一个人之所以快乐，是有另一个人把他的苦难挡下了。不是成天无忧无虑天真烂漫，就可以自己创造出快乐，快乐需要条件和因素。你可能认识这人，也可能不认识。此刻利文就想告诉丛绘，"这人"大概率首先是自己侥幸爬上岸去的母亲。

"我去找你，你在哪儿？"利文汗涔涔地捧着电话说。

"不用。"丛绘回拒得坚决，"上回你也搞过一次，你说陪我到我酒醒，但我醒了就没看到你。"

"三年前我把你送回家那次？"利文问。

丛绘嗯了一声。

"你是不是全忘了？"

"嗯？"丛绘努力回想，"我忘什么了？"

"你吐完躺下以后就开始喊人，喊的是什么忘了吗？"

"喊的什么？"丛绘疑惑地反问。

"你喊一个叫诗诗的人。"利文说。

"诗诗？"

"对，你要是叫我名字我就不会走。"

"那你不就是失失吗？你的小名。"丛绘小声询问。

"谁叫诗诗？我叫昳昳，给你写邮件最后的落款都是这个。"利文说。

"我知道啊！"丛绘嚷起来，"你的小名就是这个啊，丢失的失！"

"一个日字旁加一个失字，你读失？那是昳！你念字只念半边的吗？"

"我就读到初中。"丛绘哑着嗓子笑了。

听着丛绘疲倦的笑声，利文想，如果他们的母亲没有走出家门，丛绘不会在十二岁生日时得到一把吉他，不会在广州的某所初中连续交了几次白卷后能被送进音乐学院的成教班，更不会看到时代广场的大屏幕上，母亲点播的他和乐队的歌曲。而利文她也不会认识很多的字，一些像"昳"字这样不好辨认读音的字。

楠溪江那日，利文和母亲下船后乘车去往永嘉书院。书院门厅的墙壁上挂着一幅扇面，扇面上"万事皆道"四个大字下方，还写有摘自叶适《习学记言》卷四十七《吕氏文鉴》中的三句话："物之所存，道则在焉。物有止，道无止也。非知道者不能该物，非知物者不能至道。道虽广大，理备事足，而终归之于物，不使散流。"利文的母亲驻足读看，仔细听广播里对这一番话的白话解读，随后眼神晶亮地问利文，她这几十年能否算是"道在事中求"？日久经年在事上磨炼也是求道的理论，弥补了她未完成学业的最大缺憾。利文觉得母亲会欣欣然地想象，姥爷若还在世，自己将是他最喜欢的孩子。姥爷看重的人，理应是她打拼出来的，如今的样子。

母亲回到家里几天后，柳叔给利文打来电话，问她医生怎么规划下一步治疗的，又隐晦地问她母亲的病情到底是不是如他猜测，其实远比结节严重。利文给柳叔简单地讲了实话，也重复了基因检测公司的人所说，病情定论还得看大病理。挂断电话利文感到轻松不少，有些人聪明但不善良，有些人善良但好糊弄，她庆幸柳叔善良而不愚。

在利文高一那年夏天，母亲在店里搞完办卡促销的活动，揣上钱，蹬上自行车驮着利文去续报美术班的课。快到培训部的门前时，母亲突然腿抽筋，和利文一起连人带车地摔出去。当时柳叔是培训部长笛班的老师，正在门口和学生家长说话，看到她们摔了立刻冲过来，眼镜掉地上被自己一脚踩上。柳叔那天给她们买了碘伏、创可贴，也在至今这些年间努力修复和治愈利文的母亲。柳叔也曾想捎带着爱护利文。有一回柳叔在利文母亲店里闲聊，说起利文应该留长发，当着母亲的面，利文回柳叔说，喜欢长头发？那你自己留啊。柳叔憨笑，说留过留过，老师让我剪了。柳叔钢琴专业的前妻也出了国，柳叔前妻留在国内的老母亲是柳叔给养老送终的。

利文知道很多父母会把孩子高考后作为两人分开最理想的节点。利文则是在大学毕业时选择参军，想给母亲和柳叔的关系留个气口，义务兵两年后等他们关系落定再回来读研，未承想军营吻合了利文对家庭生活的部分想象，一干就是六年。这些年间，利文看着丛绘在北漂的这些年里也有了不少乐迷和跟着他学吉他的学生，在那个"丛绘家庭群"里，他每天都和大家有的没的说上几句，利文想，丛绘大概能明白自选亲人的感受。

柳叔接替利文照料母亲后，利文踏实地重新捡起绘图的工作，和那位油画专业的女军人继续创作。那位女生希望能在自己第一次化疗结束后的休整期与利文赶出一组初稿，一疗期间她只是吐酸水，打止吐针就能缓解，而到三疗往后，只会更加难受。利文劝她先专心治疗，养好了再看。她告诉利文说，化疗这些天里她一直感觉特别冷，脑子里一直飘着"濒死感"这三个字，这冷彻周身的寒意，叫她更明白自己在画什么。

女生同为军人的丈夫拿给她一本尼采的集子，说平常不都有很多心灵鸡汤吗，这本书是鸡。女生读到尼采讲："塑像者猛击大理石，毫无怜悯之心。塑像者将沉睡的塑像从石头里解救出来，所以他必须毫无怜悯之心，所以我们每个人必须受苦。"遂认为与利文一同绘制这组草图，就是她猛击自己过往生活表象的必要方式。利文上二手书网站找了本尼采的书来翻看，将一段话誊抄在仿照十竹斋笺谱而做的鹿胶宣纸上，同画稿草图一道寄给女生参考。"高高兴兴去战斗，去赴宴，不做忧郁的人，不做空想的人，准备应付至难之事，就像去赴宴一样，要健康而完好。"

利文少年时也喜欢写作文。初一年级作文比赛，利文得了第一名，和前十名同学的作文稿一起张贴在教学楼走廊告示板上，参加家长会的父母们都能看到。那日利文的母亲回家后说，那些同样题为《难忘的一天》的作文里，真正感动她的是一个女孩的文章，她写自己出生后被重男轻女的父亲抛弃，为了给她交初中择校费，她母亲带她上门去求自己很早出嫁的姐姐借钱。那天姨妈和姨父一家看到她们母女登门就甩脸子，最后她看着姨妈把装着钱的信封扔出门口，让母亲去捡。女孩说，难忘临走前姨父对自己说，你最好学出点名堂，你屁股底下坐着你妈妈这张脸。而利文写的则是母亲在国庆节时带她去民族公园的游记。利文的母亲对她说，如果你写不出那样的真话，还是别写了。在那之后，利文没有再用心思写过什么。这回，她也想跟着这位油画专业，名叫易解的女生，试着猛击两下。

在去医院给母亲取门诊病历和大病理的那天，利文再次路过住院部楼下的长廊。那个一度失眠却能在医院睡着的男人正旁若无人地哭泣，他双手撑着分开的双膝，肩膀上下抽动。利文走过时，他抬头看了看，没有停止哭泣也没有说话，利文便也没有停下。之前利文接母亲办理出院那天，那个男人的母亲刚被转入重症监护室，那日在病区门前遇见利文，他的表情也和刚才一样，像很快地瞥了一眼陌生人。利文心想，我们没有共同命运了，也没有了共同语言。

即使人与人之间有了共同命运，就会有共同的语言吗？利文觉得这并不必然，只是她还算幸运。

微不足道的一切

哲 贵 *

1

丁小武碰到难题了。其实，不是他的难题，是父亲丁铁山痴呆了。不过，反过来讲，这也是他的难题。

丁铁山的病，是半年前出现征兆的。走着走着，迷路了。他是个四海为家的人，是个探路和开路的人。迷路，对他来讲就是耻辱。他出现的另一个症状是遗忘，迎面碰到一个人，记忆中似曾相识，却想不起"来者何人"。

刚开始，丁铁山并没有认真对待，他对身体很自信。他年轻时练南拳的刚柔法，一身硬功夫，两三个人近不了他的身。他了解自己的身体，也充分信赖，只要休息两天，就能调整过来。

丁铁山的病来得猛烈，像夏天的雷阵雨，一声霹雳炸响，雨点迫不及待地砸下来。好像是蓄谋已久，更好像是不由分说，不到半年时间，就完全失去记忆。有人叫他"丁铁山"，他认真地问："丁铁山是谁？"

丁小武每一次去石坦巷，丁铁山都会面无表情地高喊一声"丁——小——武——"。每一个字都有一个后音，"武"字拉得更长，像唱歌。丁铁山每喊一

---

* 哲贵，男，1973 年生，浙江温州人。现为浙江省作协副主席、《江南》杂志副主编。著有小说《金属心》《仙境》《化蝶》及非虚构作品《金乡》等。曾获《小说选刊》年度奖、郁达夫短篇小说奖、林斤澜短篇小说奖、汪曾祺文学奖、百花文学奖等奖项。

声，丁小武心里就刺一下，莫名其妙地想大哭一场。丁小武自认不是一个冷漠的人，用妻子柯又红的话说，他是"拖拉机"。丁小武承认，在很多时候，他是犹豫不决的，是能拖就拖的。他是个软性格。相比之下，丁铁山立场坚定，处事果断。

有一件事，丁小武印象深刻。他和柯又红属于"无证驾驶"，结婚前就住在一起——柯又红的宿舍，很小，只有二十三个平方米。丁铁山住在石坦巷，他的宿舍有二十六个平方米，多出来的三平方米，是一个卫生间。结婚前，柯又红让丁小武去跟丁铁山商量："我们结婚，你爸一分钱没拿，对换一下宿舍总可以吧？"

柯又红这么说是有道理的。信河街的风俗，子女结婚，男方父母是要准备一间婚房的。而他父亲"屁也没放一个"。其实，丁小武并没有对丁铁山说过结婚的事，丁铁山并不知道有柯又红这个人。柯又红想跟丁铁山对调房子，让丁小武为难了。他开不了口。柯又红干脆将话挑明了："如果你开不了口，这个坏人让我做。我去讲。"

柯又红去石坦巷十二号二〇一室找丁铁山。

柯又红先作了简单的自我介绍，然后说了调换宿舍的事。言简意赅，直奔主题。不是商量，不是要求，不是请求，而是宣布。丁铁山直直地看了她好长一段时间，他觉得这个女人的脑子肯定进水了，肯定塌掉了，丁小武的眼睛肯定也瞎掉了，找了这么个"条直"的女人，这种事轮得到她来讲吗？要来也是丁小武呀，她还没过门呢，算个屃？丁铁山斩钉截铁地说："想要我的宿舍，门儿都没有。"

柯又红纠正说："不是要，是调换。"

丁铁山更坚定地说："调换也不行。"

一开始就僵住了。也不是僵住，而是一开口就谈崩了。不可调和。不留余地。双方各蹲一边，互不相让。也不存在让的问题，没有沟通，没有商量，事情从一开始就变成水火不容。两个人都是气势汹汹。两个人都是杀气腾腾。

柯又红生气了。她的生气是理直气壮的，是义正词严的，她质问丁铁山："丁小武是不是你的儿子？"

这个问题火上浇油了。这不是质问，而是侮辱，丁铁山的态度已经很不好了："是又怎样？不是又怎样？"

柯又红听出了挑衅，听出了无可无不可，听出了逃避。哪有这样做父亲的？一个父亲怎么能说出这种混账话？柯又红不是生气了，而是可怜；不是可怜自己，而是可怜丁小武，他有父亲，又没有父亲。她为丁小武感到不值，也感到羞辱，她对丁铁山说："如果是，你就承担责任；如果不是，以后丁小武就没你这个父亲。"

这就是威胁了。丁铁山原本是冷静的，这时更加冷静了，跟一个脑子不灵清的人，有什么好讲的？他准备速战速决："那是我和丁小武的事，轮不到你来指手画脚。"

柯又红很伤心，但她没有表现出来。那就铁了心吧，不就是三平方米的卫生间吗？不要了。她突然对丁铁山笑了一下，说："是的，确实轮不到。再见。"

柯又红说的"再见"，其实就是不见。从转身离开二〇一室的那一刻开始，她就迅速删除了调换的念头，同时，也删除了丁铁山这个人。他不是丁小武的父亲，丁小武没有这个父亲。退一步说，即使他是丁小武的父亲，跟她也没有关系，没有任何关系。她割断了。本来就没有连在一起，一割就断。此生不再相见。

所以，他们结婚时，丁铁山没有出现。是柯又红不让丁小武通知他的。柯又红对丁小武说"有他没我"。但丁小武还是偷偷告诉丁铁山了，结婚这么大的事，于情于理都应该说一声，但他没有说结婚日期。丁铁山问他有什么需要，他说没有。丁铁山又问："确实没有？"他说："确实没有。"丁铁山就不再问了。摆结婚酒席时，只有女方家长出席，有人问起来，丁小武说他父亲出差了。酒席地点是柯又红定的，在华侨饭店，四星级，当时信河街只有这一家四星级饭店。柯又红不是一个铺张浪费的人，但是，她说了："丁小武，结婚就一次，铺张浪费怎么啦？"

丁小武连连点头。

柯又红说到做到，从那之后，再也没有提过丁铁山的名字。在她的生活里，丁铁山是一个不存在的人。包括他们的女儿丁点点出世，包括他们搬迁到公爵山庄新居，丁铁山都是"缺席"的。但她知道，丁小武跟丁铁山有来往，包括派出所给丁小武打电话，让他去领丁铁山，她每一回都听得明明白白的，但从不过问。她只有一个要求，是在他们结婚之前提出来的：丁小武不能在家里提丁铁山的名字。当然，丁小武也不会提。在家里提丁铁山的名字，不是没事找事吗？

丁小武没觉得这种关系有什么不对，不来往就不来往，双方都清净。眼不见，心不烦，挺好。可是，现在的问题是，丁铁山成了一个生活不能自理的傻子，柯又红可以不管，他能不管吗？丁小武觉得不能。也不是内疚，不是。只是每一次看着已经不认识自己的丁铁山，他会心酸，也不是心酸，而是无端地悲从中来。

他当然没有哭。一次也没有。又过了半年，就在除夕的那一天，丁小武突然跳出一个念头——将丁铁山接到公爵山庄。

2

这一年，丁点点大学毕业了。

四年大学，她做了五件事：家教、支教、旅游、当学生会副主席和谈恋爱。当学生会副主席是大二，当上之后，发现还要到社会上拉赞助，立即谈恋爱去了。

丁点点在大学谈了两次恋爱。第一次是和学生会里的师兄，是师兄主动追她，说"你是我梦寐以求的人"。毕业时，他的"梦"醒了，双方很客气地说"拜拜"。第二个是学生会里的师弟，名字叫季增石，比她低一届，是她主动的，属于"老牛吃嫩草"。她追季增石只有一个原因，他笑起来时，会露出两颗小兔牙，相当地讨她欢心。丁点点毕竟谈过一次恋爱，是"过来人"，不再矜持。几乎没有征求季增石的意见，直接将他收归"麾下"。

季增石读的专业是营销。这个专业相当"开阔"，什么都学，却又什么都没学，很神奇的。季增石是个沉默的人，一天说话不超过三句。他觉得这样很酷，很有个性，更主要的是，他觉得自在，有什么话可以在脑子里和自己说，自得其乐。丁点点和他谈恋爱后，他对丁点点也是"惜话如金"，丁点点威胁他："你是不是不喜欢我？为什么半天没跟我说一句话？"

他立即用眼睛无辜地看着丁点点，露出两颗小兔牙。丁点点继续威胁他："你再不说话，我真的生气了。"

这话一出口，丁点点都觉得自己有点"为老不尊"了，忍不住笑了起来。季增石见她笑个不停，摸着脑袋，一脸惶恐地看着她，嗫嗫地说："我说我说。"

他还是什么也没有说。

季增石在学生会负责电脑维护，没有他解决不了的电脑问题。丁点点发现，他看电脑的眼神比看她的眼神明亮得多，完全是要一口将电脑吃掉的架势。这让她嫉妒，丁点点希望他能用这种眼神看自己。好多次丁点点故意弄坏学生会的电脑，以泄心头之愤。后来她发现，这一招正中他下怀，让他有更多时间和电脑待在一起。丁点点立即改变策略，学生会的电脑谁也不能动，她让季增石加了锁，只有她才能打开。

毕业了，也和季增石"拜拜"了。没有举行任何"仪式"，甚至连招呼也没有正经打一个。根本不需要嘛，潮涨潮落，缘聚缘散，随便了。本来就算不上有很深厚的感情，也就不存在离散的痛苦。毕业之前，丁点点已经考入一所中学当语文老师。实习啊，毕业论文啊，答辩啊，各种聚会啊，忙得晕头转向。到了上班的学校，新手上路，手忙脚乱，根本顾不上"痛苦"。

丁点点成长的二十年，是信河街翻天覆地的二十年，丁小武的经历没有大风大浪，却也算随波逐流。丁小武原来是信河街模具厂工人，喜欢写点小文章，后来招聘进文化局下属的杂志社。再后来，杂志封面登了一张大屁股女人照，他这个编辑就当到头啦，只好下海和朋友李其龙办打火机厂。

李其龙和丁小武是朋友，和柯又红是工友。柯又红是信河街火柴厂仓库保管员，李其龙是车间主任。丁小武和柯又红的认识，就是他牵线的。

李其龙做的是整机，分两大类：一类是一次性打火机，另一类是充气式打火机。李其龙胸怀大志，目标是做出世界上最好的打火机，比"都彭""登喜路"还要高级的打火机。为此，他专门去上海恒隆广场，花两万四千四百四十元，买来五只"都彭"打火机，将机身拆解，研究各个零部件和构成。他要做到知己知彼。

丁小武先跟李其龙合伙做了一年整机。他们是好朋友，却有本质区别。区别最先体现在"世界观"上。李其龙要的是"大"，工厂名字也体现他的追求：大世界打火机厂。工人和老板加起来不到二十人，厂房也是租来的，哪来的"大世界"？李其龙不管，这是他的气势，是他的格局，更是他的人生追求。"大"是李其龙的特点。丁小武有自知之明，他把握不了"大"，他的选择都是从"我"出发的，他对世界的认识是"小"，他只能想象看到的东西，只对看到的东西有把握。

工厂的生意"还可以"。什么概念呢？一年生意做下来，纳完税，还清货款，付清房租，发完工人工资，一结算，两个老板寒碜了，除了每月预支的两千元工资，年终分红也是两千元。

这种状况可以理解，两个老板的心思不在一块儿，力量也使不到一起。

那年春节过后，丁小武主动和李其龙谈了"分家"的事。丁小武对李其龙说："你做整机，我做配件。我还是归你管。"

丁小武又对李其龙说："我不是不想做世界上最好的打火机，而是不敢想。我要赚钱，要尽快买一套带卫生间的房子。"

紧接着，丁小武又补充一句："这也是柯又红的想法。"

话说到这个份儿上，李其龙还能说什么？放行。

丁小武独立出来后，办了一家小工厂，做的配件是镍片，信河街人叫银片、限流片。限流片是打火机里的一个出火装置，出火口只有六微米，比头发丝还细，是真正的小本生意，赚的是辛苦钱。丁小武是做模具出身的，只要有一台冲床，火箭都能做出来，限流片不在话下。对于丁小武来讲，只要能赚到钱，累和苦，他不怕。

限流片做了十年后，丁小武终于实现愿望，购买了公爵山庄的房子。房子是柯又红看中的，顶楼，跃层，九跃十，最主要的是大，二百三十个平方米，楼上楼下加起来，有三个卫生间。也就是说，他们一家三口，每个人都有一个卫生间，怎么用都行。为了奖励丁小武，柯又红给他买了一辆富康轿车。

又过了十年，信河街的限流片泛滥成灾了，从最开始只有丁小武一家，变成了几百家。价格从一片一元，压到一片一毛，这生意没法做了。

刚好，丁小武将工厂关闭了，一门心思去石垟巷照顾丁铁山。

自从丁小武搬进宿舍后，丁铁山再也没有在床上拉屎拉尿过。他会突然高喊一声"丁——小——武——"，丁小武像屁股被人捅了一刀，一跃而起，一把将他抱起来，冲入三平方米的卫生间。丁铁山的喊声一天最少要响十次，没有任何规律，没有任何征兆，完全是突发性的，有时是午夜零点，有时是半夜两点，中气十足，声音凌厉。

没有人理解丁小武为什么要这么做。从外人的眼光看，他是丁铁山的儿子，他在尽一个儿子的责任。但丁小武知道，这不是主要原因。主要原因是，他没想到，自己会以这种方式找回父亲，并以这种方式找回自己。在很多时候，丁小武觉得，自己并不是在照顾父亲丁铁山，而是在照顾另一个自己。

还有一个更隐秘的原因。这个原因，连丁小武自己也否认，但肯定存在：父亲丁铁山曾经是那么强壮和强大的人，现在却变成一个需要他照顾的傻子。孱弱。无知。浑浑噩噩。生不如死。他心里似有所得，却又怅然若失。实在是五味杂陈。

这种结果也是柯又红没有料到的。对于她来讲，她不能接受丁铁山来公爵山庄，也不能接受丁小武住到石坦巷宿舍。丁小武是"她的人"，她不会和任何人"分享"，即使丁铁山也不行。所以，丁小武搬到石坦巷，柯又红是有意见的，相当地大。可是，如果必须在"搬进来"和"搬出去"之间做选择，她选择后者。这是她的态度。但是，更大的问题来了，她没想到，丁小武居然连家也不回了，不闻不问了，"他的眼里只有父亲"，父亲成了他的命，成了"他的唯一"。

　　对于丁小武，柯又红是不满意的，几乎心灰意冷了。柯又红对丁小武的不满，还跟一个叫董南妮的女人有关。董南妮曾经是丁小武的"正牌女友"，或者说是"绯闻女友"——丁小武去兰州给董南妮送过毛衣。从信河街到兰州，何止千里，就为了送一件毛衣。这是什么情况嘛！

　　柯又红无法接受自己和丁小武之间藏匿着另一段故事，无论丁小武如何辩解都不行。柯又红拥有一个女人最敏锐最准确的直觉，丁小武不可能对董南妮没有"意思"，否则，他不可能送毛衣去兰州。除了爱情的力量，男人不可能有这么大的动力。

　　董南妮后来嫁给一个文化局科员，嫁得相当潦草。她找过丁小武，向他借了十万元。工厂的钱由柯又红掌控，丁小武不敢动，也动不了。他是从客户那里直接提走货款，借给董南妮的。柯又红知道这件事后，不肯了，她没有跟丁小武哭和闹，她只有一个要求，必须将十万元追回来。丁小武可以将钱借给任何人，但"那个女人"不行。丁小武后来将十万元交还给她，至于是不是从"那个女人"处追回来的，柯又红没问，伤心透了。

　　半年之后，考验柯又红的时候到了，她必须面对一个问题，这问题是她之前没有想过的：她的生活将如何"维持"？从表面上看，这个问题不堪一击，因为柯又红未来的生活根本不需要"维持"。这些年，丁小武赚了一些钱，不出意外的话，这些钱足够柯又红用一辈子。再说，她有工资，退休之后会有退休金。她无需为未来的生活担忧。但是，面对未来，柯又红第一次乱了方寸，产生了深深的恐惧。她的恐惧来源于：即使安坐在二百三十平方米的套房，她的眼前依然是一片虚无。此时，她才发现，丁小武对于她是多么重要，对于这个家是多么重要。丁小武在时，他的意义和作用被日常生活屏蔽了。一旦离开，他的重要性凸显出来了，他的作用不只是在现实层面，更具精神意义。也是在这时，柯又红才猛然明白过来，她这辈子，不管愿意不愿意，也不管满意不满意，已经和丁小武捆绑在一起了。离不开了。

3

柯又红对丁点点说："你去叫你爸搬回来。"

柯又红跟丁点点讲这句话时是一个周末，虽然住在一起，两人平时很少交流。丁点点一日三餐基本在学校食堂吃，不是食堂的菜好，而是她不愿面对柯又红。丁小武搬出去后，柯又红的脸色再也没有舒展过，好像丁点点欠她五千元，有种压迫感。丁小武在家时，他的虎牙能部分消解柯又红的"凝重"，丁小武一走，丁点点觉得家里的空气凝固了，好像空气也欠她五千元。喘气都吃力，何况吃饭。丁点点看了看她，故意说："他要服侍爷爷的。"

柯又红脸上没有表情："叫你爸带他回来。"

丁点点坚决地摇了摇头说："我不去。"

紧接着说："要去你自己去。"

柯又红撇了撇嘴，骂了一句："你这个死丫头，什么事都不干，养你有什么用？"

丁点点不会去的。这是母亲和父亲的事，是母亲和爷爷的事，是父亲和爷爷的事。他们的事他们处理，她不干涉。也不是不干涉，而是无法干涉，不能干涉。母亲既然要让父亲搬回来，她必须自己去面对。更重要的是，母亲还要面对爷爷。这是最重要的。这不是小事情，更不是一天两天的事情。母亲肯定知道，如果将爷爷接进家门，他将会在此生活到死，而谁也不知道爷爷什么时候会死。毫无疑问，这将是一个漫长的对峙过程。没错，对于母亲来讲，就是对峙。母亲每天得面对爷爷，这将是她此后每一天的重要课题。

柯又红亲自出马了。这是她这些年来第一次来石坦巷。自从上次离开这里，她再也没有来过，路过这里也是绕开走的。这一次，她豁出去了。

她对丁小武说明来意后，提了两个条件：第一，她不负责照看病人，不会给病人煮饭烧菜，不会洗一件衣服，不会烧一杯开水。摔倒不扶，死活不管。她只是提供一个栖身之处，不承担赡养义务。第二，丁小武必须重新办一家工厂，什么工厂不管，工厂大小也不管，但必须能赚钱。

丁小武接受了柯又红的条件，因为他看到了柯又红的变化：柯又红接纳了他父亲，虽然她提出什么都不管。这不重要，重要的是，柯又红松口了，同意让父亲搬进公爵山庄，而且，她亲自来石坦巷了。她的行动说明了一切。对于丁小武来讲，只要柯又红同意让父亲搬进公爵山庄，他什么条件都答应，做牛做马都行。

丁小武要感谢柯又红。是柯又红成全了他，成全了他作为一个丈夫的名义，也成全了他作为一个父亲的名义，更成全了他作为一个儿子的名义。他是在意这个名义的。他不认为名义是虚无的，于他而言，正好相反，这个世界是虚无的。世界是个巨大的实体，看得见摸得着，可是，丁小武却悲观地认为，这一切终将化为乌有，跟他没有任何关系。或者换一句话讲，这个巨大的世界终将抛弃他，将他湮灭，成为灰烬，什么痕迹也不会留下。而名义呢？虽然看不见摸不着，可它却有无比坚韧的生命力，可以穿透历史，更可以穿透人心，流传在人们的记忆和传说之中。丁小武有时也反问自己，这是不是软弱的表现？在面对坚硬的现实世界时，只能自欺欺人，抱着一个无用的名义用来安慰。

看起来，丁小武接受重新办工厂的条件，直接因素是柯又红，是迫于她的压力。他是被迫的。对于丁小武来讲，重新办工厂更是他内心的需求。他在石坦巷照顾父亲的这段时间，是一个寻找和弥补的过程。他找到了，也得到了。他很满足。同时，他也发现了一个巨大的问题，在和父亲相处的过程中，他丧失了直接面对父亲的勇气。说到底，谁也不能接受自己老了变成一个傻子。不能。所以，也可以讲，是柯又红提供了走出困境的一个机会，他不能一直和父亲待在一起，他必须有自己的生活，必须找到不同于父亲的人生形态。他必须给自己一个信心，他的未来，不是父亲的翻版。

搬回公爵山庄后，丁小武将父亲安置在跃层的顶楼。这当然也是柯又红的意思。父亲在顶楼，他下不来，她不上去，生死不来往，死活不相见。这样也好。但是，丁小武的问题来了，他要办工厂，虽然还没决定办什么工厂，但无论办什么工厂，他不可能将父亲带在身边，他得出去见熟人，得花时间找人办事，得去了解市场动态。这跟他以前去菜场买菜不同了，菜场是被动的，菜也是被动的，他是主动的，时间是可控的。而现在不同了，谈业务，办工厂，对象是人，有的是他找对方，有的是对方找他，时间变得不可控了。

丁小武跟父亲作了一次"谈话"，很正式很认真地"谈"。

父亲躺在床上，丁小武坐在收起的折叠床上。两个人的构图是一竖一点，像个"卜"字。丁小武拉着父亲的手，看着他的眼睛，父亲的眼睛也看着他，但父亲的眼神穿过他，看向更辽阔的过去和未来。丁小武说："我得出去办工厂。"

父亲一动不动。

"我不能带着你出去办工厂，对不对嘛？"

父亲还是一动不动。

"可是，将你留在家里我又不放心。"

父亲依然一动不动。

"你有什么好的建议吗？如果有的话，你跟我讲讲。"丁小武停了一会儿，看着父亲，似乎在等待。又过了一会儿，丁小武说："你不开口也没关系，点点头，眨眨眼睛，都行。"

父亲没有点头，也没有眨眼睛。丁小武等了一会儿，继续说："那好，既然你没有建议，我倒有一个建议，你看行不行？"

父亲依然没有点头。

"我每天早上出去，中午回来；下午出去，晚上回来。在我出去的这段时间里，你能不能憋住？"

父亲的眼睛还是没有眨。

"我相信你能憋住。我对你很有信心。"

父亲这时突然张开嘴巴，喊道："丁——小——武——"

丁小武马上伸手将他从床里捞上来，抱着他往卫生间跑，一边跑一边说："这就对了嘛，这就对了嘛。你这算是同意了，说话要算数的。"

跟父亲"谈"过之后，丁小武去找李其龙。当然，丁小武和李其龙的见面从没断过，只不过，他"专职"照看父亲后，去不了李其龙的"大世界"，都是李其龙来石坦巷。李其龙过一段时间会找他谈一次话，都已经是一种心理需求了，不谈不行的。

"都彭"打火机为李其龙打开了一个新天地，他对丁小武说："老子现在才知道什么叫作井底之蛙了。"

丁小武只是笑笑，不点头也不摇头。他知道，以李其龙的性格，一般是不会讲这样的话，他从来都是蔑视一切的。李其龙马上接着说："不过，认真研究之后，也没什么了不起，老子一定能做出更好的打火机。一定能。"

形势明朗了，丁小武拼命地点头。他相信李其龙，李其龙说能做出来就能做出来。李其龙如果说，他能做出一只比上海东方明珠电视塔还高的打火机，他也相信。

李其龙将新产品命名为"麒麟"。传说中，麒麟是能吐火的神兽，他喜欢这个名字，神气，张牙舞爪，有力量感。自从准备做"麒麟"，李其龙就换掉了所有设备，原来设备做出的配件精确度不行。打个比方吧，原来的配件像猪八戒的嘴巴，多一点少一点，感觉不到差别。而"麒麟"对配件的要求就不一样了，它是孙悟空的火眼金睛，那就不是眼睛里容不得一颗沙子的问题了，差一丝一毫就是"妖怪"，就要现出原形。李其龙从德国引进一套全新的设备，他发现，德国的设备最多只能做出跟"都彭"差不多的打火机，做不出他要的"麒麟"。这当然不行，他的"麒麟"必须超过"都彭"。必须。他拿着新的参数，又高价向德国厂家定制设备。

整整用了三年时间，李其龙才做出他想要的"麒麟"。为此，他付出的代价是卖掉了房子，第二任老婆跟他离了婚，并开走了跑车。不过，对于李其龙来讲，这根本不算什么代价。"麒麟"就是他的房子，就是他的老婆，就是他的全部。

"麒麟"的零售价是五千元。这是李其龙的底线，也是他的底气。他的产品必须比"都彭"卖得贵，"麒麟"的品质一定要胜过"都彭"，这一点不能商量。

"麒麟"走上了市场。"走"得相当好。他到北京、上海、广州招合作伙伴，在电视上打广告，来加盟的人络绎不绝。他去各大商场谈合作，商场也非常乐意给"麒麟"开设专柜。很了不起了。在知名商场里开专柜是一种荣耀，是市场认可的标志，是身份的象征。要知道，在这之前，只有国际大品牌才有资格开专柜，国内的打火机想都不敢想。

李其龙特意去了上海恒隆广场，他曾经对这里的"都彭"专柜服务员说过"再见"。他是个言而有信的人。专柜就设在"都彭"边上，"都彭"专柜的美女服务员还在。李其龙对她说"你好"，她也笑着对李其龙说"你好"，笑容很甜，很迷人，甚至比三年前更甜更迷人。但是，李其龙发现，她对他的笑容是职业化的，是千篇一律的，是空洞的。也就是讲，她已经将李其龙忘记了，彻底忘记了。这让李其龙有点伤心。他心心念念了三年，每天想着"打回来"，而在美女眼里，他只是一个顾客，根本没往心里去。不过，李其龙也明白，这无关紧要，要紧的是他"回来了"，跟她"再见"了。他兑现了诺言。

最多的时候，李其龙在全国知名商场里开了近三百家专柜，最好的专柜一天能卖出十只"麒麟"。这是一个了不起的数字。

但是，意想不到的事情发生了，李其龙没有想到，市场上很快出现了"麒麟"的仿制品。一看就是假冒伪劣产品，做工粗糙，连抛光都不均匀呢。这样的产品，李其龙看不上。更让李其龙不能接受的是，假冒的"麒麟"卖得那么便宜，一只售价五十元。

他对这种情况很不满意，感受到莫大侮辱。那么多企业明目张胆地仿冒"麒麟"，完全无视他的存在。假冒产品在蔓延，病毒一样扩散开来。无边无际。无法无天。而他却不能站出来讲一句话。那么多人都在仿冒"麒麟"，有什么办法制止他们？没有。成千上万，无从下手。

李其龙深受打击。这种打击是精神上的，是灵魂深处的，是致命的。这种打击使他对这个世界产生了失望，很深很深，他觉得全世界都在欺负他，合起伙来欺负他。明摆着欺负人嘛。既然如此，他也不想反抗了。他妈的，既然你们要，都拿去好了，老子不玩了。

丁小武就是这个时候找到李其龙的，丁小武说："你不能这样消沉嘛，你这么做正中了别人下怀。"

李其龙摇摇头说："老子知道，可老子累了，真的累了。"

丁小武说："这不是我认识的李其龙嘛，我的朋友李其龙是个打不败击不垮的大英雄，他雄心万丈，意志坚强，是个从来不认输的人。"

没等李其龙接话，丁小武接着说："李其龙你要知道，如果一定要找一个能打败你的人，那就是你自己。"

李其龙见丁小武这么说，突然"哇"地放声哭了起来。相当意外，相当放肆。他一把抱住丁小武说："小武，老子心里苦哇。"

这是丁小武第一次见李其龙哭，而且是抱着他的头，号啕大哭。泪水滂沱。山崩地裂。势不可挡。泣不成声。丁小武不知道他心里到底有多苦，但他猜想，李其龙的哭，也不完全是因为仿冒"麒麟"的事，还因为这些年来，他的付出，他的坚持，他的勇往直前，他的坚硬如铁。对外，他是一个超人形象，战无不胜，无所不能。可是，丁小武知道，李其龙不是超人，他是一个人，所有人的弱点他都有，他只不过将这些弱点和软肋包裹起来，埋藏起来，将坚强的一面呈现出来。他比普通人过得更累，更辛苦。其实，丁小武何尝不是如此？他比李其龙做得好的只有一点，他会示弱，他会认输，这对他来讲就是放松，就是缓解。他可以脱下盔甲，暴露所有缺点，这是身体的放松，也是精神的放松，这就是调和，就是平衡。李其龙没有，他的人生一直是铜墙铁壁，一直战车滚滚。作为朋友，丁小武能够感受到，那哭声从李其龙心底奔涌而出，那是抑制不住的哭声，是委屈和无辜的哭声，甚至是无助的哭声。丁小武深受感染，他抱着李其龙，也大声痛哭了起来。这是一次不同凡响的碰头，在丁小武和李其龙交往史上是载入史册的，也是最释放的一次"碰撞"。两个人足足抱头哭了半个钟头，泪水几乎把对方的肩膀变成沼泽，甚至是一条河流。哭完之后，两个人互相看看对方，都朝对方羞涩地笑了笑。李其龙很快恢复了常态，将头高高抬起，用俯视的眼神打量周围的一切，好像什么事情都没有发生过，更没有哭过。没有，李其龙怎么可能哭？不可能的。

丁小武告诉李其龙，他想重新办工厂。李其龙这次没有拉他入伙，问他要办什么工厂，丁小武说想办一家眼镜厂，他想征求李其龙的意见。李其龙看着丁小武，没有讲话，但他的眼神似乎在讲话。

4

人的一生，冥冥之中，似乎有某种定数。当然，"定数"这种东西，信则有，不信则无。丁小武介于信与不信之间。他自己或许不信，可是，他的所作所为，包括思维方式，显示并注定了他的某种归宿。

做打火机时，丁小武选择了最不起眼的限流片。没有再小的了，微乎其微了。办眼镜厂，他还是作了最简单的选择。他做的配件叫中梁，就是两个镜框中的横梁。眼镜主要由四部分构成：镜脚、镜框、镜片和中梁，中梁的位置处于两个镜片中间位置，相对而言，作用最弱，价值最低。有意思的地方就在这里。在中国人的观念中，正中位置肯定是最重要的，最尊贵、最有价值。在眼镜的构造中恰恰相反，中梁只是起到过渡和衔接作用，它可以无限简化，直至用一根铝钛合金来替代。但是，中梁又是无可替代的，没有中梁，眼镜无法架到鼻子上，无法起到眼镜应有的作用。可以这么讲，没有中梁，眼镜是不成立的。

这大概是丁小武选择做中梁的最主要理由，也是他人生的必然选择。往形而上方面讲，这是他的人生观在起作用，也是他给自己的定位：他的人生无足轻重，却又必不可少。当然，这肯定不是他的初衷。他的初衷想必有更大的理想，否则，不会从模具厂考到文化局。那么，他是从什么时候改变了初衷？是什么原因让他篡改了人生定位？这个原因，丁小武没有说。他不会讲。更大的可能是，他也不知道。

眼镜配件厂的名字叫：小日子眼镜配件厂。

这中间有一段插曲。丁小武去工商登记注册时，被告知小日子限流片厂还没有注销。丁小武说，那个工厂早就停办啦。工商的人说，这是两个概念，停办是个人行为，注销是法律程序。如果没有注销，法律上认定工厂一直在生产，各项税收还得照样缴纳。丁小武大吃一惊，问道，那我岂不成了偷税漏税的人了？工商的人看了看他，一副见怪不怪的样子，说，可不是嘛。丁小武说，我补缴行不行？工商的人说，这不是行不行的问题，你必须补税，注销税务登记，再注销工商登记，才能再登记注册，这是程序。丁小武问，补缴之后，我还算偷税漏税吗？工商的人突然呵呵笑起来，说，你这个同志很有趣，问的问题也很天真烂漫。

丁小武补缴了税款，也缴了滞纳金，然后回到工商局注销了"小日子限流片厂"，再重新登记注册"小日子眼镜配件厂"。但是，丁小武知道，从此以后，他的人生不完美了。他有污点了。这个污点将像胎记一样，伴随他的人生，甚至铭刻上他的墓碑。这让他脸红，让他羞愧，让他沮丧。他一生的清白毁于一旦了。

丁小武的"小日子眼镜配件厂"做得不算好，但也不算差。他有他的原则。

他的原则是所有中梁的模具都是他亲手设计的，他让厂家自己选。当然，他也可以根据厂家的要求设计模具。他有这个信心，也有这个能力。他不急，更不贪，心态好得不成样子。他有一个准则，绝不允许质量不过关的产品离开工厂，一个也不行。这为他的工厂赢得了口碑，当然，这也是他的口碑。这是声誉，是他办工厂以来一直努力的方向。他很看重这一点。反过来讲，他的追求，从某种程度上也制约了他。在一个缺少规则的混乱时期，坚守往往能成就一个人，但从更大的方面来讲，也限制了一个人。

柯又红关心的是，丁小武的眼镜配件厂能不能赚钱。当然，赚得越多越好。她的底线是不能赔钱。这一点，丁小武做到了。柯又红是"言出必行"的，她果然对丁铁山不闻不问，完全无视他的存在。

出人意料的是丁铁山。他居然"听"进了丁小武的话，成功地"憋住"了。自从住进公爵山庄，他没有在床上拉屎拉尿，每天中午都能"憋"到丁小武回来。他对丁小武是有感应的，丁小武的小车刚进小区，他的身体就开始蠕动，嘴唇开始颤抖，脸色发红，小声地念着"丁小武"。随着身体蠕动得越来越激烈，叫喊声也越来越响亮，脸色越发地红亮了。当丁小武开门进来时，他的叫声已经变成嘶吼了，脸色乌青，整个身体猛烈抖动，他拉开喉咙喊"丁——小——武——"。丁小武鞋子也顾不得脱，袋鼠一样蹿上顶层，嘴里喊着"来了来了"，抱起丁铁山往卫生间冲刺。

从卫生间出来，丁小武将父亲放在床上，两个人似乎都经历了一次凶险的长途跋涉，惊涛骇浪，同舟共济。船到静水区，他们耗尽了力气，像两条垂死的鱼，张着嘴巴，大口地吸气和吐气。

至于丁铁山是否每一次都能"憋住"，这事只有丁小武知道。对一个失智的人来讲，是很难做到这一点的。他根本无法控制自己嘛。有这个意识的人不可能失智。不可否认，丁铁山在公爵山庄的表现，是个不大不小的奇迹。

当然，丁小武也参与了创造奇迹。他在顶层另起炉灶，包揽了丁铁山所有生活上的事务，烧饭，煮菜，洗衣，洗碗，洗澡，都是他一手包办。他毫无怨言。他不但对丁铁山没有怨言，对柯又红也没有。她接纳了父亲。以丁小武对柯又红的了解，她很难接受这个现实。可是，她接受了，没有任何不良情绪表露。所以，丁小武没有任何怨言。他觉得这种生活是踏实和满足的。能够和家人住在一起，又能将工厂办起来。他觉得生活又有了希望，他还能做事，还没有被生活打败。这让他觉得充实，这让他觉得幸福。

丁小武的生活基本上算是走上了正轨，丁点点的生活却还在不停地"颠簸"。她在学校当了一年老师，考到信河街晚报社当记者。每个记者有一条主跑线，丁点点跑的是旅游线。在海南采访时，丁点点接到季增石的电话。面对着大海，海风将椰子树吹得如泣如诉，吹乱了她的头发，乱得一团糟。她很伤感，无端地想找一个人倾诉。手机一响，她看见是季增石打来的。刚开始，她有点恍惚，有那么一刹那，心里在想，季增石是谁？毕业之后，她换过一次手机，但没有将季增石的号码删掉。没有特别的意思，只是觉得删掉也没有意思。这期间，她和季增石之间，没有通过电话，连念头都没有动过，她似乎真的将他忘记了。但是，当她站在海南的海边，忧伤弥漫之时，接到了季增石的电话，突然有点茫然失措了。

从海南回来后，她和季增石见了一面。季增石毕业后，和朋友办了一家网络公司。他办网络公司，丁点点能理解，他没有理由荒废了电脑技术，那是他的强项。

从那之后，他们又恢复了来往。这一次，是季增石主动的。他约丁点点去看电影，还请她吃四川火锅。但他还是话少。与以前不同的是，他更喜欢笑，一笑就露出两颗小兔牙。一看见那两颗小兔牙，丁点点心里就充满了温暖。她有时会想，她可以不要季增石这个人，把他嘴里那两颗小兔牙拔给她就行。当然，她清楚地知道，如果那两颗小兔牙离开了季增石的口腔，也就失去了意义，她也不会要它们了。这真是个两难的选择。

丁点点去了季增石家。他父亲很早就死了。季增石一开始没有告诉她是"生病死的"，他只说父亲在他很小时候就"没了"。丁点点后来才知道，他父亲是得肝癌死的。季增石的家在信河街西角，他母亲原来是信河街玩具厂的技术员，"改制"后，去私人办的儿童玩具厂当工程师，工资比以前高了十倍。但他们住的依然是老房子。房价此时已经升到每平方米两万元，可以看到瓯江的房子卖到每平方米八万以上，依靠工资，很难买得起好楼房了。丁点点看得出，季增石母亲的眼神里有一种"讨好"的成分。她的眼神是谨慎的，带有技术员的"较真"。

丁点点也带季增石到公爵山庄，一起吃了一顿饭。丁点点还带季增石到顶层见了爷爷，季增石主动叫了"爷爷"，爷爷睁着眼睛，一眨不眨，眼神辽阔而空洞，嘴巴张成"O"形，似乎想说什么，又像什么也不想说。

丁点点能够感觉出来，母亲不满意季增石。她的不满意是写在脸上的，也表现在态度上。她虽然接待了季增石，去菜场买了对虾和江蟹，可她的姿态是明显的，是高高在上的，甚至是盛气凌人的。她曾经向丁点点打听季增石的家庭情况，丁点点告诉她三个字"你别管"。可丁点点知道，柯又红不可能"不管"。她三句两句就套出了季增石的家庭情况。来公爵山庄之前，丁点点交代过季增石，无论柯又红问他什么，他都不要回答。可是，进了家，季增石立即将丁点点的"交代"忘得一干二净，柯又红问什么，他回答什么，比派出所审问还老实。丁点点感觉到，柯又红每问一句，姿态就上升一层，最后像雄鹰一样盘踞在半空中。丁点点一开始挺替季增石着急：太实在了，太不把我的话当话了。后来一想，我急个毛，柯又红想打探一件事，连玉皇大帝都阻止不了，我阻止有什么用？退一步说，自己和季增石的事，作为母亲的柯又红问问也没有什么不对。最主要的是，她打探得水落石出有什么用？我的事，我可以决定怎么做的。

打发走季增石后，柯又红给丁点点下了一道"懿旨"："你不能和季增石在一起。"

丁点点早就等着她这句话了，立即回答说："我偏要。"

柯又红见她这么说，口气突然柔和了下来："我是为你好。"

丁点点说："我马上和他结婚。"

"我不是嫌弃他家贫，也不是嫌弃他公司看不到前途。"柯又红停了一下，叹了口气，说，"我担心的是他的身体，他父亲得的是肝癌，他爷爷也是，这就是基因。不出意外，他的肝以后也会出问题，而且是大问题。"

柯又红这么说，大大出乎丁点点的意料。她确实没有考虑到这一层。这是个很现实的问题。但是，她不准备听从柯又红的意见，恰好相反，柯又红如果不跟她说明这个问题，自己跟季增石在不在一起真的无所谓，现在，柯又红把问题摆上桌面，她就必须跟季增石在一起了。

是不是有点怄气？丁点点承认有一点。但她不认为全是怄气，她这么做只是想向柯又红表明：世界不是都像你看到的那样，也不是都如你所想的那样。有例外的。你要允许有例外。而我，就是一个例外，是个活生生的例外。所以，丁点点的态度相当坚决："我决定了，他就是现在得肝癌，我也要和他在一起。"

丁小武什么话也没有说。当然，柯又红也没有征求他的意见。丁点点也没有。丁点点甚至看不出他脸部表情的变化。当然啦，她也没有细看。在这种时候，丁点点更多关注自己的内心情绪，以及做出决定后的坦然，至于别人的看法，实在不是很重要。相反，如果这时阻力越大，转化成的动力也越大。

第二天，丁点点就和季增石去了民政局，领了结婚证。然后，去了一趟银饰店，季增石花了一百二十八元，给她买了一枚银戒指，套在她左手的无名指上。结婚了。

柯又红很生气。她没有跟丁点点争吵，甚至也没有骂她一句。只是不理她了，看也不看一眼。柯又红的态度，促使丁点点更快地逃离这个家。丁点点太了解母亲了，她的没有态度就是明确的态度。可她又拿丁点点没有办法，她对付丁小武那一套手段对丁点点无效。在丁小武眼里，她是中心，她的一喜一怒都会掀起风暴。在丁点点这里，她只是一个家的概念，而丁点点随时随地准备离开这个家。这就是丁点点和父亲的区别。这种区别，也是这么多年来，丁点点从他们相处的关系中学到的。她不会让别人成为她的中心，她不会让别人影响她的决定。她的中心和决定必须来源于自己，虽然她也不知道自己到底需要的是什么。

丁点点有一点点积蓄，季增石是一点也没有。买房是不可能的。西角的老房子，她也不想住。只能租房。他们在报社旁边租下了房子。那天晚上，丁点点回了一趟公爵山庄，在房间整理自己的衣物。柯又红知道她回来干什么，不闻不问。这挺好。这才是丁点点认识的母亲，这才是柯又红。如果这时问东问西，那不是她的风格。丁小武进了她的房间。印象中，读高中后，这是父亲第一次进她的房间。他站了一会儿，见丁点点忙着收拾衣物，也没有开口。丁点点见他站了很久，就问："有事吗？"

他受惊吓的样子，连忙摇头说："没事没事。"

见丁点点没有再说什么，他停了一下，小心翼翼地问："需要钱吗？"

丁点点摇头说："不需要。"

他更加小心地说："如果买房子，我给你付首付。"

丁点点看了他一眼。她当然知道他的意思，但依然摇头说："不需要。"

他叹了一口气，像失望，又像松了口气，说："有需要就跟我说嘛。"

"嗯。"丁点点点点头。这次没敢抬头看他。丁点点担心，一看见他的眼神，会忍不住流泪。在这种时候，特别是在父亲面前，丁点点不想落泪。她不想在他面前流露真实情感，更不想给他负担。

"你保护好自己。"他走出房间前，轻轻地说。

丁点点觉得，这句话由她讲出来才对。老实讲，丁点点对他不放心，很不放心。这种不放心毫无来由，却又挥之不去。丁点点总有一个不好的预感，总觉得他会出事，却又不知道他会出什么事，更不知道会在什么时候出事。最主要的是，她帮不上忙，相当无能为力。

5

丁小武的眼镜配件厂办到第八个年头，丁铁山的病情出现了变化。其实，也不是病情有变化，只是晚上不睡觉了，不停地喊"丁——小——武——"。

丁铁山喊一声"丁——小——武——"，丁小武必须回一声"我在"，否则他会一直喊下去。到了这个地步，丁铁山的喊叫已经不是上卫生间了，他需要丁小武在身边。只有丁小武答应"我在"，他才会稍微安静片刻。丁小武的夜晚被撕得粉碎。丁小武晚上不能睡觉，白天却要去工厂上班，睡眠严重不足了。睡眠不足带来一个后果，他总是在等红灯时睡过去，引得后面的汽车狂按喇叭，甚至跑下车来，指着他的鼻子，骂他是"猪头"。丁小武被"骂醒"后，不停地说"对不起"，赶紧开车走人。更为严重的是，他经常被交警抓住。交警怀疑他酒驾，不由分辩，先是吹气，再带到医院抽血检查。验血结果出来后，交警很严肃地对他说，疲劳驾驶是最大的安全隐患，危害比酒驾还大。丁小武笑着对交警说"是是是"，以后一定"整改"。有一个交警和他"特别有缘"，抓了他十多次，都抓出交情了，一看见他就说，老丁啊，做企业不要这么拼命，命没了，赚再多的钱有什么用？丁小武很赞同他的看法，笑着说，是是是，你说得很对，我以后不拼命了。

无论在外面，还是在家里，丁小武从来没有叫过一声苦。无论丁铁山怎么喊，他都是带着笑意说"我在"。回应及时，态度诚恳。但是，丁小武的变化是明显的，他的体重从七十五公斤降到了六十公斤。嚣张的胸肌消失了，像瘪了气的皮球。手臂上飞扬跋扈的肌肉不见了，变成有气无力的皮。特别显而易见的是他的脸，原来是国字形，瘦成倒三角。用"形销骨立"来形容，一点不过分。眼睛又大又空洞，猛地一看，相当吓人。

这样的日子，丁小武又坚持了一年多。突然有一天，丁铁山不吃东西了。

他不是不吃，而是吃不进了。他胃口一直很好，每顿一大碗米饭。丁小武调羹还没将米饭打好，他的嘴巴早就张得像隧道，嗷嗷待哺。饭一送进去，几乎没有经过口腔嚼动，直接被送进了肚子。丁铁山有牛一样的反刍功能，闲着没事，他的口腔一直在嚼动，两个嘴角经常挂着几滴白色唾沫。

丁铁山的变化是突如其来的，他不会反刍了，直接将吃进去的东西吐出来，吃多少吐多少。丁小武将米饭换成稀饭，他照样吐。吐了两天，丁小武将他送到信河街人民医院。医生给他做了包括肾功能项目的全面检查，最后得出一个结论：机器老化，回天无力。也就是讲，丁铁山不能反刍，不是身体里某个零件出问题了，而是所有零件的责任。

第二天，丁小武将他运回公爵山庄。

此后十天，丁铁山粒米未进。他依然会喊丁小武的名字，声音已经很微弱了，如蚊蝇叫鸣。如果丁小武不在，他会一直叫下去。那已经不是叫了，是哀号，是饮泣。那是肝肠寸断的寻觅，是绝望的呼唤。

第五天，丁铁山进入昏迷状态，偶尔醒来，嘴里挤出的唯一声音是"丁——小——武——"。他已经没有力气了，声音像呻吟。丁小武立即应道："我在我在。"

第九天中午，丁铁山像一副皮囊在漏气。丁小武知道，他大限将至。

午夜零点刚过，丁铁山突然高叫了三声"丁——小——武——"，喉咙里发出一阵咕噜声，然后便归于寂静了。

这中间大约有十来分钟的停顿，仿佛时间静止了。

丁铁山去世的前一天夜里，丁点点的羊水破了。季增石紧急将她送到医院待产。比预产期提前了十天。

躺在医院的病床上，一轮阵痛过后，丁点点给柯又红发了一条微信，柯又红立即回了两个字：就来。

丁点点和柯又红的关系，是在她怀孕后"修复"的。本来就没有深仇大恨嘛，只是因为人生观的不同，产生了"裂痕"而已。于柯又红而言，大约是出于对丁点点的失望，辛苦抚养，不但不知报恩，反而一意孤行，让她伤心了。更主要的是担忧，担忧丁点点的未来。可是，这孩子太固执了，太让人寒心了。无论如何，丁点点是她肚子里掉出来的肉，她可以失望，可以生气，可以愤怒，甚至可以怨恨，但是，她没有办法不牵挂。不过，她终究是骄傲的性格，不会主动联系。而丁点点呢，虽也有过主动向母亲示好的念头，可实在不知如何表达。最主要的是，她觉得来日方长，有的是时间和机会，何必急于一时？所以，当她得知自己有了身孕后，并没有告诉柯又红，而是将信息告诉父亲。丁小武当然是高兴的，他们虽然只是通了微信，但丁点点可以想象，父亲一定露出了他的两颗虎牙。很快，父亲又给她发了一条微信，希望她将这个好消息告诉母亲，他的微信是这么写的：你妈肯定会很高兴的。丁点点想想也是，就主动加了母亲微信。半个小时后，柯又红通过了她的微信，丁点点将这个消息告诉她，她回了一句：你这个死丫头，为什么不早告诉我。

完全是冰释前嫌的口气了。

从那之后，柯又红每周来一趟出租房，每次都带来烧好的菜。刚开始是对虾、子梅鱼等海鲜，后来是炖鸡汤和炖鸭汤，再后来是燕窝、鱼胶等补品。丁点点怀孕六个月，已经胖得不像样子，体重从五十公斤飙升到六十五公斤，身体横向发展，原来的瓜子脸，变成了国字脸。体现尤为突出的是肚子，她觉得肚子里装着的不是一个孩子，而是一个班级的孩子。不能好好走路了，只能依靠身体的晃动前行，左摇右摆，相当艰难，也相当霸气。

丁点点已经从报社请假在家。请假的原因是她心绪不稳定。由于身形的巨大变化，让她心情灰暗，懊恼，自卑，怀疑一切，怀恨一切，不想见人了。可是，另一方面，她又无比骄傲，因为肚子里怀着孩子。在她看来，那不仅仅是一个孩子，而是一个完整的世界，一个独一无二的世界。她是这个世界的创造者和孕育者，完全有理由为自己骄傲。怀孕期间，丁点点一直在这两种情绪之间来回跳跃：上一刻灰心丧气，下一刻斗志昂扬；上一刻泪流满面，下一刻转悲为喜。这种近似精神病的行为，弄得她身心俱疲。离预产期还有三个月，她决定请假在家。也是从那时起，柯又红每天下午都来陪她，她还是每次带菜过来，没有空过一次手。

丁点点能感受到，柯又红不喜欢他们租住的房子。也对，八十平方米的老房子，陈旧，简陋，怎么能和公爵山庄的跃层房相比？最主要的是，这是租住房，没有安全感，没有归属感。但柯又红没有说出来。丁小武顺路来过几次，提出让他们搬回去住，丁点点没同意。

丁点点是在第二天中午十二点产下女儿季笑笑的。这个名字是她和季增石商量好的，不论是男孩还是女孩，都叫季笑笑。没有特别含义，只是希望孩子将来快乐，多笑。

季笑笑跟她的太爷爷丁铁山擦肩而过了。

没有人告诉丁点点这个消息。她还处在产后恍惚中。让她略感意外的是，丁小武没有来医院，但一想到他要照顾丁铁山，还要去工厂，也就没往深处想了。有点反常的是柯又红，经常走神，惘然若失的样子。那天下午，她回了一趟公爵山庄，不到两个小时，依然回到医院。丁点点问她，有事吗？柯又红只当没听见，也没回话。

丁点点在医院住了三天。第四天，丁小武开着车，将他们一家三口接回公爵山庄。柯又红还是什么话也没讲，丁点点也没问。但丁点点知道，这事肯定是母亲和父亲商量好的。她住在原来的房间，但房间已经"面目全非"，到处摆满婴儿用品，婴儿床、婴儿服、儿童玩具以及尿不湿等等，墙上贴满了各种儿童照片，喜怒哀乐，各种表情都有。丁点点发现，居然有一张她的儿童照，上半身裸露着，下半身包着布包，张着嘴巴，挂着哈喇子。照片上的人肯定是她，可她从未见过。

一开始，丁点点只想在公爵山庄住完满月。她要搬回租住房，那里才是她的家。季增石的母亲去过医院，也来过公爵山庄，热情里夹带着客气。这种客气是距离，是生疏，是楚河汉界。她每一次来看孙女，都是坐坐就走。其实，丁点点看得出来，她想多待一会儿，甚至想一直待下来。可她是理智的，也可以说是矜持的，时间基本控制在半个小时。短了太急促，显得迫不及待；长了不得体，似乎赖着不走。她做得很有分寸。这种分寸其实就是排斥，就是对立，丁点点甚至想到了仇恨。丁点点有时会想，季增石母亲会不会仇恨自己呢？多少会有一些吧，她的客气说明了一个问题，她对自己不亲，亲不起来。丁点点想，或许搬回租住房后，季增石母亲可以不那么拘谨了，季增石是她的儿子，季笑笑是她的孙女，她想什么时候来都可以，想待多久都可以。她有这个权利。这样的话，她可能会和自己亲一些。丁点点觉得自己对季增石母亲算不上好，但她的节制和自尊让她有好感，让丁点点会站在她的角度想问题。或许，这也算慢慢成长的一个标志吧。特别是她怀上季笑笑后，似乎对这个世界和人事多了一分理解和包容。

柯又红自作主张退了租住房，叫了搬家公司，将家具和衣物运回公爵山庄。她没讲任何理由，对丁点点说："如果你过意不去，每个月可以给我伙食费和保姆工资。"

她说的当然不是真话。自从有了季笑笑，丁点点发现母亲跟从前判若两人。她从前是不会主动对人示好的，脸上是见不到笑容的。现在不一样了，她这是主动要求他们住在公爵山庄呢。要知道，这套房子是她的私人领地，她不会与任何人分享的。她现在主动要求他们留下来，主要是因为季笑笑。当然了，在接纳季笑笑的同时，也接纳了她，也接纳了季增石，更接纳了季增石的母亲。她不能不让季增石母亲来看望孙女是不是？丁点点觉得，柯又红能够接纳季增石的母亲，等于接纳了整个世界。相当开阔了。丁点点觉得柯又红最大的变化还是笑容，她现在每天笑声不断，抱起季笑笑，讨好地说："笑一个，宝贝给外婆笑一个。"

然后是做鬼脸，身体做出各种扭动的姿势。柯又红的身体一扭动，季笑笑就咧开了嘴。她大惊小怪地说："笑了笑了，宝贝对外婆笑了。"

从语气和表情看得出来，柯又红得到了巨大的奖赏，无比满足。她是真的快乐。而且，她的快乐是"主动追求"得来的，这种快乐是"敞开的"。

父亲丁小武当然也希望他们住下来，只是他没有说出来。不会讲的。他用商量的口吻问丁点点："住得习惯吗？"

这话问得太客气了，见外了。这是她的家啊，即使出嫁，依然是她的家。丁点点知道父亲还有一句潜台词：习惯就一直住下来。这是他的心愿。他已经习惯了隐藏自己的心愿。

季增石的网络公司两年前就不开了，没有业务，赚不了钱。他开始在网上开商店，卖他母亲工厂生产的玩具，当然也卖其他工厂生产的玩具。

丁点点一开始没有将季增石的"转行"当一回事，更没有将他的网店当一回事。只知道他比过去忙，手机就有好几部，还叫了几个工人帮忙。丁点点还替他担心，每个月能否按时给工人发工资。担心归担心，她没有问季增石。她从来没有问过季增石网络公司的事，他也从来不说。只在公司关闭时跟她打了一个招呼，她"哦"了一声，等于没有任何反应。那个时候，她还没有怀上季笑笑，还是喜欢到处跑。她和季增石是两条各自奔跑的线，不同的是，他是画圈圈，她是画各种直线。他们唯一的结合点是租住房。那是他们的家。

他们在公爵山庄住了半年多，到了腊八那一天晚上，季笑笑已经睡下了，季增石对她说："咱们买一套房子吧。"

丁点点故意问道："发财了？"

他说："我手头有两百万，首付应该没问题。"

丁点点说："你没做什么违法的事吧？"

他说："没有，都是我这两年开网店赚来的。"

季增石的回答让她吃惊。太出乎意料了。丁点点没有想到，他不声不响赚了这么多钱。果然是个沉得住气的人。她更没想到的是，开网店这么能赚钱。她说："那就买。"

季增石问："买哪里好？"

丁点点说："无所谓，钱是你的，你想买哪里都行。"

次日，丁点点将季增石想买房的消息告诉母亲。她觉得这事越早说越好，不需要偷偷摸摸的。母亲一听，立即说："我昨天刚好看到小区贴了一张启事，楼下有一套房子要出售。"

这事母亲比她和季增石积极性高。联系好后，让她和季增石去看房子。房子就在同一幢楼，在七层，是单层，面积一百一十二平方米。所有费用加起来，刚好三百万。丁点点咨询了单位，可以贷款八十万公积金，加上季增石两百万，还差二十万。母亲自告奋勇地说："我借你们二十万。"

就这么定下来了。办完过户手续后，父亲找了一个装修队，将房子重新粉刷一遍，只花了两万元。

买房子这件事，最高兴的人是父亲。当他听到这个消息后，两颗虎牙闪闪发光，说："好嘛，好嘛，楼上楼下，你们不用开伙，就在这里吃。"

母亲白了他一眼，说："你奴役我还不够吗？"

父亲讨好地笑了起来，说："我负责买菜和烧菜，洗碗也包了。"

母亲说："做好你的事，把工厂办好。"

父亲不停地点头说："那当然，那当然。"

母亲表面上没有表现出来，可她的高兴是难以掩饰的。她主动借二十万就是证明。她的高兴还表现在和季笑笑的对话中，她扭着身体对季笑笑说："宝贝买房子咯。"

季笑笑"咯咯咯"地对她笑。

母亲又说："以后外婆每天都可以抱宝贝咯。"

季笑笑当然还不知道"买房子"的概念。她不到一周岁，话还不会讲呢。"买房子"概念是外婆讲的。外婆终于暴露了内心秘密，她想"每天和宝贝在一起"。

丁点点能感觉出来母亲对笑笑的爱，几乎到了依赖的地步了，去菜场买菜都是小跑着回来的，进门第一件事就是叫"宝贝"。她的眼睛似乎有了特殊功能，总能第一眼抓到季笑笑所处的位置。季笑笑也没有辜负外婆，她跟外婆特别亲，无论哭得有多凶，只要外婆一抱，哭声戛然而止。外婆一扭身体，她立即破涕为笑。她自己可能不知道，她将最多的笑声给了外婆，也将最美的笑容给了外婆。外婆身心得到极大的满足。

产假结束后，丁点点回单位上班。世界发生了巨变，自媒体对传统媒体造成了巨大冲击。半年之后，丁点点从单位离职了。她想成立一家自己的旅行社，开辟几条专门针对年轻人的旅游线路。

在此之前，季增石找她商量，他扩大了网店规模，成立了公司，想让她辞职去他公司管财务。她没同意。她的理由只有一个，如果去了他公司，她将失去独立性。季增石说："你管钱，我给你打工，行不行？"

"不是这个意思。"她对季增石说，"我要的独立性是指两条各自运行的线，如果我去了你的公司，我们就成了一条线。"

季增石没有强求。他从来没有强求过她。

开旅行社的事，丁点点跟父亲说过。是"说"，不是商量。父亲想也没想就说："好嘛。"

丁点点知道，他的支持，是态度的支持，可态度有时很重要。

6

丁铁山死后，丁小武并没有显得多么悲伤。丁点点和柯又红都为他松了一口气，为了丁铁山，丁小武累得只剩一副骨架。以前那个"铁塔"一样的壮汉消失了，丁铁山如果再拖延半年，丁小武的身体状况让人不敢想象。从这个角度来讲，丁点点和柯又红是盼望丁铁山早点"走"的。他的"走"，从某种意义上讲"挽救"了丁小武。

李其龙专门送了两大袋海参过来，他对柯又红下命令："让他当饭吃。"

李其龙不喜欢自己是个"肌肉男"，但他希望丁小武恢复成"肌肉男"。他说，那样的丁小武，看起来很有力量，给人很有希望的感觉，有一种蓬勃茂盛的生命力。他喜欢那种状态的丁小武。

李其龙没有将"都彭"和"登喜路"赶跑。他现在知道了，世界是圆的，事物是流通的，堵是堵不住的。他不能阻止任何事情。一个人怎么可能阻止地球运转呢？这是个简单的道理。那段时间，他怨恨过，怀疑过，消沉过，甚至想到过放弃。他最终发现，能要求的只有自己，能做好的只有自己。只能如此。他不能要求别人不仿冒"麒麟"。他能做的，只有将"麒麟"做得更好。

李其龙告诉丁小武，他最近接待了好几拨天使投资人，他们都想投资"麒麟"，一起将"麒麟"打造成高级工艺品级别的打火机，甚至是艺术品级别的打火机。李其龙说："活了这么多年头，老子总算有点明白了。想做成一件大事，单靠一个人的力量不行，要学会借力。别人有大把的钱，想跟老子做大事，傻瓜才会拒绝呢。"

丁小武为李其龙"活明白了"高兴，他一直担心李其龙钻牛角尖。李其龙确实一直在钻牛角尖，现在他终于不钻了，他看到了一头牛，甚至是比一头牛更宽广得多的世界。这多么好。

李其龙发出邀请，说："来吧，小武，咱们一起干。"

丁小武很感激李其龙的邀请，但他不会接受，他说："我争取将中梁做好。"

丁小武不担心李其龙的"麒麟"，作为朋友，他担心李其龙的生活。一个人的生活总是动荡不安的，总是兵荒马乱的。丁小武劝李其龙"再找一个"，他说："要一个小孩吧，有一个小孩就有了未来。"

李其龙想了一会儿，问丁小武："你知道咱们的区别在哪里吗？"

丁小武说："你比我勇敢。"

李其龙摇摇头说："不对，是你比我勇敢。"

停了一下，李其龙补充说："我有时想，会不会变成你爸那样。"

丁小武摇摇头说："你不会的。"

李其龙说："谁说得清楚呢？"

刚说完，他对丁小武挥挥手说："不说了，小武，老子很高兴，交了你这样的朋友。很荣幸。"

丁小武对李其龙说："我也很高兴，交了你这样的朋友。很荣幸。"

丁小武决定"好好干活"。父亲丁铁山走完了他的一生，画上了句号。外孙女季笑笑刚开始她的人生之旅，未来不可知。他的旅程还得继续，他自觉责任重大。他得根据柯又红的指示，好好赚钱，将眼镜配件厂办好。这是他的责任。他承诺过的。

那年春天，季笑笑两周岁了。丁点点的"丁点点旅行社"运作顺畅。季增石还清柯又红的二十万。一切似乎都很顺利。一切似乎都向着美好的方向发展。

那年清明节，一家人去给丁铁山扫墓。晚上，丁点点发现了父亲的问题。是季笑笑先发现的，吃晚餐时，丁小武用筷子去夹一只对虾，对虾没夹住，结果把筷子夹掉了。季笑笑拍着手说："哦喔，外公害怕大虾咯。"

这是丁点点第一次注意到父亲的手在颤抖，平时她很少注意这些细节。他拿筷子的右手像钟摆一样抖动，不停地抖动，好像很冷，抑制不住地冷。见她看着他的手，父亲摇摇头说："没事嘛，最近突然手抖，抖一阵就好了。"

父亲说完，想努力做个笑容。可丁点点发现，他的脸上像戴着一个面具，他的脸部肌肉是僵硬的，是缺少变化的。丁点点问他："多长时间了？"

父亲说："一个来月。"

丁点点说："找个时间，我陪你去医院看一下。"

父亲连忙说："不用的，我的身体我知道，没事的。"

父亲出事是在三个月后，丁点点接到母亲在信河街人民医院急诊室打来的电话。母亲说父亲从工厂回家的路上，将车开出了马路。丁点点办理了住院手续，跟医生商量好了，给父亲做全身检查。一周之后，检查结果出来了。医生诊断他得了帕金森病。他这次出车祸，就是帕金森惹的祸。

父亲知道自己得了帕金森病后，显得相当平静，平静得看不出这事是发生在他身上的，他笑着说："我出院后马上去健身馆。"

季笑笑马上接话说："哦喔，外公说话要算数。"

父亲说："外公说话当然算数。"

父亲在医院住了两周，强烈要求出院。丁点点和医生商量，医生同意出院，给父亲开了药，要求他每两个月来检查一次。医生给父亲开了三种药，让他每天按量吃药，一天三次。这三种药是目前国内能买到的最好的药，分别是森福罗、柯丹和美多芭。后来，因为美多芭对父亲的身体有副作用，换成了息宁。丁点点算了一下，按照医生的治疗计划，父亲每年吃药的花费约一万五千元。这笔费用不会是很大的负担。

父亲出院后，将小日子眼镜配件厂转让给别人了。这事是母亲决定的，手续也是母亲办的。她绝不恋战。消息放出去后，第二天就有人来谈判，开了三百五十万的转让价，母亲一口就答应了。母亲有点虚张声势地告诉对方，工厂最少值五百万，但跟父亲的身体相比，一百五十万不在话下，卖了，连厂名一起卖了。

父亲恳求说："让我继续办嘛。"

这一次，母亲态度坚决，她说："不办了。"

父亲说："轿车报废了，我以后不开车了嘛，不会再出交通事故了。"

母亲说："我不管什么交通事故，我要的是一个放心。你这种状况，我怎么能放心？"

这是母亲第一次对父亲说这种话，表面生硬，内心温柔，坚决里有体贴，已经很接近娇情了。

父亲说："你不是有驾照嘛，我们再买一辆轿车，你每天接送我上下班。"

母亲撇了下嘴说："呸，你想得美。"

母亲的坚决是有原因的。父亲的病情发展得特别快，快得让人心慌。不到一年时间，他到了完全依赖药品的程度。吃了那三种药，半个小时后，药气上来了，他的身体才能"活"过来。脸上的笑容也有了，手也不抖了，腿也能迈开了。这种状态最多维持两个小时，先是从后脑勺开始发紧发硬，慢慢扩展到全身。这种扩展和蔓延是清晰可感的，水一样流淌，"流"到哪里，身体僵硬到哪里。好像流水被冻住了，整个身体也被冻住了。只有手不可抑制地抖起来，抖动的幅度越来越大，像狂风中的一片叶子。医生告诉过丁点点，帕金森的病情是不可抑制的，得了这种病，就像一块巨石从山顶朝下滚，医生能做的，是尽量让这块巨石滚动得缓慢一些。也就是讲，医生能做的，是尽量减缓病情的发展，延长患者的有效生命，因为帕金森病到了后期，患者会失去自理能力，甚至失智。

这正是丁点点最担心的。她想起了爷爷丁铁山生命最后的那些年，如果不是父亲的服侍，他完全没有"生命"可言，更谈不上"体面"和"尊严"。丁点点的隐忧正在此，父亲是否遗传了爷爷的疾病基因？他的人生晚年，是否将是爷爷的"翻版"？丁点点问过医生，爷爷和父亲得了这样的病，她得病的概率是多少？医生的答复比较含糊，只说"有可能"。她上网查，网上泥沙俱下，有一种说法最可怕，她得病的概率有百分之八十。丁点点当时没有太大的触动，也说不上担忧，当她将这事联想到季增石时，不一样了。季增石父亲是得肝癌去世的，他爷爷也是，季增石身体里是否隐藏着疾病基因？那么，季笑笑呢？一想到季笑笑，丁点点双眼一黑，双腿一软，几乎瘫坐下去。她觉得前方一片黑暗。

到了此时，丁点点才体会到母亲当年的心情，才感觉到母亲对她的提醒是多么用心良苦。而她的一意孤行，是多么让母亲伤心和失望。

7

丁小武的病情让医生惊讶。医生说下坠速度这么快的病例，还是第一次碰到。两年不到，巨石已从山顶滚到半山腰。按照这个趋势，不到三年，巨石就可能到底。

丁小武的坚强这时显现出来了。他没有食言，从医院出来后，就去家对面的东方健身馆办了年卡，每天一大早去"撸铁"。锻炼当然是好事，丁点点和柯又红劝他吃药后再去，药气上来后，身体灵活。他偏不。他不吃药的状况很不好，身体不能弯曲，不能正常走路，只能小步跳，是挪着脚步跳。他跳得吃力，看的人更吃力。但丁小武坚决不吃药，很固执的。是的，医生对丁点点说过，帕金森病会改变人的性格，变得无比固执。当然，也可能是药物的副作用。

柯又红觉得不能让丁小武这么"任性"下去，在健身房一练就是四个钟头，铁打的人也受不了，更不用说一个帕金森病人。她强势出手了，规定丁小武只能健身两个小时，两个小时到了，她立即去健身馆，把他从器械上拉下来，绝不手软。其次，柯又红规定丁小武每顿吃两个煮鸡蛋，必须吃。吃完煮鸡蛋后，再喝一碗高压锅打出来的老番鸭汤。这是补品，是运动的有力后盾。必须这么吃。

除了控制运动时间和增加营养，柯又红做了另一件事，到处搜寻治疗帕金森病的偏方。在柯又红眼里，没有中医西医之分。她只有一个目的，将丁小武的帕金森病治好。柯又红的想法非常简单，她不相信世界上有治不好的病，所谓"治不好"，只不过是没有遇到对的医生和对的治疗方法，当然，包括对症的药。

柯又红打听到，南京有一家医院，专门治疗帕金森病，是可以动手术的。柯又红得到这个消息是秋天，她对丁点点说，想带你爸去江苏散散心。

丁点点说，我可以替你们安排好江苏之行的路线，包括预订好住宿的酒店。母亲不让丁点点预订，她说他们要"自由行"，预订好线路和酒店，就失去"自由"了。

也不是没有道理。不就是去一趟江苏嘛，又不是徒步穿越罗布泊，没什么好担心的。丁点点给他们买了去南京的动车票。买了一等座，空间大一些，也安静一些。他们出发那天早上，丁点点开车送他们去动车站。母亲带了一个巨大的行李箱，还带了一个不大不小的行李箱。丁点点当时也有疑问，问她："又不是搬家，带这么多行李干什么？"

她回答说："你爸这种情况，出门多带点东西总没错。"

丁点点想想也是，就没有深问。

他们一到南京，当晚就住进了医院。三天以后，丁小武的头顶被开了一刀。

这些情况，丁点点都是后来才知道的。父亲住院期间，母亲每天和她微信聊天，她只说父亲想在南京住几天，过几天再去苏州逛逛。这是丁点点的疏忽，她多次去过南京，如果多问几句他们去过什么地方游玩，母亲肯定会露出破绽。他们根本没有离开医院。

丁点点是在第七天上午十一点接到母亲的电话，她在电话里严肃地说："跟你说实话吧，我和你爸来南京不是为了旅游，是做手术。"

丁点点的脑袋立即膨胀了。出事了。她听医生介绍过，也上网看了很多资料，知道天津有一家医院，几乎是目前国内最权威的专门做帕金森手术的正规医院。她没有带父亲去，不是因为费用问题，更不是时间排不出来，而是手术成功率并不高。说它"不高"，是指手术之后，对患者的症状并没有"革命性"的改变。也就是说，手术效果不明显。意义不大嘛。丁点点一听母亲的话，第一个念头就是他们遇到江湖骗子了，赶紧问："还没做吧？"

母亲说："做了。"

"怎么样？"话是这么问，心里却想，完蛋了，花点钱没关系，父亲要白白挨一刀了。白挨一刀也就罢了，丁点点担心的是，这一刀加速了病情恶化。

"本来还不错的，没想到，伤口出现感染。"母亲犹豫了一下，接着说，"医生说，如果只是伤口外面感染还好处理，担心伤口里面也被感染了。"

"医生检查了？"丁点点问。

母亲说："医生正在检查，我想来想去，还是给你打个电话。"

丁点点说："给我地址，我马上赶过去。"

挂完电话后，丁点点跟季增石说了父母的情况。他说，你赶快去南京吧，我让奶奶过来带笑笑。丁点点立即上网，买了最近一趟去南京的动车票。

丁点点也知道，自己去南京，起不了什么作用。她不是神仙，甚至连个医生都不是，于父亲的病情无补。但她知道自己的作用很大，非常大。父亲现在处于危险的境地，而母亲目前的处境是孤立无援。他们需要一个后援，需要一个精神上的支持和鼓励。此时得有一个人跟他们站在一起，他们两个人是站不稳的，是摇摇欲坠的。有了她以后，情况不一样了，三足鼎立了。这是一个牢不可破的结构。这点太重要了。

上动车之后，丁点点接到母亲的电话，她说医生已经处理好父亲的伤口了，只是外部感染，但医生要求，父亲这几天最好住到无菌病房里，对伤口的恢复有好处。丁点点说，立即转到无菌病房，不要考虑费用。母亲说，我也是这么想的。

丁点点赶到父亲病房时，已是晚上七点多了。隔着玻璃，看见呆坐在病床上的父亲，他这次真的像"伤兵"了。上次出车祸时，他头上也受伤，纱布是从前到后绑一圈，有点像运动员。这次纱布是由上而下包扎，跟影视剧里伤兵的包扎方式是一样的，看起来特别悲惨，也特别悲伤。

丁点点不能进病房，只能隔着玻璃叫了一声"爸"，父亲没有反应，母亲在边上，提高了声音说："点点来了，你的宝贝女儿来了。"

病房的走廊很安静，只有母亲的声音在回荡。

父亲的脑袋朝她们这边慢慢转过来了，他直直地看着丁点点。丁点点看见他喉结上下滚动几次，张开嘴。她似乎能听见他的声音，却不真切。那声音断断续续的，从他的口型判断，似乎是："你——怎——么——来——了——嘛？"

丁点点感觉得到，那声音是空心的，是干枯的，甚至是腐朽的，好像是从地底下挤出来的。他来南京之前不是这样的，虽然讲话语速缓慢，但每个字是清晰的，是真实有力的。丁点点赶紧说："我来接你回家。"

他的姿势没有动，眼睛还是直直地看着她，又似乎是看着她身后无尽的远方，张了张嘴，似乎在问："笑——笑——呢？"

丁点点知道他关心外孙女，大声说："你放心，有她奶奶和季增石陪着呢。"

丁点点本想说"笑笑等着你回去呢"，又觉得这话过于哀伤了，好像父亲已经不行了，回不了信河街了。再说，看他在病房里的样子，未必能听见外面的话，就将话咽了回去。

母亲这时欣喜地指给她看："你看，你爸的手是不是不抖了？"

丁点点仔细盯着父亲的右手看了一会儿了，是的，千真万确，他的右手不抖了。母亲有点得意了。这是他们这趟出行的"成果"，是母亲的"战利品"，她有理由得意。丁点点当然为父亲高兴，手抖是帕金森的"特色"，这个"特色"已严重影响了父亲的生活。让父亲的手恢复"平静"，是母亲和父亲的梦想。现在，这个梦想实现了，她没有理由不高兴。终于可以回信河街了，而且是将他们两人完整带回去。还有比这更令人欣慰的事吗？

8

在南京时，丁点点就发现了一个问题，父亲说话含糊不清了，好像他的舌头被拉直了。丁点点以为是手术之后的暂时反应，总需要一段时间恢复嘛。回到信河街后，她发现，父亲的舌头卷不起来了。

丁小武是个很自尊的人，当他发现别人听不懂他的话时，立即选择了闭口不言。他原来就是一个沉默寡言的人，决定"闭口不言"后，他就成了一尊"雕塑"。除了吃饭和健身，他就木坐在卧室里。他不喜欢开灯，窗帘布拉得紧紧的。卧室里一片漆黑。他是黑的，沙发也是黑色的，他坐在沙发里，就像掉进黑暗里，和黑暗融为一体了。没有任何动静，好像凭空消失了。

丁小武当然在的。他成了非常顽固的存在。丁点点以前每两个月带他去一趟医院，让医生做一次检查，或者调整一下药量。他现在不去了。无论怎么劝说，他不动。

他的顽固还体现在吃药上，他只听自己的，只按照自己的节奏吃药。一天两次：上午十二点一次，下午五点一次。丁点点和母亲劝他多吃一次，他坚决不吃。

丁小武不去健身馆了，开始跑步，选择去家边上的秀山公园跑步。他每天六点半起床，不吃药，"跳"着上卫生间，"跳"着去刷牙、洗脸，"跳"着去喝一杯牛奶，然后，换上跑步衣服，戴上丁点点在南京给他买的运动帽，"跳"着去秀山公园跑步。他不是一般性的跑，而是"长跑"，从早上八点，一直跑到十一点。绕着秀山公园，一圈又一圈。一圈是一点六公里，他每天跑五圈，少一点都不肯。他跑得跌跌撞撞，跑得气喘吁吁，跑得身体严重倾斜，跑得面目狰狞。可他一直咬着牙在跑，谁也阻止不了他的脚步。

丁小武的跑步风雨无阻。他不管。他的目的是跑，至于天气，他不在乎。跟他没关系的。

有关系的是柯又红。她不想让丁小武跑。也不是不想让他跑，而是不想让他这么跑。这哪里是跑步？是玩命嘛。但是，柯又红阻止不了。她劝过丁小武，跑步是好事，医生也说了，"适当跑步有好处"，但丁小武已经完全超越了"适当"。柯又红对他说："咱们慢慢跑，跑一个小时就够了。"

丁小武没有回答，他已经迈开脚步了，这一迈开就是三个小时。时间不到，他是不会"踩刹车"的。柯又红能把他锁在家里不让出门吗？不能。能在他跑完一个小时后拉住不让跑吗？她当然拉过，她一拉，丁小武就停下来。但丁小武一直处于"待机状态"，她一松手，他又跑起来了。拉回家里也没用，他照样跑出去。

柯又红作了一个意想不到的决定，她上网买了亚瑟士的运动行头，还帮丁小武买了亚瑟士的运动帽。她陪他一起跑，一起风雨无阻。

柯又红这么做有两个原因：第一，她确实不放心丁小武一个人跑，她得跟着，反正他跑得也不快，她跟得上；第二，她发现，跑步之后，丁小武虽然还是没有开口讲话，但他脸上似乎有了若隐若现的笑容。对柯又红来讲，这笑容就是阳光，就是甘露，是世间的瑰宝。只要丁小武愿意，只要他高兴，她做什么事都愿意。

这就是柯又红最大的改变了。她的改变是从丁小武生病开始的。这个家，原来是以她为中心的。她心情的"风雨阴晴"，决定了这个家的"喜怒哀乐"。丁小武每天看她的脸色行事，小心翼翼，战战兢兢。现在反过来了，丁小武谁的脸色也不看，也不给任何人脸色。他完全活成了自己。这个时候，柯又红变成了以前的丁小武，她每天小心谨慎地观察丁小武的脸色，她知道丁小武不会生气，可总是担心丁小武不高兴。她变得絮絮叨叨了，不停地对丁小武说话，什么话都说，连去菜场买菜的见闻都说，连昨天晚上做的梦都说，甚至连小区里两只宠物狗打架也说。事无巨细，不厌其烦。她知道丁小武不会给她反应，可依然在说。她的絮絮叨叨变成了自言自语，成了一道风景。用季笑笑的话说，"哦喔，外婆是一台讲话机器"。

母亲的变化让丁点点吃惊。这不是她想象中的母亲，她应该居高临下，应该盛气凌人，应该神经质，应该让人难以捉摸。可是，现在的母亲，变得如此婆婆妈妈，如此琐碎繁杂，如此家长里短，如此普通平凡。原来那个母亲呢？

丁点点一时不能适应，难以接受。

李其龙经常来坐坐。他一来，柯又红异常热情，连忙对着卧室喊："你的朋友李其龙来了。"

丁小武从卧室"跳"出来，坐在客厅的沙发里，面无表情地看着李其龙，连眼睛也没有眨一下。都是李其龙在讲。李其龙告诉他最新进展，他和一家投资公司签了合作协议，对方投资一点五亿，共同打造"麒麟"品牌。李其龙告诉他，第一期五千万已经打入账户了。李其龙告诉他，自己又买房了，又买跑车了。他想明白了，生意要做，而且要做好，生活上也不能亏待自己。李其龙告诉他，自己还是想和他一起做事，一起将"麒麟"打造成世界品牌，他非常有信心。现在资金有了，如果有了丁小武的加盟，他会更加有信心。李其龙每一次都是以这样一句话结束会面："好了，这次就聊到这里。你再想想，下次来时，你将决定告诉我。"

柯又红留李其龙吃饭，李其龙总是说："下次，下次一定留下来吃。"

李其龙开门离去，丁小武的眼睛依然看着他离去的方向，然后，他不声不响地站起来，"跳"回卧室。

季笑笑读小学一年级了。丁小武得病已经六年。他除了每天早上三个小时的跑步，其他时间都在卧室枯坐。他已经很久没有讲一句话了，甚至连眼睛都很少眨。他成了一个"活死人"。这话是季笑笑说的，她偷偷对丁点点说："哦喔，我觉得外公已经死了。"

丁点点问她："你知道什么是死吗？"

她说："就像外公那样一动不动呀。"

丁点点很认真地告诉她："外公不是不动，是不想动。他太累了，需要休息。"

"哦喔。"小家伙似懂非懂地点点头。

那年中秋节后的一个周末，下午三点，家里门铃响了，是柯又红去开的门。两个人的眼神对了一下。虽然这么多年过去了，柯又红还是一眼就认出了她。没错，是董南妮。柯又红第一句话是脱口而出的："你来干什么？"

柯又红的口气是生硬的，态度是鲜明的。

"我想见一见他。"董南妮讲这句话时，态度是坚决的，她的口气里没有祈求，更不是商量。

"他在休息。"柯又红的回答坚定而决绝，是没有商量的。

"我要见他一面。"董南妮毫不气馁，更是毫不退缩，"我欠他一笔钱，我来还债。"

柯又红想起来了。她其实早就应该想起来，那笔十万元的钱，她怎么可能忘记？虽然丁小武后来将账目补齐了，但她知道，他是从李其龙那里借来的，她只是不说破而已。说破有什么意义？她不能逼着丁小武去向董南妮要债。她不想丁小武再见到董南妮，即使能要回十万元也不想。

"这些年，我办作文培训班。"董南妮抬了抬手中的黑色皮包，接着说，"这些钱都是我办培训班赚来的。"

柯又红犹豫了。谁愿意和钱过不去呢？当然，也不完全是钱的问题。她显然是被董南妮的行为打动了，她一直没有忘记还债，一直记挂在心上。这样的人值得尊重。应该让她见丁小武一面。柯又红犹豫的是她和丁小武曾经的关系，这是柯又红这辈子最大的禁区，是个死角，谁也不能碰，谁碰炸谁。

　　"我只想见一面，这是最后一面。"董南妮看着她说。

　　花言巧语。柯又红不会相信这样的言辞，她不相信甜言蜜语，更不相信信誓旦旦。她不会被这样的说辞打动的，她说："你把钱交给我就行。我会转告他的。"

　　"我必须见他一面，否则我于心不安。"董南妮看着柯又红，过了一会儿说，"我听说他得了帕金森病，已经失智了。如果需要的话，我随时可以来帮你照顾他。"

　　"不需要。"柯又红毫不犹豫地说，她突然提高了声调。她被董南妮那句话惹怒了，她不需要别人来照顾丁小武，更不需要董南妮。但是，说出这三个字后，她居然松开了门把上的手。

　　柯又红让董南妮到客厅，她去卧室扶丁小武。丁小武是自己"跳"出来的，他看见了董南妮，身体似乎颤抖了一下。董南妮看着丁小武，往前走了一步，马上又停了下来。丁小武"跳"到沙发边，坐了下来，依然看着董南妮，似乎又没有看着她。

　　董南妮这时转向柯又红，问道："真的失智了？"

　　柯又红说："他认得你。"

　　"真的？"

　　"他对你笑了。"柯又红冷笑了一声，接着说，"他对别人不笑的。"

　　董南妮原本想在沙发上坐下来的，一听柯又红这么说，弯下去的身体立即拉直了。她向前一步，打开黑色皮包的拉链，从里面拿出一捆一百元的钞票，轻轻放在丁小武面前的茶几上。然后，她退后一步，对丁小武鞠了一躬。当她抬起头来时，已经是满脸泪水了。她捂着嘴巴，对柯又红也鞠了个躬，转身冲出门去。

这个出乎意料的变化，是柯又红没有料到的。直到董南妮跑下楼去，她才回过神来。当她转头去看丁小武时，发现他的眼睛里似乎也噙着一汪晶莹的泪水。

柯又红看着丁小武，她发现，自己突然之间就不恨董南妮了，甚至产生了喊她回来的冲动。当然，她没有开口。怎么可能呢？

丁小武依然木然地看着董南妮离去的方向。柯又红慢慢走过去，在丁小武身边坐下来。坐了一会儿，突然呜呜呜地哭起来。

南门桥

冉正万 *

　　翠微巷路口有家炒货店，炒葵花子、花生、南瓜子，两三个人在板棚里忙碌，或炒或簸或筛，或过秤或叫卖，这种热气腾腾跑到巷子里，整个小巷生机勃勃。任何一个情绪低落的人只要放下身心看上几分钟就会被热烈的场面治愈，往下撇的嘴角即使不能上翘也可拉平。嗑几粒刚出锅的瓜子，烦恼至少可以消除一半。

　　雪隐住在石岭街，去文化路得从炒货店外面经过。没戒烟之前，他除了赞叹炒货店生意好很少买。从戒烟那天起，他每次路过都要买半斤原味瓜子。刚开始是为了让手指像蚯蚓觅食一样把摸烟改成摸瓜子。拈一颗出来，嗑开，细嚼，像长辈一样语重心长地提醒自己：你正在戒烟哪。蚯蚓没长眼睛，在土里拱来拱去从不迷路，手指头也没长眼睛，却知道烟在哪里，火机在哪里，有时大脑并没指挥，它已殷勤地替他把烟点上。大脑要等他吸上一口才想起手指，手指像受到表彰的小人物一样，两个指尖互相搓搓，及时地把他含在嘴上的烟拿开，以便他缓口气抽第二口。让手指习惯从摸烟到摸瓜子，他花了八个月时间。现在，他对瓜子有了小小的瘾头，不过没关系，瓜子瘾和烟瘾不可相提并

* 冉正万，男，1967年生，贵州人。主要作品有长篇小说《银鱼来》《天眼》《纸房》《白毫光》等九部。出版小说集《跑着生活》《树洞里国王》《苍老的指甲和宵遁的猫》《唤醒》等八部。曾获贵州省政府文艺奖一等奖、第六届花城文学奖新锐奖、第六届林斤澜短篇小说奖、长江文艺短篇小说双年奖。

论，如果烟瘾的力量是一头狮子，瓜子瘾最多算一只哈巴狗。

这天他正在买瓜子，合伙人老谢康打来电话，激动地告诉他，有人愿意为千翻赞助一笔钱。雪隐不如老谢康激动，他嗯嗯啊啊敷衍。

"老雪隐，你是不是不相信？"

"当然相信，这是好事，好事。"

老谢康像遇到扶不上墙的烂泥，懒得和他计较。"你快点来，我们好好商量一下节目，赞助人要看了节目才给钱。"

老谢康不老，他们是中学同学，上学时看了《麦田里的守望者》，学霍尔顿在同学的名字前加个"老"字。

有赞助当然好，不过现在高兴未免早了点，钱到账再高兴也不迟。千翻是剧场的名字。千翻是土话，包含聪明、作怪、捣乱、讨嫌之意。去年以来，千翻演出了连水电费都不够的几场戏，房子若不是老谢康他父亲当年出资买下，他们早该散伙各奔东西了。剧场已不再卖门票，卖不动，主要用来排练，收入靠参加大单位活动。劳务费不低，恼人的是空闲时没活干，活太多时没法分身。

翠微巷又窄又短。宽大的新华路像树干，翠微巷则是新华路向东伸出的枝条。翠微巷往北二十余米就是南门桥，钢筋混凝土结构，由六个桥拱组成，桥拱与水中倒影相连，因水位变化时而溜圆，时而椭圆。雪隐走到桥下，钻进泄洪桥孔兼人行通道。钻进去是入相，从另一边爬上来是出将。出将入相可避免过人行横道。人行横道并非不安全，而是过人行横道的紧张感，有如社恐患者抑制不住焦虑，即使没有车经过也会担心意外。有时候走得太快，站在桥头不由自主回头看一眼，看灵魂有没有跟上来。老谢康老喜欢咋咋呼呼，灵魂还没跟上来就做事，一点不沉稳，吃一堑生一次气，智慧一次也没增长。雪隐有时走完大桥再穿到对面，这是一种防止陈词滥调似的行为自觉。南门桥其实有八个洞，六个水洞，两个旱洞，旱洞在两头，与傍水步道贯通。自从下决心戒烟，雪隐从就近的桥洞穿到对面。陈词滥调不好，但仅凭走不同的路并不能解决问题，刻意为之显得做作。

老谢康嫌他走得慢,他说他边走边想,并没耽搁。从南门桥过去后,既可走小巷到文化路,也可一直沿河边走。确实在思考,也确实沿着河边走,路程远不了多少,是灵魂让他脚步变慢。他觉得他的灵魂不愿跟着他走,他只好不时坐下来,吃着瓜子等它。他很注意不让瓜子皮掉地上,装进沿途收到的广告纸折成的盒子里。他折叠的盒子与众不同,瓜子皮进去出不来。在千翻剧场,他表演话剧和魔术,心灵手巧。

这次演出是社区要求的戒赌宣传,老谢康的意思是好好搞,不光要在社区演,还要在其他地方演,甚至在千翻演出。剧场卖不了门票,可以卖爆米花和饮料,卖老雪隐念叨的炒瓜子,赠送老雪隐折叠的貔貅纸盒。老谢康给纸盒取名貔貅,只进不出嘛。

雪隐说他想好了怎么演,保证精彩。他用三个小时制作道具。雪隐一人演两个角色,既演赌徒也演赌徒的女人,老谢康当助手。台词很简单,由赌博引起的争吵、指责,耳熟能详的市井语言,信手拈来非常鲜活,排练时自己都憋不住笑。但这不是重点,重点是赌徒听了老婆的规劝和告诫(其实是唠叨和哭诉)后决定痛改前非,女人不相信他能改,类似的保证已经不知听了多少。赌徒带着委屈和决绝,手起刀落砍掉两根手指。

当然不可能是真正的手指,是雪隐用硅胶做的假手指,里面灌满红墨水,为了逼真,在红墨水里加了几滴黑墨水。颜色接近,浓稠度大不相同,但戏剧效果比真正的血还好。胳膊下夹了一个装满同样内容的吹灰球,轻轻一夹,"断指"再次飙血,为了效果可飙三次。伴以女人的尖叫,赌徒不以为然地飙血,剧情到达高潮。

老谢康建议在千翻剧场试演,看看观众的反应如何,再综合大家意见修改。雪隐觉得这是废话,平时不也这么做嘛。不管什么人,相处太久总能发现不对味的弱点,但不必点穿,疥癣之疾而已,自己在老谢康眼里怕是毛病更多。

雪隐正准备坐下来安心吃瓜子,赛车咆哮声突然响起。这是老谢康的手机铃声。电话是妈妈打来的,住在医院的父亲吃不下东西,昨天今天吃什么吐什么。老谢康说，妈，我马上来，顺手从桌子上抓起头盔。从剧场旁边巷子里推出摩托车，哧哈哧哈，轰轰、轰轰，像骑烈马一样冲到大路上。老谢康发动摩托时，雪隐说我也去。老谢康说不用。雪隐追着背影大声喊慢点。

老谢康的梦想是当个赛车手，偶像是舒马赫。别的小朋友抢遥控器看动画片时，他只看F1（世界一级方程式锦标赛），小小年纪就能分清法拉利、迈凯伦、梅赛德斯、本田、丰田。妈妈说，有什么看头呀。他的回答是尖叫。二十出头，知道这辈子上不了F1赛场，只能用手机铃声和一辆拉风的六眼神魔过瘾。这辆摩托是弹射起步，冲劲十足，出发时像炮弹射出去。时速从零公里加速到三百公里只要七点七秒。妈妈每次看到他骑上去都心惊肉跳，他干脆把摩托放在千翻剧场，再也不骑回家。即便如此，雪隐总要喊一声慢点。有没有用是一回事，喊不喊这一声是另外一回事。

老谢康赶到医院，父亲的检查结果出来了，药物性黄疸。医生说修改用药方案应该能够得到缓解。老谢康叫妈妈回去休息，他来陪爸爸。妈妈比爸爸小二十多岁，爸爸住院一个月，妈妈一下变老，和爸爸的面相越来越般配，老谢康一阵心酸。只有雪隐叫他老谢康，别人叫他谢康乐或谢总，爸爸妈妈叫他乐乐。妈妈说：

"乐乐，我没事，你去忙你的。"

老谢康说他要和爸爸聊天。

他平时很少和爸爸聊天，甚至连爸爸也很少叫，当面背后叫他老爷子。父亲住院后，他一改玩世不恭，当面叫爸爸，和人说到时也以"我爸"指代。

晋人谢灵运继承祖父爵位，被封为康乐公，谢康乐是他的别名，谢爸爸很喜欢这位山水诗鼻祖，临摹过明朝画家的《谢灵运像》，儿子还没出世就已经想好给他取名谢康乐。

谢爸爸往常喜欢聊贵州的画家，或评头论足，或回忆他们的逸事。最近几年却喜欢刷抖音，尤其是住院以来，抖音占据除吃药打针外所有时间。被病友抗议两次后，老谢康给他买了耳机并提醒他随时戴上，以免声音让别人烦。老谢康说要陪爸爸聊天，是想把他从抖音里拉出来。但是他失败了，以前他不喜欢听爸爸聊，现在爸爸没兴趣和他聊。雪隐打电话问老爷子如何，他就这事和雪隐聊了半天。

"我发现什么东西都在生锈，水管、螺丝、相框，连鸽子的爪子都在生锈。"雪隐说。

"最近雨水有点多。"老谢康说。

"和雨水无关。"

"污染？"

"不是，我是说我们都老了。"

"我也觉得。"

两个即将年满三十的人在电话里笑了起来。

"你想放弃吗？"笑完后老谢康严肃地问。

"坚决不。"雪隐说。

雪隐说的"锈"是花粉，在三、四、五这三个月里，整个贵阳花粉弥漫，它们来自图云关森林公园、黔灵公园、顺海林场和环城林带，赤松、湿地松、火炬松，它们大大咧咧地将花序举在空中，让成熟的花粉御风而行。花粉在阳光里看不见，却和光同尘无孔不入，桌子三天不擦，就能堆得有三张 A4 纸厚，颜色如同黄土，摸着像细沙。雪隐故意把它说成锈，是想借通感表达自己的感受。他所指的"老"不完全是年龄，而是老气横秋，朝气被看不见的"锈"抹杀。

这锈来自生活的意外和不可把握。

老谢康说，即使不聊天，他也要在医院多陪爸爸两天。

"应该的。"雪隐说。

试演放在一个周末。雪隐亲自设计易拉宝。

谐剧：赌徒的忏悔

免费观看

可自带零食和饮料

　　老谢康的第二个梦想是当演员，电影电视里那种，他觉得不是自己演得不好，而是没有机会。在一部不太有名的电影里，他演过一名开车逃跑的犯罪嫌疑人。觉得不过瘾，却再也没人来请他。雪隐不同，他只对话剧感兴趣。毕业后没去剧团而是靠关系去信访局当接待员，别人羡慕他找了个好工作，他干了两年后坚决辞职。重新考剧团没考上，遇到老谢康后决定自己干。常日就他和老谢康，需要人手时请艺校学生或志愿者帮忙。老谢康相信还有机会在镜头前表演，雪隐则认为话剧才是真正的艺术，古老而又常青，期待有朝一日去大剧院演一场真正的话剧。比如《撒勒姆的女巫》，他为这部戏准备了好多年。

　　试演这天空气不错，下了阵小雨，花粉被淋湿后没能进城，雪隐买好瓜子往巷子里走，绕道甲秀楼。水云天酒店外面有棵大樱桃树，红宝石般的樱桃密密麻麻，因为樱桃酸，也因为人的自尊自重，直到熟透都很少被摘。雪隐觉得很好，种在闹市的樱桃就应该这样，种来看不种来吃。这给了他好心情，表演时格外放松。

　　观众来得比预计的多，十排坐了七排，虽然每排两头位置没坐人，打眼望去人头攒动，须知只在朋友圈推送了一次。

　　老谢康设计了一款小视频，把与赌字有关的词做成跳动的小鬼，从黑暗深处跳出来，越来越大越来越近，狰狞一笑做吞噬状，然后消失。

　　赌徒赌鬼赌神赌气赌局赌家赌色赌钱赌债赌棍赌友赌博赌资赌贼赌账赌本赌窝赌场赌术赌注。

　　最后出来的是"贝"和"者"。篆体，"贝"字像胸骨，"者"字在燃烧。视频一放，喧闹的剧场顿时安静下来。

　　雪隐化阴阳妆，左侧是男人，右侧是女人。亮相后回到后台。音响里发出洗牌声数钱声得意声抱怨声哀叹声吵闹声。声音戛然而止，雪隐侧脸出来，亮女人相，嗑瓜子，灵巧地把瓜子皮吹出两米远。

谢爸爸买下房子，是想儿子走投无路时用来开个超市或餐馆。在谢爸爸眼里，儿子早就走投无路。得知他用来搞剧场，气得直哆嗦。若不是妻子开导，"不怕的，房子还在"，他会不会晕倒在地，全看从四肢向中心聚拢的颤抖何时到达脑部。妻子一边拍一边劝，将这股怨气及时疏解。

老谢康对爸爸的评价是：他不懂。

谢爸爸对儿子的评价是：他什么都不懂。

雪隐的演出一看就懂，一点也不复杂。在赌徒对天发誓痛改前非不被信任手起刀落之前，雪隐将女性冷静的脸转向观众，老谢康在幕后发出疑问：

你为什么不相信他？

我不是不相信他，我是不相信人。

绝望的赌徒将手指放在桌子上，然后大义凛然地一刀砍下去。

高潮。

雪隐将"断指"面向观众，胳膊暗中用力，让气囊里的"血"飙向观众席。追光灯追着飙血，从空中追到地上，让观众看到地上泛出血光。再镇定的人也会胆寒毛竖。

结尾是赌徒的女人一边指责一边送赌徒去医院，雪隐揭下手套，以示这不过是魔术，他的手指并未砍掉。

他在挤第二次血时，观众席上一位女观众被吓坏了，痛苦地叫了一声，没等他表演完就晕倒过去。剧场里顿时一片混乱。

雪隐茫然地站在舞台上，下垂的"断指"在滴血。

老谢康从后台出来，笑着问什么情况。雪隐用滴血的手指下面，不小心把"血"挤出来，忙脱掉手套，和老谢康走到台下，把完整的手指亮给观众。

晕倒的人躺在椅子之间，在几个手机电筒的照射下模模糊糊。老谢康跳回去开灯。"快送医院啦。""快做人工呼吸呀。""太吓人了。"动嘴的多，动手的少。有个年轻人跪在地上捧着她的头，是她男朋友。大灯打开后，躺在地上的人动了一下，男朋友低下头喊她的名字，她微弱的咕哝声梦魇般不知所云。雪隐想去扶她，被她男朋友拒绝："你不能再吓她了。"老谢康和她男朋友把她扶起来，她惨然不语地摇晃。老谢康说，让她坐会儿吧，休息下要好点。

雪隐到后台卸装，卸完后出来只看到老谢康一个人。

"他们走了？"

"走了。"

"今天要去医院不？"

"要去。"

"去吧，我来收拾。"

雪隐把剧场收拾整理好才回家。回到家给老谢康打电话，问下次是不是将红墨水改成纯净水。老谢康说那怎么行，不可能每次都有胆小的观众，叫他放心。雪隐说，那就演出之前说这不是血，是道具。老谢康不同意，这会影响演出效果。

这天晚上睡着后，他几次发现灵魂从身体里跑出来，站在床头看着他。惊醒几次后心想不睡了，看手机吧。手机亮光刺眼，闭着眼睛等待适应，这时灵魂却依偎过来，让他抱着手机睡到天亮。

醒来后喝了瓶椰奶。从冰箱里拿出来的，上了点年纪的人说这种喝法伤身体，上火。他想，我没感觉呀，何况我不一定活那么久，怕什么呢。拉开窗帘，正对面是南明塘，据说是贵阳风水最好的地方。南明塘对面是天逸城，融吃喝玩乐与购物为一体。正南方向是大剧院，离得最近却看不见，被他自己住的房子挡住了。能在石岭路买房的可不是一般人，房子是她留给他的，雪隐一分钱没出。他们在一起两年多，他的幽默和文艺气质不再吸引她，他身上的灵光在她眼里已经熄灭。她说，她很满足，但不能再这么满足下去，她得去为她今后的生活负责。她不仅能干，还总是一眼就看穿他："你做事之前想得太多，不改变这一点，你永远不会改变。""问题是……""一说问题，你就变成了旁观者，而不是台上那个拳击手。"他其实不爱去想怎么做，因为这充满了励志的陷阱。

这时老谢康微信催促：

"快到了吗？快点来。"

"医院吗？"他以为谢老伯不行了。

"千翻剧场。"

从下楼打的到文化路只用了十分钟。

"什么情况？"

"有人举报我们的演出暴力血腥。派出所叫我们去一趟。"

雪隐首先猜测的是昨天晕倒那位女观众的男朋友，看上去文质彬彬，这种人恰恰爱使阴招。当然，也有可能是那个晕倒的女观众，她那么胆小是有病吧。老谢康看出雪隐非常紧张，告诉他不要怕，到时候实话实说。

"我们又没犯法。"

"他们为什么不直接找我？"

"我是法定代表人呀。"

雪隐想起一个故事，两个猎人打猎前约定好当天只打山羊不打野兔。他们进入林区后，山羊和野兔都在逃跑。山羊问野兔，你跑什么呀，他们今天又不打兔子。野兔说，哪里是你说的这样，一旦到他们手里，你是山羊还是野兔由他们说了算。

平时觉得这个故事好玩，现在却担心自己是将被当成山羊的野兔。

派出所的房子并不高大豪华，走进去时却有一种抑遏和尴尬，举手投足都不自然，担心自己言行不妥。坐下后却又发现似乎并不那么恐慌。

接待他们的是两位和他们年纪相差不多的年轻民警。首先登记身份证，老谢康名叫谢康乐，雪隐本名杨光路。

"知道为什么叫你们来吗？"

"知道。"老谢康严重不服，"可我们没有犯法呀。"

"违不违法现在不知道，接到举报，我们得调查了解。请把那天发生的事情详细说一遍，谁说？"

雪隐向老谢康做了个按下的手势："我说。他在后台，他不清楚。"

他告诫自己不要说蠢话，也不要自作聪明。他遗憾没把砍断的硅胶手指和红色液体带来，如需要，民警可上门查看，也可由他送来检查。雪隐说得并不快，也不复杂，说完却感觉到有点累，像举着一根鸡毛走了很远的路。灵魂没有跟他一起来派出所，但他并不知道。他要自己不卑不亢，语调和表情却不听调遣。他看不见自己的表情，但他知道自己的表情并不自然。他脑子里有只小鸟，不时在他脸后面啄一下。（约翰，过来帮我一下，我们都束手无策了 / 在你决定猎杀魔鬼之前，为什么不开个会呢？ / 不经过开会同意，一个人大概都不许拔牙了）他在描述自己的表演时，《撒勒姆的女巫》的台词清晰地在脑子里播放，那只小鸟一会儿是吕蓓卡，一会儿是贝蒂·巴里斯，一会儿是约翰。

"警官，情况就是这样，如果涉嫌违法，你们可以拘留我，但请让他回去，他父亲正在住院。一切由我承担。"

民警让老谢康和雪隐看笔录，没问题就签字。两人都没认真看就把字签了。

"没事了，谢谢配合。"

"社区禁赌宣传还做吗？"

"这是你们和社区之间的事情。"

来到小街上，老谢康骂了句狗日的："要是被我抓住……"雪隐被一排石楠吸引，花像雪米一样大小，新叶鲜嫩绯红，雪隐悟道般感叹，它们才是时间的主人，时间一到就开花。老谢康报复泄愤的想法和他两个小时前的想法如出一辙，当它像接力棒似的交出去，他顿时觉得轻松了不少。"他们不会主动露面的。"雪隐暗想，但他不会告诉老谢康。"老伯好点了没有？我一会儿发个电影链接给你，无聊的时候看。"他说的是《荒蛮故事》，六个丧心病狂的故事。老谢康说："下次演出时不用红墨水。""用什么？""猪血鸡血狗血，什么血都行，只要是真血就行。"

"狗血？"

两人笑了起来。

"这世上真是什么人都有。"

"是啊,你对猫再好,它到了阴间依然会说你的坏话。"

"有个导演准备让我去演电影里的乡村放映员。"

"哪个导演?"

"本地的,不是很出名。"

"他拍过哪些电影?"

"还没拍过,这是他的第一部电影。"

"我喜欢菲利浦演的艾佛特。"

雪隐说的是《天堂电影院》里的一个放映员。雪隐第一遍看完后放声大哭,以后每次看仍然眼含热泪。他已经看过五遍。老谢康也看过,他遗憾地说:

"戏不多,只有几场。"

"不要紧,慢慢来。"

雪隐意识到,这句"不要紧,慢慢来"不是很好,老谢康表面上轻描淡写,其实很在意。这平庸的安慰只会让老谢康失落,而不是真正的鼓励。

"剧本怎么样?"

"我觉得还行。"

"如果剧本一般,不要随便答应。"

老谢康看着虚空中某处:"我就是觉得一般,又不知道问题出在哪里。"

"这是编剧的事情。"

他们的谈话像轮毂旋转,大多没有意义。回到千翻剧场,雪隐叫老谢康去医院,他一个人在剧院发呆。当初竭力怂恿老谢康把房子装修整理成剧场的是另外一位朋友,他当时已经在四部电影里演过配角,不温不火,希望有电影角色可演时去演电影,平时和几个兄弟演话剧。"你们出多少我也出多少,平摊。"大家都觉得凭他的名气引流,维持剧场运转没问题。刚开始半年确实如此,几个人一起努力,不但撑了下来,还小有盈利。后来这位老兄演了一部火遍全国的电影，他就再没有精力和时间来剧场了。每个人都有私心，并且毫不避讳，老谢康希望依靠这位越来越火的哥们推荐，让他有机会进入电影圈，雪隐的目的则是保持状态，等待有朝一日去表演真正的话剧。还有一位当时对话剧和电影都感兴趣的同道，剧场冷清下来后没有耐心等下去，撤股去洪边门开了个餐馆。餐馆生意不错，他多次对雪隐和老谢康说："我们是兄弟，随时来，把这里当成自家食堂，一点不要客气。"谢老伯住院后，几个人已经在他的餐馆里聚了三次。如果千翻剧场出现亏损（房租早已出现亏损），雪隐准备入股餐馆，或者开一家分店。

智者不陷于覆巢，开馆子理应早点着手。看着空荡荡的座椅，雪隐下不了这个决心。换一个烧坏的射灯时，他脑子里冒出巴里斯和普特南的对白，它们像吹在脸上的风一样不知来处和去处，忽然间吹在心坎上，然后无影无踪，一点也不影响脑子里想别的事情。

巴里斯：我真是好心没好报啊，我现在整个儿完蛋了。

普特南：您没有完蛋，您应该自个儿抓住时机。别等别人来指控您，自个儿就先把这事宣布出去。

他告诉老谢康，他找到办法了。可将晕倒的观众作为戏剧的一部分。下次排练，老谢康找个女朋友来客串一下。她"晕倒"后，雪隐解释这不是血，是道具。"晕倒"的观众站起来，抚着胸说："吓死宝宝了。"

"带哪个呢？"

"随你。"

雪隐在回家路上，老谢康微信发来文字："我不喜欢解释，表演就是表演，我演故我在。"

雪隐回："解释是表演的一部分，是在戏内解释。"

老谢康继续说："我讨厌什么都要解释，这简直是一种恶俗。"

雪隐答:"我们活在解释之中,至少现在如此。"

老谢康说:"确实。"

"老伯怎么样? "雪隐用这句来结束讨论。老谢康心知肚明似的回复: "还行。"

走完南门桥,雪隐对去不去买瓜子犹豫起来。平时买瓜子都是从家里出来时顺道买,回家从没买过。这不是什么大事情,不是表演也无须解释。他想去看樱桃树,小小的犹豫顿时烟消云散。

樱桃树在南方生长速度极快,这株和雪隐脑袋般粗的樱桃树最多不过十五年树龄。樱桃正在由黄变红,由蜜蜡变成玛瑙。正在成熟,也正在失去。每一颗樱桃上都有米粒般大小的亮点,一种不怕被吃掉的天真。也有不少羞涩地躲在树叶后面,仿佛还没得到树神的批准不敢露面。外地游人大多好奇地东张西望,本地人则莫名其妙地行色匆匆。从翠微巷经甲秀楼再顺着河边走也能到家,平时不走这里不是嫌路远,而是嫌人太多。

鲜艳的樱桃让他感到放松,它们不需要解释,季节一到如实奉上。一个平常不大联系的朋友来电话,有人把女观众晕倒的视频发到了网上,问雪隐怎么回事。雪隐忙躲到墙脚下面,避开强光查看朋友发到微信上的链接。"血腥演出吓倒女观众",评论区说什么的都有,有人借机大骂演艺界混乱,有人认为艺术就应该真实。雪隐问老谢康怎么办,老谢康看完后说不用管,等几天就过去了。

"我感觉举报我们和发视频的是同一个人。"

"肯定是。"

"找人查一下? 你认识的人多。"

"我试一下。"

雪隐删掉了链接,眼不见心不烦。删掉后干脆关机,以免其他人打电话询问。看到有人在河边放生,他才想起还没去给母亲扫墓。

清明节已经过去半个月,雪隐准备了一下,去周家山公墓为母亲扫墓。他不喜欢别人知道他姓杨,名叫杨光路。他上小学时,工程队招募技术人员,去沙特铺设电缆，父亲没回家商量就报了名。雪隐记得他和母亲争吵时强调工资高，比国内高三倍。母亲则说他逃避责任，雪隐当时听不懂。父亲打不起卫星电话，书信传递又慢。其间只写了一封信回来，信里说那里香蕉特别多，多到没人吃，只能摘来喂猪。几年后，父亲的同事陆续回来，父亲却杳无音信。他的同事说他有一天夜里离开工程队去外面，不知道是在沙漠里迷了路，还是去了别的地方。消息在学校传开后，喜欢开玩笑的同学编造谣言，说他父亲在沙漠深处挖宝。雪隐想起父亲唯一的来信最后落款只有一个字：杨。刚开始觉得父亲学外国人，渐渐觉得这是对他和母亲的冷落，越想越生气，这个"杨"字对他是一种羞辱，像一根无毒的牙签插在嘴唇上。从这时起他不愿别人知道他姓杨，和父亲那边的亲戚也不来往。改名雪隐，希望洁白的大雪覆盖住无边的大地，隐去他不想看到的一切。

墓前不能烧纸和点香点烛，只能在指定的地方烧。指定地点在大门后面的空地，离母亲的墓很远，并且朝向都不一样，母亲的墓地要爬到半山再转到西面才能看见。雪隐有点生气，却也无可奈何。他把香烛纸钱带回家，在厨房为母亲烧。烧纸时把母亲遗像立在餐桌上，母亲苦涩的表情让他的眼泪一下滚出来。遗像前面摆了一盘洗净的樱桃，这是母亲生前最喜欢吃的水果。熟透的樱桃闪烁着光阴之美，饱满而又低调，不喜欢吃水果的人也会怦然心动。

夜里下了一场大雨，整个城市笼罩在雨声中，这是一种宽宏大量的声音，雪隐睡得很踏实，连梦也没做。遗像前的樱桃仍然新鲜，但远不如昨天晶亮。他洗漱好后看了看樱桃，对着母亲的遗像说，妈妈，我把它们倒了哈。

南明河里的水比前一天浑浊，流速流量也更快更大，白鹤、杜鹃、点水雀比平时更容易捕食，浑水里的鱼虾没有因为浊水而惊慌，它们只是不知道自己的命运而已。白鹤捕到鱼虾后要么立即吃掉，要么一挫身起飞，去哺养它的幼崽，它们的巢在高高的槐树上。杜鹃和点水雀则飞到近处的水竹上。水竹栽在花盆里也就六七十厘米高，在河边疯长高达三四米，这让杜鹃和点水雀感觉特别安全。

春分之后翻水坝全部打开，以免洪水突然袭击。

市西河从雪涯桥下注入南明河，雪涯桥是一座漂亮的步行石拱桥，雪隐下意识地在桥上停留一会儿。这天他在桥上看着原贵阳一中后面的沙滩，如果三分钟内有白鹤落在上面，他继续在千翻剧场演出；如果没有，那就去开餐馆。只过了三十多秒就飞来一只白鹤，雪隐心里欢喜着走向剧场。从雪涯桥到千翻剧场只要两分钟。

剧场门口有三个年轻人在等他。雪隐比看见白鹤还高兴，以为他们是他的粉丝。他们的表情有点惭愧，也有点不耐烦。其中一位从文件袋里拿出一堆票据请他过目。是那位被"血"吓晕的女观众的住院费、治疗费、营养费、陪护费及精神赔偿，共五万三千一百七十元。雪隐第一感觉是敲诈，第二感觉是承认对方缜密。他认出来了，其中一个是那位女观众的男朋友，他不说话，说话这位比他年纪稍长，理了个寸头，脖子上吊了块乌木雕刻的观音，自始至终保持微笑，让人不舒服的微笑。别人都是薄衫加外套，他只穿了件短袖。

"我是易娜的哥哥。"票据上的名字叫易娜。

"我现在哪有钱给你们？"雪隐说。

"没关系的杨老师，你只要承认就行，在这些票据上签个字，有了再给。你是艺术家，我们不会催你。"

居然彬彬有礼。让雪隐极不舒服的是他们连他姓杨都知道，那么，他们一定知道他原名叫杨光路。他在心里骂了一千个操。你不是白鹤，你是浑水里的鱼虾。

"有人把视频发到网上，是不是你？"

雪隐问易娜男朋友。

"什么视频？"

"还有人到派出所举报。"

"杨老师，我不知道你在说什么，当时手忙脚乱，哪有时间拍视频？"

雪隐给老谢康打电话，老谢康在电话里用贵阳话爆粗口，如果他在场，大有几拳把这三个人打背气从此不敢再上门的架势。"老雪隐,你狗日的不要签字,等我回来。"雪隐支支吾吾,不敢说他已经签了。他有点后悔,应该等老谢康回来商量,不应该一慌张就签字。

老谢康并没马上来,雪隐等了四十分钟后忍不住发微信:多久到? 老谢康回,我爸今天查血。雪隐不但失望,还想起他看不惯老谢康生活中的几小点。他对父亲无微不至的关怀让他嫉妒,谢老伯对剧场的投入让他惭愧。你不是浑水里的鱼虾,你是浑水里的田螺。不但没什么用处,还有点脏。他想到了血,自己身体里的血。继而觉得血还好,难过的是这副皮囊。仿佛他错过了什么,失去了什么,都是这副皮囊在拖后腿,跟不上他的想法。他渴望成功,却又觉得成功并不存在。他打开在翠微巷买来的瓜子,进来后放在桌子上生闷气,现在才想起来。瓜子的香味在口腔里弥漫开后,他感到一种解脱,乌木观音不再让他感觉难受。我今后要对老谢康好点,他是唯一能将就我缺点并认可我想法的人。他想。你不应该做鱼虾和田螺,你要做的是白鹤,永远要记住这一点。

老谢康到千翻剧场已是下午。"一堆杂事。"他说。得知雪隐已在票据上签字,他把夹在腋下的头盔往头上戴,中途取下拿在手里。"都没搞清楚你就签。算了,签就签了吧。签了不代表我会给。""谢老伯查血结果出来没?""转氨酶偏高。既然都举报了,还想来要钱,没门。""我问过,不是他们举报的。""他们的话你也信?""不是信不信的问题,是感觉,我感觉不是他们。""才住几天,哪里要得了这么大一笔钱。""都怪我。""怎么能怪你? 该给的给,不该给的不给。他们下次再来,让我来招呼。除了杂七杂八,住院费多少钱?""八千多。""我中饭都还没吃,走,去吃碗牛肉粉。""你去吧,我不想吃。""一起去呀。""我哪里也不想去。""我打电话叫他们送。酸粉还是细粉?""都行。""什么都行,吃牛肉粉必须酸粉。""好吧。"

雪隐确实不觉得饿,可牛肉粉送来后吃得一点不剩。和老谢康有一搭没一搭地聊天,句子中间被吃米粉的呼噜声填满。"我想通了,即便不演戏,去开馆子,开理发店,同样会遇到麻烦。"老谢康想吃酸粉,店家说酸粉卖完了,只有细粉。"这粉真难吃。"老谢康只吃了一半,但他很快嘿嘿笑起来:"我爸说他吃过雪花膏炒莲花白。"雪隐认为自己能吃完是出于对食物的尊重,从不挑食。他比老谢康吃得快。老谢康喝了一口汤,接着说:"我爸和两个朋友去看胡伯伯,张孃孃不在家,胡伯伯没炒过菜,把雪花膏当猪油,炒莲花白给他们吃。我爸和两个朋友假装不知道,照样吃,照样用雪花膏炒莲花白下酒,照样聊得开心。""就一个菜呀。""还有带壳花生。胡伯伯画公鸡画得特别好,我爸收藏过十多幅。""这次,怕又得靠谢老伯啰。"老谢康把吃到一半的米粉吐出来:"真他妈难吃。"雪隐揽过他没吃完的饭盒丢垃圾桶里。垃圾桶里跳出一只老鼠,很突然,雪隐本能地缩了一下手,不缩这一下,老鼠非碰到他的手不可。老谢康没看到老鼠,他在看手机。雪隐犹豫了一会儿,鼓起勇气说:"我想不出别的办法了,能不能再卖张老爷子的字画?"老谢康没听,继续划手机,脸上的表情也没变。划了一会儿拿起桌子上的头盔,对雪隐说:

"走。"

"去哪里?"

"去了你就知道了。"

老谢康骑车一向很快,今天更快,从文化路到醒狮路七百米,只用了三分钟,包括等红绿灯。谢康爸住醒狮路18号小区。老谢康把摩托停在孔祥礼素粉店堡坎下面。花台里有棵傻里傻气的芭蕉芋,巨大的叶子足可当太阳伞,颜色虽然土,如果顶在年轻姑娘头上别有风味。

平时急需用钱就卖画,老谢康办好流程把钱打到卡上就行。雪隐不知道行情,也不知道老谢康卖掉什么画,卖给什么人。看到芭蕉芋,他在心头默想:"难道叫我去卖?"

谢康爸的房子不大,两室一厅,老谢康偶尔回来住。书画在谢康爸卧室。老谢康领雪隐进去,指着靠墙码上去的箱子说,只有上面这两排还有,下面几排全是空箱子。老谢康把最上面两排搬下来放在床上,然后打开叫雪隐看。雪隐觉得没必要看,老谢康的语气和脸色告诉他,不看不行。看过一排空箱子后,老谢康重新把箱子码好。

"老雪隐，我宁愿把千翻剧场卖掉也不能卖画，我再也不能卖我爸的画了。"

老谢康颓唐地坐在床上。

"我对不起我爸。"

"还有我。"雪隐说。

"和你无关。我买摩托，买道具，装逼，都是出画得来的钱。"

墙上有一幅装框竹石图。雪隐不懂画，为了不看老谢康的脸，不接他的话，又怕他哭，雪隐第一次认真看画。他不知道画好在哪里，只觉得越看越有味道，尤其是竹叶，粗看只觉得生动，细看每一片叶子都不同，笔笔劲爽。题款经过反复辨识才把所有字读出来：曾于海上豫园中见之，今戏写此，凤阳白云。画家当时心情一定很好吧。可那块石头单看不像一块小石头，像挺拔的孤峰，有种仙气，同时却又磊落坦荡，遗世而独立。要是有人坐在上面弹琴，山下生灵听见都会竖起耳朵吧。

"我爸耗尽一生心血的收藏，被我出脱大半。他要是知道，非气死不可。"

那些箱子全都上了锁，老谢康用一根牙签就捅开了，日防夜防，家贼难防。

"这幅画值钱不？"

"废话。这是我爸最喜欢的画家。"

老谢康把雪隐带到自己房间，书桌上有画毡、毛笔、砚台、画册。一看就知道老谢康很久没碰它们。他从床下拖出一堆画稿，苦笑道："其实还是有灵气的，可我就是不喜欢。"雪隐不知道他有没有灵气，只知道老谢康满怀内疚。

谢康爸少年时拜师学画，这位师父是文职军人，少将军衔。谢康爸十七岁时，师父去了香港，继而去了台湾。师父离开时把带不走的画送给他，他因此受牵连，从贵大采矿系毕业后到钢厂当工人，四十岁还没人敢嫁给他。他自称谢灵运后人，对谢灵运推崇备至，能背诵谢诗八十余首，任何场合都能做到信手拈来。当工人后不再画画，但他喜欢和书画家交往。二十世纪五六十年代，收藏书画很容易，给他们写封信，表达敬仰之情，顺便索画，信里附上回函邮票，多数画家会把画寄来。老谢康出生后，他给他取名谢康乐，用谢灵运别名，希望儿子健康快乐，平时叫他乐乐。虽是老来得子，谢康爸对儿子的教育很用心，从小就教他写字画画，给他找贵阳最好的老师。老谢康从小就不喜欢书画，好动，坐上两分钟就开始扭屁股，不是要喝水就是要屙尿。有一次他居然说他头晕。在大人眼里，一个八九岁的孩子不可能知道什么叫头晕。可他那副煞有介事的样子让人疑惑，好像真是头晕。每次苦口婆心威逼利诱，终于答应坐下来，往往还没好好画几笔，脸上手上净是墨。砚台不被他打翻两次绝不收工。不喜欢照着《芥子园画谱》画，喜欢直接在书上面画汽车、画枪。汽车和枪是他自己命名的，别人看不出来。进入叛逆期，不光学习书画，在所有事情上都和父亲对着干，连叫他乐乐都不高兴，擅自改名谢康，把"乐"字去掉。"乐个啥，我一点也不快乐。"雪隐第一次叫他老谢康，他高兴得啪啪啪拍桌子，"太好了太好了，还是你懂我"。从此视雪隐为知己。

"等我爸出院，我要重新开始学习书画。"

"你不是要去演放映员吗？"

"切，不知道哪年哪月开机。"

"真的要把千翻剧场卖掉吗？"

老谢康答非所问："走，去吃个烤脑花，脑子不够用，吃个脑花补一下。"

雪隐想告诉他，烤脑花烤的是猪脑，猪那么笨，哪里能补？话到嘴边咽了下去。即便烤人脑，把最聪明的人的脑花烤来吃也没用吧，人不是吃脑花变聪明的，是吃亏变聪明的。烤脑花是文化路有名的路边摊。文化路不见得有文化人，吃烤脑花根本就不是为了补脑。

天黑后出摊，来吃的人不多。老板娘不急，她知道还要过两个小时，那些不是为了补脑，纯粹为了寻味的年轻人才会来到银杏树下，喝啤酒吃脑花。

老谢康买了一盒豆腐圆子、四个清明粑，还想喝奶茶。

老谢康去买奶茶，雪隐无聊地摸出手机。他点开微信看了一会儿退出来才发现有条未读短信，自从有了微信，用短信联系的人越来越少，多是广告，或银行卡信息。他有短信洁癖，看见广告一律加入黑名单。看到短信内容，牙缝里渗出一股咸甜味，就像独自走在陌生的街头，肩膀突然被拍了一下。确实是熟人，但从没喜欢过的那种。他看了两遍：

"想知道是谁举报的吗？明天十点去南门桥，我会告诉你。"

他的第一个冲动是告诉老谢康，明天一起去。老谢康拎着奶茶回来，抱怨道：不晓得人怎么那么多。雪隐按了下来，决定不告诉老谢康。短信已经发来几个小时，他没注意，估计传来时正在老谢康的摩托上。平时听见叮的一声都要点开看看。

烤脑花端上来，包在两片莲花白叶子里，多汁的脑花上面撒了切碎的葱花、折耳根、煳辣椒。周边烤得焦黄，中间像油煎豆腐，被薄薄的筋膜分割包裹镶嵌。有股腥味。老谢康尝了一口，回头向老板娘竖大拇指：老板娘，烤得好。雪隐没有觉得特别好，但可以吃。有人说他，把抹桌布油煎一下他都吃得下去。他确实对吃什么不敏感。记不住吃过的东西，也忘了难吃的东西。无论在哪里吃饭，他只吃离他最近的菜。不吃离他远的菜不是出于礼貌，而是嫌麻烦。

"我有个想法。"

"你说。"

"剧场平时可以办少儿书画培训，演出尽量安排在晚上。"

"这个想法好。"

雪隐看出来了，老谢康没听进去。雪隐吃了两个清明粑，老谢康叫他把另外两个也吃了，他不想吃，他还要一份烤脑花，太好吃了，必须再吃一个。

"你要不要也来一个？"

"不要。"

老谢康满足地笑着说："老板娘，再烤一个脑花，多放点辣椒，不要折耳根。"

雪隐做梦时，梦见一个似曾相识却又说不出名字的人说，我不吃花椒麻不到我。雪隐在梦里嘿嘿笑，醒来，觉得这就是叫他去南门桥见面的人。那人在他梦里说了一句："深院落花无客扫，空门掩月有谁敲。"这是什么意思，接头暗号？在梦里反复背了几遍，以免忘记，醒来后赶快记在微信笔记里。

在家里坐不住，离约定的时间又还早，磨磨蹭蹭到楼下吃了碗豆花面。豆花太嫩，像豆腐脑，他不觉得好吃。油辣椒不错。自助区有青辣椒拌洋葱、酸莲花白、炒黄豆，每种都来点。他不光味盲，还是个杂粮口袋，什么都可以装，肠胃从不提反对意见。

没买瓜子，在街上吃瓜子毕竟不雅。

准时走上南门桥，没有人等他，往来路人没有一个停下。雪隐刚开始还有点紧张，站了一会儿没人搭理，顿时放松下来。他正准备用短信打招呼：我到了。对方信息先跳出来：

"很准时，这很好。你往南明河上游看，把你看见的东西告诉我。"

你自己不会看吗？雪隐嘟囔。

雪隐首先看见的是民族文化宫和远处一幢没完工的高楼。然后是河中倒影，倒影是箭道街建筑。河堤栈道蜿蜒而来，河面波光粼粼。

雪隐问："加微信，我发照片给你好吗？"

对方秒回："不，我要你用文字告诉我。"

雪隐有点不爽。他看了看北岸，看见一排郁郁葱葱的樟树。还看见几个大字：阳明古玩城。大字下面是传统宫殿翘檐式建筑。这里有个古玩城，雪隐第一次知道。从河堤上走过，也从古玩城旁边的巷子里走过，但从没注意过它。人不但有选择性记忆，还有选择性观察，何况多数时候只观不察。这不是对方想知道的吧。他带着敷衍回复：

"我看到民族文化宫和古玩城。"

"我要你看河里面。"

"河里面只有水。"

"只有水？"

"还有水草。"

"好吧，你再看下游。"

他第一眼看见的是排队等红灯的车辆。它们向北通过大南门的红绿灯。雪隐面前的车辆向南朝纪念塔方向，中间没有红绿灯也没有人行横道，溜得很快。

下游不远处是甲秀楼。建在河中，三层三檐，比现代建筑矮得多。但没有人去看现代建筑，一到南门桥，眼睛就会被古楼秀气的身姿吸引。沿甲秀楼上来，南岸是翠微巷，北岸是电网公司的房子和街心花园。雪隐不耐烦地回了三个字：

"甲秀楼。"

对方回："你让我失望。"

雪隐转发微信笔记里的句子："深院落花无客扫，空门掩月有谁敲。"

"我要你告诉我，你想起了什么。"

"你是谁？"

"我是我。"

雪隐有点恼火。很想回一句：去你妈的。忍住了。对方又来：

"我是我，你是你吗？"

雪隐不回答。

"你看见南明河了吗？"

雪隐还是不回答。当然看见了，但这用得着问吗？

"你不要不耐烦，告诉你吧，我就是举报你们的人。但这是有原因的，我必须找到我想要的东西。现在你在明处，我在暗处，所以你得听我的。"

"你在监视我？"

"我在看着你。"

雪隐恨不得把手机丢到河里去，甚至自己也跳下去。纵身一跃并不能刷新归零，何况他擅长戏水，跳下去淹不死，反倒平添笑话。

炒瓜子的老板娘从身旁路过，关切地问他是不是病了。雪隐难为情地摇了摇头。他从没在瓜子店之外见过她。她比在店里面显得年轻，身材微胖，雪隐有几分感动，但尽量不表露出来。

"如果你什么也想不起来，只好请你去下一个地方。"

"那个地方离你家不远，只是你很少朝那边走。"

"嘉润路有个街心花园，你去过吗？"

"你去吧，街心花园中间有个牌坊。你去看看那个牌坊。"

雪隐一个字没回。他确实没去过，从那条公路出去，不到一公里就出城，是前往都匀和凯里，湖南、广西最近的公路。仿佛只要走上那条路，你不一会儿就能听见侗族、苗族嘹亮的歌声，还能闻到他们煮酸汤鱼的气味。雪隐很少离开贵阳，偶尔出差乘高铁或飞机都不从那个方向走，朝那个方向走的人大多自己开车。他不会开车，也没打算学开车。

颇感别扭，但他还是去了。

果然有一个牌坊。"高张氏节孝坊"几个字很清晰，走到假山附近就认了出来。

什么意思？指责我不孝？瞬间想到了父亲，他的形象早已朦胧，只有血脉还在奔腾。虽然被指责，心还是一阵狂跳。原以为不想他了，其实从没放下。真希望藏在暗处的人是父亲。

斑驳的石头，模糊的字迹。一种古意扑面而来。

广东广州知府高廷瑶之文童高以愚之妻

这句话刻在横坊条石上，从"之"与"文"间断开。

雕花很好看，却不知道它们是什么花，有何寓意。

看了一阵后回家，没有新短信来。浏览器上输入"高廷瑶"，得知是贵阳人，乾隆年间举人，"政声颇著，所到之处，吏畏民怀"。高以愚是他儿子，张氏嫁过来没多久，高以愚死了，张氏侍奉公婆终身未再嫁。雪隐觉得这是一种戕害，是一种摧残，不值得赞扬。当问他看到什么的短信息飞过来时，他回答：我看到了愚蠢。

对方没有往这个方向回复。

"看来你真的是忘记了，你在牌坊下面吃过饭。"

"怎么可能？"

雪隐感觉到身后有一双锐利冷酷的眼睛，同时感觉浑身疲软，锐利眼睛像鱼鳞一样在空中旋转，躲是躲不开的，得用手去抓。他进屋后立即换衣服才好受了一点。本应给自己下碗面，或者叫个外卖，一点胃口也没有。说他在牌坊下吃过饭，这是诬蔑，是羞辱。真在牌坊下吃饭也不是了不得的事情，他却感到小小的恐惧。这人语气肯定，洞悉一切。雪隐躺在沙发上，后背不空，心里踏实了一些。他在浏览器里输入：高张氏节孝坊。大出预料，不但有文章，还有视频。第一篇提到的内容，看完后身体没任何反应：

高张氏节孝坊位于贵阳嘉润路附近。该牌坊始建于道光二十一年（一八四一年），次年竣工。三间四柱石结构，高八米、宽九米，正面朝北。部分字迹已经模糊不清。据居住在附近的老人介绍，这里原有六座牌坊，皆因各种原因被拆除，剩下这一座也因缺乏保护而日渐破败。

还说高家是当年贵阳世家大族，当时有三家：华家的银子，唐家的顶子，高家的谷子。

第二篇大不相同，全身不是发凉，而是发热：

嘉润路南岳巷棚户区改造时发现一座道光年间牌坊，房屋拆开后，牌坊裸露在废墟上。南岳路改造前，牌坊隐藏在民房里面。红砖房利用牌坊石柱，以砖封堵后，牌坊失去原貌，住里面的人把石柱当房柱，石柱与红砖之间缝隙打上钉子，牵上铁线，在铁丝上挂铁锅、腊肉、菜板、筲箕、锅铲、筷筒，或者衣服、帽子、挎包、雨伞。

在牌坊下面吃饭不可能，在砖房里吃饭则是另外一回事。

这暗示了他曾去过某个人的家，并在那里吃过饭。

睡着的人被惊醒后思维变得跌跌撞撞。雪隐问老谢康，有没有认识的什么人住在南岳巷。老谢康反问南岳巷在哪里。他又给关系比较近的几个人打电话，只有一个人说认识住在南岳巷的人，名字和身份说出来后，雪隐却又不认识。然后随机从通信录上拎个人出来打听，不常联系者得先寒暄一番，不得不一起回忆以往的某件事，雪隐有点急躁，有点不耐烦，人家却好奇心爆棚，追问他是不是要在南岳巷买房，新楼盘位置不错，就是太贵。有人怀疑他的女友被南岳巷的某个人抢走，劝他不要冲动，好聚好散，重新找个合适的。中间有人说起一个他们都认识的人住南岳巷，聊到最后才发现这人不是住在南岳巷，而是南岳新村，并且两年前才搬进去。雪隐要找的人是五年前住在南岳巷的人，南岳巷改造前，住牌坊下面的某个人。

不知不觉已到晚上，他仍然没胃口。打开电脑，希望利用网络寻找蛛丝马迹。多是介绍高张氏节孝坊的规制和拆迁过程中的惊喜。网络是一条泥沙俱下浩荡宽阔的大河，雪隐像钓鱼一样以"南岳巷""高张氏节孝坊""住在牌坊里的人""嘉润路"为诱饵，但他没有钓到他想要的那条鱼。

南岳巷和嘉润路于二〇一八年五月开始改造，改造结束后宽阔的道路叫花冠路，南岳巷和嘉润路各剩下一小段，并且各在一边，像两截切剩下的香肠。

"想起来了吗？"

雪隐气急败坏回拨过去，对方不接，直接摁掉。雪隐一连打了十次，对方把他拉进了黑名单，"你拨打的电话正在通话中"。

他心里的阴影变成一块生锈的铁，无论身体动还是心里动，铁锈都会簌簌掉落，想要折断它切掉它却又绝无可能。

半夜了，雪隐下楼，穿过纪念塔地下通道，从市南路到粑粑街，七分钟后，再次来到高张氏节孝坊。南岳巷改造后面目全非，但牌坊仍在原地。假山和花草树木代替了棚屋，曲径和青石阶代替了巷子和楼道。

即便站在牌坊下也想象不出当初房屋的形状和朝向，雪隐对这一带本来就不熟，为此既感到委屈，也有点沮丧。牌坊在夜里比白天高大，这是街灯的缘故。牌坊立起之初，这里应该有高家的大片田产，即使不远处有人家，也没人想到有朝一日会被房屋包裹，依牌坊而住的居然有七家人。这种包裹是最好的保护，让它躲过了被拆毁的命运。离此处不到一公里的油榨街曾经有二十多座牌坊，如今只能在十九世纪一位法国传教士拍摄的照片里见到它们。

一只长着燕尾的大蚕蛾撞在雪隐脸上。深夜湿气重，大蚕蛾像醉汉一样跌跌撞撞。雪隐小时候听说，蛾子鳞粉吸进鼻腔会变成"齇鼻子"，鳞粉可融掉鼻腔里的毛细血管，让鼻腔变空变大，说起话来瓮声瓮气。虽是没有根据的说法，他还是急忙找纸巾擦脸，哪知根本没带纸巾，只好用衣服下摆擦。由于用力过猛，把脸擦痛了。看到公厕指示牌，沿箭头所指走进去，在洗手池把整张脸洗了一遍。

洗手时想起一个人，他每次洗手都要认真洗指甲缝，他叫范与孟，怕别人闻到他手上的鱼腥味。他家住南岳巷。他们没叫他老范与或者老范与孟，因为不是一个圈子里的人。初中毕业后再没见过。走到楼下，雪隐把想好的句子简化，只回了一句：

"你是范与孟。"

进屋后他把手机丢到一边，倒下便睡。梦很乱，范与孟一会儿变成老人，一会儿变成从沙漠里回来的父亲，一会儿变成看不清面相、似曾相识却又不知他到底是谁的半陌生人。最累的是用手机回短信，看不清屏幕上的字，被一层淡淡的白光覆盖；输入键不听使唤，本意按 C 偏偏跳出 V，再按什么字也没有，像在沙地里跑步，再怎么努力速度也上不去，不但累，还很沮丧。他想问范与孟，他什么时候在他家吃过饭。真吃过，他愿意十倍百倍偿还。范与孟的形象很模糊，似乎是个死人。雪隐说对不起，我不知道你死了。我给你烧点纸吧。

醒来后想起，确实在他家吃过饭。那是初中二年级暑假，当时和妈妈住在蓑草路，不想做暑假作业，从家里溜出来，像一条无所事事，对什么都有兴趣，却又不想惹是生非的小狗。蓑草路与南岳巷之间隔着嘉润路，不知不觉走到南岳巷入口，这是一条庞杂的小巷，门面低矮，而门前全都支着小摊。巷子不但狭窄，还曲折，还有坡，拐弯时斜向一边，盯着路面看会发晕。支在门板上的小摊须以砖头找平，也因此摇摇欲坠，故意等着有人来碰垮它们似的。剩下的路心只容小车经过。贸然进来的司机不冒出一身大汗休想开出去。杨光路（那时还不叫雪隐）正犹豫要不要离开，范与孟叫他，他这才看见范与孟在帮他妈卖凉虾。一种将大米做成虾状，漂浮在白糖水里的小吃。范与孟妈妈给他舀了一碗，他跑开了。他没带钱。遮阳伞撑杆上挂着一块纸板：孟孃秘制凉虾。范与孟追上来，热情地邀他去家里打游戏。这比叫他吃东西诱惑更大。玩了半天游戏，还留下吃了饭才回家。

难道我忘记这顿饭你就要举报我？就要和我过不去？难道他真的死了？死人会用手机吗？

雪隐带着不屑自负地给范与孟发短信："范与孟，我想起来了，的确吃过你家的饭，你算一下，这顿饭多少钱，我十倍还你。"

范与孟回复："你心胸怎么如此狭窄？我会为了一顿饭耿耿于怀？你错了！你在我家吃饭，我一直很感激，在那间破房子里，你是唯一愿意和我一起玩的人。"

雪隐还没想好说什么，对方第二条短信又飞过来，速度之快，像与此同时射出两颗子弹："如果是为了一顿饭，我叫你去南门桥干什么，叫你去看水吗？我看你是脑子进水了，你也不好好想想！"

后面跟了八个感叹号，像八个被激怒的士兵。

雪隐想象在某间没拉开窗帘的房间里，范与孟暴跳如雷。

和面对面清楚看见表情不同，从手机里飞来的短信，对人情绪的影响要慢一些。也恰如被子弹击中的人，首先感到惊讶，然后才是疼痛。雪隐从不用感叹号，这八个感叹号让他感到不适。他说：

"你有什么话直接说呀，何必转弯抹角？"

范与孟说："我这是在向你学习。"

雪隐道："莫名其妙。"

他意识到对方很生气，自己心态要平和些。他补了一句：

"关系再不好，毕竟是同学呀。"

"同学。"

"同学"二字后面跟了一个飙泪的表情包。雪隐原以为微信才有表情包，不知道短信也有。

雪隐不仅感受到内心一片荒芜，还看到自己被推上拳击台，要他和一位私下有过节的拳击手过招，不是要把对方打败，而是要把对方打痛，他同时还身兼观众和评论员。在舞台上，他同时扮演过多个角色，在现实生活中还是第一次。

"大雪可以隐去一切，但这是暂时的，你这个名字并不好，我还是喜欢叫你杨光路。铺满阳光的小路，坦荡干净。"

这话让雪隐特别生气，他把对方拉黑，不想再看到他的短信。拉黑后拨拉手机，发现短信仍然可以飞进黑名单，只是不显示而已。他以为通信公司只能做到让你眼不见心不烦，并没在你手机派驻警察，把不想见的信息彻底消灭掉。其实有一个"疑似诈骗"和"骚扰电话"功能，他没注意到。黑名单里的范与孟有两条特别重要的信息：

"我不过是想让你们尝尝被检举的滋味。"

"你演《赌徒的忏悔》时我去了，我给老谢康发过信息，真打算赞助你们一笔钱，让你们做自己喜欢的事情。现在，我有点失望。"

范与孟就是那个神秘的赞助商。

雪隐第一个念头是把范与孟从黑名单里放出来，回一句再拉黑：不要你的臭钱，不稀罕。

那个神秘的赞助人，他一度以为是曾经和他同居过的女友，她离开时说："放心啦，从此我们两不相欠。"她出手大方，喜欢帮助弱者。而内心，他更希望是不负责任的父亲。后一种希望极其渺茫，愿望在他却无比强烈。范与孟出乎他的预料，也让他很不舒服。

他把手机放家里，准备再去南明河边走走，看能否想起什么。走到街边感觉有点饿，想吃碗面，不得不倒回去拿手机。已有好几年没用现金，对五元十元二十元面值的钱尤其陌生。小时候，母亲给他准备了一个存钱罐。母亲去世后，存钱罐不知去向。而他对硬币和角票特别厌恶，不是它们买不了什么东西，而是它们总是脏兮兮的，很难有干净的硬币和角票。

拿手机之前想吃湖南面，重新来到街上后决定去尝下螺蛳粉。听人说特别臭，喜欢的喜欢得不得了，不喜欢的闻一下都要赶紧捂鼻子和嘴。只加汤不加螺蛳十元，加螺蛳肉十五。雪隐没犹豫，既然是尝试，就得连螺蛳肉一起吃。没觉得特别臭，也不觉得特别香。他不怪螺蛳粉，一如既往地怪自己味觉单调。吃之前脑子有点晕有点涨，吃完后顿时好了许多。原来胃也是脑子的一部分，它们至少相连，在主人不知情的情况下发挥作用。过人行道时，一个擦肩而过的中年妇女回头瞪了他一眼，厌恶地连连摇头。雪隐双手捂鼻子和嘴，吸进自己呼出的气体，仍然没闻出多少臭味，远不如偶尔吃大蒜导致的口臭。

走到翠微巷，特地买了半斤原味瓜子。收了几张广告单折叠成貔貅袋，坐在河边慢慢吃。两岸都有钓鱼的人，他们不苟言笑，表情像岸上的石头，麻木中透着坚定，仿佛如此一来，鱼更容易上钩。鱼被钓起来投进水桶他们才开始笑，笑容像婴儿得到想要的东西，特别单纯。

雪隐发现瓜子比平时更香，肯定不是瓜子比平时炒得好，而是吃了螺蛳粉。意识到这点，独自笑起来，也笑得单纯。

因为单纯，心也松开了。他给范与孟发了条短信："我在南门桥。"

范与孟秒回："谢谢。"

河里有大鱼，雪隐见过。被钓起来的却多是小鱼。这没给雪隐任何启发，只感觉心里空空荡荡，没有东西能进来，也没有东西能出去，自由进出的只有瓜子的香味。香味越飘越远，像灵魂出窍，吃瓜子的只是一副躯壳，甚至一台机器。

出窍的灵魂不像无人机那样高高在上，它对空间没有需求，凡是它想去的地方它都能去。不过，下一代无人机也许能做到这一点。

南门桥又叫南明桥。一六四四年，朱由检煤山上吊，清军攻入山海关，南方诸王相继登基，其中势力最大存在最久的是桂王朱由榔，这是南明一词的来源。一个没得到正史承认的王朝，一个茫然如丧家犬的皇帝，帝位没能保住，却留下几十个与之有关的地名，永历乡永历村，南明区南明河南明塘南明山南明路，皇帝坡骑龙村，有公司叫由榔府城建设有限公司。足见皇权有多么深入人心。最搞笑的是，朱由榔将安隆千户所作为行都时，将安隆改名安龙，清军攻克安龙后立即将安龙改名安笼。至民国十一年，政府将安笼县改叫安龙县。改隆为龙没能让朱由榔成为真龙天子，改龙为笼也没能笼住什么。就像南明河里的水，不但从未倒流，也不可能停止哪怕一秒。这是一种诚实，也是一种公平。

雪隐给范与孟又发了条短信："我不知道何时何事伤害了你，请直说。"

范与孟说："你会想起来的。"

雪隐答："我确实想起来了，但我不知道怎么就伤害了你。"

有人钓起一条大鱼。说大鱼是相对南明河而言。钓鱼的人说，他好久没钓到这么大的鱼了。一条背脊发黄的鲤鱼，有成人的小臂那么长。这条大鱼让雪隐想起暑假里的一个深夜，他来到南明河。白天在网吧打游戏回家太晚，被妈妈揍了一顿，还不准他进屋。他并不害怕，也没多少内疚，只觉得妈妈有点烦。他不知道他刚下楼，妈妈就出来找他，她哪敢真把他关在门外，不过是一时使气。找到天亮没找到，累倒在马路边。雪隐得知这一切后再也没进过网吧。这也是他忘了那天晚上在河边看到范与孟的原因。

他看见范与孟和父亲用渔网捞鱼。有关部门为了改善南明河水质，往河里投放了一百多吨鱼苗。这些苗并不小，最大的有半斤重，小的也有二三两。范与孟没料到雪隐会出现。

"半夜三更的，哈，像个夜游神。"

雪隐心情不好，没心思开玩笑。

范与孟叮嘱他不要把看见的说出去。雪隐做了保证，在不远处的石头椅子上睡了一觉。三天后开学，遇到老谢康，他没能忍住，把河边的故事讲给老谢康听，并叮嘱他不要告诉其他人。

他真诚地给范与孟发了条短信："我确实没能保守住秘密，但我只告诉了老谢康一个人。"

范与孟回："如果这么简单，我不会叫你看了南明河后再去看牌坊。你问问老谢康，问问他爸，他们干了什么。"

雪隐说谢康爸病重住院，随时有可能不治。

范与孟沉默片刻，叫雪隐加他微信，他语音讲给他听。雪隐将装满瓜子壳的貔貅袋放进垃圾桶，从石椅起身时的念头是袋子离手就加范与孟的微信。垃圾桶腾起一只苍蝇改变了他的念头。这非关苍蝇，而是他性格中的犹豫不决和小聪明。讲给老谢康听，除了传播隐私的毒性诱惑，还有对捕鱼本身的反对。这是用来治理水质的鱼，不应该捕呀。这团正气并不大，但它能让小小的毒瞬间膨胀。有了正义在身，讲给老谢康听时还顺带嘲笑了一下范与孟的窘态。盗取公共财产没有偷个人财产那么可耻，但毕竟是偷，不可能感到光彩。他叮嘱老谢康不要外传，这当然是不可能的。很快，全班同学都知道范与孟半夜偷鱼。打闹扯笑时会隐喻性地来上一句，卖鱼喽卖鱼喽。一边没心没肺地哈哈大笑，一边看范与孟的反应。

雪隐给老谢康打了个电话，问谢康爸如何。老谢康说没好转也没恶化。谢康爸即使没住院，雪隐也不可能问他对范与孟做过什么。加上范与孟微信后，关闭所有铃声，把手机放兜里，他不想现在就听范与孟说话。

南门桥与甲秀楼之间有个翻水坝，范与孟和他父亲当时在离翻水坝不到十米的地方捕鱼，这里水深，受惊吓的鱼喜欢往深水里躲藏，这恰恰是致命的陷阱，范与孟的父亲撒一次网就能捞起几十条。

雪隐当时有点同情被网打上来的鱼，现在则感觉身体里有一条非物质没有形象的鱼。这条鱼和范家父子无关，是生活的网让他挣扎，让他无所适从，有时感觉一定能冲破这张网，有时觉得永无可能。想把这条鱼拿出来丢到某条河里去，但他知道，自己所能做到的不过是把身体丢进眼前这条河，身体里那条鱼不受影响。他出生时又嫩又白，和母亲认识的人都想抱他。母亲充满怜爱地说，真想把他蘸煳辣椒吃掉。他模糊记得，妈妈摸着他的头发落泪时告诉他，要做一个好人。他没想过何谓好人，现在范与孟告诉他，他算不上好人。

范与孟从微信里传来三十七条语音。雪隐第一感觉是陌生，声音和语调都不熟悉。听了几条后，才从没有变声之前的少年的声音和微信里的声音中找到共同点：声带振动时不那么连贯，似有积炭的气缸。这种声音具有一种权威性，仿佛每一句话都经过深思熟虑。

事情并不繁杂。老谢康听了雪隐的话，回家后告诉父亲，谢康爸当时在贵钢后勤科当科长，他发现最近食堂采购员买回来的鱼不如平时新鲜，报价却一样。暗中调查后发现他买的是环卫鱼。为了惩罚采购员，谢康爸把卖鱼的人一起举报，范与孟的父亲被罚款一万元。

"你知道一万元是什么概念吗？是我父母半年的收入。你父母都有工作，永远不知道打零工为生的人有多难。我妈在南岳巷卖凉虾，一碗才赚两角钱。遇到城管出击，还会连本钱都收不回来。

"我知道打环卫鱼不对，但是，投进去的不是几十斤，是几十万斤。我们捞起来的不到千分之一，这对南明河的生态治理有影响吗？

"你也许会说，如果人人都去捞呢？哪有人人都去做同一件事情的事情？毕竟不是家家都像我家一样穷啊。

"我爸交完罚款，我妈想去跳河。半夜里听到她的哭声，我就想宰了你们。我爸求了十一个亲戚才把罚款凑齐。"

听完了，雪隐不知说什么好。回家时看见路边一丛茂盛的水鬼蕉，白色花瓣又细又长，向下垂悬，像大蜘蛛的长腿。他并不知道它叫水鬼蕉，用相关APP识别后才知道。叶子像豆豉草，比豆豉草肥厚，APP上说它又叫蜘蛛兰却与兰无关，是一种石蒜。水鬼蕉没给他任何启发，他喜欢它开出的白花。他像傻子一样看了很久，有种莫名的轻松。

老谢康在电话里告诉他，赞助费已到账。与老谢康抑制不住激动相反，雪隐像死水一样平静。

　　"你猜有多少，我保证你猜不到。"

　　雪隐特别讨厌"猜"这个字，这个字比"操"差多了。前者像一堆屎，后者像一把刀。为了浇灭老谢康的兴奋，雪隐问了一句："谢叔好点了吗？"这话今天问过两遍了。老谢康立即意识到雪隐的冷淡。"老雪隐，你怎么了？""没怎么。"老谢康无趣地挂掉电话。雪隐不用猜也知道他骂了句狗日的。

　　谢康爸大半生受到排挤，临退休才当了个小科长。他非常认真，认真到不近人情却以为这是对单位好。"单位"在他心目中超过了组成单位的具体的人。他的正义和公平是作为科长的正义和公平。对于下属的抱怨，他理解为人性的自私自利。没当科长时，他能一针见血地指出时任科长的问题所在，透彻、风趣。这让后勤科大多数人以为让他当科长一定比其他科长强，哪知他真当上科长后，工作方法和处事能力远不如前面几任。众人私下哀叹，不能让上了年纪的人掌权，尤其是从没掌过权的人。

　　谢康爸只当了两年科长，在众人的挟恨声中提前一年退休，退休后用了六七年才调整好心态，老同事说他只有脱掉科长的皮才是一个好玩的人。他有一天把儿子叫到卧室，指着自己收藏的字画说，当什么都可以，就是不要当官，这些收藏够你吃一辈子。直到躺在病床上，他也不知道"吃一辈子"是个数学概念，与经济学无关。数学概念只包括吃好穿好，不包括性情，不包括欲望，不包括市场行情，也不包括独生子的任性。

　　雪隐给范与孟回了一句话："我听完了。"

　　范与孟回："我也说完了，再也不说了，保重。"

　　雪隐问："你父母还好吧？"

　　范与孟答："还行。"

　　雪隐说："我想去看看他们，当面向他们道歉。"

　　范与孟回了一个抱拳表情包。雪隐想了一会儿，带什么礼物合适。买箱牛奶有点低端，关键是，他不想拎一堆便宜东西。路过气象局，看见有人卖"竹夫人"，长短大小不一的长条形的竹抱枕，说是夏天抱着睡觉凉爽。也不贵，就买这个？这时范与孟来电话，叫他"光路"。

"光路，我想请你来我这里一趟，有东西想给你看。"

"我想先去见你父母。"

"他们不在贵阳，老家有人办酒，他们吃酒去了。"

雪隐不太想见范与孟，却又找不到理由拒绝。

"来吧，我在天逸城，离你不远。"

确实不远，从石岭街到天逸城两三百米。雪隐不想立即就去，他买了一个"竹夫人"，像捕鱼的竹篓，无口，镂空编织六边形透气孔很漂亮，青篾片有股竹香味。想到自己还没结婚却有一个"夫人"，忍不住暗笑。这是偏胖的中老年人或孕妇使用的物件，自己这是未老先衰？竹夫人横在床上，一点也不性感，像一个捕兽器。或许可以把灵魂放在里面，肉体放在一边，这样可以睡得更好。老谢康不断换女友，却抱怨没有一个女孩能给他爱情。雪隐对此从没说过自己的想法，也有羡慕和嫉妒，也有嘲笑和提醒，却也全都无关痛痒。最近发生的事让他意识到，今后要认真一点。如何认真没想好，自己可以自暴自弃，对别人不能不顾后果。不是胆小怕事，是免得惹麻烦。麻烦像一团烂泥，碰上后很难一次清理干净。雪隐哪里也不想去，等范与孟的父母从乡下回来，向他们道个歉，从此不再有瓜葛。他不想让小小的道德和小小的尊严时不时吹来一股轻悲的烟尘。

打开电脑，点开《机动都市阿尔法》。这是一款联机游戏，机甲变换和攻防设计都很新颖，既可和在线的陌生人角逐，也可约朋友上去对打。

沉浸在游戏中，世界从身旁飘过，很快不知去向。激情和专注超过做任何事。虚拟的城镇和战场在生活中从没见过，可他并不觉得陌生。在现实世界里，对每天走过的街道、河堤视而不见；在游戏中，也看不见精心绘制的城堡和村庄的细节。在现实世界里，只有眼睛和双脚；在虚拟世界里，只有眼睛和双手。

既没感觉到肉身的沉重，也没意识到时光飞逝。

范与孟来电话问他多久到，他像被家长提醒不能再打游戏的孩子一样吓了一跳。范与孟要给他看的东西已发照片到他微信。雪隐看了看，似乎是一块铜板。上面有篆字印章，旁边以行草释文：恭则寿、水在山清、江清月近人、有恒心、春秋多佳日、古人我师、姚华。

似乎是古董。

范与孟说，这是一个民国时期的墨盒。

"姚华是谁？"

"一个进士，贵州人，当过北京女子师范大学校长，鲁迅、陈师曾、梅兰芳都对他有很高的评价。来嘛，来了慢慢聊。"

"我对这个不感兴趣。"

"这是谢康乐他爸收藏的。还有其他东西，你不想看看？"

雪隐觉得自己像个白痴，也像不情愿的相亲。他不得不去的原因不是谢康爸的收藏被转卖到范与孟名下，而是范与孟说，为了招待雪隐，他从家里拿来两碗母亲做的凉虾，希望他能尝出当年的味道。雪隐对味道记忆一向不深，范与孟如此刻意让他不好拒绝。范与孟到楼下来接他，雪隐感觉有些不正常不真实。面相、身高，完全出乎他的预料。上中学时，范与孟结实又短小，总是坐第一排，行动时像加满油的小摩托。现在，他比雪隐高出一把汤勺。面容清瘦，还有几分苍白，仿佛已是中年，走路有点摇晃，当他提起一只脚时，像一只麻雀准备从电线上起飞。

"光路，我们有十四年零两个月没见面了。"

"你的数学这么好？我记得你语文更好。"

"不是数学问题。"

范与孟用蜂蜜调凉虾，这是野菊花蜜，先是微苦，然后才是香甜。凉虾从冰箱里出来，冰凉爽滑。范与孟的动作和吃凉虾的碗勺，显示出他比同龄人精致，同时也是一种老气横秋。

房子很大，墙上挂满了画，桌子上堆满了画册和练习书画用的草纸。雪隐看画，就像山羊看日月星光，并非没见过，但心理距离比看一棵草一片叶子远十万八千里。

　　"你慢慢看，看看有喜欢的没有，送一幅给你。"

　　"我拿来干什么，我又不懂。"

　　雪隐扫了一眼，没打算全部看一遍，真的不懂。

　　"懂不懂一点也不重要，喜欢才是最重要的。"

　　"都很值钱吧？"

　　"也不一定。"

　　"微信上那个东西呢，值多少钱？"

　　范与孟从一堆草稿里把墨盒扒拉出来。

　　"行情好的时候两万三万，行情不好时五六千。"

　　雪隐把墨盒托在手里掂了掂，很沉，有股淡淡的铜锈味。

　　"你是怎么得到它的？我是说渠道。"

　　"喝什么茶？绿茶红茶？"

　　"冰红茶。"

　　"哈，这个我没有。我泡绿茶吧，要学会喝茶，茶是百草之王。"

　　范与孟鼓捣茶具时把两个假肢取下，说这样舒服些。看上去像从机器人身上拆下来的零部件。雪隐感到脚脖子凉了一下。有意不去看它，它却比房间里任何一样东西更具吸引力。他不看它，它却在看他，它有一双极具杀伤力的眼睛。假肢让范与孟比一般人高。雪隐感到一种从未有过的怜悯。

　　"我从技校毕业后就去搞工程，"范与孟说，"我搞的是电力工程，有一天被高压电打得滚下来，醒来后两只脚没了。"

　　雪隐抑制不住想：这房子是赔偿金买的吧。

　　"我手下有个绘图工程师，有一天（哈，我好多事情都发生在有一天），这个工程师说有人卖字画，劝我把它买下来。我当时和你一样，什么也不懂，买这个干什么？工程师说范总，我不会害你，你一定要听我的。他把我带去和出画的人见面。见面后听他们谈论字画的来历，感觉他说的人有点像谢康乐。我私下打听，还真是。这下我来了兴趣，叮嘱卖画的人，谢康乐出手的画我都要。那几年真有钱，出手也大方。买上瘾了，其他人的也买，不管真假，喜欢就买过来。等我收了满一屋子字画，检查工地时出事了。落了一把扳手，我想去把它捡起来，哪晓得有电。当时想死，想跳楼。有一天，我觉得老天另有安排，我才没去死。"

雪隐无话可说。这不像一个年轻人的故事。他像山羊突然对星星感兴趣一样看了一眼范与孟身后的对联，辨识了好一会儿才确信自己认出了所有的字：

余家曾藏有韩毅所书联其文即此今戏为书之

万事随心皆有味　一生知我不多人

丁巳秋月如莲老人并记

心里似有所动，却不知道因何而动。范与孟还在说，说给自己听，说给雪隐听，说给不在场的人听。雪隐的心思进进出出。范与孟说他装上假肢后，有段时间在南门桥练习走路，扶着栏杆走。不用扶栏杆后仍然喜欢去南门桥。走在桥上，想起许多年轻时的事情。不光和父亲捕过鱼，他还混在清淤队伍里捡到过一堆不值钱的东西。当时天很冷，大部分河底露出来，武警部队和有关部门一起清理淤泥，他还是个小屁孩，在大人腿间钻来钻去，一点不怕冷。父亲捕鱼被罚款，他冷落南明河好几年。

"搞工程后见过的山川河流多，觉得还是南明河好，与世无争，平和、安静、有条不紊。"

雪隐脑子里闪现的是雪涯桥。桥下的水遇到坑遇到坎照流不误，没人指责这么流下去道德与否，是对是错，自然而然的事情和人生完全是两回事。受到讹诈时，雪隐确实想不通，不过，他在桥上徘徊时并没有跳河的冲动，仅仅是一种体力消耗。

"茶泡好了，喝茶。"

雪隐看见桌子上有从翠微巷买来的瓜子，忍不住笑了起来。灵魂到这时才来到屋里，和他一起笑。他调出手机里保存的句子问范与孟：

深院落花无客扫，空门掩月有谁敲。

"这是你写的？"

"我哪里写得出这么好的句子？"

晕倒的女子，讹住院费和精神赔偿，这一切是不是你安排的？雪隐几次想问，几次打消念头。当锃亮的假肢刺了他一下时，他决定再也不问。

编后记

2024 年中国的中短篇小说创作，一如往年，佳作纷呈，琳琅满目。

在此我们要特别向今年十月喜逢九十周年的王蒙先生致敬。鲐背之年，王蒙先生依然有多篇新作发表、多本新书出版，这是生命的奇迹，也是文学史的奇迹。今年我们选录了王蒙先生的中篇小说新作《蔷薇蔷薇处处开》，短篇新作《高雅的链绳》。"青春万岁"，青春不只是年龄，还是生命状态，它在十九岁，也可能在九十岁。

年选作者除了年高德劭的王蒙先生，还有多位成名已久卓有成就的小说家，有崭露头角未来可期的年轻作家。除了作品本身的文学质量，作者年龄的多层次、原创刊物的多样性、小说题材的差异性、叙事艺术的新颖度，都是我们斟酌考量的内容。

我们有见证丰收的喜悦，也有困于选择的烦恼。年选虽然优中选优，但依然难免遗珠之憾。

文学越繁荣，选择越重要。《小说选刊》一直致力于建立一个目光公正、审美判断精准、富于包容性、相对恒定同时又能自我更新的筛选评价机制，这也是我们编录年选努力的方向。道阻且长，行则将至。

《小说选刊》杂志社

2024 年 12 月 27 日

附　录

2024 年选系列封面绘图画家介绍

段正渠 1958 年生于河南偃师，1983 年毕业于广州美术学院油画系。现为首都师范大学美术学院教授与博士研究生导师，中国国家画院油画所研究员，中国美术家协会油画艺委会委员和中国油画学会理事。

《集聚》 段正渠　150cm×200cm　布面油画　2022—2023 年

段正渠画作短评

　　在段正渠建立他的个人语言和风格之初，表现性绘画承载了艺术自由的时代意义，他所选择的对象——陕北的风土人情，则与民族和文化主体的意识有关。现在，复杂多元的画面内容代替了这些具体的文化符码，也使题材的选择上具有了极大的包容度，日常的场景，任何人、动物、植物，没有意义指向的内容，都可以入画。画面的复杂度支撑了一种具有说服力的完整性，也破解了在题材上和精神上对整一性和宏大叙事的某种依赖。借此，创作获得了自主和独立，脱离了借由题材或风格的选取来获得意义的束缚。

——卢迎华《右卫——段正渠的新作》